AVEC INTENTION DE NUIRE

ROBIN COOK

AVEC INTENTION DE NUIRE

ROMAN

Traduit de l'anglais
par Anne Villelaur

Albin Michel

Édition originale américaine
HARMFUL INTENT

G. P. Putnam's Sons, New York

Traduction française

22, rue Huyghens 75014 Paris

ISBN 2-226-05655-6
ISSN 0290-3326

Une fois encore
à Audrey Cook,
ma merveilleuse mère

« En premier lieu, tuons tous les gens de loi. »

Henry VI, acte II

PROLOGUE

9 SEPTEMBRE 1988

11 H 45

BOSTON, MASSACHUSETTS

Lorsqu'elle avait ressenti les premiers élancements vers neuf heures et demie du matin, Patty Owen avait été sûre que c'était ça. Elle avait craint d'être incapable, quand viendrait le moment, de faire la différence entre les contractions qui signalaient le début du travail et les petits coups de pied, le malaise général qu'elle avait éprouvé durant le dernier trimestre de sa grossesse. Mais ses appréhensions s'avéraient sans fondement. La douleur qui maintenant la tordait et la broyait ne ressemblait à rien de ce qu'elle avait déjà éprouvé. Elle n'était reconnaissable que par sa nature et sa régularité si typique. Toutes les vingt minutes, avec une précision d'horloge, Patty souffrait d'un terrible élancement à hauteur des reins. Dans l'intervalle, la douleur ne se dissipait que pour reprendre de plus belle. Malgré l'horrible souffrance de plus en plus aiguë et qui ne faisait que commencer, Patty ne put réprimer un sourire fugitif. Elle savait que le petit Mark se préparait à entrer dans ce monde.

Essayant de rester calme, elle fouilla dans les papiers éparpillés sur le plan de travail de la cuisine pour trouver le numéro de téléphone de l'hôtel que Clark lui avait donné la veille. Il aurait préféré que lui fût épargné ce voyage d'affaires alors que Patty était si proche du terme, mais la banque ne lui avait pas laissé grand choix. Son patron avait insisté pour qu'il suivît jusqu'au bout la dernière série de négociations qui devaient conclure une affaire sur laquelle il avait travaillé pendant trois mois. Les deux hommes avaient accepté un compromis : ils étaient convenus que, quel que fût l'état des négociations, Clark ne resterait parti que deux jours. Il était toujours désolé de devoir s'absenter, mais au moins il serait de retour une bonne semaine avant la date où Patty devait accoucher.

Patty trouva le numéro de l'hôtel. Elle le composa et une charmante standardiste lui passa la chambre de Clark. Voyant qu'il ne décrochait pas à la seconde sonnerie, Patty comprit que Clark était déjà parti pour sa réunion. Pour s'en assurer, elle laissa sonner cinq fois encore, dans l'espoir que Clark fût sous sa douche et qu'il répondît soudain, à bout de souffle. Il lui fallait absolument entendre sa voix rassurante.

Tandis que le téléphone sonnait, Patty secouait la tête, refoulant ses larmes. Car, bien qu'elle eût été heureuse d'être enceinte, et ce pour la première fois, elle avait été traversée dès le début par une vague prémonition : les choses ne se passeraient pas bien. Quand Clark était rentré à la maison et lui avait annoncé qu'il devait quitter la ville à un moment aussi critique, Patty y avait vu la confirmation de son pressentiment. Après la préparation à l'accouchement sans douleur à laquelle ils avaient participé ensemble, elle devrait y faire front toute seule. Clark lui avait affirmé qu'elle s'inquiétait trop, et qu'il serait de retour largement à temps pour l'accouchement.

La standardiste de l'hôtel reprit la ligne et demanda si Patty désirait laisser un message. Patty dit qu'elle voulait que son mari l'appelle dès que possible. Elle laissa le numéro du Boston Memorial Hospital. Elle savait qu'un message aussi laconique allait bouleverser Clark, mais il lui permettrait de partir en un moment pareil.

Puis Patty appela le bureau du Dr Ralph Simarian. La voix tonitruante et pleine d'entrain du médecin apaisa ses craintes. Il lui dit que Clark l'amène au BM, comme il appelait avec humour le Boston Memorial, et qu'il la fasse admettre. Il les verrait là-bas dans deux heures. Il expliqua que si l'intervalle entre les contractions était de vingt minutes, elle disposait de beaucoup de temps encore.

— Docteur Simarian ? dit Patty alors que le médecin était sur le point de raccrocher. Clark est en voyage d'affaires. J'irai seule.

— Il a bien choisi son moment, dit le Dr Simarian. C'est bien d'un homme. Ils sont toujours là pour s'amuser, mais dès qu'il y a un petit travail à faire, ils disparaissent.

— Il croyait qu'il restait une semaine, expliqua Patty, se croyant obligée de défendre Clark — elle avait le droit d'être en colère contre lui, mais pas les autres.

— Je plaisantais, dit le Dr Simarian. Je suis sûr qu'il sera effondré de ne pas être dans le coup. Quand il reviendra, nous aurons une petite surprise pour lui. Maintenant, n'ayez aucune crainte. Tout se passera bien. Avez-vous un moyen de venir à l'hôpital ?

Patty dit qu'elle avait une voisine qui était d'accord pour la conduire en voiture si elle était prise au dépourvu en l'absence de Clark.

— Docteur Simarian, ajouta Patty en hésitant, sans mon mari avec qui j'ai suivi la préparation à l'accouchement sans douleur, je crois que je serai trop nerveuse pour cela. Je ne veux rien faire qui nuise au bébé, mais si vous pensez que je peux être anesthésiée comme nous en avions discuté...

— Pas de problème, intervint le Dr Simarian sans la laisser terminer. Ne tracassez pas votre jolie petite tête pour ces détails. Je me charge de tout. Je vais téléphoner là-bas à l'instant même pour leur dire que vous voulez une épidurale, d'accord ?

Patty remercia le Dr Simarian et raccrocha le téléphone juste à temps pour se mordre les lèvres en sentant le début d'une nouvelle contraction.

Il n'y avait pas de raison de s'inquiéter, se dit-elle sévèrement. Elle avait encore du temps devant elle pour se rendre à l'hôpital. Le Dr Simarian avait tous les éléments en main. Elle savait que son bébé était en bonne santé. Elle avait insisté pour qu'on lui fît une échographie et une amniocentèse, bien que le Dr Simarian lui eût dit que ce n'était pas nécessaire puisque Patty n'avait que vingt-quatre ans. Mais entre son mauvais pressentiment et une réelle inquiétude, ce fut la confiance qui l'emporta. Les résultats des tests étaient extrêmement encourageants : l'enfant qu'elle portait était un garçon normal et en bonne santé. La semaine où ils avaient reçu les résultats, Patty et Clark avaient peint la chambre du bébé en bleu et choisi des noms, optant en définitive pour Mark.

Somme toute, il n'y avait aucune raison de s'attendre à autre chose qu'à un accouchement normal et à une naissance normale.

Quand Patty se retourna, dans l'intention de récupérer dans le placard de la chambre à coucher le sac qu'elle avait préparé la veille au soir, elle remarqua que le temps avait changé de façon spectaculaire. Le brillant soleil de septembre qui entrait à flots par la fenêtre avait été éclipsé par un gros nuage venu brusquement de l'ouest, plongeant la salle de séjour dans une obscurité presque totale. Un lointain grondement de tonnerre fit passer un frisson dans le dos de Patty.

N'étant pas de nature superstitieuse, elle refusa de prendre cet orage pour un présage. Elle se dirigea lentement vers le divan de la pièce et s'assit. Elle pensa qu'elle appellerait sa voisine dès que cette contraction prendrait fin. Ainsi, elles seraient presque arrivées à l'hôpital au moment où commencerait la suivante.

Quand la douleur atteignit son point culminant, la confiance que lui avait donnée le Dr Simarian disparut. L'angoisse s'empara d'elle lorsqu'une soudaine rafale de vent balaya la cour, faisant ployer les bouleaux et amenant les premières gouttes de pluie. Patty frissonna. Elle souhaitait que tout fût fini. Il se pouvait qu'elle ne fût pas superstitieuse, mais elle avait peur. La conjonction de tous ces facteurs — l'orage, le voyage d'affaires de Clark, le début du travail avec une semaine d'avance — semblait désastreuse. Les larmes roulaient sur ses joues tandis qu'elle attendait pour téléphoner à sa voisine. Elle ne souhaitait qu'une chose : ne pas avoir aussi peur.

— Oh ! formidable, dit sarcastiquement le Dr Jeffrey Rhodes en levant les yeux vers le grand tableau indiquant le programme des opérations dans le bureau des anesthésistes. Un nouveau cas s'était inscrit : Patty Owen, qui spécifiait qu'elle voulait une épidurale pour son accouchement. Jeffrey hocha la tête, sachant fort bien qu'il était le seul anesthésiste disponible pour le moment. Tous les autres membres de l'équipe de jour étaient occupés avec un malade. Jeffrey téléphona au service des accouchements pour s'informer de l'état de la patiente et on lui dit qu'il n'y avait pas le feu parce que la femme n'était pas encore arrivée des admissions.

— Pas de complications que je devrais connaître ? demanda

Jeffrey, craignant presque une réponse affirmative — les choses n'allaient pas bien pour lui ce jour-là.

— La routine, dit l'infirmière. Une primipare. Vingt-quatre ans. En bonne santé.

— Qui est le médecin soignant ?

— Simarian, répondit l'infirmière.

Jeffrey dit qu'il serait là incessamment et raccrocha le téléphone. Simarian, réfléchit Jeffrey, en pensant que c'était bien. Le type était un bon technicien, mais Jeffrey trouvait un peu ennuyeuse la condescendance qu'il manifestait à l'égard de ses patients. Dieu merci, ce n'était ni Braxton ni Hicks. Il voulait que l'affaire se passe sans incidents et, il l'espérait, rapidement. Si cela avait été l'un des deux autres, ça n'aurait pas été le cas.

Quittant le bureau des anesthésistes, il descendit le grand couloir des salles d'opération, passant devant le tableau de service où le personnel s'affairait. On attendait l'équipe de l'après-midi d'une minute à l'autre. Le changement d'équipe de garde entraînait inévitablement une confusion momentanée.

Jeffrey franchit les portes battantes de la salle des chirurgiens et arracha le masque qui pendait mollement sur sa poitrine, suspendu à son élastique. Il le jeta avec soulagement dans le réceptacle à déchets. Il avait respiré au travers de ce foutu truc pendant six heures d'affilée.

La salle retentissait du bruit des membres des équipes qui prenaient leur service. Jeffrey les ignora et passa par le vestiaire, qui était tout aussi bondé. Il s'arrêta devant le miroir, curieux de voir s'il avait aussi mauvaise mine qu'il en avait l'impression. C'était bien le cas. Ses yeux semblaient s'être enfoncés dans leurs orbites tellement ils avaient l'air cave. Ils étaient soulignés d'un cerne noir indélébile en forme de croissant. Même la moustache de Jeffrey semblait défraîchie, ce qui n'était pas étonnant après être restée recouverte par le masque chirurgical pendant six bonnes heures.

Comme la plupart des médecins qui cherchaient à résister à l'hypocondrie chronique provoquée par l'école de médecine, Jeffrey péchait souvent par excès inverse ; il niait ou feignait d'ignorer tous les symptômes de maladie ou signes de fatigue, jusqu'à ce qu'ils menacent de le terrasser. Bien qu'il se fût senti fatigué pendant plusieurs jours, il avait attribué ses vertiges et ses frissons à quelque chose qu'il aurait mangé la veille au soir. Quand des vagues de nausée se déclenchèrent au milieu de la matinée, Jeffrey en rendit immédiatement responsable l'abus de café. Et lorsqu'il commença à avoir la migraine et de la diarrhée en début d'après-midi, il les mit sur le compte de la soupe qu'il avait consommée au déjeuner, à la cafétéria de l'hôpital.

Ce ne fut que lorsqu'il fut face à l'image hagarde que lui renvoyait le miroir du vestiaire des chirurgiens que Jeffrey admit enfin qu'il était malade. Il avait probablement attrapé la grippe qui avait circulé dans l'hôpital le mois dernier. Il posa la face interne de son poignet sur son front pour apprécier en gros sa température. Il n'y avait aucun doute : il était brûlant.

S'éloignant du lavabo, Jeffrey se dirigea vers son placard, heureux que la journée tirât à sa fin. L'idée de son lit était la vision la plus attirante qu'il pouvait évoquer.

Il s'assit sur le banc, sans prêter attention à la foule qui bavardait, puis se mit à faire tourner la combinaison de son verrou. Il se sentait plus mal en point que jamais. Son estomac gargouillait de façon désagréable, et il éprouvait une atroce douleur dans les intestins. Une crampe fugitive fit venir des perles de sueur sur son front. A moins que quelqu'un puisse le relayer, il serait de service pendant plusieurs heures encore.

S'arrêtant au dernier numéro, Jeffrey ouvrit son placard. Il tendit la main pour récupérer, bien rangé sur les étagères, un flacon d'élixir parégorique, un vieux remède que sa mère l'obligeait à prendre quand il était petit. Sa mère avait toujours soutenu qu'il souffrait soit de constipation soit de diarrhée. Ce ne fut que lorsqu'il entra au collège que Jeffrey comprit que ces diagnostics n'étaient que des prétextes pour lui faire prendre ce que sa mère considérait comme une panacée. Au cours des années, Jeffrey s'était mis à avoir confiance dans l'élixir parégorique, sinon dans la justesse des diagnostics de sa mère. Il en gardait toujours un flacon à portée de main.

Dévissant le bouchon, il rejeta la tête en arrière et en prit une bonne gorgée. S'essuyant la bouche, il remarqua qu'un aide soignant assis à côté de lui observait tous ses mouvements.

— Vous en voulez une lampée ? demanda Jeffrey avec un large sourire, en tendant la bouteille à l'homme. Un truc formidable.

L'homme prit un air dégoûté, se leva et partit.

L'absence de sens de l'humour de cet homme fit hocher la tête à

Jeffrey. A en juger par sa réaction, on aurait cru qu'on lui avait offert du poison. Avec une lenteur inhabituelle, Jeffrey enleva sa casaque. Se massant brièvement les tempes, il fit un effort pour se lever et aller prendre une douche. Après s'être savonné et rincé, il resta cinq minutes sous l'eau qu'il fit couler fort avant de sortir et de se sécher vigoureusement. Il brossa ses cheveux brun roux ondulés, revêtit une casaque propre, mit une calotte et un masque neufs. Il se sentait considérablement mieux. A l'exception d'un gargouillement de temps en temps, son côlon semblait coopératif — du moins pour le moment.

Jeffrey revint sur ses pas, traversa la pièce des chirurgiens, suivit le couloir des salles d'opération et franchit la porte qui menait au service des accouchements. Le décor y constituait un heureux antidote au carrelage utilitaire et austère des salles d'opération. Les chambres d'accouchement individuelles étaient tout aussi stériles, mais le service d'accouchement et les salles de travail étaient peints en tons pastel, avec des reproductions d'impressionnistes aux murs. Les fenêtres avaient même des rideaux.

Jeffrey alla au bureau central et s'enquit de l'état de sa patiente.

— Patty Owen est au quinze, dit une grande et belle Noire.

Elle s'appelait Monica Carver, et elle était l'infirmière en chef de l'équipe du soir.

Jeffrey se pencha au-dessus du bureau, bénissant ce repos momentané.

— Comment va-t-elle ? demanda-t-il.

— Très bien, dit Monica. Mais ce n'est pas pour maintenant. Ses contractions ne sont ni fortes ni fréquentes, et la dilatation n'est que de quatre centimètres.

Jeffrey hocha la tête. Il aurait préféré que les choses fussent plus avancées. Normalement, on devait attendre que la dilatation eût atteint six centimètres pour pratiquer une épidurale. Monica tendit à Jeffrey la fiche de Patty. Il la parcourut rapidement. Il n'y avait pas grand-chose. La femme était de toute évidence en bonne santé. Ça, au moins, c'était positif.

— Je vais bavarder avec elle, dit Jeffrey, puis je retournerai dans la salle des chirurgiens. S'il y a un changement, appelez-moi par haut-parleur.

— Bien sûr, dit gaiement Monica.

Jeffrey se dirigea vers la chambre quinze. A mi-chemin, il eut une nouvelle crampe intestinale. Il dut s'arrêter et s'appuyer contre le mur en attendant que ça passe. Comme c'est embêtant, pensa-t-il. Quand il se sentit mieux, il continua jusqu'à la chambre quinze et frappa. Une voix agréable lui dit d'entrer.

— Je suis le Dr Jeffrey Rhodes, dit Jeffrey en lui tendant la main. C'est moi qui serai votre anesthésiste.

Patty Owen saisit sa main tendue. Elle avait les paumes humides et les mains gelées. Elle paraissait avoir bien moins de vingt-quatre ans. Elle était blonde, et ses grands yeux ressemblaient à ceux d'un enfant vulnérable. Jeffrey était sûr que cette femme avait peur.

— Je suis contente de vous voir ! dit Patty, en retenant la main de Jeffrey. Je préfère vous dire tout de suite que je ne suis pas très courageuse. Je supporte assez mal la douleur.

— Je suis sûr que nous pourrons vous aider, dit Jeffrey sur un ton rassurant.

— Je veux une épidurale, dit Patty. Mon médecin m'a dit que c'était possible.

— Je comprends, dit Jeffrey, et nous ferons ce que vous voudrez. Tout se passera bien. Nous pratiquons beaucoup d'accouchements ici, au Boston Memorial. Nous prendrons bien soin de vous et quand tout sera fini, vous vous demanderez pourquoi vous aviez tant d'appréhensions.

— C'est vrai ? demande Patty.

— Si nous n'avions pas tant de patientes satisfaites, croyez-vous que tant de femmes reviendraient une deuxième, une troisième, ou même une quatrième fois ?

Patty esquissa un pâle sourire.

Jeffrey passa encore un quart d'heure avec elle, la questionnant sur sa santé et ses allergies. Il la plaignit quand elle lui dit que son mari était en voyage d'affaires. Il fut surpris qu'elle connût si bien l'anesthésie épidurale. Elle lui confia que non seulement elle avait lu des choses sur le sujet, mais que sa sœur y avait eu recours pour ses deux accouchements. Jeffrey expliqua pourquoi il ne lui ferait pas une épidurale immédiatement. Quand il lui dit qu'en attendant, si elle voulait, il pouvait lui donner du Demerol, elle se détendit. Avant de la quitter, Jeffrey lui rappela que tous les médicaments qu'elle prenait, le bébé les prenait aussi. Puis il lui redit qu'elle n'avait pas de raison de s'inquiéter ; elle était dans de bonnes mains.

En sortant de la salle de travail de Patty, Jeffrey eut une nouvelle crampe intestinale et se dit qu'il lui faudrait prendre des mesures plus énergiques contre ses propres symptômes s'il voulait mener à bien l'accouchement de Patty. Malgré l'élixir parégorique, il se sentait de plus en plus mal.

Franchissant les portes qui donnaient sur la suite des salles d'opération, Jeffrey retourna à l'alcôve des anesthésistes proche des salles d'opération où il avait passé l'essentiel de la journée. La pièce était vide et ne resservirait probablement plus jusqu'au lendemain matin.

Parcourant du regard le couloir des salles d'op pour s'assurer que la voie était libre, Jeffrey tira le rideau afin de s'isoler. Bien qu'il eût finalement admis qu'il était malade, il n'était pas prêt à le reconnaître devant une tierce personne.

Du tiroir de son appareil d'anesthésie Narcomed III, Jeffrey sortit une aiguille à intraveineuse de petit calibre et le matériel d'injection. Il prit sur l'étagère un flacon de lactate liquide de Ringer pour intraveineuse et fit sauter le couvercle qui était au-dessus du bouchon de caoutchouc. Il introduisit en force le tuyau d'intraveineuse dans le flacon qu'il suspendit à la potence d'intraveineuse au-dessus de l'appareil d'anesthésie, fit couler le liquide dans le tuyau jusqu'à l'évacuation des bulles d'air, puis ferma le robinet de plastique.

Jeffrey ne s'était fait d'intraveineuse que deux fois, mais il avait assez d'entraînement pour être expert en la matière. Se servant de ses dents pour maintenir une extrémité du garrot, il l'attacha autour de son biceps et observa ses veines qui commençaient à gonfler.

Ce que Jeffrey avait en tête était un truc qu'il avait appris lorsqu'il était interne. En ce temps-là, ses confrères et lui, surtout les internes en chirurgie, refusaient de s'arrêter quand ils étaient malades de peur de devenir moins compétitifs. S'ils attrapaient la grippe ou avaient des symptômes tels que ceux qu'éprouvait maintenant Jeffrey, ils se contentaient de s'injecter un litre de solution à intraveineuse. Le résultat était presque garanti, à croire que la plupart des symptômes de la grippe étaient dus à la déshydratation. Avec un litre de lactate de Ringer coulant dans vos veines, il était difficile de ne pas se sentir mieux. Cela faisait des années que Jeffrey avait eu recours pour la dernière fois à une intraveineuse. Il espérait seulement que celle-ci serait aussi efficace qu'elle l'était quand il était interne. A quarante-deux ans maintenant, il avait du mal à croire que, la dernière fois, il avait près de vingt ans de moins.

Jeffrey était sur le point de faire pénétrer l'aiguille quand quelqu'un tira le rideau de l'alcôve. Jeffrey leva les yeux et découvrit le visage surpris de Regina Vinson, une des infirmières du soir.

— Oh ! s'exclama Regina. Excusez-moi.

— Ça ne fait rien, commença à dire Jeffrey, mais Regina était partie aussi vite qu'elle était apparue.

Quand elle l'avait surpris par inadvertance, Jeffrey avait vaguement pensé à lui demander d'attacher l'intraveineuse à l'aiguille lorsqu'il la ferait pénétrer dans la veine. Il tendit la main et tira le rideau dans l'espoir de la rattraper, mais Regina était déjà loin, perdue dans le couloir bondé. Il laissa retomber le rideau. Il était aussi bien sans elle.

Une fois le tuyau fixé, il ouvrit le robinet. Presque immédiatement, il éprouva une sensation de fraîcheur due au liquide qui coulait rapidement dans son bras. Lorsque le flacon se fut presque entièrement vidé, le bras de Jeffrey était frais au toucher. Après avoir retiré l'aiguille, il mit un tampon imbibé d'alcool sur la veine et replia le bras pour le maintenir en place. Il se débarrassa de son attirail à intraveineuse dans la corbeille à papiers, puis il se mit debout. Il attendit un moment pour voir comment il se sentait. Les vertiges et la migraine avaient totalement disparu. Ainsi que les nausées. Satisfait par la rapidité des résultats, Jeffrey ouvrit le rideau et retourna au vestiaire. Seul son côlon lui posait des problèmes.

L'équipe du soir avait pris la relève et celle de jour était sur le point de partir. Le vestiaire était plein de gens de bonne humeur. La plupart des douches étaient occupées. Jeffrey alla d'abord aux toilettes. Puis il prit son élixir parégorique et en avala encore une grosse lampée. Le goût le fit frissonner, et il se demanda ce qui le rendait si amer. Il jeta la bouteille vide dans la corbeille à papiers. Puis il prit une deuxième douche et changea une nouvelle fois de casaque.

Quand il sortit pour se rendre dans la salle des chirurgiens, il se sentait presque humain. Il avait l'intention d'y rester une demi-heure pour lire le journal, mais avant qu'il en eût l'occasion, son avertisseur sonore se déclencha. Il reconnut le numéro. C'était un accouchement.

— Mme Owen vous demande, lui dit Monica Carver quand il téléphona.

— Comment va-t-elle ? demanda Jeffrey.

— Très bien, dit Monica. Elle est un peu inquiète, mais elle n'a même pas demandé d'anesthésie, bien que ses contractions soient maintenant plus fréquentes. Elle en est à cinq ou six centimètres.

— Parfait, dit Jeffrey. (Il était satisfait.) J'y vais tout de suite.

En route vers le service des accouchements, Jeffrey s'arrêta au bureau des anesthésistes pour jeter un coup d'œil sur le grand tableau afin de voir quelles étaient les affectations de la soirée. Comme il s'y attendait, tout le monde était occupé par des tâches en cours. Il prit un morceau de craie et écrivit que dès que quelqu'un serait libre, qu'il ou elle passe aux accouchements pour le relayer.

Lorsque Jeffrey arriva à la salle de travail numéro quinze, Patty était en pleine contraction. Une infirmière auxiliaire expérimentée était avec elle, et les deux femmes travaillaient comme une équipe chevronnée. De la sueur perlait sur le front de Patty. Ses paupières étaient étroitement serrées, et de ses deux mains, elle s'accrochait aux mains de l'infirmière. Attaché à son ventre, son moniteur de caoutchouc enregistrait aussi bien les progrès du travail que les battements de cœur du fœtus.

— Oh, mon blanc chevalier vêtu de bleu, dit Patty quand la douleur se calma et qu'elle ouvrit les yeux pour voir Jeffrey qui se tenait au pied de son lit.

Elle sourit.

— Alors cette épidurale ? suggéra Jeffrey.

— Alors d'accord ! répondit Patty en écho.

Tout l'équipement dont Jeffrey avait besoin se trouvait sur un chariot qu'il avait poussé en revenant dans la chambre. Après avoir mis en place le brassard pour prendre sa tension, Jeffrey enleva le moniteur en caoutchouc du ventre de Patty et l'aida à se tourner sur le côté. De ses mains gantées, il lui frotta le dos avec une solution antiseptique.

— Ça va ? demanda Jeffrey en prenant une seringue de verre

pour aspirer une dose test de deux centimètres cubes d'eau distillée contenant une goutte d'adrénaline.

— Vous avez fini ? demanda Patty.

— Pas tout à fait, dit Jeffrey. Encore quelques petites minutes.

Il injecta la dose test et vérifia immédiatement la tension et le pouls de Patty. Il n'y avait pas de changement. Si l'aiguille avait pénétré dans un vaisseau sanguin, le rythme cardiaque de Patty se serait accéléré immédiatement sous l'effet de l'adrénaline.

Ce ne fut qu'à ce moment-là que Jeffrey prit le petit cathéter pour épidurale. Avec le soin dû à son expérience, il le fixa à l'aiguille Touhey.

— Je sens quelque chose de drôle dans la jambe, dit nerveusement Patty.

Jeffrey cessa de pousser le cathéter. Il n'était qu'à un centimètre au-delà du bout de l'aiguille. Il demanda à Patty quelle sensation elle éprouvait, puis il lui expliqua qu'il était normal que le cathéter touchât les nerfs périphériques en traversant l'espace épidural. Cela expliquait ce qu'elle ressentait. Quand la paresthésie se calma, Jeffrey fit avancer précautionneusement le cathéter d'un centimètre et demi. Patty ne se plaignit pas.

Finalement, Jeffrey enleva l'aiguille Touhey, laissant le petit cathéter en caoutchouc en place. Puis il prépara une deuxième dose test de deux centimètres cubes de Marcaïne rachidienne 25 avec de l'adrénaline. Après avoir injecté cette seconde dose, il contrôla la tension de Patty et ses réactions épidermiques au niveau de ses extrémités inférieures. N'ayant constaté aucun changement au bout de plusieurs minutes, Jeffrey eut la certitude que le cathéter était convenablement placé. Finalement, il injecta la dose thérapeutique d'anesthésique : cinq centimètres cubes de Marcaïne 25. Puis il boucha le cathéter.

— C'est tout ce qu'il y a à faire, dit Jeffrey en posant un pansement stérile sur l'emplacement de la piqûre. Mais je veux que vous restiez sur le côté encore un moment.

— Mais je ne sens rien, rétorqua Patty.

— C'est à ça que ça sert, dit Jeffrey avec un sourire.

— Vous êtes sûr que ça marche ?

— Attendez votre prochaine contraction, répondit Jeffrey, confiant.

Jeffrey s'entretint avec l'infirmière pour lui indiquer à quels intervalles il voulait qu'on prît la tension de Patty. Puis il l'aida à remettre en place le moniteur fœtal. Il resta dans la chambre pour assister à la contraction suivante, profitant de ce temps pour rédiger avec sa minutie habituelle son rapport d'anesthésie. Patty était rassurée. Le malaise qu'elle avait ressenti s'était bien atténué, et elle en remercia Jeffrey avec effusion.

Après avoir dit à Monica Carver et à l'infirmière auxiliaire où il serait, Jeffrey entra dans une salle de travail vide et plongée dans l'obscurité pour s'allonger. Il se sentait mieux, mais certainement pas dans son état normal. Il ferma les yeux pour — croyait-il — quelques minutes et, apaisé par le bruit de la pluie contre les vitres, il sombra dans le sommeil en un clin d'œil. Il eut vaguement conscience que la porte s'ouvrait et se fermait plusieurs fois tandis que diverses personnes lui jetaient un coup d'œil, mais aucune d'elles ne le dérangea jusqu'à ce que Monica entrât et lui secouât doucement l'épaule.

— Nous avons un problème, dit-elle.

Jeffrey fit pivoter ses jambes par-dessus le rebord du lit et se frotta les yeux.

— Qu'est-ce qui ne va pas ?

— Simarian a décidé de pratiquer une césarienne sur Patty Owen.

— Déjà ? demanda Jeffrey.

Il regarda sa montre. Il cligna plusieurs fois des yeux. La pièce semblait plus sombre qu'auparavant. Vérifiant à sa montre, il fut surpris de constater qu'il avait dormi pendant une heure et demie.

— Le bébé se présente avec la tête défléchie et il n'a pas progressé, expliqua Monica. Mais le grand problème, c'est que le cœur du bébé ralentit pour revenir à la normale après chaque contraction.

— Temps de faire une césarienne, acquiesça Jeffrey, en équilibre instable sur ses pieds.

Il attendit un instant, le temps que disparût son léger vertige.

— Est-ce que vous allez bien ? s'enquit Monica.

— Très bien, dit Jeffrey. (Il s'assit sur une chaise pour enfiler ses bottes de salle d'opération.) C'est prévu pour quand ?

— Simarian sera ici dans une vingtaine de minutes, dit Monica en étudiant le visage de Jeffrey.

— Quelque chose qui ne va pas ? demanda Jeffrey.

Il passa ses doigts dans ses cheveux de crainte qu'ils ne fussent dressés sur sa tête.

— Vous avez l'air pâle, dit Monica. C'est peut-être le manque de lumière.

Dehors, la pluie avait redoublé.

— Comment va Patty ? demanda Jeffrey en se dirigeant vers la salle de bains.

— Elle est inquiète, dit Monica de la porte. Côté douleur, ça va, mais vous pourriez peut-être lui donner un tranquillisant pour qu'elle garde son calme.

Jeffrey hocha la tête en allumant la lumière dans la salle de bains. Il n'était pas emballé par l'idée de donner un tranquillisant à Patty, mais vu les circonstances, il devait l'envisager.

— Assurez-vous qu'elle est bien sous oxygène, dit-il à Monica. J'arrive dans une seconde.

— Elle est sous oxygène, lança Monica par-dessus son épaule en quittant la pièce.

Jeffrey s'examina dans la glace. Il était effectivement pâle. Puis il remarqua autre chose. Ses pupilles étaient si rétrécies qu'elles ressemblaient à deux têtes d'épingle. Il ne les avait jamais vues ainsi. Pas étonnant qu'il ait eu du mal à consulter sa montre dans la pièce à côté.

Jeffrey s'aspergea le visage d'eau froide, puis il s'essuya vigoureusement. Cela le réveilla. Il regarda de nouveau ses pupilles. La myosis subsistait. Il respira profondément et se promit de filer chez lui et de se mettre au lit dès qu'il en aurait fini avec cet accouchement. Après avoir remis de l'ordre dans ses cheveux avec ses doigts, il se dirigea vers la salle de travail numéro quinze.

Monica avait raison. Patty était déconcertée, effrayée et nerveuse à la perspective de la césarienne. Elle se jugeait personnellement responsable de l'échec du travail. Des larmes lui vinrent aux yeux quand elle exprima de nouveau sa colère contre l'absence de son mari. Jeffrey la plaignait et fit un gros effort pour la rassurer en lui affirmant que tout se passerait bien et que ce n'était certainement pas de sa faute. Il lui fit aussi une intraveineuse de diazepam de cinq milligrammes, ce qui, pensait-il, n'aurait que peu ou pas d'effet sur le bébé à naître. Patty se calma rapidement.

— Est-ce que je serai endormie pendant la césarienne ? demanda Patty.

— Vous serez très détendue, répondit Jeffrey en éludant la question. Un des gros avantages de l'anesthésie épidurale continue est qu'on peut en étendre l'effet à un plus haut niveau maintenant que nous en avons besoin, sans le moindre inconvénient pour la petite Patty.

— C'est un garçon, dit Patty. Il s'appelle Mark.

Elle eut un pâle sourire. A présent, ses paupières s'affaissaient légèrement. Visiblement le tranquillisant produisait son effet.

Le transfert du service des accouchements à la salle d'opération se fit sans encombre. Jeffrey laissa Patty sous oxygène en lui appliquant un masque sur le visage durant le court trajet.

On avait averti la salle d'opération de la décision de pratiquer une césarienne. Au moment où Patty y fut transférée, la salle était pratiquement prête pour l'intervention. L'infirmière de service, qui était déjà en tenue stérile, était occupée à préparer les instruments. L'infirmière de garde aida à faire entrer le brancard roulant dans la salle et à porter Patty sur la table d'opération. Patty avait encore sur elle le moniteur fœtal, qui fut laissé en place pour le moment.

Jeffrey ne connaissait pas très bien l'équipe du soir et il n'avait jamais rencontré auparavant l'infirmière de garde. Le nom marqué sur son uniforme était : Sheila Dodenhoff.

— Je vais avoir besoin de Marcaïne 5, dit Jeffrey à Sheila alors qu'il faisait passer Patty de la bouteille portable d'oxygène à l'oxygène fourni par l'appareil d'anesthésie Narcomed III.

Puis il remit le tensiomètre au bras gauche de Patty.

— Elle monte, dit joyeusement Sheila.

Jeffrey travaillait vite mais avec circonspection. Dès qu'il avait exécuté une opération, il la notait dans son rapport d'anesthésie. Contrairement à la plupart des autres médecins, Jeffrey s'enorgueillissait de son écriture extrêmement lisible.

Après avoir fixé les fils de l'électrocardiogramme, il attacha le lecteur de pulsations à l'index gauche de Patty. Quand Sheila revint, il replaçait l'intraveineuse en s'assurant qu'elle pénétrait bien dans le cathéter.

— Allez-y, dit-elle en tendant à Jeffrey une ampoule de verre de trente centimètres cubes de Marcaïne 5.

Jeffrey prit le médicament et, comme à chaque fois, vérifia l'étiquette. Il posa l'ampoule sur l'appareil d'anesthésie. Il sortit du tiroir une ampoule de deux centimètres cubes de Marcaïne 5 pour rachianesthésie avec de l'adrénaline et l'aspira dans la seringue. Faisant basculer Patty sur le côté droit, Jeffrey injecta les deux centimètres cubes dans le cathéter épidural.

— Comment ça se passe ? lança, de la porte, une voix tonitruante.

En se retournant, Jeffrey vit le Dr Simarian qui appliquait un masque sur son visage tout en maintenant la porte ouverte.

— Nous serons prêts dans une minute, dit Jeffrey.

— Comment va le cœur du petit ? demanda-t-il.

— Bien, pour le moment, répondit Jeffrey.

— Je vais me laver les mains et ensuite, nous passerons à l'action.

La porte se referma. Jeffrey serra l'épaule de Patty tandis qu'il étudiait l'électrocardiogramme et le tensiomètre.

— Vous allez bien ? lui demanda-t-il en écartant le masque à oxygène.

— Oui, je crois, dit-elle.

— Je veux que vous me disiez tout ce que vous ressentez. Compris ? dit Jeffrey. Est-ce que vos pieds vous donnent l'impression d'être normaux ?

Patty fit oui de la tête. Jeffrey alla vérifier sa sensation. Revenant à la tête de la table et contrôlant de nouveau les moniteurs, il s'assura que le cathéter épidural n'avait pas bougé et n'avait pénétré ni dans le canal spinal ni dans une des veines de Bateson dilatées par la grossesse.

Satisfait que tout fût en ordre, Jeffrey prit l'ampoule de Marcaïne que Sheila lui avait apportée. Du pouce, il en cassa net l'extrémité. Il contrôla de nouveau l'étiquette, puis il aspira douze centimètres cubes. Il voulait que l'anesthésie atteigne au moins T6, et de préférence T4. Quand il posa la Marcaïne, son regard croisa celui de Sheila. Elle se tenait à l'écart sur la gauche, observant Jeffrey.

— Quelque chose qui ne va pas ? demanda Jeffrey.

Sheila soutint son regard pendant un instant, puis elle tourna les talons. Jeffrey se retourna pour attirer l'attention de l'infirmière de service, mais elle était encore occupée à préparer les instruments. Jeffrey haussa les épaules. Il se passait quelque chose et il n'était pas au courant.

Retournant au chevet de Patty, il injecta la Marcaïne. Puis il reboucha le cathéter épidural et revint à la tête de la table. Après avoir reposé la seringue, il nota l'heure et la dose exacte de l'injection dans le rapport. Une légère accélération du bip attira son attention sur le moniteur de l'électrocardiogramme. S'il devait y avoir un changement dans le rythme cardiaque, c'était un léger ralentissement, suite au blocage progressif du sympathique. Or c'était l'inverse qui se produisait. Le pouls de Patty s'accélérait. C'était le signe avant-coureur d'une catastrophe imminente.

La première réaction de Jeffrey fut plus de curiosité que d'inquiétude. Son esprit analytique chercha une explication logique à ce dont il était témoin. Il jeta un coup d'œil sur le tensiomètre puis sur l'oxymètre. Tout était normal. Il regarda de nouveau l'électrocardiogramme. Le pouls continuait à s'accélérer, et, encore plus inquiétant, la pulsation ectopique était irrégulière. Dans les circonstances actuelles, ce n'était pas bon signe.

Jeffrey avait du mal à déglutir tant la peur lui étreignait la gorge. Il ne s'était écoulé que quelques secondes depuis qu'il avait injecté la Marcaïne. Cela pouvait-il venir de l'intraveineuse malgré le résultat de la dose test ? Jeffrey avait déjà eu dans sa carrière professionnelle une autre réaction inverse à une anesthésie locale. L'incident avait été extrêmement pénible.

Les battements ectopiques étaient de plus en plus fréquents. Pourquoi la fréquence des pulsations augmentait-elle et pourquoi le rythme devenait-il irrégulier ? Si la dose d'anesthésique était passée dans la veine, pourquoi la tension ne tombait-elle pas ? Jeffrey n'avait pas de réponse immédiate à ces questions, mais son sixième sens médical, né d'années d'expérience, déclenchait dans son esprit des signaux d'alarme. Il se passait quelque chose d'anormal. Quelque chose que Jeffrey était incapable d'expliquer, et encore moins de comprendre.

— Je ne me sens pas bien, dit Patty, en tournant la tête pour lui parler par le côté du masque.

Jeffrey se pencha pour regarder le visage de Patty. Il put voir qu'il était de nouveau assombri par la peur.

— Qu'est-ce qui se passe ? demanda-t-il, troublé par la soudaineté des événements.

Il lui toucha l'épaule.

— Je me sens drôle, dit Patty.

— Qu'est-ce que vous entendez par « drôle » ?

Les yeux de Jeffrey revinrent se poser sur les moniteurs. Il y avait toujours le risque d'une allergie à l'anesthésie locale, bien que développer une allergie deux heures après la première injection était une idée plutôt tirée par les cheveux. Il remarqua que la tension avait légèrement monté.

— Ahhhhhh ! cria Patty.

Les yeux de Jeffrey se tournèrent immédiatement vers son visage. Les traits de Patty étaient déformés en une horrible grimace.

— Qu'est-ce qu'il y a, Patty ? demanda Jeffrey.

— Je ressens une douleur dans le ventre, parvint-elle à articuler d'une voix rauque, entre ses dents serrées. C'est en haut, sous mes côtes. C'est différent de la douleur du travail. Je vous en prie.

Sa voix s'affaiblissait.

Patty commença à se tordre sur la table, en remontant les jambes. Sheila réapparut, accompagnée d'un infirmier musclé qui voulut donner un coup de main pour tenter de la maîtriser.

La tension, qui était montée lentement, commença alors à baisser.

— Je veux qu'on la cale sur le côté droit, cria Jeffrey, prenant de l'éphédrine dans le tiroir et se préparant à l'injecter.

Mentalement, il calcula jusqu'où il laisserait la tension baisser avant d'injecter le produit qui la ferait remonter. Il n'avait toujours aucune idée de ce qui se passait, et il préférait ne pas agir avant de savoir exactement contre quoi il se battait.

Un gargouillis ramena son attention sur le visage de Patty. Il lui enleva son masque à oxygène. Surpris et horrifié, il vit qu'elle salivait comme un chien enragé. En même temps, un flot de larmes coulait sur son visage. Une toux grasse laissait aussi penser à la formation d'une masse croissante de sécrétions trachéo-bronchiques.

Jeffrey restait le professionnel hors pair qu'il était. Il avait reçu une formation qui lui permettait de faire face à ce genre d'urgence. Son esprit anticipait à toute vitesse, réunissant toutes les informations, échafaudant des hypothèses, puis les écartant. En même temps, il s'occupait des symptômes qui menaçaient la vie de Patty. Il fit d'abord une aspiration rhyno-pharyngienne, puis une injection intraveineuse d'atropine, suivie d'éphédrine. Il fit une nouvelle aspiration à Patty, puis il injecta une seconde dose d'atropine. Les sécrétions se ralentirent, la tension se stabilisa, l'oxygénation demeurait normale, mais Jeffrey continuait à en ignorer la raison. Tout ce à quoi il pouvait penser, c'était à une réaction allergique à la Marcaïne. Il observa l'électrocardiogramme, espérant que l'atropine aurait un effet positif sur l'irrégularité des battements du cœur. Mais ils restaient irréguliers. En fait, ils le devinrent encore plus quand le pouls de Patty s'accéléra. Jeffrey prépara une dose de quatre milligrammes de propranolol, mais avant qu'il eût pu l'injecter, il remarqua des fasciculations musculaires qui distordaient les traits de Patty par une série de torsions et de spasmes apparemment incontrôlés. Les fasciculations s'étendirent rapidement à d'autres muscles jusqu'à ce que son corps devînt la proie de convulsions cloniques.

— Tenez-la, Trent ! cria Sheila à l'infirmier. Prenez-lui les jambes.

Jeffrey injecta le propranolol alors que l'électrocardiogramme se mettait à enregistrer de nouveaux changements bizarres, donnant à entendre qu'il y avait une implication diffuse du système de conductibilité du cœur.

Patty vomit de la bile verte que Jeffrey aspira rapidement. Il jeta un coup d'œil sur ce qu'affichait le lecteur de pulsations. Cela tenait encore. Puis l'alarme du moniteur fœtal se déclencha ; le cœur du bébé ralentissait. Avant que quiconque eût pu réagir, Patty eut une très forte crise. Ses membres s'agitaient follement dans tous les sens, puis son dos s'arqua, effroyablement hypertendu.

— Bon Dieu, qu'est-ce qui se passe ? hurla le Dr Simarian en franchissant la porte en trombe.

— La Marcaïne, cria Jeffrey. Elle a une espèce de réaction extrêmement violente.

Jeffrey n'avait pas le temps d'entrer dans les détails alors qu'il aspirait soixante-quinze milligrammes de succinylcholine.

— Nom de Dieu ! brailla Simarian, en faisant le tour de la table pour maintenir Patty allongée.

Jeffrey injecta la succinylcholine ainsi qu'une nouvelle dose de diazepam. Il se félicita que son instinct lui eût fait changer d'intraveineuse pour en choisir une plus sûre. Le système audio du lecteur de pulsations se mit à baisser de ton tandis que l'oxygénation de Patty décroissait. Jeffrey dégagea de nouveau sa trachée et essaya de la mettre sous oxygène à cent pour cent.

Les mouvements déclenchés par la crise de Patty se calmèrent lorsque se produisit la paralysie provoquée par la succinylcholine. Jeffrey introduisit doucement un tube endotrachéal, vérifia sa position, et l'oxygéna abondamment. Le bruit du lecteur de pulsations remonta immédiatement à son plus haut niveau. Mais le moniteur fœtal continuait à diffuser son signal d'alarme. Le cœur du bébé avait ralenti et ne reprenait pas son rythme normal.

— Il faut s'occuper du bébé ! hurla Simarian.

Il attrapa des gants stériles sur une des tables de côté et les enfila d'un coup sec.

Jeffrey observait encore la tension, qui avait recommencé à chuter. Il redonna à Patty une dose d'éphédrine. La tension remonta. Il regarda l'électrocardiogramme. Le propranolol ne l'avait pas amélioré. Puis, à sa grande horreur, juste au moment où Jeffrey avait les yeux fixés dessus, l'électrocardiogramme enregistra une fibrillation insensée. Le cœur de Patty avait cessé de battre.

— Son cœur s'arrête ! cria Jeffrey.

La tension tomba à zéro. Les alarmes de l'électrocardiogramme et du lecteur de pulsations se mirent à émettre des bruits stridents.

— Mon Dieu ! hurla Simarian.

Il avait étendu en toute hâte le corps de la patiente. Il se dirigea vers le haut de la table et commença un massage cardiaque en comprimant la poitrine de Patty. Sheila annonça la nouvelle au bureau des salles d'opération. On envoyait de l'aide.

L'équipe de secours arriva avec de nouvelles infirmières en chirurgie. A la vitesse de l'éclair, elles préparèrent le défibrillateur. Une infirmière anesthésiste était là aussi. Elle vint se mettre juste à côté de Jeffrey.

La teneur en oxygène du sang de Patty augmenta légèrement

— Donnez-lui une décharge, ordonna Jeffrey.

Simarian prit les électrodes du défibrillateur des mains d'une infirmière. Il les appliqua sur la poitrine nue de Patty. Tout le monde s'écarta de la table. Simarian appuya sur le bouton. Comme Patty était paralysée par la succinylcholine, le courant électrique ne produisit aucun effet apparent, si ce n'est sur l'écran de l'électrocardiogramme. La fibrillation disparut, mais quand le spot phosphorescent réapparut, il n'indiquait pas une pulsation normale. Il traçait au contraire une ligne absolument plate, ornée de quelques petits gribouillis.

— Recommencez le massage ! ordonna Jeffrey.

Il avait les yeux fixés sur l'électrocardiogramme. Il ne pouvait croire à l'absence de toute activité électrique. L'infirmier musclé prit la relève de Simarian et se mit à comprimer la poitrine de Patty avec de bons résultats.

Le moniteur fœtal continuait à retentir. Le rythme cardiaque de l'enfant était trop lent.

— Il faut s'occuper du bébé ! dit de nouveau Simarian sur un ton sec.

Il changea de gants et prit en toute hâte des champs supplémentaires des mains de l'infirmière de service. Il les disposa du mieux qu'il put en raison du massage cardiaque. Il saisit un bistouri sur la table à instruments et se mit au travail. Pratiquant une longue incision verticale, il ouvrit le bas-ventre de Patty. La pression sanguine étant réduite, il y eut très peu de sang. Un pédiatre fit son apparition et se prépara à saisir le bébé.

L'attention de Jeffrey était rivée sur Patty. Il continuait les aspirations et était surpris par l'importance des sécrétions, en dépit de l'injection des deux doses d'atropine. Vérifiant l'état des pupilles de Patty, il fut content qu'elles ne fussent pas dilatées. En fait, il fut surpris de les trouver réduites à des têtes d'épingle. L'oxygénation demeurant élevée, Jeffrey décida de cesser toute injection de médicaments jusqu'à ce qu'on en eût fini avec l'accouchement. Il expliqua brièvement ce qui s'était passé à l'infirmière anesthésiste.

— Vous pensez que c'est une réaction à la Marcaïne ? demanda-t-elle.

— C'est tout ce qui me vient à l'esprit, reconnut Jeffrey.

L'instant d'après, on extirpa du ventre de Patty un bébé silencieux, bleu, flasque. Quand on eut coupé le cordon ombilical, on le tendit rapidement au pédiatre qui emmena précipitamment le nouveau-né dans le service de soins pour enfants où le bébé fut pris en charge par sa propre équipe de réanimation. L'infirmière anesthésiste se joignit à ce groupe.

Je n'aime pas cet électrocardiogramme plat, se dit Jeffrey tandis qu'il injectait une forte dose d'adrénaline. Il observa l'électrocardiogramme. Pas de réaction. Il essaya alors une nouvelle dose d'atropine. Rien. Exaspéré, il fit un prélèvement de sang artériel et l'envoya au labo pour analyse.

Ted Overstreet, un chirurgien cardiologue qui venait de terminer un pontage, entra et s'approcha de Jeffrey. Après que celui-ci lui eut expliqué la situation, Overstreet suggéra de tenter une opération.

L'infirmière anesthésiste revint pour dire que le bébé n'était pas en bonne forme.

— L'Apgar n'est que de trois, dit-elle. Il respire et son cœur bat, mais pas bien. Et son tonus musculaire n'est pas bon. En fait, il est bizarre.

— Comment ça ? demanda Jeffrey, luttant contre une vague de découragement.

— Sa jambe gauche bouge correctement, mais pas la droite. La droite est complètement molle. Pour ses bras, c'est exactement l'inverse.

Jeffrey secoua la tête. De toute évidence, l'enfant avait été privé d'oxygène dans l'utérus, et son cerveau avait été atteint. Cette découverte était accablante, mais ce n'était pas le moment de battre sa coulpe. Pour l'instant, son véritable problème, c'était Patty et comment faire redémarrer son cœur.

L'analyse revint du labo. Le pH de Patty était de 7,28. Etant donné les circonstances, pensa Jeffrey, c'était assez bon. Il injecta alors une dose de chlorure de calcium. Les minutes semblaient durer des heures tandis que tous regardaient l'électrocardiogramme, attendant un signe de vie, une réaction au traitement. Mais le moniteur traçait une ligne désespérément plate.

L'infirmier continuait à pratiquer les compressions de la poitrine et le ventilateur baignait les poumons de Patty d'oxygène pur. Elle avait encore un rétrécissement des pupilles, indiquant que son cerveau était encore assez oxygéné, mais son cœur demeurait électriquement et mécaniquement sans mouvement. Jeffrey répéta toutes les procédures classiques, mais sans résultat. Il fit même subir de nouveau à Patty une décharge avec le défibrillateur à quatre cents joules.

Quand le pédiatre eut stabilisé le nouveau-né, il donna l'ordre à toute l'unité de soins pour enfants de quitter le service de chirurgie avec son groupe d'internes et d'infirmières. Le petit Mark était en route vers l'unité de soins intensifs des nouveaux-nés. Jeffrey les regarda passer. Il avait la mort dans l'âme. Secouant la tête de tristesse, il revint vers Patty. Que faire ?

Il leva les yeux vers Ted, qui se tenait encore à côté de lui, et lui demanda ce qu'à son avis, ils devaient faire. Jeffrey était désespéré.

— Comme je le disais, je crois que nous devrions ouvrir et travailler directement sur le cœur. Au point où on en est, il n'y a pas grand-chose à perdre.

Jeffrey regarda encore un instant l'électrocardiogramme plat. Puis il soupira.

— D'accord, essayons, dit-il à contrecœur.

Il n'avait pas d'autre idée, et il ne voulait pas abandonner. Ainsi que le faisait remarquer Ted, ils n'avaient rien à perdre. Cela valait la peine d'essayer.

Ted s'habilla et se ganta en moins de dix minutes. Dès qu'il fut prêt, il demanda à l'infirmier de cesser de comprimer la poitrine pour qu'il pût rapidement placer les champs et donner un coup de bistouri. Quelques secondes plus tard, il tenait le cœur mis à nu de Patty.

Ted massa le cœur de sa main gantée et injecta même de l'adréaline directement dans le ventricule gauche. Cela n'ayant aucun effet, il essaya de stimuler le cœur en fixant des connections internes à la paroi cardiaque. Il en résulta un tracé complexe sur l'électrocardiogramme, mais le cœur lui-même ne réagit pas.

Ted recommença le massage cardiaque interne.

— Je ne veux pas faire de mauvais jeu de mots, dit-il au bout de deux minutes, mais mon cœur n'y est plus. J'ai bien peur que l'histoire soit finie, à moins que vous n'ayez un cœur à transplanter dans les parages. Celui-ci est mort depuis longtemps.

Jeffrey savait que Ted n'avait pas l'intention de se montrer impitoyable et que son attitude apparemment désinvolte était plus un mécanisme de défense qu'un véritable manque de compassion, cependant Jeffrey en fut touché au vif. Il dut se faire violence pour ne pas se répandre en invectives contre lui.

Car, bien qu'il eût abandonné tout espoir, Ted continuait le massage cardiaque interne. Dans la salle d'opération, le seul bruit provenait du moniteur enregistrant la décharge du stimulateur cardiaque et le léger bourdonnement du tensiomètre réagissant au massage de Ted.

Ce fut Simarian qui brisa le silence.

— Je suis d'accord, dit-il simplement.

Il enleva ses gants avec un bruit sec.

Ted regarda Jeffrey à travers l'écran d'éther qui s'était rapidement formé. Jeffrey fit un signe de tête affirmatif. Ted cessa de masser le cœur et retira sa main de la poitrine de Patty.

— Désolé, dit-il.

Jeffrey fit de nouveau un signe de tête. Il respira profondément, puis il arrêta le ventilateur. Il regarda le spectacle désolant qu'offrait Patty Owen avec son ventre et sa poitrine ouverts avec indécence. C'était une vision horrible, une vision qui poursuivrait Jeffrey jusqu'à la fin de sa vie. Le sol était jonché de tubes, d'ampoules... et d'emballages qui avaient contenu des médicaments.

Jeffrey était accablé et inerte. Il n'était jamais tombé aussi bas dans sa carrière professionnelle. Il avait été témoin d'autres tragédies, mais celle-ci était la pire et la plus inattendue. Son regard alla se poser sur l'appareil d'anesthésie. Il était lui aussi couvert de débris. Sous ces débris se trouvait le rapport d'anesthésie inachevé. Il fallait qu'il le mette à jour. Pendant qu'il tentait fiévreusement de sauver Patty, il n'avait pas eu le temps de s'en occuper. Il chercha l'ampoule de Marcaïne à moitié vide, éprouvant une antipathie irrationnelle à son égard. Bien que cela semblât déraisonnable au vu des résultats de la dose test, il ne pouvait s'empêcher d'avoir l'impression qu'une réaction allergique au médicament était à l'origine du drame. Il avait envie de lancer l'ampoule contre le mur, simplement pour laisser éclater sa rage. Bien entendu, il savait qu'il ne jetterait pas vraiment l'ampoule. Il se dominait trop bien pour cela. Mais il ne parvint pas à la trouver au milieu du fouillis.

— Sheila, dit-il à l'infirmière de service qui commençait à tout nettoyer, qu'est-il advenu de l'ampoule de Marcaïne ?

Sheila s'arrêta de travailler pour regarder Jeffrey.

— Si vous ne savez pas où vous l'avez mise, ce n'est certainement pas moi qui le saurai, dit-elle, en colère.

Jeffrey fit un signe de tête affirmatif, puis il s'occupa du corps de Patty qu'il détacha des moniteurs. Il pouvait comprendre la colère de Sheila. Il était lui aussi en colère. Patty ne méritait pas un tel destin. Ce que Jeffrey ne comprenait pas, c'était que Sheila n'était pas en colère contre le destin. Elle était en colère contre Jeffrey. En fait, elle était furieuse.

1

LUNDI

15 MAI 1989

11 H 15

Un rayon de lumière dorée du matin filtrait à travers une haute fenêtre percée dans le mur jusqu'à la gauche de Jeffrey et transperçait la salle du tribunal pour atteindre, à la manière d'un projecteur, les lambris qui se trouvaient derrière le banc du juge. Des millions de particules de poussière brillaient et tourbillonnaient dans l'intensité de ce rayon de lumière. Chaque fois, depuis le début de son procès, Jeffrey avait été frappé par l'aspect théâtral du système judiciaire. Mais il ne s'agissait pas ici d'un feuilleton télévisé. C'était la carrière de Jeffrey — toute son existence — qui était en jeu.

Jeffrey ferma les yeux et se pencha au-dessus de la table des accusés en posant la tête dans ses mains. Les coudes écartés sur la table, il se frotta vigoureusement les yeux. La tension allait le rendre fou.

Prenant une profonde inspiration, il ouvrit les yeux, espérant vaguement que le décor auquel il faisait face aurait disparu par miracle et qu'il s'éveillerait du plus atroce cauchemar qu'il ait jamais vécu. Mais, naturellement, il n'était pas victime d'un mauvais rêve. Jeffrey assistait à son second procès concernant le décès prématuré de Patty Owen survenu huit mois plus tôt. En cet instant précis, il était assis dans un tribunal du centre de Boston, accusé de crime et attendant que le jury décide de son sort.

Jeffrey examina la foule par-dessus la tête de son avocat. On entendait un brouhaha de voix sourdes, excitées, un murmure d'impatience. Jeffrey détourna son regard, sachant qu'il était au centre de toutes ces conversations. Il aurait voulu se cacher. Il se sentait profondément humilié par le spectacle qui se déroulait sous ses yeux. Toute son existence s'était effilochée et désagrégée. Sa carrière allait être ruinée. Il se sentait atterré mais cependant étrangement engourdi.

Jeffrey soupira. Randolph Bingham, son avocat, lui avait vivement conseillé de se montrer calme et de se dominer. Plus facile à dire qu'à faire, surtout en ce moment. Après toutes ces nuits de chagrin, d'angoisses et d'insomnies, on en était maintenant arrivé à la phase finale. Le jury avait pris sa décision. Le verdict allait suivre.

Jeffrey étudiait le profil aristocratique de Randolph. Au fil de ces insupportables huit derniers mois, cet homme était devenu pour lui comme un second père, même s'il n'avait en fait que cinq ans de plus que Jeffrey. Parfois, Jeffrey ressentait pour lui une sorte d'amour, d'autres fois quelque chose qui ressemblait davantage à de la rage et de la haine. Mais il avait toujours fait confiance au talent de son avocat, au moins jusqu'à maintenant.

Regardant en direction des membres du ministère public, Jeffrey s'attarda sur le district attorney. Il éprouvait une antipathie particulière pour cet homme qui semblait utiliser cette affaire pour promouvoir sa carrière politique. Jeffrey appréciait l'intelligence innée du personnage, bien qu'il se fût montré de plus en plus méprisant à son égard durant les quatre jours qu'avait duré le procès. Mais à présent, en observant le DA alors qu'il discutait vivement avec un de ses assistants, Jeffrey comprit que cet homme, étrangement, ne lui inspirait plus aucun sentiment. Pour lui, toute cette affaire n'avait été ni plus ni moins qu'un boulot comme un autre.

Au-delà du district attorney, le regard de Jeffrey erra jusqu'au box des jurés, encore vide. Au cours du procès, la prise de conscience que ces douze étrangers tenaient son destin entre leurs mains avait paralysé Jeffrey. Jamais auparavant, il n'avait éprouvé un tel sentiment de vulnérabilité. Jusqu'à présent, Jeffrey avait vécu dans l'illusion qu'il était pratiquement maître de son destin. Ce procès lui montrait à quel point il s'était trompé.

Le jury avait délibéré pendant deux jours d'angoisse et — pour

Jeffrey — deux nuits sans sommeil. On attendait maintenant le retour du jury dans la salle du tribunal. Jeffrey se demanda une fois de plus si ces deux jours de délibérations étaient un bon ou un mauvais présage. Randolph, avec sa prudence si irritante, ne voulait pas se livrer à des spéculations. Jeffrey avait l'impression qu'il aurait pu mentir rien que pour lui laisser quelques heures d'une paix relative.

Malgré sa ferme intention de ne pas montrer de signes de nervosité, Jeffrey commença à se caresser la moustache. Quand il s'en aperçut, il se croisa les mains et les posa devant lui, sur la table.

Il regarda par-dessus son épaule gauche et aperçut Carol, qui était en passe de devenir son ex-femme. Elle avait la tête inclinée. Elle lisait. Les yeux de Jeffrey revinrent se poser sur le banc inoccupé du juge. Il aurait pu s'irriter de ce que Carol fût assez décontractée pour pouvoir lire en un tel moment, mais ce n'était pas le cas. Au contraire, Jeffrey lui était reconnaissant d'être là et de l'avoir soutenu comme elle l'avait fait. Après tout, même avant le commencement de ce cauchemar juridique, tous deux étaient arrivés à la conclusion qu'ils avaient suivi chacun leur propre voie.

Quand ils s'étaient mariés, huit ans plus tôt, il n'avait pas attaché d'importance au fait que Carol fût extrêmement sociable et ouverte alors que lui avait plutôt des tendances inverses. Cela n'avait pas non plus ennuyé Jeffrey que Carol veuille attendre pour fonder une famille alors qu'elle commençait à faire carrière dans la banque, du moins jusqu'à ce que Jeffrey comprît que plus tard signifiait en fait jamais. Et maintenant, elle avait envie de s'installer sur la côte Ouest, à Los Angeles. Jeffrey aurait pu s'accommoder de l'idée de partir pour la Californie, mais le problème de fonder une famille le perturbait. Au fil des ans, il en était venu à vouloir de plus en plus fort un enfant. Voir les espoirs et les aspirations de Carol prendre une direction totalement différente l'attristait, mais il se dit qu'il ne pouvait pas lui en faire reproche. Jeffrey, dans un premier temps, s'était opposé à l'idée de divorcer, mais il l'avait finalement admise. D'une manière ou d'une autre, ils ne pouvaient pas continuer à vivre ainsi. Puis, quand les difficultés judiciaires de Jeffrey eurent pris corps, Carol avait gentiment proposé de laisser de côté leurs problèmes domestiques jusqu'à ce que Jeffrey fût sorti de ce mauvais pas.

Jeffrey soupira de nouveau, plus bruyamment que la première fois. Randolph lui jeta un regard désapprobateur, mais Jeffrey ne se rendait pas compte que les apparences pouvaient avoir autant d'importance. Chaque fois que Jeffrey réfléchissait à cette série d'événements, il était pris de vertige. Tout cela s'était passé si rapidement. Après la mort tragique de Patty Owen, les citations pour faute professionnelle étaient arrivées sans attendre. Vivant dans un climat habituel de litiges, ce n'était pas ce procès qui avait étonné Jeffrey, mais sa rapidité.

Dès le début, Randolph avait averti Jeffrey que ce serait un dossier difficile. Jeffrey n'avait pas imaginé jusqu'à quel point. C'était juste avant qu'il ne fût suspendu par le Boston Memorial. A ce moment-là, une telle décision était apparue comme une lubie malveillante. Ce n'était certainement pas le genre de soutien ou de marque de confiance que Jeffrey avait espéré. Ni lui ni Randolph n'avaient eu le moindre indice sur les raisons de cette suspension. Jeffrey avait voulu faire appel de cette décision injustifiée, mais Randolph lui avait conseillé de se tenir tranquille. Il pensait que le problème se résoudrait plus facilement après les conclusions sur le litige concernant la faute professionnelle.

Mais la suspension n'était que le signe avant-coureur d'ennuis bien plus graves encore. L'avocat de la partie civile était un jeune type agressif du nom de Matthew Davidson qui venait d'un bureau de Saint-Louis spécialisé dans les litiges pour faute professionnelle. Il était aussi associé dans une officine de droit général du Massachusetts. Il avait intenté un procès à Jeffrey, Simarian, Overstreet, à l'hôpital et même à Arolen Pharmaceuticals qui fabriquait la Marcaïne. Jamais auparavant Jeffrey n'avait été l'objet d'une plainte pour faute professionnelle. Randolph avait dû lui expliquer qu'on n'y irait pas de main morte. Les procéduriers poursuivaient tout le monde en justice, qu'il y eût eu ou non preuve d'une implication directe dans un prétendu cas de faute professionnelle.

Le fait de se retrouver un parmi tant d'autres avait, au départ, quelque peu réconforté Jeffrey, mais cela n'avait pas duré. Il apparut rapidement que Jeffrey serait seul. Il se rappelait, comme si c'était hier, cet instant décisif. Cela s'était produit au cours de son propre témoignage lors des premiers débats concernant la plainte civile initiale pour faute professionnelle. Il avait été le premier accusé à venir à la barre. Davidson lui avait posé quelques questions anodines avant de se montrer, brusquement, plus agressif.

— Docteur, dit Davidson, tournant vers Jeffrey son mince et beau visage et insistant sur son titre d'une façon péjorative. (Il se dirigea droit vers la barre des témoins et plaça son visage à quelques centimètres de celui de Jeffrey. Il était vêtu d'un costume sombre à fines rayures, d'une coupe impeccable, et portait une chemise lavande clair et une cravate de laine d'un violet sombre. Il sentait l'eau de Cologne de luxe.) Vous êtes-vous jamais drogué ?

— Objection ! cria Randolph, en sautant sur ses pieds.

Jeffrey avait eu l'impression qu'il assistait à une scène de théâtre et non à un chapitre de sa propre vie. Randolph précisa son objection :

— Cette question ne concerne pas les problèmes qui nous occupent. L'avocat de la partie civile essaie d'attaquer mon client.

— Certainement pas, riposta Davidson. Cette question est étroitement liée aux circonstances actuelles comme le montrera la déposition des témoins suivants.

Pendant quelques instants, le silence régna dans la salle comble du tribunal. La publicité avait rendu cette affaire célèbre. Des gens se tenaient debout contre le mur du fond.

Le juge était un Noir, extrêmement massif, du nom de Wilson. Il remonta ses lunettes à grosse monture noire sur l'arête de son nez et s'éclaircit la gorge.

— Si vous vous fichez de moi, monsieur Davidson, ça va barder.

— Je ne me permettrais certainement pas de me ficher de vous, Votre Honneur.

— Objection rejetée, dit le juge Wilson. (Il fit un signe de tête à l'adresse de Davidson.) Vous pouvez poursuivre, maître.

— Merci, dit Davidson, en revenant à Jeffrey. Me feriez-vous le plaisir de répéter la question, docteur ? demanda-t-il.

— Non, dit Jeffrey.

Il se souvenait trop bien de la question. Il jeta un coup d'œil à Randolph mais celui-ci était en train d'écrire sur une liasse jaune de papier officiel. Jeffrey renvoya à Davidson un regard aussi calme que le sien. Il eut le pressentiment que les ennuis allaient commencer.

— Oui, j'ai eu un petit problème de drogue, autrefois, dit-il d'une voix contenue.

C'était un vieux secret dont il n'aurait jamais imaginé qu'il pourrait refaire surface, et surtout pas dans une salle de tribunal. Il s'en était souvenu récemment lorsqu'il avait dû remplir le formulaire adéquat pour renouveler sa licence médicale du Massachusetts. Il croyait cependant que cette information était confidentielle.

— Voudriez-vous dire au jury à quelle drogue vous vous adonniez ? demanda Davidson, s'éloignant de Jeffrey comme s'il était trop révolté pour rester près de lui plus longtemps.

— Morphine, dit Jeffrey, sur un ton qui était presque celui du défi. C'était il y a cinq ans, je souffrais du dos à la suite d'un accident de bicyclette.

Du coin de l'œil, Jeffrey vit Randolph se gratter le sourcil droit. C'était un geste dont ils étaient convenus à l'avance, un signal pour dire à Jeffrey de s'en tenir à la question qui était posée et de ne fournir aucun renseignement. Mais Jeffrey n'en tint pas compte. Il était furieux de voir déterrer ce fragment de son passé qui n'avait rien à voir avec l'affaire. Il ressentit la nécessité d'expliquer et de se défendre lui-même. Même en faisant un gros effort d'imagination, on ne pouvait pas le considérer comme un drogué.

— Pendant combien de temps vous êtes-vous drogué ? demanda Davidson.

— Moins d'un mois, dit Jeffrey d'un ton cassant. C'était une situation où le besoin et l'envie s'étaient imperceptiblement mêlés.

— Je vois, dit Davidson, levant ses sourcils en prenant une expression théâtrale. C'est votre façon à vous d'expliquer ça ?

— C'est la façon dont me l'a expliqué mon thérapeute, répliqua vivement Jeffrey. (Il vit Randolph se gratter frénétiquement mais il continua de l'ignorer.) L'accident de bicyclette s'est produit à une époque de tensions dans mon ménage qui allaient en s'aggravant. C'est un chirurgien orthopédiste qui m'a prescrit la morphine. Je me suis mis dans la tête que j'en avais besoin plus longtemps que c'était réellement le cas. Mais j'ai compris ce qui se passait au bout de quelques semaines et j'ai pris un congé de maladie à l'hôpital et j'ai demandé volontairement à me faire soigner. Et je devrais ajouter que j'ai demandé aussi un conseiller matrimonial.

— Au cours de ces semaines-là, avez-vous pratiqué des anesthésies alors que... (Davidson s'arrêta, comme s'il essayait de trouver le mot juste pour formuler sa question)... alors que vous étiez sous cette influence ?

— Objection ! clama Randolph. Cette question est absurde ! Nous sommes au bord de la calomnie.

Le juge inclina la tête pour regarder par-dessus ses lunettes qui avaient glissé le long de son nez.

— Monsieur Davidson, dit-il d'un ton condescendant, nous en sommes revenus au même problème. J'espère que vous avez une raison convaincante pour cette apparente digression.

— Absolument, Votre Honneur, dit Davidson. Nous avons l'intention de démontrer que ce témoignage est en rapport direct avec notre affaire.

— Objection rejetée, dit le juge. Poursuivez.

Davidson se tourna vers Jeffrey et répéta sa question. Il paraissait savourer les mots « sous cette influence ».

Jeffrey lança un regard furieux à l'avocat de la partie civile. S'il y avait quelque chose dans sa vie dont il était absolument sûr, c'était de son sens des responsabilités et de sa compétence professionnelle. Que cet homme insinuât autre chose le rendit furieux.

— Je n'ai jamais mis en péril la vie d'un patient, aboya Jeffrey.

— Ce n'est pas ma question, dit Davidson.

Randolph se mit debout et dit :

— Votre Honneur, je voudrais consulter la cour.

— Si vous voulez, dit le juge.

Randolph et Davidson remontèrent l'allée centrale jusqu'à lui. Randolph était, à l'évidence, révolté. Il se mit à s'exprimer dans un murmure rauque. Bien que Jeffrey se trouvât à moins de trois mètres de là, il ne put suivre distinctement la conversation, quoiqu'il entendît prononcer le mot « suspension » à plusieurs reprises. Finalement, le juge se redressa pour le regarder.

— Docteur Rhodes, dit-il, votre avocat semble penser que vous avez besoin de vous reposer. Est-ce exact ?

— Je n'ai pas besoin de me reposer, dit Jeffrey, avec colère.

Randolph leva les bras de déception.

— Très bien, dit le juge. Poursuivons donc cette audition, monsieur Davidson, afin que nous puissions tous nous retirer pour aller déjeuner.

— Parfait, docteur, dit Davidson. Avez-vous jamais pratiqué une anesthésie alors que vous étiez sous influence de la morphine ?

— Cela s'est peut-être passé une ou deux fois..., commença Jeffrey, mais...

— Oui ou non, docteur ? l'interrompit Davidson. Tout ce que je veux, c'est que vous me répondiez par oui ou par non.

— Objection ! lança Randolph. L'avocat ne laisse pas le témoin répondre à la question.

— Bien au contraire, dit Davidson. C'est une question simple et je veux une réponse simple. Un oui ou un non.

— Objection rejetée, dit le juge. Le témoin aura la possibilité de s'expliquer en détail lors du contre-interrogatoire. Je vous prie de répondre à la question, docteur Rhodes.

— Oui, dit Jeffrey.

Il sentait son sang bouillir. Il aurait voulu sauter à la gorge de l'avocat de la partie civile.

— Depuis que vous avez été traité pour votre dépendance à la morphine..., commença Davidson, en s'éloignant de Jeffrey.

Il avait insisté sur les mots « dépendance » et « morphine », avant de s'arrêter. Il s'immobilisa près du box des jurés, se tourna et ajouta :

— Avez-vous repris de la morphine ?

— Non, dit Jeffrey d'un ton catégorique.

— Aviez-vous pris de la morphine le jour où vous avez pratiqué une anesthésie sur la malheureuse Patty Owen ?

— Certainement pas, dit Jeffrey.

— En êtes-vous sûr, docteur Rhodes ?

— Oui ! cria Jeffrey.

— Pas d'autres questions, dit Davidson, et il regagna sa place.

Lors du contre-interrogatoire, Randolph avait fait ce qu'il avait pu, soulignant que l'épisode de la drogue avait été mineur et de courte durée et que Jeffrey n'avait jamais dépassé une dose thérapeutique. De plus, Jeffrey avait volontairement voulu se faire soigner, il avait été déclaré « guéri » et il n'avait jamais été l'objet d'une sanction disciplinaire. Mais malgré ces affirmations, Jeffrey et Randolph avaient tous deux senti que le procès avait pris une très mauvaise tournure.

C'est alors que Jeffrey fut ramené à la réalité présente par la soudaine apparition d'un policier en uniforme devant la porte de la salle de délibérations du jury. Son pouls s'accéléra. Il crut qu'on allait annoncer l'entrée du jury. Mais le policier poursuivit son chemin jusqu'à la porte du cabinet du juge et il disparut. Les pensées de Jeffrey se concentrèrent de nouveau sur le procès.

Pour prouver l'à-propos de ses questions, Davidson revint à la drogue avec un autre témoignage, totalement inattendu malgré les dépositions données en communication. La première surprise se présenta sous la forme de Regina Vinson.

Après les questions préliminaires d'usage, Davidson lui demanda si elle avait vu le Dr Jeffrey Rhodes le jour fatal de la mort de Patty Owen.

— Certainement, dit Regina, les yeux fixés sur Jeffrey.

Jeffrey connaissait vaguement Regina en tant qu'infirmière de nuit en chirurgie. Il ne se rappelait pas l'avoir vue le jour de la mort de Patty.

— Où se trouvait le Dr Rhodes quand vous l'avez vu ? demanda Davidson.

— Il se trouvait dans l'alcôve de la salle d'opération onze, dit Regina, les yeux toujours fixés sur Jeffrey.

A nouveau, Jeffrey eut le pressentiment que quelque chose de grave allait arriver, mais il était incapable de deviner ce que ce serait. Il se souvint d'avoir travaillé dans la salle onze la plus grande partie de la journée. Randolph se pencha et demanda dans un murmure :

— Où veut-elle en venir ?

— Pas la moindre idée, souffla Jeffrey, incapable de détacher son regard de l'infirmière.

Ce qui le perturbait, c'était de sentir chez cette femme une véritable hostilité à son égard.

— Est-ce que le Dr Rhodes vous a vue ?

— Oui, répondit Regina.

Brusquement, Jeffrey se souvint. Il vit mentalement l'image du visage stupéfait de cette femme lorsqu'elle avait tiré le rideau. Le fait d'avoir été malade en ce jour fatal était une chose dont, comme l'épisode de la drogue, il n'avait rien dit à Randolph. Il y avait songé, mais il avait eu peur de se confier. A l'époque, il voyait dans son comportement une preuve de son dévouement et de son abnégation. Après les faits, il en avait été moins sûr. Aussi n'en avait-il jamais parlé à personne. Il voulut toucher le bras de Randolph, mais il était trop tard.

Davidson regardait les jurés, l'un après l'autre, lorsqu'il posa la question suivante :

— Y avait-il quelque chose d'étrange à ce que le Dr Rhodes se trouve dans l'alcôve de la salle d'opération onze ?

— Oui, répondit Regina. Le rideau était tiré et la salle d'opération onze n'était pas en service.

Davidson ne quittait pas des yeux les jurés. Puis il dit :

— Je vous prie de raconter à la cour ce que faisait le Dr Rhodes dans l'alcôve d'une salle d'opération vide, avec les rideaux tirés.

— Il était en train de se piquer, dit Regina avec colère. Il se faisait une intraveineuse.

Un murmure d'excitation se répandit comme une vague à travers la salle du tribunal. Randolph se tourna vers Jeffrey, l'air scandalisé. Jeffrey secoua la tête d'un air coupable.

— Je peux m'expliquer, dit-il sans conviction.

Davidson poursuivit :

— Qu'avez-vous fait après que vous avez vu le Dr Rhodes « se piquer » ?

— Je suis allée trouver la surveillante, qui a appelé le chef du service d'anesthésie, dit Regina. Malheureusement, nous n'avons pu joindre ce dernier qu'après la tragédie.

Tout de suite après le témoignage catastrophique de Regina, Randolph avait pu obtenir une suspension de séance. Lorsqu'il se trouva seul avec Jeffrey, il voulut savoir ce qu'il en était de cet épisode. Jeffrey confessa qu'il était malade ce jour-là, et qu'il était la seule personne disponible pour l'accouchement. Il expliqua tout ce qu'il avait fait pour pouvoir travailler, y compris son intraveineuse et le fait qu'il avait pris de l'élixir parégorique.

— Y a-t-il encore quelque chose dont vous ne m'ayez rien dit ? demanda Randolph avec colère.

— C'est tout, dit Jeffrey.

— Pourquoi ne m'avez-vous pas raconté ça plus tôt ? aboya Randolph.

Jeffrey secoua la tête. A la vérité, il ne le savait pas vraiment.

— Je ne sais pas, dit-il. Je n'ai jamais aimé reconnaître que j'étais malade, même à mes propres yeux, et encore moins à ceux des autres. La plupart des médecins sont comme ça. Peut-être est-ce une manière de nous défendre contre l'omniprésence de la maladie. Nous aimons croire que nous sommes invulnérables.

— Je ne vous demande pas un éditorial, hurla littéralement Randolph. Gardez-ça pour le *New England Journal of Medicine*. Je veux savoir pourquoi *vous* n'avez pu me dire à *moi*, votre avocat, que vous avez été vu en train de vous « piquer » le jour en question.

— Je crois que j'avais peur de vous le dire, reconnut Jeffrey. J'ai fait tout ce qui était en mon pouvoir pour Patty Owen. Tout le monde peut lire le rapport et s'en persuader. Ce que je ne pouvais admettre, c'est qu'on puisse se demander si j'étais au mieux de ma forme physique. Peut-être que j'avais peur que vous ne me défendiez pas avec autant d'ardeur si vous pensiez que j'étais coupable, même indirectement.

— Nom de Dieu ! s'exclama Randolph.

Plus tard, de retour dans la salle du tribunal, au cours du contre-interrogatoire, Randolph fit tout ce qu'il put pour limiter les dégâts. Il mit en lumière le fait que Regina ne savait pas si Jeffrey s'injectait de la drogue ou s'il se faisait simplement une intraveineuse pour se réhydrater.

Mais Davidson n'en avait pas encore fini. Il fit venir à la barre Sheila Dodenhoff. Et tout comme Regina, lors de son témoignage, elle ne quitta pas Jeffrey des yeux.

— Mademoiselle Dodenhoff, entonna Davidson, en tant qu'infirmière de service lors du drame survenu à Mme Owen, avez-vous remarqué quelque chose d'étrange chez l'accusé, le Dr Rhodes ?

— Oh oui ! certainement, répondit triomphalement Sheila.

— Voudriez-vous dire à la cour ce que vous avez remarqué ? dit Davidson, savourant visiblement cet instant.

— J'ai remarqué que ses pupilles étaient réduites à des têtes d'épingle, dit Sheila. Je l'ai remarqué parce qu'il a les yeux très bleus. En fait, je ne pouvais même pas voir ses pupilles.

Le témoin suivant de Davidson était un ophtalmologiste de New York, de réputation mondiale, qui avait rédigé un mémoire exhaustif sur la fonction de la pupille. Après avoir énuméré ses impressionnantes références, Davidson demanda au médecin de donner le nom de la drogue la plus commune qui fait se contracter les pupilles à la dimension d'une tête d'épingle

— la myosis, comme le médecin préféra dénommer ce phénomène.

— Vous voulez dire une drogue dans l'organisme ou sous forme de goutte dans l'œil ? demanda l'ophtalmologiste.

— Une drogue dans l'organisme, dit Davidson.

— La morphine, dit le médecin avec assurance.

Puis il se lança dans un incompréhensible cours magistral sur le noyau d'Edinger-Westphal, mais Davidson l'interrompit et laissa le témoin à Randolph.

Tandis que le procès s'éternisait, Randolph avait essayé de limiter les dégâts, en avançant que Jeffrey, souffrant de diarrhées, avait pris de l'élixir parégorique. L'élixir parégorique étant composé d'une teinture d'opium, et comme l'opium contient de la morphine, il suggéra que cet élixir avait provoqué la contraction des pupilles de Jeffrey. Il expliqua aussi que Jeffrey s'était fait une intraveineuse pour soigner sa grippe dont les symptômes sont souvent dus à la déshydratation. Mais il était clair que le jury ne le suivait pas dans ses explications, surtout après que Davidson eut fait comparaître un éminent et très apprécié spécialiste des maladies organiques.

— Dites-moi, docteur, demanda onctueusement Davidson, est-il habituel que les médecins se fassent eux-mêmes des intraveineuses comme on l'a suggéré dans le cas du Dr Rhodes ?

— Non, dit le spécialiste. J'ai entendu des ragots concernant des internes en chirurgie, naïfs et enthousiastes, faisant ce genre de choses, mais même si ces rumeurs sont fondées, ce n'est certainement pas une pratique courante.

Le coup fatal arriva lorsque Davidson appela Marvin Hickleman à la barre. C'était un des garçons de salle du service de chirurgie.

— Monsieur Hickleman, dit Davidson, avez-vous nettoyé la salle d'opération quinze après le décès de Patty Owen ?

— Oui, dit Marvin.

— Je crois que vous avez trouvé quelque chose dans le conteneur de déchets dangereux qui est placé à côté de l'appareil d'anesthésie. Pouvez-vous dire à la cour ce que vous avez trouvé ?

Marvin s'éclaircit la gorge.

— Une ampoule vide de Marcaïne.

— A quelle concentration était cette ampoule ? demanda Davidson.

— Soixante-quinze pour cent, dit Marvin.

Jeffrey s'était penché pour murmurer à Randolph :

— J'ai utilisé du cinq pour cent. J'en suis sûr.

Comme s'il avait surpris ces mots, Davidson demanda alors à Hickleman :

— Avez-vous trouvé des ampoules à cinq pour cent ?

— Non, dit Marvin. Absolument pas.

Lors du contre-interrogatoire, Randolph tenta d'infirmer la déposition de Marvin, mais il ne fit qu'aggraver les choses.

— Monsieur Hickleman, fouillez-vous toujours dans les ordures lorsque vous nettoyez une salle d'opération et vérifiez-vous la concentration des différents produits sur leurs emballages ?

— Non !

— Mais, dans ce cas particulier, vous l'avez fait.

— Ouais.

— Pouvez-vous nous dire pourquoi ?

— L'infirmier en chef me l'avait demandé.

Le coup de grâce fut assené par le Dr Leonard Simon, de New York, anesthésiste de renom que Jeffrey lui-même reconnut. Davidson alla droit au but.

— Docteur Simon. Est-il recommandé d'utiliser de la Marcaïne 75 pour une anesthésie épidurale ?

— Certainement pas, dit le Dr Simon. Elle est en fait contre-indiquée. Cet avertissement est clairement libellé dans le mode d'utilisation figurant sur l'emballage. N'importe quel anesthésiste le sait.

— Pouvez-vous nous dire pourquoi ce produit est contre-indiqué en obstétrique ?

— On a découvert qu'il pouvait provoquer des réactions très graves.

— Quel genre de réactions ?

— Une toxicité envers le système nerveux central.

— Est-ce que cela signifie des crises nerveuses ?

— Oui, on sait qu'il produit ce genre de crises.

— Et quoi d'autre ?

— Une toxicité cardiaque.

— Ce qui veut dire... ?

— Arythmie, arrêt cardiaque.

— Et ces réactions sont parfois fatales ?

— Certainement, dit le Dr Simon, achevant de pousser Jeffrey au fond du précipice.

Le résultat avait été que Jeffrey et Jeffrey seul avait été reconnu coupable de faute professionnelle. Simarian, Overstreet, l'hôpital et le laboratoire pharmaceutique avaient été innocentés. Le jury accorda aux héritiers de Patty Owen onze millions de dollars : neuf millions de plus que la couverture de l'assurance de Jeffrey pour faute professionnelle.

Au terme du procès, Davidson s'était montré ouvertement désappointé d'avoir fait un si bon travail en détruisant Jeffrey. Les autres prévenus et ceux qui en avaient plein les poches ayant été disculpés, il y avait peu de chance de récolter grand-chose au-delà de la couverture de l'assurance de Jeffrey, même si ce dernier devait avoir une retenue sur salaire jusqu'à la fin de ses jours.

Pour Jeffrey, c'était un désastre tant sur le plan personnel que professionnel. L'image qu'il avait de lui-même et de sa valeur était fondée sur son sens du dévouement, de la responsabilité et du sacrifice. Le procès et les conclusions du jury l'avaient réduite à néant. Il en venait même à douter de lui. Peut-être *avait*-il utilisé par erreur de la Marcaïne 75.

Jeffrey aurait pu faire une dépression mais il n'avait pas le temps de s'en offrir une. Entre la large diffusion des articles de journaux où il était dit que Jeffrey « avait opéré sous influence » et la violence des sentiments anti-drogue de l'époque, le district attorney avait été contraint de le poursuivre au pénal. Totalement incrédule, Jeffrey se retrouvait maintenant accusé de meurtre. Et c'était sur cette accusation qu'il attendait le verdict du jury.

Les songeries de Jeffrey furent à nouveau interrompues par l'huissier en uniforme qui réapparut, sortant du cabinet du juge pour se glisser dans la salle de délibérations du jury. Pourquoi mettaient-ils tant de temps ? Jeffrey était à la torture. Il était tourmenté par un sentiment trop réel de déjà vu, dans la mesure où les quatre jours de ce procès pénal avaient par trop ressemblé à son procès civil. Sauf que cette fois, les enchères avaient monté.

Perdre de l'argent, même s'il n'en avait pas, était une chose. Une autre était le spectre d'une condamnation pénale et l'inéluctable emprisonnement. Jeffrey ne pensait vraiment pas qu'il pût vivre derrière des barreaux. Il ne savait pas si cela était dû à une crainte naturelle ou à une phobie irrationnelle. Sans en mesurer la portée, il avait dit à Carol qu'il préférerait finir sa vie dans un autre pays plutôt que de purger une peine de prison.

Jeffrey leva les yeux pour regarder le banc vide du juge. Deux jours plus tôt, le juge avait fait ses recommandations aux jurés avant qu'ils ne se retirent pour délibérer. Certaines phrases du juge résonnaient dans la tête de Jeffrey et attisaient ses craintes.

— Messieurs du jury, avait dit le juge Janice Maloney, avant que vous déclariez l'inculpé, le Dr Jeffrey Rhodes, coupable de meurtre, l'Etat a été amené à établir, sans aucun doute possible, que la mort de Patty Owen est la conséquence d'un acte de l'inculpé qui s'est avéré éminemment dangereux pour autrui et est révélateur d'un esprit dépravé, indifférent à la vie humaine. Un acte est « éminemment dangereux » et « est révélateur d'un esprit dépravé » s'il s'agit d'un acte qu'une personne de bon sens jugerait propre à tuer ou à blesser sérieusement quiconque dans son corps. On doit considérer cet acte de la même façon, qu'il ait pour mobile la mauvaise volonté, la haine ou l'intention de nuire.

Selon Jeffrey, l'issue du procès dépendrait du fait que le jury croirait ou non qu'il avait pris de la morphine. S'ils croyaient que c'était le cas, ils auraient alors la conviction qu'il avait agi avec l'intention de nuire. C'était du moins ce qu'aurait pensé Jeffrey s'il avait été l'un des jurés. Après tout, pratiquer une anesthésie était toujours un acte éminemment dangereux. La seule chose qui le distinguait d'une voie de fait était le consentement en connaissance de cause.

Mais les mots du juge à l'adresse du jury qui avaient le plus effrayé Jeffrey concernaient le châtiment. Le juge avait prévenu le jury que le moindre soupçon d'homicide involontaire lui ferait prononcer contre Jeffrey une sentence de trois ans de prison minimum.

Trois ans ! Jeffrey se mit à transpirer tout en se sentant glacé à l'intérieur. Il s'essuya le front et ses doigts en restèrent humides.

— La cour ! lança l'huissier, qui venait de sortir de la salle du jury avant de s'écarter.

Tout le monde se mit debout. Plusieurs personnes tendirent le cou, essayant de se faire une petite idée du verdict selon l'expression des jurés lorsque ces derniers apparaîtraient.

Plongé dans ses pensées, Jeffrey fut pris de court par l'ordre brusque de l'huissier. Il força la note et sauta sur ses pieds. Il eut un moment d'étourdissement et dut s'appuyer un temps sur la table des accusés pour retrouver son équilibre.

Lorsque les jurés entrèrent dans la salle, l'un après l'autre, aucun d'eux n'accorda un regard à Jeffrey. Etait-ce un bon ou un mauvais signe ? Jeffrey voulut le demander à Randolph mais il n'osa pas le faire.

— Son Honneur, le juge Janice Maloney, lança l'huissier lorsque le juge sortit de son cabinet et prit sa place sur le banc.

Elle rangea des objets sur son bureau, poussant sur le côté la carafe d'eau. C'était une femme mince au regard intense.

— Vous pouvez vous asseoir, dit l'huissier. Que les membres du jury restent debout.

Jeffrey reprit sa place, observant toujours le jury. Personne ne le regardait, ce qui finissait par l'alarmer. Il arrêta son regard sur la personne aux cheveux blancs, avec un air de grand-mère, qui se trouvait à l'extrême gauche de la première rangée. Au cours du procès, elle avait fréquemment regardé dans sa direction. Jeffrey avait eu l'intuition qu'elle éprouvait pour lui une certaine sympathie. Mais maintenant, certainement pas. Les mains serrées devant elle, elle gardait les yeux baissés.

Le greffier du tribunal ajusta ses lunettes. Il était assis à un bureau, juste en dessous du banc, sur la droite. Le secrétaire du tribunal se trouvait juste en face de lui.

— Que l'accusé se lève et se tourne vers le jury, dit le greffier.

Jeffrey se remit debout. Cette fois, il le fit lentement. A présent, tous les jurés le regardaient. Mais leurs visages restaient de marbre. Jeffrey sentit son sang battre dans ses oreilles.

— Madame la présidente du jury, appela l'huissier. (La présidente était une belle femme d'une trentaine d'années qui semblait prendre sa tâche au sérieux.) Le jury s'est-il mis d'accord sur un verdict ?

— Oui, dit la présidente.

— Huissier, que la présidente vous remette ce verdict.

L'officier ministériel se dirigea vers elle et lui prit des mains ce qui ressemblait sans équivoque à une simple feuille de papier. Il la tendit ensuite au juge.

Le juge lut la note, rejetant la tête en arrière pour pouvoir lire à travers le double foyer de ses lunettes. Elle prit son temps et fit un signe d'assentiment avant de tendre le papier à l'huissier qui était resté auprès d'elle.

Lui aussi semblait prendre son temps. Jeffrey se sentit profondément irrité de tous ces retards inutiles alors qu'il faisait face aux visages sans expression des jurés. Avec son protocole archaïque, la cour le raillait, le tournait en ridicule. Les battements de son cœur s'accéléraient et ses mains transpiraient. Sa poitrine le brûlait.

Après s'être éclairci la gorge, le greffier se tourna vers le jury.

— Estimez-vous, madame la présidente, l'accusé coupable ou non coupable de l'accusation de meurtre ?

Jeffrey sentit ses jambes trembler. Sa main gauche se posa sur le bord de la table. Il n'était pas vraiment croyant mais il se surprit à prier : *Dieu, par pitié...*

— Coupable ! lança la présidente d'une voix claire et sonore.

Jeffrey sentit ses jambes se dérober tandis que l'image de la salle d'audience se mettait brusquement à tanguer. De la main droite, il s'agrippa à la table pour rester debout. Il sentit la main de Randolph lui serrer le bras droit.

— Ce n'est que le premier round, lui souffla Randolph à l'oreille. Nous allons faire appel, exactement comme pour la faute professionnelle.

Le greffier regarda dans leur direction d'un air réprobateur puis revint au jury et dit :

— Madame la présidente, mesdames et messieurs les membres du jury, prêtez l'oreille à votre verdict tel qu'il a été enregistré par la cour. Les jurés, sous serment, disent effectivement que l'accusé est coupable de ladite accusation. Le dites-vous, madame la présidente ?

— Oui, dit la présidente.

— Le dites-vous, mesdames et messieurs les jurés ?

— Oui, dirent-ils à l'unisson.

Le greffier reporta son attention sur ses livres tandis que le juge congédiait le jury. Elle les remercia du temps qu'ils avaient passé et de l'attention qu'ils avaient portée à cette affaire, faisant l'éloge de leur rôle de soutien à une tradition de justice vieille de deux cents ans.

Jeffrey se rassit lourdement, engourdi et glacé. Randolph lui parlait, lui rappelant que le juge pour fautes professionnelles n'aurait jamais accepté que la question de ses problèmes personnels de drogue fût posée.

— De plus, dit Randolph, en se penchant pour regarder Jeffrey droit dans les yeux, il ne s'agit dans tout cela que de preuves indirectes. Il n'y a pas la moindre preuve formelle que vous ayez pris de la morphine. Pas une !

Mais Jeffrey n'écoutait pas. Les implications du verdict étaient trop écrasantes pour qu'il y réfléchît. Au fond de lui, il comprenait qu'en dépit de toutes ses craintes, il n'avait jamais cru qu'il serait reconnu coupable tout simplement parce qu'il n'était pas coupable. Il n'avait jamais eu affaire à la justice et il avait toujours pensé que « la vérité éclaterait » si un jour il était accusé à tort. Mais c'était faux. Et maintenant, il allait se retrouver en prison.

Prison ! Comme pour mieux souligner son destin, l'officier ministériel vint vers lui pour lui passer les menottes. Jeffrey n'était qu'un spectateur incrédule. Il regarda fixement la surface polie des menottes. C'était comme si celles-ci avaient fait de lui un criminel, un coupable, bien davantage encore que le verdict du jury.

Randolph lui murmurait des encouragements. Le juge continuait à congédier le jury. Jeffrey n'entendait rien. Il sentait la dépression s'abattre sur lui, comme une chape de plomb. En même temps, s'installait un sentiment de panique, lié à l'imminence de sa claustrophobie. L'idée d'être enfermé dans une petite pièce faisait naître des images d'angoisse comme lorsque, tout jeune enfant, son frère aîné l'avait emprisonné sous les couvertures, l'emplissant de la terreur d'être étouffé.

— Votre Honneur, dit le district attorney après le départ des jurés. (Il se mit debout.) L'Etat demande l'application de la sentence.

— Refusé, dit le juge. La cour décidera de l'application de la peine après une enquête préliminaire du Comité des libertés surveillées. Quand cela sera-t-il possible, monsieur Lewis ?

Le greffier consulta son échéancier.

— Ce serait possible le 7 juillet.

— Ce sera le 7 juillet, dit le juge.

— L'Etat demande respectueusement le rejet d'une mise en liberté sous caution à moins que le montant de cette caution ne soit significativement augmenté, dit le district attorney. L'Etat demande, au minimum, que la caution soit portée de cinquante mille à cinq cent mille dollars.

— Très bien, monsieur le district attorney, dit le juge. Faites valoir vos arguments.

Le district attorney contourna la table des accusés pour se retrouver face au juge.

— La nature sérieuse de la plainte, en accord avec le verdict, exige une caution significative, plus conforme à la gravité du crime dont l'accusé a été reconnu coupable. D'autre part, certaines rumeurs ont fait état du fait que le Dr Rhodes aurait préféré s'enfuir plutôt que d'affronter le jugement de la cour.

Le juge se tourna vers Randolph. Ce dernier se leva.

— Votre Honneur, commença-t-il, j'aimerais souligner devant la cour que mon client a des attaches avec l'Etat. Il a toujours fait preuve d'un comportement responsable. Il n'a pas de casier judiciaire. Il a toujours été, en réalité, un membre exemplaire de la société, actif et respectueux des lois. Il a absolument l'intention de comparaître pour connaître la sentence. J'estime que cinquante mille dollars est une caution plus que suffisante. Cinq cent mille dollars seraient excessifs.

— Votre client vous a-t-il jamais fait part d'une intention de se soustraire au châtiment ? demanda le juge, en regardant par-dessus la monture de ses lunettes.

Randolph jeta un bref coup d'œil à Jeffrey dont le regard se reporta sur ses mains. Revenant au juge, Randolph dit :

— Je ne crois pas mon client capable de penser ou d'exprimer une telle chose.

Le regard du juge alla lentement de Randolph au district attorney.

— Caution fixée à cinq cent mille dollars, dit-elle à la fin, et, regardant Jeffrey droit dans les yeux, elle ajouta : Docteur Rhodes, étant reconnu coupable de meurtre, vous ne devez pas quitter l'Etat du Massachusetts. Est-ce bien clair ?

Jeffrey acquiesça humblement de la tête.

— Votre Honneur ! protesta Randolph.

Mais le juge se contenta de faire retomber une seule fois son marteau et se leva, en signe de congédiement.

— La cour ! aboya l'huissier.

Dans un tournoiement de robe digne d'un derviche, le juge Janice Maloney se glissa hors de la salle d'audience et disparut dans son cabinet. Après son départ, les conversations reprirent brusquement.

— Par ici, docteur Rhodes, dit l'huissier qui se tenait auprès de Jeffrey, en se dirigeant vers une porte latérale.

Jeffrey se mit debout et fit un faux pas. Il jeta un bref regard en direction de Carol. Elle le contemplait avec tristesse.

La panique de Jeffrey grandit quand on l'emmena dans une pièce attenante meublée d'une simple table et de chaises de bois spartiates. Il s'assit sur la chaise que lui désignait Randolph. Bien qu'il fît tout son possible pour garder son calme, il ne pouvait empêcher ses mains de trembler. Il avait du mal à respirer.

Randolph s'efforça de l'apaiser. Il était révolté par le verdict, mais optimiste en ce qui concernait l'appel. A ce moment-là, Carol fut conduite dans la petite pièce. Randolph lui tapota le dos et dit :

— Parlez-lui. Je vais téléphoner au préposé aux cautions.

Carol hocha la tête et regarda Jeffrey.

— Je suis désolée, dit-elle après le départ de Randolph.

Jeffrey hocha la tête. Elle avait été si bonne de ne pas l'avoir abandonné. Ses yeux s'embuèrent de larmes. Il se mordit les lèvres pour ne pas pleurer.

— C'est tellement injuste, dit Carol, en s'asseyant auprès de lui.

— Je ne pourrai pas aller en prison, fut tout ce que Jeffrey se sentait capable de dire. (Il secoua la tête.) Je n'arrive pas à croire à ce qui est arrivé.

— Randolph fera appel, dit Carol. Ce n'est pas encore fini.

— Appel, dit Jeffrey avec dégoût. Ça sera du pareil au même. J'ai perdu deux procès...

— Ce n'est pas la même chose, répliqua Carol. Il n'y aura que des juges expérimentés qui chercheront des preuves, pas un jury qui se laisse émouvoir.

Randolph revint du téléphone pour dire que Michael Mosconi, l'homme qui se portait caution pour la liberté provisoire, serait là incessamment. Randolph et Carol se lancèrent dans une discussion animée sur le procès en appel. Jeffrey posa ses coudes sur la table et, malgré les menottes, se prit la tête dans les mains. Il pensait à son autorisation d'exercer la médecine et se demandait ce qu'il en adviendrait à l'issue du procès. Il en avait une petite idée.

Michael Mosconi ne tarda pas à arriver avec son porte-documents. Son bureau n'était qu'à quelques pas du palais de justice, dans le bâtiment curviligne qui faisait face au Government Center. Ce n'était pas un homme grand et fort, mais il avait une grosse tête presque chauve. Le peu de cheveux qui lui restait formait un croissant sombre qui s'étalait d'une oreille à l'autre sur le bas de son crâne. Quelques mèches de cheveux bruns étaient ramenées en avant sur la partie dégarnie, dans une vaine tentative pour masquer sa calvitie. Il avait des yeux d'un noir si intense qu'ils ne semblaient constitués que de leur pupille. Il était bizarrement vêtu d'un costume bleu marine en tergal avec une chemise noire et une cravate blanche.

Mosconi posa son porte-documents sur la table, l'ouvrit d'un coup sec et en retira un dossier étiqueté au nom de Jeffrey.

— D'accord, dit-il en s'asseyant à la table et en ouvrant le dossier. Combien faut-il de plus pour la caution ?

Il avait déjà fourni les cinquante mille dollars de la caution initiale, après avoir touché cinq mille dollars pour ses services.

— Quatre cent cinquante mille dollars, dit Randolph.

Mosconi siffla entre ses dents, cessant un instant d'étaler les papiers.

— Qui est-ce qu'ils croient avoir épinglé, l'Ennemi Public Numéro Un ?

Ni Randolph ni Jeffrey ne se crurent obligés d'avoir la courtoisie de lui répondre.

Mosconi reporta son attention sur ses paperasses, nullement gêné par l'absence de réponse. Il avait déjà fait un chèque de garantie sur la maison de Marblehead de Jeffrey et Carol quand la caution avait été fixée initialement, assurant le premier engagement par un droit de gage de cinquante mille dollars sur la maison. Cette maison avait été expertisée à huit cent mille dollars, avec une hypothèque existante ne dépassant pas trois cent mille dollars.

— Eh bien, si ça vous va, dit-il, je pourrai me charger de la transaction en prenant un droit de gage supplémentaire de quatre cent cinquante mille dollars sur votre petit château de Marblehead. Qu'est-ce que vous en dites ?

Jeffrey hocha la tête. Carol haussa les épaules.

Tandis que Mosconi commençait à remplir les papiers, il dit :

— Puis, bien entendu, il reste le petit problème de mes honoraires qui dans cette affaire seront de quarante cinq mille dollars. Je vous les demanderai en liquide.

— Je ne possède par une somme pareille en liquide, dit Jeffrey.

Mosconi s'arrêta de remplir les formulaires.

— Je suis sûr que vous pouvez vous la procurer, intervint Randolph.

— Je suppose, dit Jeffrey — il sentait venir la dépression.

— C'est oui ou c'est non, dit Mosconi. Je ne fais pas ce genre de truc pour m'amuser.

— Je me la procurerai, dit Jeffrey.

— Normalement j'exige les honoraires d'avance, ajouta Mosconi. Mais comme vous êtes un docteur... (Il rit.) Disons que j'ai l'habitude de traiter avec une clientèle un peu différente. Enfin, pour vous, j'accepterai un chèque. Mais seulement si vous pouvez vous procurer l'argent et qu'il soit sur votre compte, disons, demain à cette heure-ci. C'est possible ?

— Je ne sais pas, dit Jeffrey.

— Si vous ne savez pas, alors il faudra que vous restiez en préventive jusqu'à ce que vous ayez l'argent.

— Je me le procurerai, dit Jeffrey.

La pensée de passer ne fût-ce que quelques nuits en prison lui était intolérable.

— Avez-vous un chèque sur vous ? demanda Mosconi.

Jeffrey fit oui de la tête.

Mosconi se remit à remplir les formulaires.

— J'espère que vous comprenez, docteur, dit-il, que je vous fais une grande faveur en acceptant un chèque. Ma compagnie le verrait d'un mauvais œil, alors, que cela reste entre nous. Et arrangez-vous pour que cet argent soit sur votre compte dans vingt-quatre heures.

— Je vais m'en occuper cet après-midi, dit Jeffrey.

— Formidable, dit Mosconi. (Il poussa les papiers vers Jeffrey.) Maintenant, vous allez signer cela tous les deux, et ensuite, je me précipiterai au bureau du greffier pour régler cette affaire.

Jeffrey signa sans lire ce qu'il signait. Carol le lut avec soin, puis signa. Elle sortit le chéquier de Jeffrey de la poche de sa veste et le lui tendit pour qu'il rédigeât un chèque de quarante-cinq mille dollars. Mosconi prit le chèque et le mit dans son porte-documents. Puis il se leva et se dirigea nonchalamment vers la porte.

— Je reviens, dit-il avec un sourire rusé.

— Charmant garçon, dit Jeffrey. Est-il nécessaire qu'il s'habille de cette façon ?

— Il vous fait une faveur, dit Randolph. Mais c'est vrai, vous ne ressemblez guère à une de ces canailles avec qui il a l'habitude de traiter. En attendant qu'il ne revienne, je pense que nous devrions parler de l'enquête avant l'énoncé de la sentence et de ce qu'elle implique.

— Quand allez-vous faire appel ? demanda Jeffrey.

— Immédiatement, dit Randolph.

— Et je serai en liberté provisoire sous caution tant que le procès d'appel n'aura pas eu lieu ?

— Très vraisemblablement, répondit Randolph, évasif.

— Merci, mon Dieu, pour les petites grâces.

Randolph expliqua alors l'importance de l'enquête avant l'énoncé de la sentence et ce que Jeffrey pouvait espérer comme mesures pénales. Il ne voulait pas voir Jeffrey plus démoralisé qu'il ne l'était déjà, aussi prit-il bien soin de mettre l'accent sur les aspects les plus prometteurs de l'appel. Mais Jeffrey avait toujours aussi mauvais moral.

— Je dois reconnaître que je n'ai pas une grande confiance dans le système judiciaire, dit-il.

— Il faut que tu voies les choses de façon positive, dit Carol.

Jeffrey regarda sa femme et commença à se rendre compte à quel point il était en colère. Que Carol lui dise qu'il devait voir les choses de façon positive dans les circonstances actuelles était éminemment agaçant. Soudain Jeffrey comprit qu'il était en colère contre le système, en colère contre le destin, en colère contre Carol, et même en colère contre son avocat. La colère était probablement plus saine que la dépression.

— Tout est en ordre, dit Mosconi en se glissant dans la pièce.

Il agitait un document qui avait un air officiel.

— Si vous voulez bien ? dit-il, en faisant signe à l'officier ministériel d'enlever les menottes de Jeffrey.

Jeffrey se frotta les poignets avec soulagement dès qu'il fut débarrassé des menottes. Son plus cher désir était de sortir du tribunal. Il se leva.

— Je crois que je n'ai pas besoin de vous rafraîchir la mémoire pour les quarante-cinq mille dollars, dit Mosconi. N'oubliez pas, j'ai pris un foutu risque pour vous.

— J'y suis sensible, dit Jeffrey, en essayant d'avoir l'air reconnaissant.

Ils quittèrent ensemble la salle d'attente, bien que Mosconi partît précipitamment dans la direction opposée dès qu'ils furent dans le couloir.

Jeffrey n'avait jamais autant apprécié l'air frais aux senteurs d'océan que lorsqu'il sortit du palais de justice pour fouler la place pavée de briques. C'était un bel après-midi de printemps, avec de petits nuages blancs épars qui couraient dans un ciel bleu jusqu'à l'horizon. Le soleil était chaud mais l'air vif. Il était stupéfiant de voir à quel point la menace de la prison avait aiguisé les perceptions de Jeffrey.

Randolph prit congé sur la vaste place qui s'étendait devant l'hôtel de ville de Boston, d'un modernisme tape-à-l'œil.

— Je suis désolé que cela se soit passé ainsi. J'ai fait de mon mieux.

— Je sais, dit Jeffrey. Je sais aussi que j'ai été un client épouvantable et que je vous ai rendu les choses extrêmement difficiles.

— Nous ferons mieux en appel. J'en parlerai avec vous demain matin. Au revoir, Carol.

Carol fit un signe de la main, puis Jeffrey et elle regardèrent Randolph s'éloigner à grandes enjambées vers State Street, où ses associés et lui occupaient tout un étage dans un des immeubles de bureaux les plus récents de Boston.

— Je ne sais pas si je l'aime ou si je le hais, dit Jeffrey. Je ne sais même pas s'il a fait ou non du bon boulot, surtout depuis que j'ai été condamné.

— Personnellement, je trouve qu'il n'a pas été assez énergique, dit Carol en prenant la direction du parking.

— Tu ne retournes pas à ton bureau ? lui cria-t-il.

Carol travaillait dans un établissement bancaire d'investissements situé dans le quartier des affaires. C'était dans la direction opposée.

— Non, j'ai demandé ma journée, dit-elle par-dessus son épaule. (Elle s'arrêta quand elle vit que Jeffrey ne la suivait pas.) Je ne savais pas combien de temps il faudrait attendre le verdict. Allons, accompagne-moi jusqu'à ma voiture.

Jeffrey la rattrapa et ils marchèrent du même pas, en longeant l'hôtel de ville.

— Comment vas-tu te procurer quarante-cinq mille dollars en vingt-quatre heures ? demanda Carol en rejetant la tête en arrière de sa façon si particulière.

Elle avait de beaux cheveux souples d'un blond clair qu'elle coiffait de telle façon qu'ils lui retombaient constamment sur le visage.

Jeffrey sentit renaître son irritation. Les questions d'argent avaient toujours été un facteur de dissension dans leur couple. Carol aimait dépenser l'argent. Jeffrey aimait l'économiser. Quand ils s'étaient mariés, le salaire de Jeffrey étant de loin le plus élevé, c'était le salaire de son mari que Carol se chargeait de dépenser. Lorsque le salaire de Carol commença à grimper, il passa tout entier dans son portefeuille d'investissements, alors que le salaire de Jeffrey servait encore à assumer toutes les dépenses. Le raisonnement de Carol était que si elle n'avait pas travaillé, ils auraient affecté le salaire de Jeffrey aux mêmes dépenses.

Jeffrey ne répondit pas immédiatement à la question de Carol. Il se rendit compte que dans ce cas précis, sa colère se trompait de cible. Il n'était pas en colère contre elle. Beaucoup d'eau avait passé sous les ponts depuis leurs vieilles querelles financières, et il était légitime de se demander où il pourrait trouver quarante-cinq mille dollars en liquide. Ce qui le mettait en colère, c'était le système judiciaire et les hommes de loi qui le faisaient fonctionner. Comment des hommes de loi comme le représentant du ministère public ou l'avocat de la partie civile pouvaient-ils avoir la conscience tranquille quand ils mentaient à ce point ? D'après les dépositions, Jeffrey savait qu'ils ne croyaient pas en leurs propres accusations fallacieuses. A chacun des procès de

Jeffrey, les avocats de la partie adverse avaient reconnu que leurs fins justifiaient des moyens malhonnêtes.

Jeffrey se mit au volant de sa voiture. Il prit une profonde inspiration pour maîtriser sa colère, puis se tourna vers Carol.

— J'ai l'intention d'augmenter l'hypothèque sur la maison de Marblehead. En fait, nous devrions nous arrêter à la banque avant de rentrer.

— Avec le droit de gage que nous venons de signer, je ne crois pas que la banque acceptera une augmentation d'hypothèque, dit Carol.

Elle était en quelque sorte une autorité en la matière. C'était son domaine de prédilection.

— C'est pour cela que je veux y aller immédiatement, dit Jeffrey. (Il fit démarrer la voiture et sortit du garage.) Personne n'en saura rien. Il faudra un jour ou deux avant que le droit de gage soit entré dans leurs ordinateurs.

— Tu crois vraiment que tu devrais faire ça ?

— Tu as d'autres idées sur la façon dont je pourrais me procurer quarante-cinq mille dollars d'ici demain après-midi ? demanda-t-il.

— Je ne pense pas.

Jeffrey savait qu'elle avait cette somme dans son portefeuille d'investissements, mais il aurait préféré être pendu plutôt que de le lui demander.

— Je te retrouve à la banque, dit Carol en descendant devant le garage où était sa voiture.

Tandis que Jeffrey traversait le Tobin Bridge en direction du nord, il se sentit brusquement épuisé. Il avait l'impression de devoir faire un effort conscient pour respirer. Il commença à se demander pourquoi s'embêter avec toute cette comédie. Il n'en valait pas la peine. Surtout maintenant qu'il était sûr de perdre son droit d'exercer la médecine. En dehors de la médecine, en dehors de l'anesthésie plus précisément, il ne savait pas faire grand-chose. A part faire les paquets dans une épicerie ou des petits boulots de ce genre, il ne voyait rien d'autre pour lequel il aurait les qualités requises. Il était un bon à rien, un repris de justice, une nullité entre deux âges incapable de trouver un emploi.

Quand Jeffrey arriva à la banque, il se gara mais ne descendit pas de voiture. Il se laissa tomber en avant et posa son front sur le volant. Peut-être qu'il devait oublier tout ça, rentrer chez lui et dormir.

Quand la portière côté passager s'ouvrit, il ne prit même pas la peine de lever les yeux.

— Tu vas bien ? demanda Carol.

— Je suis un peu déprimé.

— Ma foi, c'est compréhensible, dit Carol. Mais avant que tu aies perdu tout ressort, réglons cette histoire de banque.

— Tu es bigrement compréhensive, dit Jeffrey avec irritation.

— Il faut bien qu'un de nous deux ait un peu de sens pratique, répondit Carol. Je n'ai pas envie de te voir aller en prison. Et si tu n'as pas cet argent sur ton compte, c'est là où tu te retrouveras.

— J'ai une terrible prémonition que c'est là où je me retrouverai quoi que je fasse. (Avec un suprême effort, il descendit de la voiture. Il fit face à Carol de l'autre côté du toit.) La seule chose que je trouve intéressante, ajouta-t-il, c'est que j'irai en prison et que tu iras à Los Angeles, mais je ne sais pas pour qui ce sera le pire.

— Très drôle, dit Carol, soulagée de voir qu'il pouvait au moins faire une plaisanterie, même si elle ne la trouvait pas amusante.

Dudley Farnsworth était le directeur de l'agence de Marblehead de la banque de Jeffrey. Des années plus tôt, il était le jeune responsable de l'agence de Boston de la banque qui s'était occupée du premier achat immobilier de Jeffrey. A l'époque, ce dernier était interne en anesthésie. Quatorze ans plus tôt, Jeffrey avait acheté un trois-ponts Cambridge et Dudley s'était chargé du financement.

Dudley les reçut immédiatement, les emmenant dans son bureau personnel et les faisant asseoir dans des fauteuils de cuir en face de lui.

— Que puis-je faire pour vous ? dit-il aimablement.

Il avait le même âge que Jeffrey, mais ses cheveux blanc argenté le faisaient paraître plus vieux.

— Nous aimerions prendre une hypothèque plus importante sur notre maison, dit Jeffrey.

— Je suis sûr que ça ne posera pas de problème, dit Dudley en se dirigeant vers un classeur et en en sortant un dossier. Quelle somme voudriez-vous ?

— Quarante-cinq mille dollars.

Dudley s'assit et ouvrit le dossier.

— Pas de problème, dit-il, en regardant les chiffres. Vous pourriez prendre encore plus si vous vouliez.

— Quarante-cinq mille dollars suffiront, dit Jeffrey. Mais j'en ai besoin demain.

— Aïe ! dit Dudley. Ça va être difficile.

— Peut-être que vous pourriez nous consentir un prêt bancaire ordinaire, suggéra Carol. Et quand arrivera l'argent de l'hypothèque, vous vous en servirez pour rembourser le prêt.

Dudley approuva de la tête en levant les sourcils.

— C'est une idée. Allons-y, remplissons les formulaires pour l'hypothèque. Je verrai ce que je peux faire. Si le montant de l'hypothèque n'arrive pas, je suivrai alors la suggestion de Carol. Pouvez-vous venir demain matin ?

— Si je peux me tirer du lit, dit Jeffrey avec un soupir.

Dudley jeta un coup d'œil à Jeffrey. Il subodorait que quelque chose n'allait pas, mais il était trop gentleman pour poser la moindre question.

Une fois cette affaire réglée, Jeffrey et Carol se dirigèrent vers leurs voitures.

— Et si je m'arrêtais quelque part pour acheter quelque chose de bon pour dîner ? suggéra Carol. Qu'est-ce qui te ferait plaisir ce soir ? Qu'est-ce que tu dirais de ton plat préféré : des côtelettes de veau grillées.

— Je n'ai pas faim, dit Jeffrey.

— Peut-être que tu n'as pas faim maintenant, mais ça viendra plus tard.

— J'en doute, dit Jeffrey.

— Je te connais et je sais que tu auras faim. Je vais m'arrêter à l'épicerie. Qu'est-ce que je prends ?

— Prends ce que tu veux, dit Jeffrey. (Il monta dans sa voiture.) Dans mon état, je ne crois pas que j'aurai envie de manger quoi que ce soit.

De retour chez lui, il rangea sa voiture au garage, puis gagna directement sa chambre. Carol et lui faisaient chambre à part depuis un an. C'était Carol qui en avait eu l'idée, mais Jeffrey se surprit aujourd'hui à se réjouir de cette idée. Ç'avait été un des premiers signes évidents que leur mariage n'était pas du tout ce qu'il aurait dû être.

Jeffrey referma la porte derrière lui et tira le verrou. Son regard erra sur ses livres et périodiques soigneusement rangés sur les étagères suivant leur taille. Il n'allait pas en avoir besoin pendant un bon bout de temps. Il s'approcha de la bibliothèque et sortit *Epidural Analgesia* de Bromage qu'il balança contre le mur. Le livre entama le plâtre avant de s'écraser sur le parquet. Ce geste ne lui apporta aucun soulagement. Au contraire, cela lui donna un sentiment de culpabilité et il se sentit encore plus épuisé après. Il ramassa le livre, lissa quelques pages froissées, puis le remit à sa place. Par habitude, il en aligna le dos avec les autres volumes.

Se laissant lourdement tomber dans la bergère près de la fenêtre, il regarda d'un air absent le cornouiller dont les fleurs printanières n'étaient plus dans toute leur splendeur. Il fut submergé de tristesse. Il savait qu'il devait cesser de s'apitoyer sur son sort s'il voulait faire quelque chose. Il entendit la voiture de Carol s'arrêter et la portière claquer. Quelques minutes plus tard, un coup discret fut frappé à sa porte. Il ne répondit pas, pensant qu'elle le croirait endormi. Il voulait être seul.

Jeffrey luttait contre un sentiment grandissant de culpabilité. Peut-être était-ce ce qu'il y avait de pire dans sa condamnation. Comme ce sentiment avait miné sa confiance, il se redisait avec inquiétude qu'il s'était peut-être trompé en pratiquant cette anesthésie en ce jour fatal. Il se pouvait qu'il eût utilisé la mauvaise concentration. Il se pouvait qu'il fût responsable de la mort de Patty.

Tandis que les heures passaient, l'esprit préoccupé de Jeffrey était aux prises avec un sentiment croissant d'inutilité. Tout ce qu'il avait fait lui semblait stupide et vain. Il avait échoué en tout, en tant qu'anesthésiste comme en tant que mari. Il ne trouvait pas la moindre chose qu'il eût réussie. Il n'était même pas parvenu à former une équipe de basket-ball junior quand il était à l'école.

Quand le soleil déclina dans le ciel et toucha l'horizon, Jeffrey eut l'impression qu'il se couchait sur sa vie. Il pensait que peu de gens pouvaient comprendre quelle terrible charge une accusation pour faute professionnelle faisait peser sur la vie affective et professionnelle d'un médecin en exercice, surtout s'il n'y avait pas réellement de faute professionnelle. Même si Jeffrey avait gagné le procès, il savait que sa vie était à jamais changée. Le fait qu'il eût perdu était encore plus accablant. Et cela n'avait rien à voir avec l'argent.

Jeffrey regarda le ciel passer de toute une gamme de rouges chauds à des teintes froides violet et argent, tandis que la lumière baissait et que le jour mourait. Alors qu'il restait là dans l'obscurité croissante, il eut soudain une idée. Il n'était pas absolument vrai qu'il fût impuissant. Il existait quelque chose qu'il pouvait faire pour modifier son destin. Faisant preuve de résolution pour la première fois depuis des semaines, Jeffrey s'extirpa de la bergère et se dirigea vers le placard. Il en sortit sa grande sacoche noire de médecin et la posa sur le bureau.

Il y trouva deux petits flacons de lactate de Ringer pour intraveineuse ainsi que du matériel pour perfusion et une petite aiguille. Ensuite, il prit deux ampoules, l'une de succinylcholine, l'autre de morphine. Avec une seringue, il aspira soixante-quinze milligrammes de succinylcholine qu'il fit gicler dans un des flacons de lactate de Ringer. Puis il aspira soixante-quinze milligrammes de morphine, une sacrée dose.

Un des avantages de sa profession d'anesthésiste était que Jeffrey connaissait la façon la plus efficace de se suicider. D'autres médecins l'ignoraient, bien qu'ils eussent en général plus de succès dans leurs tentatives que les autres personnes. Certains avaient recours à une arme à feu, une méthode malpropre qui, assez curieusement, n'était pas toujours efficace. D'autres prenaient des overdoses, méthode qui, souvent, ne donnait pas le résultat escompté. Trop fréquemment, le soi-disant suicidé était sauvé à temps pour qu'on lui fît un lavage d'estomac. D'autres fois, les médicaments injectés étaient suffisants pour provoquer le coma, mais non la mort. Jeffrey frémit à la pensée des conséquences soumises au pur hasard.

Jeffrey sentit que sa dépression se dissipait légèrement alors qu'il s'activait. Il était réconfortant d'avoir un but. Il décrocha le tableau qui était au-dessus de la tête du lit dans le but d'utiliser le crochet pour y suspendre les deux flacons à intraveineuse. Puis il s'assit sur le bord du lit et commença l'intraveineuse sur le dos de sa main gauche avec le flacon ne contenant que la solution de lactate de Ringer. Il posa le flacon contenant le succinylcholine au-dessus de l'autre, avec uniquement le petit robinet d'arrêt bleu séparant Jeffrey du produit mortel.

Jeffrey s'allongea sur le lit en ayant soin de ne pas déplacer l'intraveineuse. Il prévoyait d'injecter l'énorme dose de morphine, puis d'ouvrir le robinet libérant la solution contenant le succinylcholine. La morphine l'enverrait au pays des rêves bien avant que le succinylcholine concentré ne paralysât son système respiratoire. Sans ventilateur, il mourrait. C'était aussi simple que ça.

Doucement, Jeffrey introduisit l'aiguille de la seringue contenant la morphine dans l'orifice du tuyau de perfusion qui pénétrait dans la veine sur le dos de sa main. Juste au moment où il commençait à injecter le narcotique, on frappa doucement à sa porte.

Jeffrey roula les yeux. Quel moment avait choisi Carol pour intervenir ! Il interrompit l'injection, mais ne répondit pas au coup frappé à la porte, dans l'espoir qu'elle s'en irait si elle pensait qu'il dormait encore. Au lieu de cela, elle tapa plus fort, puis plus fort encore.

— Jeffrey, appela-t-elle. Jeffrey ! J'ai préparé le dîner.

Il y eut un bref silence qui fit penser à Jeffrey qu'elle avait abandonné. Puis il entendit tourner le bouton et le bruit de ferraille que faisait la porte contre le montant.

— *Jeffrey... est-ce que tu vas bien ?*

Jeffrey prit une profonde inspiration. Il savait qu'il lui fallait dire quelque chose s'il ne voulait pas qu'elle fût assez inquiète pour enfoncer la porte. La dernière chose qu'il voulait était qu'elle fît irruption dans la pièce et qu'elle vît l'intraveineuse.

— Je vais bien, cria enfin Jeffrey.

— Alors pourquoi ne m'as-tu pas répondu ? demanda Carol.

— Je dormais.

— Pourquoi cette porte est-elle fermée à clef ?

— Je crois que je ne voulais pas être dérangé, répondit Jeffrey avec une ironie pleine de sous-entendus.

— J'ai préparé le dîner, répéta Carol.

— C'est gentil de ta part, mais je n'ai toujours pas faim.

— J'ai fait des côtes de veau, ce que tu préfères. Tu devrais manger.

— Je t'en prie, Carol, dit Jeffrey avec exaspération. Je n'ai pas faim.

— Eh bien, viens manger pour moi. Pour me faire plaisir.

Furibard, Jeffrey posa la seringue avec la morphine sur la table de nuit et retira l'intraveineuse. Il se dirigea vers la porte, et l'ouvrit d'un coup sec, mais pas suffisamment pour que Carol pût voir à l'intérieur.

— Ecoute ! dit-il d'un ton brusque. Je t'ai déjà dit tout à l'heure que je n'avais pas faim et je te le répète maintenant. Je ne veux pas manger et je n'aime pas que tu essaies de me donner un sentiment de culpabilité pour ça. Tu comprends ?

— Allons, Jeffrey. Je pense que tu ne devrais pas rester seul. J'ai pris la peine de faire les courses et de préparer quelque chose. Tu pourrais au moins venir à table.

Jeffrey se rendit compte qu'il était inutile d'essayer de l'embobiner. Quand elle avait décidé quelque chose, elle ne se laissait pas facilement dissuader.

— D'accord, dit-il d'un ton accablé. D'accord.

— Qu'est-ce que tu as à la main ? demanda Carol, remarquant une goutte de sang sur le dessus.

— Rien, dit Jeffrey. Rien du tout.

Il regarda le dos de sa main. Du sang suintait à l'endroit où avait été plantée l'aiguille. Il se creusa la tête pour trouver une explication.

— Mais ça saigne.

— Une petite coupure, dit Jeffrey.

Il n'avait jamais été doué pour raconter des bobards. Alors, avec une ironie qu'il était le seul à pouvoir apprécier, il ajouta :

— Je survivrai. Crois-moi, je survivrai. Ecoute, ajouta-t-il, je vais descendre dans une minute.

— Promis ?

— Promis.

Lorsque Carol fut partie et la porte reverrouillée, Jeffrey enleva les deux flacons et les planqua au fond de son placard, dans sa sacoche de médecin. Il jeta les emballages du matériel de perfusion et de l'aiguille dans la poubelle de la salle de bains.

Carol savait choisir son moment, pensa-t-il avec regret. Ce ne fut que lorsqu'il eut rangé tout cet attirail qu'il comprit à quel point il avait été proche du passage à l'acte. Il se dit qu'il ne devait pas céder au désespoir, du moins pas tant que n'auraient pas été épuisés tous les moyens légaux. Jusque-là, avant que les événements aient pris cette tournure, Jeffrey n'avait jamais nourri sérieusement de pensées suicidaires. Il avait toujours été déconcerté par les suicides dont il avait eu connaissance, même si, intellectuellement, il était capable d'apprécier la profondeur du désespoir qui avait pu les provoquer.

Assez curieusement, ou peut-être pas si curieusement que cela, les seuls suicides dont il avait entendu parler concernaient d'autres médecins qui avaient été poussés à bout par des motifs pas tellement différents de ceux de Jeffrey. Il se souvint d'un ami en particulier : Chris Everson. Il ne se rappelait pas la date exacte de la mort de Chris, mais il savait que c'était dans les deux dernières années.

Chris était un confrère anesthésiste. Il y avait des années de cela, Chris et lui avaient été internes ensemble. Chris se serait souvenu du temps où les internes enthousiastes et naïfs combattaient les symptômes de la grippe par le lactate de Ringer. Si le fait de penser à Chris devenait soudain si poignant, c'est qu'il avait été poursuivi en justice pour faute professionnelle parce qu'un de ses patients avait eu une réaction effroyable à un anesthésique local lors d'une épidurale.

Jeffrey ferma les yeux et essaya de se remémorer les détails de l'affaire. Pour autant qu'il pouvait s'en souvenir, le cœur du patient de Chris s'était arrêté dès que Chris avait injecté la dose test de deux centimètres cubes. Bien qu'ils eussent réussi à remettre le cœur en route, le patient en était sorti quadriplégique et semi-comateux. Une semaine plus tard, Chris avait été poursuivi non seulement avec le Valley Hospital mais aussi avec tous ceux qui avaient été mêlés de près ou de loin à cet accident. Et c'était là encore la stratégie des gens qui en ont plein les poches.

Mais Chris n'était jamais allé au tribunal. Il s'était suicidé avant même la communication du dossier complet et sa comparution à la première audience. Et, bien que l'anesthésie eût été jugée irréprochable, le jugement fut finalement rendu en faveur du plaignant. A l'époque, la rente avait été la plus forte jamais accordée pour faute professionnelle dans l'histoire du Massachusetts. Mais dans les mois qui suivirent, il y eut deux cas au moins où, pensa Jeffrey, les dommages et intérêts avaient été encore plus élevés.

Jeffrey pouvait se souvenir très précisément de sa réaction quand il avait entendu parler du suicide de Chris. Cela avait été un sentiment d'incrédulité totale. Jusque-là, avant d'avoir des problèmes avec la justice, Jeffrey n'avait aucune idée de ce qui avait pu pousser Chris à faire une chose aussi épouvantable. Chris avait la réputation d'être un anesthésiste remarquable, un médecin estimé par ses pairs et considéré comme un des meilleurs. Il venait d'épouser une belle infirmière en chirurgie qui travaillait au Valley Hospital. Il semblait avoir tout pour être heureux. Et puis vint le cauchemar...

Un coup frappé doucement à la porte ramena Jeffrey au présent. Carol était revenue.

— Jeffrey, dit-elle, tu ferais mieux de venir avant que ça soit froid.

— J'arrive.

Maintenant qu'il ne connaissait que trop bien les épreuves que Chris avait seulement commencé à endurer, Jeffrey regrettait de ne pas être resté en contact avec lui à l'époque. Il aurait pu être un meilleur ami. Et même après que Chris avait mis fin à ses jours, Jeffrey s'était contenté d'assister à ses funérailles. Il n'avait jamais téléphoné à Kelly, la femme de Chris, bien qu'aux obsèques, il se fût promis de le faire.

Un tel comportement ne ressemblait pas à Jeffrey, et il se demanda pourquoi il avait agi avec un tel manque de cœur. La seule explication plausible à ses yeux était son besoin de refouler cette affaire. Le suicide d'un confrère avec qui Jeffrey pouvait si facilement s'identifier était un événement fondamentalement perturbant. Peut-être que l'affronter carrément eût été un défi trop difficile à relever. C'était le genre d'examen personnel qu'on avait appris à Jeffrey, et aux médecins en général, à éviter, sous prétexte de « détachement médical ».

Quel terrible gâchis, pensait-il, en se rappelant Chris la dernière fois qu'il l'avait vu, avant que ne se produisît la tragédie. Et si Carol ne l'avait pas interrompu, n'y en aurait-il pas eu d'autres pour avoir les mêmes pensées à son égard ?

Non, pensa Jeffrey avec véhémence, le suicide n'était pas une solution. Surtout pas maintenant. Jeffrey détestait toute forme de sensiblerie, mais tant qu'il y a de la vie, il y a de l'espoir. Et quelles avaient été les répercussions du suicide de Chris ? Chris mort, il n'y avait eu personne pour le défendre ou faire éclater son innocence. Malgré son désespoir et sa dépression croissante, Jeffrey était encore fou de rage contre un système et une procédure qui s'étaient débrouillés pour le déclarer coupable alors qu'il n'avait rien fait de mal. Pouvait-il vraiment rester à se tourner les pouces avant d'avoir fait l'impossible pour être reconnu innocent ?

La seule pensée de son procès suffisait à mettre Jeffrey en rogne. Pour les avocats concernés, y compris Randolph, tout cela était une affaire parmi d'autres, mais il n'en était pas ainsi pour Jeffrey. C'était sa vie qui était en jeu. Sa carrière. Tout. L'ironie du sort voulait que le jour de la mort de Patty Owen, Jeffrey avait fait le maximum pour être à la hauteur. S'il s'était fait une intraveineuse et avait pris de l'élixir parégorique, ce n'était que pour pouvoir s'acquitter de la tâche pour laquelle il avait été formé. C'était le dévouement qui l'avait motivé, et voilà comment il en avait été récompensé.

S'il était donné à Jeffrey d'exercer à nouveau la médecine, il avait peur des effets à long terme que ce procès aurait sur les décisions médicales qu'il serait amené à prendre. Quel genre de soins les gens pouvaient-ils attendre de médecins obligés de travailler dans un milieu où la faute professionnelle était monnaie courante et qui devaient refréner leurs meilleures intuitions ou prendre une distance critique vis-à-vis de toutes leurs décisions ? A quoi aboutirait un tel système ? se demanda Jeffrey. Il n'éliminait certainement pas les quelques « mauvais » médecins, car, ô ironie, ceux-là étaient rarement poursuivis. Ce qui se passait, c'est que beaucoup de bons médecins étaient éliminés.

Tandis que Jeffrey se lavait avant de descendre à la cuisine, son esprit alla déterrer un autre souvenir qu'il avait inconsciemment refoulé. Un des meilleurs et des plus scrupuleux des spécialistes des maladies organiques qu'il eût jamais rencontré s'était tué cinq ans auparavant, le jour même où il avait reçu une citation à comparaître pour faute professionnelle. Il s'était tiré une balle dans la bouche avec un fusil de chasse. Il n'avait même pas attendu qu'on lui communiquât les pièces du dossier, et encore moins le procès. A l'époque, cela avait laissé Jeffrey perplexe et troublé, car tout le monde savait que l'accusation était sans fondement. En fait, le médecin avait sauvé la vie de l'homme. Jeffrey avait maintenant quelques idées sur la source de son désespoir.

Après avoir fini dans la salle de bains, Jeffrey retourna dans sa chambre pour changer de pantalon et de chemise. En ouvrant la porte, il sentit l'odeur du repas que Carol avait préparé. Il n'avait toujours pas faim, mais il ferait un effort. S'arrêtant en haut de l'escalier, il se jura de combattre les idées dépressives dont il serait forcément la proie jusqu'à ce que cette affaire eût suivi son cours. Décidé à respecter cet engagement, il se dirigea vers la cuisine.

2

MARDI

16 MAI 1989

9 H 12

Jeffrey s'éveilla en sursaut et fut stupéfait en voyant l'heure. Il s'était réveillé une première fois vers cinq heures du matin, surpris de se trouver assis dans la bergère près de la fenêtre. Ankylosé, il s'était déshabillé et était allé se coucher, persuadé qu'il ne pourrait jamais se rendormir. Mais, de toute évidence, il se trompait.

Il prit une douche rapide. En sortant de sa chambre, il chercha Carol. S'étant remis jusqu'à un certain point de la profonde dépression de la veille, il avait envie de contact humain et d'un peu de sympathie. Il espérait que Carol n'était pas partie travailler sans lui parler. Il voulait s'excuser d'avoir si mal accueilli ses efforts de la veille au soir. C'était une bonne chose, il le comprenait maintenant, qu'elle l'eût interrompu, et qu'elle l'eût mis en colère. Sans le savoir, elle l'avait sauvé du suicide. Pour la première fois de sa vie, le fait de s'être mis en colère avait eu un effet positif.

Mais Carol était partie depuis longtemps. Un petit mot était posé contre la boîte de corn-flakes sur la table de la cuisine. Il disait qu'elle n'avait pas voulu le déranger parce qu'elle était sûre qu'il avait besoin de repos. Elle devait aller travailler de bonne heure. Elle espérait qu'il comprendrait.

Jeffrey remplit un bol de céréales et prit du lait dans le réfrigérateur. Il enviait son travail à Carol. Il aurait souhaité avoir un bureau où aller. Faute de mieux, cela lui occuperait l'esprit. Il aurait aimé se rendre utile. Cela eût été d'un grand secours pour son amour-propre. Il n'avait jamais vraiment compris à quel point son travail définissait son personnage.

De retour dans sa chambre, Jeffrey se débarrassa de tout son attirail à intraveineuse en l'enveloppant dans de vieux journaux qu'il porta dans les conteneurs à ordures qui étaient dans le garage. Il ne voulait pas que Carol trouvât cela. Toucher à ce matériel lui procurait un sentiment d'étrangeté. Il éprouvait un épouvantable malaise à la pensée d'avoir été sciemment et volontairement si proche de la mort.

Des idées de suicide lui étaient déjà venues dans le passé, mais toujours dans un contexte métaphorique, et plutôt comme un fantasme de châtiment pour prendre sa revanche sur quelqu'un qui, croyait-il, l'avait traité injustement sur un plan sentimental, comme lorsque sa petite amie, en cinquième, avait par caprice reporté sa tendresse sur son meilleur ami. Mais la veille au soir, cela avait été différent, et à la pensée qu'il avait été à deux doigts de le faire, il en avait les jambes coupées.

Revenu à la maison, Jeffrey se demanda quels effets son suicide aurait eus sur ses amis et sa famille. Cela aurait été un soulagement pour Carol. Elle n'aurait pas eu à divorcer. Il se demanda aussi s'il manquerait à quelqu'un. Probablement pas...

— Pour l'amour du ciel ! s'exclama-t-il, se rendant compte du ridicule de ce genre de réflexions et se souvenant qu'il s'était engagé à résister aux pensées déprimantes — ses pensées se nourriraient-elles de la piètre opinion qu'il avait de lui-même jusqu'à la fin de sa vie ?

Mais ses idées de suicide étaient difficiles à chasser de son esprit. Il s'interrogea de nouveau sur Chris Everson. Son suicide était-il la conséquence d'une dépression aiguë qui s'était abattue sur lui avec la soudaineté de la foudre, comme ce que lui-même avait éprouvé la veille au soir ? Ou l'avait-il prévu depuis un certain temps ? Quoi qu'il en soit, sa mort avait été une terrible perte pour tout le monde — sa famille, les malades, et même la profession médicale.

Jeffrey s'arrêta sur le chemin de sa chambre et regarda par la fenêtre de la salle de séjour, les yeux dans le vague. Sa situation n'en était pas moins un gâchis. Du point de vue de sa productivité, la perte de son droit d'exercer la médecine et son incarcération n'étaient pas un gâchis moindre que s'il avait réussi son suicide.

— Merde ! cria-t-il en saisissant un des coussins du canapé et en le bourrant de coups de poing. Merde, merde, merde.

Jeffrey s'épuisa rapidement et remit le coussin à sa place. Puis il s'assit, découragé, les jambes remontées devant lui. Il se tordit les doigts, posa les coudes sur ses genoux et essaya de s'imaginer en prison. C'était horrible. Quelle parodie de justice ! Cette histoire de faute professionnelle avait été plus que suffisante pour perturber sérieusement et transformer sa vie. Mais cette absurdité au pénal avait dépassé toutes les bornes, comme si on avait jeté du sel sur une blessure mortelle.

Jeffrey pensa à ses confrères de l'hôpital et à d'autres amis médecins. Au début, ils avaient tous été d'un grand soutien, du moins jusqu'à cette accusation au pénal. Ensuite, ils avaient évité Jeffrey comme s'il avait une sorte de maladie contagieuse. Jeffrey se sentait isolé et seul. Et plus que tout, il était en colère.

— Ce n'est pas juste ! dit-il, les dents serrées.

Complètement hors de lui, il saisit sur une petite table un objet faisant partie du bric-à-brac en cristal de Carol et, dans un moment de pure irritation, il le jeta avec une précision diabolique sur le buffet à portes vitrées qu'il voyait par la porte cintrée menant à la salle à manger. Il y eut un fracas de verre brisé qui le fit tressaillir.

— Oh là là ! dit Jeffrey en se rendant compte de ce qu'il avait fait.

Il se leva pour aller chercher une pelle et un balai. Lorsqu'il eut ramassé les débris, il en était arrivé à une conclusion capitale : il n'irait pas en prison ! Non, non. Au diable le procès en appel. Il avait autant de confiance dans le système judiciaire que dans les contes de fée.

Cette décision fut prise avec une soudaineté et une détermination qui donnèrent à Jeffrey un sentiment d'allégresse. Il consulta sa montre. La banque ouvrirait bientôt. Tout excité, il monta dans sa chambre et prit son passeport. Il avait de la chance que le tribunal ne le lui eût pas fait rendre en même temps qu'on avait augmenté le montant de la caution. Puis il téléphona à la Pan Am. Il apprit qu'il pouvait prendre la navette pour New York, puis l'autobus pour Kennedy, et s'envoler pour Rio. Etant donné le nombre de compagnies qui se disputaient le marché, on lui donna le choix entre de nombreux vols, y compris l'un qui partait à onze heures quarante-cinq, avec quelques escales dans des lieux exotiques.

Son pouls s'accélérant devant cette perspective, Jeffrey téléphona à la banque et eut Dudley au bout du fil. Il fit tout son possible pour se dominer. Il s'enquit de ce qu'il advenait de son prêt.

— Pas de problème, dit fièrement Dudley. En usant de mon influence, je l'ai fait approuver comme ça. (Jeffrey pouvait entendre l'homme claquer des doigts pour lui.) Quand viendrez-vous ? poursuivit Dudley. J'aimerais être sûr d'être là.

— J'arrive tout de suite, dit Jeffrey, établissant son programme. (Tout reposait sur le chronométrage.) J'ai une autre requête. J'aimerais avoir l'argent en liquide.

— Vous plaisantez, dit Dudley.

— Je suis sérieux, insista Jeffrey.

— C'est un peu irrégulier, dit Dudley, hésitant.

Jeffrey n'avait pas beaucoup pensé à ce problème, et il pouvait sentir l'hésitation de Dudley. Il comprit qu'il lui faudrait fournir une explication s'il voulait avoir l'argent, et il en avait vraiment besoin. Il ne pouvait pas partir pour l'Amérique du Sud avec uniquement de l'argent de poche.

— Dudley, commença Jeffrey, je suis dans une situation épouvantable.

— Je n'aime pas vous entendre dire ça.

— Ce n'est pas ce que vous pensez. Je n'ai pas de dette de jeu ou quelque chose de ce genre. En fait, il faut que je paie un garant pour ma caution. N'avez-vous rien lu sur mes ennuis dans les journaux ?

— Non, répondit Dudley, retrouvant son entrain.

— J'ai été poursuivi pour faute professionnelle, puis accusé pour une tragique affaire d'anesthésie. Je vous fais grâce des détails pour le moment. Le problème est celui-ci : j'ai besoin de quarante-cinq mille dollars pour payer le garant de ma caution, l'homme qui a déposé cette caution. Il a dit qu'il voulait la somme en liquide.

— Je suis sûr qu'un chèque de banque ferait l'affaire.

— Ecoutez, Dudley, dit Jeffrey. Le type m'a dit en liquide. J'ai promis en liquide. Que puis-je dire ? Faites-moi une faveur. Ne me rendez pas les choses plus difficiles qu'elles ne le sont déjà.

Il y eut un silence. Jeffrey eut l'impression d'entendre Dudley soupirer.

— Est-ce que des billets de cent dollars conviendraient ?

— Très bien, répondit Jeffrey. En billets de cent, ça serait parfait.

Il se demandait quelle place prendraient quatre cent cinquante billets de cent dollars.

— Je vais les faire préparer, dit Dudley. J'espère que vous n'avez pas l'intention de trimbaler ça pendant longtemps.

— Je ne sortirai pas de Boston, dit Jeffrey.

Jeffrey raccrocha le téléphone. Il espérait que Dudley n'appellerait pas la police ou n'essaierait pas de vérifier son histoire. Pas parce que les choses ne colleraient pas. Jeffrey pensait que moins il y aurait de gens qui penseraient à lui et poseraient des questions, mieux ce serait, du moins tant qu'il ne serait pas dans l'avion qui décollerait de New York.

S'asseyant, Jeffrey commença à écrire un petit mot pour Carol, lui disant qu'il prenait les quarante-cinq mille dollars, mais qu'elle pourrait garder tout le reste. Mais la lettre sonnait faux. De plus, tandis qu'il écrivait, il se rendit compte qu'il n'avait pas envie de laisser une preuve de ses intentions, au cas où il serait retardé pour une raison quelconque. Il froissa le papier, y mit une allumette enflammée et le jeta dans la cheminée. Au lieu d'écrire, il décida de téléphoner à Carol d'une ville étrangère et de lui parler directement. Ce serait plus personnel qu'une lettre. Ce serait plus sûr, aussi.

Le problème à régler ensuite était de savoir ce qu'il allait emporter. Il ne voulait pas se charger d'un tas de bagages. Il opta pour une petite valise dans laquelle il mit des vêtements sport de base. Il imaginait qu'en Amérique du Sud on n'était pas très formaliste. Quand il eut tout emballé, il dut s'asseoir sur la valise pour la fermer. Puis il mit certaines choses dans son porte-documents, y compris ses affaires de toilette et des sous-vêtements propres.

Il était sur le point de pousser la porte du placard quand il vit sa sacoche de médecin. Il hésita un moment, se demandant ce qu'il ferait si les choses tournaient vraiment mal. Par précaution, il ouvrit la sacoche et sortit son matériel à intraveineuse, quelques seringues, vingt-cinq centilitres de liquide pour intraveineuse et deux ampoules, l'une de succinylcholine, l'autre de morphine, et en fit un paquet qu'il mit dans son porte-documents, sous les sous-vêtements. Il n'aimait pas penser qu'il nourrissait encore des idées de suicide, aussi se disait-il que les médicaments constituaient en quelque sorte une police d'assurances. Il espérait qu'il n'en aurait pas besoin, mais ils étaient là au cas où...

Jeffrey se sentait bizarre et un peu triste en parcourant la maison des yeux pour ce qui était probablement la dernière fois, sachant qu'il ne pourrait plus jamais y poser son regard. Mais marchant d'une pièce à l'autre, il fut surpris de ne pas être plus bouleversé. Il y avait tant de choses pour lui rappeler les événements passés, à la fois bons et mauvais. Mais plus que tout, il se rendit compte que l'endroit était associé à l'échec de son mariage. Et exactement comme son procès pour faute professionnelle, il se porterait bien mieux en l'oubliant. Il se sentit plein d'énergie pour la première fois depuis des mois. C'était comme le premier jour d'une nouvelle vie.

La valise dans le coffre et son porte-documents sur le siège du passager, Jeffrey sortit sa voiture du garage, ferma la porte avec son bip-bip et se mit en route. Il ne regarda pas en arrière. Le premier arrêt était la banque et quand il s'en approcha, il commença à se sentir anxieux. Sa nouvelle vie démarrait d'une façon exceptionnelle : il avait l'intention de violer délibérément la loi en défiant le tribunal. Il se demandait s'il s'en tirerait à bon compte.

Au moment où il entra dans le parking de la banque, il était très nerveux. Il avait la bouche sèche. Que se passerait-il si Dudley avait téléphoné à la police parce qu'il avait demandé l'argent de la caution en liquide ? Il n'était pas besoin d'être grand clerc pour imaginer que Jeffrey pourrait envisager de faire avec son argent autre chose que de le restituer à l'homme qui se portait garant pour sa caution.

Après être resté assis un moment dans sa voiture pour rassembler son courage, Jeffrey prit son porte-documents et fit un effort pour entrer dans la banque. A certains égards, il se faisait l'impression d'être un pilleur de banque, même si l'argent qu'il venait chercher, en principe, lui appartenait. Prenant une profonde inspiration pour se calmer, il alla au bureau d'accueil et demanda Dudley.

Celui-ci vint à sa rencontre, tout sourires et papotant. Il

emmena Jeffrey dans son bureau et lui fit signe de s'asseoir. A en juger par son comportement, il n'avait aucun soupçon à l'égard de Jeffrey. Mais l'anxiété de celui-ci n'en demeurait pas moins vive. Il tremblait.

— Un café ou un jus de fruits ? proposa Dudley.

Jeffrey estima qu'il s'en tirerait mieux sans caféine. Il dit à Dudley qu'il prendrait bien un jus de fruits. Il pensait qu'il était préférable d'avoir les mains occupées. Dudley sourit et dit :

— Bon, bon.

L'homme était si cordial que Jeffrey craignait que ce ne fût un piège.

— Je reviens tout de suite avec l'argent, dit Dudley après avoir tendu à Jeffrey un verre de jus d'orange.

Il réapparut quelques minutes plus tard en portant un vieux sac de toile dont il déversa le contenu sur son bureau. Il y avait neuf liasses de billets de cent dollars, de cinquante billets chacune. Jeffrey n'avait jamais vu autant d'argent à la fois. Il se sentait de plus en plus mal à l'aise.

— Cela ne nous a pas été très facile de réunir une telle somme si rapidement, lui dit Dudley.

— J'apprécie ce que vous avez fait.

— Je suppose que vous voudrez compter, dit Dudley, mais Jeffrey refusa.

Dudley lui fit signer un reçu.

— Etes-vous sûr que vous ne voulez pas un chèque de banque ? demanda Dudley en prenant le reçu. Ce n'est pas prudent de transporter une telle somme d'argent. Vous pourriez téléphoner à la personne qui se porte garant pour votre caution et lui dire de venir prendre l'argent ici. Et vous savez, un chèque de banque est aussi pratique que du liquide. Il pourrait aller dans une de nos agences de Boston et avoir du liquide, si c'est cela qu'il veut. Ça serait moins dangereux pour vous.

— Il a dit en liquide, alors je lui donne en liquide, répondit Jeffrey. (Il était touché par l'inquiétude de Dudley.) Son bureau n'est pas loin, expliqua-t-il.

— Et vous êtes sûr que vous ne voulez pas compter ?

La tension commençait à susciter une certaine irritation chez Jeffrey, mais il se força à sourire.

— Pas le temps. J'étais censé lui apporter cet argent avant midi.

Je suis déjà en retard. Et puis je suis en affaire avec vous depuis assez longtemps.

Il fourra l'argent dans son porte-documents et se leva.

— Si j'avais su que vous ne le compteriez pas, j'aurais pris quelques billets dans chaque paquet, dit Dudley en riant.

Jeffrey se précipita vers sa voiture, y jeta le porte-documents, et sortit du parking avec la plus grande prudence. Il avait bien besoin d'une contravention pour excès de vitesse ! Il regarda dans le rétroviseur pour s'assurer qu'il n'était pas suivi. Jusqu'ici ça allait.

Jeffrey se rendit directement à l'aéroport et se gara sur le toit du parking central. Il laissa le talon du ticket de parking dans le cendrier de la voiture. Quand il téléphonerait à Carol d'où que ce soit, il lui dirait de venir prendre la voiture.

Le porte-documents dans une main, la valise dans l'autre, Jeffrey se dirigea vers le guichet de la Pan Am pour y prendre son billet. Il essayait de se comporter comme n'importe quel homme d'affaires partant en voyage, mais il craquait nerveusement et il avait affreusement mal à l'estomac. Si quelqu'un le reconnaissait, il saurait qu'il se soustrayait à la justice. On lui avait bien spécifié de ne pas quitter l'Etat du Massachusetts.

Son anxiété montait d'un cran à chaque minute qu'il passait dans la file d'attente. Quand vint enfin son tour, il prit un billet pour le vol New York-Rio et un autre pour la navette de treize heures trente. L'employé essaya de le convaincre qu'il serait bien plus pratique de prendre un de leurs vols de fin d'après-midi direct pour Kennedy. De cette façon, il n'aurait pas à aller en autobus de La Guardia à Kennedy. Mais Jeffrey voulait prendre la navette. Il sentait que plus tôt il quitterait Boston, mieux il se porterait.

S'éloignant des guichets, il s'approcha de l'appareil de détection de la sécurité. Il y avait un policier en uniforme qui flânait par hasard dans les parages. Tout ce que Jeffrey pouvait faire, c'était de ne pas ficher le camp en courant.

Dès qu'il eut hissé son porte-documents, puis sa valise sur le tapis roulant et les eut regardé disparaître dans l'appareil, Jeffrey prit brusquement peur. Que se passerait-il pour les seringues et l'ampoule de morphine ? Que se passerait-il s'ils étaient visibles aux rayons X, et qu'il dût ouvrir le porte-documents ? Ils découvriraient alors les liasses d'argent ! Que penseraient-ils de tous ces billets ?

Jeffrey eut l'idée d'essayer de tendre la main vers l'appareil de détection pour en arracher son porte-documents, mais il était trop tard. Il jeta un coup d'œil sur la femme qui observait l'écran. La lumière donnait un air sinistre à son visage, mais ses yeux reflétaient l'ennui. Jeffrey se sentait délicatement poussé par les gens qui attendaient derrière. Il passa devant le détecteur de métal, sans quitter le policier des yeux. Celui-ci croisa son regard et sourit. Jeffrey parvint à lui répondre par un sourire contraint. Il se retourna pour regarder la femme qui étudiait l'écran. Son visage sans expression sembla soudain troublé par quelque chose. Elle avait arrêté le tapis roulant et faisait signe à une autre femme de regarder l'écran.

Le découragement s'empara de Jeffrey. Les deux femmes examinaient le contenu de son porte-documents tel qu'il apparaissait sur l'écran. Le policier n'avait encore rien remarqué. Jeffrey le surprit en train de bâiller.

Puis le tapis roulant se remit en marche. Le porte-documents fut dégagé, mais la deuxième femme s'avança et mit la main dessus.

— C'est à vous ? demanda-t-elle à Jeffrey.

Jeffrey hésita, mais il ne pouvait nier qu'il lui appartenait. Son passeport était dedans.

— Oui, dit-il d'une voix mal assurée.

— Est-ce que vous avez mis dedans une trousse de toilette avec une paire de petits ciseaux ?

Jeffrey approuva de la tête.

— Bon, dit-elle en poussant le porte-documents vers lui.

Stupéfait mais soulagé, Jeffrey ramassa rapidement ses affaires et s'éloigna vers un coin de la salle d'attente où il s'assit. Il prit un journal que quelqu'un avait jeté et se cacha derrière. S'il n'avait pas eu le sentiment d'être un criminel quand le jury avait rendu son verdict, c'était maintenant qu'il en avait l'impression.

Dès que son vol fut annoncé, Jeffrey s'empressa de monter à bord. Il ne pouvait attendre. Une fois à l'intérieur, il se précipita pour prendre sa place.

Son siège était près du couloir central, non loin de l'avant de l'appareil. Sa valise en sécurité dans le porte-bagages au-dessus de sa tête et son porte-documents sous ses pieds, il se pencha en avant et ferma les yeux. Son cœur battait encore la chamade, mais il pouvait au moins maintenant essayer de se détendre. Il était sur le point d'y parvenir.

Mais il était difficile de se calmer. Assis là dans cet avion, la gravité et l'irréversibilité de ce qu'il était sur le point de faire commencèrent enfin à lui entrer dans la tête. Jusque-là, il n'avait jamais violé la loi. Mais dès que l'avion quitterait le Massachusetts pour survoler un autre Etat, ce serait chose faite. Et il ne pourrait revenir en arrière.

Il regarda l'heure à sa montre. Il se mit à transpirer. Il était treize heures vingt-sept. Il ne restait que trois minutes avant la fermeture de la porte. Puis le décollage. Faisait-il ce qu'il fallait ? Pour la première fois depuis qu'il avait pris sa décision ce matin, Jeffrey éprouvait un doute sérieux. L'expérience de toute une vie lui donnait des raisons de ne pas agir ainsi. Il avait toujours respecté la loi et l'autorité.

Il commença à trembler de tout son corps. Il n'avait jamais éprouvé une indécision et une confusion aussi déchirantes. Il consulta de nouveau sa montre. Il était treize heures vingt-neuf. Le personnel de bord s'activait, fermant violemment tous les compartiments au-dessus des sièges, et le fracas menaçait de le rendre fou. On ferma la porte du cockpit avec un claquement assourdissant. L'homme chargé d'installer les passagers fit un dernier contrôle et dit que l'avion pouvait décoller. Tous les passagers étaient dans leurs fauteuils. D'une certaine façon, Jeffrey mettait fin à la vie qu'il avait toujours connue, aussi sûrement que s'il avait ouvert le robinet la veille au soir.

Il se demanda quel effet sa fuite aurait sur son appel. Cela ne le ferait-il pas paraître comme encore plus coupable ? Et s'il passait en justice, aurait-il une peine plus longue à purger pour avoir pris la fuite ? Qu'avait-il au juste l'intention de faire en Amérique du Sud ? Il ne parlait ni espagnol ni portugais. En un éclair, il fut frappé par toute l'horreur de son acte. Il ne pouvait pas aller jusqu'au bout.

— Attendez ! cria-t-il quand il entendit les portes de l'avion se fermer. (Tous les regards se tournèrent vers lui.) Attendez ! Il faut que je descende !

Il défit sa ceinture de sécurité, puis essaya d'extirper son porte-documents de sous son siège. Il s'ouvrit et une partie de son contenu, y compris une liasse de billets de cent dollars, en tomba. En toute hâte, il les tassa à l'intérieur, puis prit sa valise dans le porte-bagages. Personne ne parlait. Tout le monde observait la panique de Jeffrey avec une curiosité mêlée de stupéfaction.

Jeffrey se précipita vers l'avant et fit face à l'hôtesse qui s'occupait des passagers.

— Il faut que je descende ! répéta-t-il. (La sueur coulait sur son front, et sa vision en était brouillée. Il avait l'air affolé.) Je suis médecin, ajouta-t-il comme si cela expliquait sa conduite. C'est une urgence.

— D'accord, d'accord, dit calmement l'hôtesse.

Elle tapa à la porte, puis fit un signe à travers le hublot à l'homme qui se trouvait encore sur la passerelle à l'extérieur. On ouvrit la porte, trop lentement au gré de Jeffrey.

Dès que le passage fut dégagé, Jeffrey sortit précipitamment de l'appareil. Par chance, personne ne s'interposa pour lui demander pourquoi il avait changé d'avis. Il courut sur la passerelle. La porte de l'aérogare était fermée, mais pas verrouillée. Il commença à traverser la zone d'embarquement, mais il n'alla pas loin. L'homme qui était posté là l'appela pour le contrôler.

— Votre nom, s'il vous plaît ? demanda-t-il d'un ton neutre.

Jeffrey hésita. Il n'avait pas envie de le dire. Il ne voulait pas avoir à donner des explications aux autorités.

— Je ne peux pas vous rendre votre billet si vous ne me donnez pas votre nom, reprit l'autre avec une certaine irritation.

Jeffrey revint sur sa décision, et l'homme lui rendit son billet. Le fourrant hâtivement dans sa poche, il passa devant le contrôle de sécurité et entra dans les toilettes des hommes. Il fallait qu'il se calme. Il craquait nerveusement. Il posa ses bagages et se pencha au-dessus du lavabo. Il se détestait de faire preuve d'une telle irrésolution, d'abord pour le suicide, maintenant pour la fuite. Dans les deux cas, Jeffrey avait encore l'impression qu'il avait fait le bon choix, mais maintenant qu'allait-il décider ? Il sentait revenir la menace de la dépression, mais il luttait pour ne pas y céder.

Au moins, Chris Everson avait eu le courage d'aller jusqu'au bout de sa décision, même si elle n'était pas judicieuse. Jeffrey se maudissait encore de n'avoir pas été un meilleur ami. Si seulement il avait su alors ce qu'il savait maintenant, il aurait peut-être été capable de le sauver. Ce n'était qu'aujourd'hui que Jeffrey avait une idée de ce que Chris avait dû endurer. Jeffrey se haïssait de ne pas lui avoir téléphoné, et pour aggraver sa négligence, de ne pas avoir téléphoné non plus à sa jeune veuve, Kelly.

Jeffrey s'aspergea le visage d'eau froide. Quand il eut retrouvé un semblant de calme, il ramassa ses affaires et sortit des toilettes. Malgré l'agitation de l'aéroport, il se sentait horriblement seul et isolé. La pensée de rentrer chez lui dans une maison vide l'accablait. Mais il ne voyait aucun autre endroit où aller. Sans savoir où il se rendrait, il se dirigea vers le parking.

Arrivé à sa voiture, Jeffrey mit sa valise dans le coffre et son porte-documents sur le siège du passager. Il monta et s'assit derrière le volant, regardant droit devant lui, les yeux dans le vague, attendant une inspiration.

Il resta là pendant plusieurs heures, ressassant tous ses échecs. Il n'avait jamais été aussi bas. Obsédé par Chris Everson, il se mit à se demander ce qui était arrivé à Kelly Everson. Il l'avait rencontrée à trois ou quatre réceptions mondaines, avant la mort de Chris. Il se souvenait même d'avoir fait sur elle quelques remarques élogieuses à Carol. Celle-ci les avait peu appréciées sur le moment.

Jeffrey se demanda si Kelly travaillait encore au Valley Hospital, ou si même elle vivait encore dans la région de Boston. Il se souvenait d'elle comme d'une femme d'un mètre soixante, soixante-cinq, au corps mince, athlétique. Elle avait des cheveux châtains avec des reflets roux et dorés, qu'elle portait longs, retenus par une simple barrette. Il se rappelait qu'elle avait un visage large avec des yeux marron foncé et des traits sans grand caractère qui s'éclairaient souvent d'un éblouissant sourire. Mais ce dont ils se souvenait le plus, c'était de son aura. Elle avait un enjouement qui s'alliait merveilleusement à une chaleur et une sincérité féminines qui faisaient que les gens l'aimaient immédiatement.

Alors que ses pensées allaient de Chris à Kelly, il se surprit à se dire qu'elle comprendrait mieux que quiconque ce qu'il endurait maintenant. Ayant perdu un mari en raison des ravages affectifs causés par une accusation de faute professionnelle, elle serait probablement extrêmement sensible à la situation critique dans laquelle Jeffrey se trouvait psychologiquement. Elle pourrait même lui donner des idées pour résoudre son problème. A tout le moins, elle pourrait lui offrir la sympathie dont il avait tant besoin. Et faute de mieux, il aurait la conscience soulagée en passant enfin le coup de téléphone qu'il avait vaguement eu l'intention de donner autrefois.

A la première rangée de cabines téléphoniques qu'il trouva, il chercha Kelly Everson dans l'annuaire. Il retint sa respiration tandis qu'il suivait de l'index la liste des noms. Il s'arrêta sur K. C. Everson à Brookline. C'était prometteur. Il introduisit sa pièce de monnaie et composa le numéro. Le téléphone sonna une fois, deux fois, trois fois. Il était sur le point de raccrocher quand quelqu'un répondit. C'était une voix joyeuse.

Jeffrey se rendit compte qu'il n'avait pas pensé un instant à la façon d'entrer en matière. Sans cérémonie, il dit allô et donna son nom. Il était si peu sûr de lui qu'il craignait qu'elle ne se souvînt pas de lui, mais avant qu'il ait pu trouver quelque chose pour lui rafraîchir la mémoire, il entendit son « Salut Jeffrey ! » plein de vie. Elle avait l'air vraiment heureuse d'entendre sa voix et elle ne semblait pas du tout surprise.

— Je suis contente que vous téléphoniez, dit-elle. J'ai pensé à vous appeler quand j'ai lu que vous aviez des problèmes avec la justice, mais je n'ai pas pu me résoudre à le faire. J'avais peur que vous ne vous souveniez même pas de moi.

Peur qu'*il* ne se souvînt pas d'*elle !* Jeffrey lui assura que ça n'aurait pas été le cas. La devançant, il s'excusa de ne pas lui avoir téléphoné plus tôt comme il le lui avait promis.

— Il ne faut pas vous excuser, dit-elle. Je sais que les tragédies intimident les gens, comme le fait, ou le faisait, le cancer. Et je sais que les médecins ont du mal à parler du suicide d'un confrère. Je ne m'attendais pas à ce que vous téléphoniez mais j'ai été touchée que vous ayez pris le temps d'assister aux obsèques. Chris aurait été content de savoir que vous vous étiez donné cette peine. Il vous respectait vraiment. Il m'a dit une fois que vous étiez le meilleur anesthésiste qu'il connaissait. Alors j'ai été honorée que vous soyez là. Quelques-uns de ses autres amis ne sont pas venus. Mais j'ai compris.

Jeffrey ne savait que dire. Voilà que Kelly ne lui en voulait absolument pas, et lui faisait même des compliments. Cependant, plus elle parlait et plus il avait l'impression d'être un salaud. Ne sachant quoi répondre, il changea de sujet. Il dit qu'il était heureux de la trouver chez elle.

— C'est le bon moment pour m'avoir. Je rentre juste de mon travail. Je suppose que vous savez que je ne travaille plus à Valley.

— Non, je ne savais pas.

— Après la mort de Chris, j'ai pensé que ce serait plus sain pour moi d'aller ailleurs, dit-elle. Je me suis installée en ville. Je travaille à Saint-Joe maintenant. Au service des soins intensifs. Je préfère être là qu'en réanimation. J'imagine que vous êtes encore au Boston Memorial, vous ?

— En quelque sorte, dit évasivement Jeffrey.

Il se sentait embarrassé et indécis. Il avait peur qu'elle refuse de le voir. Après tout, que lui devait-elle ? Elle avait sa propre vie. Mais il s'était trop engagé. Il fallait essayer.

— Kelly, dit-il enfin, je me demandais si je ne pourrais pas faire un saut chez vous pour bavarder un moment.

— Quand pensiez-vous venir ? demanda Kelly du tac au tac.

— Quand cela vous conviendra. Je... je pourrais passer maintenant si vous n'êtes pas trop occupée.

— Bon, d'accord, dit Kelly.

— Si cela vous gêne, je pourrais...

— Non, non, c'est parfait ! Venez, enchaîna Kelly sans même lui donner le temps de finir sa phrase.

Puis elle lui indiqua le chemin à prendre.

Michael Mosconi avait le chèque de Jeffrey posé sur son buvard devant lui quand il passa le coup de téléphone à Owen Shatterly à la Boston National Bank. Il ne lui venait pas à l'idée de s'inquiéter, mais le trac s'empara de lui à l'instant où il composa le numéro. Il n'avait accepté un chèque personnel qu'une seule fois dans sa carrière de garant de caution. Cette transaction s'était avérée bonne. Il n'avait pas été échaudé. Mais Michael avait entendu ses collègues raconter des histoires épouvantables. Naturellement, si les choses tournaient mal, le plus gros problème de Mosconi était que sa compagnie d'assurances lui interdisait formellement d'accepter des chèques. Comme Michael l'avait expliqué à Jeffrey, il s'était mouillé dans cette affaire. Il ne savait pourquoi il avait été bête à ce point. Mais enfin, c'était un cas unique. Ce type était médecin, bon Dieu. Et puis, toucher quarante-cinq mille dollars était une chance qui ne se présentait pas tous les jours. Michael n'avait pas voulu laisser passer l'occasion. Alors, à sa façon, il avait offert les meilleures conditions. C'était une initiative qu'il avait prise de son propre chef.

A la banque, quelqu'un répondit, puis mit Michael en attente. Des flots de Muzak sortaient du combiné. Michael tambourinait sur son bureau. C'était fermé jusqu'à quatre heures l'après-midi. Tout ce qu'il voulait, c'était s'assurer que le chèque du toubib était approvisionné avant de le déposer. Shatterly était un ami de longue date. Michael savait qu'il pourrait obtenir de lui le renseignement sans problème.

Quand Shatterly prit la communication, Michael expliqua ce qu'il voulait savoir. Il n'eut pas à en dire plus, Shatterly le coupa d'un « une seconde ». Michael pouvait l'entendre taper sur le clavier de son ordinateur.

— De combien est le montant du chèque ? demanda Shatterly.

— Quarante-cinq mille dollars, dit Michael.

Shatterly rit.

— Il y a vingt-trois dollars et des poussières sur le compte.

Il y eut un silence. Michael cessa de tambouriner. Il avait une sensation pénible au creux de l'estomac.

— Tu es sûr qu'il n'y a pas eu de dépôt aujourd'hui ? demanda-t-il.

— Rien qui ressemble à quarante-cinq mille dollars, répondit Shatterly.

Michael raccrocha.

— Des ennuis ? demanda Devlin O'Shea, en regardant par-dessus un vieux numéro de *Penthouse*.

Devlin était un gros homme qui ressemblait plus à un motard dans le style des années soixante qu'à un ancien membre de la police de Boston. Une boucle d'oreille dorée en forme de croix de Malte se balançait à son lobe gauche. Ses cheveux étaient même peignés en une jolie petite queue de cheval. En dehors du fait que ça l'aidait dans son travail, ses apparences étaient une façon un peu enfantine de faire un pied de nez aux autorités, maintenant qu'il n'avait plus à se préoccuper du règlement, notamment en ce qui concernait l'habillement. O'Shea avait été viré de la police après une condamnation pour corruption.

Devlin était confortablement installé sur un canapé de skaï en face du bureau de Michael. Il portait des vêtements qui étaient pratiquement devenus son uniforme depuis qu'il avait quitté la police : une veste en denim, un jean délavé et des bottes de cow-boy noires.

Michael ne disait mot, ce qui, pour Devlin, était suffisant comme réponse.

— Je peux faire quelque chose pour toi ? demanda Devlin.

Michael étudiait Devlin, jaugeant les avant-bras massifs de l'homme, avec leur enchevêtrement de tatouages. L'homme avait perdu une dent de devant, ce qui lui donnait l'air du bagarreur de bar qu'il était parfois.

— Peut-être, dit Michael qui commençait à imaginer un plan.

Devlin était passé au bureau de Mosconi cet après-midi parce qu'il venait de terminer un boulot et en cherchait un autre. Il venait de ramener un assassin qui s'était soustrait à la justice après avoir payé sa caution et s'était enfui au Canada. Il faisait partie des chasseurs de prime que Michael utilisait quand le besoin s'en faisait sentir.

Michael sentait que Devlin était exactement l'homme capable de rappeler ses obligations à Jeffrey. Il savait que Devlin serait bien plus persuasif que lui.

Se carrant dans son fauteuil, Michael expliqua la situation. Devlin abandonna *Penthouse* et se leva. Il mesurait un mètre quatre-vingt-quinze et pesait plus de cent vingt kilos. Son ventre rebondi débordait par-dessus la grosse boucle d'argent de sa ceinture. Mais sous la couche de graisse, il y avait une masse de muscles.

— Ouais, je peux lui parler, dit-il.

— Sois aimable, dit Michael. Mais sois persuasif. Souviens-toi que c'est un médecin. Ce que je veux, c'est qu'il ne m'oublie pas.

— Je suis toujours gentil, répondit Devlin. Plein d'égards, soigné, bien élevé. C'est ce qui fait mon charme.

Devlin sortit, heureux d'avoir quelque chose à faire. Il détestait rester là à traîner. Le seul ennui, c'est qu'il aurait aimé que le travail soit un peu plus lucratif. Mais il était content à la perspective de se rendre à Marblehead. Peut-être qu'il trouverait là-bas ce restaurant italien et irait prendre quelques bières dans son bistrot du port préféré.

La maison de Kelly était une charmante demeure de type colonial à un étage avec des fenêtres à meneaux. Elle était peinte en blanc avec des volets noirs. Les deux cheminées à chaque extrémité étaient en brique rouge. Il y avait un garage pour deux voitures à droite de la maison et une véranda à claire-voie à gauche.

Jeffrey s'arrêta à la hauteur de la maison, de l'autre côté de la rue, et se gara au bord du trottoir. Il examina les lieux par la vitre de sa voiture, dans l'espoir de se donner assez de courage pour traverser la rue et sonner à la porte. Il était surpris de voir tant d'arbres si près du centre de Boston. La maison était nichée au milieu des érables, des chênes et des bouleaux.

Assis là dans sa voiture, il essayait de réfléchir à ce qu'il allait dire. Jamais auparavant il n'était allé chez quelqu'un pour y trouver « sympathie et compréhension ». Malgré la chaleur qu'elle avait manifestée au téléphone, il y avait toujours le risque d'un refus. S'il n'avait pas su qu'elle l'attendait, il n'aurait pas été capable d'aller jusqu'au bout.

Rassemblant toute son énergie, il mit la voiture en prise et vira dans l'allée menant chez Kelly. Il monta jusqu'à la porte d'entrée, son porte-documents à la main. Il se sentait ridicule de le tenir ainsi — même en tant que médecin, il n'en portait pas —, mais il avait peur de laisser autant d'argent dans la voiture.

Kelly ouvrit la porte avant même qu'il eût sonné. Elle était vêtue de collants noirs, d'un body rose assorti à son bandeau, et de jambières d'échauffement.

— Je suis des cours d'aérobic presque tous les après-midi, expliqua-t-elle en rougissant légèrement.

Puis elle serra vigoureusement Jeffrey dans ses bras. Il en eut presque les larmes aux yeux en s'apercevant qu'il était incapable de se rappeler la dernière fois où quelqu'un l'avait ainsi pris dans ses bras. Il lui fallut un moment pour retrouver son équilibre et répondre à son étreinte.

Sans lâcher les bras de Jeffrey, elle se pencha en arrière afin de pouvoir le regarder dans les yeux. Jeffrey mesurait quinze bons centimètres de plus qu'elle.

— Je suis si heureuse que vous soyez venu !

Elle le prit par la main et le fit entrer, fermant la porte d'un coup de son pied déchaussé.

Jeffrey se trouva dans une vaste entrée donnant par des portes voûtées à droite sur la salle à manger, à gauche sur la salle de séjour. Il y avait une petite table sur laquelle était posé un service à thé en argent. A l'extrémité de l'entrée, à l'arrière de la maison, un élégant escalier en colimaçon menait au premier étage.

— Que diriez-vous d'un thé ? offrit Kelly.

— Je ne veux pas vous déranger, dit Jeffrey.

Kelly fit claquer sa langue.

— Qu'est-ce que vous entendez par me déranger ?

Sans lui lâcher la main, elle le conduisit jusqu'à la cuisine en passant par la salle à manger. Située à l'arrière de la maison et ouvrant sur la cuisine, se trouvait une salle commune confortable qui semblait avoir été rajoutée. Il y avait un jardin devant la grande fenêtre en saillie. On avait l'impression que le jardin n'était pas l'objet de beaucoup d'attentions. L'intérieur de la maison était reluisant de propreté.

Kelly fit asseoir Jeffrey sur un canapé recouvert de vichy. Il posa son porte-documents par terre.

— Qu'est-ce que vous faites avec ce porte-documents ? demanda Kelly alors qu'elle allait mettre de l'eau à chauffer. Je croyais que les médecins portaient des petits sacs noirs quand ils faisaient des visites. Cela vous fait ressembler à un démarcheur en assurances.

Elle rit d'un rire cristallin en allant chercher un cheesecake dans le freezer du réfrigérateur.

— Si je vous montrais ce qu'il y a dans ce porte-documents, vous n'en croiriez pas vos yeux, dit Jeffrey.

— Qu'est-ce qui vous fait dire ça ?

Jeffrey ne répondit pas et elle eut la bonté de ne pas insister. Elle prit un couteau dans un râtelier au-dessus de l'évier et coupa deux parts de cheesecake.

— Je suis contente que vous ayez décidé de venir, dit-elle en léchant le couteau. Je ne sors le cheesecake que lorsque j'ai des invités.

Elle mit un grand sachet de thé dans la théière et sortit des tasses.

La bouilloire se mit à siffler très fort. Kelly la souleva et versa l'eau bouillante dans la théière. Elle posa le tout sur un plateau et le porta sur une table basse devant le canapé de la salle commune.

— Voilà ! dit-elle en le posant. Qu'est-ce que j'ai oublié ? (Elle passa le plateau en revue.) Les serviettes ! s'écria-t-elle, et elle repartit vers la cuisine.

Quand elle revint, elle s'assit et sourit à Jeffrey.

— Vraiment, dit-elle en servant le thé, je suis contente que vous soyez venu, et pas uniquement à cause du cheesecake.

Jeffrey prit conscience qu'il n'avait rien mangé en dehors des céréales du matin. Le cheesecake était délicieux.

— Y a-t-il quelque chose dont vous vouliez parler plus spécialement ? demanda Kelly en reposant sa tasse de thé.

Jeffrey admira sa franchise. Cela lui facilitait les choses.

— Pour commencer, je crois que je veux m'excuser de ne pas avoir été un meilleur ami pour Chris, dit-il. Après ce que j'ai subi ces derniers mois, je comprends ce qu'a dû supporter Chris. A l'époque, je n'en avais aucune idée.

— Je crois que personne n'en avait idée, dit tristement Kelly. Même pas moi.

— Je n'ai pas l'intention de raviver des souvenirs pénibles, dit Jeffrey quand il vit à quel point l'expression de Kelly avait changé.

— Ne vous inquiétez pas. J'en suis finalement arrivée à supporter la situation. Mais c'était une raison de plus pour que je vous téléphone. Comment tenez-vous le coup ?

Jeffrey ne s'attendait pas à ce que la conversation dévie si rapidement vers ses propres ennuis. Comment *avait*-il tenu le coup ? Dans les dernières vingt-quatre heures, il avait tenté de se suicider et, n'y parvenant pas, il avait essayé de quitter le pays.

— C'est difficile, fut tout ce qu'il trouva à répondre.

Kelly tendit la main pour serrer la sienne.

— Je ne crois pas que les gens puissent imaginer ce que coûtent des poursuites pour faute professionnelle, et je ne parle pas d'argent.

— Vous le savez mieux que quiconque, dit Jeffrey. Chris et vous avez payé le prix fort.

— C'est vrai que vous allez faire de la prison ? demanda Kelly.

Jeffrey soupira.

— Ça en a bien l'air.

— C'est absurde ! dit Kelly avec une véhémence qui surprit Jeffrey.

— Nous faisons appel, dit-il, mais je n'ai pas la moindre confiance dans le procès. Plus maintenant.

— Comment avez-vous fini par devenir le bouc émissaire ? demanda Kelly. Qu'est-il arrivé aux autres médecins et à l'hôpital ? Ils n'ont pas été poursuivis ?

— On a laissé tomber les charges qui pesaient sur eux, expliqua Jeffrey. Pendant un bref moment, il y a quelques années, j'ai eu un problème de morphine. L'histoire classique : elle m'avait été prescrite pour une blessure au dos dont je souffrais à la suite d'un accident de vélo. Pendant le procès, ils ont prétendu que je m'étais shooté à la morphine peu avant de m'occuper de la patiente. Puis quelqu'un a trouvé une ampoule vide de Marcaïne 75 à côté de l'appareil d'anesthésie dont je m'étais servi. La Marcaïne 75 est contre-indiquée pour les anesthésies en obstétrique. Personne n'a trouvé l'ampoule à cinq pour cent.

— Mais vous n'avez pas utilisé de Marcaïne 75, n'est-ce pas ? demanda Kelly.

— Je vérifie toujours l'étiquette des médicaments, dit Jeffrey. Mais c'est le genre de réflexe dont il est difficile de se souvenir avec certitude. Je ne peux pas croire que j'ai utilisé du 75. Mais que puis-je dire ? Ils ont trouvé ce qu'ils ont trouvé.

— Hé hé, dit Kelly. Ne vous mettez pas à douter de vous-même. C'est ce que Chris s'est mis à faire.

— Facile à dire.

— A quoi sert la Marcaïne 75 ? demanda Kelly.

— A un assez grand nombre de choses. Quand vous voulez un blocage particulièrement long de peu d'ampleur. On l'utilise beaucoup dans la chirurgie de l'œil.

— Y avait-il eu des interventions ophtalmologiques dans la salle d'op où s'est produit votre accident, ou des opérations qui auraient pu requérir l'usage de Marcaïne 75 ?

Jeffrey réfléchit un moment. Il secoua la tête.

— Je ne crois pas, mais je n'en suis pas sûr.

— Cela pourrait valoir la peine de se renseigner, dit Kelly. Ça n'aurait pas beaucoup d'importance juridiquement, mais si vous pouviez expliquer la présence de Marcaïne 75, au moins à vous-même, cela vous ferait faire un grand pas en vous aidant à restaurer votre confiance. Je pense que lorsqu'il est question de faute professionnelle, les médecins devraient mettre autant d'ardeur à protéger leur amour-propre qu'à préparer leur procès.

— En cela vous avez raison, répondit Jeffrey, mais il continuait à réfléchir aux questions de Kelly concernant la Marcaïne 75.

Il n'arrivait pas à croire que personne n'ait pensé à se renseigner sur les interventions qui avaient eu lieu dans la même salle d'opération avant que n'y entre Patty Owen. Il n'y avait pas pensé lui-même. Il se demanda comment il pourrait mener son enquête maintenant qu'il n'avait plus accès à l'hôpital comme autrefois.

— A propos d'amour-propre, qu'en est-il du vôtre ?

Kelly souriait, mais Jeffrey pouvait voir que malgré son apparente gaieté, elle était terriblement sérieuse.

— J'ai l'impression de m'adresser à une spécialiste, répondit Jeffrey. Avez-vous lu quelques ouvrages de psychiatrie à vos heures de loisirs ?

— Pas grand-chose, dit Kelly. Malheureusement, j'ai appris l'importance de l'amour-propre à la dure, par expérience.

Elle but une gorgée de thé. Pendant un moment, elle resta perdue dans ses tristes pensées, regardant par la baie vitrée le jardin complètement envahi par la végétation. Puis, tout aussi brutalement, elle sortit de sa rêverie. Elle regarda Jeffrey, sans l'ombre d'un sourire.

— Je suis convaincue que c'est parce que Chris avait perdu son amour-propre qu'il s'est suicidé. Il n'aurait pas pu faire ce qu'il a fait s'il avait eu meilleure opinion de lui-même. Je le sais. Ce n'était pas la tragédie en elle-même qui était insupportable. Ce n'était sûrement pas la culpabilité. Chris était comme vous, en ce sens que rien ne pouvait lui donner un sentiment de culpabilité. C'est une érosion soudaine de la confiance, le préjudice porté à l'image qu'il avait de lui-même, qui a poussé Chris au suicide. Les gens n'ont aucune idée de la façon dont les médecins, même les plus talentueux, sont sensibles à l'effet produit par des poursuites judiciaires. En réalité, plus le médecin est bon, plus cela le blesse. Le fait que les poursuites soient sans fondements n'a rien à voir avec ça.

— Vous avez absolument raison, dit Jeffrey. Quand j'ai entendu dire à l'époque que Chris s'était suicidé, j'ai été stupéfait. Je savais quel genre d'homme c'était, quel genre de médecin. Maintenant, son suicide ne m'étonne plus du tout. En fait, dans ma situation actuelle, je suis surpris qu'il n'y ait pas plus de médecins poursuivis pour faute professionnelle qui soient conduits à le faire. En vérité, j'ai essayé hier soir.

— Essayé quoi ? demanda sèchement Kelly.

Elle savait ce que Jeffrey voulait dire, mais elle ne voulait pas y croire.

Jeffrey soupira. Il était incapable de la regarder.

— Hier soir, j'ai essayé de me suicider, dit-il simplement. J'ai été à deux doigts de faire la même chose que Chris. Vous savez, le truc de la succinylcholine et de la morphine. Tout était en place, l'intraveineuse et tout.

Kelly laissa tomber sa tasse de thé. Elle fit un mouvement brusque en avant et, saisissant Jeffrey par les épaules, elle le secoua. Le geste le surprit. Elle s'agrippait à lui sans en avoir le moins du monde conscience.

— Vous n'oserez pas faire une chose pareille. N'y pensez même pas !

Kelly lui lançait un regard furieux, toujours cramponnée à ses épaules. Finalement, Jeffrey marmonna qu'elle n'avait pas besoin de s'inquiéter, puisqu'il avait manqué du courage nécessaire pour aller jusqu'au bout.

Kelly le secoua de nouveau, réagissant à ses paroles.

Jeffrey ne savait pas quoi faire, et encore moins quoi dire.

Kelly continuait à le secouer, sous l'empire de la colère.

— Se suicider n'a rien de courageux, dit-elle furieuse. C'est l'inverse. C'est de la lâcheté. Et c'est égoïste. Ça fait du mal à tous ceux que vous laissez derrière vous, à tous ceux qui vous aiment. Je veux que vous me promettiez que si jamais vous avez encore des pensées suicidaires, vous me téléphonerez, quelle que soit l'heure du jour ou de la nuit. Pensez à votre femme. Le suicide de Chris m'a donné un tel sentiment de culpabilité, vous n'en avez pas idée. J'étais anéantie. J'avais l'impression que d'une certaine façon, je l'avais laissé tomber. Maintenant, je sais que ce n'est pas vrai, mais sa mort est une chose dont je ne me remettrai probablement jamais tout à fait.

— Carol et moi allons divorcer, laissa échapper Jeffrey.

L'expression de Kelly se radoucit.

— A cause de ce procès ?

Jeffrey secoua la tête.

— Nous en avions l'intention avant que tout cela ne commence. Carol a eu la gentillesse d'attendre un peu.

— Mon pauvre, dit Kelly. J'ai du mal à imaginer qu'on puisse s'occuper d'un procès pour faute professionnelle alors que votre mariage est en train de se briser.

— Mes problèmes conjugaux sont les moindres de mes soucis, dit Jeffrey.

— Je suis sérieuse quand je vous demande de me promettre de me téléphoner avant de faire une folie.

— Je ne crois pas...

— Promis ? insista Kelly.

— D'accord, je promets.

Satisfaite, Kelly se mit à nettoyer les saletés qu'elle avait faites quand elle avait laissé tomber sa tasse. Alors qu'elle ramassait les morceaux de porcelaine, elle dit :

— Je donnerais n'importe quoi pour avoir la plus petite indication sur ce que Chris avait en tête. Un instant, il semblait avoir vraiment envie de se battre, disant que les complications anesthésiques ne pouvaient venir que d'un agent de contamination dans l'anesthésique local, et l'instant d'après, il était mort.

Jeffrey observait Kelly pendant qu'elle ramassait les morceaux de porcelaine. Il fallut un certain temps pour que ses derniers mots fissent leur effet. Quand elle revint et se rassit, Jeffrey demanda :

— Qu'est-ce qui lui faisait penser qu'il existait un agent de contamination dans l'anesthésique local ?

Kelly haussa les épaules.

— Je n'en ai pas la moindre idée. Mais il paraissait très excité par cette possibilité. Je l'ai encouragé. Juste avant qu'il ne soit déprimé. Très déprimé. Cette idée d'un agent de contamination le remontait vraiment. Il a passé plusieurs jours le nez plongé dans des manuels de pharmacologie et de physiologie. Il a pris des tas de notes. Il y travaillait la nuit où il... J'étais allée me coucher. Je l'ai trouvé le lendemain matin, une intraveineuse en place, le flacon vide.

— C'est affreux, dit Jeffrey.

— Ça a été la pire expérience de ma vie, reconnut Kelly.

L'espace d'un instant, Jeffrey envia Chris, non pas parce qu'il avait réussi là où il avait échoué, mais parce qu'il laissait derrière lui quelqu'un qui, de toute évidence, l'aimait profondément. Si

Jeffrey était allé jusqu'au bout, quelqu'un en aurait-il été à ce point affligé ? Jeffrey essaya de chasser cette pensée. Au lieu de cela, il envisagea la possibilité d'un agent de contamination dans l'anesthésique local. C'était une curieuse idée.

— A quel type d'agent de contamination pensait Chris ? demanda-t-il.

— Je ne sais vraiment pas, répondit Kelly. Cela fait deux ans, et Chris n'est jamais entré vraiment dans les détails. Du moins pas avec moi.

— Est-ce que vous avez fait part de cette hypothèse à quelqu'un à l'époque ?

— J'en ai parlé aux avocats. Pourquoi ?

— C'est une idée qui éveille la curiosité.

— J'ai encore les notes de Chris, dit Kelly. Je vous les montrerai volontiers si vous y tenez.

— J'aimerais bien.

Kelly se leva et, Jeffrey sur ses talons, traversa la cuisine, la salle à manger, l'entrée, puis la salle de séjour. Elle s'arrêta devant une porte close.

— Je crois qu'il vaudrait mieux que je vous explique, dit-elle. C'était le cabinet de travail de Chris. Je sais que ce n'est pas très sain, mais après la mort de Chris, je me suis contenté de fermer la porte de cette pièce et j'ai tout laissé en l'état. Ne me demandez pas pourquoi. A l'époque, j'avais l'impression d'être mieux, comme si une partie de lui était encore là. Alors, préparez-vous. Il se pourrait que ce soit un peu poussiéreux.

Elle ouvrit la porte et s'écarta.

Jeffrey entra dans le bureau. Contrairement au reste de la maison, tout était en désordre et ça sentait le renfermé. Une épaisse couche de poussière s'était déposée un peu partout.

Quelques toiles d'araignées pendaient du plafond. Les stores étaient complètement fermés. Un mur entier était occupé par une bibliothèque allant du sol au plafond, bourrée de livres que Jeffrey reconnut immédiatement. La plupart étaient des ouvrages classiques concernant l'anesthésie. Les autres traitaient de sujets médicaux plus généraux.

Au milieu de la pièce, trônait un vaste et vieux bureau où s'amoncelaient des papiers et des livres. Dans le coin de la pièce, se trouvait un fauteuil capitonné recouvert de cuir noir desséché et craquelé. A côté du fauteuil, il y avait une grosse pile de livres.

Kelly se tenait appuyée au chambranle de la porte, les bras croisés, comme si elle refusait d'entrer.

— Quel fouillis, dit-elle.

— Ça ne vous fait rien si je jette un coup d'œil ? demanda Jeffrey.

Il éprouvait un certain sentiment de parenté avec son confrère décédé, mais il ne voulait pas abuser de l'hospitalité de Kelly et la froisser.

— Faites comme chez vous, dit-elle. Comme je vous l'ai dit, j'en suis arrivée à accepter la mort de Chris. J'avais l'intention de nettoyer cette pièce depuis un certain temps. Simplement, je n'ai pas eu le temps de m'en occuper.

Jeffrey fit le tour du bureau. Il y avait, posée dessus, une lampe qu'il alluma. Il n'était pas superstitieux ; il ne croyait pas au surnaturel. Cependant, il avait d'une certaine façon l'impression que Chris essayait de lui dire quelque chose.

Sur le buvard du bureau était ouvert un ouvrage classique : *Les Bases pharmacologiques de la thérapeutique* de Goodman et Gillman. Et juste à côté *Toxicologie clinique*. Près de ces deux livres se trouvait une pile de notes manuscrites. En se penchant, Jeffrey remarqua que le Goodman et Gillman était ouvert au chapitre concernant la Marcaïne. Les effets secondaires indésirables étaient soulignés d'un trait épais.

— L'affaire de Chris mettait-elle aussi en cause la Marcaïne ? demanda Jeffrey.

— Oui, dit Kelly, je croyais que vous le saviez.

— Pas vraiment, répondit Jeffrey.

Il n'avait pas entendu parler de l'anesthésique local que Chris avait utilisé. Les complications qui avaient lieu de temps en temps se produisaient avec n'importe quel anesthésique.

Jeffrey ramassa le tas de notes. Presque immédiatement, il ressentit un picotement dans le nez. Il éternua.

Kelly mit le dos de sa main sur ses lèvres pour dissimuler un sourire.

— Je vous ai averti qu'il pouvait y avoir de la poussière.

Jeffrey éternua de nouveau.

— Pourquoi ne prenez-vous pas ce que vous voulez et ne retournons-nous pas dans la salle commune ? suggéra Kelly.

Les yeux larmoyants, Jeffrey prit les livres de pharmacologie et de toxicologie, ainsi que les notes, et les emporta. Il éternua une troisième fois avant que Kelly ne referme la porte du bureau.

Quand ils furent de retour dans la cuisine, Kelly fit une proposition :

— Pourquoi ne restez-vous pas dîner ? Nous mangerions de bonne heure. Je peux nous préparer quelque chose en vitesse. Ça ne sera pas de la grande cuisine, mais ça sera sain.

— Je croyais que vous deviez aller à un cours d'aérobic, dit Jeffrey.

Sa proposition l'enchantait, mais il ne voulait pas la déranger plus qu'il ne l'avait déjà fait.

— Je peux m'entraîner n'importe quel jour, dit Kelly. Et je pense que vous avez besoin de vous sustenter un peu.

— Ma foi, si ça ne vous ennuie pas, dit Jeffrey.

Il était stupéfait par sa gentillesse.

— Ça me fait plaisir. Maintenant, mettez-vous à l'aise sur le canapé. Enlevez vos chaussures si vous voulez.

Jeffrey la prit au mot. Il s'assit et posa les livres sur la table basse. Il la regarda un moment s'affairer dans la cuisine, cherchant dans le réfrigérateur et divers placards. Puis il envoya promener ses chaussures et s'installa pour fouiller dans les notes de Chris. La première chose sur laquelle il tomba fut un résumé manuscrit des complications anesthésiques survenues dans le cas tragique dont Chris s'était occupé.

— Je vais faire une course, dit Kelly. Ne bougez pas.

— Je ne veux pas que vous vous donniez tout ce mal, dit Jeffrey en faisant le geste de se lever.

Mais ce n'était pas vrai. Il aimait que Kelly se donne tant de mal pour lui.

— C'est stupide, dit-elle. Je serai de retour dans un rien de temps.

Jeffrey ne savait pas très bien si Kelly avait dit que c'était stupide parce qu'elle savait qu'il lui racontait des bobards ou parce que cela ne la dérangeait pas. Elle avait disparu en un clin d'œil. Jeffrey l'entendit faire démarrer sa voiture dans le garage, sortir et accélérer en descendant la rue.

Il regarda la salle commune et la cuisine confortables, heureux d'avoir pris la décision de téléphoner à Kelly. En dehors du fait qu'il avait décidé de ne pas se suicider et de ne pas s'enfuir, c'était, dans les dernières vingt-quatre heures, la meilleure décision qu'il eût prise.

Se réinstallant sur le canapé, Jeffrey reporta son attention sur le résumé des complications anesthésiques qu'avait rencontrées Chris :

> Henry Noble, un Blanc de cinquante-sept ans, entra au Valley Hospital pour y subir une prostatectomie totale pour un cancer. Le Dr Walklenstern avait demandé une anesthésie épidurale continue. J'avais rendu visite au patient la veille de son intervention. Il avait une légère appréhension. Il était en bonne santé. L'état de son cœur était normal avec un électrocardiogramme normal. La tension était normale. L'examen neurologique était normal. Il ne souffrait d'aucune allergie. En particulier, pas d'allergies aux médicaments. Il avait subi sans problème une anesthésie générale pour l'opération d'une hernie en 1977. On lui avait fait sans problème des anesthésies locales pour de multiples interventions dentaires. En raison de ses appréhensions, j'avais rédigé une ordonnance de diazepam pour qu'on lui en administre 10 mg par voie buccale une heure avant de le conduire en chirurgie. Le lendemain matin, il arriva de bonne humeur. Le diazepam lui avait bien réussi. Le patient était somnolent, mais on pouvait le faire sortir de sa torpeur. On l'amena à la salle d'anesthésie et on le mit sur le côté droit. On lui fit sans problème une ponction épidurale avec une aiguille Touhey de calibre 18. Il n'eut pas de réaction aux 2 cm^3 de Lidocaïne utilisés pour faciliter l'entrée de l'épidurale. La confirmation de la localisation épidurale fut faite avec 2 cm^3 d'eau stérile et d'adrénaline. Un cathéter épidural de petit calibre fut passé par l'aiguille Touhey. On recoucha le patient sur le dos. On prépara dans une ampoule de 30 ml une dose test de Marcaïne 5 avec un peu d'adrénaline. On lui injecta cette dose test. Après l'injection, le patient se plaignit de vertiges suivis de sérieuses crampes intestinales. Le rythme cardiaque commença à s'accélérer, mais pas au niveau qu'il aurait atteint si la dose test avait été injectée par inadvertance dans la veine. Une fasciculation musculaire généralisée apparut alors, suggérant un état d'hyperesthésie. Une salivation massive intervint, faisant penser à une réaction parasympathique. On lui injecta de l'atropine par voie

intraveineuse. On nota l'apparition d'un myosis. Le patient eut alors une grave attaque qui fut traitée par de la succinylcholine et du Valium en intraveineuse. On entuba le patient et on le maintint sous oxygène. Il eut alors un arrêt cardiaque. Le cœur apparut comme extrêmement résistant aux médicaments, mais enfin on parvint à rétablir un rythme du sinus. Le patient était stabilisé, mais ne reprenait pas conscience. On le transporta dans le service de soins intensifs chirurgicaux, où il resta dans le coma pendant une semaine, avec de multiples arrêts cardiaques. On nota aussi que le patient avait été complètement paralysé à la suite des complications anesthésiques, paralysie qui affectait non seulement la moelle épinière, mais aussi les nerfs crâniens. A la fin de la semaine, le patient eut un nouvel arrêt cardiaque et le cœur ne put plus être remis en marche.

Jeffrey quitta les notes du regard. Lire le récit laconique qu'avait fait Chris de ces complications faisait renaître la terreur qu'il avait éprouvée quand il se battait désespérément pour sauver Patty Owen. Le souvenir en était si intense que Jeffrey en avait les mains trempées de sueur. Ce qui le rendait si poignant, c'étaient les similitudes frappantes entre les deux cas, et pas seulement les crises dramatiques et les arrêts du cœur. Jeffrey se souvenait avec une précision surprenante du moment où Patty s'était mise à saliver et à avoir les yeux remplis de larmes. Et de plus, il y avait eu ces douleurs abdominales et le rétrécissement des pupilles. Aucune de ces réactions ne ressemblait à un effet secondaire habituel des anesthésies locales, bien que celles-ci pussent entraîner une gamme extraordinairement étendue d'effets secondaires du point de vue neurologique et cardiaque chez quelques malheureux individus.

Jeffrey étudia la suite des notes de Chris. Il y avait nombre de mots tapés en caractères gras. Deux d'entre eux étaient « muscarinique » et « nicotinique ». Jeffrey les reconnut, venant essentiellement du temps où il était à l'école de médecine. Elles avaient un rapport avec la fonction autonome du système nerveux. Puis il y avait la phrase « blocage irréversible de la moelle épinière avec implication des nerfs crâniens », suivie d'une série de points d'exclamation.

Jeffrey entendit la voiture de Kelly qui remontait l'allée et rentrait dans le garage. Il consulta sa montre. Elle ne mettait pas longtemps pour faire des courses.

L'élément suivant dans les notes de Chris était un rapport concernant un examen par RMN — résonance magnétique nucléaire — pratiqué sur Henry Noble pendant le laps de temps où il avait été paralysé et dans le coma. Les résultats enregistrés étaient normaux.

— Salut, cria joyeusement Kelly en franchissant la porte. Je vous ai manqué ? (Elle rit en déposant un paquet sur le plan de travail de la cuisine. Puis elle se dirigea vers le dossier du canapé et regarda par-dessus l'épaule de Jeffrey.) Qu'est-ce que tous ces trucs signifient ?

Elle désigna du doigt les mots et les phrases que Jeffrey avaient lus.

— Je ne sais pas, avoua Jeffrey. Mais ces notes sont fascinantes. Il y a tant de similitudes entre l'affaire de Chris et la mienne. Je ne sais pas quoi en penser.

— Ma foi, je suis contente que quelqu'un ait trouvé quelque chose à tirer de ce fouillis, dit Kelly en retournant dans la cuisine. J'ai l'impression que l'idée de garder tout cela n'était pas tellement bizarre.

— Je ne trouve pas que l'idée de garder ça était le moins du monde bizarre, dit Jeffrey en tournant la page suivante.

C'était un résumé dactylographié de l'autopsie d'Henry Noble, rédigé par le médecin légiste. Chris avait souligné la phrase « dégénérescence axonale visible sur les lamelles microscopiques » et l'avait fait suivre d'une série de points d'interrogation. Puis il avait souligné les mots « toxicologie négative » et avait ajouté un grand point d'interrogation. Cela laissa Jeffrey perplexe.

Le reste des notes consistait en extraits d'articles tirés du livre de pharmacologie de Goodman et Gillman. Après y avoir jeté un coup d'œil rapide, Jeffrey s'aperçut qu'ils traitaient essentiellement de la fonction du système nerveux autonome. Il décida d'examiner ces matériaux plus tard. Il mit les papiers en pile sur la table avec les deux manuels médicaux dessus pour les maintenir en place.

Jeffrey rejoignit Kelly près de l'évier de la cuisine.

— Que puis-je faire ? demanda-t-il.

— Vous êtes censé vous reposer, dit Kelly en passant la laitue sous l'eau.

— Je préférerais vous aider.

— Faites comme vous voudrez. Que diriez-vous d'allumer le barbecue sur la terrasse de derrière ? Les allumettes sont dans le tiroir.

Kelly le lui montra, une feuille de laitue à la main.

Jeffrey prit la boîte d'allumettes et sortit. Le barbecue était de ceux qui sont surmontés d'un dôme et branchés sur une bouteille de propane. Il parvint rapidement à comprendre comment fonctionnait la soupape et l'alluma, puis il referma le couvercle.

Avant de rentrer, Jeffrey parcourut du regard le jardin laissé à l'abandon. Les hautes herbes étaient d'un vert tendre printanier. Il avait beaucoup plu ce printemps, et toute la végétation était vigoureuse et luxuriante. Des frondes de fougères dentelées apparaissaient au milieu du bosquet d'arbres.

Jeffrey secoua la tête, incrédule. Il semblait presque inconcevable que pas plus tard que la veille au soir il eût été aussi près du suicide. Et cet après-midi même, il avait essayé de s'enfuir pour de bon en Amérique du Sud. Et maintenant, il se trouvait sur une terrasse à Brookline, se préparant à manger une grillade avec une femme attirante, sensible et si démonstrative qu'elle en était désarmante. Cela lui semblait presque trop beau pour être vrai. Puis Jeffrey comprit avec stupéfaction ce qu'il en était. Avant peu de temps, il serait probablement en prison.

Jeffrey respira profondément l'air frais de cette fin d'après-midi, savourant sa pureté. Il observa un rouge-gorge qui happait un ver dans le sol humide. Puis il rentra pour voir ce qu'il pouvait faire pour se rendre utile.

Le dîner était délicieux, une vraie réussite. Malgré les circonstances plutôt sinistres, Jeffrey parvint à passer une bonne soirée. La conversation avec Kelly était naturelle et facile. Ils mangèrent des steaks de thon mariné, du riz pilaf et une salade verte composée. Kelly avait une bouteille de chardonnay cachée au fond de son réfrigérateur. Il était froid et sec. Pour la première fois depuis des mois, Jeffrey se surprit à rire. C'était un événement.

Ils revinrent s'installer sur le canapé recouvert de vichy avec une tasse de café et une nouvelle part de cheesecake. Les notes et les manuels de Chris ramenèrent l'esprit de Jeffrey à des pensées plus sérieuses.

— Je regrette de revenir à des sujets déplaisants, dit-il après une pause dans la conversation, mais quelle a été l'issue du procès de Chris pour faute professionnelle ?

— Le jury s'est prononcé en faveur des héritiers du plaignant. Le paiement de l'indemnité a été divisé entre l'hôpital, Chris et le chirurgien, suivant des modalités assez compliquées. Je pense que l'assurance de Chris a payé l'essentiel, mais je n'en suis pas absolument sûre. Heureusement, cette maison était à mon nom, si bien qu'ils n'ont pas pu la compter au nombre des biens disponibles.

— J'ai lu un résumé écrit de la main de Chris, dit Jeffrey. Il n'y avait certainement pas de faute professionnelle.

— Dans un procès où il existe une telle charge émotionnelle, dit Kelly, qu'il y ait eu ou non une faute professionnelle importe peu. Un bon avocat de la partie civile peut toujours amener le jury à se mettre dans la peau du patient.

Jeffrey fit un signe de tête affirmatif. C'était malheureusement vrai.

— J'ai une faveur à vous demander, dit Jeffrey après un silence. Est-ce que cela vous ennuierait beaucoup si je vous empruntais ces notes ?

Il tapota la pile de papiers.

— Mon Dieu, non, dit Kelly. Faites comme chez vous. Puis-je vous demander pourquoi elles vous intéressent autant ?

— Elles me rappellent des questions que je me suis posées pour mon propre procès. Il y avait de légères incohérences que je n'ai jamais pu expliquer. Je suis surpris que les mêmes incohérences se retrouvent dans l'affaire de Chris. L'idée d'un agent de contamination ne m'est jamais venue à l'esprit. J'aimerais examiner ses notes un peu plus longuement. Ce qu'il pensait ne saute pas immédiatement aux yeux. Et puis, ajouta Jeffrey en souriant, les emprunter me donnera une bonne excuse pour revenir.

— Vous n'avez pas besoin d'une excuse, dit Kelly. Vous serez toujours le bienvenu ici.

Jeffrey partit peu après qu'ils eurent fini leur dessert. Kelly le reconduisit jusqu'à sa voiture. Ils avaient mangé si tôt qu'il faisait encore jour. Jeffrey la remercia chaleureusement de son hospitalité.

— Vous ne pouvez pas savoir à quel point j'ai apprécié le moment que j'ai passé ici, dit-il avec sincérité.

Après que Jeffrey fut monté dans sa voiture, avec son porte-documents qui contenait maintenant les notes de Chris, Kelly glissa sa tête par la vitre ouverte.

— Souvenez-vous de votre promesse ! Si vous commencez à avoir des idées idiotes, vous prenez contact avec moi.

— Je m'en souviendrai, déclara Jeffrey.

Content et paisible, il prit le chemin de sa maison. Passer quelques heures avec Kelly avait beaucoup fait pour lui remonter le moral. Etant donné les circonstances, il était stupéfait d'avoir pu réagir de façon aussi normale. Mais il savait que cela avait beaucoup plus à voir avec le psychisme de Kelly qu'avec le sien. En prenant le dernier virage pour entrer dans sa rue, Jeffrey tendit la main pour retenir son porte-documents qui menaçait de tomber du siège. La main posée dessus, il pensa à son étrange contenu. Des affaires de toilette, des sous-vêtements, quarante-cinq mille dollars en liquide et un paquet de notes rédigées par un suicidé.

Bien qu'il ne s'attendît pas à trouver dans ces notes quoi que ce fût qui le blanchirait, le seul fait de les avoir en sa possession lui donnait un sentiment d'espoir. Peut-être que l'expérience de Chris lui apprendrait quelque chose qu'il n'avait pas été capable de voir lui-même.

Et bien qu'il eût regretté de dire au revoir à Kelly, il était heureux de rentrer tôt. Il projetait d'étudier plus à fond les notes de Chris et de sortir quelques-uns de ses propres livres pour les lire attentivement.

3

MARDI

16 MAI 1989

19 H 49

Jeffrey s'arrêta à peu de distance de la porte du garage, descendit de voiture et s'étira. Il sentait l'odeur de l'océan. Situé sur une péninsule, tout Marblehead se trouvait à proximité de l'eau. Se penchant pour prendre le porte-documents, il le sortit et le soupesa. Il claqua la portière et se dirigea vers le perron de la maison.

En marchant, il remarqua la beauté de ce qui l'entourait. Les oiseaux chanteurs devenaient fous dans l'arbre à feuilles persistantes planté devant la pelouse et, dans le lointain, une mouette poussait des cris perçants. Le long de la maison, une rangée de rhododendrons étaient en pleine floraison, offrant aux regards une véritable débauche de couleurs. Complètement absorbé par ses propres problèmes durant les derniers mois, Jeffrey avait complètement raté la transition enchanteresse entre le glacial hiver de la Nouvelle Angleterre et son magnifique printemps. Il l'appréciait maintenant pour la première fois de l'année. Il était encore très marqué par sa visite à Kelly.

En arrivant à la porte, il se souvint de sa valise. Il hésita un instant, puis se dit qu'il pourrait la prendre plus tard. Il mit sa clef dans la serrure et entra.

Carol se tenait dans l'entrée, les mains sur les hanches. A son expression, il se rendit compte qu'elle était en colère. Bienvenue à la maison, pensa-t-il. Et comment s'est passée *ta* journée ? Il posa son porte-documents.

— Il est près de huit heures, dit Carol avec une impatience non dissimulée.

— Je sais très bien quelle heure il est.

— Où es-tu allé ?

Jeffrey accrocha sa veste. L'attitude inquisitrice de Carol l'agaçait. Peut-être aurait-il dû téléphoner. Avant, il l'aurait fait, mais même en faisant un effort d'imagination, on ne pouvait pas dire qu'aujourd'hui était un jour comme un autre.

— Je ne te demande pas où tu es allée, moi, dit Jeffrey.

— Quand je suis retardée jusqu'à huit heures du soir, je téléphone toujours, dit Carol. C'est la moindre des politesses.

— Je ne suis pas quelqu'un de poli, alors.

Il était trop fatigué pour discuter. Il ramassa son porte-documents, avec l'intention de monter directement dans sa chambre. Ça ne l'intéressait pas de se bagarrer avec Carol. Mais il s'arrêta. Un gros type venait d'apparaître, appuyé négligemment au montant de la porte menant à la cuisine. Jeffrey remarqua immédiatement la queue de cheval, les vêtements en denim, les bottes de cow-boy et les tatouages. L'homme portait une seule boucle d'oreille en or et tenait une bouteille de bière à la main.

Jeffrey jeta à Carol un regard interrogateur.

— Pendant que tu étais en train de faire je ne sais quoi, dit Carol, j'étais obligée de supporter cette espèce de porc. Et tout ça à cause de toi. Où es-tu allé ?

Les yeux de Jeffrey allèrent de Carol à l'étranger et revinrent à Carol. Il n'avait aucune idée de ce qui se passait. L'inconnu cligna de l'œil et sourit à Carol comme si sa façon peu flatteuse de se référer à lui avait été un compliment.

— Moi aussi, j'aimerais savoir où tu es allé, mon pote, dit le voyou. En tout cas, je sais déjà où tu n'es pas allé.

Il but une lampée de bière et sourit. Il avait l'air de s'amuser.

— Qui est ce type ? demanda Jeffrey à Carol.

— Devlin O'Shea, se présenta l'inconnu. (Il s'écarta du montant de la porte et vint se mettre près de Carol.) Moi et la mignonne petite dame, nous t'attendons depuis des heures. (Il tendit la main pour pincer la joue de Carol, mais elle le repoussa vivement.) Fringante comme une pouliche.

Il rit.

— Je veux savoir ce qui se passe, demanda Jeffrey.
— M. O'Shea est le charmant émissaire de M. Michael Mosconi, dit Carol, furieuse.
— Emissaire ? questionna Devlin. Oh là, ça me plaît bien. Ça a un petit air sexy.
— Est-ce que tu es allé à la banque voir Dudley ? demanda Carol, ignorant l'intervention de Devlin.
— Naturellement, dit brusquement Jeffrey.
Il savait maintenant pourquoi Devlin était là.
— Et que s'est-il passé ? s'enquit Carol.
— Ouais, qu'est-ce qui s'est passé ? (Devlin fit chorus.) D'après nos sources, il n'y a pas eu de dépôt comme prévu. C'est vraiment dommage.
— Il y a eu un problème, balbutia Jeffrey.
Il ne s'était pas préparé à cet interrogatoire.
— Quel genre de problème ? demanda Devlin en avançant et en enfonçant son index à plusieurs reprises dans la poitrine de Jeffrey, pour le harceler. Il sentait que Jeffrey racontait des salades.
— Des paperasses, dit Jeffrey, essayant d'échapper aux mains de Devlin. Le genre de chinoiseries administratives auxquelles on se heurte toujours dans les banques.
— Et si je ne te crois pas, dit Devlin.
La paume de la main ouverte, il donna une claque à Jeffrey sur le côté de la tête.
Jeffrey porta la main à son oreille. Le coup cinglant l'avait fait sursauter. Il avait des bourdonnements dans l'oreille.
— Vous n'avez pas le droit de venir ici et de me bousculer, dit Jeffrey en essayant de faire preuve d'autorité.
— Ah non ? dit Devlin d'une voix artificiellement aiguë.
Il fit passer la bière dans sa main droite, puis, de la gauche, il frappa Jeffrey de l'autre côté de la tête. Son mouvement avait été si rapide que Jeffrey n'avait pas eu le temps de réagir. Il trébucha et alla heurter le mur, recroquevillé devant ce monstre.
— Laisse-moi te rappeler quelque chose, dit Devlin, les yeux braqués sur Jeffrey. Tu as été condamné, et si tu ne pourris pas en prison en ce moment, c'est uniquement grâce à la générosité de M. Mosconi.

— Carol ! cria Jeffrey. (Il était en proie à un mélange de terreur et de colère.) Appelle la police !

— Ha ! (Devlin rit, en rejetant la tête en arrière.) Appelle la police ! Tu en vaux mille, toubib. Ah ça vraiment. C'est moi qui ai la loi pour moi, pas toi. Ici, je suis seulement un... (Devlin s'arrêta et se retourna vers Carol.) Hé, mignonne, tu as dit que j'étais quoi ?

— Un émissaire, dit Carol, dans l'espoir de calmer le type.

Elle était épouvantée par cette scène, mais elle ne savait pas quoi faire.

— Comme elle a dit, je suis un émissaire, répéta Devlin, en se tournant vers Jeffrey. Je suis un émissaire venu pour te rappeler le marché que tu as conclu avec M. Mosconi. Il était un peu déçu cet après-midi quand il a téléphoné à la banque. Qu'est-ce qui est arrivé à l'argent qui était censé être sur ton compte ?

— C'est de la faute de la banque, répéta Jeffrey. (Il priait pour que ce géant ne regarde pas dans son porte-documents. S'il voyait l'argent en liquide, il se douterait que Jeffrey avait eu l'intention de prendre la fuite.) Il y a eu un petit retard administratif, mais l'argent sera sur mon compte demain matin. J'ai rempli tous les papiers.

— Tu ne me prendrais pas pour un con, dis ? demanda Devlin.

Il donna une chiquenaude sur le bout du nez de Jeffrey avec l'ongle de son index. Jeffrey fronça les sourcils. Il avait l'impression d'avoir été piqué au nez par une guêpe.

— Ils m'ont assuré qu'il n'y aurait pas d'autre problème, affirma Jeffrey.

Il toucha le bout de son nez et regarda son doigt. Il s'attendait à y voir du sang, mais il n'y en avait pas.

— Alors l'argent y sera demain matin ?

— Absolument.

— Dans ce cas, je crois que je vais m'en aller, dit Devlin. Inutile de dire que si l'argent n'y est pas, je reviendrai. (Devlin se détourna de Jeffrey et se dirigea vers Carol.) Merci pour la bière, chérie.

Elle prit la bouteille. Devlin fit encore un geste pour lui pincer la joue. Carol essaya de le gifler, mais il lui saisit le bras.

— Tu es drôlement hargneuse, dit-il en riant.

Elle libéra son bras d'un coup sec.

— Je suis sûr que vous devez être contents tous les deux de me voir partir, dit Devlin depuis la porte. J'aimerais rester dîner mais je dois en principe retrouver un groupe de bonnes sœurs chez Rosalie.

Avec un rire gras, il tira la porte derrière lui.

Pendant un certain temps, ni Jeffrey ni Carol ne bougèrent. Ils entendirent une voiture démarrer pour rejoindre la rue, puis s'éloigner. Ce fut Carol qui brisa le silence.

— Que s'est-il passé à la banque ? demanda-t-elle, furieuse. Pourquoi est-ce qu'ils n'avaient pas ton argent ?

Jeffrey ne répondit pas. Il regarda sa femme sans dire un mot. Il était stupéfait par sa réaction devant Devlin. Pris entre la colère et la terreur, la terreur l'avait emporté. Devlin était l'incarnation des pires frayeurs de Jeffrey, surtout depuis qu'il avait compris qu'il n'avait rien pour se défendre contre lui et pas de protection à attendre de la loi. Devlin était exactement le genre d'individu qui, dans l'idée de Jeffrey, peuplait les prisons. Jeffrey était étonné que l'autre ne l'eût pas menacé de lui briser les rotules. Malgré son nom irlandais, il ressemblait à un personnage sorti tout droit de la mafia.

— Réponds-moi ! insista Carol. Où es-tu allé ?

Son porte-documents toujours à la main, Jeffrey prit le chemin de sa chambre. Il voulait être seul. La vision cauchemardesque d'une prison pleine de types comme Devlin s'abattit sur lui comme une bouffée de vertige.

Carol l'attrapa par le bras.

— Je te parle, dit-elle d'un ton sec.

Jeffrey se retourna et regarda la main de Carol agrippée à son bras.

— Lâche-moi, dit-il en se dominant.

— Pas tant que tu ne m'auras pas parlé et dit où tu es allé.

— Lâche-moi, dit Jeffrey d'un ton menaçant.

Estimant que c'était préférable, Carol lui lâcha le bras. Il se dirigea de nouveau vers sa chambre. Elle lui emboîta vivement le pas.

— Tu n'es pas le seul ici à être sous tension, cria-t-elle. Je pense que j'ai droit à quelques explications. Il a fallu que je supporte cette brute pendant des heures.

Jeffrey s'arrêta à la porte.

— Excuse-moi, dit-il.

Il lui devait bien ça. Carol était juste derrière lui.

— Je crois m'être montrée joliment compréhensive pendant tout ce temps, dit-elle. Maintenant, je veux savoir ce qui s'est passé à la banque. Dudley a dit hier qu'il n'y aurait pas de problème.

— Je t'en parlerai plus tard.

Il avait besoin de quelques minutes de calme.

— Je veux que tu m'en parles maintenant, insista Carol.

Jeffrey ouvrit la porte et pénétra dans la chambre. Carol essaya de se faufiler derrière lui, mais Jeffrey lui barra le passage.

— Plus tard ! dit-il, plus fort qu'il n'en avait l'intention.

Il lui ferma la porte au nez. Carol entendit le cliquetis du verrou.

De rage, elle tambourina à la porte et se mit à pleurer.

— Tu es impossible ! Je ne sais pas pourquoi j'ai voulu attendre pour divorcer. Voilà comment je suis remerciée.

En larmes, elle donna un coup de pied dans la porte puis traversa l'entrée pour se rendre dans sa chambre.

Jeffrey jeta brutalement le porte-documents sur son lit et s'assit à côté. Il n'avait pas eu l'intention de mettre Carol dans cet état, mais il n'avait pas pu l'éviter. Comment aurait-il pu lui expliquer ce qu'il endurait alors qu'il n'y avait pas de vraie communication entre eux depuis des années ? Il savait qu'il lui devait une explication, mais il ne voulait pas se confier à elle tant qu'il n'aurait pas décidé de ce qu'il allait faire. S'il lui disait qu'il détenait l'argent, elle l'obligerait à le déposer à la banque tout de suite. Or, Jeffrey avait d'abord besoin de temps pour y réfléchir. Pour ce qui lui semblait être la quarantième fois de la journée, il n'était pas sûr de ce qu'il allait faire.

Pour le moment, il se leva et alla dans la salle de bains. Il remplit un verre d'eau et le tint des deux mains pour boire. Il tremblait encore d'avoir été pris dans un tel tourbillon d'émotions. Il se regarda dans le miroir. Il avait une égratignure au bout du nez, là où Devlin lui avait donné une chiquenaude. Ses deux oreilles étaient écarlates. Il frémit en se rappelant à quel point il s'était senti impuissant devant cet homme.

Il retourna dans sa chambre et regarda le porte-documents. Ouvrant les serrures d'une pichenette, il souleva le couvercle et poussa les notes de Chris Everson. Il observa les paquets bien nets de billets de cent dollars et se mit à regretter de n'être pas resté dans l'avion cet après-midi. S'il l'avait fait, il serait maintenant en route pour Rio et pour une vie nouvelle. Tout serait préférable à ce qu'il subissait en ce moment. Les instants chaleureux avec Kelly, le dîner formidable semblaient appartenir à une autre vie.

Consultant sa montre, Jeffrey nota qu'il était un peu plus de huit heures. La dernière navette de la Pan Am était à neuf heures et demie. Il pourrait la prendre s'il partait immédiatement.

Il se souvint de l'horrible sensation qu'il avait éprouvée dans l'avion cet après-midi. Pourrait-il vraiment supporter cela ? Il retourna dans la salle de bains et examina de nouveau ses oreilles enflammées et son nez écorché. De quoi d'autre serait capable un homme comme Devlin s'ils se retrouvaient enfermés dans la même pièce vingt-quatre heures sur vingt-quatre ?

Jeffrey fit demi-tour et revint vers son porte-documents. Il ferma le couvercle et le verrouilla. Il partait pour le Brésil.

Quand Devlin quitta la maison des Rhodes, il avait bien l'intention de suivre son plan initial : aller dans un restaurant italien puis boire des bières au port. Mais quand il eut longé trois pâtés de maisons, son intuition le fit s'arrêter sur le bord de la route. Dans sa tête, il récapitula la conversation qu'il avait eue avec le brave docteur. A partir du moment où Jeffrey avait accusé la banque de ne pas avoir fourni l'argent, Devlin avait su qu'il mentait. Maintenant, il commençait à se demander pourquoi.

— Les toubibs ! dit-il. Ils se croient toujours plus malins que les autres.

Faisant demi-tour, Devlin parcourut en sens inverse le chemin qu'il avait pris et passa lentement près de la maison des Rhodes, essayant de décider de ce qu'il ferait ensuite. Cent mètres plus loin, il fit une deuxième fois demi-tour et repassa devant la maison. Cette fois, il ralentit. Il trouva une place de parking et la prit.

A la façon dont il voyait les choses, il avait deux solutions. Soit il retournait chez les Rhodes et demandait au toubib pourquoi il mentait, soit il restait ici à attendre un peu. Il savait qu'il avait fichu une sacrée trouille au type. Il en avait l'intuition. Souvent, les gens qui se sentent coupables de quelque chose réagissent à l'affrontement en commettant immédiatement un acte révélateur.

Devlin décida d'attendre que Rhodes sorte. S'il ne se passait rien d'ici une heure, il irait manger un morceau et reviendrait lui rendre visite.

Coupant le contact, Devlin se recroquevilla du mieux qu'il put derrière son volant. Il pensait à Rhodes, se demandant à quoi le type avait été condamné. Aux yeux de Devlin, Rhodes ne ressemblait pas au criminel type, pas même au genre en col blanc.

Quelques moustiques vinrent interrompre la rêverie de Devlin. Une fois les vitres remontées, la température grimpa à l'intérieur de la voiture. Devlin commença à revoir ses plans. Juste au moment où il allait démarrer, il vit du mouvement tout au fond du garage.

— Qu'est-ce qui se passe ici ? dit-il en se ratatinant sur son siège.

De prime abord, Devlin ne put discerner si c'était M. ou Mme Rhodes. Puis Jeffrey contourna le garage et se dirigea droit vers sa voiture. Il avait son porte-documents à la main, et se mit à courir, courbé en deux, comme s'il voulait échapper aux regards de quelqu'un à l'intérieur de la maison.

— Ça devient intéressant, murmura Devlin.

S'il pouvait prouver que Jeffrey essayait de se soustraire à la justice alors qu'il était en liberté sous caution, s'il l'attrapait et le traînait en prison, il y aurait un paquet de fric à ramasser.

Sans fermer la portière de peur que Carol pût l'entendre, Jeffrey desserra le frein à main et laissa la voiture descendre l'allée au point mort jusqu'à la rue. Ce ne fut que là qu'il mit le moteur en marche et démarra. Il tendit le cou pour garder la maison aussi longtemps que possible dans son champ visuel, mais Carol ne se montra pas. Un pâté de maisons plus loin, il claqua la portière et attacha sa ceinture de sécurité. Il avait été plus facile de sortir qu'il ne le pensait.

Lorsque Jeffrey arriva sur Lynn Way, avec son flot de voitures d'occasion et ses enseignes au néon tapageuses, il commença à se calmer. Il n'était pas encore tout à fait remis de la visite de Devlin, mais il se sentait soulagé de savoir que bientôt ce type et la menace de la prison seraient loin derrière lui.

A mesure qu'il approchait de Logan International Airport, il se mit à éprouver les mêmes appréhensions que le matin. Mais il lui suffisait de toucher ses oreilles sensibles pour raffermir sa résolution. Cette fois, il était tenu d'aller jusqu'au bout, quels que soient ses scrupules, quelle que soit son anxiété.

Jeffrey avait quelques minutes de battement, aussi alla-t-il au guichet faire changer son aller pour Rio de Janeiro. Il savait que le billet pour la navette était encore valable. Il se révéla que le vol de nuit pour Rio était moins cher que celui de l'après-midi, et on lui remboursa pas mal d'argent.

Tenant son billet entre ses lèvres, la valise dans une main et le porte-documents dans l'autre, il se précipita vers le contrôle de sécurité. L'échange de billet lui avait pris plus longtemps qu'il ne l'escomptait. Il y avait un vol qu'il ne voulait pas rater.

Il alla directement à l'appareil de détection et hissa la valise sur le tapis roulant. Il était sur le point d'en faire de même pour le porte-documents quand quelqu'un le saisit par le col.

— On part en vacances, docteur ? demanda Devlin avec un sourire forcé.

Il arracha le billet d'avion de la bouche de Jeffrey.

Sans cesser de tenir le col de Jeffrey de la main gauche, Devlin ouvrit d'un coup sec le carnet de billets et lut la destination. Quand il vit Rio de Janeiro, il s'écria « Gagné ! » avec un large sourire. Il se voyait déjà à une table de jeu à Las Vegas. Il allait se faire du fric maintenant.

Fourrant le billet de Jeffrey dans la poche de sa veste en denim, il glissa la main dans sa poche revolver et en sortit les menottes. Quelques personnes qui suivaient Jeffrey et se dirigeaient vers l'appareil de détection en restèrent bouche bée de stupéfaction.

La vision familière des menottes tira brutalement Jeffrey de sa torpeur. D'un mouvement soudain, inattendu, il fit décrire un arc de cercle à son porte-documents qui alla heurter violemment Devlin. Celui-ci, occupé à ouvrir les menottes de sa main libre, ne vit pas venir le coup.

Le porte-documents le frappa à la tempe gauche, juste au-dessus de l'oreille, et l'envoya valser contre le bord de l'appareil de détection. Les menottes tombèrent bruyamment par terre.

L'employée qui se trouvait derrière l'appareil se mit à pousser des cris perçants. Un policier de l'Etat en uniforme quitta des yeux les pages sportives du *Herald.* Jeffrey fila comme un lapin, et repartit à toutes jambes vers l'aérogare et le guichet à billets. Devlin porta la main à sa tête et la retira couverte de sang.

Jeffrey se serait cru dans une course d'obstacles tandis qu'il tentait d'éviter les passagers, en épargnant quelques-uns, en bousculant d'autres. Lorsqu'il arriva à la jonction du hall avec l'aérogare proprement dite, il jeta un coup d'œil en arrière vers le périmètre de sécurité. Il vit Devlin, le doigt pointé dans sa direction, avec, à côté de lui, le policier en uniforme. D'autres gens regardaient dans la même direction, surtout ceux qu'il avait heurtés dans sa course.

Devant Jeffrey se trouvait un escalier mécanique qui montait au niveau supérieur. Il y courut et descendit à toute vitesse, écartant de son passage les voyageurs furieux, ainsi que leurs bagages. En dessous, l'étage de l'arrivée grouillait de monde, car plusieurs avions venaient d'atterrir. Jeffrey réussit à grand-peine à s'insinuer dans la foule, évita le secteur des bagages et franchit au pas de course les portes électroniques menant à la rue.

Reprenant son souffle, il s'arrêta au bord du trottoir, essayant de déterminer où il irait après. Il savait qu'il devait sortir immédiatement de l'aéroport. La question était comment. Il y avait quelques taxis alignés, mais il y avait aussi une longue file d'attente. Jeffrey ne disposait pas de beaucoup de temps. Il pouvait courir jusqu'au parking et prendre sa voiture, mais quelque chose lui disait que cela pourrait être une erreur fatale. Pour commencer, Devlin savait probablement où elle était. Le type avait sûrement suivi Jeffrey jusqu'à l'aéroport. Comment, autrement, aurait-il su où le trouver ?

Alors que Jeffrey envisageait plusieurs solutions, l'autobus qui faisait la navette entre les aérogares arriva en roulant pesamment. Sans hésiter une seconde, Jeffrey se précipita vers lui et se mit carrément en travers de son chemin, en agitant frénétiquement les bras.

L'autobus s'arrêta avec un grincement de freins. Le chauffeur ouvrit la porte. Et tandis que Jeffrey montait, l'autre lui dit :

— Hé vieux, ou t'es idiot ou t'es fou et j'espère que t'es idiot, parce que j'aime pas avoir un cinglé à bord.

Il secoua la tête avec incrédulité, passa la première et accéléra.

Tout en se tenant à la barre fixée au plafond pour garder l'équilibre, Jeffrey se pencha pour regarder par la vitre. Il aperçut

Devlin et le policier qui se faufilaient au milieu de la foule près du tapis roulant dans la zone de retrait des bagages. Jeffrey ne pouvait en croire sa chance. Ils ne l'avaient pas vu.

Jeffrey prit une place et posa son porte-documents sur ses genoux. Il lui fallait encore retenir son souffle. Le prochain arrêt était l'aérogare centrale qui desservait Delta, United et la TWA. C'est là où Jeffrey descendit. Esquivant les voitures qui passaient, il courut jusqu'à la file de taxis. Il y avait, là aussi, une foule considérable de gens qui attendaient.

Jeffrey hésita un instant, récapitulant les diverses solutions. Rassemblant tout son courage, il se dirigea vers le responsable des taxis.

— Je suis médecin et j'ai besoin d'un taxi immédiatement, dit-il avec toute l'autorité dont il savait parfois faire preuve.

Même dans les cas d'urgence, Jeffrey répugnait à tirer avantage de sa position professionnelle.

Un carnet et un bout de crayon en main, l'homme regarda Jeffrey de la tête aux pieds. Sans dire un mot, il désigna le deuxième taxi de la file. Quand Jeffrey s'engouffra dedans, des personnes qui faisaient la queue rouspétèrent.

Jeffrey claqua la porte du taxi. Le chauffeur le regarda dans son rétroviseur. C'était un jeune type avec des cheveux longs visqueux.

— On va où ? demanda-t-il.

Recroquevillé à l'arrière, Jeffrey se contenta de lui dire de sortir de l'aéroport. Le chauffeur se retourna pour regarder Jeffrey dans les yeux.

— J'ai besoin d'une destination, vieux ! dit-il.

— D'accord... en ville.

— Où ça en ville ? demanda l'autre, irrité.

— Je déciderai quand nous y serons, dit Jeffrey en se tournant pour regarder dans le rétroviseur. Allez, roulez !

— Bon Dieu ! murmura le chauffeur, en secouant la tête avec incrédulité.

Il était d'autant plus irrité que ce serait une petite course. Il attendait dans cette station depuis une demi-heure et espérait une destination pour un endroit comme Weston. Et en plus du bas prix de la course, son passager était un drôle de type, pour ne pas dire plus. Quand ils passèrent devant une voiture de police à l'extrémité de l'aérogare, le type s'aplatit sur le siège arrière. Exactement ce dont il avait besoin : un gars en cavale.

Jeffrey releva lentement la tête, bien après que le taxi se fut éloigné de la voiture de police. Il se retourna et jeta un coup d'œil par la vitre arrière. Personne ne semblait les suivre. Il n'y avait en tout cas ni sirène ni gyrophare. Il se retourna pour regarder devant. La nuit était enfin tombée. On ne distinguait qu'une mer agitée de feux arrière. Jeffrey essaya de reprendre suffisamment ses esprits pour réfléchir.

Avait-il fait ce qu'il fallait ? Son réflexe avait été de fuir. Il était compréhensible qu'il fût terrifié par Devlin, mais aurait-il dû courir, surtout alors qu'un policier se trouvait sur les lieux ?

Il se souvint avec horreur que Devlin s'était emparé de son billet, preuve qu'il n'avait pas l'intention de se présenter au tribunal. C'était une raison suffisante pour le jeter en prison. Quel effet sa tentative de fuite aurait-elle sur son procès en appel ? Jeffrey ne voulait pas se trouver dans les parages quand Randolph le découvrirait.

Jeffrey ne connaissait pas grand-chose aux finesses de la loi, mais il en savait suffisamment pour comprendre ceci : avec son comportement d'empoté, d'indécis, il s'était arrangé pour devenir un vrai fugitif. Maintenant, il devrait répondre d'une charge absolument séparée, peut-être même d'un ensemble d'accusations séparé.

Le taxi s'engagea dans le Summer Tunnel. La circulation était relativement fluide, aussi avançaient-ils rapidement. Jeffrey se demanda s'il ne devait pas aller directement à la police. Ne serait-il pas préférable d'avouer et de se rendre ? Peut-être devrait-il aller à la station d'autocars et sortir de la ville. Il pensa à louer une voiture, parce qu'il aurait ainsi plus d'indépendance. L'ennui, c'est que les seuls endroits où louer des voitures à cette heure tardive étaient à l'aéroport.

Jeffrey était désemparé. Il n'avait aucune idée de ce qu'il devait faire. Tous les plans d'action qui lui venaient à l'esprit avaient des inconvénients. Et chaque fois qu'il pensait avoir atteint le niveau le plus bas, il s'arrangeait pour se mettre dans un bourbier encore plus profond.

4

MARDI

16 MAI 1989

21 H 42

— J'ai de bonnes nouvelles et de mauvaises nouvelles, dit Devlin à Michael Mosconi. Tu veux que je commence par quoi ?

Devlin téléphonait d'une des cabines de l'aéroport dans la section des bagages qui se trouvait en dessous des portes de départ de la Pan Am. Il avait passé au peigne fin l'aérogare à la recherche de Jeffrey, mais sans succès. Le policier était parti alerter ses collègues de l'aéroport. Devlin appelait Michael Mosconi pour continuer à avoir son appui. Il était surpris que le toubib eût réussi à s'esquiver.

— Je ne suis pas d'humeur à jouer aux devinettes, dit Mosconi avec irritation. Dis-moi ce que tu as à me dire et qu'on en finisse.

— Allons, n'en fais pas un drame. Les bonnes ou les mauvaises nouvelles ? Devlin aimait taquiner Mosconi car celui-ci était une cible facile.

— Va pour les bonnes, dit Mosconi furibard, jurant dans sa barbe. Et tu as intérêt à ce qu'elles soient bonnes.

— Ça dépend de quel point de vue, dit joyeusement Devlin. La bonne nouvelle, c'est que tu me dois quelques dollars. Il y a quelques minutes, j'ai empêché notre brave docteur de prendre un avion pour Rio de Janeiro.

— Tu déconnes pas ? dit Mosconi.

— Je déconne pas... et j'ai le billet pour le prouver !

— C'est *formidable,* Dev ! dit Mosconi tout excité. Mon Dieu, la caution du type est de cinq cent mille dollars ! Ça m'aurait ruiné. Comment diable as-tu fait ? Je veux dire, comment as-tu su qu'il allait chercher à filer ? Je te tire mon chapeau. Tu es sensationnel, Dev !

— Comme c'est agréable d'être aimé, dit Devlin. Mais tu as oublié la mauvaise nouvelle.

Devlin sourit méchamment dans le récepteur, sachant quelle serait la réaction de Mosconi.

Il y eut un bref silence avant que Mosconi ne dît avec un grognement :

— Bon, donne-moi la mauvaise nouvelle !

— J'ignore où est notre brave docteur en ce moment. Il se balade en liberté quelque part dans Boston. Je le tenais, mais cette espèce de sale maigrichon m'a frappé avec son porte-documents avant que j'aie pu lui passer les menottes. Je ne m'y attendais pas, de la part d'un docteur.

— *Il faut que tu le trouves !* hurla Mosconi. Pourquoi, bon Dieu, est-ce que je t'ai fait confiance ? Pourquoi est-ce que j'ai été aussi idiot ?

— J'ai expliqué la situation à la police de l'aéroport, dit Devlin. Ils vont se mettre à sa recherche. J'ai l'intuition qu'il n'essaiera plus de s'enfuir en avion. Du moins pas de Logan. Et puis, j'ai fait saisir sa voiture.

— Je veux qu'on retrouve ce type ! dit Mosconi, d'une voix menaçante. Je veux qu'on le mette en prison. En vitesse. Tu m'entends, Devlin ?

— Je t'entends, mais je n'entends pas parler de chiffres. Qu'est-ce que tu m'offres pour arrêter ce dangereux criminel ?

— Cesse de plaisanter, Dev !

— Hé, je ne plaisante pas. Il se peut que ce docteur ne soit pas dangereux du tout, mais j'aimerais savoir jusqu'à quel point tu t'intéresses à ce type. Et la meilleure façon serait de me dire quel genre de récompense j'en tirerai.

— Attrape-le d'abord, et ensuite nous parlerons chiffres.

— Michael, tu me prends pour quoi, pour un imbécile ?

Il y eut un silence chargé de tension. Devlin le brisa.

— Bon, peut-être que je vais aller dîner, puis voir un spectacle. A la revoyure, mon pote.

— Attends, dit Michael. D'accord, je partage les honoraires en deux. Vingt-cinq mille.

— Tu partages les honoraires ? dit Devlin. Ça n'est pas le taux habituel, mon ami.

— Ouais, mais ce type n'est pas du genre à tirer de sang-froid, comme les tueurs à qui tu as affaire d'habitude.

— Je ne vois pas quelle différence ça fait, dit Devlin. Si tu fais appel à quelqu'un d'autre, il te demandera les dix pour cent d'usage. C'est-à-dire cinquante mille. Mais je vais te dire : Comme on se connaît depuis un bout de temps, je le ferai pour quarante mille, et tu pourras en garder dix pour remplir ces papiers.

Mosconi détestait céder, mais il n'était pas dans une position où il pouvait marchander.

— D'accord, espèce de salaud, dit-il. Mais je veux que le toubib soit en taule le plus vite possible, avant qu'ils confisquent la caution. Compris ?

— J'y veillerai, dit Devlin. Surtout maintenant que tu es d'accord pour te montrer généreux. En attendant, il faut qu'on bloque les sorties de la ville. Pour l'aéroport, c'est déjà réglé, mais il reste la station des autocars, les voies ferrées et les agences de location de voitures.

— Je vais téléphoner au brigadier de police de service, dit Mosconi. Ce soir ça devrait être Albert Norstadt, alors il ne devrait y avoir aucun problème. Qu'est-ce que tu vas faire ?

— Je vais surveiller la maison du toubib, dit Devlin. A mon avis, soit il s'y pointera, soit il téléphonera à sa femme. S'il téléphone à sa femme, elle se rendra probablement à l'endroit où il se trouve.

— Quand tu lui mettras la main dessus, traite-le comme s'il avait tué douze personnes, dit Mosconi. N'y va pas mollo avec lui. Et Dev, je ne plaisante pas là-dessus. Je me fous vraiment que tu le ramènes mort ou vif.

— Si tu t'assures qu'il reste en ville, je l'aurai. Si tu as des problèmes avec la police, tu peux me joindre au téléphone dans ma voiture.

Le moral du chauffeur de taxi de Jeffrey s'améliorait à mesure que le prix de la course montait au compteur. Incapable de décider où aller, Jeffrey l'avait fait rouler sans but autour de Boston. Alors qu'ils faisaient lentement pour la troisième fois le tour du Boston Garden, le compteur atteignit trente dollars.

Jeffrey avait peur de rentrer chez lui. Sa maison était sûrement le premier endroit où Devlin irait le chercher. Il avait peur d'aller à la station des autocars ou à la gare de crainte que les autorités eussent déjà donné l'alerte. D'après lui, tous les policiers de Boston risquaient d'être à sa recherche.

Il pensait qu'il devrait téléphoner à Randolph pour voir ce que l'avocat pouvait faire — s'il pouvait faire quelque chose — pour que les choses en reviennent au stade où elles en étaient avant l'épisode de l'aéroport. Jeffrey n'était pas optimiste, mais cela valait la peine de tenter le coup. En même temps, il se dit qu'il ferait bien de descendre dans un hôtel, mais pas dans un des meilleurs. Les bons hôtels seraient probablement le deuxième endroit où Devlin le chercherait.

Se penchant vers la vitre de séparation, il demanda au chauffeur s'il connaissait des hôtels bon marché. Celui-ci réfléchit un instant.

— Ma foi, dit-il, il y a le Plymouth.

Le Plymouth était un grand motel.

— Quelque chose de moins connu. Ça m'est égal que ça soit petit et dans le genre miteux. Je cherche quelque chose de quelconque mais qui soit à l'écart.

— Il y a l'Essex, dit le chauffeur.

— Où est-ce ? demanda Jeffrey.

— De l'autre côté de la zone de combat, dit le chauffeur.

Il regarda Jeffrey dans le rétroviseur pour voir si quelque chose indiquait qu'il le connaissait déjà. L'Essex était une baraque qui ressemblait plus à un asile de nuit qu'à un hôtel. Il était fréquenté par nombre de call-girls du coin.

— Alors c'est discret ? demanda Jeffrey.

— Tellement discret que j'aurais peur qu'on m'y oublie.

— Ça a l'air parfait, dit Jeffrey. Allons-y.

Il se carra de nouveau sur son siège. Le fait qu'il n'eût jamais entendu parler de l'Essex semblait prometteur, puisqu'il était dans la région de Boston depuis près de vingt ans, exactement depuis son entrée à l'école de médecine.

Le chauffeur tourna à gauche dans Arlington Street et prit Boylson Street, en direction du centre ville. Là, le standing du quartier chutait brutalement. Contrastant avec les quartiers élégants qui entouraient le Boston Garden, il y avait des bâtiments abandonnés, des sex-shops et des rues jonchées de détritus. Les sans-abri étaient disséminés ici et là dans les ruelles et blottis les uns contre les autres sur les perrons des immeubles. Quand le taxi se fut arrêté à un endroit où le chauffeur avait de la lumière pour rendre la monnaie, une fille au visage boutonneux, portant une jupe si courte qu'elle en était obscène, regarda Jeffrey, les sourcils levés d'un air suggestif. Elle ne semblait pas avoir plus de quinze ans.

L'enseigne de néon rouge sur la façade de l'hôtel Essex s'était transformée avec à-propos en EL SEX ; les autres lettres étaient éteintes. Voyant à quel point l'endroit semblait décrépit, Jeffrey eut un moment d'hésitation. Regardant par la vitre, bien à l'abri dans son taxi, il examinait avec circonspection la façade en brique sale de l'hôtel. Dire que c'était miteux était encore trop flatteur. Un ivrogne, serrant sa bouteille enveloppée dans un sac de papier, tomba ivre mort à la droite des marches de l'hôtel.

— Vous vouliez bon marché, dit le chauffeur. C'est bon marché.

Jeffrey lui tendit un billet de cent dollars pris dans le porte-documents.

— Vous n'avez rien de plus petit ? se plaignit le chauffeur.

Jeffrey secoua la tête.

— Je n'ai pas quarante-deux dollars.

L'homme soupira et se livra à un rituel compliqué passif-agressif en rendant sa monnaie à Jeffrey. Jugeant qu'il vaudrait mieux de ne pas laisser un chauffeur de taxi furibard dans son sillage, Jeffrey lui donna dix dollars de plus. L'homme alla jusqu'à dire « Merci » et « Passez une bonne nuit » avant de démarrer.

Jeffrey examina de nouveau l'hôtel. Sur la droite, il y avait un immeuble vide dont les fenêtres, à l'exception du rez-de-chaussée, étaient recouvertes de contre-plaqué. Au rez-de-chaussée, il y avait un bureau de prêteur sur gages et un magasin de vidéocassettes classées X. Sur la gauche, se dressait un immeuble de bureaux dans le même état de délabrement que l'hôtel Essex. Au-delà de cet immeuble de bureaux se trouvait un magasin de vins et spiritueux dont les fenêtres étaient munies de barreaux comme ceux d'une forteresse. Plus loin, il y avait un terrain vague jonché de détritus et de briques cassées.

L'intérieur était aussi chic que l'extérieur. Les meubles du hall consistaient en un petit divan élimé et une demi-douzaine de chaises pliantes en métal. Un téléphone à pièces était la seule décoration murale. Il y avait un ascenseur, mais la pancarte qui barrait ses portes indiquait EN PANNE. Près de l'ascenseur, une lourde porte avec une fenêtre grillagée donnait sur une cage d'escalier. Avec un serrement de cœur, Jeffrey monta à la réception.

Derrière le bureau, un homme d'une petite soixantaine d'années, pauvrement vêtu, regardait Jeffrey d'un air méfiant. Seuls les dealers venaient à l'Essex avec un porte-documents. Le réceptionniste était en train de regarder un téléviseur noir et blanc à petit écran complété d'une antenne en V à l'ancienne mode. Il avait les cheveux ébouriffés et une barbe de trois jours. Il portait une cravate mais le nœud était défait et le bas était maculé de taches de graisse.

— Est-ce que je peux vous aider ? demanda-t-il, en jaugeant Jeffrey d'un coup d'œil.

Aider semblait être la dernière chose qu'il était enclin à faire.

Jeffrey fit oui de la tête.

— Je voudrais une chambre.

— Vous avez une réservation ? demanda l'homme.

Jeffrey ne pouvait croire que le type était sérieux. Des réservations dans un asile de nuit de ce genre ? Jeffrey décida de jouer le jeu.

— Pas de réservation, lui dit-il.

— Le tarif est de dix dollars l'heure et de vingt-cinq pour la nuit.

— Et pour deux nuits ?

L'homme haussa les épaules.

— Cinquante dollars plus les taxes, payables d'avance.

Jeffrey s'inscrivit sous le nom de « Richard Bard ». Il donna au réceptionniste la monnaie que lui avait rendue le chauffeur de taxi et ajouta cinq dollars et des poussières qu'il prit dans son portefeuille. L'homme lui donna une clef attachée à une chaînette portant une plaque métallique où était gravé *5F*.

L'escalier était la seule et unique preuve que le bâtiment avait été jadis presque élégant. Les girons et les contre-marches étaient en marbre blanc, depuis longtemps maintenant taché et abîmé. La balustrade était en fer forgé, avec des volutes et des fioritures décoratives.

La chambre qu'on avait attribuée à Jeffrey donnait sur la rue. Quand il ouvrit la porte, le seul éclairage de la pièce venait de la lueur rouge sang de l'enseigne au néon à moitié cassée qui se trouvait au-dessus de l'entrée quatre étages plus bas. Allumant la lumière, Jeffrey passa en revue son nouveau logement. Les murs n'avaient pas été peints depuis une éternité. Ce qui restait de peinture était rayé et s'écaillait. Il était difficile de déterminer quelle avait été la couleur d'origine : apparemment, c'était quelque chose entre le gris et le vert. Les rares meubles consistaient en un lit pour une personne, une table de nuit avec une lampe sans abat-jour, une table de bridge et une unique chaise en bois. Le couvre-lit était en chenille, avec quelques taches verdâtres ici et là. Une porte peu épaisse ouvrait sur la salle de bains.

Pendant un instant, Jeffrey hésita à entrer, mais avait-il le choix ? Il décida d'essayer de se tirer le mieux possible de sa situation difficile ou à tout le moins de s'en accommoder. Il franchit le seuil, ferma la porte et la verrouilla. Il se sentait terriblement seul et isolé. Il ne pouvait vraiment pas sombrer plus bas.

Il s'assit sur le lit, puis s'allongea en travers, gardant ses deux pieds fermement plantés sur le sol. Il ne se rendit compte à quel point il était épuisé que lorsque son dos toucha le matelas. Il aurait aimé se pelotonner pendant quelques heures, autant pour s'évader que pour se reposer, mais il savait que ce n'était pas le moment de faire un somme. Il devait mettre sur pied une stratégie, un plan. Mais il fallait qu'il donne d'abord quelques coups de téléphone.

Comme il n'y avait pas le téléphone dans cette minable chambre d'hôtel, Jeffrey dut descendre dans le hall pour passer ses coups de fil. Il prit son porte-documents, de peur de le laisser sans surveillance, ne fût-ce que pendant une minute ou deux.

En bas, le réceptionniste abandonna à contrecœur son match de base-ball, où jouait l'équipe de Boston, pour lui donner de la monnaie afin qu'il pût téléphoner.

Son premier appel fut pour Randolph Bingham. Jeffrey n'avait pas besoin d'être avocat pour savoir qu'il lui fallait absolument les conseils judicieux d'un juriste. Pendant qu'il attendait sa communication, la fille au visage boutonneux qu'il avait vue par la vitre du taxi entra par la porte de la rue. Elle était avec un type chauve, apparemment nerveux, qui avait un autocollant sur le revers de sa veste disant : *Salut ! Je suis Harry !* C'était de toute évidence un homme venu assister à une convention et qui était à la recherche de sensations. Jeffrey leur tourna le dos, les laissant régler la transaction à la réception. Randolph répondit au téléphone avec son accent aristocratique habituel.

— J'ai un problème, dit Jeffrey, sans même préciser qui il était.

Mais Randolph reconnut immédiatement sa voix. En quelques phrases simples, Jeffrey le mit au courant de tout. Il n'omit rien, même pas qu'il avait frappé Devlin avec le porte-documents sous les yeux d'un policier, pas plus que la poursuite qui s'était ensuivie dans l'aérogare.

— Doux Jésus, fut tout ce que Randolph parvint à dire lorque Jeffrey eut fini.

Puis, presque en colère, il ajouta :

— Vous savez, ça ne va pas arranger les choses en appel. Quant à la sentence, cela aura certainement une influence sur elle.

— Je sais, dit Jeffrey. Je m'en doutais bien. Mais je ne vous téléphone pas pour que vous me disiez que j'ai des ennuis. J'aurais pu l'imaginer sans l'aide d'un avocat. J'ai besoin de savoir ce que vous pouvez faire pour m'aider.

— Eh bien, avant que je fasse quoi que ce soit, il faut que vous vous rendiez.

— Mais...

— Il n'y a pas de mais. Vous vous êtes déjà mis dans une situation extrêmement précaire en ce qui concerne la cour.

— Et si je me rends, sera-t-il possible que le tribunal refuse absolument ma mise en liberté sous caution ?

— Jeffrey, vous n'avez pas le choix. Si l'on considère votre tentative de quitter le pays, on peut dire que vous n'avez pas fait grand-chose pour les encourager à vous faire confiance.

Randolph allait poursuivre, mais Jeffrey lui coupa la parole.

— Je m'excuse, mais je ne suis pas prêt à aller en prison. En aucun cas. Je vous en prie, faites ce que vous pouvez de votre côté. Je vous rappellerai.

Jeffrey raccrocha brutalement. Il ne pouvait en vouloir à

Randolph de lui avoir donné ce conseil. A certains égards, c'était exactement comme en médecine : parfois le patient ne voulait pas entendre parler de la thérapie que lui proposait le médecin.

La main encore posée sur le combiné, Jeffrey se tourna vers la réception pour voir si quelqu'un avait pu surprendre sa conversation. La jeune fille en minijupe et le micheton avaient disparu et le réceptionniste était de nouveau collé à son minuscule téléviseur. Un autre homme, qui semblait avoir dans les soixante-dix ans, était entré et s'était assis sur le divan en lambeaux, feuilletant un magazine.

Remettant une autre pièce dans l'appareil, Jeffrey téléphona chez lui.

— Où es-tu ? demanda Carol dès qu'il murmura un allô étouffé.

— Je suis à Boston, lui dit-il.

Il ne tenait pas à lui dire quoi que ce fût de plus précis, mais il sentait qu'il lui devait au moins ça. Il savait qu'elle serait furieuse qu'il fût parti sans un mot, mais il voulait l'avertir au cas où Devlin reviendrait. Et il voulait qu'elle reprît la voiture. En dehors de cela, il n'attendait pas grand-chose sur le plan de la sympathie. Il eut droit à un débordement de fureur.

— Pourquoi ne m'as-tu pas dit que tu quittais la maison ? lança-t-elle d'une voix rageuse. J'ai fait preuve de patience en te restant fidèle pendant tous ces mois, et c'est comme ça que tu me remercies. J'ai cherché dans toute la maison avant de me rendre compte que ta voiture n'était plus là.

— C'est de la voiture dont j'ai besoin de te parler, dit-il.

— Ta voiture ne m'intéresse pas, dit Carol d'un ton brusque.

— Carol, écoute-moi ! cria Jeffrey. (Quand il comprit qu'elle allait lui permettre de s'exprimer, il baissa la voix et mit une main autour du récepteur.) Ma voiture est à l'aéroport, au parking central. Le talon du ticket est dans le cendrier.

— Tu as envie que la caution soit confisquée ? demanda Carol incrédule. Nous allons perdre la maison. J'ai signé de bonne foi ce droit de gage.

— Il y a des choses plus importantes que la maison ! lança-t-il malgré lui d'un ton cassant. (Il baissa de nouveau la voix.) De plus, la maison sur le Cap n'est pas hypothéquée. Tu peux la prendre si c'est une question d'argent.

— Tu ne m'as toujours pas répondu, dit Carol. Tu as envie que la caution soit confisquée ?

— Je ne sais pas, soupira Jeffrey. (Il ne savait vraiment pas. C'était la vérité. Il n'avait pas eu le temps d'y réfléchir sérieusement.) Ecoute, la voiture est là-bas, au deuxième niveau. Si tu la veux, c'est parfait. Si tu ne la veux pas, c'est parfait aussi.

— Je veux te parler de notre divorce, dit Carol. On a attendu assez longtemps. Bien que je compatisse à tes problèmes, je dois continuer à vivre.

— Je te rappellerai, dit Jeffrey, irrité.

Puis il lui raccrocha au nez.

Il secoua tristement la tête. Il n'arrivait même pas à se souvenir d'une époque de leur vie où il y ait eu de la chaleur entre Carol et lui. Les liens qui se défont ne sont vraiment pas beaux à voir. Il était en fuite, et tout ce dont elle se préoccupait, c'était de la maison et du divorce. Ma foi, elle devait continuer à vivre, supposait-il. D'une façon ou d'une autre, ça ne serait plus très long. Elle serait débarrassée de lui pour de bon.

Il regarda le téléphone. Ce qu'il avait envie de faire, c'était de téléphoner à Kelly. Mais que dirait-il ? Avouerait-il qu'il avait essayé de s'enfuir et qu'il avait échoué ? Jeffrey était en proie à l'indécision et à la confusion.

Il ramassa son porte-documents et traversa à grands pas le hall, évitant volontairement de regarder les deux hommes.

Se sentant plus seul qu'auparavant, il grimpa les quatre étages de l'escalier étroit et crasseux, et retourna à cette chambre qui le déprimait tant. Il se planta devant la fenêtre, baignée de la lueur rouge du néon, et se demanda ce qu'il devait faire. Oh, comme il aurait voulu téléphoner à Kelly, mais il ne pouvait pas. Il était trop gêné. Se dirigeant vers son lit, il se demanda s'il réussirait à dormir. Il fallait qu'il fasse quelque chose. Il regarda son porte-documents.

5

MARDI

16 MAI 1989

22 H 51

Dans la pièce, la seule lumière venait du poste de télévision. Un pistolet calibre 45 et une demi-douzaine d'ampoules de Marcaïne posés sur un bureau près du téléviseur luisaient faiblement dans la lumière diffuse. Sur l'écran, trois Jamaïcains se tenaient dans une petite chambre d'hôtel, visiblement à cran. Tous trois portaient un fusil d'assaut AK-47. Le plus costaud ne cessait de regarder sa montre. De la sueur perlait sur leurs fronts. La tension évidente des Jamaïcains contrastait étonnamment avec le rythme du reggae que déversait bruyamment un poste de radio posé sur la table de nuit. Puis la porte s'ouvrit brusquement.

Crockett entra le premier, tenant fermement un automatique neuf millimètres pointé vers le plafond. D'un mouvement rapide de félin, il posa le canon sur la poitrine du premier Jamaïcain et lui troua la peau d'une balle mortelle. Crockett logea sa seconde balle dans le deuxième homme tandis que Tubbs dégageait à temps la porte pour s'occuper du troisième. Tout fut expédié en un clin d'œil.

Crockett hocha la tête. Il était vêtu comme d'habitude : une veste en toile très cher de chez Armani, sur un T-shirt en coton sport.

— Bonne synchronisation, Tubbs, dit-il. J'aurais eu du mal à descendre le troisième mec.

Tandis que le générique de fin défilait sur l'écran, Trent

Harding félicitait un compagnon imaginaire. « Formidable ! » s'exclama-t-il, triomphant. La violence à la télévision avait un effet stimulant sur lui. Elle l'emplissait d'une énergie agressive qui ne demandait qu'à s'exprimer. Il vivait pour se voir vider des chargeurs en pleine poitrine, comme Don Johnson le faisait régulièrement. Parfois, Trent pensait qu'il aurait dû choisir de faire respecter la loi. Si seulement on l'avait sélectionné pour entrer dans la police militaire quand il s'était engagé dans la marine. Mais au lieu de cela, il avait décidé d'opter pour le service de santé de la marine. D'accord, il aimait ça. C'était un défi et il avait appris quelques trucs super. Il n'avait jamais songé à devenir infirmier militaire avant d'entrer dans la marine. La première fois où il y avait pensé, c'était en écoutant un exposé, du temps où il faisait ses classes. La perspective d'avoir à pratiquer des examens médicaux lui avait plu, et il aimait l'idée que des types viendraient chercher de l'aide auprès de lui, attendant de lui qu'il leur dise ce qu'ils devaient faire.

Trent se leva du canapé de la salle de séjour et pénétra dans la cuisine. C'était un appartement confortable avec une chambre à coucher et deux salles de bains. Trent aurait pu s'offrir mieux, mais il était bien là où il était. Il habitait au dernier étage d'un immeuble qui en comptait quatre, de l'autre côté de Beacon Hill. La chambre à coucher et la salle de séjour donnaient sur Garden Street. La cuisine et la plus grande des salles de bains avaient vue sur une cour intérieure.

Prenant une Amstel Light dans le réfrigérateur, Trent fit sauter le bouchon et but avec satisfaction une longue gorgée. Il espérait que la bière pourrait le calmer un peu. Une heure de *Deux flics à Miami* l'avait rendu à cran. Même les rediffusions réussissaient à l'énerver assez pour qu'il ait envie de débarquer dans un des bars du quartier pour voir s'il pouvait arriver à s'y créer des ennuis. En général, il trouvait toujours dans Cambridge Street un ou deux homos pour leur tomber dessus.

Trent avait l'air d'un type qui cherche les ennuis. Il avait aussi l'air d'en avoir trouvé plus d'une fois sur son chemin. C'était un homme de vingt-huit ans, râblé et musclé, dont les cheveux blonds décolorés, sévèrement aplatis sur le crâne, étaient coiffés dans le style à la mode : très courts sur le dessus. Ses yeux perçants étaient bleu clair. Il avait sous l'œil gauche une cicatrice qui descendait jusqu'à l'oreille. Il l'avait récoltée un jour où il se trouvait du mauvais côté d'une bouteille de bière au cours d'une bagarre dans un bar de San Diego. Il avait eu quelques points de suture, mais on avait dû refaire entièrement la figure de l'autre. Le type avait commis l'erreur de dire à Trent qu'il avait un joli petit cul. Trent s'échauffait encore chaque fois qu'il pensait à cet épisode. Quel saligaud, ce foutu pédé.

Trent revint dans sa chambre et posa sa bière sur le dessus du téléviseur. Il prit le 45 réglementaire de l'armée qu'il avait troqué à un Marine contre des amphétamines. L'arme s'adaptait parfaitement à sa grosse pogne. Trent la saisit à deux mains et en dirigea le canon vers l'écran du téléviseur, les bras raides et les coudes serrés. Il pivota pour pointer le pistolet par la fenêtre ouverte.

De l'autre côté de la rue, une femme ouvrait la fenêtre de sa chambre. « Manque de pot, poupée », murmura Trent. Il braqua soigneusement le pistolet, abaissant le canon jusqu'à ce qu'il trouve l'exacte ligne de tir, visant le torse de la femme. Lentement, posément, Trent pressa l'acier froid de la détente.

Lorsque le mécanisme émit un déclic. Trent poussa un cri, « Pan ! », et fit comme si l'arme avait eu un effet de recul. Il sourit. Il aurait pu cribler la femme de balles s'il avait introduit le chargeur. Il la vit en imagination propulsée en arrière dans l'appartement, un trou bien net dans la poitrine et du sang en jaillissant.

Posant le pistolet près de la bouteille de bière, Trent prit sur son bureau une des ampoules de Marcaïne. Il la lança en l'air et la rattrapa de l'autre main derrière son dos. Puis il retourna calmement, d'un pas nonchalant, à la cuisine pour retirer de sa cachette tout le bazar nécessaire.

Il dut d'abord enlever les vitres de l'étagère d'un des placards de la cuisine près du réfrigérateur. Puis il souleva doucement le carré de contre-plaqué qui conduisait à sa cache secrète : un petit espace voûté entre l'arrière du placard et le mur extérieur. Trent en sortit une ampoule pleine d'un liquide jaune et une collection de seringues de calibre 18. C'était un Colombien qui lui avait fourni l'ampoule à Miami. Grâce à son travail à l'hôpital, il pouvait facilement se procurer les seringues. Il rapporta l'ampoule et les seringues dans sa chambre à coucher ainsi qu'un chalumeau à propane qu'il gardait sous l'évier de la cuisine.

Il tendit la main pour prendre sa bouteille et but une autre gorgée de bière. Il posa le chalumeau sur un petit trépied qu'il pliait pour le glisser sous son lit. Prenant une cigarette dans le paquet près du téléviseur, il l'alluma avec une allumette.

Il en tira une longue bouffée, puis il alluma le chalumeau avec la cigarette. Il prit ensuite une des aiguilles de calibre 18. Après avoir aspiré quelques gouttes du liquide jaune, il chauffa au rouge l'extrémité de l'aiguille. Laissant l'aiguille dans la flamme, il prit alors l'ampoule de Marcaïne et en chauffa l'extrémité jusqu'à ce qu'elle commençât aussi à virer au rouge. Avec des gestes habiles, experts, il enfonça l'aiguille chauffée au rouge dans le verre fondu et y injecta une goutte du liquide jaune. Ensuite, venait le moment le plus délicat. Après s'être débarrassé de l'aiguille, Trent se mit à faire tourner l'ampoule en la glissant de nouveau dans la partie la plus chaude de la flamme. Il l'y laissa quelques secondes, assez longtemps pour que le trou de la piqûre se refermât par fusion.

Il continua à faire tournoyer l'ampoule même après l'avoir retirée de la flamme. Il ne s'arrêta que lorsque le verre se fut sensiblement refroidi.

« Merde ! » dit-il en observant l'extrémité de l'ampoule sur laquelle apparut soudain un creux indésirable. Bien qu'il passât quasiment inaperçu, Trent ne pouvait prendre le risque que l'ampoule eût un défaut. Si quelqu'un était suffisamment attentif pour le remarquer, il jetterait l'ampoule pour malfaçon. Ou pis encore, quelqu'un de particulièrement attentif pourrait nourrir des soupçons. Ecœuré, Trent jeta l'ampoule aux ordures.

Bon Dieu ! pensa-t-il en prenant une autre ampoule de Marcaïne. Il fallait qu'il essaie de nouveau. Alors qu'il répétait l'opération, il devenait de plus en plus véhément, se mettant à jurer de fureur quand sa troisième tentative se solda par un nouvel échec. Finalement, au quatrième essai, le trou de la piqûre se souda correctement. Le bout convexe ne présentait pas la moindre aspérité.

Elevant l'ampoule à la lumière, il l'examina soigneusement. Elle était presque parfaite. On pouvait encore voir que le verre avait été percé, mais il fallait regarder très attentivement. Il pensa que c'était peut-être le meilleur travail qu'il eût jamais fait. Il éprouvait une grande satisfaction d'avoir mené à bien une tâche aussi difficile. Quand il y avait pensé la première fois, il y avait de cela de nombreuses années, il ne savait pas du tout si ça marcherait. Il lui fallait alors des heures pour faire ce qu'il pouvait maintenant faire en quelques minutes.

Lorsqu'il eut achevé ce qu'il avait entrepris, Trent remit l'ampoule de liquide jaune, le 45 et les ampoules restantes de Marcaïne dans la cachette. Il replaça le double fond du placard et reposa les vitres.

Prenant l'ampoule de Marcaïne trafiquée, il la secoua vivement. La goutte de liquide jaune s'était dissoute depuis longtemps. Il retourna l'ampoule dans l'autre sens, pour voir s'il y avait une fuite. Mais l'endroit de la piqûre était comme il l'espérait : étanche.

Trent considéra en jubilant l'effet que son ampoule aurait bientôt dans la salle d'opération de Saint-Joseph. Il pensa particulièrement aux médecins qui se donnaient de grands airs, aux ravages qu'il ferait chez ces prétentieux. Dans ses rêves les plus fous, Trent n'aurait pu opter pour une meilleure carrière.

Trent haïssait les médecins. Ils agissaient toujours comme s'ils savaient tout, alors qu'en réalité nombre d'entre eux étaient cons comme des balais, surtout dans la marine. La plupart du temps, Trent en savait deux fois plus qu'eux, et pourtant, il devait faire ce qu'ils lui disaient. En particulier, il détestait cette espèce de porc de médecin de la marine qui l'avait livré à la police pour avoir fauché quelques amphétamines. Quel hypocrite ! Tout le monde savait que les médecins volaient des médicaments et du matériel — entre autres choses —, et cela depuis des années. Puis il y avait eu ce médecin dépravé qui s'était plaint auprès du commandant de Trent en l'accusant de prétendue conduite homosexuelle. Cela avait été la goutte d'eau qui avait fait déborder le vase. Au lieu de passer devant quelque stupide cour martiale ou de supporter les conneries qu'ils avaient dans la tête, Trent avait démissionné.

Au moins, au moment de son départ, il était vraiment compétent. Il n'eut aucun mal à trouver du travail comme infirmier. Avec la pénurie générale de personnel soignant, il s'aperçut qu'il pouvait travailler là où il voulait. Les hôpitaux se l'arrachaient, surtout parce qu'il aimait travailler dans les salles d'opération et avait de l'expérience dans ce domaine, après le poste qu'il avait occupé dans la marine.

Le seul inconvénient que présentait un hôpital civil, en dehors des médecins, c'était le reste du personnel soignant. Certains infirmiers ne valaient pas mieux que les médecins, surtout les surveillants. Ils étaient toujours en train d'essayer de lui apprendre des choses qu'il connaissait déjà. Mais Trent ne les trouvait pas aussi irritants que les médecins. Somme toute, c'étaient les toubibs qui conspiraient pour limiter l'autonomie dont Trent avait joui dans la marine pour s'occuper des soins courants.

Il mit l'ampoule trafiquée de Marcaïne dans la poche de son manteau blanc de l'hôpital qui était accroché dans la penderie de l'entrée. Penser aux médecins le ramena au Dr Doherty. Il serra les dents à la seule pensée de cet homme. Mais cela ne suffit pas. Trent ne pouvait se contenir. Il claqua la porte du placard avec une telle force qu'il sembla que le bâtiment tout entier en était ébranlé. Pas plus tard qu'aujourd'hui, Doherty, un des anesthésistes, avait eu le culot de critiquer Trent devant plusieurs infirmières. Doherty l'avait fustigé pour ce qu'il appelait une technique de stérilisation peu soignée. Et cela venait de ce crétin qui ne mettait pas correctement sa calotte et son masque chirurgical. La plupart du temps, Doherty ne se couvrait même pas le nez. Trent était fou de rage.

— J'espère que Doherty aura l'ampoule, lança-t-il d'un ton hargneux.

Malheureusement, il ne disposait d'aucun moyen pour s'assurer que Doherty en hériterait. Les chances étaient d'environ une sur vingt, à moins qu'il n'attendît que Doherty eût une épidurale à son programme. « Oh, et puis quelle importance ? », dit Trent avec un geste désinvolte. Quel que soit celui qui hériterait de l'ampoule, ce serait amusant.

Bien que sa situation nouvelle de fugitif accentuât son indécision et sa confusion, Jeffrey n'était plus le moins du monde enclin au suicide. Il ne savait pas s'il agissait par courage ou par lâcheté, mais il n'avait plus l'intention de se ronger les sangs. Cependant, après tout ce qui était arrivé, il s'inquiétait à juste titre de la possibilité d'une nouvelle crise de dépression. Estimant qu'il était préférable d'écarter toute tentation, il prit la décision de sortir l'ampoule de morphine du porte-documents, en cassa l'extrémité, en jeta le contenu dans les toilettes, et tira la chasse d'eau.

Ayant au moins pris une décision concernant un problème, Jeffrey se sentit un peu plus maître de lui. Pour se donner l'impression qu'il était encore plus organisé, il entreprit de ranger le contenu de son porte-documents. Il entassa soigneusement l'argent dans le fond, sous ses sous-vêtements. Puis il arrangea autrement ce qui se trouvait dans la poche en accordéon sous le couvercle afin d'y faire de la place pour les notes de Chris Everson. Portant son attention sur ces notes, il les classa selon leur taille. Certaines étaient rédigées sur le papier à lettres de Chris qui portait la mention : *Provenant du bureau de Christopher Everson.* Les autres étaient écrites sur des feuilles de papier jaune réglementaires.

Jeffrey commença à parcourir les notes, presque sans le vouloir. Il se précipitait sur tout ce qui distrayait son esprit de la situation fâcheuse dans laquelle il se trouvait. L'histoire de l'affaire Henry Noble était particulièrement fascinante à la seconde lecture. Une fois encore, Jeffrey fut frappé par les similitudes existant entre la malheureuse expérience de Chris avec cet homme et la sienne avec Patty Owen, surtout en ce qui concernait l'apparition des premiers symptômes chez chacun des patients. La grande différence entre les deux cas était que cela avait été plus foudroyant et violent chez Patty. Comme la Marcaïne avait été en cause dans les deux cas, il n'était pas surprenant que les symptômes eussent été les mêmes. Ce qui semblait extraordinaire, c'est que dans les deux cas, les symptômes initiaux n'étaient pas ceux que l'on pouvait attendre d'une réaction contraire à un anesthésique local.

Ayant pratiqué des anesthésies depuis quelques années, Jeffrey connaissait parfaitement tous les symptômes qui pouvaient se manifester lorsqu'un patient avait une réaction inverse à un anesthésique local. Les troubles qui survenaient étaient invariablement provoqués par une overdose dans le système sanguin qui pouvait affecter soit le cœur, soit le système nerveux. Dans ce dernier cas, c'était habituellement le système nerveux central ou neurovégétatif qui causait des problèmes, en créant soit une stimulation, soit une dépression, ou une combinaison des deux.

Tout cela couvrait un vaste territoire, mais, de toutes les réactions que Jeffrey avait étudiées, dont il avait entendu parler ou été témoin, aucune ne ressemblait à celles de Patty Owen, avec salivation excessive, larmes, transpiration, douleur abdominale et pupilles réduites. Certaines de ces réactions pouvaient être observées quand il y avait une allergie, mais ne pouvaient venir d'une overdose, et Jeffrey avait des raisons de croire que Patty Owen n'était pas allergique à la Marcaïne.

De toute évidence, à en juger par ses notes, Chris Everson avait été tout aussi préoccupé. Chris notait que les symptômes d'Henry Noble étaient avant tout muscariniques, c'est-à-dire du genre de ceux auxquels on s'attendait quand certaines parties du système nerveux parasympathique étaient stimulées. On les appelait muscariniques parce qu'elles avaient le même effet qu'un alcaloïde appelé muscarine, extrait d'un champignon. Mais on ne s'attendait pas à ce qu'un anesthésique local comme la Marcaïne provoquât une stimulation parasympathique. Sinon, alors pourquoi les symptômes de la muscarine ? C'était vraiment troublant.

Jeffrey ferma les yeux. Tout cela était très compliqué, et malheureusement, bien qu'il connût l'essentiel là-dessus, certains détails physiologiques n'étaient plus très présents à son esprit. Mais il s'en souvenait assez pour savoir que la section sympathique du système neurovégétatif était la part affectée par l'anesthésie locale, et non la partie parasympathique, apparemment touchée dans les cas Noble et Owen. Il n'y avait pas d'explication immédiate à cela.

La profonde concentration de Jeffrey fut interrompue par un bruit sourd contre le mur, puis un gémissement outré exprimant une extase feinte venant de la chambre voisine. Il eut une vision importune de la fille au visage boutonneux et de l'homme chauve. Le gémissement atteignit une sorte de crescendo, puis diminua.

Jeffrey alla jusqu'à la fenêtre pour s'étirer. Il baignait de nouveau dans la lumière rouge du néon. Un groupe de sans-abri grouillait sur la droite du perron de l'Essex, vraisemblablement devant le magasin de vins et spiritueux. Plusieurs petites putains faisaient le trottoir. Plus loin, de jeunes durs semblaient prendre un intérêt de propriétaire à ce qui se passait dans le secteur. Que ce fût là des souteneurs ou des dealers, Jeffrey était incapable de le dire. Quel quartier ! pensa-t-il.

Il s'écarta de la fenêtre. Il en avait assez vu. Les notes de Chris étaient étalées sur le lit. Les gémissements avaient cessé dans la chambre à côté. Jeffrey essaya de récapituler les raisons possibles de la mésaventure survenue à Noble et à Owen. Une fois encore, il se concentra sur l'idée qui avait rongé Chris durant les derniers jours de sa vie : la possibilité d'un agent de contamination dans la

Marcaïne. En admettant que ni Chris ni lui n'aient commis une grossière erreur médicale — dans le cas Owen, par exemple, qu'il n'eût pas utilisé la Marcaïne 75 qu'on avait trouvée en sa possession — et étant donné que les deux patients avaient eu des symptômes parasympathiques inattendus sans réactions allergiques ou anaphylactiques, alors la théorie de Chris selon laquelle il y aurait un agent de contamination était parfaitement valable.

Retournant à la fenêtre, Jeffrey pensa aux implications qu'aurait la présence d'un agent de contamination dans la Marcaïne. S'il pouvait étayer une telle théorie, ce serait un grand pas de fait pour le blanchir de toute responsabilité dans l'affaire Owen. La culpabilité en incomberait alors à la société pharmaceutique qui l'avait fabriquée. Jeffrey n'était pas sûr de la façon dont l'appareil judiciaire se mettrait en branle si une telle théorie était prouvée.

Etant donné ses récents démêlés avec le système judiciaire, il savait que le mécanisme se mettrait lentement en route, mais qu'il s'y mettrait. Peut-être que le vieux Randolph serait capable de trouver une façon d'en faire tourner plus vite les rouages. Une merveilleuse pensée fit sourire Jeffrey : peut-être sa vie et sa carrière pourraient-elles être sauvées. Mais comment allait-il prouver qu'il y avait eu un agent de contamination dans une ampoule utilisée neuf mois plus tôt ?

Jeffrey eut soudain une idée. Il se précipita sur les notes de Chris pour lire le résumé de l'affaire Henry Noble. Jeffrey s'intéressait particulièrement à la première série d'événements, au moment où Chris avait administré pour la première fois l'anesthésie épidurale.

Chris avait pris deux centimètres cubes de Marcaïne dans une ampoule de trente centimètres cubes pour sa première dose test, et y avait ajouté sa propre adrénaline à un deux cent millième. C'était immédiatement après cette injection qu'avait commencé la réaction d'Henry Noble. Avec Patty Owen, Jeffrey avait utilisé une ampoule non entamée de Marcaïne prise dans la salle d'opération. C'est après que cette Marcaïne avait été introduite dans son organisme que s'était déclenchée la réaction contraire. Pour la dose test, Jeffrey avait utilisé, comme il en avait l'habitude, une ampoule différente de deux centimètres cubes de Marcaïne pour rachianesthésie. Si le facteur de contamination s'était trouvé dans la Marcaïne, ce ne pouvait être, dans les deux cas, que dans l'ampoule de trente centimètres cubes. Cela voulait dire que Patty avait reçu une dose bien plus importante qu'Henry Noble — une dose thérapeutique contre une dose test de deux centimètres cubes. Cela expliquerait pourquoi la réaction de Patty avait été bien plus violente que celle d'Henry Noble et pourquoi Noble avait réussi à survivre une semaine.

Pour la première fois depuis des mois, Jeffrey eut une lueur d'espoir : peut-être pourrait-il retrouver son ancien mode de vie. Il avait encore une chance d'y parvenir. Durant son procès, il n'avait jamais envisagé l'éventualité d'un agent de contamination. Maintenant, cela apparaissait soudain comme une réelle possibilité. Mais il faudrait du temps et de sérieux efforts pour enquêter, sans parler de prouver. Par quoi allait-il commencer ?

Il avait d'abord besoin d'être mieux informé. Cela signifiait qu'il lui faudrait potasser la pharmacocinétique des anesthésiques locaux ainsi que la physiologie du système neurovégétatif. Mais cela serait relativement facile. Tout ce dont il avait besoin, c'était de livres. Le plus dur serait de trouver quel pouvait être l'agent de contamination. Il avait besoin d'avoir accès au dossier complet de Patty Owen. Il n'en avait vu que des fragments lors de la communication des pièces avant l'audience. De plus, il y avait la question qu'avait soulevée Kelly : qu'est-ce qui expliquait la présence d'une ampoule de Marcaïne 75 dans le conteneur à déchets sur l'appareil d'anesthésie. Comment avait-elle pu se trouver là ?

Enquêter sur ces problèmes aurait été difficile dans les circonstances les plus favorables. Maintenant qu'il était un condamné en cavale, cela devenait quasiment impossible. Il lui faudrait entrer au Boston Memorial. Y arriverait-il ?

Jeffrey pénétra dans la salle de bains. Campé devant le miroir, il examina ses traits dans la lumière crue d'un tube fluorescent. Pourrait-il changer suffisamment d'apparence pour ne pas être reconnu ? Il avait été en relation avec le Boston Memorial depuis qu'il y avait été externe quand il était à l'école de médecine. Des centaines de gens le connaissaient de vue.

Jeffrey porta une main à son front et plaqua ses cheveux châtain clair en arrière. Il les partagea par une raie sur le côté gauche. Les tirer en arrière faisait paraître son front plus large. Il n'avait jamais porté de lunettes. Peut-être pourrait-il en acheter une paire maintenant ? Et durant toutes ces années où il avait travaillé au Boston Memorial, il portait une moustache. Il pourrait la raser.

En proie à cette idée qui excitait sa curiosité, Jeffrey alla dans l'autre pièce pour récupérer sa trousse de toilette. Il revint au miroir de la salle de bains. Il s'enduisit le visage de savon et rasa rapidement sa moustache. Cela lui sembla étrange de passer sa langue sur sa lèvre supérieure nue. Se mouillant les cheveux, il les peigna en arrière en dégageant son front. Cela l'encouragea : il commençait déjà à ressembler à un autre homme.

Ensuite, Jeffrey rasa ses pattes qu'il portait modérément longues. Cela ne changea pas grand-chose, mais il se disait qu'il ne devait rien négliger. Pourrait-il passer pour un autre docteur en médecine ? Il en avait les compétences. Ce dont il avait besoin, c'était d'une pièce d'identité. La sécurité avait été considérablement renforcée au Boston Memorial, un signe des temps. S'il était sommé de montrer sa pièce d'identité et ne le pouvait pas, il se ferait prendre. Cependant, il avait besoin d'entrer, et c'étaient les médecins qui avaient accès à tous les services de l'hôpital.

Jeffrey continua à réfléchir. Il ne perdrait pas espoir. Il y avait d'autres personnes dans l'hôpital qui y avaient facilement accès : l'équipe de nettoyage. Personne ne leur posait de questions. Ayant assuré de nombreuses nuits de garde à l'hôpital, Jeffrey se souvenait de les avoir vus aller et venir partout. Personne ne leur prêtait attention. Il savait aussi qu'il y avait une équipe d'entretien du cimetière de onze heures du soir à sept heures du matin, pour lequel on avait toujours du mal à trouver du personnel. Cela lui conviendrait parfaitement, pensa-t-il. Il aurait moins de risques de tomber sur quelqu'un qui le connaissait. Durant les dernières années, il avait travaillé essentiellement dans les équipes de jour.

Stimulé par cette nouvelle perspective, Jeffrey eut très envie de s'y mettre immédiatement. Cela impliquait qu'il fît un saut à la bibliothèque. S'il partait tout de suite, il disposerait d'au moins une heure avant la fermeture. Avant qu'il eût le temps d'y réfléchir à deux fois, il glissa les notes de Chris à la place qu'il avait préparée à cet effet dans son porte-documents, ferma le couvercle et le verrouilla.

Bien que ça n'en vaille pas vraiment la peine, Jeffrey ferma la porte à clef derrière lui. Alors qu'il descendait l'escalier, il hésita. L'odeur aigre aux relents de moisi lui rappela Devlin. Jeffrey avait reçu une bouffée de son haleine quand Devlin l'avait coincé à l'aéroport.

En établissant son plan d'action, Jeffrey avait négligé le facteur Devlin. Il n'ignorait pas ce qu'étaient les chasseurs de prime, et c'était indubitablement ce qu'était Devlin. Jeffrey ne nourrissait pas d'illusions sur ce qui se passerait si Devlin lui mettait de nouveau la main dessus, surtout après l'épisode de l'aéroport. Après un instant d'hésitation, il continua avec résignation à descendre l'escalier. S'il voulait mener une enquête, il lui fallait prendre des risques, mais il était de son intérêt de rester constamment sur ses gardes. De plus, il devait imaginer la situation à l'avance, afin que, s'il avait la malchance de se trouver face à Devlin, il sût comment réagir. En bas, l'homme au magazine avait disparu, mais le réceptionniste regardait encore son match de base-ball avec les Red Sox. Jeffrey se glissa dehors sans se faire remarquer. Un bon point, se dit-il en plaisantant. Sa première tentative pour passer inaperçu avait réussi. Il avait au moins gardé son sens de l'humour.

Toute la bonne humeur que Jeffrey était parvenu à mobiliser s'évanouit dès qu'il vit le spectacle que lui offrait la rue. Il se sentit envahi d'une paranoïa aiguë en se souvenant qu'il était non seulement un fugitif mais qu'il transportait quarante-cinq mille dollars en liquide. Juste de l'autre côté de la rue, dans l'ombre de la porte d'un immeuble inhabité, les deux hommes qu'il avait vus de sa fenêtre fumaient du crack.

Son porte-documents serré contre lui, Jeffrey descendit les marches de l'Essex. Il évita de marcher sur le pauvre homme qui était toujours vautré sur la chaussée, avec sa bouteille enveloppée dans du papier d'emballage. Il tourna à droite. Il avait l'intention de descendre jusqu'au Lafayette Center, où il y avait un grand hôtel. Il y trouverait un taxi.

Jeffrey était à la hauteur du magasin de vins et spiritueux quand il repéra une voiture de police qui roulait dans sa direction. Sans un instant d'hésitation, il entra en toute hâte dans le magasin. Le cliquetis des clochettes attachées à la porte lui porta sur les nerfs. Aussi dingue que cela semblât, il ne savait pas de qui il avait le plus peur, des gens de la rue ou de la police.

— Qu'est-ce que je vous sers ? demanda un barbu derrière un comptoir.

La voiture de police ralentit, puis continua son chemin. Jeffrey reprit son souffle. Cela n'allait pas être facile.

— Qu'est-ce que je vous sers ? répéta l'employé.

Jeffrey acheta une bouteille de vodka d'un demi-litre. Si la police revenait traîner par là, il voulait que son entrée dans le magasin eût l'air naturel. Mais ce n'était pas nécessaire. Quand il sortit du magasin, la voiture de police n'était même plus en vue. Soulagé, Jeffrey tourna à droite, décidé à se presser. Mais il s'arrêta net, entrant pratiquement en collision avec un des sans-abri qu'il avait vus plus tôt. Sous le coup de la surprise, il leva sa main libre pour se protéger.

— T'as pas une pièce de trop, mon gars ? demanda l'homme d'une voix mal assurée.

De toute évidence, il était soûl. Il avait une estafilade récente près de la tempe. Un des verres de ses lunettes à monture noire était brisé.

Jeffrey eut un mouvement de recul devant lui. Il était à peu près de sa taille, mais avec des cheveux foncés, presque noirs. Son visage était couvert d'une barbe épaisse, indiquant qu'il ne s'était pas rasé depuis un mois. Mais ce qui attira l'attention de Jeffrey, ce furent les vêtements de cet homme. Il portait un costume en loques complété par une chemise en coton rayée bleue à col boutonné, sale et à laquelle manquaient quelques boutons, et une cravate à rayures, qui n'était pas nouée à l'encolure, criblée de taches vertes. Jeffrey avait l'impression que cet homme s'était habillé un jour pour aller travailler, et n'était jamais rentré chez lui.

— Qu'est-ce qu'il y a ? fit l'homme d'une voix tremblotante d'ivrogne. Tu ne parles pas anglais ?

Jeffrey fouilla dans la poche de son pantalon pour y prendre la monnaie qu'on lui avait rendue quand il avait acheté la vodka. Lorsqu'il laissa tomber l'argent dans la main de l'homme, Jeffrey étudia son visage. Ses yeux, bien qu'ils fussent vitreux, avaient une expression de bonté. Jeffrey se demanda ce qui avait conduit cet homme à une situation aussi désespérée. Il éprouvait une curieuse parenté avec ce sans-abri et ses difficultés inconnues. Il frissonna en pensant à quel point était mince la ligne qui le séparait d'un semblable destin. L'identification était d'autant plus facile que l'homme semblait être à peu près de l'âge de Jeffrey.

Comme il s'y attendait, Jeffrey n'eut pas de mal à trouver un taxi près de l'hôtel de luxe. De là, il ne lui fallut qu'un quart d'heure pour arriver à la section médecine d'Harvard. Il était à peine un peu plus de onze heures quand il entra dans la Countway Medical Library.

Au milieu des livres et des petits boxes réservés à l'étude, Jeffrey se sentait chez lui. Il se servit d'un des terminaux d'ordinateur pour avoir la cote de plusieurs livres sur la physiologie du système neurovégétatif et la pharmacologie des anesthésiques locaux. Ces livres en main, il entra dans un des cabinets particuliers qui donnaient sur la cour intérieure et ferma la porte. Quelques minutes plus tard, il était perdu dans les complexités de la conduction du signal nerveux.

Jeffrey ne fut pas long à comprendre pourquoi Chris avait souligné le mot « nicotinique ». Bien que la plupart des gens considérassent la nicotine comme une substance active dans les cigarettes, c'était une véritable drogue, plus spécialement un poison, qui causait une stimulation puis un blocage des ganglions autonomes. Nombre de symptômes associés à la nicotine étaient les mêmes que ceux causés par la muscarine : salivation, sudation, douleur abdominale et larmoiement — c'est-à-dire les symptômes qui étaient apparus chez Patty Owen et Henry Noble. Elle pouvait même s'avérer mortelle dans des concentrations étonnamment faibles.

Tout cela signifiait pour Jeffrey que s'il pensait à un agent contaminant, cela ne pouvait être qu'un composé qui serait le miroir d'un anesthésique local jusqu'à un certain point, quelque chose comme la nicotine. Mais cela ne pouvait pas être de la nicotine, pensa Jeffrey. Le rapport de toxicologie sur Henry Noble avait été négatif. Une substance comme la nicotine aurait été décelée.

S'il s'agissait d'un agent contaminant, il devrait être aussi en dose infinitésimale. Donc, quelque chose d'extraordinairement puissant. Quant à ce que cela pouvait être, Jeffrey n'en avait pas la moindre idée. Mais en lisant, il tomba sur quelque chose qu'il avait appris à l'école de médecine et à quoi il n'avait jamais pensé depuis. La toxine botulinique, une des substances les plus toxiques connues par l'homme, ressemblait aux anesthésiques locaux par sa capacité à « geler » les membranes des cellules nerveuses à la synapse. Cependant, Jeffrey savait qu'il n'était pas en présence d'un empoisonnement par le botulinum. Ses symptômes étaient totalement différents : les effets de la muscarine étaient de bloquer et non de stimuler.

Jamais le temps n'était passé aussi vite. Avant que Jeffrey s'en rendît compte, la bibliothèque était sur le point de fermer. A regret, il ramassa les notes de Chris et celles qu'il venait de prendre. Portant les livres d'une main et son porte-documents de l'autre, il descendit au rez-de-chaussée. Il déposa les livres sur le comptoir et se dirigea vers la porte. Il s'arrêta brusquement.

Devant lui, les gens étaient stoppés par un employé qui leur demandait d'ouvrir leurs paquets, leurs sacs à dos et, bien entendu, leurs porte-documents. C'était une pratique habituelle pour réduire au minimum la perte de livres, mais Jeffrey l'avait oubliée. Il préférait ne pas penser à la réaction de l'employé de la bibliothèque s'il découvrait les liasses de billets de cent dollars. Drôle de façon de ne pas se faire remarquer.

Jeffrey revint sur ses pas jusqu'au département des périodiques et plongea derrière une vitrine qui lui arrivait à hauteur d'épaule. Il ouvrit son porte-documents et se mit à entasser les liasses de billets dans ses poches. Pour faire de la place, il enleva la bouteille de vodka de la poche de sa veste et la mit dans son porte-documents. Mieux valait laisser croire au gardien qu'il était un picoleur plutôt qu'un dealer ou un voleur.

Jeffrey put quitter la bibliothèque sans encombre. Il avait l'impression d'attirer un peu l'attention avec toutes ses poches gonflées, mais il ne pouvait rien y faire pour le moment.

Il n'y avait pratiquement pas de taxi sur Huntington Avenue à cette heure de la nuit. Après avoir tenté sa chance sans résultat pendant dix minutes, il vit venir le trolley de la Ligne Verte. Jeffrey y monta, pensant qu'il était plus prudent de bouger.

Jeffrey prit un des sièges parallèles à la voiture et posa son porte-documents en équilibre sur ses genoux. Il sentait toutes les liasses de billets qui étaient dans son pantalon, surtout celles sur lesquelles il était assis. Alors que le trolley avançait en faisant des embardées, Jeffrey laissa son regard errer sur les passagers. Comme il en avait fait l'expérience dans le métro de Boston, personne ne disait mot. Tous les gens regardaient droit devant eux, le visage sans expression, comme s'ils étaient en transe. Les yeux de Jeffrey rencontraient ceux des voyageurs assis en face de lui de l'autre côté du couloir. Ceux qui lui retournaient son regard d'un air maussade lui donnaient l'impression d'être transparent. Il fut stupéfait de constater que nombre d'entre eux lui semblaient des criminels.

Fermant les yeux, Jeffrey récapitula certains des éléments dont il venait de prendre connaissance, les examinant à la lumière de l'expérience qu'il avait vécue avec Patty Owen et de celle de Chris avec Henry Noble. Il avait été surpris par une information concernant les anesthésiques locaux. Dans une partie intitulée « réactions inverses », il avait lu qu'on voyait de temps en temps des cas de myosis ou de contraction des pupilles. C'était nouveau pour Jeffrey. A l'exception de Patty Owen et d'Henry Noble, il n'avait jamais vu de tels cas cliniques et n'avait jamais rien lu à ce sujet auparavant. Il n'y avait pas d'explication à ce mécanisme physiologique, et Jeffrey était incapable de l'interpréter. Puis, dans le même article, il était écrit que d'ordinaire, on constatait une mydriase, ou élargissement des pupilles. Arrivé à ce point, Jeffrey laissa tomber le problème des pupilles. Tout cela n'avait pas grand sens pour lui, et ne faisait qu'ajouter à sa confusion.

Quand le trolley plongea brusquement sous terre, le bruit fit sursauter Jeffrey. Il ouvrit les yeux, terrorisé, et en eut presque le souffle coupé. Il ne s'était pas rendu compte à quel point il était nerveux. Il se mit à respirer profondément, régulièrement, pour se calmer.

Au bout d'une ou deux minutes, ses pensées revinrent aux deux affaires. Il prit conscience qu'il existait une autre similitude entre les cas Noble et Owen qu'il n'avait pas prise en compte. Henry Noble était resté paralysé durant la semaine où il avait survécu. C'était comme si on lui avait fait une rachianesthésie totale irréversible. Comme Patty était morte, Jeffrey ne pouvait savoir si elle aurait été paralysée au cas où elle aurait survécu. Mais son bébé avait survécu et on avait constaté chez lui une paralysie résiduelle prononcée. On avait affirmé que la paralysie du bébé venait d'un manque d'oxygénation de son cerveau, mais maintenant, Jeffrey n'en était plus aussi sûr. L'étrange distribution asymétrique l'avait toujours troublé. Peut-être cette paralysie était-elle un indice supplémentaire, qui pourrait être utile pour identifier un agent de contamination.

Jeffrey descendit à Park Street et prit l'escalier. Se tenant à distance respectueuse de plusieurs policiers, il parcourut rapidement Winter Street, laissant derrière lui la foule du quartier de Park Street. Tout en marchant, il pensait sérieusement à retourner au Boston Memorial Hospital, après ce qu'il avait lu.

L'idée de faire partie du personnel de nettoyage était très valable, si ce n'est qu'elle posait un problème : pour faire une demande d'emploi, il aurait besoin de fournir une quelconque pièce d'identité ainsi qu'un numéro de sécurité sociale en règle. A notre époque, où tout était informatisé, Jeffrey savait qu'il ne pouvait espérer s'en sortir en en inventant un.

Il se débattait avec ce problème de pièce d'identité lorsqu'il prit la rue de l'hôtel Essex. A cent mètres du magasin de vins et spiritueux, qui était encore ouvert, il s'arrêta. Une vision de l'homme au costume en loques lui revint à l'esprit. Tous deux avaient environ la même taille et le même âge.

Traversant la rue, Jeffrey s'approcha du bâtiment vide proche du magasin. Un lampadaire placé à un endroit stratégique inondait les lieux de lumière. A peu près au quart de cette parcelle de terrain, il y avait un surplomb en béton qui dépassait du bâtiment voisin et donnait l'impression que cela avait peut-être été autrefois un dock de chargement. En dessous, Jeffrey pouvait discerner un certain nombre de personnes, certaines assises, certaines allongées ivres mortes.

S'arrêtant pour écouter, Jeffrey entendit un bruit de conversation. Surmontant ses appréhensions, il se dirigea vers le groupe. Marchant précautionneusement sur un lit de briques cassées, Jeffrey s'approcha du surplomb. Une odeur fétide de corps pas lavés l'assaillit. La conversation s'arrêta. Un certain nombre d'yeux chassieux se posèrent sur lui, avec suspicion, dans la semi-obscurité.

Jeffrey se sentait comme un intrus dans un autre monde. Avec une anxiété croissante, il chercha l'homme au complet en loques, ses yeux passant rapidement d'une silhouette sombre à la suivante. Que ferait-il si ces hommes se jetaient soudain sur lui ?

Jeffrey vit l'homme qu'il cherchait. Il faisait partie de ceux qui étaient assis en demi-cercle. Jeffrey se força à avancer et à s'approcher du groupe. Personne ne parlait. L'air était à tel point chargé d'électricité par l'attente qu'il semblait qu'une étincelle aurait déclenché une explosion. Tous les yeux suivaient maintenant Jeffrey. Même certains des hommes qui étaient allongés s'étaient assis et le fixaient du regard.

— Salut, dit Jeffrey d'une voix faible quand il se trouva en face de l'homme. (Celui-ci ne bougea pas. Personne d'autre ne bougea.) Vous vous souvenez de moi ? demanda Jeffrey. (Il se sentait idiot, mais rien d'autre ne lui venait à l'esprit.) Je vous ai donné quelques pièces il y a environ une heure. Là-bas, devant le magasin où on vend de l'alcool.

Jeffrey fit un geste par-dessus son épaule.

L'homme ne répondit pas.

— Je pensais que si je vous en donnais un peu plus, vous sauriez quoi en faire, dit Jeffrey.

Il plongea la main dans sa poche et, écartant la liasse de billets de cent dollars, en sortit quelques pièces et plusieurs petites coupures. Il tendit l'argent. L'homme avança et prit les pièces.

— Merci, mon pote, dit-il, en essayant de distinguer les pièces de monnaie dans l'obscurité.

— J'en ai encore, dit Jeffrey. En fait, j'ai ici un billet de cinq dollars et je suis prêt à parier que vous êtes tellement soûl que vous n'êtes pas capable de vous souvenir de votre numéro de sécurité sociale.

— Qu'est-ce que tu racontes ? marmonna l'homme en se mettant péniblement debout.

Deux autres types suivaient son exemple. L'homme qui intéressait Jeffrey tanguait comme s'il était sur le point de tomber, mais il se rattrapa. Il paraissait plus soûl qu'il ne l'était auparavant.

— C'est 139-32-1560. C'est ça mon numéro de sécurité sociale.

— Mais oui ! dit Jeffrey en montrant d'un geste qu'il n'en croyait rien. Tu viens de l'inventer.

— Ben merde alors, répondit l'homme, indigné.

D'un geste large qui lui fit presque perdre l'équilibre, il se mit à la recherche de son portefeuille. Il tituba de nouveau en se battant pour le sortir de la poche de son pantalon. Quand il l'eut enfin, il fouilla dedans pour en retirer non pas une carte de sécurité sociale, mais son permis de conduire. Ce faisant, il laissa tomber le portefeuille. Jeffrey se baissa pour le ramasser. Il remarqua qu'il n'y avait pas d'argent dedans.

— Vise ça ! dit l'homme. Juste ce que j'avais dit.

Jeffrey lui tendit le portefeuille et prit le permis. Il ne pouvait voir le numéro, mais là n'était pas la question.

— Ma parole, je crois que tu avais raison, dit-il en faisant semblant de l'étudier. Il tendit le billet de cinq dollars que l'homme saisit avidement. Mais un des autres types le lui arracha de la main.

— Rends-le-moi, cria l'homme.

Un des autres s'était avancé derrière Jeffrey qui mit sa main dans sa poche pour sortir d'autres pièces.

— Il y en a pour tout le monde, dit-il en les jetant par terre.

Elles tintèrent sur la brique brisée. Il y eut une véritable ruée quand tous, à l'exception de Jeffrey, se laissèrent tomber à quatre pattes dans l'obscurité. Jeffrey profita de cette diversion pour faire demi-tour et courir aussi vite qu'il l'osait jusqu'à la rue, en traversant le terrain jonché de détritus.

De retour à sa chambre d'hôtel, il appuya le permis sur le bord du lavabo et compara son image à celle de la photo figurant sur le document. Le nez était complètement différent. On ne pouvait rien y faire. Cependant, s'il fonçait ses cheveux et les coiffait en arrière avec du gel comme il l'avait envisagé, et s'il ajoutait des lunettes à monture noire, peut-être que ça marcherait. Mais au moins, il avait un numéro de sécurité sociale valable qui allait avec un nom et une adresse véritables : Frank Amendola, 1617 Sparrow Lane, Framingham, Massachusetts

6

MERCREDI

17 MAI 1989

6 H 15

Trent Harding n'était pas obligé de commencer à travailler avant sept heures, mais à six heures et quart, il était déjà en train d'enlever ses vêtements de ville dans le vestiaire situé devant la salle de repos des chirurgiens du Saint-Joseph Hospital. De l'endroit où il se tenait, il avait directement vue sur les lavabos et il pouvait se voir dans les miroirs qui les surplombaient. Il fit jouer les muscles de son bras et de son cou pour les faire saillir. Il se pencha légèrement pour contempler de plus près leur dessin. L'image que lui renvoya le miroir lui plut.

Trent allait à son club de culture physique au moins quatre fois par semaine et y utilisait tout l'équipement jusqu'à épuisement. Son corps était une véritable sculpture. Les gens le remarquaient et l'admiraient, il en était sûr. Cependant, il n'était pas satisfait. Il pensait qu'il pourrait parvenir à étoffer encore un peu plus ses biceps. Sur ses jambes, ses quadriceps pouvaient être renforcés. Il décida de se concentrer sur ces deux problèmes dans les semaines à venir.

Trent avait l'habitude d'arriver de bonne heure, mais ce matin-là, il était venu plus tôt que d'ordinaire. Dans son excitation, il s'était réveillé avant la sonnerie du réveil et n'avait pu se rendormir. Alors, il avait décidé de se rendre plus tôt à son travail. De plus, il aimait prendre son temps. Il y avait quelque chose d'incroyablement excitant dans le fait de mettre une de ses ampoules trafiquées de Marcaïne dans la réserve. Cela lui donnait des frissons de plaisir — comme de déposer une bombe à retardement. Il était le seul à connaître l'imminence du danger. Il était le seul à avoir le contrôle des opérations.

Après avoir enfilé sa tenue stérile, Trent regarda autour de lui. Quelques personnes de l'équipe qui s'en allait étaient entrées dans le vestiaire. L'une d'elles était sous la douche, chantant un air de Stevie Wonder ; une autre était enfermée dans les toilettes et une troisième se trouvait devant son placard, hors de vue.

Trent mit la main dans la poche de sa veste blanche d'hôpital et en sortit l'ampoule trafiquée de Marcaïne. La dissimulant au creux de sa main au cas où quelqu'un surviendrait à l'improviste, il la glissa dans son slip. Elle lui donna au début une impression désagréable de froid. Il grimaça quand il la mit en place. Il ferma alors son placard et se dirigea vers la salle de repos des chirurgiens.

Dans cette pièce, du café frais passait lentement, emplissant l'air d'une bonne odeur. Des infirmiers, des assistants anesthésistes, quelques médecins et des garçons de salle y étaient réunis. Ils faisaient partie de l'équipe de nuit qui allait partir. Il n'y avait pas de cas d'urgence, et tous les préparatifs pour le programme de la journée dont l'équipe de nuit avait la responsabilité étaient terminés. La pièce bruissait de joyeuses conversations.

Personne ne connaissait Trent, et il n'essaya pas non plus de saluer qui que ce fût. La plupart des gens qui se trouvaient là ne le reconnaissaient pas parce qu'il n'appartenait pas à l'équipe de nuit. Trent traversa la pièce et entra dans le secteur des salles d'opération proprement dit. Il n'y avait personne au bureau qui centralisait les programmes. L'immense tableau noir portait déjà, écrit à la craie, l'emploi du temps de la journée à venir. Trent s'arrêta un instant, lisant attentivement le grand tableau pour deux raisons : voir à quelle salle il était affecté ce jour-là et s'il y avait des cas d'épidurale de prévu. A sa grande satisfaction, il y en avait quelques-uns. Un autre frisson d'excitation lui parcourut l'échine. Qu'il y eût un certain nombre de cas de ce genre signifiait qu'il y avait de fortes chances pour qu'on utilisât sa Marcaïne le jour même.

Trent poursuivit son chemin dans le couloir principal des salles d'op et tourna pour entrer dans la réserve centrale, située pour des raisons pratiques au milieu du secteur. Le complexe chirurgical de

Saint-Joe était en forme de U, avec les salles alignées autour du U et la réserve centrale occupant l'intérieur.

Avançant avec détermination, comme s'il se rendait à la réserve centrale pour y prendre des pansements destinés à une des salles d'op, Trent parcourut la pièce du regard. Comme d'habitude, il ne vit personne. Il y avait toujours un creux entre six heures et quart et sept heures moins le quart. Trent alla directement à l'endroit où étaient entreposées les solutions pour intraveineuses et les médicaments ne contenant pas de narcotique et donc non contrôlés. Il n'avait pas besoin de chercher les anesthésiques locaux. Cela faisait longtemps qu'il en connaissait la place.

Après avoir jeté de nouveau un regard autour de lui, il tendit la main pour prendre un paquet entamé d'ampoules de trente centimètres cubes de Marcaïne 5. Il en souleva prestement le couvercle. Il restait trois ampoules dans la boîte qui en contenait cinq à l'origine. Trent échangea une de ces ampoules contre celle qui était cachée dans son slip. Il grimaça de nouveau. Quelle curieuse sensation que celle que pouvait procurer le verre à la température de la chambre froide. Il referma le couvercle de la boîte de Marcaïne et la remit soigneusement dans la position où elle se trouvait.

Trent jeta de nouveau un regard dans la réserve centrale. Il n'y avait personne. Son regard revint à la boîte de Marcaïne. Une fois encore, son corps fut parcouru par une excitation presque sensuelle. Il avait recommencé, et personne n'aurait jamais le moindre indice. C'était si enfantin et selon le programme des opérations — et avec un peu de chance —, l'ampoule serait utilisée bientôt, peut-être même ce matin.

Pendant un bref instant, Trent eut l'idée d'enlever les deux autres bonnes ampoules de la boîte, juste pour accélérer les choses. Maintenant qu'il avait remis l'ampoule à sa place, il était impatient de jouir du chaos qu'elle allait causer. Mais il décida de ne pas enlever les autres ampoules. Il n'avait jamais pris de risques dans le passé, et ce n'était pas le moment de commencer. Que se passerait-il si quelqu'un était au courant du nombre d'ampoules de Marcaïne dont on disposait encore ?

Trent sortit de la réserve centrale et retourna à son vestiaire pour ranger l'ampoule qui se trouvait dans son slip. Puis il se fit une grande tasse de café. Plus tard, dans l'après-midi, si rien ne s'était passé, il retournerait à la réserve centrale pour voir si on avait utilisé l'ampoule trafiquée. Si on s'en était servi aujourd'hui, il ne tarderait pas à le savoir. Quand il se produisait une complication majeure, la nouvelle s'en répandait comme une traînée de poudre dans toutes les salles d'op.

Trent pouvait voir en imagination l'ampoule qui reposait si innocemment dans la boîte. C'était une sorte de roulette russe. Il éprouvait une sensation d'excitation sexuelle. Il entra précipitamment dans le vestiaire, essayant de se calmer. S'il se pouvait que ce fût le Dr Doherty qui l'utilisât, pensa-t-il, on atteindrait alors à la perfection.

La mâchoire de Trent se contracta à la seule pensée de l'anesthésiste. Le nom de cet homme ralluma la colère qu'avait fait naître l'humiliation de la veille. Arrivé à son placard, Trent frappa dessus de sa paume ouverte avec un bruit retentissant. Quelques personnes regardèrent dans sa direction. Il feignit de les ignorer. Le comble, c'est qu'avant cet épisode humiliant, Trent aimait bien Doherty. Il avait même été gentil avec ce crétin.

Furieux, il fit tourner la combinaison de son cadenas et ouvrit la porte de son placard. Il s'en approcha le plus possible et sortit délicatement l'ampoule de son slip pour la mettre dans la poche de sa veste blanche pendue dans le placard. Peut-être devait-il prendre des dispositions particulières pour Doherty.

Poussant un soupir de soulagement, Jeffrey ferma la porte de sa chambre de l'hôtel Essex. Il était un peu plus de onze heures du matin. Il n'avait pas soufflé depuis neuf heures et demie, lorsqu'il avait quitté l'hôtel pour aller faire des courses. A chaque instant, il avait été terrifié à la pensée d'être reconnu par quelqu'un, Devlin ou la police. Il avait vu plusieurs policiers, mais il avait évité toute confrontation directe. Même ainsi, cela avait été une entreprise qui avait mis ses nerfs à rude épreuve.

Jeffrey posa ses paquets et son porte-documents sur le lit, et ouvrit le plus petit des paquets. Entre autres choses se trouvait un rinçage pour cheveux. La couleur s'appelait Noir Minuit. Après s'être déshabillé, Jeffrey alla directement dans la salle de bains et suivit le mode d'emploi figurant sur la boîte. Quant il mit le gel sur ses cheveux et les plaqua en arrière pour dégager son front, il eut l'air de quelqu'un d'autre. Il se dit qu'il ressemblait à un vendeur de voitures d'occasion ou à quelqu'un sorti d'un film des années trente. Comparant son image à la petite photo collée sur le permis de conduire, il pensa qu'il pourrait passer pour Frank Amendola si on n'y regardait pas de trop près. Et ce n'était pas fini.

De retour dans sa chambre, il ouvrit le plus gros des paquets et en sortit un costume bleu marine neuf en tergal qu'il avait acheté chez Filene, un grand magasin banal, et avait fait retoucher au Pacifici de Boston, qui était un peu plus chic. Mike, le chef tailleur, avait été content de faire les retouches pendant que Jeffrey attendait. Jeffrey n'en avait pas fait faire beaucoup parce qu'il ne tenait pas à ce que le complet lui allât trop bien. En fait, il avait dû résister à certaines suggestions de Mike.

Revenant à ses paquets, Jeffrey en sortit plusieurs chemises blanches et deux cravates assez moches. Il mit une des chemises et une cravate, puis enfila le costume. Ensuite, il fouilla dans les sacs à la recherche d'une paire de lunettes protectrices à monture sombre. Après les avoir mises, il retourna se regarder dans la glace de la salle de bains. Il compara de nouveau son image à la photo du permis. Malgré lui, il sourit. D'un point de vue général, il était affreux. Mais en ce qui concernait la ressemblance avec Frank Amendola, il n'était pas trop mal. Il fut surpris de constater à quel point les traits du visage comptaient peu dans l'impression d'ensemble que donnait le visage.

Un des autres paquets contenait un sac marin neuf avec une bandoulière et une demi-douzaine de compartiments. Jeffrey y transféra les liasses de billets. Il avait l'impression d'attirer les regards avec ce porte-documents et il craignait que cela ne permît à la police de le reconnaître. Il pensait même qu'il pouvait être mentionné dans la description qu'on avait donnée de lui.

Retournant au porte-documents, Jeffrey en sortit une seringue et l'ampoule de succinylcholine. Ayant redouté toute la matinée de voir apparaître soudain Devlin comme cela s'était produit à l'aéroport, Jeffrey avait eu une idée. Il aspira soigneusement quarante milligrammes de succinylcholine dans la seringue, puis replaça le capuchon. Il mit la seringue dans la poche de côté de sa veste. Il ne savait pas très bien comment il pourrait se servir de la succinylcholine, mais c'était simplement pour le cas où. C'était plus un réconfort psychologique qu'autre chose.

Avec ses lunettes aux verres neutres, et son sac marin sur l'épaule, Jeffrey jeta un dernier coup d'œil dans la chambre, se demandant s'il n'avait rien oublié. Il hésitait à partir parce qu'il savait qu'au moment où il franchirait le seuil de la chambre, l'angoisse d'être reconnu reviendrait. Mais il voulait entrer au Boston Memorial Hospital, et la seule façon d'y parvenir était d'y aller et de poser sa candidature pour faire partie du personnel d'entretien.

Lorsque l'ascenseur s'arrêta à l'étage du bureau de Michael Mosconi, Devlin se fraya brutalement un chemin entre les usagers, sans leur laisser le temps de s'écarter. Il prenait un plaisir pervers à provoquer les gens, surtout les hommes en vêtements de travail, et il espérait toujours un peu que l'un d'eux essaierait de jouer au vaillant héros.

Devlin était d'une humeur massacrante. Il était resté éveillé presque toute la nuit, inconfortablement adossé au siège avant de sa voiture, à surveiller la maison de Rhodes. Il s'attendait à ce que Jeffrey se glisse furtivement chez lui au milieu de la nuit. Ou du moins à ce que Carol s'en aille brusquement. Mais rien ne se produisit jusqu'à plus de huit heures du matin, quand Carol sortit du garage comme un bolide dans sa Mazda RX7 et descendit la rue en trombe.

Avec beaucoup de difficultés et sans grand optimisme, Devlin suivit Carol au milieu du trafic matinal. A la voir se faufiler dans la circulation comme elle le faisait, on aurait dit qu'elle conduisait une Indy 500. Elle l'amena jusqu'au centre ville, mais elle allait simplement à son bureau, au vingt et unième étage d'un immeuble de bureaux flambant neuf. Devlin décida de l'abandonner pour le moment. Il avait besoin de davantage de renseignements sur Jeffrey pour savoir quelle ligne de conduite adopter.

— Alors ? demanda Michael plein d'espoir quand Devlin franchit la porte.

Devlin ne répondit pas immédiatement, car il savait que cela rendrait Michael fou furieux. Le type était tellement tendu. Devlin se laissa tomber sur le canapé en skaï en face du bureau de Michael et posa ses bottes de cow-boy sur la petite table basse.

— Alors quoi ? dit-il, irrité.

— Où est le toubib ?

Il pensait que Devlin allait lui dire qu'il avait déjà conduit Rhodes en prison.

— Il m'a eu, dit Devlin.

— Qu'est-ce que ça veut dire ?

Il gardait encore l'espoir que Devlin soit en train de le taquiner.

— Je crois que c'est parfaitement clair, répondit Devlin.

— Il est possible que ça soit clair pour toi, mais ça n'est pas clair pour moi, dit Michael.

— Je ne sais pas où est passé ce petit salaud, reconnut finalement Devlin.

— Bon Dieu de bon Dieu ! dit Michael, en levant les bras au ciel. Tu m'avais dit que tu aurais ce type sans problème. Il faut que tu le trouves ! Ce n'est pas une plaisanterie.

— Il n'a pas mis les pieds chez lui, dit Devlin.

— Merde de merde de merde ! cria Michael avec une panique croissante. (Son fauteuil pivotant grinça quand il se pencha en avant et se leva.) Je vais être obligé de fermer boutique.

Devlin fronça les sourcils. Michael était plus tendu que d'habitude. Ce médecin qu'on ne trouvait pas le mettait vraiment en rogne.

— Ne t'en fais pas, dit-il à Michael. Je le trouverai. Qu'est-ce que tu sais d'autre sur lui ?

— Rien ! hurla Michael. Je t'ai dit tout ce que je savais.

— Tu ne m'as pas dit grand-chose, rétorqua Devlin. Qu'est-ce qu'il a comme famille, par exemple ? Comme amis ?

— Je te le dis, je ne sais rien sur ce type, reconnut Michael. Tout ce que j'ai fait, c'était un acte d'hypothèque et de créance sur sa maison. Et tu sais quoi d'autre ? Le salaud m'a roulé, là aussi. Ce matin, j'ai reçu un coup de fil d'Owen Shatterly qui me téléphonait de la banque pour m'annoncer qu'il venait d'apprendre que Jeffrey Rhodes avait augmenté son hypothèque avant que mon droit de gage soit enregistré. Maintenant, même le nantissement ne peut pas couvrir la caution.

Devlin rit.

— Mais, bon Dieu, qu'est-ce qu'il y a de si drôle ? demanda Michael.

Devlin hocha la tête.

— Ça me fait rigoler que ce petit pisseux de toubib nous cause tant d'ennuis.

— Je n'arrive pas à trouver quoi que ce soit de drôle là-dedans, dit Michael. Owen m'a aussi dit que le toubib avait pris les quarante-cinq mille dollars de supplément d'hypothèque en liquide.

— Bon Dieu, pas étonnant que le porte-documents du type fasse mal, commenta Devlin avec un sourire. Je n'ai jamais été frappé avec un tel pognon.

— Très drôle, dit Michael avec brusquerie. L'ennui, c'est que la situation va de mal en pis. Béni soit mon ami Albert Nordstadt du quartier général de la police. La police n'aurait rien foutu s'il ne s'en était pas mêlé.

— Ils pensent que Rhodes est encore en ville ? interrogea Devlin.

— Pour autant que je le sache, dit Michael. Ils n'ont pas fait grand-chose, mais ils se sont au moins occupés de l'aéroport, des stations d'autocars, des gares, des agences de location de voitures et des compagnies de taxis.

— Ça suffit amplement, dit Devlin. (Il ne tenait nullement à ce que la police attrapât Jeffrey.) S'il est en ville, je le trouverai d'ici demain. S'il a filé, ça prendra un peu plus de temps, mais je l'aurai. Du calme.

— Je veux qu'on le trouve aujourd'hui ! dit Michael, se mettant dans tous ses états et redevenant fou furieux. (Il arpenta la pièce derrière son bureau.) Si tu es incapable de retrouver ce salaud, j'engagerai un autre type qui y arrivera, lui.

— Allons, attends, dit Devlin en enlevant ses jambes de la table basse et en se redressant. (Il ne voulait pas que quelqu'un d'autre vînt mettre son grain de sel dans cette affaire.) Je fais de mon mieux. Je le trouverai, ce gars, ne t'en fais pas.

— Je le veux maintenant, pas l'année prochaine, affirma Michael.

— Du calme. Ça ne fait que douze heures, dit Devlin.

— Qu'est-ce que tu fous à traîner ici ? demanda Michael d'un ton brusque. Avec quarante-cinq billets de mille dans sa poche, il ne va pas attendre éternellement. Je veux que tu retournes à l'aéroport et que tu voies si tu peux trouver sa trace à partir de là. Il a dû rentrer en ville d'une façon ou d'une autre. Il a sûrement pas fait le chemin à pied. Remue-toi le cul et va parler aux types du MBTA. Peut-être que quelqu'un se souviendra d'un maigrichon avec une moustache et un porte-documents.

— Je pense qu'il est préférable de surveiller sa femme, dit Devlin.

— Ils ne m'ont pas donné l'impression de se chérir tendrement. Je veux que tu tentes ta chance à l'aéroport. Si tu ne le fais pas, j'enverrai quelqu'un d'autre.

— D'accord, d'accord ! dit Devlin en se levant. Si tu veux que j'essaie l'aéroport, j'essaierai l'aéroport.

— Bon, acquiesça Michael. Et tiens-moi au courant.

Devlin sortit du bureau de Michael. Il n'était pas de meilleure humeur. D'ordinaire, il ne laissait pas des gens comme Michael lui dire comment faire son boulot, mais en l'occurrence, il pensait qu'il avait intérêt à ménager celui-là. Ce qu'il redoutait le plus, c'était la concurrence. Surtout sur cette affaire. Le seul ennui, c'est que maintenant qu'il devait aller à l'aéroport, il lui fallait engager quelqu'un pour suivre la femme et surveiller la maison. Tandis qu'il attendait l'ascenseur, il se demandait à qui il pourrait faire appel.

Jeffrey s'arrêta sur les larges marches de l'entrée du Boston Memorial pour rassembler son courage. Malgré ses efforts pour ne pas le montrer, il était inquiet maintenant qu'il était arrivé au seuil de l'hôpital. Il craignait d'être reconnu par les gens qui le connaissaient.

Il pouvait même imaginer ce qu'ils diraient : « Jeffrey Rhodes, c'est vous ? Qu'est-ce que vous faites, vous allez à un bal costumé ? Nous avons appris que la police était à vos trousses, c'est vrai ? Désolé que vous ayez été condamné pour meurtre... Ce sera sûrement de plus en plus difficile pour vous de pratiquer la médecine dans le Massachusetts. »

Reculant d'un pas et changeant son sac marin d'épaule, Jeffrey renversa la tête pour regarder la frise gothique qui surmontait les linteaux de la porte principale. Il y avait une plaque sur laquelle on lisait : BOSTON MEMORIAL HOSPITAL, ÉRIGÉ POUR ÊTRE LE REFUGE DES MALADES, DES INFIRMES ET DE CEUX QUI SOUFFRENT. Il n'était ni malade ni infirme, mais il souffrait certainement. Plus il hésiterait, plus il lui serait difficile d'entrer. Il était en proie à l'indécision lorsqu'il aperçut Mark Wilson.

Mark était un confrère anesthésiste que Jeffrey connaissait bien. Ils avaient été formés tous les deux au Memorial. Jeffrey avait une année d'avance. Mark était un grand Noir dont la moustache avait toujours donné l'impression, par comparaison, que celle de Jeffrey était clairsemée. Cela avait longtemps été un sujet de plaisanterie entre eux. Mark semblait apprécier cette fraîche journée de printemps. Il approchait, venant de Beacon Street, et se dirigeait vers l'entrée principale — droit sur Jeffrey.

C'était le coup de fouet dont Jeffrey avait besoin. Paniqué, il franchit la porte tambour et entra dans le grand hall. Il disparut immédiatement au milieu d'une marée humaine. Le hall servait non seulement d'entrée, mais il était aussi au confluent des trois grands couloirs qui menaient aux trois tours de l'hôpital.

Craignant que Mark ne fût sur ses talons, Jeffrey fit rapidement le tour du stand de renseignements circulaire qui se trouvait au milieu du hall voûté et s'engagea dans le couloir central. Il pensait que Mark se dirigerait vers la gauche, du côté de la rangée d'ascenseurs qui conduisaient au complexe des salles d'opération.

Tendu par la peur d'être découvert, Jeffrey enfila lentement le couloir en essayant de prendre une allure dégagée. Quand il se retourna enfin pour regarder derrière lui, Mark n'était nulle part en vue.

Bien qu'il eût travaillé à l'hôpital pendant près de vingt ans, Jeffrey ne connaissait personne parmi le personnel administratif. Ce qui ne l'empêcha pas d'être sur ses gardes quand il entra dans le bureau d'embauche et prit la demande que lui tendait aimablement un employé. Qu'il ne connût pas les responsables du personnel ne signifiait pas qu'ils ne le connussent pas.

Il remplit la demande, utilisant le nom et le numéro de sécurité sociale de Frank Amendola, ainsi que son adresse à Framingham. Dans la section où on lui demandait ses préférences en matière de travail, Jeffrey indiqua le personnel d'entretien. Dans celle où l'on demandait quelle équipe il préférait, il écrivit « nuit ». Comme références, Jeffrey donna la liste de plusieurs hôpitaux où il avait assisté à des réunions d'anesthésistes. Il espérait qu'il faudrait du temps au personnel pour vérifier les références, si toutefois on se livrait à des contrôles. Entre la forte demande de personnel hospitalier et les bas salaires qu'on offrait, Jeffrey pensait qu'il y avait des débouchés pour les candidats. Il ne croyait pas que son embauche comme employé à l'entretien se ferait sur une vérification des références.

Après qu'il eut remis sa demande, on lui offrit de choisir entre un entretien immédiat ou reporté à une date ultérieure. Il dit qu'il serait content d'avoir un entretien avec le responsable du personnel le plus tôt possible, à sa convenance.

Après une brève attente, on l'introduisit dans le bureau sans fenêtre de Carl Bodanski. Celui-ci était un des gestionnaires du personnel du Memorial. L'un des murs de la petite pièce était recouvert d'un immense tableau portant des centaines de noms sur des étiquettes suspendues à de petits crochets. Un calendrier occupait un autre mur. Des doubles portes prenaient toute la place sur le troisième. Tout était parfaitement ordonné et fonctionnel.

Carl Bodanski approchait de la quarantaine. Il avait des cheveux bruns, un beau visage, et, sans être un dandy, il était très soigné dans son costume de couleur neutre. Jeffrey se rendit compte qu'il l'avait vu de nombreuses fois à la cafétéria de l'hôpital, mais ils ne s'étaient jamais parlé. Quand Jeffrey entra, Bodanski était penché sur son bureau.

— Je vous en prie, asseyez-vous, dit chaleureusement Bodanski, sans pourtant lever les yeux.

Jeffrey vit qu'il examinait sa demande. Lorsque finalement Bodanski lui prêta attention, Jeffrey retint son souffle. Il craignait d'avoir soudain la preuve que l'autre le reconnaissait. Mais il n'en fut rien. Au lieu de cela, Bodanski lui demanda s'il aimerait boire quelque chose, un café, ou peut-être un Coca.

Jeffrey refusa nerveusement. Il étudiait le visage de Bodanski qui lui répondit par un sourire.

— Alors vous avez travaillé dans des hôpitaux ?

— Oh, oui. Un peu, répondit Jeffrey avec un pâle sourire.

Il commençait à se détendre.

— Et vous voulez travailler dans l'équipe de nuit au service d'entretien ?

Bodanski voulait s'assurer qu'il n'y avait pas eu d'erreur. Pour sa part, c'était trop beau pour être vrai : une demande pour l'équipe de nuit du service d'entretien émanant d'un homme qui n'avait l'air ni d'un criminel ni d'un étranger en situation irrégulière, et qui parlait anglais.

— C'est ce que je préférerais, dit Jeffrey tout en comprenant que c'était un peu inattendu. (Sur l'impulsion du moment, il fournit une explication.) J'ai l'intention de prendre des cours à l'université de Suffolk dans la journée et peut-être le soir. Il faut que je subvienne à mes besoins.

— Quel genre de cours ? demanda Bodanski.

— De droit, répondit Jeffrey.

C'était la première chose qui lui était venue à l'esprit.

— Très ambitieux. Alors vous irez à la faculté de droit pendant un certain nombre d'années ?

— Je l'espère, dit Jeffrey avec enthousiasme.

Il pouvait voir s'éclairer les yeux de Bodanski. En dehors des difficultés de recrutement, l'entretien posait un autre problème : les fréquents changements de personnel, surtout dans l'équipe de nuit. Si Bodanski pensait que Jeffrey resterait plusieurs années à travailler de nuit, il devait se dire que c'était son jour de chance.

— Quand voudriez-vous commencer ? demanda Bodanski.

— Le plus tôt possible, dit Jeffrey. Dès ce soir.

— Ce soir ? répéta Bodanski avec incrédulité.

C'était vraiment trop beau pour être vrai.

Jeffrey haussa les épaules.

— Je viens d'arriver en ville et j'ai besoin de travailler. Il faut que je mange.

— De Framingham ? demanda Bodanski, en consultant la demande.

— C'est exact, dit Jeffrey.

Il ne voulait pas se lancer dans une discussion sur un endroit où il n'était jamais allé, aussi ajouta-t-il :

— Si le Boston Memorial ne peut pas m'engager, je peux m'adresser à Saint-Joseph ou au Boston City.

— Oh non ! Ce n'est pas nécessaire, dit vivement Bodanski. C'est simplement que les choses prennent un peu de temps. Je suis sûr que vous comprenez. Il faut que vous ayez un uniforme et une carte d'identité. Il faut aussi remplir certaines paperasses avant que vous commenciez à travailler.

— Eh bien, puisque je suis là, dit Jeffrey, pourquoi ne pas en finir avec tout cela immédiatement ?

Bodanski fit une pause, puis dit :

— J'en ai pour un instant.

Il se leva de son bureau et quitta la pièce.

Jeffrey resta assis. Il espérait ne pas s'être montré trop pressé de commencer. Il parcourut du regard le bureau de Bodanski pour passer le temps. Il y avait une photo dans un cadre argenté sur le bureau : une femme se tenait derrière deux enfants aux joues roses. C'était la seule note personnelle dans toute la pièce, mais elle était jolie, pensa Jeffrey.

Bodanski revint avec un petit homme qui avait des cheveux noirs brillants et un sourire amical. Il était vêtu de l'uniforme vert foncé du personnel d'entretien. Bodanski le présenta comme étant José Martinez. Jeffrey se leva et lui serra la main.

Il avait vu Martinez plusieurs fois. Il regarda l'homme en face comme il l'avait fait avec Bodanski, mais il ne put détecter aucun signe de reconnaissance.

— José dirige notre service d'entretien, dit Bodanski, une main posée sur l'épaule de Martinez. J'ai expliqué à José que vous vouliez vous mettre au travail tout de suite. Il veut bien accélérer les choses, alors je vous remets entre ses mains.

— Est-ce que ça veut dire que je suis engagé ? demanda Jeffrey.

— Exactement, dit Bodanski. Heureux que vous fassiez partie de l'équipe du Memorial. Quand José en aura fini avec vous, revenez ici. Vous aurez besoin d'un Polaroïd pour votre carte d'identité. Il faudra aussi que vous preniez soit une assurance médicale privée, soit celle de l'hôpital. Vous avez une préférence ?

— Ça m'est égal, dit Jeffrey.

Martinez emmena Jeffrey au quartier général du service d'entretien, situé au premier sous-sol. Il avait un accent espagnol agréable et un sens de l'humour communicatif. En fait, la plupart des choses le faisaient rire, en particulier le premier pantalon qu'il tendit à Jeffrey, et dont les jambes lui arrivaient aux genoux.

— Je crois qu'il va falloir vous amputer, dit-il en pouffant.

Après plusieurs tentatives, ils trouvèrent un uniforme qui allait. Puis on attribua un placard à Jeffrey. Pour le moment, Martinez lui dit de changer uniquement de chemise.

— Vous pouvez garder votre pantalon de ville, ajouta-t-il.

Martinez expliqua à Jeffrey qu'il allait lui faire faire le tour de l'hôpital. La chemise du service d'entretien ferait office de carte d'identité pour l'instant.

— Je ne veux pas abuser de votre temps, dit vivement Jeffrey.

La dernière chose qu'il souhaitait, c'était bien de se balader dans tout l'hôpital en pleine journée, au moment où il risquait le plus d'être reconnu.

— J'ai le temps, dit Martinez. Pas de problème. De plus, nous apprenons toujours aux nouveaux à s'orienter.

Craignant de trop en faire, Jeffrey enfila à contrecœur la chemise vert foncé du service d'entretien et rangea ses vêtements de ville dans le placard. Gardant le sac marin sur son épaule, il se prépara à suivre Martinez. Son désir le plus cher aurait été de se mettre un sac sur la tête.

Martinez continua à bavarder sans arrêt en lui faisant visiter les lieux. Il le présenta d'abord à ceux de l'équipe d'entretien qui étaient présents. Puis ils entrèrent dans la lingerie où tout le monde était bien trop occupé pour leur prêter beaucoup d'attention. Il y eut ensuite la cafétéria où tous se montrèrent résolument inamicaux. Heureusement, il n'y avait personne que Jeffrey connût vraiment.

Montant à pied jusqu'au rez-de-chaussée, Martinez fit passer Jeffrey par les consultations externes et la salle des urgences. Dans cette dernière, Jeffrey eut envie de faire demi-tour et de plonger dans le couloir à la vue de plusieurs internes en chirurgie qu'il avait été amené à connaître à l'occasion de leur stage en anesthésie. Heureusement pour lui, ils ne regardaient pas dans sa direction. Ils étaient préoccupés par des cas de traumatismes survenus à la suite d'un accident de voiture.

Après la salle des urgences, Martinez emmena Jeffrey vers les grands ascenseurs de la tour nord.

— Maintenant, je vais vous montrer les labos et puis le secteur des salles d'opération, dit Martinez.

La gorge de Jeffrey se contracta.

— Ne devrions-nous pas retourner chez M. Bodanski ? demanda-t-il.

— Nous avons tout notre temps, répondit Martinez. (Il fit signe à Jeffrey de monter dans l'ascenseur, dont les portes venaient juste de s'ouvrir.) De plus, il est important que vous voyiez la pathologie, la chimie et les salles d'opération. C'est là que vous serez ce soir. C'est toujours l'équipe de nuit qui les nettoie. C'est le seul moment où nous pouvons y entrer.

Jeffrey se dirigea vers le fond de l'ascenseur. Martinez le suivit.

— Vous travaillerez avec quatre autres gars, expliqua Martinez. Le contremaître de l'équipe s'appelle David Arnold. C'est un brave type.

Jeffrey hocha la tête. Tandis qu'ils approchaient de l'étage des salles d'op et des labos, Jeffrey commença à éprouver une sensation de brûlure à l'estomac. Il sursauta quand Martinez le prit par le bras et le poussa en avant en disant :

— C'est notre étage.

Jeffrey prit une profonde inspiration alors qu'il se préparait à descendre de l'ascenseur pour pénétrer dans la partie de l'hôpital où il avait pratiquement vécu pendant près de vingt ans.

Jeffrey en eut la mâchoire décrochée. Pendant une seconde, il fut incapable de bouger. Juste devant lui, se trouvait Mark Wilson qui attendait pour monter dans l'ascenseur. Ses yeux noirs se fixèrent sur Jeffrey, se plissèrent et il se mit à parler. Jeffrey s'attendait à entendre : « Mais Jeffrey, c'est vous ? »

— Vous descendez ou quoi ? demanda Mark à Jeffrey.

— Nous descendons, dit Martinez, en poussant légèrement Jeffrey.

Il fallut quelques secondes à celui-ci pour comprendre que Mark ne l'avait pas reconnu. Il se retourna juste au moment où les portes de l'ascenseur se refermaient et il croisa une seconde fois le regard de Mark. Il n'y lut pas le moindre signe de reconnaissance.

Jeffrey repoussa ses lunettes sur le haut de son nez. Elles avaient glissé quand il avait trébuché en sortant de l'ascenseur.

— Ça va ? demanda Martinez.

— Très bien, dit Jeffrey.

Il allait effectivement bien mieux. Le fait que Mark ne l'eût pas reconnu était un signe réconfortant.

Le tour des labos de chimie et de pathologie fut moins stressant que la montée dans l'ascenseur. Jeffrey vit beaucoup de gens qu'il connaissait, mais aucun ne le reconnut davantage que Mark ne l'avait fait.

Il fut de nouveau en proie à une véritable angoisse quand Martinez l'emmena dans la salle de repos des chirurgiens. En cette heure de début de matinée, il y avait au moins vingt personnes que Jeffrey connaissait bien, assises en train de boire du café, de bavarder joyeusement ou de lire les journaux. Il suffirait que l'un d'eux comprenne qui il était, et tout serait fini. Tandis que Martinez énumérait tout ce qu'il aurait à faire cette nuit, Jeffrey étudiait ses chaussures. Il lui fallait éviter le plus possible de croiser le regard des autres, mais au bout d'un quart d'heure d'attente anxieuse, Jeffrey s'aperçut que personne ne lui prêtait attention. Martinez et lui ne suscitaient pas plus d'intérêt que s'ils avaient été invisibles.

Dans le vestiaire des hommes, Jeffrey passa un autre test aussi rigoureux que lorsqu'il avait frôlé Mark Wilson. Il se trouva face à face avec un autre anesthésiste qu'il connaissait extrêmement bien. Ils esquissèrent une sorte de valse-hésitation près des lavabos, au moment de se croiser. En voyant que ce médecin ne le reconnaissait pas, même de si près et après un examen aussi minutieux, Jeffrey fut stupéfait et content. Il avait réussi à se dissimuler mieux qu'il ne l'espérait.

— Avez-vous déjà porté des vêtements stériles ? demanda Martinez alors qu'ils s'arrêtaient devant les placards contenant ce genre de tenues.

— Oui, dit Jeffrey.

— Bon, dit Martinez. Je ne crois pas que nous allons entrer là-dedans maintenant. David Arnold vous fera faire le tour des salles d'op ce soir. Il y a bien trop d'activité à cette heure-ci.

— Je comprends, dit Jeffrey.

Jeffrey, soulagé que la visite fût finie, remit ses vêtements de ville. Puis Martinez le ramena au bureau de Carl Bodanski. Après qu'ils se furent serré la main, Martinez lui souhaita bonne chance avant de retourner à ses occupations. Bodanski fit signer à Jeffrey un formulaire pour les retenues à la source et les assurances sociales. Encore nerveux, Jeffrey commença à signer de son véritable nom, puis il se ressaisit et gribouilla le nom de Frank Amendola dans les espaces indiqués.

Ce ne fut qu'après avoir franchi la porte tambour de l'entrée principale de l'hôpital et avoir atteint la rue que Jeffrey sentit son anxiété se dissiper. Il se sentit même rasséréné. Jusque-là, tout se passait comme prévu.

Devlin grimpa l'escalier de l'aérogare du MBTA à contresens. Les fers qui protégeaient les talons de ses bottes de cow-boy résonnaient bruyamment sur le ciment encrassé. Il avait envie d'étrangler quelqu'un et il n'était vraiment pas difficile. N'importe qui aurait fait l'affaire.

Son humeur s'était encore détériorée depuis qu'il avait quitté le bureau de Michael Mosconi. Comme il s'y attendait, il avait complètement perdu son temps à l'aéroport. Il avait parlé aux gardiens du parking pour savoir si l'un d'eux avait remarqué un type qui était arrivé vers les vingt et une heures dans une Mercedes 240D de couleur crème. Bien entendu, personne ne l'avait vu.

Puis Devlin était allé au bureau du MBTA et avait obtenu le nom et le numéro de téléphone de la personne qui tenait la permanence à la cabine à jetons la veille au soir. On aurait dit que le simple fait de donner ce numéro leur faisait le même effet que si on leur arrachait une dent. Lorsqu'il put enfin joindre cet homme, cela se révéla aussi infructueux qu'il l'avait imaginé. Sa mère serait venue acheter un jeton que le type ne s'en serait même pas souvenu.

Arrivé à l'arrêt d'autobus, Devlin attendit le passage d'une navette qui desservait l'aéroport. Quand un autobus arriva enfin, il y monta par la porte avant. Tout d'abord, il s'efforça de se montrer aimable.

— Excusez-moi, dit-il. (Le chauffeur était un Noir mince portant des lunettes rondes à monture métallique.) J'aurais un renseignement à vous demander.

Le chauffeur cligna des yeux, puis fixa le bras tatoué de Devlin avant de remonter jusqu'à son visage.

— Je ne peux pas fermer la porte tant que vous n'êtes pas assis, dit-il. Et je ne peux pas conduire tant que la porte n'est pas fermée.

Devlin roula des yeux. Il regarda à l'intérieur de l'autobus. Quelques passagers montés par la porte arrière étaient occupés à ranger leurs valises dans le porte-bagages.

— Ça ne prendra qu'une seconde, dit Devlin en se maîtrisant. Vous comprenez, je cherche un homme qui a peut-être pris un de ces autobus hier soir vers neuf heures et demie. C'est un Blanc maigre avec une moustache qui a un porte-documents. Pas d'autres bagages. Ce que je voudrais savoir, c'est...

— J'aimerais que vous vous asseyiez, dit le chauffeur en lui coupant la parole.

— Ecoutez, vieux, dit Devlin, le ton de sa voix descendant d'une octave. J'essaie d'être aimable.

— Vous perdez votre temps, dit le chauffeur. Je termine mon service à trois heures et demie.

— Je comprends, dit Devlin en faisant de son mieux pour rester calme. Mais pourriez-vous me donner le nom des chauffeurs qui étaient de service hier soir ?

— Pourquoi ne vous adressez-vous pas au bureau de la compagnie ? dit le chauffeur. Maintenant, si vous preniez un siège...

Devlin ferma les yeux. Ce petit morveux y allait un peu fort.

— Ou vous vous asseyez ou vous descendez de l'autobus, dit le chauffeur.

Ce fut la goutte d'eau qui fit déborder le vase. Devlin bondit, saisissant le chauffeur par le devant de sa chemise et l'extrayant de son siège. Il tira l'homme jusqu'à ce que son visage fût à quelques centimètres du sien.

— Hé ! holà ! cria un des passagers.

Empêchant toujours le chauffeur terrifié de se rasseoir, Devlin se tourna vers l'arrière de l'autobus. Un homme vêtu d'un complet-veston s'approchait de lui. Son visage était rouge d'indignation.

— Qu'est-ce qui se passe ici ? demanda-t-il.

Devlin tendit la main gauche et saisit la tête du passager comme s'il attrapait un ballon de basket. Il tira l'homme pour le faire avancer d'un pas, puis le poussa violemment en arrière. L'homme trébucha et retomba sur le dos dans l'allée centrale. Les autres passagers en restèrent bouche bée. Personne ne fit mine de venir en aide au chauffeur.

Pendant ce temps, ce dernier tentait de parler. Devlin le laissa retomber sur son siège. L'homme toussa. Puis, d'une voix rauque, il donna deux noms à Devlin.

— Je ne connais pas leurs numéros, mais ils habitent tous les deux Chelsea.

Devlin écrivit les noms dans un petit carnet qu'il portait dans la poche gauche de sa chemise en denim. Puis son bip se déclencha. Il le détacha brusquement de sa ceinture, appuya sur le bouton et regarda l'écran luminescent. Le numéro de Michael Mosconi y apparut.

— Merci, mec, dit Devlin au chauffeur.

Il fit demi-tour et descendit de l'autobus. Celui-ci démarra dans un nuage de fumée de diesel, sa porte encore ouverte.

Devlin le regarda partir, en se demandant si une voiture de police n'allait pas lui tomber dessus dans les minutes à venir. Si c'était le cas, il y avait des chances pour qu'il connût les flics. Il avait quitté la police depuis plus de cinq ans, mais il y avait encore un tas d'amis. A l'exception des jeunots, il connaissait presque tout le monde.

Pénétrant de nouveau dans la gare, Devlin appela Michael d'une cabine téléphonique. Il se dit que Mosconi voulait peut-être vérifier qu'il était bien allé à l'aéroport.

— J'ai de bonnes nouvelles, l'ami, dit Michael quand la communication fut établie. Je ne devrais même pas t'en parler. Ça te faciliterait trop la tâche. Je sais où Jeffrey Rhodes se planque.

— Où ça ? demanda Devlin.

— Pas si vite, dit Michael. Si je te le dis et que tu débarques là-bas sans crier gare pour le cueillir, ça ne vaut pas les quarante mille. Je peux faire appel à quelqu'un d'autre. Tu piges ?

— Comment tu as eu ce renseignement ?

— Par Norstadt, du quartier général de la police, dit triomphalement Michael. Quand ils se sont renseignés auprès des compagnies de taxis, un des chauffeurs s'est présenté pour dire qu'il avait pris un gars dont la description correspondait à celle de Jeffrey Rhodes. Le type a dit que Rhodes se conduisait de façon bizarre. Au début, il ne savait même pas où il allait. Il a dit qu'ils ont roulé un bon moment comme ça, sans but.

— Comment se fait-il que la police ne l'ait pas pincé ? demanda Devlin.

— Ils le feront. Tôt ou tard, dit Michael. Mais ils ont d'autres soucis en tête, pour l'instant. Il y a un groupe de rock qui arrive en ville. De plus, ils ne considèrent pas que Rhodes présente une menace pour qui que ce soit.

— Alors qu'est-ce que tu proposes ?

— Dix mille, dit Michael. A prendre ou à laisser.

Devlin n'avait qu'un instant pour réfléchir.

— Je prends, dit-il.

— L'hôtel Essex, dit Michael. Et, Dev... traite-le sans ménagement. Ce type m'a sérieusement tapé sur les nerfs.

— Ce sera avec plaisir, dit Devlin.

Et il parlait sérieusement. Non seulement Jeffrey l'avait frappé avec son porte-documents, mais il s'était arrangé pour lui faire perdre trente mille dollars.

De retour à l'arrêt d'autobus, Devlin héla un taxi. Il se fit conduire jusqu'à sa voiture au parking central pour cinq dollars.

Devlin se dirigea tout droit vers l'hôtel Essex. Il se gara près d'une bouche à incendie de l'autre côté de la rue. Il connaissait l'Essex. Quand il était dans la police, il avait participé à deux arrestations dans l'hôtel pour des affaires de drogue.

Devlin gravit les marches. Avant d'ouvrir brutalement la porte, il plongea la main sous sa veste en denim du côté gauche pour détacher la courroie qui retenait son 38 à canon scié. Bien qu'il fût certain que Jeffrey ne serait pas armé, on n'était jamais trop prudent. Le toubib l'avait déjà eu par surprise. Mais cela ne se reproduirait pas.

Un rapide coup d'œil jeté à l'intérieur apprit à Devlin que l'Essex n'avait en rien changé depuis sa dernière visite. Il se souvenait même de l'odeur. C'était toujours la même odeur de moisi, comme si on faisait pousser des champignons dans le sous-sol. Devlin se dirigea vers la réception. Lorsque l'employé leva les yeux de son téléviseur, Devlin se souvint de lui aussi. Les types de la police l'appelaient le Baveur parce que sa lèvre inférieure pendait comme celle d'un bouledogue.

— Que puis-je pour vous ? demanda le réceptionniste, en regardant Devlin avec un dégoût non dissimulé.

Il restait à plusieurs pas derrière le bureau comme s'il craignait que Devlin tende la main et l'empoigne.

— Je cherche un de tes clients, dit Devlin. Il s'appelle Jeffrey Rhodes, mais il est bien possible qu'il ne se soit pas inscrit sous ce nom.

— Nous ne donnons pas de renseignements sur nos clients, dit le réceptionniste d'un air pincé.

Devlin se pencha vers lui, pour l'intimider. Il resta immobile assez longtemps pour que le réceptionniste se sentît mal à l'aise.

— Alors tu ne donnes pas de renseignements sur tes clients ? répéta-t-il en hochant la tête comme s'il comprenait.

— C'est exact, dit le réceptionniste d'une voix hésitante.

— Et merde, où est-ce que tu te crois, au Ritz, au Carlton ? demanda Devlin sur un ton sarcastique. Tout ce que tu as ici, c'est un tas de maquereaux, de putes et de camés.

Le réceptionniste recula d'un pas, regardant Devlin avec inquiétude.

A la vitesse de l'éclair, Devlin abattit sa main sur le dessus du bureau avec un bruit retentissant. Le réceptionniste tressaillit. Il était visiblement effrayé.

— Les gens m'en ont fait baver toute la journée, rugit Devlin. (Puis il baissa la voix.) Je pose une question simple, c'est tout.

— Nous n'avons pas de Jeffrey Rhodes inscrit ici, balbutia l'employé.

Devlin hocha la tête.

— Pas étonnant, dit-il. Mais laisse-moi te le décrire. Il est à peu près de ta taille, la quarantaine, avec une moustache, des cheveux bruns plutôt clairsemés. Bel homme. Et il a un porte-documents.

— Ça pourrait être Richard Bard, dit obligeamment le réceptionniste.

— Et quand ce M. Bard a-t-il rempli sa fiche dans ce palace ?

— Hier soir vers dix heures, dit l'autre. (Dans l'espoir d'échapper à la colère de Devlin, il tourna une page du registre et désigna un nom d'une main tremblante.) Regardez, c'est là qu'il a signé.

— Est-ce que ce M. Bard est ici en ce moment ?

Le réceptionniste fit non de la tête.

— Il est sorti vers midi, dit-il. Mais il avait l'air très différent. Il avait les cheveux noirs et il s'était rasé la moustache.

— Bon, bon, dit Devlin. Ça a l'air de coller. Quelle chambre occupe M. Bard ?

— La 5 F.

— Je ne pense pas que ça serait trop te demander que de m'y amener, hein ?

Le réceptionniste hocha la tête. Il ferma à clef le tiroir-caisse, prit un double de la clef et sortit de derrière son bureau. Devlin le suivit jusqu'à l'escalier.

Devlin désigna l'ascenseur du doigt.

— Les choses ne changent pas vite par ici. Quand je suis venu il y a cinq ans pour arrêter des camés, il y avait le même panneau sur l'ascenseur.

— Vous êtes un flic ? demanda le réceptionniste.

— Quelque chose dans ce genre-là, dit Devlin.

Ils montèrent en silence. Au moment où ils atteignaient le quatrième étage, Devlin crut que l'homme allait avoir une crise cardiaque. Il respirait péniblement et transpirait abondamment. Devlin lui laissa reprendre son souffle avant de suivre le couloir jusqu'au 5 F.

Pour ne pas prendre de risques, Devlin frappa à la porte. Ne recevant pas de réponse, il s'écarta et laissa le réceptionniste l'ouvrir. Devlin fit un rapide tour d'horizon. La pièce était vide.

— Je pense que je vais attendre M. Bard ici, dit Devlin en se dirigeant vers la fenêtre et en regardant dehors. (Il se retourna vers le réceptionniste.) Mais je ne veux pas qu'on lui dise quoi que ce soit quand il rentrera. Considère que je suis une petite surprise. Compris ?

Le réceptionniste approuva vigoureusement de la tête.

— M. Rhodes, alias M. Bard, fuit la justice, expliqua Devlin. Il y a un mandat d'arrêt contre lui. C'est un homme dangereux, condamné pour meurtre. Si tu dis quoi que ce soit qui éveille ses soupçons, on ne sait pas comment il peut réagir. Tu comprends ce que je dis ?

— Parfaitement, dit le réceptionniste. M. Bard s'est conduit bizarrement dès qu'il est arrivé. J'ai pensé à téléphoner à la police.

— Bien sûr, dit Devlin d'un ton sarcastique.

— Je ne dirai pas un mot à qui que ce soit, dit le réceptionniste en reculant vers la porte.

— Je compte sur toi, dit Devlin.

Il ferma la porte à clef derrière le réceptionniste.

Dès qu'il fut seul, Devlin se jeta sur le porte-documents et le lança sur le lit. Les mains tremblantes, il fit sauter les serrures et souleva le couvercle. Il fouilla dans les papiers mais n'en retira rien. Puis il s'attaqua à la poche en accordéon et explora rapidement chacun des soufflets.

— Merde ! cria-t-il.

Il avait espéré que Jeffrey serait assez bête pour laisser l'argent dans le porte-documents. Mais il ne contenait en tout et pour tout qu'un tas de papiers et de sous-vêtements. Devlin prit une des feuilles sur laquelle était inscrit : *Provenant de bureau de*

Christopher Everson. C'était truffé de jargon scientifique. Devlin se demanda qui pouvait bien être ce Christopher Everson.

Laissant tomber les papiers, Devlin se livra à une fouille minutieuse de la pièce au cas où Jeffrey y aurait dissimulé l'argent. Mais il n'était pas là. Devlin pensa que Jeffrey devait l'avoir sur lui. C'était la raison principale pour laquelle il avait accepté si rapidement la proposition de Michael. Devlin avait prévu d'empocher les quarante-cinq mille dollars que Jeffrey était censé avoir, en plus des dix mille que lui donnerait Michael.

Devlin s'allongea sur le lit et sortit son pistolet de son étui. Ce brave docteur était une source inépuisable de surprise. Devlin estima qu'il était préférable qu'il fût prêt à toute éventualité.

Jeffrey se sentait considérablement plus à l'aise avec sa nouvelle apparence et sa nouvelle identité depuis que son petit tour au Boston Memorial s'était passé sans anicroche. Si les gens qu'il connaissait intimement ne le reconnaissaient pas, il n'avait rien à craindre du public, du moins ne devinerait-on jamais sa véritable identité. Soutenu par sa confiance toute neuve, il arrêta un taxi et se fit conduire au Saint-Joseph Hospital.

Il avait encore conscience d'avoir beaucoup d'argent sur lui, mais il était moins inquiet maintenant qu'il l'avait mis dans le sac marin que lorsqu'il le transportait dans son porte-documents.

Le Saint-Joseph Hospital était bien plus ancien que le Memorial. C'était un bâtiment en brique de la fin du XIXe siècle qui avait été rénové plusieurs fois. Situé dans un parc boisé voisin de l'Arnold Arboretum dans la Jamaica Plain, son site était bien plus agréable que celui du Memorial.

L'hôpital avait été à l'origine une fondation charitable catholique, mais au fil des ans, il avait été transformé en hôpital public grouillant d'activité. Comme Saint-Joseph était situé dans la banlieue de Boston, il ne donnait pas ce sentiment de misère crasse que donnait un hôpital intra-muros qui portait le poids des problèmes sociaux de la région.

Jeffrey s'arrêta pour demander où se trouvait l'unité de soins intensifs à une bénévole à cheveux blancs et en blouse rose qui était de service au bureau de renseignements. La vieille dame lui indiqua avec un sourire le premier étage.

Jeffrey trouva sans difficulté l'unité de soins intensifs et entra.

L'anesthésiste qu'était Jeffrey se sentit immédiatement chez lui dans cette unité de pointe où régnait une impression de désordre. Tous les lits étaient occupés. Des appareils sifflaient et faisaient entendre des bip-bip. Des grappes de bouteilles pour perfusion pendaient du haut des potences comme des fruits en verre. Il y avait des tubes et des fils partout.

Au milieu de cette ruche bourdonnante d'électronique, vaquaient les infirmières. Comme d'habitude, elles étaient si conscientes de leurs responsabilités qu'elles faisaient comme si Jeffrey n'était pas là.

Jeffrey repéra Kelly près du poste des infirmières. Elle venait juste de décrocher un téléphone lorsque Jeffrey s'approcha du bureau. Leurs regards se croisèrent un instant et Kelly fit signe à Jeffrey d'attendre un peu. Il remarqua qu'elle notait des résultats de tests de labo.

Quand Kelly eut raccroché, elle appela une des infirmières et lui cria l'information. De l'autre côté de la pièce, l'autre fit signe qu'elle avait compris et régla le débit de la perfusion en conséquence.

— Que puis-je pour vous ? demanda Kelly en reportant son attention sur Jeffrey.

Elle était vêtue d'une blouse et d'un pantalon blancs. Ses cheveux étaient tirés en arrière et retenus par un filet.

— C'est déjà fait, dit Jeffrey en souriant.

— Pardon ? demanda Kelly, visiblement perplexe.

Jeffrey rit.

— C'est moi ! Jeffrey !

— Jeffrey ?

Elle lui jeta un coup d'œil.

— Jeffrey Rhodes, dit-il. J'ai du mal à croire que personne ne me reconnaisse. Ce n'est quand même pas comme si j'avais eu recours à la chirurgie esthétique.

Kelly leva une main pour dissimuler son sourire.

— Qu'est-ce que vous faites ici ? Qu'est-il arrivé à votre moustache ? Et à vos cheveux ?

— C'est une assez longue histoire. Est-ce que vous avez une minute ?

— Bien sûr. (Kelly dit à une autre infirmière qu'elle faisait une pause.) Allons-y, dit-elle à Jeffrey en lui désignant une porte derrière le poste des infirmières.

Elle l'emmena dans une arrière-salle qui servait aux infirmières aussi bien de réserve que de salon de fortune.

— Que diriez-vous d'un café ? demanda Kelly. (Jeffrey répondit qu'il en prendrait volontiers une tasse. Kelly en versa une pour lui et une pour elle.) Alors, à quoi rime ce déguisement ?

Jeffrey posa son sac marin et enleva ses lunettes. Elles commençaient à lui irriter l'arête du nez. Il prit le café et s'assit. Kelly se pencha sur le comptoir, tenant sa tasse à deux mains.

Jeffrey lui raconta tout ce qui s'était passé depuis le moment où il était parti de chez elle la veille au soir : l'épisode de l'aéroport, le fait qu'il était devenu un fugitif, qu'il avait frappé Devlin avec son porte-documents, la bagarre avec les menottes.

— Vous alliez donc quitter le pays ? demanda Kelly.

— J'en avais l'intention, reconnut Jeffrey.

— Et vous ne m'auriez pas téléphoner pour me le dire ?

— Je vous aurais téléphoné dès que je l'aurais pu. Je n'avais pas les idées très claires.

— Où habitez-vous ?

— Dans un hôtel borgne du centre de Boston, dit Jeffrey.

Kelly hocha la tête d'un air consterné.

— Oh, Jeffrey. Ça se présente mal. Peut-être que vous feriez mieux de vous rendre. Tout ça ne va pas arranger votre cas en appel.

— Si je me rends, ils me mettront en prison et refuseront probablement une mise en liberté sous caution. Et même s'ils acceptaient une caution, je ne pense pas que je pourrais me la procurer maintenant. Mais mon appel devrait rester une affaire séparée. De toute façon, je ne peux pas aller en prison, j'ai trop à faire.

— Qu'est-ce que ça signifie ? demanda Kelly.

— J'ai examiné les notes de Chris, dit Jeffrey, à peine capable de contenir son excitation. J'ai même passé un certain temps à faire des recherches à la bibliothèque. Je crois qu'il est possible que Chris ait mis le doigt sur quelque chose d'important quand il a eu le sentiment qu'il y avait un agent de contamination dans la Marcaïne qu'il a administrée à Henry Noble. Et maintenant, je commence à avoir le même sentiment en ce qui concerne la Marcaïne que j'ai donnée à Patty Owen. Ce que je veux, c'est pousser plus loin mon enquête sur ces deux accidents.

— Cela me donne une impression désagréable de déjà-vu, dit Kelly.

— Qu'est-ce que vous entendez par là ? demanda Jeffrey.

— Votre comportement ressemble exactement à celui de Chris quand lui est venue pour la première fois l'idée d'un agent de contamination. Je sais ce qu'il a fait après, il s'est suicidé.

— Excusez-moi, dit Jeffrey. Je ne voulais pas raviver des souvenirs pénibles.

— Ce n'est pas le passé qui m'inquiète, dit Kelly. C'est vous. Je me fais du souci à votre sujet. Hier, vous étiez dépressif, aujourd'hui, vous êtes plutôt excité. Qu'en sera-t-il demain ?

— Je serai bien, dit Jeffrey. Franchement ! Je crois vraiment que je suis sur une piste.

Kelly pencha la tête sur le côté, et souleva un sourcil en regardant Jeffrey d'un air interrogateur.

— Je veux être sûre que vous n'oublierez pas la promesse que vous m'avez faite, dit-elle.

— Je ne l'oublierai pas.

— Vous feriez bien, dit durement Kelly. (Puis elle sourit.) Maintenant que cette affaire est réglée, vous pouvez me dire pourquoi l'idée d'un agent de contamination vous excite à ce point.

— Pour de nombreuses raisons. La paralysie persistante d'Henry Noble, par exemple. Apparemment, ses nerfs crâniens n'ont pas cessé de fonctionner. Cela ne se produit jamais avec une rachianesthésie ; il est donc impossible qu'il y ait eu une « rachianesthésie irréversible », comme on l'a dit. Et, dans mon cas, l'enfant a eu une paralysie persistante avec une répartition asymétrique.

— Est-ce qu'on n'a pas cru que la paralysie de Noble venait du manque d'oxygène dû aux crises et aux arrêts cardiaques ?

— C'est exact, dit Jeffrey. Mais à l'autopsie, Chris a écrit qu'on avait observé une dégénérescence de l'axone ou de la cellule nerveuse sur des lamelles microscopiques.

— Ça me dépasse, reconnut Kelly.

— Il ne devrait pas y avoir de dégénérescence des axones chez quelqu'un qui a été privé d'oxygène comme Henry Noble l'a été — si tant est qu'il ait été réellement privé d'oxygène. Car s'il avait été privé d'oxygène suffisamment longtemps pour que cela entraîne une dégénérescence des axones, on n'aurait pas pu le réanimer. Et on n'observe pas de dégénérescence des axones avec une anesthésie locale. L'anesthésie locale bloque les fonctions. Elle n'est en aucun cas un poison pour les cellules.

— Supposons que vous ayez raison, dit Kelly. Comment allez-vous le prouver ?

— Ça ne sera pas facile, reconnut Jeffrey, surtout en étant un fugitif. Mais je vais tout de même essayer. Je voulais vous demander si vous accepteriez de me donner un coup de main. Si ma théorie est juste et que je puisse le prouver, cela innocenterait Chris tout autant que moi.

— Bien sûr que je vous aiderai, dit Kelly. Croyez-vous vraiment que vous aviez besoin de me poser la question ?

— Je veux que vous y réfléchissiez sérieusement avant de me répondre, lui dit Jeffrey. Le fait que je sois un fugitif pourrait être un problème. Toute aide que vous m'appporterez pourrait être considérée comme un acte de complicité avec un fugitif. Si c'est le cas, ça pourrait être un crime en soi. Je ne sais pas exactement.

— J'en prends le risque, dit Kelly. Je ferais n'importe quoi pour innocenter Chris. Et de plus, ajouta-t-elle en rougissant légèrement, j'ai envie de vous aider du mieux que je peux.

— La première chose à faire sera de s'assurer que les deux ampoules de Marcaïne viennent du même laboratoire de produits pharmaceutiques. Ça devrait être assez facile. Il sera plus difficile de savoir si elles proviennent du même lot, comme je le pense. Même si le cas de Chris et le mien se situent à plusieurs mois d'intervalle, il est encore possible qu'elles sortent de la même série. Ce que je crains c'est qu'il y ait d'autres ampoules contaminées en circulation.

— Mon Dieu ! Il y a de quoi en avoir la chair de poule ! Une tragédie suspendue au-dessus de nos têtes.

— Etes-vous encore en bons termes avec quelqu'un du Valley Hospital qui pourrait dire quel est le laboratoire qui leur fournit leur Marcaïne ? Il se trouve que je sais que le Mémorial reçoit la sienne des Arolen Pharmaceuticals dans le New Jersey.

— Mon Dieu, oui, dit Kelly. L'essentiel de l'équipe avec qui je travaillais au Valley y est encore. Charlotte Henning est la surveillante des salles d'op. Je lui parle au moins une fois par semaine. Je lui téléphonerai dès que j'aurai fini mon travail.

— Ce serait formidable, dit Jeffrey. Quant à moi, je suis le nouveau membre de l'équipe du service d'entretien du Boston Memorial.

— Quoi ?

Jeffrey expliqua comment il était allé au Boston Memorial sous sa nouvelle apparence pour poser sa candidature à un poste dans l'équipe de nuit du service d'entretien.

— Je ne suis pas surprise que personne ne vous ait reconnu, dit Kelly. Je ne vous avais pas reconnu moi-même.

La porte de l'unité de soins intensifs s'entrouvrit et une des infirmières passa la tête dans l'entrebâillement.

— Kelly, nous aurons besoin de toi dans quelques minutes. Il y a une admission.

Kelly lui répondit qu'elle venait tout de suite. L'infirmière fit oui de la tête et se retira discrètement.

— Alors ils vous ont engagé sur-le-champ ? demanda Kelly.

— Oui, oui. Je commence ce soir.

— Qu'est-ce que vous allez faire quand vous serez dans l'hôpital ?

— Tout d'abord, il faut vérifier votre supposition, dit Jeffrey. Je vais essayer d'expliquer la présence de l'ampoule de Marcaïne 75 dans mon appareil d'anesthésie. J'ai l'intention de chercher quelles opérations chirurgicales ont été pratiquées dans cette salle ce jour-là. Ce que je veux tâcher de voir aussi, c'est le rapport complet de pathologie de Patty Owen. Je serais curieux de savoir s'ils ont examiné des sections de nerfs périphériques à l'autopsie. Je serais aussi curieux de savoir s'ils ont pratiqué un examen toxicologique.

— Tout ce que je peux dire, c'est que vous feriez bien d'être prudent, dit Kelly. (Puis elle finit son café et rinça sa tasse dans l'évier.) Excusez-moi, il faut que je retourne travailler.

Jeffrey alla lui aussi rincer sa tasse.

— Merci d'avoir pris le temps de me parler, dit-il quand elle ouvrit la porte.

Le bruit des respirateurs emplit la pièce. Jeffrey ramassa son sac marin, remit ses lunettes et sortit derrière elle.

— Vous me téléphonerez ce soir ? demanda-t-elle avant qu'ils ne se séparent. Je parlerai à Charlotte dès que possible.

— A quelle heure vous couchez-vous ?

— Pas avant onze heures.

— Je vous appellerai avant d'aller travailler.

Kelly le regarda partir. Elle regretta de ne pas avoir eu le courage de lui demander s'il voulait loger chez elle.

Pour Carl Bodanski, cela avait été une journée extraordinairement fructueuse. Un certain nombre de problèmes qui le tracassaient avaient été réglés. Le plus important avait été de trouver un homme supplémentaire pour le personnel d'entretien de l'équipe de nuit. En ce moment même, Bodanski était occupé à pendre sur le grand tableau une étiquette portant le nouveau nom. On y lisait FRANK AMENDOLA.

Reculant d'un pas, Bodanski examina le tableau d'un œil critique. Ce n'était pas terrible. Le nom de Frank Amendola était un peu de travers. Il courba délicatement le minuscule crochet métallique auquel était accrochée l'étiquette, puis il recula de nouveau. C'était bien mieux ainsi.

C'est alors qu'on frappa légèrement à la porte.

— Entrez, cria-t-il.

La porte s'ouvrit. C'était sa secrétaire, Martha Reton. Elle entra dans la pièce et referma la porte derrière elle. Il se passait quelque chose. Martha se comportait bizarrement.

— Excusez-moi de vous déranger, monsieur Bodanski.

— Ça ne fait rien, dit Bodanski. Qu'est-ce qui ne va pas ?

Bodanski faisait partie de ceux qui considèrent comme une menace tout changement dans le train-train quotidien.

— Il y a un homme ici qui veut vous voir.

— Qui est-ce ? demanda Jeffrey.

Beaucoup de gens venaient le voir. C'était le service du personnel. Pourquoi en faisait-elle une histoire ?

— Il s'appelle Horace Mannly, dit Martha. Il appartient au FBI.

Un tremblement imperceptible parcourut la colonne vertébrale de Bodanski. Le FBI, pensa-t-il avec inquiétude. Il passa en revue les délits mineurs qu'il avait commis dans les derniers mois. Il y avait le PV pour stationnement interdit qu'il avait feint d'ignorer. Il y avait la télécopieuse qu'il avait déduite de sa déclaration de revenus de l'année précédente, bien qu'il n'eût pas acheté l'appareil dans un but professionnel, mais pour son usage personnel.

Bodanski se carra dans le siège derrière son bureau comme si, en prenant un air sérieux, il pouvait écarter les soupçons.

— Faites entrer M. Mannly, dit-il nerveusement.

Martha disparut. Un instant plus tard, un homme plutôt obèse pénétra dans le bureau de Bodanski.

— Monsieur Bodanski, dit l'homme du FBI en se dirigeant nonchalamment vers son bureau. Agent Mannly.

Il tendit la main. Bodanski la serra. Elle était moite. Bodanski réprima une grimace. L'agent avait un énorme double menton qui couvrait pratiquement son nœud de cravate. Ses yeux, son nez et sa bouche avaient l'air étonnamment petits, au centre de la grande sphère pâle de son visage.

— Asseyez-vous, dit Bodanski.

Quand ils furent installés, il demanda :

— Alors, que puis-je pour votre service ?

— Les ordinateurs sont censés être là pour nous aider, mais parfois ils ne servent qu'à nous donner du travail en plus, dit Mannly avec un soupir. Vous voyez ce que je veux dire.

— Oh oui, certainement, dit Bodanski, bien qu'il ne sût pas s'il était d'accord ou non ; mais il n'allait pas contredire un agent du FBI.

— Un gros ordinateur quelque part a craché le nom de Frank Amendola, dit Mannly. Est-ce qu'il est vrai que ce type travaille pour vous ? Dites... ça ne vous fait rien si je fume ?

— Oui. Non. Je veux dire que je viens d'engager un certain Frank Amendola. Et non, ça ne me fait rien si vous fumez.

Bien qu'il fût soulagé de ne pas être l'objet d'une enquête, il était désappointé d'apprendre que Frank Amendola en était, lui, l'objet. Il aurait dû savoir que l'engager pour l'équipe de nuit était trop beau pour être vrai.

Mannly alluma une cigarette.

— Nous avons été prévenus par le Bureau que vous aviez engagé ce Frank Amendola, expliqua-t-il.

— Nous l'avons engagé aujourd'hui, dit Bodanski. Est-il recherché ?

— Oui, il est recherché, mais pas pour crime. C'est sa femme qui le recherche, pas le FBI. Un problème familial. Parfois, nous intervenons. Ça dépend. Sa femme a fait tout un tas d'histoires. Elle a écrit à son député et au FBI, en faisant tout le baratin habituel. Si bien que son numéro de sécurité sociale était fiché, comme appartenant à une personne disparue. Vous, les gars, vous avez fait vos recoupements, et alors son numéro de sécurité sociale nous a dit quelque chose. Gagné. Comment se comporte ce type, normalement ou quoi ?

— Il avait l'air un peu nerveux, dit Bodanski, soulagé. (Au moins, le type n'était pas dangereux.) Autrement, il se comporte normalement. Il m'a semblé intelligent. Il a parlé de prendre des cours à la faculté de droit. Nous avons pensé que c'était un bon candidat pour le poste. Est-ce qu'il y a quelque chose que nous devrions faire ?

— Je ne sais pas, dit Mannly. Je ne crois pas. J'étais juste venu ici pour vérifier. Voir s'il avait vraiment réapparu. Je vais vous dire. Ne faites rien avant que nous ayons repris contact avec vous. Qu'est-ce que vous en dites ?

— Nous ferons de notre mieux pour coopérer.

— Formidable ! dit Mannly. (Son visage se congestionna alors qu'il faisait des efforts pour se lever.) Merci de m'avoir consacré un peu de votre temps. Je vous passerai un coup de fil dès que je saurai quelque chose.

Horace Mannly partit, mais la puanteur de sa cigarette continua à flotter dans la pièce. Bodanski pianota sur son bureau, espérant que les problèmes familiaux de Frank ne viendraient pas le priver d'un bon employé potentiel.

Ni les gravats autour de l'Essex ni l'hôtel lui-même n'auraient pu décourager Jeffrey tandis qu'il montait les six marches menant à la porte d'entrée. Peut-être était-il cinglé, mais il avait l'impression que les choses commençaient enfin à prendre un tour favorable. Pour la première fois de sa vie, il avait le sentiment que, d'une certaine façon, c'était lui qui contrôlait les événements et non l'inverse.

Quand il était rentré en taxi après avoir vu Kelly à Saint-Joe, il avait revu les arguments en faveur de sa théorie de l'agent de contamination. Plus que toute autre chose, c'était le problème de la paralysie qui lui donnait la certitude qu'il devait y avoir quelque chose qui n'allait pas dans les ampoules de Marcaïne.

Alors que Jeffrey allait traverser le hall, il ralentit brusquement. Le réceptionniste ne regardait pas la télévision. Au lieu de cela, il s'était retiré dans la réserve juste derrière le bureau de la réception. Avant, la porte était toujours fermée. Le réceptionniste hocha la tête, nerveusement, pensa Jeffrey, au moment où leurs regards se croisèrent. C'était comme si l'homme avait peur de lui.

Jeffrey se dirigea vers l'escalier et commença à monter à sa chambre. Il ne pouvait s'expliquer le comportement bizarre du réceptionniste. Jeffrey avait déjà été frappé par le côté un peu excentrique de l'homme, mais il ne l'avait jamais vu se conduire d'une façon aussi singulière. Jeffrey se demandait ce que cela pouvait signifier. Il espérait que cela ne voulait rien dire du tout.

Quand il atteignit le quatrième étage, Jeffrey se pencha au-dessus de la balustrade et regarda en bas. Le réceptionniste était au rez-de-chaussée, en train de l'observer. Il se volatilisa dès qu'il s'aperçut que Jeffrey l'avait repéré.

Il ne rêvait donc pas, songea Jeffrey en franchissant la porte qui menait du palier au couloir. De toute évidence, l'homme gardait un œil sur lui. Pourquoi ?

Jeffrey se mit à avancer dans le couloir, cherchant à expliquer la conduite troublante du réceptionniste. Puis il se souvint de sa nouvelle apparence. Bien sûr ! C'était ça. Peut-être que le réceptionniste ne l'avait pas reconnu et l'avait pris pour un inconnu. Que se passerait-il s'il décidait d'appeler la police ?

Arrivé à la porte de sa chambre, Jeffrey fouilla dans ses poches pour trouver sa clef. Il se rappela alors qu'il l'avait rangée dans son sac marin. Quand il fit basculer le sac devant lui pour ouvrir la fermeture Eclair, il se dit qu'il ferait bien de changer d'hôtel. Il avait bien assez de choses auxquelles penser sans avoir en plus à s'inquiéter pour un employé d'hôtel.

Jeffrey glissa la clef dans la porte et la tourna. Puis il remit la clef dans le sac marin afin de ne pas avoir à la chercher quand il voudrait quitter la chambre. Il était déjà en train de penser de nouveau à la théorie de l'agent de contamination lorsqu'il franchit la porte. Il resta alors figé sur place.

— Bienvenue chez vous, toubib, dit Devlin. (Il se prélassait sur le lit, son pistolet pendant négligemment à son côté.) Vous ne pouvez pas savoir à quel point j'étais impatient de vous revoir depuis que vous vous êtes montré si brutal lors de notre dernière rencontre.

Devlin se redressa pour s'appuyer sur un coude. Il lorgna Jeffrey.

— On peut dire que vous êtes bien changé ! Je suis sûr que je ne vous aurais pas reconnu.

Il rit d'un gros rire gras qui se termina par une toux sèche et opiniâtre de fumeur.

Devlin cracha à côté du lit et se donna un coup de poing sur la poitrine. Il s'éclaircit la gorge et dit d'une voix rauque :

— Ne restez pas planté là. Entrez et prenez un siège. Mettez-vous à votre aise.

Avec le même réflexe irréfléchi qui l'avait fait frapper comme une brute sur Devlin avec son porte-documents à l'aéroport, Jeffrey bondit hors de la pièce. En tirant la porte d'un coup sec, il perdit l'équilibre et tomba sur les genoux. Au moment où il heurta le tapis élimé, il y eut une explosion à l'intérieur de la chambre. Jeffrey se rendit compte ensuite que des éclats de bois pleuvaient sur lui. La balle du 38 de Devlin avait traversé et fendu le panneau peu épais de la porte pour aller se loger dans le mur d'en face.

Jeffrey se releva tant bien que mal et fonça tête baissée dans le couloir menant à l'escalier. Il n'arrivait pas à croire qu'on avait tiré sur lui. Il savait qu'il était un homme recherché, mais il n'entrait sûrement pas dans la catégorie des mort-ou-vif. Il pensa que Devlin devait être cinglé.

Tandis que Jeffrey s'arrêtait en dérapant à l'entrée de l'escalier, se rattrapant au chambranle de la porte pour changer de direction, il entendit la porte de sa chambre s'ouvrir en claquant derrière lui. S'aidant de son épaule, il franchit précipitamment la porte au moment même où il entendit Devlin tirer une seconde fois. La balle passa en sifflant près du battant de la porte, juste derrière Jeffrey, avant de faire voler en éclats une fenêtre au bout du couloir. Jeffrey entendit Devlin rire. L'homme s'amusait !

Jeffrey s'élança dans l'escalier étroit, se tenant à la rampe pour garder l'équilibre. Ses pieds ne touchaient terre que toutes les quatre ou cinq marches. Son sac en bandoulière traînait derrière lui. Où aller ? Que faire ? Devlin n'était pas loin derrière lui.

Alors que Jeffrey prenait le dernier virage avant d'atteindre le rez-de-chaussée, il entendit la porte d'en haut s'ouvrir violemment et un bruit de pas lourds résonna dans l'escalier. De plus en plus paniqué, il sauta sur le palier du rez-de-chaussée. Il fonça vers la porte et saisit la poignée verticale. Il tira d'un coup sec, mais la porte ne s'ouvrit pas. Il tira, tira comme un fou. La porte ne bougea pas. Elle était fermée à clef !

Regardant avec inquiétude par la petite fenêtre maintenue par du fil de fer, Jeffrey vit le réceptionniste tapi sur le côté opposé de la pièce. Derrière lui, Jeffrey entendait le bruit des pas de Devlin se rapprocher. Il serait sur lui dans quelques secondes.

Toujours affolé, Jeffrey fit comprendre par gestes au réceptionniste que la porte était fermée à clef. L'employé haussa les épaules d'un air ébahi, faisant semblant de ne pas comprendre ce que Jeffrey essayait de dire. Jeffrey secoua la porte, sans cesser de désigner la serrure du doigt.

Brusquement, le bruit des pas de Devlin s'arrêta. Jeffrey se retourna lentement. L'homme avait atteint la dernière volée de marches et regardait d'en haut sa proie prise au piège. Son pistolet était pointé sur Jeffrey. Celui-ci se demanda si ça y était. Si c'était là que sa vie était destinée à se terminer. Mais Devlin n'appuya pas sur la gâchette.

— Ne me dites pas que la porte est fermée à clef, dit Devlin avec une feinte sympathie. Je suis vraiment désolé, toubib.

Devlin descendit lentement les dernières marches, gardant le pistolet pointé sur le visage de Jeffrey.

— Drôle, hein ? dit-il. J'aurais préféré que la porte soit ouverte. Ça aurait été plus sportif.

Devlin se dirigea vers Jeffrey. Il souriait avec une évidente satisfaction.

— Tournez-vous ! ordonna-t-il.

Jeffrey se retourna, levant les mains en l'air bien que Devlin ne lui eût pas demandé. L'homme le poussa brutalement contre la porte fermée et appuya de tout son poids contre lui. Il retira le sac marin de l'épaule de Jeffrey et le laissa tomber par terre. Sans prendre aucun risque, cette fois, il retourna les bras de Jeffrey derrière son dos et lui mit les menottes avant de faire quoi que ce fût d'autre. Ensuite, il fouilla Jeffrey pour s'assurer qu'il n'avait pas d'arme. Puis il le fit se retourner et ramassa le sac marin.

— Si c'est ce que je crois, dit Devlin, tu vas faire de moi un homme heureux.

Devlin ouvrit la fermeture Eclair du sac et y plongea la main, tâtonnant pour trouver l'argent. Ses lèvres, pincées tant il avait l'air résolu, se retroussèrent soudain en un large sourire. Il sortit triomphalement une liasse de billets de cent dollars.

— Regarde-moi ça, dit-il.

Puis il remit le tout dans le sac marin. Il ne tenait pas à ce que le réceptionniste vît l'argent et que cela lui donnât des idées.

Devlin mit le sac marin sur son épaule et frappa de grands coups sur la porte de l'escalier. Le réceptionniste se précipita pour la déverrouiller. Devlin saisit Jeffrey par la peau du cou et le poussa dans le hall.

— Vous ne savez pas que c'est une violation des règlements de fermer à clef une porte d'escalier ? dit Devlin au réceptionniste.

L'homme bégaya qu'il l'ignorait.

— L'ignorance de la loi n'est pas une excuse, dit Devlin. Veillez à ce qu'elle soit ouverte, sinon je vous enverrai les inspecteurs des bâtiments.

Le réceptionniste approuva de la tête. Il avait espéré être remercié d'une façon ou d'une autre pour s'être montré aussi coopératif et serviable. Mais Devlin feignit de l'ignorer quand il conduisit Jeffrey à travers le hall et le fit sortir.

Devlin obligea Jeffrey à traverser la rue pour aller jusqu'à sa voiture, garée près de la bouche d'incendie. Les passants s'arrêtaient, bouche bée. Devlin ouvrit la portière côté passager et poussa Jeffrey dans la voiture. Il claqua la portière, la verrouilla, et se mit à faire le tour du véhicule.

Avec une présence d'esprit dont il ne se serait pas cru capable en de telles circonstances, Jeffrey se pencha en avant sur le siège et s'arrangea pour glisser sa main droite dans la poche de sa veste. Ses doigts se refermèrent sur la seringue qu'il y avait mise. Avec son ongle, il fit sauter le capuchon de l'aiguille et sortit précautionneusement la seringue de la poche, puis se renversa sur son siège.

Devlin ouvrit la portière d'un coup sec, lança le sac à bandoulière sur le siège arrière, s'assit et enclencha la clef de contact. A l'instant où il tournait la clef pour faire démarrer la voiture, Jeffrey lui assena un coup, s'arc-boutant des pieds contre la porte côté passager pour faire levier. Devlin fut pris au dépourvu. Avant qu'il pût éviter Jeffrey, celui-ci enfonça l'aiguille dans sa hanche droite et appuya sur le piston.

— Merde ! cria Devlin.

Il frappa Jeffrey d'un revers de main sur le côté de la tête. La force du coup envoya Jeffrey valdinguer.

Devlin leva son bras pour chercher d'où venait la sensation douloureuse de piqûre dans sa hanche. Il avait une seringue de trois centimètres cubes enfoncée jusqu'à la garde.

— Bon Dieu, dit-il en serrant les dents. Vous, espèces d'enfoirés de toubibs, vous êtes plus emmerdants que les tueurs de séries télévisées.

Délicatement, il retira la seringue en grimaçant, puis la jeta sur le siège arrière.

Jeffrey s'était suffisamment remis du coup de Devlin pour essayer de déverrouiller sa portière, mais il ne pouvait lever assez haut ses mains gênées par les menottes pour y arriver. Il tentait de tirer la serrure avec ses dents quand Devlin l'attrapa de nouveau par la peau du cou et le tint suspendu comme une poupée de chiffon.

— Bon Dieu, qu'est-ce que tu m'as injecté ? demanda Devlin d'une voix rageuse. (Jeffrey commençait à étouffer.) Réponds-moi ! cria Devlin en secouant de nouveau Jeffrey. (Celui-ci ne pouvait émettre qu'un gargouillis. Ses yeux commençaient à s'exhorbiter. Puis Devlin laissa retomber Jeffrey et leva son bras en arrière pour le frapper de nouveau.) Réponds-moi !

— Ça ne vous fera pas de mal, parvint à dire Jeffrey, le souffle toujours coupé, ça ne vous fera pas de mal.

Il essaya de lever son épaule pour bloquer le coup qu'il voyait venir, mais le coup avorta.

Avec son bras prêt à frapper, Devlin sentit sa vision se troubler, et il se mit à tanguer. Son expression passa de la colère à la confusion. Il s'accrocha au volant pour y trouver appui, mais il ne réussit pas à s'y cramponner. Il s'effondra et bascula du côté de Jeffrey.

Devlin tenta de parler, mais ce qu'il disait était incompréhensible.

— Ça ne vous fera pas de mal, dit Jeffrey. Ce n'est qu'une petite dose de succinylcholine. Ça ira mieux dans quelques minutes. Ne vous affolez pas.

Jeffrey poussa Devlin pour le mettre dans la position assise et s'arrangea pour glisser une main dans la poche droite de l'homme. Mais il n'y avait pas la clef des menottes. Il se pencha vivement en avant et laissa Devlin s'écrouler de côté sur le siège. Il fouilla maladroitement dans les autres poches. Toujours pas de clef.

Il était sur le point d'abandonner quand il aperçut une petite clef sur l'anneau qui pendait à la clef de contact. Ça ne lui fut pas facile, mais il parvint à arracher la clef de contact en se soulevant, courbé en avant. Après quelques essais infructueux, il réussit à insérer la petite clef dans la serrure et à enlever les menottes.

Jeffrey récupéra son sac marin sur le siège arrière. Avant de descendre de la voiture, il examina Devlin. L'homme était presque complètement paralysé. Sa respiration était lente et régulière. Si Jeffrey lui avait injecté une dose bien plus forte, le diaphragme de Devlin en aurait été affecté. Il aurait suffoqué en quelques minutes.

Par réflexe d'anesthésiste, Jeffrey se décarcassa pour mettre Devlin dans une position qui ne compromettrait pas sa circulation pendant qu'il serait étendu là. Puis il descendit de la voiture.

Jeffrey commença à se diriger vers l'hôtel. Le réceptionniste était invisible. Jeffrey s'arrêta. Pendant un moment, il se demanda s'il devait aller récupérer ses affaires. Il décida que ce serait trop risqué d'essayer. Le réceptionniste pouvait être en train d'appeler la police en ce moment même. De plus, qu'avait-il à perdre ? Il était désolé de s'être séparé des notes de Chris Everson, surtout si Kelly voulait les garder. Mais Kelly avait dit qu'elle avait l'intention de se débarrasser de tous les papiers de Chris.

Jeffrey tourna les talons et s'enfuit. Il prit la direction du centre ville. Il voulait se perdre dans la foule. Quand il se sentirait plus en sûreté, il pourrait réfléchir. Et plus il serait loin de Devlin, mieux cela vaudrait. Jeffrey avait encore du mal à croire qu'il était parvenu à lui faire une injection de succinylcholine. Si Devlin avait été furieux après l'épisode de l'aéroport, il serait doublement furieux maintenant. Le seul espoir de Jeffrey était de ne pas retomber sur le type avant d'avoir eu la possibilité de prouver son innocence.

Trent n'eut pas l'occasion de retourner à la réserve centrale avant que l'équipe du soir n'eût pris son service depuis un certain temps. Il avait été retardé par un cas d'anévrisme particulièrement long à régler. Au moment du changement d'équipe, il n'avait trouvé personne pour le relayer. Qu'il le voulût ou non, il était obligé de faire quelques heures supplémentaires. Cela arrivait une fois de temps en temps. D'ordinaire, ça ne le dérangeait pas, mais là, le moment lui sembla mal choisi.

Il était anxieux depuis son arrivée à l'hôpital ce matin-là. Chaque fois que l'infirmière qui circulait d'une équipe à l'autre revenait dans la salle d'opération, il s'attendait à ce qu'elle annonçât qu'une anesthésie avait entraîné de terribles complications. Mais rien ne s'était produit. La journée avait suivi son train-train ordinaire.

A l'heure du déjeuner à la cafétéria, il avait eu un faux espoir quand une des infirmières qui était attachée au service d'obstétrique avait dit :

— Dites, est-ce que vous avez entendu parler de ce qui s'est passé dans la salle huit ?

Quand elle eut attiré l'attention de tout le monde, elle les régala avec l'histoire d'un interne en chirurgie dont le pantalon s'était mystérieusement détaché durant une opération et lui était tombé sur les genoux.

Trent s'arrêta devant la réserve centrale. Il était déjà passé à son placard et il avait de nouveau la bonne ampoule de Marcaïne cachée dans son pantalon. Beaucoup de gens entraient et sortaient des salles d'opération, mais le remue-ménage occasionné par le changement d'équipe s'était dissipé.

Il n'aimait pas cette situation. Il était risqué de pénétrer dans la réserve centrale à cette heure-ci parce qu'il n'était pas de service. Si quelqu'un le voyait et lui demandait ce qu'il faisait là, il n'aurait pas grand-chose à dire pour sa défense. Mais il n'avait pas le choix. Il ne pouvait laisser l'ampoule trafiquée sans surveillance. Il avait pris l'habitude d'être toujours dans les parages quand une de ses ampoules était utilisée, afin de profiter de la confusion qui en résultait pour pouvoir soit faire disparaître l'ampoule vide de la pièce, soit disposer du contenu restant. Il ne pouvait prendre le risque que quelqu'un vérifie la Marcaïne pour voir si l'accident ne venait pas de cette ampoule.

Trent fit sans se presser un petit tour rapide dans la réserve avant de se diriger vers l'armoire qui contenait les anesthésiques locaux. Jusque-là tout allait bien. Après avoir jeté un dernier regard furtif autour de lui pour s'assurer que personne ne regardait, il souleva le couvercle de la boîte de Marcaïne et regarda à l'intérieur. Il restait deux ampoules. On en avait utilisé une à un moment ou à un autre de la journée.

Trent identifia facilement l'ampoule trafiquée et l'échangea rapidement contre celle qu'il avait dans son pantalon. Puis il referma la boîte et la remit à sa place. Quand il se retourna pour rejoindre le vestiaire, il s'arrêta net. Il fut déconcerté en voyant qu'une grande infirmière blonde lui bloquait le chemin. Elle semblait aussi surprise de le trouver près de l'armoire qu'il l'était lui-même de la voir. Elle avait les mains sur les hanches et les jambes écartées.

Trent sentit son visage s'empourprer tandis qu'il essayait de trouver un argument pour rendre plausible sa présence en ces lieux. Il espérait que l'ampoule trafiquée n'était pas visible dans son pantalon.

— Puis-je vous aider ? demanda l'infirmière.

Trent comprit à son ton que la dernière chose du monde qu'elle voulait faire était de l'aider.

— Non, merci, dit-il. Je m'en vais. (Il lui vint enfin une idée.) Je rapportais un produit pour intraveineuse que nous n'avons pas eu l'occasion d'utiliser pour l'anévrisme de la salle cinq.

L'infirmière hocha la tête, mais elle ne semblait pas convaincue. Elle tendit le cou pour regarder par-dessus l'épaule de Trent.

Il regarda la plaque portant son nom. Il y lut Gail Shaffer.

— L'anévrisme a duré sept heures, ajouta-t-il comme ça, histoire de dire quelque chose.

— J'en ai entendu parler, dit-elle. N'êtes-vous pas censé avoir fini votre service ?

— Oh oui, et ce n'est pas trop tôt, dit Trent, recouvrant son calme. (Il roula les yeux.) Ça a été une longue journée. Bon sang, j'ai hâte de boire quelques bières. J'espère que ce sera calme pour vous ce soir. Attention.

Trent passa près de l'infirmière et prit le couloir menant au salon des chirurgiens. Après avoir fait une vingtaine de pas, il regarda derrière lui. Gail Shaffer était encore plantée dans l'entrebâillement de la porte de la réserve centrale, et le regardait. Merde alors, pensa-t-il. Elle avait des soupçons. Il lui fit un signe de la main. Elle lui répondit de même.

Trent poussa les portes tambours pour entrer dans le salon. Bon Dieu, par où était venue si rapidement Gail Shaffer ? Il était furieux contre lui-même de son manque de vigilance. Jusque-là, il ne s'était jamais laissé prendre dans la réserve.

Avant de se rendre au vestiaire, Trent s'arrêta pour consulter le tableau d'affichage qui était dans la pièce. Au milieu des avis et des programmes, il trouva le nom de Gail Shaffer sur la liste des membres de l'équipe de softball de l'hôpital. Le numéro de téléphone de chaque joueur était inscrit sur le tableau. Sur un petit morceau de papier, Trent nota celui de Gail. D'après les trois premiers chiffres, il imagina que c'était le central de Back Bay.

Quel emmerdement, pensa Trent, en entrant dans le vestiaire pour mettre ses vêtements de ville. Il remit l'ampoule dans sa veste blanche d'infirmier.

Tandis qu'il se dirigeait vers l'ascenseur pour rentrer chez lui, il lui vint à l'esprit qu'il devait faire quelque chose pour Gail Shaffer. Dans sa situation, aucun détail n'était à négliger.

7

MERCREDI

17 MAI 1989

16 H 37

Devlin avait toujours détesté les hôpitaux. Ils l'avaient terrifié dès sa plus tendre enfance et tout le temps qu'il avait grandi à Dorchester, Massachusetts. Sa mère avait joué de cette peur, le menaçant : si tu ne fais pas ci, si tu ne fais pas ça, je t'emmène à l'hôpital et le docteur te fera une piqûre. Devlin haïssait les piqûres. C'était une des raisons pour lesquelles il voulait se farcir Jeffrey Rhodes, que Michael Mosconi le payât ou non. Mais ce n'était pas tout à fait vrai.

Devlin frissonna. Penser à Jeffrey lui rappelait la frayeur qu'il venait de connaître. Tout au long de son supplice, il n'avait pas perdu connaissance et était resté conscient de tout ce qui se passait. Il avait eu l'impression que le poids de son corps avait été multiplié par mille. Il avait été totalement paralysé, n'arrivant même plus à parler. Il avait pu continuer à respirer, mais au prix d'un effort et d'une concentration énormes. A chaque seconde, il avait eu une peur panique d'être sur le point de suffoquer.

Cet abruti de réceptionniste de l'Essex ne s'était montré que bien longtemps après que Jeffrey eut disparu, tapant avec insistance sur la vitre, appelant Devlin pour savoir s'il allait bien. Il avait fallu dix minutes à ce crétin pour ouvrir cette foutue porte. Puis il avait demandé plus de dix fois à Devlin s'il se sentait bien avant d'avoir l'idée de retourner à l'hôtel et d'appeler une ambulance.

Quarante minutes s'étaient écoulées avant que Devlin arrivât à l'hôpital. A son grand soulagement, la paralysie avait disparu. La sensation d'avoir un corps en plomb s'était évanouie au cours du transport en ambulance. Mais terrifié à la pensée qu'elle puisse renaître, Devlin s'était laissé emmener sur un chariot jusqu'au service des urgences pour y être examiné — et ce malgré sa frayeur des hôpitaux.

Aux urgences, personne ne s'était intéressé à lui, à l'exception d'un policier en uniforme qui lui avait rendu brièvement visite. Ce policier, du nom d'Hank Stanley, que Devlin connaissait vaguement, était entré pour avoir une petite conversation. Apparemment, l'un des ambulanciers avait remarqué le revolver de Devlin. Et naturellement, lorsque Stanley l'eut reconnu, il n'y eut plus de problème. Le revolver de Devlin avait été dûment déclaré et sa licence de port d'arme enregistrée.

Finalement, Devlin avait été examiné par un médecin qui paraissait tout juste en âge d'avoir un permis de conduire. Il s'appelait Tardoff et sa peau évoquait les fesses d'un bébé. Devlin se demanda s'il avait commencé à se raser. Il avait raconté au médecin ce qui s'était passé. Le médecin l'avait examiné avant de disparaître sans un mot, laissant Devlin dans un des boxes des urgences.

Devlin balança ses jambes par-dessus le bord de la table d'examen et se mit debout. Ses vêtements étaient en tas sur une chaise. La barbe ! se dit-il à lui-même. Il avait l'impression d'attendre depuis des heures. Enlevant sa chemise d'hôpital, il s'habilla rapidement et enfila ses bottes. Il alla jusqu'à la réception et demanda son revolver. Ils avaient exigé qu'il le laissât ici.

— Le Dr Tardoff n'en a pas encore terminé avec vous, dit l'infirmière.

C'était une grande femme, à peu près de la taille de Devlin, et qui paraissait aussi coriace que lui.

— J'ai bien peur de mourir de vieillesse avant qu'il ne revienne, dit Devlin.

A ce moment précis, le Dr Tardoff sortit d'une des salles d'examen, se débarrassant de ses gants de caoutchouc. Il aperçut Devlin et se dirigea vers lui.

— Navré de vous avoir fait attendre, dit-il. Il a fallu que je recouse une déchirure. J'ai parlé de votre cas à un anesthésiste qui m'a dit qu'on vous avait injecté une drogue paralysante.

Devlin leva les mains à hauteur de son visage et se frotta les yeux tout en prenant une profonde inspiration. Il était à bout de patience.

— Je ne suis pas venu dans cet hôpital pour qu'on m'y apprenne ce que je sais déjà, dit-il. C'est pour ça que vous m'avez fait attendre ?

— Nous pensons que c'était de la succinylcholine, dit le Dr Tardoff, ignorant la remarque de Devlin.

— Je vous l'ai déjà dit, fit observer Devlin.

Il s'était souvenu de ce que lui avait dit Jeffrey. Il n'avait pas saisi le nom tout à fait exact de la drogue quand il en avait parlé au Dr Tardoff, mais c'était quand même très approchant.

— C'est un produit qu'on utilise de manière courante en anesthésie, poursuivit, imperturbable, le médecin. Il s'apparente à celui dont se servent les Indiens d'Amazonie pour enduire les pointes de leurs fléchettes, même si, sur le plan physiologique, il entraîne une réaction légèrement différente.

— Voilà une information tout à fait intéressante, dit Devlin sur un ton sarcastique. Peut-être que maintenant vous allez m'en apprendre davantage sur le plan pratique et me dire, par exemple, si je risque d'avoir une attaque de paralysie à un moment inopportun, disons quand je suis au volant de ma voiture et que je roule à cent cinquante à l'heure.

— Certainement pas, dit le Dr Tardoff. Votre corps a parfaitement métabolisé cette drogue. Pour vous retrouver dans le même état, il faudrait qu'on vous en injecte une nouvelle dose.

— Je crois que je m'en passerai. (Devlin se tourna vers l'infirmière.) Et pour mon revolver ?

Devlin dut signer des papiers avant qu'on ne lui rendît son arme. Ils l'avaient glissée dans une enveloppe de papier kraft et mis les cartouches dans une autre enveloppe. Devlin fit son grand numéro en chargeant l'arme au bureau des urgences puis en la mettant dans son étui. En s'en allant, il porta son index à son front en guise de salut. Bon sang, qu'est-ce qu'il était content de sortir de là.

Devlin prit un taxi pour retourner à l'hôtel Essex. Sa voiture était toujours garée devant la borne d'incendie. Mais, avant d'y monter, il se précipita à l'hôtel.

Le réceptionniste, préoccupé et nerveux, lui demanda comment il se sentait.

— Très bien, mais pas grâce à toi, dit Devlin. Pourquoi est-ce que tu as mis si longtemps pour appeler une ambulance ? J'aurais pu mourir, nom de Dieu.

— Je pensais que vous étiez peut-être en train de dormir, dit le réceptionniste d'une voix faible.

Devlin laissa glisser. Il savait que s'il s'était appesanti sur cette question, il aurait probablement été tenté d'étrangler cet abruti. Comme s'il aurait eu l'idée de faire un petit somme après avoir appréhendé un fugitif et lui avoir passé les menottes sous la menace d'un revolver. C'était absurde !

— Est-ce que M. Bard est revenu après, pendant qu'on me croyait endormi ? demanda Devlin.

Le réceptionniste secoua la tête.

— Donne-moi la clef du 5 F, ordonna Devlin. Tu n'y es pas monté, pas vrai ?

— Non, monsieur, dit le réceptionniste en tendant la clef à Devlin.

Devlin monta lentement les marches jusqu'à la chambre de Jeffrey. Ce n'était plus la peine de se presser. Il regarda le trou qu'avait creusé la balle et se demanda comment le projectile avait pu manquer le toubib. Ce trou se situait en plein milieu de la porte, à environ un mètre quarante du plancher. La balle aurait dû atteindre quelque chose et du moins arrêter Jeffrey, ne serait-ce que sur le coup de la frayeur.

Lorsqu'il ouvrit la porte, Devlin devina que le réceptionniste avait menti. Il était entré ici pour mettre la main sur ce qui pouvait avoir une valeur quelconque. Jetant un coup d'œil dans la salle de bains, Devlin supposa que le réceptionniste s'était emparé de la plupart des objets de toilette du médecin. Devlin ramassa sur la table de nuit une feuille de papier portant le nom de Christopher Everson. Il se demanda une fois de plus qui était ce Christopher Everson.

Après sa fuite précipitée, Jeffrey avait erré dans le centre de Boston, en évitant tous les policiers qu'il apercevait. Il avait l'impression que tout le monde le regardait. Il entra chez Filene et erra au sous-sol du magasin. La foule lui apportait un sentiment de sécurité. Il fit mine de feuilleter des livres assez longtemps pour tenter de recouvrer son calme et imaginer ce qu'il allait bien pouvoir faire.

Il resta dans le magasin près d'une heure, jusqu'au moment où il s'aperçut que le personnel de sécurité avait l'œil sur lui, comme s'ils le soupçonnaient de se livrer au vol à l'étalage.

En sortant de chez Filene, Jeffrey remonta Winter Street jusqu'à la station Park Street. C'était l'heure de pointe. Jeffrey envia ces banlieusards qui se bousculaient pour rentrer chez eux. Il aurait tant voulu avoir un lieu où aller. Il traîna devant les téléphones et observa la foule. Mais quand deux agents de la police montée apparurent, remontant Tremon Street à contre-courant de la circulation, il décida d'entrer au Boston Common. Un instant, Jeffrey fut tenté de descendre dans la station MBTA avec les banlieusards et de prendre un trolley de la Ligne Verte à destination de Brookline. Mais, au dernier moment, il s'interdit de le faire.

Ce que Jeffrey désirait surtout, c'était se rendre directement chez Kelly. La pensée de boire une tasse de thé avec elle était terriblement tentante. Si seulement les choses avaient pu être différentes de ce qu'elles étaient maintenant. Mais Jeffrey, condamné pour meurtre, était un fugitif. Il avait rejoint les sans-abri, errant sans but dans la ville. La seule différence était qu'il trimbalait des tonnes d'argent dans son sac marin.

Quel que fût son désir d'aller chez Kelly, il répugnait à l'entraîner dans ce tourbillon de problèmes, surtout avec un chasseur de prime enragé à ses trousses. Jeffrey ne voulait pas compromettre la sécurité de Kelly. Il ne voulait pas amener jusqu'à sa porte un type malfaisant comme Devlin. Il frissonna en se rappelant le bruit qu'avait fait l'arme de cet individu.

Mais où pouvait-il aller ? Est-ce que Devlin n'allait pas le chercher dans tous les hôtels de la ville ? Et Jeffrey comprit que son déguisement ne lui était d'aucune utilité depuis que Devlin l'avait repéré. Il était même possible qu'on eût déjà lancé contre lui un nouvel avis de recherche national.

Jeffrey traversa en diagonale le Common et déboucha à l'angle de Beacon Street et de Charles Street. Il tourna pour remonter Charles Street. A quelques maisons du carrefour, il arriva à une épicerie pleine de monde — chez Deluca. Jeffrey entra et acheta un fruit. Il n'avait pas avalé grand-chose de la journée.

Tout en mangeant, Jeffrey continua à remonter Charles Street. Plusieurs taxis le dépassèrent, et il s'arrêta de marcher. Tout en suivant les taxis des yeux, il en vint à trouver une explication à l'apparition de Devlin. Ce devait être le chauffeur de taxi qui avait conduit Jeffrey de l'aéroport à l'Essex. Il avait probablement parlé de Jeffrey à la police. En y réfléchissant, Jeffrey dut admettre qu'il s'était comporté d'une manière assez bizarre.

Mais si c'était le chauffeur de taxi qui était allé à la police, pourquoi les flics ne s'étaient-ils pas montrés comme Devlin ? Jeffrey se remit à marcher. Mais il ne voulait pas éluder cette question. Il en conclut finalement que c'était Devlin qui, de son propre chef, s'était rendu à la compagnie de taxis. Ce qui impliquait qu'il était plus qu'une présence terrifiante. Il était aussi plein de ressources, et puisque c'était le cas, Jeffrey devait se montrer beaucoup plus prudent. Il était en train d'apprendre que, pour devenir un bon fugitif, il fallait de la détermination et de l'expérience.

En atteignant Charles Circle, où les MBTA sortaient de sous Beacon Hill pour emprunter Longfellow Bridge, Jeffrey s'arrêta, hésitant sur la direction à prendre. Il pouvait tourner à droite par Cambridge Street et se diriger à nouveau vers le centre ville. Mais cela ne lui plaisait pas trop, dans la mesure où il associait maintenant le centre ville à la présence de Devlin. Grimaçant un peu à cause du soleil, Jeffrey aperçut la passerelle qui enjambait Storrow Drive pour rejoindre le quai de Charles Street, le long du Charles. Cette destination en valait une autre.

Une fois sur les bords du fleuve, Jeffrey flâna le long de ce qui avait été jadis d'élégantes rues piétonnières, ainsi qu'en témoignaient les balustrades et les pas de porte en granit. Tout cela était maintenant laissé à l'abandon, envahi par les herbes. Le fleuve était beau mais sale, et dégageait une odeur de marécage. Une profusion de petits voiliers mouchetaient sa surface étincelante.

En atteignant l'esplanade, située devant la scène du Hatch Shell où les Boston Pop donnaient, l'été, des concerts gratuits, Jeffrey s'assit sur un des bancs du parc, à l'ombre d'une rangée de chênes. Il n'était pas tout seul. Il y avait beaucoup de joggers, de lanceurs de frisbees, de marcheurs de fond et même de gens qui faisaient du patin à roulettes dans le dédale des allées et des étendues gazonnées.

Bien qu'on fût loin de la fin de la journée, le soleil parut brusquement perdre de son éclat. Un voile de nuages, haut dans le ciel, s'était matérialisé, indiquant que le temps allait changer. Un vent se leva qui soufflait un air froid venu de l'eau. Jeffrey frissonna et serra les bras autour de son corps.

Il devait être au Memorial à onze heures, pour y travailler. Mais jusque-là, il n'avait nulle part où aller. Jeffrey pensa de nouveau à Kelly. Il se rappelait comme il s'était senti bien chez elle. Cela faisait si longtemps qu'il ne s'était pas confié à quelqu'un, si longtemps que personne ne l'avait écouté.

Jeffrey envisagea de revenir à Brookline. Kelly ne l'avait-elle pas encouragé à rester en contact avec elle ? Ne voulait-elle pas laver la réputation de Chris ? Après tout, elle y avait aussi intérêt. Il n'en fallait pas plus pour convaincre Jeffrey. Il avait besoin d'aide et Kelly semblait prête à lui en donner. Elle le lui avait dit. Bien sûr, c'était avant ces tout derniers rebondissements. Il serait tout à fait franc avec elle et lui raconterait tout ce qui s'était passé, y compris les coups de feu. Il lui donnerait de nouveau le choix. Il comprendrait qu'elle veuille se tenir à l'écart depuis la réapparition de Devlin. Du moins pouvait-il essayer de la persuader. Il savait qu'elle était adulte et qu'elle saurait se décider en fonction des risques.

Jeffrey estima que le meilleur moyen pour se rendre chez Kelly était de prendre le MBTA à la station Charles Street. Il se mit à courir à la pensée de se voir assis à côté d'elle sur le canapé de vichy, les jambes posées sur la table basse, Kelly riant de son rire cristallin.

Après le bureau, Carol Rhodes venait de rentrer chez elle. Ç'avait été une journée épuisante mais fructueuse. Elle avait fini d'orienter la plupart de ses clients vers d'autres responsables de la banque en prévision de son transfert prochain au siège de Los Angeles. Ce transfert ayant été différé depuis tant de mois qu'elle commençait à se demander s'il aurait jamais lieu. Mais à présent elle avait la certitude qu'elle se retrouverait bientôt sous le soleil de la Californie du Sud.

Elle ouvrit la porte du réfrigérateur pour voir ce qu'elle pourrait bien se préparer à dîner. Il y avait du veau froid, reste du repas qu'elle avait confectionné pour Jeffrey. Quels remerciements elle avait eus en échange de ses efforts ! Et il restait de la salade.

Avant d'attaquer son dîner, elle jeta un coup d'œil au répondeur automatique. Il n'y avait pas de messages. Jeffrey ne l'avait pas appelée de la journée. Elle se demanda où il avait bien pu passer et ce qu'il était en train de fabriquer. C'était seulement ce jour-là qu'elle avait appris que Jeffrey avait gardé l'argent qu'il avait pu obtenir en augmentant le montant de l'hypothèque. Quarante-cinq mille dollars en liquide. Mais qu'est-ce qu'il manigançait donc ? Si elle avait su qu'il allait se conduire d'une manière aussi irresponsable, elle n'aurait jamais signé la nouvelle hypothèque. Il aurait attendu son appel en prison. Tout ce qu'elle espérait, c'est que le divorce fût vraiment définitif. Elle se demandait ce qui avait bien pu l'attirer au départ chez cet homme.

Carol avait rencontré Jeffrey lorsqu'elle était venue à Boston pour entrer à l'école de commerce d'Harvard. Elle arrivait de la côte Ouest, où elle avait été étudiante à Stanford. Sans doute s'était-elle sentie attirée par Jeffrey parce qu'elle était très seule. Elle vivait dans une résidence universitaire à Allston et n'avait jamais rencontré personne avant lui. Jamais, au grand jamais, elle n'avait eu le projet de rester à Boston. C'était une ville tellement provinciale, comparée à Los Angeles. Elle trouvait les gens aussi froids que le climat.

Enfin, tout cela serait une affaire terminée dans une semaine. Elle avait tout réglé avec Jeffrey par l'intermédiaire de son avocat et s'était attelée à sa nouvelle tâche avec enthousiasme.

Ce fut à ce moment-là qu'on sonna à la porte. Carol regarda sa montre. Il était près de sept heures. Elle se demanda qui ça pouvait être. Par la force de l'habitude, elle jeta un coup d'œil par le judas avant d'ouvrir. Elle tressaillit quand elle vit qui c'était.

— Mon mari n'est pas à la maison, monsieur O'Shea, dit-elle à travers la porte. Je n'ai pas la moindre idée de l'endroit où il se trouve et je ne l'attends pas.

— J'aimerais vous parler deux minutes, madame Rhodes.

— De quoi ? demanda Carol.

Elle n'avait pas envie de discuter de quoi que ce fût avec ce type ignoble.

— C'est un peu difficile de parler à travers une porte, répondit Devlin. Je ne vous prendrai que quelques minutes de votre temps.

Carol pensa à appeler la police. Mais si elle appelait la police, que dirait-elle ? Et comment expliquerait-elle l'absence de Jeffrey ? D'après ce qu'elle savait, cet O'Shea pouvait être parfaitement dans son droit. Somme toute, Jeffrey n'avait pas donné l'argent qu'il devait à Mosconi. Elle espérait que Jeffrey ne s'était pas attiré d'ennuis encore plus graves.

— Je veux simplement vous poser quelques questions sur l'endroit où peut se trouver votre mari, dit Devlin quand il fut évident que Carol ne répondrait pas. Laissez-moi vous dire quelque chose. Si je ne le trouve pas, Mosconi fera appel à des sales mecs. Votre mari pourrait être blessé. Si je suis le premier à le trouver, peut-être que nous pourrons régler toute cette affaire avant qu'on ne lui refuse sa mise en liberté sous caution.

Carol ne s'était pas vraiment rendu compte que Jeffrey courait le risque de perdre l'argent de sa caution. Peut-être qu'elle devrait envisager, réflexion faite, de parler à cet O'Shea.

En dehors de la serrure et du verrou ordinaires, la porte de devant était munie d'une chaîne de sécurité dont Carol et Jeffrey ne se servaient jamais. Carol fit glisser l'extrémité de la chaîne dans ses rails, et ouvrit la porte. Avec la chaîne de sécurité en place, celle-ci ne s'ouvrit que de quelques centimètres.

Carol se préparait à redire à Devlin qu'elle n'avait aucune idée de l'endroit où se trouvait Jeffrey, mais elle ne prononça jamais les mots. Avant qu'elle comprît ce qui lui arrivait, la porte s'ouvrit brutalement dans un grand fracas de bois qui volait en éclats, laissant un fragment brisé du chambranle se balancer à la chaîne.

La première réaction de Carol fut de courir, mais Devlin l'attrapa par le bras et l'arrêta net.

— Vous ne pouvez pas entrer chez moi ! hurla Carol.

Elle espérait avoir un ton autoritaire, même si elle était effrayée. Elle essaya en vain de dégager son bras de l'étreinte de Devlin.

— Vraiment ? dit Devlin, en feignant la surprise. Mais il semblerait que je sois déjà à l'intérieur. De plus, c'est aussi la maison du docteur, et je serais curieux de voir si le petit démon est revenu furtivement ici après m'avoir piqué le cul avec une espèce de poison pour flèches. Je dois dire que j'en ai un peu marre de votre mari.

« Vous n'êtes pas le seul », fut tentée de dire Carol, mais elle n'en fit rien.

— Il n'est pas ici, dit-elle à la place.

— Ah oui ? demanda Devlin. Eh bien, vous et moi nous allons quand même jeter un petit coup d'œil.

— Je veux que vous sortiez ! cria Carol en essayant de résister.

Mais cela ne servit à rien. Devlin la tenait fermement par le poignet en la traînant de pièce en pièce, à la recherche d'un indice prouvant que Jeffrey était venu ici.

Carol continuait à essayer de se dégager. Juste avant qu'il la forçât à monter au premier, Devlin la secoua brusquement.

— Vous allez vous calmer, cria-t-il. Vous savez, cacher ou aider un criminel qui s'est soustrait à la justice est un crime. Alors si le toubib est ici, vous auriez intérêt à ce que ça soit moi qui le trouve plutôt que la police.

— Il n'est pas ici, lui dit Carol. Je ne sais pas où il est et franchement, je m'en fiche !

— Ah, ah, dit Devlin, surpris par ce dernier commentaire. (Son étreinte se relâcha.) Est-ce qu'il y aurait un petit désaccord conjugal ?

Carol profita de la surprise réelle de Devlin pour libérer son bras. Sans perdre un instant, elle le frappa en plein visage.

Devlin en resta abasourdi pendant un moment. Puis il partit d'un grand rire en la saisissant à nouveau par le poignet.

— Vous êtes une vraie petite bagarreuse ! dit-il. Exactement comme votre mari. Si seulement je pouvais vous croire. Maintenant, si vous étiez bien gentille, vous me montreriez le premier étage.

Carol poussa un hurlement de panique quand Devlin lui fit monter l'escalier à toute vitesse. Il avançait si rapidement qu'elle avait du mal à se maintenir à sa hauteur et trébucha sur plusieurs marches, se faisant des bleus aux tibias.

Ils firent rapidement le tour du premier. Regardant dans la chambre, où tout était en désordre, avec des vêtements sales entassés partout, et dans le placard dont le sol était jonché d'un amas de chaussures en vrac, Devlin dit :

— Pas tellement femme d'intérieur, hein ?

Se trouver dans la chambre terrifiait Carol, ignorante qu'elle était des véritables intentions de Devlin. Elle essayait de conserver le contrôle d'elle-même. Il fallait qu'elle eût une idée avant que ce porc ne lui tombe dessus.

Mais Devlin ne s'intéressait visiblement pas à Carol. Il lui fit grimper tant bien que mal l'escalier escamotable menant au grenier, puis descendre les deux étages jusqu'au sous-sol. Il était évident que Jeffrey n'était pas ici et qu'il n'y était pas venu. Satisfait, il emmena Carol dans la cuisine et regarda le réfrigérateur.

— Ainsi, vous disiez la vérité. Maintenant je vais vous lâcher, mais j'espère que vous allez bien vous tenir. Compris ?

Carol le regarda d'un air furieux.

— Madame Rhodes, j'ai dit : compris ?

Carol approuva de la tête.

Devlin lui lâcha le poignet.

— Bon, à présent, dit-il, je pense que je vais rester ici un peu, au cas où le toubib téléphonerait ou viendrait chercher des sous-vêtements propres.

— Je veux que vous partiez, dit Carol en colère. Partez, sinon j'appelle la police.

— Vous ne pouvez pas appeler la police, dit Devlin tranquillement, comme s'il savait quelque chose que Carol ignorait.

— Et pourquoi ? demanda Carol, indignée.

— Parce que je ne vous laisserai pas faire, dit Devlin.

Il rit de son rire rauque et se mit à tousser. Quand il se reprit, il ajouta :

— Je regrette de vous dire ça, mais la police ne s'intéresse pas beaucoup à Jeffrey Rhodes en ce moment. De plus, c'est moi qui suis chargé du maintien de l'ordre. Jeffrey a perdu ses droits quand la condamnation a été prononcée.

— Jeffrey a été condamné, dit Carol. Pas moi.

— Une simple formalité, dit Devlin avec un geste de la main. Mais parlons de quelque chose de plus important. Qu'est-ce qu'il y a à dîner ?

Jeffrey prit le trolley jusqu'à Cleveland Circle, puis remonta à pied Chesnut Hill Avenue avant de se faufiler dans les rues de banlieue au charme vieillot qui menaient chez Kelly. Des lumières s'allumaient dans les cuisines, des chiens aboyaient, et des enfants jouaient dehors. C'était un quartier de carte postale avec des breaks Ford Taunus arrêtés devant des portes de garage fraîchement repeintes. Le soleil était bas à l'horizon. Il faisait presque nuit.

Une fois qu'il eut décidé d'aller chez Kelly, le seul désir de Jeffrey avait été d'y être. Mais maintenant qu'il s'approchait de sa rue, il sentait renaître son incertitude. Prendre une décision n'avait jamais été un problème auparavant. Il avait décidé de faire sa médecine au début de ses études secondaires. Quand il avait dû acheter une maison, il avait à peine franchi le seuil de Marblehead qu'il avait dit : « C'est ça. » Il n'avait pas l'habitude d'hésiter ainsi. Quand il réussit enfin à se décider à aller jusqu'à la porte et à sonner, il souhaita presque qu'elle ne fût pas chez elle pour répondre.

— Jeffrey ! s'exclama Kelly en ouvrant la porte. C'est le jour des surprises. Entrez !

Jeffrey entra et comprit instantanément à quel point il était soulagé que Kelly fût chez elle.

— Donnez-moi votre veste, dit-elle.

Elle l'aida à l'enlever et lui demanda ce qu'il avait fait de ses lunettes.

Jeffrey porta une main à son visage. Pour la première fois, il prit conscience qu'il les avait perdues. Il imagina qu'elles avaient sauté quand il avait bondi hors de la chambre d'hôtel.

— Ce n'est pas que je ne sois pas heureuse de vous voir... je le suis. Mais qu'est-ce que vous faites ici ?

Elle l'emmena dans la salle commune.

— J'ai bien peur que si j'étais retourné à mon hôtel, j'aurais trouvé des gens qui m'attendaient, dit-il en lui emboîtant le pas.

— Oh ! mon Dieu. Racontez-moi tout ça.

Et de nouveau, Jeffrey mit Kelly au courant. Il lui raconta les péripéties de la rencontre avec Devlin à l'hôtel Essex, y compris les coups de feu et l'injection de succinylcholine.

Bien qu'elle fût consternée, Kelly pouffa de rire.

— Il n'y a qu'un anesthésiste pour penser à injecter de la succinylcholine à un chasseur de prime.

— Il n'y a rien de drôle dans tout ça, dit Jeffrey d'un air piteux. Le vrai problème, c'est que les enjeux sont devenus plus gros. Et les risques aussi. Surtout si Devlin me retrouve. Il m'a été difficile de me décider à venir. Je pense que vous devriez reconsidérer la proposition que vous m'avez faite.

— C'est idiot, dit Kelly. En vérité, après votre départ de l'hôpital aujourd'hui, je me serais donné des coups de pied dans le derrière tellement je m'en voulais de ne pas vous avoir invité à venir dormir ici.

Jeffrey étudia le visage de Kelly. Elle était d'une sincérité désarmante. Son inquiétude était évidente.

— Ce Devlin m'a tiré dessus, répéta Jeffrey. Deux fois. De vraies balles, et il riait comme s'il s'amusait à faire des cartons dans une fête foraine. Je veux seulement m'assurer que vous mesurez le danger que vous encourez.

Kelly regarda Jeffrey droit dans les yeux.

— Je comprends parfaitement, dit-elle. Je comprends aussi que j'ai une chambre d'amis et que vous avez besoin d'un endroit où loger. En fait, je serais offensée si vous refusiez. Alors, marché conclu ?

— Marché conclu, dit Jeffrey sans réussir à réprimer un sourire.

— Bon. Maintenant que c'est réglé, nous allons vous préparer quelque chose à manger. Je parierais que vous n'avez rien avalé de la journée.

— C'est faux, dit Jeffrey. J'ai mangé une pomme et une banane.

— Que diriez-vous d'un plat de spaghettis ? Je n'en ai que pour une demi-heure à les préparer.

— Ça serait formidable.

Kelly alla dans la cuisine. En quelques minutes, elle avait fait sauter des oignons et de l'ail hachés dans un vieux poêlon en fonte.

— Je ne suis pas retourné à ma chambre d'hôtel après avoir échappé à Devlin, lui dit Jeffrey.

Il s'était appuyé sur le dossier du canapé pour mieux voir Kelly s'activer dans la cuisine.

— Ma foi, j'espère bien que non.

Elle sortit du bœuf haché du réfrigérateur.

— Je le dis uniquement parce que je crains d'avoir perdu les notes de Chris... celles que je vous avais empruntées.

— Pas de problème, dit Kelly. Je vous ai dit que j'allais m'en débarrasser de toute façon. Vous m'avez épargné cette peine.

— J'en suis quand même désolé.

Kelly commença à ouvrir une boîte de tomates pelées avec un ouvre-boîte électrique. Par-dessus le ronronnement du moteur, elle dit :

— A propos, j'ai oublié de vous en parler. J'ai appelé Charlotte Henning au Valley Hospital. Elle m'a dit qu'ils prenaient leur Marcaïne chez Ridgeway Pharmaceuticals.

La mâchoire de Jeffrey s'en décrocha.

— Ridgeway ?

— C'est ça, confirma Kelly en ajoutant le bœuf haché aux oignons et à l'ail. Elle a dit que Ridgeway était leur fournisseur depuis que la Marcaïne est commercialisée.

Jeffrey se retourna sur le canapé et regarda par la fenêtre le jardin qui s'assombrissait. Il était abasourdi. L'idée que la Marcaïne de Memorial et de Valley venait du même laboratoire de produits pharmaceutiques était cruciale pour sa théorie de l'agent de contamination. Si la Marcaïne utilisée dans les opérations de Noble et d'Owen venaient de laboratoires différents, il n'y avait pas moyen d'affirmer qu'elle sortait du même lot contaminé.

Inconsciente de l'effet produit sur Jeffrey par son renseignement, Kelly ajouta les tomates et un peu de coulis de tomate au bœuf, aux oignons et à l'ail. Elle saupoudra le tout d'origan, tourna et baissa le gaz pour que la sauce mijote. Elle prit une grande casserole, la remplit d'eau et la mit à bouillir sur la cuisinière.

Jeffrey la rejoignit près du plan de travail.

Kelly sentit que quelque chose n'allait pas.

— Que se passe-t-il ? demanda-t-elle.

Jeffrey soupira.

— Si Valley se fournit chez Ridgeway, alors l'idée d'un agent de contamination tombe à l'eau. La Marcaïne arrive dans des ampoules en verre scellé, et tout facteur de contamination devrait être introduit durant la fabrication.

Kelly s'essuya les mains avec une serviette.

— Ne pourrait-on pas y adjoindre plus tard un agent de contamination ?

— J'en doute.

— Et une fois qu'on a ouvert l'ampoule ? suggéra Kelly.

— Non, dit fermement Jeffrey. J'ouvre mes propres ampoules et j'en extrais immédiatement le médicament. Je suis sûr que Chris devait faire de même.

— Il doit y avoir un moyen, dit Kelly. N'abandonnez pas si facilement. C'est probablement ce que Chris a dû faire.

— Pour mettre un agent de contamination dans une de ces ampoules, il faudrait percer le verre, dit Jeffrey presque en colère. On ne peut pas le faire. Les capsules, oui, les ampoules de verre, non.

Mais, alors même qu'il disait cela, Jeffrey commença à se poser des questions. Il se souvint du labo de chimie au collège, où on lui avait demandé de fabriquer des pipettes en se servant d'un bec Bunsen et de tubes de verre. Il se souvenait de l'aspect de caramel mou que prenait le verre en fusion tandis qu'il attendait qu'il fût chauffé au rouge pour pouvoir l'étirer en un mince cylindre.

— Vous avez des seringues ici ? demanda-t-il.

— J'ai encore la sacoche de Chris, dit-elle. Il est possible qu'il y en ait dedans. Je vais la chercher ?

Jeffrey fit oui de la tête, puis se dirigea vers la cuisinière et alluma un des brûleurs de devant, à côté de la sauce des spaghettis qui mijotait. La flamme serait sûrement assez chaude. Lorsque Kelly revint avec la sacoche de Chris, il y prit quelques seringues et deux ampoules de bicarbonate.

Il chauffa l'extrémité de l'aiguille jusqu'à ce que le métal devînt incandescent. L'éloignant du feu, il essaya immédiatement de faire pénétrer l'aiguille dans le verre. Le résultat fut médiocre. Puis il essaya de chauffer le verre et de se servir d'une aiguille froide, mais ça ne marcha pas non plus. Il essaya enfin de chauffer à la fois le verre et l'aiguille, et l'aiguille traversa facilement le verre.

Jeffrey retira l'aiguille de l'ampoule et étudia le verre. Sa surface jadis lisse était déformée et un trou minuscule demeurait là où avait été enfoncée l'aiguille. Lorsqu'il remit l'ampoule au-dessus du brûleur, le verre redevint mou, mais quand Jeffrey essaya de le faire tourner, le verre fondu se distordit davantage encore, et il ne réussit qu'à se brûler et à bousiller le bout de l'ampoule.

— Qu'est-ce que vous en pensez ? demanda Kelly qui le regardait faire par-dessus son épaule.

— Je crois que vous avez raison, dit Jeffrey qui avait repris espoir. Ça pourrait se faire. Ce n'est pas très facile. J'ai sûrement fait un beau gâchis avec celle-là. Mais ça prouve que c'est faisable. Ça serait mieux avec une flamme plus chaude, ou mieux dirigée.

Kelly mit un cube de glace sur son doigt brûlé et l'enveloppa dans un torchon à vaisselle.

— A quel agent de contamination pensez-vous ? demanda-t-elle.

— Je ne sais pas exactement, reconnut Jeffrey, mais je pense à une sorte de toxine. Quoi que ce soit, ça devrait exercer ses effets à une très faible concentration. De plus, d'après ce qu'a écrit Chris, ça devrait endommager les cellules nerveuses, sans causer de dommages aux reins et au foie. Cela élimine un tas de poisons usuels. Peut-être que j'en saurai plus quand j'aurai mis la main sur le rapport d'autopsie de Patty Owen. J'éprouverais un grand intérêt à lire le passage toxicologie. Je l'ai regardé brièvement lors de la préparation des deux procès et je me souviens qu'il était négatif, à l'exception de traces de Marcaïne. Mais je ne l'ai jamais examiné de près. Il ne m'avait pas semblé important à l'époque.

L'eau bouillant à gros bouillons dans la casserole, Kelly y jeta les pâtes. Elle se retourna pour faire face à Jeffrey.

— Si c'est ainsi que la toxine est mise dans la Marcaïne (elle désigna l'ampoule et la seringue que Jeffrey avait posées sur le bloc cuisine), cela signifie que quelqu'un trafique la Marcaïne délibérément, empoisonne délibérément.

— Assassine, dit Jeffrey.

— Mon Dieu, dit Kelly. (Elle commençait à entrevoir toute l'horreur de la chose.) Pourquoi ? ajouta-t-elle avec un frisson. Pourquoi quelqu'un ferait-il ça ?

Jeffrey haussa les épaules.

— C'est une question à laquelle je ne suis pas près de répondre. Cela ne serait pas la première fois que quelqu'un trafique des médicaments ou les utilise délibérément pour faire un mauvais coup. Qui peut dire quelle en est la motivation ? Le tueur au Tylenol. Ce docteur X du New Jersey, celui qui tuait ses patients avec des overdoses de succinylcholine.

— Et maintenant celui-ci.

Kelly était visiblement bouleversée. Elle ne pouvait pas se faire à l'idée d'un fou rôdant dans les couloirs des hôpitaux de Boston.

— Si vous croyez qu'il est possible que ça soit vrai, dit-elle, ne pensez-vous pas que vous devriez en parler à la police ?

— J'aimerais bien que nous puissions le faire, dit Jeffrey. Mais nous ne pouvons pas, et pour deux raisons. D'abord, je suis un fugitif. Mais, même sans cela, force est de reconnaître que nous n'avons pas l'ombre d'une preuve de quoi que ce soit. Si quelqu'un allait raconter cette histoire à la police, je doute fort qu'ils feraient quelque chose. Nous avons besoin de preuves pour aller voir les autorités.

— Mais il faut que nous arrêtions cet individu !

— Je suis bien d'accord, dit Jeffrey. Avant qu'il y ait plus de morts et plus de médecins condamnés.

Kelly dit ces derniers mots si doucement que Jeffrey put à peine les entendre.

— Avant qu'il y ait plus de suicides.

Ses yeux s'emplirent de larmes.

Pour maîtriser son émotion, Kelly s'occupa des pâtes qui bouillaient. Elle repêcha un spaghetti et le jeta sur la porte du placard à vaisselle. Il resta collé. S'essuyant les yeux, elle dit :

— Mangeons.

— Je te téléphonerai dès que ça sera fini, dit Karen Hodges à sa mère.

Cela faisait près d'une heure qu'elle était au téléphone et elle commençait à être agacée. Elle trouvait que sa mère aurait dû essayer de la réconforter au lieu de faire le contraire.

— Es-tu sûre que le médecin est bien ? demanda Mme Hodges.

Karen roula les yeux en direction de sa camarade de chambre, Marcia Ginsburg, qui lui manifestait sa sympathie par un sourire. Marcia savait exactement ce que subissait Karen. Les coups de téléphone de la mère de Marcia étaient tout aussi agaçants. Elle mettait constamment sa fille en garde contre les hommes, contre le sida, contre la drogue, et contre le danger de grossir.

— Il est très bien, maman, dit Karen sans prendre la peine de cacher son exaspération.

— Redis-moi comment tu l'as trouvé, dit Mme Hodges.

— Maman, je te l'ai dit un million de fois.

— Bon, bon, dit Mme Hodges. Tu m'assures que tu me téléphoneras dès que tu le pourras, tu entends ?

Elle savait qu'elle mettait sa fille en colère, mais elle ne pouvait s'empêcher d'être inquiète. Elle avait suggéré à son mari d'aller en avion jusqu'à Boston pour être avec Karen quand elle irait se faire faire une laparoscopie, mais M. Hodges avait dit qu'il ne pouvait quitter son bureau. De plus, comme il l'avait fait remarquer, une laparoscopie n'était qu'un examen, pas une « véritable opération ».

— C'est une véritable opération quand ça concerne ma petite fille, avait répondu Mme Hodges.

Mais en définitive, elle et M. Hodges étaient restés à Chicago.

— Je te téléphonerai dès que possible, dit Karen.

— Dis-moi quel genre d'anesthésie on va te faire, dit Mme Hodges, dans l'espoir de gagner du temps.

Elle ne voulait pas raccrocher.

— Une épidurale, lui dit Karen.

— Epelle.

Karen épela.

— Est-ce que ce n'est pas de ça qu'on se sert pour les accouchements ?

— Oui, dit Karen, et aussi pour des examens comme les laparoscopies quand on n'est pas sûr du temps que ça prendra. Le médecin ne sait pas ce qu'il va trouver. Ça peut prendre un certain temps, et il ne veut pas que je sois inconsciente. Allons, M'man, tu es déjà passée par là avec Cheryl.

Cheryl était la sœur aînée de Karen et elle avait eu, elle aussi, une endométriose.

— Tu ne vas pas te faire avorter, n'est-ce pas ? demanda Mme Hodges.

— Maman, il faut que j'y aille, dit Karen.

La dernière question avait fait déborder le vase. Après toute cette conversation, sa mère pensait qu'elle lui mentait. C'était ridicule.

— Téléphone-moi, parvint à glisser Mme Hodges avant que sa fille ne raccrochât.

Karen se tourna vers Marcia et les deux femmes se regardèrent un moment, puis elles éclatèrent de rire.

— Ah, les mères ! dit Karen.

— Une espèce unique, dit Marcia.

— Elle ne semble pas vouloir admettre que j'ai vingt-trois ans et que je ne suis plus au collège, dit Karen. Dans trois ans, quand je sortirai de la faculté de droit, je me demande si elle me traitera encore comme ça.

— Ça ne fait pas l'ombre d'un doute, dit Marcia.

Karen avait obtenu son diplôme du Simmons College l'année précédente et travaillait à présent comme secrétaire juridique pour un avocat ambitieux et prospère spécialisé dans les divorces, du nom de Gerald McLellan. Plus qu'un patron, McLellan était devenu un mentor pour elle. Reconnaissant son intelligence, il l'avait poussée à faire son droit. Il était prévu qu'elle entrerait au Boston College à l'automne prochain.

Bien que Karen fût l'image même de la bonne santé, elle souffrait d'endométriose depuis la puberté. Ces derniers mois, la situation avait empiré. Son médecin avait finalement prévu de lui faire une laparoscopie pour décider du traitement à lui appliquer.

— Tu ne peux pas savoir à quel point je suis heureuse que ce soit toi et pas ma mère qui m'accompagne demain, dit Karen. Elle me rend dingue.

— Ce sera un plaisir pour moi, dit Marcia.

Elle s'était arrangée pour prendre un jour de congé à la Banque de Boston afin d'accompagner Karen au service de chirurgie de jour et de la ramener chez elle à moins que Karen ne dût y passer la nuit. Mais le médecin de Karen trouvait peu vraisemblable que ce fût le cas.

— Je suis un peu inquiète pour demain, avoua Karen.

A l'exception d'une visite aux urgences à la suite d'un accident de bicyclette quand elle avait dix ans, elle n'était jamais allée à l'hôpital.

— Ça ne sera rien du tout, lui affirma Marcia. Je m'inquiétais avant d'être opérée de l'appendicite, mais ça n'a rien été du tout. Vraiment.

— Je n'ai jamais eu d'anesthésie, dit Karen. Qu'est-ce qui se passe si ça ne marche pas et si je sens tout ?

— Tu n'as jamais eu de piqûre chez le dentiste ?

Karen secoua la tête.

— Non. Je n'ai jamais eu de carie.

Trent Harding sortit les verres du placard proche du réfrigérateur et enleva le double fond. Plongeant la main à l'intérieur, il en retira le calibre 45 et le laissa reposer dans sa main. Il aimait cette arme. Il y avait une légère traînée d'huile sur le canon depuis la dernière fois où il s'en était servi. Il prit une serviette en papier et l'essuya amoureusement.

Avançant de nouveau la main vers la cachette, il en sortit le chargeur. Le pistolet dans la main gauche, il inséra le chargeur dans la crosse. Puis il le poussa jusqu'à ce qu'il se mît en place avec un petit bruit sec. La manœuvre lui donnait une sensation proche du plaisir sexuel.

Soupesant de nouveau le pistolet, il le sentit différent maintenant qu'il était chargé. Le tenant à la façon de Crockett dans *Deux flics à Miami*, il visa à travers la porte de la cuisine l'affiche Hardley-Davidson qui était accrochée au mur de la salle de séjour. Pendant une seconde, il se demanda s'il pourrait sans danger tirer un coup de feu dans son propre appartement. Mais il jugea que le risque était trop gros. Un 45 fait un bruit du tonnerre. Il ne voulait pas que les voisins appellent la police.

Il posa l'arme sur la table et retourna à sa cachette. Il tendit la main pour en sortir la petite ampoule de liquide jaune. Il la secoua et la regarda à la lumière. Il n'avait absolument aucune idée de la façon dont ils tiraient ce liquide de la peau des grenouilles. Il l'avait acheté à un vendeur de drogue colombien à Miami. Le truc était formidable. Il s'était révélé capable de tenir toutes les promesses du type.

Avec une petite seringue de cinq centimètres cubes, Trent aspira une goutte minuscule du liquide, puis il la dilua dans de l'eau distillée. Dans les circonstances actuelles, il ne savait pas du tout combien il lui en faudrait. Il n'avait aucune expérience à laquelle se référer pour ce qu'il projetait de faire.

Trent remit précautionneusement l'ampoule dans sa cachette, puis replaça le contre-plaqué et les verres. Il couvrit d'un capuchon le bout de la seringue pleine de toxine diluée et la mit dans sa poche. Il glissa ensuite le pistolet dans sa ceinture et sentit le froid du canon au creux de ses reins.

Du placard de devant, il sortit sa veste en denim Levi's et l'enfila. Puis il vérifia dans le miroir de la salle de bains qu'on ne pouvait pas voir le pistolet. La veste était coupée de telle façon qu'il n'y avait même pas une bosse.

Il détestait perdre sa place de parking sur Beacon Hill, sachant qu'il aurait un mal fou à en trouver une autre quand il reviendrait, mais quelle autre solution avait-il ? Il parcourut la distance jusqu'à Saint-Joe dans le quart du temps qu'il aurait mis pour y aller en empruntant les transports en commun. Il y avait autre chose qui l'agaçait chez les médecins. Ils se garaient à l'hôpital durant la journée. Les infirmiers, eux, n'y étaient autorisés que s'ils étaient surveillants, ou bien s'ils travaillaient soit dans l'équipe du soir, soit dans l'équipe de nuit.

Trent se gara dans le parking public, mais choisit une place proche de celui des employés. Il ferma sa voiture à clef et entra sans se presser dans l'hôpital. Une des bénévoles lui demanda si elle pouvait l'aider, mais il dit que non, ça allait. Il prit un numéro de *Globe* au kiosque de l'hôpital et s'installa dans le coin. Il était en avance, mais il ne voulait prendre aucun risque. Il voulait être là quand Gail Shaffer aurait fini son travail.

Devlin rota. La bière lui faisait parfois cet effet. Il jeta un coup d'œil sur Carol qui lui lança un regard dégoûté. Elle était assise en face de lui dans la salle de séjour et feuilletait des magazines en donnant de petits coups furieux sur les pages. De toute évidence, elle était irritée.

Devlin reporta son attention sur le jeu des Rex Sox, la fameuse équipe de base-ball de Boston, ce qu'il trouvait reposant. S'ils avaient gagné, il aurait été nerveux à la pensée qu'ils ratent tout. Mais ils l'arrangeaient bien en étant menés de six points. Il était évident qu'ils allaient en perdre encore un.

Au moins, il avait bien mangé. Les côtes de veau froides et la salade étaient ce qu'il lui fallait. De même que les quatre bières. Il n'avait jamais entendu parler de Kronenbourg avant d'aller chez les Rhodes. Elle n'était pas mauvaise, bien qu'il eût encore préféré une Bud.

Le toubib ne s'était pas montré et n'avait pas téléphoné. Bien que monter la garde lui eût valu un repas correct, il avait dû supporter Carol. Après avoir passé une soirée avec elle, il pouvait comprendre pourquoi le brave docteur n'avait pas envie de rentrer chez lui.

Devlin s'enfonça un peu plus profondément dans le canapé confortable devant le téléviseur. Il avait enlevé ses bottes de cow-boy et posé ses pieds sur une des chaises de cuisine à dossier droit. Il soupira. C'était mieux que de monter la garde dans sa voiture, même si les Sox perdaient. Devlin cligna des yeux. Pendant une seconde, il s'était senti glisser dans le sommeil.

Carol n'arrivait pas à croire que c'était ainsi qu'elle allait devoir passer une de ses dernières nuits à Boston : en compagnie d'un voyou qui cherchait à savoir où se trouvait Jeffrey. Si elle ne revoyait plus jamais celui qui serait bientôt son ex-mari, ce serait trop tôt. Peut-être aimerait-elle le voir une fois, uniquement pour pouvoir lui dire ce qu'elle pensait de lui.

Carol observait Devlin du coin de l'œil. Pendant un moment, il sembla tomber de sommeil. Mais il se leva pour aller chercher une autre bière. Bientôt, il fut de nouveau dans la même position presque horizontale, avec les yeux mi-clos.

Enfin, pendant la publicité, la tête de Devlin tomba sur sa poitrine. La bouteille de bière qu'il tenait penchée déversa une partie de son contenu sur la moquette. Il se mit à ronfler. Il s'était profondément endormi.

Carol resta où elle était, tenant son magazine, craignant d'éveiller Devlin en tournant une page. Soudain, un rugissement jaillit du téléviseur au moment où un des joueurs marquait un point. Carol fronça les sourcils, pensant que le bruit allait réveiller Devlin, mais il ne fit que ronfler de plus belle.

Carol se laissa lentement glisser du fauteuil jusqu'à ce qu'elle se mette debout. Elle posa son magazine sur le téléviseur.

En respirant lentement, profondément, elle passa sur la pointe des pieds devant Devlin, traversa la cuisine et monta l'escalier. A l'instant où elle fut dans sa chambre, elle ferma et verrouilla sa porte et décrocha le téléphone. Sans hésiter, elle composa le numéro du commissariat et dit au standardiste qu'il y avait un intrus chez elle et qu'elle demandait immédiatement l'aide de la police. Elle donna calmement son adresse. Si Jeffrey pouvait régler ses problèmes à sa façon, elle était capable de régler les siens. Le standardiste lui affirma que les policiers étaient déjà en route.

Pendant ce temps, Carol entra dans sa salle de bains. Pour faire bonne mesure, elle ferma et verrouilla la porte. Elle baissa le couvercle du siège des toilettes et s'assit pour attendre. Moins de dix minutes plus tard, on frappait à la porte d'entrée. Ce ne fut qu'à ce moment-là que Carol sortit de la salle de bains, traversa la chambre et écouta à la porte. Elle entendit la porte d'entrée s'ouvrir, puis un murmure de voix.

Ouvrant la porte de la chambre, Carol alla en haut de l'escalier. En bas, elle entendit parler, puis, à sa grande surprise, rire.

Elle descendit l'escalier. Dans le vestibule, près de la porte d'entrée, deux policiers en uniforme riaient de quelque chose et donnaient de grands coups dans le dos de Devlin, comme s'ils étaient les meilleurs amis du monde.

— Excusez-moi ! dit Carol à voix forte de la dernière marche de l'escalier.

Les trois hommes levèrent les yeux.

— Carol, ma chère, dit Devlin, il semble qu'il y a eu une sorte de confusion. Quelqu'un a appelé la police en disant qu'un homme s'était introduit chez elle.

— C'est moi qui ai appelé la police, dit Carol. (Elle désigna Devlin.) C'est lui l'intrus.

— Moi ? dit Devlin avec une surprise exagérée. (Il reporta son attention vers les deux policiers.) Ça, c'est à marquer d'une pierre blanche. J'étais dans la salle de séjour, endormi devant la télévision. C'est drôle pour un intrus, non ? En fait, Carol m'a préparé un dîner formidable. Elle m'a invité...

— Je ne l'ai jamais invité ! cria Carol.

— Hé, les gars, si vous vouliez bien entrer dans la cuisine, vous verriez la vaisselle sale qui reste de notre dîner romantique. Je crois que j'ai été un peu décevant, en m'endormant comme je l'ai fait.

Les deux policiers sourirent sans le vouloir.

— Il m'a obligée à préparer à dîner, dit-elle avec brusquerie.

Devlin semblait sincèrement blessé.

Avec une indignation non dissimulée, Carol traversa l'entrée à grands pas et saisit la chaîne à laquelle pendait un morceau du montant de la porte. Elle l'agita sous le nez des policiers.

— Est-ce que ça vous donne l'impression que j'ai invité ce porc à entrer ?

— Je ne sais absolument pas comment ça a pu se casser, dit Devlin. Je n'ai sûrement rien à voir avec ça. (Il roula les yeux en direction des policiers.) Mais, Harold, Willy, si la petite dame veut que je parte, je pars. Elle n'avait qu'à me demander de m'en aller. J'ai horreur de jouer les indésirables.

— Willy, pourquoi n'emmènerais-tu pas M. O'Shea dehors un instant, dit le plus vieux des policiers. Je vais bavarder avec Mme Rhodes.

Devlin dut repasser par la salle de séjour pour prendre ses bottes. Quand il les eut enfilées, Willy et lui sortirent et allèrent se mettre près de la voiture de patrouille de la police.

— Ah, les femmes, dit Devlin en désignant de la tête la maison des Rhodes, quels ennuis elles nous causent ! C'est pas rien !

— Ça, c'est une sacrée fonceuse, dit Harold en sortant de la maison et en rejoignant les autres. Bon Dieu, Devlin, qu'est-ce que tu as fait pour la mettre en boule comme ça ?

Devlin haussa les épaules.

— Peut-être que je l'ai vexée. Comment je pouvais savoir que si je m'endormais, elle en ferait un drame ? Tout ce que je veux, c'est trouver son mari, en espérant que ça sera avant que ne soit confisquée la somme qu'il a fournie comme caution.

— Bon, je me suis arrangé pour la calmer, dit Harold. Mais je t'en prie, sois discret et ne casse rien d'autre.

— Discret ? Bon Dieu, c'est mon deuxième prénom, dit Devlin en riant. Désolé de vous avoir causé du dérangement, les gars.

Harold interrogea ensuite Devlin au sujet d'un autre policier de Boston qui avait été viré de la police avec Devlin au moment où avait éclaté le scandale de la corruption. Devlin lui dit que la dernière fois où il avait entendu parler du type, il était parti pour la Floride et travaillait dans la région de Miami comme détective privé.

Après s'être tous trois serré la main une dernière fois, ils montèrent dans leurs voitures respectives et démarrèrent. Quand ils arrivèrent à West Shore Drive, les flics tournèrent à gauche, Devlin à droite. Mais celui-ci n'alla pas loin. Il décrivit une bouche et finalement repassa lentement devant la maison des Rhodes. Il se gara à un endroit d'où il pouvait l'observer. Jeffrey ne s'étant pas pointé et n'ayant pas téléphoné, il se lamenta d'avoir à engager de nouveau le type qui devait suivre Carol.

Mais après cette soirée, il n'était pas aussi sûr qu'avant que Carol le conduirait jusqu'à Jeffrey. La réflexion de Mosconi sur le fait qu'ils n'avaient pas une grande tendresse l'un pour l'autre, plus le comportement de Carol et quelques rares commentaires ici et là, lui donnaient à penser qu'il ferait peut-être bien de trouver une autre piste. Mais les choses seraient plus faciles maintenant, car il s'était débrouillé pour mettre un micro sur le téléphone de Carol pendant qu'elle préparait à dîner. Si Jeffrey téléphonait, il le saurait.

En parcourant du regard la chambre d'amis de Kelly, Jeffrey décida de laisser son sac marin sous le lit. Il pensait qu'il serait autant à l'abri ici qu'ailleurs. Il prit le parti de ne pas parler de l'argent à Kelly de crainte que cela n'accrût ses inquiétudes.

Sortant de la pièce, il trouva Kelly dans sa chambre à coucher, adossée à un oreiller et en train de lire un roman. La porte était entrebâillée comme si elle s'attendait à ce qu'il vienne lui dire au revoir avant de partir. Elle portait un pyjama rose en coton avec un passepoil vert foncé. Pelotonnés dans son lit, il y avait deux chats, un siamois et un tigré fauve.

— Eh bien, n'est-ce pas là l'image même de la vie de famille, dit Jeffrey.

Il jeta un coup d'œil à la chambre. Elle était merveilleusement féminine. Il était facile de voir comme on avait pris soin de tous les détails. Il n'y avait pas de vêtements étalés, et Jeffrey ne put éviter de faire la comparaison avec la tanière en désordre de Carol.

— J'étais sur le point d'aller voir si vous étiez bien réveillé, dit Kelly. Je crois que nous nous raterons demain matin. Je dois partir d'ici à sept heures moins le quart. Je mettrai la clef de la porte d'entrée à l'intérieur de la lampe.

— Vous n'êtes pas revenue sur votre idée de m'héberger ?

Kelly fronça les sourcils en faisant mine d'être contrariée.

— Je croyais que c'était une affaire réglée. Je tiens absolument à que vous restiez. J'avais l'impression que nous étions tous deux impliqués dans cette histoire. Surtout maintenant, avec ce monstre en liberté.

Jeffrey entra dans la chambre et se dirigea vers le lit. Le siamois leva la tête et cracha.

— Allons, Samson, ne soyons pas jaloux, grogna Kelly.

Puis elle dit à Jeffrey :

— Il n'est pas habitué à ce qu'il y ait un homme dans la maison.

— Qui sont ces animaux ? demanda Jeffrey. Comment se fait-il que je ne les aie pas encore vus ?

— Lui, c'est Samson, dit Kelly en désignant le siamois. Il passe le plus clair de son temps dehors, à terroriser le voisinage. Et elle, c'est Dalila. Elle est enceinte, comme vous pouvez le voir. Elle dort toute la journée dans le placard à balais.

— Ils sont mariés ? demanda Jeffrey.

Kelly rit de son rire si caractéristique. Jeffrey sourit. Il ne trouvait pas que sa petite plaisanterie était si drôle, mais la gaieté de Kelly était communicative.

Jeffrey s'éclaircit la voix.

— Kelly, commença-t-il. Je ne sais pas comment dire ça, mais vous n'avez pas idée à quel point j'apprécie votre compréhension et votre hospitalité. Je ne pourrai jamais vous remercier assez.

Kelly regarda Dalila et lui donna une caresse amicale. Jeffrey pensa qu'elle rougissait, mais il était difficile d'en juger, dans cette lumière.

— Je voulais seulement que vous le sachiez, ajouta Jeffrey.

Puis, changeant de sujet, il dit :

— Je crois que j'aurai des choses à vous dire demain.

— Soyez prudent ! lui recommanda Kelly. Et bonne chance. Si vous avez un problème, téléphonez-moi. Quelle que soit l'heure.

— Il n'y aura pas de problème, dit Jeffrey, confiant.

Mais une demi-heure plus tard, alors qu'il grimpait les marches du Boston Memorial, il n'en était plus aussi sûr. Malgré la confiance qu'il avait acquise en faisant le tour de l'hôpital avec Martinez, Jeffrey craignait encore de tomber sur quelqu'un qu'il connaissait bien. Il regrettait d'avoir perdu ses lunettes et espérait qu'elles n'étaient pas d'une importance cruciale dans le changement de son apparence.

Jeffrey retrouva un peu de sa confiance lorsqu'il eut revêtu l'uniforme du personnel d'entretien. Il y avait même une enveloppe pendant à l'extérieur de son placard contenant une plaque à son nom avec une photo d'identité.

Une petite tape sur son épaule le fit sursauter et la réaction soudaine de Jeffrey surprit l'homme qui l'avait touché.

— Du calme, vieux, tu es nerveux ou quoi ?

— Excuse-moi, dit Jeffrey. (Il avait devant lui un petit bonhomme de moins d'un mètre soixante-dix avec un visage étroit et le teint mat.) Je crois que je suis un peu nerveux. C'est ma première nuit ici.

— Y a pas de quoi être nerveux, dit l'homme. Je m'appelle David Arnold. Je suis le contremaître de l'équipe. Les deux premières nuits, nous travaillerons ensemble. Ne t'en fais pas, je te montrerai.

— Content de te connaître, dit Jeffrey. Mais j'ai pas mal d'expérience des hôpitaux, alors si tu veux me laisser me débrouiller tout seul, je suis sûr que ça ira.

— Je passe toujours les deux premiers jours avec les nouveaux, dit David. Ne crois pas que tu sois personnellement visé. Ça me donne l'occasion de te montrer ce qu'on attend exactement de toi ici, au Memorial.

Jeffrey estima préférable de ne pas discuter. David l'emmena dans une pièce étroite, sans fenêtre, chichement meublée d'une table en formica, d'un appareil à distribuer les jus de fruits et d'une machine à café électrique. Il présenta Jeffrey aux autres membres de l'équipe de nuit. Deux ne parlaient qu'espagnol. Un autre parlait l'argot des rues, et il sautait et se balançait au rythme du rap sortant de ses écouteurs.

A onze heures moins une, David rassembla ses hommes : « Allez, en route », ce qui rappela à Jeffrey les sorties de patrouilles dans les films de guerre. Ils quittèrent la pièce et chacun prit un des chariots réservés à l'équipe d'entretien. Chaque homme avait la responsabilité d'approvisionner son propre chariot. Jeffrey suivit l'exemple des autres, s'assurant qu'il y avait dedans tout ce qu'il fallait comme matériel et produits de nettoyage.

Les chariots étaient deux fois plus grands que les chariots à provisions normaux. A une extrémité, il y avait un compartiment pour les instruments à longs manches, comme les balais-éponges, les chiffons à poussière montés sur manches et les balais. De l'autre côté, était accroché un grand sac plastique pour les ordures. La partie centrale comprenait trois étagères. On y rangeait toutes sortes de choses : du produit pour nettoyer les vitres, le carrelage, le formica, des serviettes en papier, et même des rouleaux de rechange de papier toilette. Il y avait aussi des savons, de la cire, de l'encaustique et même du lubrifiant WD-40.

Jeffrey suivit David jusqu'aux ascenseurs de la tour ouest. Le choix était à la fois encourageant et éprouvant pour les nerfs. La tour ouest abritait les salles d'op et les labos. Car si Jeffrey voulait se livrer à des recherches ici, il ne se demandait pas moins avec inquiétude sur qui il pourrait tomber.

— Toi et moi, nous commençons par le secteur des salles d'opération, expliqua David, attisant les craintes de Jeffrey. As-tu déjà mis une casaque stérile ?

— Deux fois, dit Jeffrey, affolé.

Il commença à craindre qu'après avoir enfilé un tel costume, il ne perdît l'essentiel de ce qui subsistait de son déguisement. Il regrettait de ne pas avoir les lunettes à monture noire. La seule chose qui lui restait à faire, pensa-t-il, c'était de porter en permanence un masque chirurgical. David poserait probablement des questions, car d'ordinaire, on n'en mettait dans une salle d'opération que lorsqu'une intervention était en cours. Jeffrey décida qu'il dirait qu'il était enrhumé.

Mais ils n'entrèrent pas immédiatement dans le secteur des salles d'opération. David dit à Jeffrey qu'il fallait s'attaquer d'abord à la salle des chirurgiens et aux vestiaires.

— Pourquoi ne ferais-tu pas la salle pendant que je m'attaque aux vestiaires ? dit David dès qu'ils furent dans le secteur.

Jeffrey fit signe que oui. Il jeta un coup d'œil dans la pièce, puis ressortit précipitamment la tête. Deux infirmières anesthésistes étaient assises sur le canapé, en train de prendre leur café. Jeffrey les connaissait toutes les deux.

— Quelque chose qui ne va pas ? demanda David.

— Non, rien, dit vivement Jeffrey.

— Tout ira bien, va, lui dit David. Ne t'inquiète pas. Commence par la poussière. N'oublie pas les coins du plafond. Ensuite, tu passeras un produit d'entretien sur les tables. Puis un coup d'éponge. D'accord ?

Jeffrey approuva de la tête.

David poussa son chariot dans le vestiaire et referma la porte derrière lui.

Jeffrey avala sa salive. Il fallait qu'il y aille. Sortant du chariot un chiffon à poussière muni d'un long manche, il entra dans la salle des chirurgiens. Tout d'abord, il essaya de détourner son visage des femmes. Mais elles ne lui prêtaient pas la moindre attention. Son uniforme d'homme d'entretien le revêtait d'un véritable manteau d'invisibilité.

8

MERCREDI

17 MAI 1989

23 H 23

Son sac à bandoulière sur l'épaule, Gail Shaffer sortit de l'ascenseur en compagnie de Regina Puksar. Elles suivirent le couloir central jusqu'à l'entrée principale. Toutes deux se connaissaient depuis près de cinq ans. Elles parlaient souvent de leurs problèmes personnels, même si elles ne se fréquentaient pas beaucoup en dehors de l'hôpital. Gail avait raconté à Regina la dispute qu'elle avait eue avec son petit ami, une liaison vieille de deux ans.

— Je suis d'accord avec toi, dit Regina. Si Robert me disait tout d'un coup qu'il veut sortir avec d'autres gens, je dirais OK, mais ça dépend dans quelles conditions. Une relation ne peut pas revenir en arrière. Ou elle progresse, ou elle meurt. C'est du moins mon expérience.

— C'est aussi la mienne, soupira Gail.

Ni l'une ni l'autre ne virent Trent replier son journal et se lever. Lorsqu'elles franchirent la porte tambour, Trent était juste derrière elles. Il pouvait entendre leur conversation.

Certain que les deux femmes se dirigeaient vers le parking du personnel, Trent leur laissa un peu d'avance, sans pourtant les perdre de vue. Elles s'arrêtèrent à proximité d'une voiture de sport, une Pontiac Fiero rouge, et restèrent à bavarder pendant quelques minutes encore. Elles finirent par se dire au revoir et Gail monta dans sa voiture. Regina alla retrouver la sienne un peu plus loin.

Trent rejoignit sa Corvette et monta dedans. Ce n'était pas la voiture idéale pour suivre quelqu'un, car elle était voyante, mais il ne pensait pas qu'en l'occurrence, cela avait tellement d'importance. Gail n'avait aucune raison de se méfier.

La voiture de Gail était, elle aussi, très voyante, ce qui facilitait la filature. Elle se dirigea droit vers Back Bay, ce qui n'avait rien d'étonnant, vu son numéro de téléphone. Elle se rangea en double file dans Boylston Street et disparut dans un Store-24.

Boylston Street étant à sens unique, Trent se gara de l'autre côté de la rue, à une station de taxis. D'où il se trouvait, il pouvait facilement surveiller le magasin et la voiture de Gail.

Lorsque Gail sortit, avec un paquet à la main, et remonta dans sa voiture, il attendit qu'elle démarrât. Puis il se mit à la suivre de près.

Elle tourna à gauche dans Berkeley Street, puis ralentit. Trent comprit qu'elle cherchait un endroit où se garer, ce qui n'était pas facile à cette heure de la journée. Il laissa la distance s'accroître entre les deux voitures. Elle trouva finalement une place dans Marlborough Street, mais elle mit une éternité à se garer en marche arrière.

— Espèce d'incapable, murmura Trent, tandis qu'il la regardait essayer de faire son créneau pour la troisième fois.

Trent s'était garé dans un stationnement interdit. Il s'en fichait. Il aurait une contredanse, et alors ? Il était en train de travailler et tous les frais qu'il aurait seraient d'authentiques frais professionnels. La seule chose qu'il ne voulait pas, c'était voir sa voiture embarquée à la fourrière, mais il savait d'expérience qu'il y avait peu de chance que cela se produisît.

Gail réussit finalement à se garer pour sa plus grande satisfaction, sinon celle de Trent. Sa voiture était encore à trente bons centimètres du trottoir. Elle sortit, son paquet à la main, ferma les portières à clef et s'éloigna. Trent continua de la surveiller, mais tout en restant hors de vue de l'autre côté de la rue. Il vit Gail tourner à gauche dans Berkeley Street, puis à droite dans Beacon Street. Un peu plus loin dans Beacon Street, elle entra dans un immeuble ancien.

Quelques minutes plus tard, Trent pénétra dans l'immeuble et examina les noms des locataires inscrits près des boutons de l'interphone. Il trouva « G. Shaffer » avec, sur la même étiquette, un autre nom : « A. Winthrop ».

— Bordel de Dieu, jura Trent à mi-voix.

Il avait espéré que Gail vivait seule. Rien n'est jamais facile, pensa-t-il. Toujours aussi furax, il ressortit dans la rue. Il ne pouvait pas entrer dans l'appartement de Gail si elle le partageait avec une copine. Il ne pouvait pas se permettre d'avoir un témoin. Ça ferait tout foirer.

Trent jeta un coup d'œil vers le haut de Beacon Street, en direction de Boston Garden. Il se rendit compte qu'il était tout près d'un bar que le feuilleton télé *Cheers* avait rendu célèbre. Un plan commença à prendre forme dans son esprit. Peut-être y avait-il moyen de faire sortir Gail, ou sa copine de l'appartement.

S'éloignant de l'immeuble, Trent parcourut la courte distance qui le séparait d'Hampshire House. Il utilisa un téléphone public pour composer le numéro de Gail qu'il avait copié sur le tableau d'affichage de la salle du service de chirurgie. Tandis que le téléphone sonnait, il envisagea divers stratagèmes. Tout dépendait de la personne qui décrocherait.

— Allô, dit une voix au bout du fil.

C'était Gail.

— Mlle Winthrop, s'il vous plaît, dit Trent.

— Désolée, elle n'est pas ici.

L'humeur de Trent s'améliora. Peut-être que ça allait être facile, après tout. Pouvez-vous me dire quand elle sera là ?

— Qui êtes-vous ?

— Un ami de la famille, dit Trent. Je suis en ville pour affaires et elle m'a donné son numéro pour que je lui dise bonjour.

— Elle est de garde cette nuit à Saint-Joseph Hospital, dit Gail. Vous voulez le numéro ? Vous pouvez essayer de la joindre là-bas. Autrement, elle sera de retour demain matin vers sept heures et demie, si vous voulez la rappeler.

Trent fit semblant de prendre le numéro de l'hôpital, remercia Gail et raccrocha. Il ne put réprimer un sourire.

Il sortit d'Hampshire House et retourna en toute hâte à l'immeuble de Gail. A présent, il devait y entrer. Il pénétra dans le vestibule et enfila des gants noirs de coureur automobile. Puis il appuya sur l'interphone.

Presque tout de suite, il entendit la voix de Gail grésiller dans le haut-parleur.

— Gail, c'est vous ? demanda Trent, tout en étant sûr que c'était bien elle.

— Oui. Qui est-ce ?

— Duncan Wagner, dit Trent.

C'était le premier nom qui lui était venu à l'esprit. Les Wagner avaient vécu dans le voisinage des Harding à la base militaire de San Antonio. Duncan était de quelques années plus vieux que Trent et ils avaient joué ensemble jusqu'à ce que le père de Duncan eût estimé que Trent exerçait une mauvaise influence sur son fils.

— Est-ce que je vous connais ? demanda Gail.

— De vue, oui, mais pas nommément, dit Trent. Je travaille le soir en pédiatrie.

Trent pensait que le mot pédiatrie avait quelque chose de très doux.

— Au deuxième étage ?

— Exactement, dit Trent. J'espère que je ne vous dérange pas, mais quelques membres de l'équipe de l'hôpital se sont réunis au Bull Finch Pub. Votre nom a été évoqué. Quelqu'un a dit que vous habitiez un peu plus haut dans la rue. Nous avons tiré à pile ou face pour savoir qui irait vous chercher. J'ai l'impression que j'ai gagné.

— C'est très gentil de votre part, dit Gail, mais je viens juste de rentrer de mon travail.

— Nous aussi. Allons, venez. Vous ferez connaissance avec tout le monde.

— Qui y a-t-il d'autre là-bas ?

— Regina Puksar, par exemple, dit Trent.

— Je viens de la quitter. Elle m'a dit qu'elle allait retrouver son petit ami.

— Qu'est-ce que je peux vous dire ? Peut-être qu'elle a changé d'avis. Peut-être que son petit ami n'était pas là. En tout cas, elle est venue se joindre à nous. Elle a trouvé super que quelqu'un aille vous chercher. Elle pensait que ça vous détendrait après le travail.

Il y eut une pause. Trent sourit. Il savait qu'elle mordait à l'hameçon.

— Je suis encore en tenue de travail, dit Gail.

— Comme la plupart d'entre nous.

Trent avait toujours une réponse toute prête.

— Et il faudrait que je prenne une douche.

— Pas de problème, dit Trent. Je vais attendre.

— Je peux vous retrouver là-bas.

— Non, je vais attendre. Ouvrez seulement la porte d'entrée.

— J'en ai pour une dizaine de minutes, dit Gail.

— Pas la peine de vous presser.

— D'accord, dit Gail. Si ça ne vous fait rien d'attendre. J'habite au 3C.

Brusquement, la serrure de la porte intérieure qui conduisait au vestibule se mit à bourdonner. Trent se précipita pour pousser la porte. En la franchissant, il eut un sourire. Ça allait être non seulement un jeu d'enfant, mais aussi un vrai plaisir. Il vérifia son pistolet. Il était toujours solidement fixé. Ensuite, la seringue : bien à l'abri dans sa poche.

Trent monta rapidement jusqu'au deuxième étage. L'astuce était d'entrer dans l'appartement de Gail sans être vu. Si par hasard, il rencontrait un des locataires dans le couloir, il ferait comme si ce n'était pas là qu'il allait. Mais il ne vit personne dans le couloir du deuxième étage. Et, en plus, Gail avait laissé sa porte ouverte à son intention. Il entra, ferma la porte et tira le verrou. Il n'avait pas envie d'être interrompu. Trent entendit l'eau couler dans la salle de bains. Gail était déjà sous la douche.

— Faites comme chez vous, lança Gail lorsqu'elle entendit la porte d'entrée se refermer. Je sors dans une seconde.

Trent examina les lieux. Il se rendit d'abord dans la cuisine. Il n'y avait personne. Il vérifia ensuite dans la deuxième chambre à coucher. En allumant la lumière, il vit qu'elle était vide. Gail était seule. Tout marchait comme sur des roulettes.

Sortant son pistolet bien-aimé, Trent enroula sa main autour de la crosse, un doigt délicatement posé sur la détente. Cela lui procura une sensation de parfaite harmonie. Se dirigeant vers la porte de la chambre de Gail, Trent la poussa doucement. Elle s'ouvrit de quelques centimètres. Trent glissa un regard à l'intérieur. Le lit était défait. L'uniforme d'infirmière de Gail s'y étalait négligemment. Sur le plancher, il vit une culotte, une paire de bas blancs et un porte-jarretelles. La porte de la salle de bains était fermée, mais Trent pouvait entendre le bruit de l'eau qui coulait.

Trent se dirigea vers le porte-jarretelles et l'écarta d'un coup de pied. Sa mère en avait toujours porté. Elle lui avait répété des dizaines de milliers de fois que les collants étaient inconfortables. Depuis l'époque où sa mère avait insisté pour qu'il dorme avec elle, pendant que son père était parti pour une de ses innombrables missions militaires, Trent avait grandi en voyant un peu plus de porte-jarretelles qu'il ne l'aurait souhaité.

Trent s'approcha tout doucement de la porte de la salle de bains. Le bouton tourna sans difficulté. Il entrebâilla légèrement la porte. Une bouffée d'air chaud et humide s'échappa. Trent pointa le canon de son pistolet vers le plafond, comme Don Johnson dans *Deux flics à Miami.* Il le tenait à deux mains. Du pied, il repoussa la porte pour l'ouvrir en grand. L'installation de la salle de bains était démodée. Le bac à douche était un vieux modèle en porcelaine reposant sur des pieds en forme de griffe. Le rideau de douche, blanc avec de grands iris imprimés dessus, était tiré. A travers, Trent distingua la silhouette de Gail en train de se faire un shampooing. Il fit deux pas en direction du bac et tira le rideau d'un coup sec. La tringle se détacha et tomba bruyamment sur le sol en entraînant le rideau.

Gail croisa les bras sur sa poitrine.

— Qu'est-ce que... Qui est..., bafouilla-t-elle.

Puis, prise de colère, elle hurla :

— Foutez le camp !

L'eau ruisselait sur le corps entièrement savonné de Gail. Trent mit quelques instants à recouvrer son calme. Gail avait une silhouette autrement plus agréable que celle de sa mère.

— Sortez de la douche, dit-il, braquant froidement son arme sur elle pour être bien sûr qu'elle la vît.

— Dehors ! dit-il à nouveau, voyant qu'elle ne bougeait pas.

Gail était paralysée de terreur. Trent plaça le canon du pistolet sur sa tête pour la forcer à se dépêcher.

Gail se mit à hurler. Vu l'étroitesse des lieux, cela devint un hurlement épouvantable. Pour qu'elle s'arrête tout de suite, Trent leva haut son arme et, de la crosse, frappa violemment Gail à la tête. Il l'atteignit juste à la naissance des cheveux.

A l'instant précis où il l'avait frappée, il sut que le coup était trop fort. Gail s'écroula dans le bac comme une poupée de chiffon. Une longue entaille lui traversait le front, pratiquement jusqu'à l'oreille. La blessure semblait profonde. Tout au fond, l'os était visible. En l'espace d'une minute, il y avait eu tellement de sang que tout le bac avait pris une couleur rose.

Trent se pencha pour fermer le robinet de la douche. Puis il se précipita dans la salle de séjour pour voir si quelqu'un n'appelait pas au secours. Quelque part, un téléviseur était allumé. A part ça, on n'entendait aucun bruit. Il colla son oreille à la porte. Le couloir était silencieux. Personne n'avait entendu le cri de Gail. Ou si quelqu'un l'avait entendu, il ne semblait pas pressé de venir à son aide. Trent retourna dans la salle de bains.

Gail avait atterri dans une position semi-assise, les jambes repliées sous elle, sa tête reposant dans l'angle du mur. Elle avait les yeux clos. Le sang s'écoulait encore de sa blessure, mais le flot s'était ralenti depuis que l'eau de la douche avait cessé de l'asperger.

Replaçant son pistolet dans son étui, Trent saisit les jambes de Gail et commença à tirer le corps pour l'allonger complètement. Mais il s'arrêta. Il sentit la colère l'envahir. Voyant le corps dénudé de Gail étalé devant lui, il s'attendait à ressentir une excitation sexuelle, mais tout ce qu'il éprouvait était une sorte de dégoût. Avec, peut-être, un zeste de panique.

Pris d'une rage soudaine, il ressortit son pistolet. Le tenant par le canon, il en leva la crosse très haut au-dessus de sa tête. Il voulait écraser le calme visage de Gail. Il allait faire violemment retomber son bras quand il se reprit. Il abaissa lentement son arme. Car bien qu'il eût envie de la mutiler, il savait que ce serait une erreur. Ce qu'il y avait de beau dans son plan, c'était que la mort de Gail semblerait due à des causes naturelles, pas à un meurtre.

Remettant son pistolet dans sa ceinture, Trent sortit la seringue. Il enleva le capuchon de l'aiguille et se pencha. Profitant de l'entaille et évitant ainsi qu'on pût déceler la piqûre, il injecta le contenu de la seringue directement dans la blessure.

Trent se releva. Il remit le capuchon sur l'aiguille et glissa la seringue dans sa poche. Puis il attendit et regarda. En une minute, les fasciculations musculaires tordirent le visage de Gail, déformant ses lèvres en une grimace grotesque. Les fasciculations s'étendirent rapidement au reste de son corps. Quelques minutes plus tard, les convulsions musculaires s'intensifièrent pour provoquer de violentes crispations nerveuses suivies d'une véritable attaque. La tête de Gail, incapable de réagir, alla se fracasser contre le mur carrelé, puis contre la robinetterie, avec un bruit répugnant. Trent grimaça devant ce spectacle.

Il recula, impressionné par la puissance de la drogue. L'effet était vraiment terrifiant, surtout quand Gail fut brusquement atteinte d'incontinence. Trent se détourna et s'enfuit dans la salle de séjour.

Ouvrant la porte palière, il parcourut l'escalier du regard. Dieu merci, il n'y avait personne. En sortant, il referma la porte. Puis il avança sur la pointe des pieds jusqu'à l'escalier et descendit. Arrivé au rez-de-chaussée, il sortit de l'immeuble en se faisant un devoir de marcher d'un air désinvolte, comme s'il était simplement allé faire un tour. Il voulait être sûr de ne pas attirer l'attention.

Se sentant nerveux et agité, il tourna à droite dans Beacon Street, puis retourna au Bull Finch Pub. Il ne comprenait pas pourquoi il se sentait si perturbé. Il s'attendait à être excité par la violence, comme lorsqu'il regardait *Deux flics à Miami.*

Tout en marchant, il se dit que Gail n'était pas si attirante que ça. En fait, elle devait être plutôt moche. Ce devait être ça qui expliquait que sa nudité ne l'avait pas excité. Elle était bien trop maigrichonne, pratiquement sans poitrine. La seule certitude de Trent était qu'il n'était pas homosexuel. La marine n'avait pris cela comme prétexte que parce qu'il ne s'entendait pas avec les médecins.

Pour se prouver à quel point il était normal, Trent mit un point d'honneur à se présenter à une secrétaire, une brunette effrontée, qui était au bar. Elle n'était pas très attirante non plus. Mais ça n'avait pas d'importance. Alors qu'ils bavardaient, il se rendit compte qu'elle était impressionnée par son corps. Elle lui demanda même s'il s'entraînait. Quelle question stupide, pensa-t-il. Tout homme qui se souciait de sa personne s'entraînait. Les seuls hommes qui ne s'entraînaient pas étaient ces pédés aux manières efféminées sur lesquels Trent tombait parfois, dans Cambridge Street, quand il sortait à la recherche d'une bagarre.

Il ne fallut pas longtemps à Jeffrey pour rendre la salle des chirurgiens plus propre qu'elle ne l'avait été depuis des années. Le service d'entretien disposait d'un placard dans le couloir juste devant la salle. Jeffrey y trouva un aspirateur. Il le passa non seulement dans la salle, mais aussi dans le couloir jusqu'aux ascenseurs. Puis il s'attaqua à la petite cuisine attenante à la salle des chirurgiens. Il avait toujours eu l'impression que la pièce était sale. Il sauta littéralement sur l'occasion de la nettoyer. Il nettoya même le réfrigérateur, la cuisinière et l'évier.

David n'était pas encore revenu. En entrant dans le vestiaire, Jeffrey en découvrit la raison. Le système de David était de travailler cinq ou dix minutes, puis de s'octroyer cinq ou dix minutes de pause pour fumer une cigarette. Parfois, il s'arrêtait pour fumer une cigarette et prendre un café.

David ne sembla pas content que Jeffrey en eût tant fait en si peu de temps. Il dit à Jeffrey de ralentir, sous peine de s'écrouler d'épuisement. Mais Jeffrey trouvait plus pénible de rester sans rien faire que de travailler.

Une fois que David eut renoncé à l'idée de jouer au contremaître, il donna à Jeffrey son propre jeu de passes et dit à Jeffrey qu'il pouvait entrer dans le secteur des salles d'opération.

— Je resterai ici pour finir le vestiaire, dit-il. Puis j'irai t'aider. Commence par le couloir des salles d'op. N'oublie pas de donner un coup au tableau noir. Fais-le en premier. La directrice du service du personnel soignant pique une crise quand nous oublions de le laver. Puis tu donnes un coup aux salles d'opération qu'on a utilisées ce soir. Les autres doivent avoir été nettoyées avant le changement d'équipe.

Jeffrey aurait préféré aller directement en pathologie pour consulter le rapport d'autopsie de Patty Owen, mais il était heureux d'entrer dans les salles d'opération. Il mit une casaque stérile comme on le lui avait dit. Quand il s'examina dans le miroir, il prit peur en voyant qu'à l'exception de sa nouvelle coiffure et de sa lèvre supérieure nue, il ressemblait beaucoup à ce qu'il était avant. Il mit rapidement un masque de chirurgien comme il l'avait prévu.

— Tu n'as pas besoin de masque, dit David quand il l'aperçut.

— J'ai attrapé un rhume, expliqua Jeffrey. Je crois qu'ils voudront que j'en porte un.

David approuva de la tête.

— Bonne idée.

Poussant son chariot de nettoyage, Jeffrey franchit les doubles portes qui ouvraient sur les salles d'op. Il n'y était pas entré depuis que l'hôpital l'avait mis en congé, mais l'endroit semblait exactement le même. Pour autant que Jeffrey pouvait le dire, rien n'avait changé.

Suivant les instructions de David, il s'attaqua d'abord au grand tableau noir. Quelques membres des équipes allaient et venaient pendant que Jeffrey travaillait, mais aucun d'eux ne le regarda à deux fois. Jeffrey dut reconnaître que ses activités de nettoyeur protégeaient sa véritable identité autant que son changement d'apparence. Il prenait grand soin de ne pas s'éloigner de son balai-éponge et de son chariot en travaillant.

Même ainsi, quand une appendicectomie qui était en cours au moment où il était entré dans les salles d'opération fut enfin terminée et que l'équipe chirurgicale sortit, Jeffrey veilla à tourner le dos au groupe. L'anesthésiste et le chirurgien étaient tous deux de bons amis à lui.

Après que les portes se furent refermées derrière eux, le silence retomba sur les salles d'opération. Jeffrey pouvait discerner le faible bruit d'une radio venant de la réserve centrale. Il poursuivit son nettoyage jusqu'au bureau principal des salles d'opération.

Ce bureau ressemblait à un long comptoir avec plusieurs endroits où les gens pouvaient s'asseoir. Il servait de poste de commandement pour faire entrer et sortir les malades des salles d'opération, pour téléphoner afin qu'on amenât les patients de leurs chambres, pour faire entrer ceux qui se trouvaient dans la salle d'attente et coordonner le flot du personnel. Sous la partie centrale, se trouvait un certain nombre de grands classeurs. Sur l'un, était écrit : « Programmation ».

Jeffrey parcourut le couloir du regard pour s'assurer qu'il était vraiment désert. Puis il ouvrit le classeur à tiroirs. Puisque les programmes d'opérations étaient classés par date, Jeffrey put trouver rapidement celui du jour fatal : 9 septembre. Il parcourut du regard les interventions de la journée, cherchant des épidurales qui auraient pu nécessiter de la Marcaïne 75, mais il n'en trouva pas. Il y avait de nombreux cas intéressant la colonne vertébrale, mais on aurait utilisé alors de la Marcaïne pour rachianesthésie, si toutefois on avait utilisé ce produit, et non les ampoules de trente centimères cubes dont on se servait pour les épidurales ou les anesthésies locales.

Jeffrey retourna au classeur pour sortir le programme du 8 septembre. Bien que la boîte contenant les produits à jeter qui se trouvait sur le côté de l'appareil d'anesthésie fût vidée tous les jours, il y avait toujours la possibilité que l'on eût oublié de le faire pour une raison ou pour une autre. Mais le programme pour le 8 ne fournit pas plus de réponse que celui du 9. Jeffrey fut contraint de se demander si, somme toute, il n'avait pas mal lu l'étiquette de la Marcaïne pour l'épidurale de Patty Owen. Comment pouvait-il expliquer autrement la présence de l'ampoule vide de Marcaïne 75 qu'on avait trouvée ?

Quand Jeffrey eut presque fini, les portes battantes s'ouvrirent brusquement. Jeffrey saisit son balai-éponge et se mit à travailler comme un fou. Pendant un moment, il n'osa pas lever les yeux. Mais quand il devint évident que personne n'approchait, il leva la tête juste à temps pour voir une équipe chirurgicale pousser vivement un patient sur un brancard vers la salle d'opération prévue pour les urgences. Plusieurs flacons de sang pendaient au-dessus du brancard. Jeffrey pensa que le patient avait été victime d'un accident de voiture.

Ce ne fut qu'une fois le calme revenu que Jeffrey retourna à ses programmes. Il replaça chacun d'eux dans sa fente respective et ferma le classeur. Ce cas d'urgence lui avait fourni un nouveau sujet de réflexion. Les urgences n'étaient pas notées sur la programmation des salles d'op. En l'occurrence, un cas comme celui de Patty Owen non plus. Sa césarienne n'avait pas été prévue. Comment aurait-on pu la programmer ? Jeffrey passa au registre de l'année précédente. C'était le livre qui contenait la liste complète de toutes les interventions chirurgicales, y compris les urgences et les opérations qui avaient pu être programmées, puis annulées ou reportées.

En dehors des césariennes, on n'utilisait d'ordinaire pas d'anesthésie épidurale pour les urgences. Jeffrey le savait, mais il décida d'examiner tout de même le registre, par acquit de conscience. Il regarda d'abord les entrées du 8, faisant courir son doigt sur la liste. Ce n'était pas facile à lire parce qu'elles avaient été écrites à la main par des personnes différentes. Il ne trouva rien de suspect. Il tourna la page et commença à parcourir la liste du 9. Il n'eut pas à aller bien loin. Dans la salle d'op quinze, celle-là même où avait été transportée Patty Owen, il y avait eu une intervention pour déchirure de la cornée à cinq heures du matin. Le pouls de Jeffrey s'accéléra. Une urgence en ophtalmologie, ça semblait en effet prometteur.

Jeffrey déchira un morceau de papier d'un bloc-notes qui était sur le comptoir et griffonna le nom du patient. Puis il referma le livre et le remit à sa place sur l'étagère. Poussant son seau sur ses roues instables, Jeffrey enfila le couloir jusqu'au bureau des anesthésies. Il ouvrit la porte et alluma la lumière. Il se précipita sur le fichier des anesthésies et sortit le rapport d'anesthésie concernant le patient en question.

— Ça y est ! murmura Jeffrey.

Le rapport indiquait qu'on avait fait au patient une anesthésie rétrobulbaire avec de la Marcaïne 75 ! Jeffrey remit le rapport à sa place et ferma le classeur. Kelly avait raison. Il avait du mal à y croire. Instantanément, il se sentit mieux dans sa peau, et plus confiant dans son jugement. Il savait que ce qu'il avait trouvé n'aurait pas grande importance devant un tribunal, mais cela signifiait énormément de choses pour lui. Il n'avait pas mal lu l'étiquette sur la Marcaïne !

Quand vint l'heure de la pause pour le casse-croûte, David vint chercher Jeffrey. Ce dernier avait terminé le couloir principal des salles d'opération et nettoyé les deux salles qui avaient servi pour les urgences. Il était à l'œuvre dans la réserve centrale quand David arriva.

— Je préférerais continuer à travailler, dit Jeffrey. Je n'ai pas faim. Je vais aller m'attaquer aux labos.

— Tu devrais ralentir, dit David en se montrant un peu moins amical qu'il ne l'avait été jusque-là. Tu vas tous nous faire passer pour des fainéants.

Jeffrey sourit d'un air penaud.

— Je crois que je me presse un peu parce que c'est mon premier jour. Ne t'inquiète pas, je me calmerai.

— Je l'espère bien, dit David.

Puis il fit demi-tour et partit.

Jeffrey termina ce qu'il était en train de faire à la réserve centrale, puis il poussa son chariot jusqu'au bout du couloir des salles d'opération et sortit par les portes battantes. Remettant son uniforme d'homme d'entretien, il poussa son chariot jusqu'au département de pathologie. Il voulait profiter de ce que David et tous les membres du personnel d'entretien étaient en train de manger.

Il essaya les passes sur la porte de la section administrative de pathologie. La troisième clef était la bonne. Jeffrey était stupéfait de voir jusqu'où son uniforme et son trousseau de passes étaient capables de le conduire.

L'endroit était désert. Les seules personnes qu'il y avait dans ce secteur de l'hôpital étaient les techniciens des laboratoires de chimie, d'hématologie et de microbiologie. Appuyant son balai-éponge contre les énormes classeurs, il chercha le dossier de Patty Owen. Il le trouva facilement.

Il posa la chemise sur un bureau et l'ouvrit. En feuilletant le dossier, il tomba sur la copie du rapport d'autopsie établi après examen. Il tourna les pages jusqu'à la section toxicologie, qui contenait les graphiques des résultats de la spectrométrie de masse, de la chromatographie gazeuse du sang, du liquide cérébro-spinal et de l'urine. Le seul composé dont on avait décelé la présence était la bupivacaïne, nom générique de la Marcaïne. Aucun autre produit chimique n'avait été découvert dans ses fluides corporels, du moins aucun que les tests n'eussent révélé.

Jeffrey éplucha le reste du dossier, page après page. Il fut surpris de trouver un certain nombre de clichés 21 × 24. Jeffrey les détacha. C'étaient des micrographies électroniques faites au Boston Memorial. Cela piqua sa curiosité : on ne faisait pas de micrographies électroniques pour toutes les autopsies. Il regrettait de ne pas être assez qualifié pour interpréter les coupes faites au microscope électronique. Telles quelles, il avait le plus grand mal à décider dans quel sens les regarder. Après avoir étudié soigneusement les micrographies, il comprit enfin qu'il avait affaire à des agrandissements de cellules de ganglions nerveux et d'axones.

En lisant les comptes rendus au dos de chaque photo, Jeffrey apprit que les micrographies électroniques révélaient une destruction sensible de l'architecture intracellulaire. Cela l'intrigua. Ces photos n'avaient pas été produites lors de la communication des pièces avant le procès. L'hôpital étant poursuivi au même titre que Jeffrey, le département de pathologie n'avait pas agi au mieux des intérêts de Jeffrey. Celui-ci n'avait même pas été informé de l'existence de ces documents. Si Randolph et lui les avaient eus, ils auraient pu demandé à ce qu'on en fasse état, non que Jeffrey eût été intéressé par une possible dégénérescence des axones à l'époque de son procès.

En voyant l'évidente dégénérescence des axones sur les micrographies électroniques de Patty Owen, Jeffrey se souvint de la dégénérescence des axones que Chris Everson avait décrite dans l'autopsie de son patient. Ce qu'il y avait de surprenant dans les deux cas, c'était que les anesthésiques locaux ne pouvaient être responsables de cette dégénérescence. Il devait y avoir une autre explication.

Jeffrey emporta le dossier à la photocopieuse et fit des copies des parties dont il pensait avoir besoin. Cela comprenait les commentaires au dos des micrographies, mais pas les clichés eux-mêmes. Cela comprenait aussi le rapport toxicologique avec la chromatographie gazeuse et les graphiques spectrométriques de masse. Pour déchiffrer correctement les graphiques, il savait qu'il devrait passer beaucoup de temps à la bibliothèque.

Quand il en eut fini avec la photocopieuse, il trouva une grande enveloppe en papier bulle et y glissa les copies. Puis il rangea les originaux dans la chemise et la reclassa. Il cacha l'enveloppe sur l'étagère la plus basse de son chariot, sous des rouleaux de papier hygiénique.

Puis Jeffrey se remit au nettoyage. Il était tout excité par ce qu'il avait découvert. L'idée d'un agent de contamination était toujours valable. En fait, étant donné les résultats des micrographies électroniques, c'était presque une certitude.

Alors que la nuit avançait, l'énergie de Jeffrey déclinait. Au moment où le ciel commença à s'éclaircir, il était complètement épuisé. Il avait tenu sur les nerfs pendant des heures. A six heures et quart, il trouva un téléphone dans un bureau du service social vide et profita de l'occasion pour appeler Kelly. Si elle devait quitter la maison vers sept heures moins le quart, elle était sûrement levée.

Dès qu'elle décrocha, il lui parla avec excitation de l'opération en urgence d'un œil, le matin de l'accident survenu à Patty Owen, et lui dit qu'on avait utilisé de la Marcaïne 75.

— Kelly, vous aviez raison. Je ne comprends pas pourquoi personne n'a envisagé une telle possibilité. Randolph n'y a pas pensé, et moi non plus.

Puis il lui parla des micrographies électroniques.

— Est-ce que cela sous-entend qu'il y a un agent de contamination ? demanda Kelly.

— C'est pratiquement sûr. La prochaine étape consiste à

essayer de trouver ce que ça pourrait être et pourquoi ça ne figure pas dans le rapport de toxicologie.

— Tout cela m'effraie, dit Kelly.

— Moi aussi.

Jeffrey était d'accord. Puis il lui demanda si elle connaissait quelqu'un au service de pathologie du Valley Hospital.

— Pas en pathologie, répondit-elle. Mais je suis restée en contact avec plusieurs anesthésistes. Hart Ruddock était le meilleur ami de Chris. Je suis sûre qu'il doit connaître quelqu'un en pathologie.

— Pouvez-vous lui téléphoner ? Voir s'il voudrait bien vous communiquer ce que le département de pathologie a sur Henry Noble. Je suis particulièrement intéressé par les études des micrographies électroniques ou par l'histologie du tissu nerveux.

— Que lui dirai-je s'il demande ce que je veux en faire ?

— Je ne sais pas. Dites-lui que ça vous intéresse, que vous lisez les notes de Chris et que vous avez vu qu'il existait une dégénérescence des axones. Cela devrait piquer sa curiosité.

— D'accord, dit Kelly. Et vous feriez bien de rentrer et de vous reposer un peu. Vous devez dormir debout.

— Je suis épuisé, reconnut Jeffrey. Le nettoyage est drôlement plus fatigant que les anesthésies.

Tôt le matin, Trent enfila le couloir des salles d'opération de Saint-Joseph Hospital, l'ampoule trafiquée de nouveau dans son pantalon. Il fit les mêmes gestes que le matin précédent, s'assurant tout particulièrement qu'il n'y avait personne dans les parages de la réserve centrale avant d'entrer pour procéder à l'échange des ampoules. Comme il ne restait plus maintenant que deux ampoules de Marcaïne 5 dans la boîte entamée, il y avait de fortes chances pour qu'on utilisât son ampoule le jour même, d'autant qu'il y avait deux épidurales inscrites sur le grand tableau. Bien entendu, il n'était pas garanti qu'on aurait recours à de la Marcaïne, et encore moins à de la Marcaïne 5. Mais il y avait de fortes chances. Les cas prévus étaient l'opération d'une hernie et une laparoscopie. Trent espérait que son ampoule serait utilisée pour la laparoscopie. Ce serait trop beau. Ce sale con de Doherty était inscrit comme anesthésiste pour l'opération.

Revenant d'un pas lent et désinvolte au vestiaire, Trent cacha la bonne ampoule dans son placard. En verrouillant la porte, il pensa à Gail Shaffer. Lui régler son compte n'avait pas été aussi drôle qu'il l'imaginait, mais d'une certaine façon, Trent éprouvait de la reconnaissance à son égard. Le fait que Gail l'eût surpris lui avait fait comprendre la nécessité d'être sans cesse sur ses gardes. Il ne pouvait s'offrir le luxe d'être négligent. Il y avait trop de choses en jeu. S'il bousillait le boulot, il lui faudrait payer. Il ne pouvait s'empêcher de penser que les autorités devaient être le dernier de ses soucis.

Le radio-réveil était mis à sept heures moins le quart, branché sur WBZ. Le son était bas, si bien que Karen se réveilla par paliers. Finalement, elle plissa les yeux et les ouvrit.

Elle roula sur elle-même et s'assit sur le bord du lit. Elle se sentait encore abrutie par le médicament que le Dr Silvan lui avait donné pour l'aider à dormir. Le Dalmane avait mieux agi qu'elle ne s'y attendait.

— Tu es levée ? cria Marcia à travers la porte fermée.

— Oui, répondit Karen.

Elle se leva en titubant. Prise un moment de vertige, elle se retint au pied du lit pour garder l'équilibre. Puis elle entra dans la salle de bains.

Bien qu'elle se sentît la bouche pâteuse et la gorge sèche, Karen prit soin de ne pas boire. Le Dr Silvan lui avait recommandé de n'en rien faire. Elle n'avala même pas d'eau quand elle se brossa les dents.

Karen aurait aimé être à la fin de la journée, et non au début. A ce moment-là, son examen serait fini et bien fini. Elle savait que c'était idiot, mais elle éprouvait encore des appréhensions. Le Dalmane n'y pouvait rien. Elle fit de son mieux pour occuper son esprit en prenant sa douche et en s'habillant.

Quand vint l'heure de partir pour l'hôpital, Marcia l'accompagna en voiture. Pendant presque tout le trajet, elle s'efforça d'alimenter la conversation. Mais Karen était trop affolée pour répondre. Au moment où elles entrèrent dans l'enceinte de l'hôpital, cela faisait un certain temps qu'elles roulaient en silence.

— Tu as la frousse, hein ? dit finalement Marcia.

— Je n'y peux rien, reconnut Karen. Je sais que c'est stupide.

— Ce n'est pas stupide du tout, dit Marcia, mais je t'assure que tu ne sentiras rien. La gêne viendra plus tard. Mais même là, ça sera plus facile que tu ne le crois. Ce qu'il y a de pire, c'est l'appréhension.

— Je l'espère, dit Karen.

Elle n'aimait pas le fait que le temps eût changé. Il pleuvait de nouveau. Le ciel avait l'air aussi lugubre qu'elle.

Il y avait une entrée spéciale pour le service de chirurgie. Karen et Marcia durent attendre un quart d'heure avec des dizaines d'autres personnes. Il était facile de reconnaître les patients dans la foule. Au lieu de lire leurs magazines, ils se contentaient de les feuilleter.

Karen en était à son troisième magazine quand on l'appela à un bureau où elle fut accueillie par une infirmière. Celle-ci examina tous les papiers et s'assura que tout était en ordre. La veille, on avait fait une analyse de sang et un électrocardiogramme à Karen. Le formulaire de consentement avait déjà été signé et certifié. Un bracelet d'identité avait aussi été imprimé. L'infirmière aida Karen à le mettre.

On lui donna une camisole et un peignoir d'hôpital et on lui montra la pièce où se changer. Elle ressentit une vague de panique quand on la fit monter sur le chariot et la conduisit dans une salle d'attente.

Marcia portait le sac contenant les vêtements de Karen. Elle essaya de faire de l'humour, mais Karen était trop tendue pour réagir. Un garçon de salle arriva et, après avoir vérifié la fiche au bout du chariot ainsi que l'identité de Karen, il dit :

— Il est temps d'y aller.

— J'attendrai, cria Marcia à Karen alors qu'on l'emmenait.

Karen fit un geste de la main, puis laissa retomber sa tête sur l'oreiller. Elle avait envie de dire au garçon de cesser de la pousser afin qu'elle pût descendre. Elle pouvait retourner au vestiaire, prendre les vêtements que portait Marcia, les remettre et quitter calmement l'hôpital. L'endométriose n'était pas tellement grave. Elle vivrait longtemps avec ça.

Mais elle ne fit rien. C'était comme si elle était déjà embarquée dans une inéluctable succession d'événements qui auraient lieu quoi qu'elle fît. A un moment donné, pendant tout le temps où l'on avait décidé de pratiquer la laparoscopie, elle avait perdu sa liberté de choix. Elle était prisonnière du système. Les portes de l'ascenseur se fermèrent. Elle se sentit emportée. Elle avait laissé filer sa dernière chance de s'enfuir.

Le garçon de salle laissa Karen dans une autre salle d'attente avec une dizaine de chariots semblables au sien. Elle regarda les autres patients. La plupart étaient confortablement allongés, les yeux clos. Quelques-uns regardaient autour d'eux comme elle le faisait, mais ils n'avaient pas l'air effrayé comme elle.

— Carol Hodges ? demanda une voix.

Karen tourna la tête. Un médecin en tenue de chirurgien se tenait à côté d'elle. Il avait surgi si rapidement qu'elle n'avait pas vu d'où il venait.

— Je suis le Dr Bill Doherty, dit-il. (Il était à peu près de l'âge de son père. Il avait une moustache et des yeux marron pleins de gentillesse.) C'est moi qui serai votre anesthésiste.

Karen fit un signe de tête. Le Dr Doherty examina de nouveau son dossier médical. Ça ne prit pas longtemps ; il n'y avait pas grand-chose à voir. Il lui posa les questions habituelles sur les allergies et les maladies d'enfance. Puis il expliqua que son médecin avait demandé qu'on lui fît une anesthésie épidurale.

— Savez-vous ce que c'est qu'une anesthésie épidurale ? demanda le Dr Doherty.

Karen lui dit que son médecin le lui avait expliqué. Le Dr Doherty approuva de la tête mais le lui réexpliqua soigneusement, en insistant sur les avantages particuliers que cela présentait dans son cas.

— Ce genre d'anesthésie provoque une grande relaxation musculaire, ce qui aidera le Dr Silvan à vous examiner, expliqua-t-il. De plus, une épidurale est moins dangereuse qu'une anesthésie générale.

Karen inclina la tête. Puis elle demanda :

— Etes-vous sûr que ça marchera et que je ne sentirai vraiment rien lorsqu'on m'examinera avec une sonde ?

Le Dr Doherty lui serra le bras pour la rassurer.

— J'en suis absolument sûr. Et vous savez quoi ? La première fois, tous les gens craignent que l'anesthésie n'agisse pas pour eux. Mais ça marche toujours. Alors, ne vous inquiétez pas, d'accord ?

— Puis-je vous poser une autre question ? demanda Karen.

— Autant que vous voulez, répondit le Dr Doherty.

— Avez-vous lu le livre *Coma* ?

Le Dr Doherty rit.

— Oui, et j'ai vu le film.

— Il ne se produit jamais rien de ce genre, n'est-ce pas ?

— Non ! Jamais affirma-t-il. D'autres questions ?

Karen fit non de la tête.

— Alors c'est parfait, dit le Dr Doherty. Je vais demander aux infirmières de vous faire une petite piqûre. Cela vous calmera. Puis quand nous saurons que votre médecin est en train de s'habiller, je vous ferai transporter à la salle d'opération. Et, Karen, vous ne sentirez vraiment rien. Faites-moi confiance, je l'ai fait des milliers de fois.

— Je vous fais confiance, dit Karen.

Elle parvint même à lui sourire.

Le Dr Doherty quitta la salle d'attente et, franchissant les portes battantes, il entra dans le secteur des salles d'opération. Il rédigea une ordonnance pour le tranquillisant de Karen puis il se rendit au bureau des anesthésistes pour prendre ses narcotiques pour la journée. Il se dirigea enfin vers la réserve centrale.

Il y prit des produits pour intraveineuse et, jonglant avec les flacons, il plongea la main dans la boîte de Marcaïne 5 et en sortit une ampoule. Toujours prudent pour ce genre de choses, il vérifia l'étiquette. C'était bien de la Marcaïne 5. Ce que le Dr Doherty ne remarqua pas, c'était la légère irrégularité du bout de l'ampoule, la partie qu'il briserait quand il serait sur le point d'aspirer le médicament dans la seringue.

Annie Winthrop était plus fatiguée que d'habitude quand elle monta l'allée menant à l'entrée de son immeuble. Elle tenait son parapluie pour s'abriter de la pluie torrentielle. La température était descendue jusqu'à dix degrés ; au lieu d'aller vers l'été, on aurait plutôt dit que c'était l'hiver qui revenait.

Quelle nuit elle avait passée : trois arrêts cardiaques dans l'unité de soins intensifs. C'était le record de ces quatre derniers mois. S'occuper de ces trois-là tout en prenant soin des autres patients avait miné les forces de tous — et leur patience. Elle n'avait envie que d'une chose, d'une bonne douche bien chaude et de se glisser dans son lit.

Arrivée à la porte de son appartement, elle sortit maladroitement ses clefs et les laissa tomber. L'épuisement la rendait maladroite. Elle les ramassa et introduisit la bonne clef dans la serrure. Au moment où elle allait tourner la clef, elle se rendit compte que la porte était déjà déverrouillée.

Annie s'arrêta. Gail et elle verrouillaient toujours leur porte, même quand elles étaient dans l'appartement. C'était une règle que Gail et elle avaient établie une fois pour toutes.

Avec une certaine appréhension, Annie tourna le bouton et poussa la porte. Les lumières étaient allumées dans la salle de séjour. Annie se demanda si Gail était à la maison.

Son intuition fit hésiter Annie sur le seuil. Quelque chose l'avertissait du danger. Mais il n'y avait aucun bruit. L'appartement était plongé dans un silence de mort.

Annie ouvrit la porte un peu plus grand. Tout semblait en ordre. Elle franchit le seuil et sentit immédiatement une horrible odeur. Etant infirmière, elle crut deviner ce que c'était.

— Gail ? cria-t-elle.

Normalement Gail dormait quand elle rentrait. Annie se dirigea vers la chambre de son amie et regarda à l'intérieur par la porte ouverte. Là aussi, la lumière était allumée. L'odeur devint plus forte. Elle cria une fois encore le nom de Gail, puis elle entra. La porte de la salle de bains était elle aussi ouverte. Annie s'en approcha et regarda à l'intérieur. Elle hurla.

La tâche assignée à Trent pour la journée était de circuler dans la salle quatre où était prévue une série de biopsies du sein. Il pensait que ce serait une journée sans histoire, à moins que certaines biopsies ne se révèlent positives, mais c'était peu probable. Cette affectation lui plaisait parce qu'elle lui donnait la liberté de surveiller son ampoule de Marcaïne, chose qu'il n'aurait pas pu faire la veille.

On commençait à peine à pratiquer la première biopsie quand l'infirmière anesthésiste demanda à Trent d'aller lui chercher en vitesse un litre de lactate de Ringer. Trent n'était que trop heureux de lui rendre service.

Il y avait un certain nombre de membres des équipes à la réserve centrale quand Trent y entra. Il savait qu'il devait être particulièrement circonspect quand il vérifiait son ampoule. Mais ils ne lui prêtaient pas attention. Ils étaient occupés à préparer des trousses chirurgicales pour remplacer celles qu'on utiliserait ce jour-là.

Trent repartit vers le coin ou l'on rangeait les produits pour intraveineuse. Les médicaments non narcotiques étaient sur sa gauche.

Trent prit un flacon pour intraveineuse sur l'étagère. Par l'entrée sans porte de cette section de la réserve centrale, il pouvait voir les autres compter les instruments de chaque trousse.

Un œil fixé sur ses collègues, Trent glissa la main dans la boîte de Marcaïne. Un frisson le traversa. Il ne restait qu'une ampoule et son bout arrondi était lisse. Son ampoule était partie.

A peine capable de contenir son excitation, Trent quitta la réserve centrale et repartit vers la salle quatre. Il donna le flacon d'intraveineuse à l'infimière anesthésiste. Puis il demanda à l'aide soignante si elle avait besoin de quelque chose. Elle dit que non. Il n'y avait pas de difficulté. La biopsie avait déjà été faite à l'endroit anesthésié et l'on refermait. Trent dit à l'aide soignante qu'il serait de retour dans un instant.

En sortant de la salle quatre, Trent se précipita vers le grand tableau. Ce qu'il vit le fit bondir de joie : la seule épidurale prévue pour sept heures et demie était la laparoscopie, et l'anesthésiste était Doherty ! L'opération de la hernie n'était prévue que plus tard dans la journée. C'était pour la laparoscopie qu'on utiliserait son ampoule.

Trent vérifia où se ferait la laparoscopie. Elle devait avoir lieu dans la salle douze. Il remonta le couloir à toute vitesse et se précipita dans l'alcôve des anesthésistes de la salle douze. Doherty était là, ainsi que la patiente. Posée sur la table en inox, se trouvait son ampoule de Marcaïne.

Trent ne pouvait en croire sa chance. Non seulement l'anesthésiste était Doherty, mais la patiente était une fille jeune et en bonne santé.

Ne tenant pas à ce qu'on le vît traîner dans les parages, Trent ne s'attarda pas. Il retourna à la salle d'opération à laquelle il avait été affecté, mais il était si troublé qu'il ne pouvait tenir en place. Il arpentait la pièce à une telle allure que le chirurgien qui pratiquait les biopsies dut lui demander de s'asseoir ou de quitter la pièce.

Normalement, un tel ordre venant d'un médecin aurait mis Trent en rage. Mais pas aujourd'hui. Il était trop excité en pensant à ce qui allait se passer et à ce qu'il avait à faire. Il savait qu'il lui faudrait retourner à la salle douze dès que ça commencerait à barder pour récupérer l'ampoule brisée. Cette phase inquiétait toujours un peu Trent, bien que, jusqu'à présent, le tohu-bohu général causé par les événements eût toujours réussi à détourner l'attention de tout le monde. C'était toutefois le point faible de toute l'opération.

Trent leva les yeux vers la pendule et regarda la grande aiguille avancer sur son cadran. Ce n'était plus qu'une question de minutes. Un frisson de plaisir lui parcourut le dos. Il adorait le suspense !

9

JEUDI

18 MAI 1989

7 H 52

Toutes sirènes hurlantes, l'ambulance transportant Gail Shaffer entra dans la zone des urgences du Saint-Joseph Hospital et vint se garer en marche arrière contre l'aire de débarquement. Le Samu avait déjà appelé sur le téléphone mobile pour prévenir le service des urgences de l'état du malade qu'il amenait et qui requérait des soins cardiaques et neurologiques.

Dès que le Samu était arrivé à l'appartement de Gail, en réponse au coup de téléphone de sa copine, Annie Winthrop, ils avaient vite deviné ce qui s'était passé. Gail Shaffer avait eu une grave attaque alors qu'elle prenait une douche. Les médecins pensaient qu'elle avait dû sentir venir cette attaque car son amie avait insisté sur le fait qu'elle avait coupé l'eau. Malheureusement, Gail n'avait pas été capable de sortir assez vite et sa tête avait heurté plusieurs fois les robinets et le bac. Elle avait de multiples blessures au cuir chevelu et au visage, et une entaille particulièrement profonde sur le haut du front, à la racine des cheveux.

La première chose qu'avaient faite les médecins du Samu avait été de sortir Gail de la douche. Ils avaient alors remarqué une absence totale de tonus musculaire, comme si elle était complètement paralysée. Ils avaient aussi détecté une anomalie du rythme cardiaque, qui était totalement irrégulier. Ils avaient essayé de la stabiliser en lui faisant une intraveineuse et en lui donnant de l'oxygène.

Dès qu'on ouvrit les portes de l'ambulance, on emmena rapidement Gail dans un des services de traumatologie. Grâce au coup de téléphone du personnel du Samu, un interne en neurologie et un interne en cardiologie l'attendaient quand elle arriva.

L'équipe travaillait fébrilement. Visiblement, la vie de Gail ne tenait qu'à un fil, et des plus ténus. Le système de conductibilité du cœur, responsable de la coordination des battements, était sérieusement détérioré.

Le neurologue ne tarda pas à corroborer l'impression initiale des membres du Samu : Gail était atteinte d'une paralysie presque totale, qui touchait aussi les nerfs crâniens. Ce qui était particulièrement bizarre dans cette paralysie, c'était que certains groupes de muscles avaient encore des réflexes. Mais il ne semblait pas qu'il y eût un schéma directeur quant aux mouvements qui subsistaient. Cela se faisait de manière aléatoire.

Tous en vinrent bientôt à penser que Gail avait été victime d'une très sérieuse attaque à la suite d'une hémorragie intracrânienne et/ou d'une tumeur cérébrale. C'était le diagnostic provisoire, bien que le liquide cérébro-spinal fût limpide. Une interne spécialisée dans ce genre de problème n'était pas d'accord. Elle pensait que tout cela était dû à une sorte d'intoxication médicamenteuse aiguë. Elle insista pour qu'on pratiquât une prise de sang en vue d'une analyse portant sur les médicaments euphorisants, particulièrement les produits de synthèse les plus nouveaux.

Un des internes en neurologie émit aussi des réserves sur le diagnostic provisoire. Il avait le sentiment qu'une lésion centrale ne pouvait expliquer la paralysie. Il se rangea à l'avis de l'interne en médecine qui soupçonnait une grave intoxication. Mais il ne poussa pas plus loin ses spéculations, attendant pour ce faire les résultats des tests supplémentaires.

Tout le monde était d'accord sur le traumatisme crânien. La preuve physique n'était que trop évidente. Une radiographie fit sourciller tout le monde. La blessure à la racine des cheveux avait provoqué la fracture de l'un des sinus frontaux. Mais on estimait que même un traumatisme aussi sérieux n'était pas suffisant pour expliquer l'état de Gail.

Malgré son état cardiaque précaire, on décida de lui faire un RMN d'urgence. L'interne en neurologie s'était arrangé pour passer au travers des mailles de la bureaucratie, et aplanir les obstacles. Accompagnée de plusieurs internes, Gail fut transférée en radiologie et glissée dans l'énorme machine en forme d'anneau. Tout le monde craignait que le champ magnétique pût affecter son système de conductibilité cardiaque instable, mais l'urgence d'établir un diagnostic intracrânien précis l'emportait sur toute autre considération. Tous ceux qui étaient impliqués dans l'affaire restèrent collés à l'écran dès qu'apparurent les premières images.

Bill Doherty tint la seringue de verre de cinq centimètres cubes dans la lumière de l'alcôve d'anesthésie et en tapota doucement le bout. Les quelques bulles qui adhéraient aux parois flottèrent à la surface. La seringue contenait deux centimètres cubes de Marcaïne pour rachianesthésie et de l'adrénaline.

Le Dr Doherty avait commencé depuis longtemps à administrer à Karen Hodges une épidurale progressive. Tout se passait sans incident et selon son plan. La ponction initiale avait été absolument indolore. L'aiguille Touhey avait parfaitement fonctionné. Il avait été satisfait de constater que l'aiguille Touhey était bien dans l'espace épidural car il n'avait pas rencontré de résistance sur le piston de la petite seringue en verre quand il l'avait poussé. La dose test qu'il avait administrée le lui avait également confirmé. Et finalement, le petit cathéter s'était mis en place avec une aisance trompeuse. Il ne restait plus qu'à confirmer que le cathéter se trouvait bien dans l'espace épidural. Cela fait, il pouvait continuer à injecter la dose thérapeutique.

— Comment ça va ? demanda le Dr Doherty à Karen.

Celle-ci était allongée sur le côté, lui tournant le dos. Il la remettrait sur le dos après lui avoir administré l'anesthésique.

— Ça va très bien, dit Karen. Avez-vous fini ? Je ne sens toujours rien.

— Vous n'êtes pas censée sentir quoi que ce soit jusqu'à présent, dit le Dr Doherty.

Il injecta la dose test, puis fit gonfler le brassard pour prendre sa tension. Elle ne varia pas, et son pouls non plus. Pendant qu'il attendait, il fit un petit bandage pour en entourer le cathéter. Quelques minutes plus tard, il reprit la tension. Elle n'avait pas changé. Il vérifia la sensation du bas des jambes de Karen. Elles n'étaient pas anesthésiées, ce qui voulait dire que le cathéter n'était sûrement pas à l'endroit où était pratiquée la rachianesthésie. Il était content. Le cathéter devait être dans l'espace épidural. Tout était prêt pour l'injection principale.

— Mes jambes ont l'air parfaitement normal, se plaignit Karen.

Elle avait encore peur que l'anesthésique n'agît pas sur elle.

— Vous n'êtes pas censée sentir quoi que ce soit dans les jambes, dit Doherty pour la rassurer. Rappelez-vous ce que je vous ai dit au début.

Il avait pris soin d'expliquer à Karen ce à quoi elle devait s'attendre. Mais il n'était pas surpris qu'elle eût oublié. Il se montra patient avec elle, sachant qu'elle était inquiète.

— Comment ça se passe ?

Le Dr Doherty leva les yeux. C'était le Dr Silvan, revêtu de sa tenue stérile.

— Nous serons prêts dans dix minutes, dit le Dr Doherty.

Il se tourna vers la table en inox, prit l'ampoule de Marcaïne de trente centimètres cubes et vérifia de nouveau l'étiquette.

— Je suis sur le point d'injecter l'épidurale, ajouta-t-il.

— Bonne synchronisation, dit le Dr Silvan. Je vais me laver les mains et on y va. Plus vite ce sera fait, plus vite ce sera fini.

Il tapota le bras de Karen, soucieux de ne pas déranger le champ stérile que le Dr Doherty avait installé.

— Et vous, détendez-vous, vous entendez ? dit-il à l'adresse de Karen.

Le Dr Doherty brisa le bout de l'ampoule. Il aspira la Marcaïne avec une seringue. Par la force de l'habitude, il tapota l'extrémité de cette seringue plus grosse pour évacuer les bulles d'air, même si faire entrer de l'air dans l'espace épidural ne posait pas de problème. Il fit ce geste essentiellement par la force de l'habitude.

Se penchant légèrement, il connecta la seringue au cathéter épidural. Il commença une injection régulière. Le faible calibre du cathéter opposa une certaine résistance, aussi appuya-t-il fermement sur le piston. Il venait de vider la seringue quand Karen bougea soudainement.

— Ne bougez pas encore ! grogna le Dr Doherty.

— J'ai une horrible crampe, cria Karen.

— Où ? demanda Doherty. Dans les jambes ?

— Non, à l'estomac, dit Karen.

Elle gémit et étira ses jambes.

Le Dr Doherty la prit par les hanches pour la maintenir en place. Une infirmière qui était là pour l'assister tendit les mains pour saisir les chevilles de Karen.

Malgré les tentatives de Doherty pour la retenir de sa main libre, Karen se retourna pour se mettre sur le dos. Elle s'appuya sur un coude et regarda le Dr Doherty. Ses yeux étaient agrandis par la terreur.

— Aidez-moi, cria-t-elle, désespérée.

Le Dr Doherty était perplexe. Il ne comprenait absolument pas ce qui se passait. Sa première pensée fut que Karen s'était simplement affolée. Il lâcha la seringue. Des deux mains, il saisit Karen par les épaules et essaya de l'obliger à s'allonger de nouveau sur la table d'opération. De son côté, l'infirmière raffermit sa prise sur les chevilles de Karen.

Le Dr Doherty décida d'administrer à Karen une dose de diazepam en intraveineuse, mais avant qu'il pût le faire, le visage de Karen fut distordu par des fasciculations ondulantes des muscles faciaux. En même temps, la salive sortit en grosses bulles de sa bouche et des larmes coulèrent à flots de ses yeux. Sa peau fut immédiatement inondée de sueur. Sa respiration devint ronflante et grasse.

Le Dr Doherty alla prendre de l'atropine. Alors qu'il l'administrait, le dos de Karen s'arqua. Son corps devint rigide, puis il fut secoué d'une série de violentes convulsions. L'infirmière vint rapidement se mettre au côté de Karen pour empêcher la jeune femme de tomber par terre. Le Dr Silvan s'éloigna du lavabo pour proposer son aide.

Le Dr Doherty prit de la succinylcholine et l'injecta par voie intraveineuse. Puis il continua avec du diazepam. Il ouvrit l'arrivée d'oxygène et tint le masque au-dessus du visage de Karen. L'électrocardiogramme se mit à enregistrer des irrégularités.

Quand la nouvelle se répandit, de l'aide commença à affluer. On transporta Karen dans la salle d'opération pour avoir plus de place. La succinylcholine arrêta la crise. Le Dr Doherty intuba Karen. Il vérifia sa tension et constata qu'elle chutait. Son pouls était irrégulier.

Le Dr Doherty injecta une nouvelle dose d'atropine. Il n'avait jamais vu une telle salivation et un tel larmoiement. Il fixa un oxymètre. Puis le cœur de Karen s'arrêta.

Un message chiffré fut lancé et plusieurs équipes de l'hôpital vinrent à la salle douze pour proposer leurs services. Quand les assistants furent une vingtaine, ils étaient trop nombreux pour observer l'alcôve, d'où une main se tendit pour prendre l'ampoule à moitié pleine de Marcaïne, en verser le contenu dans un tuyau d'écoulement tout proche, et subtiliser l'ampoule vide.

Kelly raccrocha le téléphone dans l'unité de soins intensifs. L'appel la laissa profondément bouleversée. On venait de l'informer qu'elles allaient recevoir une admission venant de la salle des urgences. Mais ce n'était pas cela qui l'attristait. C'était que la patiente était Gail Shaffer, une des infirmières en chirurgie. Une amie.

Kelly connaissait Gail depuis un certain temps. Gail fréquentait un des internes en anesthésie du Valley Hospital qui avait été un élève de Chris. Gail était même venue chez les Everson pour le dîner annuel que Kelly donnait pour les internes en anesthésie. Quand Kelly était partie pour aller à Saint-Joseph, Gail avait eu la gentillesse de la présenter à un certain nombre de gens de l'hôpital.

Kelly essaya de ne pas laisser ses sentiments personnels entrer en jeu. Il était vital de se conduire en professionnelle. Elle fit appel à l'une des infirmières qui travaillaient aux admissions, en lui disant de préparer le lit trois pour une nouvelle arrivante.

Toute une équipe amena Gail dans l'unité de soins intensifs et aida à ce qu'on lui installât un moniteur et un respirateur. Ses propres efforts pour respirer n'étaient pas suffisants pour oxygéner normalement son sang. Pendant qu'ils travaillaient, Kelly fut mise au courant de la situation.

Il n'y avait pas de diagnostic, ce qui rendait Gail bien plus difficile à traiter. La RMN avait été négative, à l'exception de la fracture du sinus frontal. Cela excluait une tumeur et/ou une hémorragie cérébrale. Gail n'avait pas repris conscience et sa paralysie s'était plutôt aggravée. La menace la plus sérieuse, la plus immédiate pour l'état de Gail était son instabilité cardiaque. Cela même avait empiré. En radiologie, elle avait effrayé tout le monde avec des poussées de tachycardie ventriculaire qui laissaient penser que son cœur était sur le point de lâcher. C'était presque un miracle qu'il n'en eût rien été encore.

Au moment où Gail fut installée dans l'unité de soins intensifs, les résultats du test sur la cocaïne arrivèrent. Ils étaient négatifs. Il restait un large spectre de drogues euphorisantes, mais Kelly était absolument sûre que Gail ne se droguait pas.

L'équipe qui avait amené Gail à l'unité de soins intensifs était encore là quand le cœur de Gail s'arrêta. Une décharge électrique élimina la fibrillation, mais entraîna une asystolie, ce qui signifiait qu'il n'y avait pas d'activité électrique ni de pulsations d'aucune sorte. Un pacemaker glissé dans la poitrine à partir d'une incision pratiquée au niveau du sein rétablit ce qui ressemblait à des battements de cœur, mais le pronostic n'était pas bon.

— Je m'en suis farci des trucs dans ce genre de boulot, dit Devlin, furieux. Des pistolets, des couteaux, un tuyau de plomb. Mais je ne m'attendais pas à être piqué dans le cul avec un poison de flèche amazonienne. Par un type qui avait des menottes, en plus.

Michael Mosconi ne put que hocher la tête. Devlin était le plus efficace des chasseurs de prime qu'il connaissait. Il avait mis la main sur des dealers, des tueurs, des caïds de la Mafia et des petits voleurs. Comment pouvait-il avoir tant d'ennuis avec ce petit merdeux de toubib, cela dépassait Mosconi. Peut-être que Devlin n'était plus dans le coup.

— Je voudrais bien comprendre, dit Mosconi. Tu l'avais dans ta voiture, menottes aux mains.

Ça avait l'air vraiment dingue.

— Je te l'ai dit, il m'a injecté une espèce de truc qui m'a paralysé. Une minute, j'étais bien, la minute d'après, je ne pouvais pas bouger un muscle. Je ne pouvais absolument rien y faire. Le type dispose de médicaments modernes.

— Ça me fait me poser des questions sur toi, murmura Mosconi avec irritation. (Il passa nerveusement sa main dans ses cheveux clairsemés.) Peut-être que tu devrais songer à changer de boulot. Qu'est-ce que tu dirais d'être chargé de vérifier si les gosses vont bien à l'école ?

— Très drôle, dit Devlin, mais visiblement ça ne l'amusait pas.

— Comment veux-tu appréhender un vrai criminel si tu n'es même pas capable d'attraper un petit maigrichon d'anesthésiste ? dit Michael. Avec ta stupidité, tu as tout foutu en l'air. Chaque fois que le téléphone sonne, j'ai des palpitations à la pensée que c'est le tribunal, disant qu'ils ont confisqué la caution. Est-ce que tu comprends la gravité de tout ça ? Alors, je ne veux plus d'excuses... je veux que tu attrapes ce type.

— Je l'aurai, dit Devlin. J'ai chargé quelqu'un de suivre sa femme. Mais surtout, j'ai mis un micro sur son téléphone. Il l'appellera bien à un moment ou à un autre.

— Ce n'est pas suffisant, dit Michael. Je suis terrorisé à la pensée que la police ne cherche plus à l'empêcher de quitter la ville. Devlin, je ne peux pas me payer le luxe de perdre ce type. Nous ne pouvons pas le laisser filer.

— Je ne crois pas qu'il ira où que ce soit.

— Tiens ? dit Michael. Est-ce que tu as acquis un nouveau pouvoir d'intuition ou est-ce que tu prends tes désirs pour des réalités ?

Devlin étudiait Michael de sa place sur le canapé inconfortable. Les sarcasmes de Mosconi commençaient à lui taper sur les nerfs. Mais il ne dit rien. Il se pencha en avant pour accéder à sa poche arrière. Il en sortit un tas de papiers. En les posant sur le bureau, il les déplia et les défroissa.

— Le toubib a laissé ça dans sa chambre d'hôtel, dit-il en les poussant vers Michael. Je ne crois pas qu'il ira où que ce soit. En réalité, je crois qu'il manigance quelque chose. Quelque chose qui le retient ici. Qu'est-ce que tu fais de ces papiers ?

Michael prit une page de notes de Chris Everson.

— C'est un tas de charabia scientifique. Je n'en ai rien à faire.

— Certaines pages sont de la main du toubib, dit Devlin. Mais la plupart, non. J'affirme que c'est écrit par ce Christopher Everson, quel qu'il soit. Son nom figure sur certaines feuilles. Est-ce que ce nom te dit quelque chose ?

— Non, dit Michael.

— Passe-moi l'annuaire du téléphone, dit Devlin.

Michael le lui tendit. Devlin chercha la page où se trouvait la liste des Everson. Il y en avait une poignée, mais pas de Chris. Le plus proche était un K. C. Everson à Brookline.

— Ce type n'est pas dans l'annuaire, dit Devlin. Evidemment, ça aurait été trop facile.

— Peut-être qu'il est médecin, lui aussi, suggéra Michael. Et que son numéro ne figure pas dans l'annuaire.

Devlin hocha la tête. C'était bien possible. Il consulta les pages jaunes et regarda à « Médecins ». Il n'y avait pas d'Everson. Il referma l'annuaire.

— Le fait est, dit Devlin, que le toubib travaillait sur ce truc alors qu'il était en cavale, planqué dans un hôtel minable. Ça n'a pas grand sens. Il manigance quelque chose, mais je ne sais pas quoi. Je pense qu'il faut que je trouve ce Chris Everson et que je le lui demande.

— Ouais, dit Mosconi, perdant patience. Seulement, ne mets pas quatre ans pour aller à l'école de médecine. Je veux des résultats. Si tu ne peux pas tenir tes promesses, tu n'as qu'à le dire. Je prendrai quelqu'un d'autre.

Devlin se leva. Il posa l'annuaire sur le bureau de Michael et ramassa les notes de Jeffrey et de Chris.

— Ne t'en fais pas, dit-il. Je le trouverai. J'en fais une affaire personnelle.

Quittant le bureau de Michael, Devlin descendit et, une fois dans la rue, il constata qu'il pleuvait encore plus fort que lorsqu'il était arrivé. Heureusement, il s'était garé près d'une galerie marchande, si bien qu'il n'eut qu'à courir un peu pour rejoindre sa voiture. Il s'était arrêté dans une zone réservée aux livraisons, dans Cambridge Street. Un des petits avantages dont il jouissait pour avoir été dans la police était qu'il pouvait se garer n'importe où. Les flics de la circulation feignaient de ne pas le voir. C'était une politesse professionnelle.

Montant dans sa voiture, Devlin mit une éternité à faire le tour du State House pour gagner Beacon Street. La route obligeait à faire des tours et des détours, comme c'était souvent le cas quand on conduisait à Boston. Il tourna à gauche vers Lexter et se gara devant la bouche d'incendie la plus proche de la Boston Public Library. A peine descendu de voiture, il fonça vers l'entrée.

Dans la section renseignements, il utilisa les annuaires municipaux de Boston, et de toutes les villes avoisinantes. Il y avait beaucoup d'Everson, mais pas de Christopher Everson. Il fit une liste des Everson qu'il trouva.

Il se rendit à la cabine téléphonique la plus proche et composa d'abord le numéro de K. C. Everson à Brookline. Bien que les initiales lui fissent penser qu'il s'agissait d'une femme, il pensait que ça valait quand même le coup d'essayer. Au début, il se sentit encouragé : ce fut une voix mâle ensommeillée qui répondit.

— Christopher Everson ? demanda Devlin.

Il y eut un silence.

— Non, dit la voix. Vous voulez parler à Kelly ? Elle est...

Devlin raccrocha. Il avait raison. K. C. Everson était une femme.

En parcourant des yeux la liste des Everson, il se demandait par lequel continuer. C'était difficile à dire. Il n'y en avait même pas d'autres dont la deuxième initiale fût un C. Cela signifiait qu'il devait commencer ses appels à domicile. Cela prendrait un temps fou, mais il ne voyait pas quoi faire d'autre. Un des Everson devait bien connaître ce Christopher Everson. Devlin avait dans l'idée que c'était encore sa meilleure piste.

Fatigué comme il l'était, Jeffrey ne put retrouver le sommeil après avoir été réveillé par le téléphone. S'il avait été complètement éveillé quand il avait sonné, il n'aurait probablement pas répondu. Il n'avait pas discuté avec Kelly de ce qu'il devait faire au sujet du téléphone, mais il courrait probablement moins de risques en ne décrochant pas. Allongé sur le lit, Jeffrey était encore vaguement préoccupé par ce correspondant. Qui avait pu demander Chris ? Sa première pensée avait été qu'il s'agissait d'une farce cruelle. Mais ce pouvait être quelqu'un qui essayait de vendre quelque chose. On pouvait avoir trouvé le nom de Chris sur une liste. Peut-être ne devrait-il pas parler du coup de téléphone à Kelly. Il lui déplaisait de déterrer le passé quand elle commençait à l'oublier.

L'esprit de Jeffrey revint à la théorie de l'agent de contamination au lieu de s'arrêter sur le mystérieux correspondant. S'allongeant sur le dos, il passa en revue les détails. Puis il décida de se lever, de prendre une douche et de se raser.

Alors qu'il préparait son café, il commença à se demander si ses complications anesthésiques et celles de Chris étaient des épisodes isolés ou s'il y avait des incidents similaires dans la région de Boston. Que se passerait-il si le tueur avait trafiqué de la Marcaïne d'autres fois, en dehors des deux affaires dont Jeffrey avait connaissance ? Si c'était le cas, Jeffrey pensait que des rumeurs sur des réactions aussi bizarres auraient filtré. Mais encore une fois, il n'y avait qu'à voir ce qui était arrivé à Chris et à lui. Tous deux avaient été instantanément poursuivis pour faute professionnelle.

A ce stade-là, la défense de cette cause était devenue d'une suprême importance, éclipsant les autres problèmes.

Se souvenant que le rôle de la Commission d'inspection de la médecine de l'Etat du Massachusetts avait été statutairement élargi et qu'elle suivait maintenant les « incidents majeurs » survenant dans les services de santé, Jeffrey téléphona à la Commission.

Après une brève valse-hésitation, on passa à Jeffrey un membre du Comité d'estimation des soins donnés aux patients. Il expliqua à quel genre d'accidents il s'intéressait. Elle le fit attendre quelques minutes.

— Vous avez dit que vous vous intéressiez aux morts survenues durant les anesthésies épidurales ? demanda-t-elle en reprenant la communication.

— C'est bien cela, dit Jeffrey.

— J'en trouve quatre, dit la femme. Toutes au cours des quatre dernières années.

Jeffrey était stupéfait. Quatre, c'était beaucoup. Les accidents mortels durant les anesthésies épidurales étaient extrêmement rares, surtout depuis que la Marcaïne 75 avait été proscrite en obstétrique. Quatre cas dans les quatre dernières années auraient dû alerter la Commission.

— Voulez-vous savoir où ils se sont produits ? demanda la dame.

— Oui, s'il vous plaît.

— Il y en a un l'année dernière au Boston Memorial.

Jeffrey nota : « Memorial 1988 ». Ce devait être le sien.

— Il y en a un au Valley Hospital en 1987.

Jeffrey le nota. Ce devait être celui de Chris.

— Puis au Commonwealth Hospital en 1986 et au Suffolk General en 1985. Voilà.

C'est beaucoup, pensa Jeffrey. Il était également stupéfait que tous les accidents se fussent produits à Boston.

— Est-ce que la Commission a fait quelque chose à propos de ces cas ? demanda-t-il.

— Non, dit la dame. S'ils s'étaient tous produits dans le même établissement, on aurait étudié l'affaire de près. Mais en constatant que quatre hôpitaux différents et quatre médecins différents y étaient impliqués, il nous a semblé que ce n'était pas notre rôle de nous en mêler. De plus, il est indiqué ici que les quatre cas se sont soldés par un litige pour faute professionnelle.

— Quels sont les médecins impliqués au Commonwealth et au Suffolk ? demanda Jeffrey.

Il voulait parler longuement avec ces médecins pour voir dans quelle mesure leurs expériences étaient semblables à la sienne. En particulier, il voulait savoir s'ils avaient utilisé de la Marcaïne en ampoules de trente centimètres cubes pour l'anesthésie locale.

— Le nom des médecins ? Je suis désolée, mais cette information est confidentielle.

Jeffrey réfléchit un moment, puis il demanda :

— Et les patients ou les plaignants dans ces affaires ? Quel était leur nom ?

— Je ne sais pas si c'est ou non confidentiel, dit la dame.

Elle demanda de nouveau à Jeffrey de rester en ligne. Pendant qu'il attendait, Jeffrey s'étonna encore qu'il y ait eu à Boston quatre morts durant des anesthésies épidurales et qu'il n'en ait rien su. Il n'arrivait pas à comprendre comment une telle série d'accidents n'avait pas soulevé de questions ni suscité d'inquiétudes. Puis il comprit que l'explication venait du fait que les quatre cas s'étaient soldés par une accusation de faute professionnelle. Jeffrey savait qu'un des effets insidieux de ce genre d'affaires était le secret imposé par leurs avocats aux accusés. Il se souvenait que son propre avocat, Randoph, lui avait dit au début de son procès de n'en parler à personne.

— Personne ne semble savoir si c'est confidentiel ou non, dit la dame quand elle reprit la communication. Mais à mon avis, cela fait partie du domaine public. Les deux patients étaient Clark DeVries et Lucy Havalin.

Jeffrey nota les noms, remercia la dame et raccrocha. De retour dans la chambre d'amis que Kelly avait préparée pour lui, Jeffrey sortit le sac marin de dessous le lit et prit dedans deux billets de cent dollars. Il fallait qu'il se procure des vêtements pour remplacer ceux qu'il avait laissés à l'hôtel Essex. Un instant, il se demanda ce que la Pan Am avait fait de sa petite valise, bien qu'il fût trop risqué de chercher à en savoir davantage.

Puis il appela un taxi. Il pensait que cela ne présentait pas de danger, à condition de ne rien faire qui pût éveiller les soupçons du chauffeur. Le temps ne s'était pas amélioré depuis qu'il était rentré de l'hôpital, le matin, et Jeffrey chercha un parapluie dans le placard de l'entrée. Au moment où le taxi arriva, il attendait sur le pas de la porte, parapluie en main.

Son premier objectif était d'acheter une autre paire de lunettes à verres neutres et à monture noire. Il demanda au chauffeur de l'attendre pendant qu'il s'arrêtait chez un opticien sur le chemin. Son objectif final était le palais de justice. Cela lui donna le frisson d'entrer dans ce bâtiment où quelques jours plus tôt à peine, il avait été déclaré coupable de meurtre.

Quand il passa devant le détecteur de métal, son anxiété grandit. Cela lui rappelait trop l'épisode de l'aéroport. Il fit de son mieux pour paraître calme. Il savait que s'il avait l'air nerveux, il ne ferait qu'attirer l'attention. Cependant, malgré ses bonnes intentions, il tremblait quand il pénétra dans le bureau des greffiers au premier étage du vieux bâtiment.

Il attendit son tour au comptoir. La plupart des gens qui faisaient la queue étaient du genre homme de loi et portaient tous un costume sombre dont les jambes de pantalon étaient curieusement trop courtes. Lorsqu'une des employées qui étaient derrière le comptoir regarda finalement dans sa direction et dit : « Suivant », Jeffrey avança et demanda que ce qu'il fallait faire pour obtenir le compte rendu d'un procès.

— Une affaire réglée ou non ? lui demanda la dame.

— Réglée, dit Jeffrey.

La dame lui désigna quelque chose derrière lui.

— Allez chercher le numéro du bordereau du dossier dans le fichier Défenseur/Plaignant, dit-elle en bâillant. Ce sont ces registres à feuilles volantes. Quand vous aurez le numéro, rapportez-le ici. L'un de nous ira chercher le dossier aux archives.

Jeffrey fit oui de la tête et la remercia. Il se dirigea vers les étagères qu'elle lui avait indiquées. Les procès étaient classés par ordre alphabétique, année par année. Jeffrey commença par l'année 1986 et chercha Clark DeVries parmi les plaignants. Quand il trouva sa fiche, il se rendit compte que l'information qu'il voulait y figurait. Il n'avait pas besoin de tout le compte rendu.

La fiche de renseignements comprenait la liste des accusés, des plaignants et des procureurs. L'anesthésiste était en l'occurrence le Dr Lawrence Mann. Jeffrey en fit une photocopie au cas où il aurait besoin de se référer plus tard au numéro du bordereau.

Il fit la même chose pour la fiche concernant l'affaire Lucy Havalin. Le procès avait été intenté contre une anesthésiste du nom de Madaline Bowman. Jeffrey avait eu quelquefois des rapports professionnels avec Bowman, mais il ne l'avait pas vue depuis des années.

Il retira la feuille de la machine à photocopier et la parcourut du regard pour s'assurer qu'elle était bien lisible. Ce faisant, il remarqua que l'avocat de la partie civile était Matthew Davidson.

Jeffrey tiqua. La copie lui tomba presque des mains. Matthew Davidson était aussi l'avocat qui l'avait fait condamné pour faute professionnelle en faveur des ayants droit de Patty Owen.

Jeffrey savait que rationnellement, il était ridicule de détester cet homme. Après tout, Davidson n'avait fait que son travail, et la succession de Patty Owen avait le droit d'être représentée en justice. Jeffrey avait entendu tous ces arguments. Mais ils ne changeaient pas. Davidson avait causé la perte de Jeffrey en soulevant le problème de drogue, mineur et sans rapport avec l'affaire, qu'il avait eu. C'était un coup déloyal, qui avait été purement et simplement une manœuvre délibérée pour gagner le procès. Le but n'avait pas été la recherche de la justice et de la vérité. Il n'y avait pas eu de faute professionnelle. Jeffrey en était certain maintenant qu'il avait éliminé le doute qu'il éprouvait vis-à-vis de lui-même, et était de plus en plus convaincu qu'il y avait eu un agent de contamination.

Mais Jeffrey avait mieux à faire en ce moment que de ressasser les injustices passées. Changeant d'avis, il décida en définitive de regarder les comptes rendus des procès. Parfois, on ne sait pas ce qu'on cherche avant de l'avoir trouvé, se dit Jeffrey. Revenant au comptoir d'où il était parti, il donna à l'employée qui l'avait renseigné les numéros des bordereaux.

— Il faut que vous remplissiez les formulaires de demandes qui sont sur le comptoir là-bas, dit-elle.

Typiquement bureaucratique, pensa Jeffrey avec une certaine irritation, mais il fit ce qu'on lui avait dit. Après avoir rempli les formulaires, il dut faire une troisième fois la queue. Ce fut une autre employée qui s'occupa, alors, de sa demande de renseignements. Quand il lui tendit les deux formulaires, elle les regarda et hocha la tête en disant :

— Ça va prendre à peu près une heure.

Pendant qu'il attendait, Jeffrey chercha une rangée de distributeurs automatiques qu'il avait vus en arrivant. Il se fit un petit casse-croûte avec un jus d'orange et un sandwich au thon. Puis il alla s'installer sur un banc dans la rotonde et observa les allées et venues du palais de justice. Il y avait tellement de policiers en uniforme que Jeffrey commença vraiment à s'habituer à les voir. Cela agit comme une sorte de thérapie qui en vint à la longue à réduire son anxiété.

Une bonne heure plus tard, Jeffrey retourna au bureau des greffiers. On avait sorti les comptes rendus qui l'intéressaient. Il emporta les deux gros dossiers en papier bulle sur une tablette où il pourrait disposer d'assez de place pour lire attentivement les documents. Il y avait une énorme pile de matériaux. Certains d'entre eux étaient dans un tel jargon juridique que Jeffrey ne chercha même pas à les comprendre, mais ce qui lui était accessible l'intéressa. Il y avait des pages et des pages de témoignages dans le compte rendu, ainsi qu'un monceau de documents et de dossiers.

Jeffrey feuilleta les témoignages. Il voulait découvrir quel anesthésique local avait été utilisé dans chaque cas. Il lut d'abord attentivement les papiers relatifs à l'affaire du Suffolk General. Comme il s'y attendait, l'anesthésique était de la Marcaïne. Maintenant qu'il savait où chercher dans le compte rendu, il trouva rapidement les renseignements dans l'affaire du Commonwealth Hospital. Là, aussi, l'anesthésique local était de la Marcaïne. Si la théorie de Jeffrey concernant un agent de contamination était vraie, cela signifiait que le tueur — un docteur X, un monsieur X ou une madame X de Boston — avait déjà frappé quatre fois. Si seulement Jeffrey pouvait apporter des preuves avant que le tueur ne frappât de nouveau.

Jeffrey était sur le point de remettre dans leur enveloppe les papiers concernant l'affaire Commonwealth quand son regard tomba sur les attendus du règlement financier. Il secoua la tête d'un air consterné. Comme dans son propre cas, le règlement s'était soldé par des millions de dollars. Quel gâchis, pensa-t-il. Il vérifia le chiffre dans l'autre procès. Il était encore plus élevé que dans celui du Commonwealth.

Jeffrey posa les dossiers dans une corbeille réservée aux retours. Puis il quitta le palais de justice. La pluie avait enfin cessé, mais le temps était encore couvert et froid, et il semblait qu'il pouvait se remettre à pleuvoir à verse à tout instant.

Jeffrey trouva un taxi dans Cambridge Street et dit au chauffeur de le conduire à la Countway Medical Library. Il se renversa dans son siège et se détendit. Il était content à la perspective de passer un après-midi pluvieux à la bibliothèque. Il avait l'intention, entre autres choses, de potasser la toxicologie. Il voulait revoir les deux principaux instruments de diagnostic : la chromatographie gazeuse et la spectrométrie de masse.

10

JEUDI

18 MAI 1989

16 H 07

Kelly tourna la clef dans la serrure et poussa la porte du pied pour l'ouvrir. En plus de son parapluie, elle avait les mains encombrées d'un petit sac à provisions et d'une grande enveloppe.

— Jeffrey ! cria-t-elle en posant l'enveloppe et les provisions sur la table de l'entrée, à côté de son service à thé en argent. Elle mit son parapluie sur le sol carrelé des toilettes, puis elle sortit à reculons et ferma la porte d'entrée.

— Jeffrey ! cria-t-elle de nouveau, se demandant s'il était là ou non. Quand elle revint dans la pièce, elle eut du mal à réprimer un petit cri de surprise. Jeffrey se tenait dans l'encadrement de la porte menant à la salle à manger.

— Vous m'avez fait sursauter, dit-elle, une main pressée sur sa poitrine.

— Vous ne m'avez pas entendu ? demanda-t-il. Je vous ai répondu de la salle commune quand vous m'avez appelé.

— Oh ! dit Kelly, en recouvrant son sang-froid. Je suis contente que vous soyez là. J'ai quelque chose pour vous. (Elle ramassa l'enveloppe sur la table et la mit dans les mains de Jeffrey.) J'ai aussi beaucoup de choses à vous raconter, ajouta-t-elle. Elle ramassa les provisions et les emporta dans la cuisine.

— Qu'est-ce que c'est que ça ? demanda-t-il en la suivant avec l'enveloppe en main.

— C'est une copie du dossier d'autopsie d'Henry Noble

venant du Valley Hospital, dit Kelly par-dessus son épaule.
— Déjà ? (Jeffrey était impressionné.) Mon Dieu, comment vous êtes-vous arrangée pour l'avoir si vite ?
— Ça a été facile. Hart Ruddock me l'a envoyé par coursier. Il n'a même pas demandé pourquoi je le voulais.

Jeffrey sortit le dossier de l'enveloppe tout en marchant. Il n'y avait pas de micrographies électroniques, mais il ne s'attendait pas à en trouver. Elles ne faisaient pas partie d'une autopsie de routine. Même ainsi, le dossier semblait mince. Jeffrey trouva une note disant que des rapports supplémentaires figuraient dans un dossier au bureau du médecin légiste. Ceci expliquait cela.

Kelly sortit les provisions du paquet tandis que Jeffrey allait s'asseoir sur le canapé de la salle commune avec le dossier. Il trouva un résumé du rapport d'autopsie qui était au bureau du médecin légiste. Il le lut rapidement et vit qu'on avait pratiqué un écran pathologique, mais que les résultats n'avaient rien révélé de suspect. Il vit aussi que la coupe microscopique avait fourni la preuve de dommages histologiques causés aux cellules nerveuses des ganglions dorsaux de base ainsi qu'au muscle cardiaque.

Kelly vint rejoindre Jeffrey sur le canapé. Il comprit qu'elle avait quelque chose de sérieux à lui dire.
— Il y a eu une grave complication anesthésique aujourd'hui à Saint-Joe, dit-elle. Personne ne voulait dire grand-chose, mais j'ai compris qu'il s'agissait d'une épidurale. La patiente était une jeune femme du nom de Karen Hodges.

Jeffrey hocha tristement la tête.
— Que s'est-il passé ? demanda-t-il.
— Elle est morte.
— Marcaïne ?
— Je ne le sais pas avec certitude, dit Kelly. Mais je le saurai probablement demain. La personne qui m'en a parlé pensait que c'était de la Marcaïne.
— Victime numéro cinq, soupira Jeffrey.
— De quoi parlez-vous ?

Jeffrey lui révéla les résultats de son travail de la journée, en commençant par son coup de téléphone à la Commission d'inspection de la médecine.
— Je crois que le fait que les décès aient eu lieu dans des hôpitaux différents accroît les chances de falsifications délibérées.

Nous avons affaire à quelqu'un qui est assez astucieux pour savoir que s'il y avait plus d'un décès durant une anesthésie épidurale dans un seul établissement, cela éveillerait les soupçons et conduirait probablement à une enquête officielle.

— Alors vous pensez vraiment que quelqu'un se cache derrière tout ça ?

— De plus en plus, dit Jeffrey. Je suis presque certain qu'intervient un agent de contamination. Je suis allé à la bibliothèque aujourd'hui, et entre autres choses, j'ai vérifié que les anesthésiques locaux en général et la Marcaïne en particulier ne pouvaient pas causer de dommages cellulaires comme ceux décrits dans l'autopsie d'Henry Noble ou ceux révélés dans les micrographies électroniques de Patty Owen. La Marcaïne ne peut pas le faire. Pas toute seule.

— Alors qu'est-ce qui aurait pu causer ça ?

— Je ne le sais pas encore avec certitude, dit Jeffrey. J'ai lu aussi tout un tas de choses sur la toxicologie et les poisons à la bibliothèque. Je suis convaincu que ce ne peut pas être un poison courant, parce qu'on l'aurait vu sur l'écran toxicologique. J'ai tendance à croire qu'il s'agirait plutôt d'une toxine.

— Ce n'est pas la même chose ?

— Non, dit Jeffrey. Poison est un terme plus général. Il s'applique à tout ce qui cause des dommages aux cellules ou interrompt la fonction cellulaire. Généralement, quand quelqu'un pense à un poison, il pense au mercure, à la nicotine ou à la strychnine.

— Ou à l'arsenic, ajouta Kelly.

— Exactement. Ce sont tous des produits chimiques ou des éléments inorganiques. D'autre part, une toxine, bien que ce soit un type de poison, est le produit d'une cellule vivante. Comme la toxine qui cause un syndrome de choc toxique. Qui vient de bactéries.

— Toutes les toxines viennent-elles de bactéries ? demanda Kelly.

— Pas toutes, dit Jeffrey. Certaines, très puissantes, viennent de légumes, comme le ricin vient des graines de ricin. Mais les gens sont plus habitués aux toxines qui se présentent sous forme de venin, comme celui des serpents, des scorpions ou de certaines araignées. Quoi qu'on mette dans la Marcaïne, ce doit être extrêmement puissant. Ça doit être quelque chose qui peut être fatal en quantité infinitésimale et qui en même temps imite les effets des anesthésiques locaux dans une large mesure. Autrement, sa présence aurait été suspectée. La différence, naturellement, est qu'elle détruit les cellules nerveuses, au lieu de bloquer simplement leur fonction comme les anesthésiques locaux.

— Mais si on l'injecte avec la Marcaïne, pourquoi n'est-elle pas visible lorsqu'on pratique un examen toxicologique ?

— Pour deux raisons. D'abord, on l'introduit probablement en quantités si infinitésimales qu'il y en a trop peu dans l'échantillon tissulaire pour qu'on la détecte. Ensuite, c'est un composé organique qui pourrait se dissimuler parmi les milliers de composés organiques qui se trouvent dans un échantillon tissulaire. Ce qu'on utilise pour séparer tous les composés dans un labo de toxicologie, c'est un instrument qu'on appelle un chromatographe gazeux. Mais cet instrument ne sépare pas tout avec précision. Il y a toujours des éléments qui se chevauchent. Ce que vous obtenez, c'est un graphique représentant une série de pics et de creux. Ces pics peuvent indiquer la présence d'un certain nombre de substances. C'est le spectographe de masse qui révèle vraiment quels sont les composés qui existent dans un échantillon. Mais une toxine pourrait se dissimuler dans un des pics du chromatographe gazeux. Si vous ne soupçonnez pas sa présence et ne la cherchez pas, vous ne la trouverez pas.

— Oh là là, dit Kelly. S'il y a quelqu'un derrière cela, il doit parfaitement savoir ce qu'il fait. Je veux dire qu'il doit bien connaître la toxicologie de base, vous ne croyez pas ?

Jeffrey approuva de la tête.

— J'y ai un peu pensé en rentrant de la bibliothèque. Je crois que le meurtrier doit être un médecin, quelqu'un qui a une très bonne formation en physiologie et en pharmacologie. Un médecin aurait aussi accès à un certain nombre de toxines et aux ampoules de Marcaïne. Pour dire la vérité, mon suspect idéal est vraisemblablement un de mes collègues les plus proches : un anesthésiste.

— Vous avez une idée des raisons pour lesquelles un médecin ferait une chose pareille ?

— Ce n'est pas facile à déterminer, dit Jeffrey. Pourquoi le Dr X a-t-il tué tous ces gens ? Pourquoi quelqu'un a-t-il mis du poison dans les capsules de Tylenol ? Je ne crois pas que qui que ce soit le sache avec certitude. De toute évidence, ce sont des instables. Mais affirmer cela pose plus de questions que ça n'apporte de réponses. Peut-être trouverait-on les raisons dans le psychisme irrationnel d'un psychotique qui en veut au monde entier ou à la profession médicale, ou aux hôpitaux et qui, avec son esprit qui dénature tout, croit que c'est une bonne façon de se venger.

Kelly frissonna.

— Ça me terrifie de penser qu'il existe un médecin comme ça en liberté.

— Moi aussi, dit Jeffrey. Cet individu, quel qu'il soit, pourrait fort bien être normal la plupart du temps, et seulement psychotique par moments. Il ou elle pourrait être la dernière personne que nous soupçonnerions. Et quel qu'il soit, il faudrait qu'on lui fasse confiance pour qu'il pût accéder à tant de salles d'opération d'hôpitaux.

— Est-ce que beaucoup de médecins jouissent de privilèges dans une telle quantité d'hôpitaux ? demanda Kelly.

Jeffrey haussa les épaules.

— Je n'en ai pas la moindre idée, mais la chose à faire dès maintenant est probablement de vérifier. Pourriez-vous avoir une copie de la liste du personnel de Saint-Joe ?

— Je ne vois pas pourquoi je ne l'aurais pas, dit Kelly. Polly Arnsdorf, la directrice du personnel soignant, et moi sommes amies. Voudriez-vous aussi une liste de tous les salariés ?

— Pourquoi pas ? dit Jeffrey.

La question de Kelly le fit penser à la facilité extraordinaire d'accès au Boston Memorial que lui donnait sa position dans l'équipe d'entretien. Jeffrey frémit à la pensée de la vulnérabilité d'un hôpital.

— Êtes-vous sûr que nous ne devrions pas alerter la police ? demanda Kelly.

Jeffrey secoua la tête.

— Pas la police, pas maintenant, dit-il. Aussi convaincant que cela nous semble à nous maintenant, nous n'avons pas l'ombre d'une preuve pour étayer notre théorie. Jusque-là, c'est pure spéculation de notre part. Dès que nous aurons une preuve que c'est vrai, nous pourrons nous adresser aux autorités. Que ce soit à la police ou non, je n'en sais rien.

— Mais plus nous attendrons, plus il y aura de chance que le tueur frappe de nouveau.

— Je sais, dit Jeffrey. Mais sans preuve supplémentaire, ou sans savoir le moins du monde qui est le tueur, nous ne sommes pas particulièrement bien placés pour arrêter cet homme.

— Ou cette femme, dit Kelly d'un air mécontent.

Jeffrey approuva de la tête.

— Ou cette femme.

— Alors que pouvons-nous faire pour accélérer les choses ?

— Quelles sont les chances que vous avez d'obtenir la liste du personnel médical et des employés de Valley Hospital ? Il serait préférable que ce soit la liste de la période durant laquelle Chris a perdu son patient.

Kelly siffla.

— C'est un peu trop demander, dit-elle. Je pourrais retéléphoner à Hart Ruddock, ou je pourrais faire une tentative auprès de quelques infirmières en chef qui y sont encore. D'une façon ou d'une autre, je tenterai le coup demain.

— Et j'essaierai de faire de même au Memorial, dit Jeffrey. (Il se demandait à quel endroit de l'hôpital il devrait aller pour trouver une telle liste.) Plus tôt nous aurons cette information, mieux ça sera.

— Pourquoi est-ce que je n'appellerais pas Polly maintenant ? suggéra Kelly, en regardant l'heure. D'ordinaire, elle reste au moins jusqu'à cinq heures.

Tandis que Kelly allait téléphoner dans la cuisine, Jeffrey pensa à quel point c'était épouvantable qu'une nouvelle catastrophe lors d'une épidurale ait eu lieu à Saint-Joe aujourd'hui. Cela confirmait sa théorie de l'agent de contamination. Il était plus convaincu que jamais qu'un Dr X était en liberté dans la région de Boston.

Bien que Jeffrey pensât qu'il était plus vraisemblable que le coupable fût un médecin, il savait que quiconque ayant des connaissances pharmaceutiques pouvait avoir trafiqué la Marcaïne. Il n'était pas nécessaire d'être docteur en médecine. Le problème était d'avoir accès aux médicaments, et cela orienta ses pensées vers un spécialiste en pharmacie.

Raccrochant le téléphone, Kelly rejoignit Jeffrey dans la salle commune. Elle ne s'assit pas.

— Polly a dit que je pouvais avoir la liste. Sans problème. En fait, elle a dit que si je voulais venir la chercher tout de suite, je pouvais. Alors j'ai dit oui.

— Formidable, dit Jeffrey. J'espère que nous aurons autant de chance avec les autres hôpitaux.

Il se leva.

— Où allez-vous ? demanda-t-elle.

— Je vous accompagne.

— Non, non. Vous restez ici et vous vous reposez. Vous avez l'air hagard. Vous étiez censé dormir un peu aujourd'hui et, au lieu de cela, vous êtes allé à la bibliothèque. Vous restez ici. Je serai de retour sous peu.

Jeffrey fit ce qu'elle lui avait dit. Kelly avait raison, il était épuisé. Il s'allongea sur le divan et ferma les yeux. Il entendit Kelly faire démarrer la voiture et sortir, puis la porte électrique du garage se fermer. La maison devint d'un calme absolu, exception faite du tic-tac de l'horloge du grand-père dans la salle de séjour. Dehors, dans la cour, un merle sifflait.

Jeffrey ouvrit les yeux. Il était hors de question de dormir. Il était trop agité. Il se leva donc et alla téléphoner dans la cuisine. Il appela le bureau du médecin légiste pour s'informer au sujet de Karen Hodges. En raison des complications anesthésiques, sa mort serait du domaine du médecin légiste.

La secrétaire du bureau du légiste dit que l'autopsie de Karen Hodges était prévue pour le lendemain matin.

Jeffrey téléphona ensuite aux renseignements pour avoir les numéros du Commonwealth. Quand la standardiste décrocha, Jeffrey demanda le service d'anesthésie. Lorsqu'on le lui passa, il demanda si le Dr Mann travaillait encore à l'hôpital.

— Le Dr Lawrence Mann ?

— C'est ça, dit Jeffrey.

— Mon Dieu, il ne travaille plus ici depuis plus de deux ans.

— Pourriez-vous me dire où il travaille ? demanda Jeffrey.

— Je ne sais pas exactement. Quelque part à Londres. Mais il ne pratique plus la médecine. Je crois qu'il est devenu antiquaire.

Encore une victime d'un procès pour faute professionnelle, pensa Jeffrey. Il avait entendu parler d'autres collègues qui avaient abandonné la médecine après avoir été poursuivis en justice, bien que ce fût pour des raisons futiles. Quel gaspillage de connaissances et de talent.

Il téléphona ensuite au service d'anesthésie du Suffolk General Hospital. Une voix féminine pleine d'entrain décrocha le téléphone.

— Est-ce que le Dr Madaline Bowman travaille encore à l'hôpital ? demanda Jeffrey.

— Qui est à l'appareil ? demanda la dame, d'un ton qui avait nettement perdu de son entrain.

— Le Dr Webber, dit Jeffrey, inventant un nom.

— Désolée, docteur Webber, dit la dame. Ici, le Dr Asher. Je n'avais pas l'intention d'être impolie. Votre question m'a prise au dépourvu. Il n'y a pas beaucoup de gens qui ont demandé le Dr Bowman ces derniers temps. Je crains qu'elle ne se soit suicidée il y a plusieurs années.

Jeffrey raccrocha lentement le téléphone. Les morts du tueur n'étaient pas seulement des victimes sur une table d'opération, pensa Jeffrey, lugubre. Il détruisait tout sur son passage ! Plus il y pensait, plus il était sûr qu'il y avait quelqu'un derrière cette série de catastrophes médicales apparemment sans liens : quelqu'un qui avait accès aux salles d'opération des hôpitaux concernés ; et quelqu'un qui connaissait au moins la toxicologie de base. Mais qui ? Jeffrey était plus que jamais décidé à aller au fond des choses.

Retraversant de nouveau la maison, Jeffrey entra dans le bureau de Chris. Il ramassa le manuel de toxicologie qu'il avait regardé lors de sa première visite chez Kelly et l'emporta dans la salle commune. S'allongeant sur le divan et se débarrassant de ses chaussures d'un coup de pied, il ouvrit le livre à la page de l'index. Il voulait cocher la liste des mots figurant sous le titre « Toxines ».

Devlin s'arrêta devant la maison et se gara. En se penchant, il regarda la façade. C'était une maison en brique, quelconque, comme il y en a tant dans la région de Boston. Il vérifia sur sa liste. La maison y était portée comme étant la résidence à Brighton d'un certain Jack Everson.

Devlin s'était déjà rendu aux résidences de sept Everson. Jusque-là, il n'avait vraiment pas eu de chance, et il commençait à se demander si le jeu en valait la chandelle. Même s'il trouvait ce Christopher Everson, qui pourrait dire avec certitude que l'homme le conduirait jusqu'à Rhodes ? Tout cela finirait peut-être en eau de boudin.

Devlin trouvait aussi que les Everson étaient un clan résolument non coopératif. On aurait dit qu'il questionnait ces gens sur leur vie sexuelle, alors qu'il leur demandait simplement s'ils connaissaient un certain Christopher Everson. Devlin s'interrogeait sur ce qui rendait la moyenne des habitants de la région de Boston à ce point paranoïaque.

A un moment, il avait dû littéralement empoigner un gros plein de soupe dégueulasse et le secouer comme un prunier. Cela avait fait rappliquer sa femme, qui était plus répugnante encore que l'homme, lequel était pourtant apparu à Devlin comme le comble de l'horreur. Comme certains personnages de dessins animés, elle tenait à la main son rouleau à pâtisserie et menaça Devlin de le frapper avec s'il ne lâchait pas son mari. Devlin avait dû s'emparer du rouleau à pâtisserie et le jeter dans la cour d'à côté, où rôdait un gros et méchant berger allemand.

Après qu'ils s'étaient calmés et avaient dit de mauvaise grâce à Devlin qu'ils n'avaient jamais entendu parler d'un Christopher Everson, Devlin s'était demandé pourquoi ils ne pouvaient pas le dire tout de suite.

Devlin descendit de voiture et s'étira. Ça ne rimait à rien de retarder l'inévitable, pensa-t-il, malgré son désir de le faire. Il grimpa les marches et sonna, en jetant un coup d'œil sur le voisinage tandis qu'il attendait. Les maisons n'avaient rien de sensationnel, mais les cours étaient bien entretenues.

Il examina de nouveau la porte, laquelle était recouverte d'une double porte en aluminium avec deux grands panneaux vitrés. Il espérait qu'il ne trouverait pas une seconde maison vide. Cela signifierait qu'il lui faudrait revenir ici s'il n'obtenait pas un tuyau sur Christopher Everson ailleurs. Devlin était déjà tombé sur une maison vide. C'était à Watertown.

Il sonna de nouveau. Il était sur le point de partir quand il aperçut le propriétaire qui le regardait par la fenêtre à droite de la porte. C'était encore un drôle de type du genre gros plein de soupe. Il portait un débardeur qui n'arrivait même pas à cacher son gros ventre. Des touffes de poils genre tampon Jex sortaient de dessous ses bras. Une barbe de cinq jours lui couvrait le visage.

Devlin cria qu'il voulait lui poser une question. L'homme ouvrit la porte intérieure de quelques centimètres.

— Bonsoir, dit Devlin à travers la double porte. Désolé de vous déranger...

— Tire-toi, mon pote, dit l'homme.

— Allons, ce n'est pas très aimable, dit Devlin. Je veux seulement demander...

— Qu'est-ce que tu as... t'es sourdingue ? demanda l'homme. J'ai dit tire-toi ou il y aura du grabuge.

— Du grabuge ? demanda Devlin.

L'homme fit un geste pour fermer la porte. Devlin perdit patience. D'un coup rapide style karaté, il fit voler en éclats le panneau supérieur en verre de la double porte. Un coup tout aussi rapide de sa botte arracha le panneau inférieur et il ouvrit la porte intérieure de la même manière.

En un clin d'œil, Devlin avait franchi la porte d'aluminium et saisi l'homme par le cou. Il commençait à avoir les yeux exorbités.

— J'ai une question, répéta Devlin. Voilà. Je cherche Christopher Everson. Est-ce que tu le connais ?

Il relâcha sa prise sur la gorge de l'homme, qui toussa et cracha.

— Ne me fais pas trop attendre, l'avertit Devlin.

— Je m'appelle Jack, dit l'autre d'une voix rauque. Jack Everson.

— Ça, je le savais, dit Devlin en retrouvant son calme. Et Christopher Everson ? Tu le connais ? Jamais entendu parler de lui ? C'est peut-être un docteur.

— Jamais entendu parler de lui.

Ecœuré par son manque de chance, Devlin retourna à sa voiture. Il barra Jack Everson et regarda le nom qui suivait sur la liste. C'était K. C. Everson à Brookline. Il passa au nom suivant et démarra. D'après le coup de téléphone qu'il avait passé plus tôt, il savait que le K signifiait Kelly. Il se demanda à quoi correspondait le C.

Il fit demi-tour pour rejoindre Washington Street. Il devait passer par Chestnut Hill Avenue, puis entrer dans Brookline. Il pensa qu'il pourrait être chez cette K. C. Everson en cinq minutes, dix au maximum s'il y avait beaucoup de circulation dans Cleveland Circle.

— Mme Arnsdorf va vous recevoir tout de suite, dit le secrétaire.

C'était un homme de deux ou trois ans plus jeune que Trent, du moins ce dernier le pensait-il. Il n'était pas mal non plus. On aurait dit qu'il faisait de l'haltérophilie. Trent se demanda comment il se faisait que la directrice du personnel soignant avait un homme comme secrétaire. Il se dit que ce devait être de propos délibéré, une sorte de rêve de puissance de la part de cette femme. Trent n'aimait pas Polly Arnsdorf.

Trent se leva du fauteuil où il était assis et s'étira paresseusement. Il n'allait pas se précipiter dans le bureau de cette femme alors qu'elle l'avait fait attendre une demi-heure. Il lança le *Time* de la semaine précédente sur la table basse. Il regarda le secrétaire et leurs yeux se croisèrent.

— Quelque chose qui ne va pas ? demanda Trent.

— Si vous voulez parler à Mme Arnsdorf, je vous suggérerais d'aller tout de suite dans son bureau, dit le secrétaire. Elle a un programme chargé.

Va te faire foutre, pensa Trent. Pourquoi tous les gens travaillant dans l'administration estimaient-ils que leur temps avait plus de valeur que celui des autres. Il aurait aimé dire quelque chose de blessant au secrétaire, mais il tint sa langue. A la place, il se pencha en avant, toucha ses orteils et étendit les jambes.

— Ça ankylose de rester assis comme ça, dit-il.

Il se redressa et fit craquer ses doigts. Finalement, il se dirigea vers le bureau de Mme Arnsdorf.

Trent eut envie de sourire quand il la vit. Toutes les directrices du personnel soignant se ressemblaient — c'étaient toutes des viragos. Elles étaient incapables de décider ce qu'elles voulaient être vraiment : des infirmières ou des administratrices. Il les détestait toutes. Comme il n'était resté dans chaque hôpital qu'environ huit mois, il en avait vu plus qu'il ne l'aurait voulu au cours de ces dernières années. Mais la visite de ce jour était d'un genre qu'il appréciait toujours. Il aimait créer des ennuis aux directrices. Avec la grave pénurie de personnel soignant, il savait comment s'y prendre.

— Monsieur Harding, dit Mme Arnsdorf, que puis-je pour vous ? Désolée de vous avoir fait attendre, mais avec le problème que nous avons eu aujourd'hui en salle d'opération, je suis sûre que vous pouvez comprendre.

Trent sourit intérieurement. Il pouvait comprendre le problème qu'ils avaient eu en salle d'opération. Si seulement elle savait à quel point il pouvait comprendre.

— Je voulais vous annoncer que je quitte le Saint-Joseph Hospital, dit Trent. Immédiatement.

Mme Arnsdorf demeura raide comme un piquet dans son fauteuil. Trent savait qu'il avait attiré son attention. Il adorait ça.

— Je suis désolée de l'apprendre, dit-elle. Y a-t-il quelque chose qui ne va pas ?

— J'ai l'impression de ne pas être utilisé au maximum de mes possibilités, dit Trent. Comme vous le savez, j'ai été formé dans la marine et on m'y donnait beaucoup plus d'autonomie.

— Peut-être pourrions-nous vous muter dans un autre service, suggéra Mme Arnsdorf.

— Je crains que cela ne réponde pas à mes aspirations, dit Trent. Vous comprenez, j'aime les salles d'opération. Et je me suis dit que je serais bien mieux dans un environnement plus universitaire, comme le Boston City Hospital. J'ai décidé d'y poser ma candidature.

— Etes-vous sûr que vous ne changerez pas d'avis ? dit Mme Arnsdorf.

— Je crains que non. Il y a aussi autre chose. Je ne me suis jamais bien entendu avec la surveillante, Mme Raleigh. De vous à moi, elle ne sait pas qu'on ne doit pas plaisanter avec la discipline, si vous voyez ce que je veux dire.

— Je ne suis pas sûre de le voir, dit Mme Arnsdorf.

Trent donna alors une liste soigneusement établie de ce qui, à son sens, n'allait pas dans l'organisation et le fonctionnement des salles d'opération. Il avait toujours méprisé Mme Raleigh et il espérait que cette petite conversation avec la directrice du service lui causerait quelques sérieux ennuis.

Trent sortit du bureau de Mme Arnsdorf en bombant le torse. Il eut envie de s'arrêter pour bavarder un peu avec son secrétaire, afin de savoir où il s'entraînait, mais il y avait quelqu'un d'autre dans la salle d'attente qui espérait voir la directrice. Trent la reconnut. C'était la surveillante de jour de l'unité de soins intensifs.

Moins d'une demi-heure après avoir rencontré Mme Arnsdorf, Trent sortait de l'hôpital avec tous les objets de toilette qui étaient dans son placard, fourrés dans une taie d'oreiller. Il s'était rarement senti aussi bien. Tout avait marché mieux qu'il n'aurait pu l'espérer. Alors qu'il se dirigeait vers la Ligne Orange du MBTA, il se demanda s'il irait directement au Boston City pour remplir une demande d'emploi. En consultant sa montre, il se rendit compte qu'il était trop tard. Demain, ça serait très bien. Puis il commença à se demander où il irait après le Boston City. Il pensa à San Francisco. Il avait entendu dire que San Francisco était un endroit où l'on pouvait bien s'amuser.

Quand la sonnerie de la porte retentit pour la première fois, l'esprit de Jeffrey put l'intégrer facilement dans le rêve qu'il faisait. Il était de retour à l'université et passait un examen de dernière année portant sur un cours qu'il avait oublié avoir suivi et dans une classe à laquelle il n'avait jamais assisté. C'était un rêve terrifiant pour Jeffrey et il avait des gouttes de sueur à la racine des cheveux. Il avait toujours été consciencieux dans ses études, craignant sans cesse d'échouer. Dans son rêve, la sonnerie de la porte était devenue la cloche de l'école.

Jeffrey avait rapidement sombré dans le sommeil avec le gros ouvrage de toxicologie en équilibre sur la poitrine. Quand la sonnerie de la porte retentit une deuxième fois, il cligna des yeux et le livre tomba par terre avec fracas. Ne sachant pas, sur le moment, où il était, il se redressa d'un bond et regarda autour de lui. Ce ne fut qu'alors qu'il se repéra.

Il pensa d'abord que Kelly irait ouvrir. Mais il se souvint qu'elle était partie pour Saint-Joe. Il se leva, mais trop vite. Avoir dormi si peu alors qu'il était totalement épuisé lui donna soudain le vertige, et il dut poser une main sur le bras du canapé pour reprendre son équilibre. Il lui fallut une bonne minute pour s'orienter, avant de pouvoir s'avancer à pas de loup et traverser la cuisine et la salle à manger pour arriver au vestibule.

Empoignant le bouton de la porte, il était sur le point d'ouvrir quand il remarqua le judas. Il se pencha et jeta un coup d'œil. Encore groggy, il n'avait pas les idées bien claires. Lorsqu'il vit, en face de lui, le nez bulbeux et les yeux rouges et larmoyants de Devlin, son cœur bondit dans sa poitrine.

Le cœur serré, Jeffrey regarda avec précaution une deuxième fois. Sans conteste, c'était Devlin. Personne ne pouvait être laid à ce point.

Le carillon de la porte retentit de nouveau. Jeffrey s'écarta vivement du judas et fit un pas en arrière. La peur lui serrait la gorge. Où aller ? Que faire ? Comment Devlin s'était-il débrouillé pour retrouver sa trace ? Il était terrorisé à la pensée d'être pris ou abattu, surtout au moment où Kelly et lui commençaient à faire des progrès. S'ils ne découvraient pas la vérité maintenant, qui pourrait dire quand le monstre responsable de tant de morts et de supplices serait pris, quand on mettrait fin à ses méfaits ?

A la grande horreur de Jeffrey, le bouton de la porte commença à tourner. Il était absolument sûr que le verrou était tiré, mais par expérience, il savait que quand Devlin avait décidé d'aller quelque part, on pouvait parier qu'il y arrivait. Jeffrey vit le bouton tourner dans l'autre sens. Il fit encore un pas en arrière et frôla le service à thé sur la table basse.

Le pot à crème et le sucrier en argent tombèrent par terre dans un fracas épouvantable. Le cœur de Jeffrey bondit dans sa poitrine. La sonnette retentit plusieurs fois de suite. Jeffrey craignait que ce ne fût la fin. Il était fichu. Devlin avait dû entendre le vacarme.

Puis il vit Devlin presser son visage contre une des étroites fenêtres qui encadraient la porte d'entrée. Comme il y avait à l'intérieur un rideau de dentelle, Jeffrey n'avait aucune idée de ce que Devlin pouvait voir. Il fit rapidement un pas de côté et franchit la voûte donnant sur la salle à manger.

Comme s'il avait anticipé le mouvement de Jeffrey, Devlin apparut ensuite à la fenêtre de la salle à manger. Tandis que celui-ci mettait ses mains en coupe et appuyait son visage contre la vitre, Jeffrey se laissa tomber et rampa à quatre pattes derrière la table. Puis il battit en retraite dans la cuisine, en avançant comme un crabe.

Le cœur de Jeffrey battait la chamade. Quand il arriva dans la cuisine, il se mit debout. Il savait qu'il lui fallait se cacher. La porte en partie ouverte du placard à balais lui faisait signe. Il s'y précipita et se glissa dans l'obscurité embaumée. Ce faisant, il heurta maladroitement un balai-brosse qui était appuyé contre le mur près de la porte. Il tomba sur le sol.

Les grands coups donnés à la porte de devant semblaient ébranler toute la maison. Jeffrey était surpris que Devlin n'entrât pas en tirant. Il referma derrière lui la porte du placard. Le balai l'embêtait et il se demanda si cela valait la peine de sortir pour le remettre à l'intérieur, mais il décida de n'en rien faire. Que se passerait-il si Devlin faisait le tour de la maison et l'apercevait par une des fenêtres donnant sur l'arrière ?

Quelque chose effleura la jambe de Jeffrey. Il sursauta et heurta de la tête une étagère de boîtes de conserve, dont quelques-unes tombèrent par terre. Il en résulta un terrible hurlement de chat. C'était Dalila, la chatte tigrée enceinte. Qu'est-ce qui pouvait encore lui arriver ? se dit Jeffrey.

Après que le bruyant martèlement eut cessé à la porte, le silence s'abattit sur la maison. Jeffrey transpirait et s'efforçait d'entendre le moindre bruit susceptible de lui donner une indication sur ce que faisait Devlin.

Il y eut soudain des pas lourds sur la passerelle qui se trouvait à l'arrière de la maison. Puis une autre porte fut secouée assez violemment pour l'arracher de ses gonds. Jeffrey imagina que Devlin était à la porte menant de la passerelle à la salle commune. Il était sûr que dans un instant il entendrait un bris de vitre annonçant que Devlin était entré.

Au lieu de cela, le silence retomba, après un dernier fracas sur la passerelle. Deux minutes passèrent, puis trois. Jeffrey était incapable de dire combien de temps s'écoula ensuite. Il lui fallut peut-être dix minutes pour relâcher sa prise sur le panneau intérieur de la porte du placard. Cela lui parut une éternité.

Dalila semblait avide d'attentions. Elle continuait à se frotter contre sa jambe. Il se pencha en avant pour la caresser. Dès qu'il se mit à la câliner, elle arqua son dos avec reconnaissance et s'étira. Au bout d'un moment, Jeffrey perdit tout sens du temps. Il n'entendait que son sang battant dans ses oreilles. Il ne pouvait rien voir dans l'obscurité. La sueur coulait le long de sa nuque. La température dans le placard ne cessait de monter.

Il y eut soudain un autre bruit. Jeffrey tendit l'oreille. Il avait peur que ce ne fût le bruit de la porte d'entrée qu'on ouvrait. Puis il entendit quelque chose qu'il reconnut sans l'ombre d'un doute : la porte d'entrée claqua avec une force qui ébranla la maison.

Les doigts épuisés de Jeffrey s'enfoncèrent de nouveau dans le panneau de bois de la porte. Devlin était parvenu à entrer ! Peut-être avait-il fait sauter la serrure. Jeffrey n'avait pas besoin d'entendre le claquement de la porte pour savoir que l'homme était dans une rage noire.

Jeffrey recommença à se faire du mauvais sang pour cet idiot de balai-brosse gisant sur le sol de la cuisine comme une sorte de flèche pointée vers le placard. Il regrettait de ne pas l'avoir rentré dès qu'il était tombé. Le seul espoir de Jeffrey était maintenant que Devlin allât au premier, ce qui lui donnerait une chance de s'enfuir par la porte de derrière.

Des bruits légers de pas firent rapidement le tour du rez-de-chaussée de la maison pour entrer finalement dans la cuisine où ils s'arrêtèrent net. Jeffrey retint son souffle. Il pouvait imaginer Devlin étudiant le balai-brosse pointé vers le placard et se grattant le crâne. Avec le peu de force qui lui restait dans les doigts, Jeffrey planta ses ongles dans le bois de la porte du placard. Peut-être Devlin essaierait-il de l'ouvrir et penserait-il qu'elle était fermée.

Les muscles de ses bras se contractèrent quand il sentit vibrer la porte du placard. Devlin avait la main sur la poignée extérieure et tirait dessus. Jeffrey résistait de toutes ses forces, mais la porte bougeait encore. La secousse fut suivie par un grand coup sec qui fit s'entrouvrir la porte avant qu'elle ne se refermât en claquant.

Le coup suivant fut terrible. La porte fut ouverte et Jeffrey tiré du placard. Il trébucha dans la cuisine et leva les mains pour se protéger la tête...

Reculant en chancelant de peur, Kelly serra une main sur sa poitrine et poussa un bref gémissement suraigu. Elle laissa tomber le balai qu'elle avait ramassé par terre ainsi que l'enveloppe qu'elle avait rapportée de Saint-Joseph. Dalila bondit hors du placard et disparut dans la salle à manger.

Ils restèrent là à se regarder pendant une minute. Kelly fut la première à se reprendre.

— Qu'est-ce que c'est que ça, une espèce de jeu pour m'effrayer chaque fois que je rentre chez moi ? demanda-t-elle. J'ai traversé la maison sur la pointe des pieds, pensant que vous dormiez peut-être.

Tout ce que Jeffrey parvint à dire, c'était qu'il était désolé et qu'il n'avait pas l'intention de l'effrayer. Il lui saisit la main et la tira contre le mur séparant la salle à manger et la cuisine.

— Qu'est-ce que vous faites maintenant ? demanda Kelly avec inquiétude.

Jeffrey mit un doigt sur ses lèvres pour la faire taire.

— Vous vous souvenez de l'homme dont je vous ai parlé, celui qui m'a tiré dessus ? murmura-t-il.

Kelly fit oui de la tête.

— Il était ici. A la porte de devant. Il a même fait le tour et essayé d'entrer par la porte qui donne sur la passerelle.

— Il n'y avait personne dehors quand je suis rentrée.

— En êtes-vous sûre ?

— Pratiquement sûre, dit Kelly. Je vais vérifier.

Elle allait sortir quand Jeffrey la saisit par le bras. Ce ne fut qu'à cet instant qu'elle vit à quel point il était terrorisé.

— Il est possible qu'il soit armé.

— Vous voulez que j'appelle la police ?

— Non, dit Jeffrey.

Il ne savait pas ce qu'il voulait qu'elle fît.

— Pourquoi ne retourneriez-vous pas dans le placard à provisions, et je ferais un tour dehors, suggéra Kelly.

Jeffrey hocha la tête. Il n'aimait pas l'idée que Kelly dût affronter Devlin seule, mais puisque c'était lui qu'il voulait, il pensa qu'il pouvait la laisser faire. D'une façon ou d'une autre, il fallait qu'ils sachent si Devlin rôdait dans les parages. Jeffrey retourna dans le placard à provisions.

Kelly alla à la porte principale et inspecta le devant de la maison. Elle regarda la rue d'un bout à l'autre. Puis, faisant le tour de la maison, elle inspecta l'arrière. Elle découvrit des traces de pieds boueuses sur la passerelle, mais ce fut tout. Elle rentra dans la maison et fit sortir Jeffrey du placard. Dès qu'il l'eut libéré, Dalila y rentra en coup de vent.

Pas encore totalement convaincu, Jeffrey fit lui-même avec précaution le tour de la maison, d'abord à l'intérieur, puis à l'extérieur. Kelly le suivait. Il était vraiment perplexe. Pourquoi Devlin était-il reparti ? Certes, il ne fallait pas exclure la possibilité d'un coup de chance inespéré.

De retour dans la maison, Jeffrey dit :

— Bon Dieu, comment a-t-il pu me trouver ? Je n'ai dit à personne que j'étais ici — et vous ?

— A personne.

Jeffrey se dirigea directement vers la chambre d'ami et sortit son sac marin de sous le lit où il était caché. Kelly se tenait dans l'encadrement de la porte.

— Qu'est-ce que vous faites ? demanda-t-elle.

— Il faut que je parte avant qu'il revienne.

— Attendez un instant. Parlons-en, dit Kelly. Peut-être que nous pourrions en discuter avant que vous décidiez de partir. Je pensais que nous étions tous les deux concernés par cette affaire.

— Il n'est pas question que je sois ici quand il reviendra, dit Jeffrey.

— Croyez-vous vraiment que Devlin sait que vous êtes ici ?

— De toute évidence, dit Jeffrey avec irritation. Qu'est-ce que vous vous imaginez, qu'il est allé sonner à toutes les portes de Boston ?

— Pas besoin d'être sarcastique, dit patiemment Kelly.

— Excusez-moi. Je n'ai pas beaucoup de tact quand j'ai peur.

— Je pense qu'il y a une raison au fait qu'il soit venu sonner à la porte, dit Kelly. Vous avez laissé les notes de Chris dans votre chambre d'hôtel. Il y a son nom dessus. Il est probable qu'il exploite cette piste et qu'il veut me poser quelques questions.

Jeffrey plissa les yeux en examinant cette éventualité.

— Vous le croyez vraiment ? demanda-t-il, réconforté par cette idée.

— Plus j'y réfléchis, plus cela me semble être l'explication la plus plausible. Autrement, pourquoi serait-il parti ? S'il avait su que vous étiez là, il se serait garé dehors jusqu'à ce que vous vous montriez. Il aurait insisté davantage.

Jeffrey approuva de la tête. L'argument de Kelly était sensé.

— Je crois qu'il est possible qu'il revienne, poursuivit Kelly. Mais je ne crois pas qu'il sache que vous êtes ici. Cela signifie que nous devons être encore plus prudents et que nous devons trouver une idée qui puisse expliquer pourquoi vous aviez les notes de Chris en votre possession, au cas où il me poserait la question.

Jeffrey approuva de nouveau de la tête.

— Pas d'idée ? demanda-t-elle.

Jeffrey haussa les épaules.

— Nous étions tous les deux anesthésistes. Vous pourriez dire que Chris et moi faisions des recherches ensemble.

— Il faudrait trouver mieux que ça, dit Kelly. Mais c'est une idée. De toute façon, vous restez ici, vous ne partez pas, alors remettez votre sac marin sous le lit.

Elle tourna les talons et sortit de la chambre d'ami.

Jeffrey eut un soupir de soulagement. Il n'avait jamais vraiment souhaité partir. Il lança le sac sous le lit et suivit Kelly.

La première chose que fit Kelly fut de tirer les rideaux de la salle à manger, de la cuisine et de la salle commune. Puis elle retourna dans la cuisine et remit le balai-brosse dans le placard. Elle tendit à Jeffrey l'enveloppe de Saint-Joseph. Elle contenait la photocopie de la liste du personnel médical et des employés de Saint-Joe.

Jeffrey alla poser l'enveloppe sur le canapé et l'ouvrit. Il sortit doucement la liste établie par ordinateur et la déplia. Il y avait beaucoup de noms. Ce qui intéressait Jeffrey, c'était d'étudier l'ensemble du personnel médical pour voir si une des personnes qu'il connaissait au Memorial avait des responsabilités à Saint-Joseph.

— Ne devrions-nous pas dîner ? demanda Kelly.

— Je crois, oui, dit-il en levant les yeux.

Après l'épisode du placard à balais, il n'était pas sûr de pouvoir manger. Une demi-heure plus tôt, il n'aurait jamais imaginé cela quand il se reposait sur le canapé en pensant au dîner.

11

JEUDI

18 MAI 1989

18 H 30

— Excusez-moi, commença Devlin.

Une dame d'une soixantaine d'années aux cheveux blancs avait ouvert la porte de sa maison de Newton. Elle était impeccablement vêtue d'une jupe de toile blanche et d'un sweater bleu, avec un simple rang de perles. Alors qu'elle essayait de voir nettement Devlin, elle prit ses lunettes qui pendaient à une chaîne d'or qu'elle portait autour du cou.

— Ma parole, jeune homme, dit-elle après avoir jaugé d'un coup d'œil Devlin. Vous ressemblez à un membre des Hell's Angels.

— D'autres personnes ont déjà remarqué la ressemblance, madame, mais à dire vrai, je ne suis jamais monté sur une moto. C'est bien trop dangereux.

— Alors, pourquoi vous habillez-vous dans ce style bizarre ? demanda-t-elle, visiblement perplexe.

Devlin regarda la femme dans les yeux. Elle semblait vraiment intéressée. Son accueil était à cent lieues de celui qu'il avait reçu chez les autres Everson.

— Vous voulez vraiment savoir ? demanda-t-il.

— J'ai toujours été intéressée par ce qui vous motive, vous, les jeunes.

Etre considéré comme un jeune réchauffa le cœur de Devlin. A quarante-huit ans, cela faisait longtemps qu'il ne se considérait plus comme un jeune.

— J'ai trouvé que cette façon de m'habiller m'aidait dans mon travail, dit-il.

— Et, dites-moi donc, quel travail faites-vous qui exige que vous ayez l'air si... (la dame s'arrêta, cherchant le mot juste)... si intimidant ?

Devlin rit, puis toussa. Il savait qu'il devrait s'arrêter de fumer.

— Je suis chasseur de prime. J'attrape les criminels qui essaient de se soustraire au châtiment.

— Comme c'est excitant ! dit la dame. Comme c'est noble.

— Je ne suis pas sûr que ça soit si noble que ça, madame. Je le fais pour de l'argent.

— Tout travail mérite salaire, dit la dame. Mais, mon Dieu, qu'est-ce qui vous amène chez moi ?

Devlin expliqua qui était Christopher Everson, en insistant sur le fait que ce n'était pas un fugitif, mais qu'il se pourrait qu'il eût des renseignements sur un fugitif.

— Personne dans notre famille ne s'appelle Christopher, dit-elle, mais il me semble que quelqu'un m'a parlé d'un certain Christopher, il y a quelques années. Je crois que l'homme auquel je pense était médecin.

— Ça me semble intéressant, dit Devlin. J'avais dans l'idée que Christopher Everson était un docteur.

— Je pourrais peut-être demander à mon mari quand il rentrera. Il connaît mieux que moi le côté Everson de notre famille. Après tout, c'est le sien. Est-ce qu'il y a un moyen de vous contacter ?

Devlin lui donna son nom et le numéro de téléphone du bureau de Michael Mosconi. Il lui dit qu'elle pouvait y laisser un message. Puis il la remercia pour son aide et retourna à sa voiture.

Devlin hocha la tête en entourant le nom de Ralph Everson sur sa liste. Il pensa que ça vaudrait peut-être la peine de retéléphoner s'il n'avait pas de meilleure piste.

Devlin démarra et poursuivit sa route. La prochaine ville sur sa liste était Dedham. Deux Everson y habitaient. Son plan était de contourner la ville par le sud pour arriver à Dedham, Canton et Milton et faire demi-tour pour rentrer en ville.

Devlin prit Hammond Street jusqu'à Tremont, puis la vieille route numéro Un. Cela l'amènerait directement dans le centre de

Dedham. Tout en conduisant, il rit de l'éventail d'expériences qu'il était en train de vivre. Cela allait d'un extrême à l'autre. Il pensa à ce qui s'était passé chez Kelly C. Everson. Il était sûr qu'il y avait quelqu'un dans la maison, car il avait entendu le bruit de quelque chose qui tombait par terre juste derrière la porte. A moins qu'il n'y eût un animal. Il avait aussi entouré cette adresse. Il y retournerait s'il ne trouvait rien de mieux ailleurs.

Décidément, dénicher ce docteur n'était pas le boulot facile que Devlin avait imaginé au départ. Pour la première fois, il commença à se demander quelles étaient les circonstances qui avaient conduit les deux condamnations pour meurtre de Jeffrey. Normalement, il ne se préoccupait jamais de connaître la nature du crime commis, à moins que cela ne lui donnât une indication sur le genre d'arme dont il aurait besoin. Et la culpabilité ou l'innocence de quelqu'un n'était pas son affaire.

Mais Jeffrey Rhodes devenait un mystère tout autant qu'un défi. Mosconi ne lui avait pas beaucoup parlé de Rhodes, sauf pour expliquer sa situation par rapport à la caution et pour lui dire qu'il ne croyait pas que Rhodes agirait comme un criminel ordinaire. Et toutes les demandes de renseignements que Devlin avait lancées par le canal de son réseau d'indicateurs n'avaient rien donné. Personne ne savait quoi que ce fût sur Jeffrey Rhodes. Apparemment, il n'avait jamais rien fait de mal, une situation unique dans la carrière de chasseur de prime de Devlin. Alors pourquoi cette énorme caution ? Qu'avait au juste fait Jeffrey Rhodes ?

Devlin était également déconcerté par le comportement de Rhodes depuis qu'il avait tenté de filer à Rio. Maintenant, Rhodes semblait complètement différent. Il n'agissait plus comme un fugitif recherché par la police. En fait, depuis que Devlin avait pris le billet de Jeffrey pour l'Amérique du Sud, celui-ci ne semblait courir nulle part. Il travaillait sur quelque chose — Devlin le savait. Il avait l'intuition que les papiers qu'il avait trouvés à l'Essex le prouvaient. Devlin se demanda s'il ne serait pas utile de demander à un des chirurgiens de la police de jeter un coup d'œil dessus. Comme il ne débouchait sur rien avec les Everson, Devlin pouvait prendre les choses sous un autre angle.

Malgré l'insistance de Kelly pour l'en dissuader, Jeffrey l'aida à faire la vaisselle après leur repas composé d'espadon et d'artichauts. Elle était devant l'évier, récurant les plats tandis qu'il les apportait de la salle commune.

— La salle d'opération n'est pas le seul endroit où il y a eu une tragédie aujourd'hui, dit Kelly en essayant de s'essuyer le front avec le dessus de son avant-bras qui dépassait de son gant de caoutchouc. Nous avons eu aussi des problèmes à l'unité de soins intensifs.

Jeffrey prit une éponge pour essuyer la table.

— Que s'est-il passé ? demanda-t-il d'un ton distrait.

Il était absorbé dans ses propres pensées. Il s'inquiétait de la prochaine visite, inévitable, de Devlin.

— Une des infirmières de l'hôpital est morte, dit Kelly. C'était une bonne amie et une bonne infirmière.

— Elle travaillait quand c'est arrivé ?

— Non, elle travaillait l'après-midi en salle d'op, répondit Kelly. On l'a amenée en ambulance ce matin aux environs de huit heures.

— Un accident de voiture ?

Kelly secoua la tête et retourna à sa vaisselle.

— Non. Pour autant qu'ils puissent l'affirmer, elle aurait eu une attaque chez elle.

Jeffrey cessa d'éponger la table et se redressa. Le mot « attaque » évoquait le souvenir de tout ce qui s'était passé avec Patty Owen. Comme si c'était hier, il pouvait voir son visage le regardant pour implorer son secours avant sa crise.

— C'était terrible, poursuivait Kelly. Elle a eu cette attaque ou je ne sais quoi dans sa douche. Elle a heurté quelque chose de la tête, violemment. Assez pour se fracturer le crâne.

— C'est affreux, dit Jeffrey. C'est ça qui l'a tuée ?

— Ça n'a sûrement pas arrangé les choses, dit Kelly. Mais ce n'est pas ça qui l'a tuée. Depuis que le Samu l'a amenée, elle a eu un pouls irrégulier. Le système d'irrigation du cœur a été atteint. Elle est morte d'un arrêt du cœur dans l'unité. Nous l'avons maintenue un petit moment avec un pacemaker. Mais le cœur était trop faible.

— Attendez une minute, dit Jeffrey.

Il était stupéfait par les similitudes entre la description faite par Kelly de cette série d'événements et la série de réactions de Patty

Owen à la Marcaïne lors de sa désastreuse césarienne. Jeffrey voulait être sûr qu'il avait bien compris.

— Une des infirmières des salles d'op a été amenée à l'hôpital après une attaque et un problème cardiaque ? demanda-t-il.

— C'est ça, dit Kelly. (Elle ouvrit la porte du lave-vaisselle et commença à y mettre la vaisselle sale.) C'était si triste. C'était comme de voir mourir un membre de sa famille.

— Un diagnostic ?

Kelly secoua la tête.

— Non. On a d'abord pensé à une tumeur au cerveau, mais on n'a rien trouvé avec la RMN. Elle devait avoir un problème de pathologie cardiaque évolutive. C'est ce que m'a dit un interne en médecine.

— Comment s'appelle-t-elle ? demanda Jeffrey.

— Gail Shaffer.

— Est-ce que vous connaissez quelque chose de sa vie privée ?

— Un peu, dit Kelly. Comme je vous l'ai dit, c'était une amie.

— Racontez-moi.

— Elle vivait seule, mais je crois qu'elle avait un petit ami attitré.

— Vous connaissez ce garçon ?

— Non. Je sais seulement que c'était un étudiant en médecine, dit Kelly. Hé, pourquoi cet interrogatoire ?

— Je n'en suis pas sûr, dit Jeffrey, mais dès que vous avez commencé à me parler de Gail, je n'ai pas pu m'empêcher de penser à Patty Owen. C'était le même processus. Attaque et problèmes d'irrigation cardiaque.

— Vous ne suggérez pas...

Kelly ne put finir sa phrase.

Jeffrey secoua la tête.

— Je sais. Je sais. Je me mets à ressembler à un de ces cinglés qui voit une conspiration partout. Mais c'est un processus tellement inhabituel. Je crois qu'à ce stade, je suis sensible à tout ce qui est suspect, même vaguement.

Vers vingt-trois heures, Devlin comprit qu'il était temps de laisser tomber pour la soirée. Il était trop tard pour qu'on pût s'attendre à ce que les gens ouvrissent leur porte à un inconnu. De plus, il en avait assez fait en une seule journée et il était épuisé. Il se demanda si son intuition sur la présence de Christopher Everson dans la région de Boston était bonne. Il avait vu tous les Everson de la banlieue sud de Boston sans résultats appréciables. Une autre personne avait dit qu'elle avait entendu parler d'un Dr Christopher Everson, mais elle ignorait à quel endroit cet homme vivait ou travaillait.

Puisqu'il était au centre de Boston, Devlin décida de rendre une courte visite à Michael Mosconi. Il savait qu'il était tard, mais il s'en fichait. Il se dirigea vers le North End et se gara en double file, comme tout le monde, dans Hanover Street. Puis il emprunta les rues étroites qui menaient à Unity Street, où Michael Mosconi possédait une modeste maison de deux étages,

— J'espère que ça veut dire que tu as de bonnes nouvelles à m'apprendre, dit Michael en ouvrant la porte à Devlin.

Il portait une robe de chambre bordeaux en polyester imitation satin et il avait de vieilles mules en cuir aux pieds. Même Mme Mosconi apparut en haut de l'escalier pour voir qui pouvait venir si tard. Elle était en robe de chambre de chenille rouge et elle avait sur la tête des bigoudis que Devlin croyait disparus depuis les années cinquante. Elle avait aussi une espèce de plâtre sur le visage qui, pensa Devlin, devait servir à retarder l'inévitable vieillissement. Que Dieu vienne en aide au cambrioleur qui entrerait par inadvertance dans cette maison, pensa Devlin. Un seul coup d'œil sur Mme Mosconi dans l'obscurité et il mourrait de terreur.

Mosconi emmena Devlin dans la cuisine et lui offrit une bière que celui-ci accepta avec enthousiasme. Mosconi alla vers le réfrigérateur et tendit à Devlin une bouteille de Rolling Rock.

— Pas de verre ? demanda Devlin avec un sourire.

Mosconi fronça les sourcils.

— Vas-y mollo.

Devlin but une bonne lampée avant de s'essuyer la bouche d'un revers de la main.

— Alors ? Tu l'as eu ?

Devlin secoua la tête.

— Pas encore.

— Qu'est-ce que c'est, une visite mondaine ? demanda Michael avec son habituel ton sarcastique.

— Professionnelle, dit Devlin. Pourquoi est-ce qu'on envoie ce Jeffrey Rhodes en prison ?

— Jésus, faites que je sois patient, dit Michael en levant les yeux au ciel et en faisant semblant de prier.

Puis, se retournant vers Devlin, il lança :

— Je te l'ai dit : meurtre. Il a été condamné pour meurtre.

— Qu'est-ce qu'il a fait ?

— Bon Dieu, comment le saurais-je ? dit Michael avec exaspération. Il a été déclaré coupable. Pour moi, c'est suffisant. Merde alors, quelle différence est-ce que ça fait ?

— Ce n'est pas une affaire ordinaire, dit Devlin. J'ai besoin de plus de renseignements.

Mosconi poussa un soupir exaspéré.

— Le type est médecin. Sa condamnation a quelque chose à voir avec une faute professionnelle et une histoire de drogue. Je n'en sais pas plus que ça. Bon Dieu, Devlin, qu'est-ce qui t'arrive ? Quelle différence cela fait-il ? Je veux Rhodes, tu comprends ?

— J'ai besoin de plus d'informations, répéta Devlin. Je veux que tu recueilles plus de renseignements sur son crime. Je pense que si j'en savais plus sur sa condamnation, je me ferais une meilleure idée de ce que le type fabrique en ce moment.

— Peut-être que je devrais faire appel à des renforts, dit Mosconi. Peut-être qu'une petite compétition amicale entre, disons, une demi-douzaine de chasseurs de prime donnerait des résultats plus rapides.

La compétition n'était pas ce que souhaitait Devlin. Il y avait trop d'argent en jeu. Réfléchissant rapidement, il dit :

— La seule chose qui soit en notre faveur pour le moment, c'est le fait que le toubib reste à Boston. Si tu veux qu'il fiche le camp, en Amérique du Sud par exemple, où il allait quand je l'ai arrêté, alors engage tes renforts.

— Tout ce que je veux, c'est savoir quand tu le mettras en taule.

— Donne-moi une semaine, dit Devlin. Une semaine en tout. Cinq jours de plus. Mais il faut que tu me fournisses les renseignements dont j'ai besoin. Ce toubib a quelque chose en tête. Dès que j'arriverai à comprendre ce que c'est, je le trouverai.

Devlin sortit de chez Mosconi et retourna à sa voiture. Il avait du mal à garder les yeux ouverts en conduisant pour rentrer chez lui à Charlestown. Mais il lui fallait encore prendre contact avec Bill Bartley, le type qu'il avait engagé pour surveiller Carol Rhodes. Il l'appela sur le téléphone de sa voiture.

La communication n'était pas très bonne. Devlin devait crier pour se faire entendre par-dessus les parasites.

— Pas de coups de téléphone du toubib ? hurla Devlin dans le récepteur.

— Pas un seul, dit Bill. (On aurait dit qu'il était sur la lune.) Le seul truc vaguement intéressant, c'est un coup de fil de quelqu'un qui est apparemment son amant. Un agent de change de Los Angeles. Est-ce que tu savais qu'elle partait pour Los Angeles ?

— Tu es sûr que ce n'était pas Rhodes ?

— Oh, je ne pense pas, dit Bill. Ils se sont même livrés à des plaisanteries en termes pas trop flatteurs pour le toubib.

Merveilleux, pensa Devlin après avoir raccroché. Pas étonnant que Mosconi ait eu le sentiment qu'ils n'éprouvaient pas une grande tendresse l'un pour l'autre. Ils avaient tout l'air de se séparer. Il avait le sentiment de jeter de l'argent par les fenêtres en continuant de payer Bill, mais il ne voulait pas prendre le risque de ne pas faire filer Carol. Pas encore.

Lorsque Devlin monta les marches de son immeuble, situé en face de Monument Square, il avait l'impression d'avoir des jambes en plomb, comme s'il venait de courir un marathon. Il ne se souvenait plus quand il avait dormi dans son lit pour la dernière fois et savait qu'il s'endormirait avant que sa tête eût touché l'oreiller.

Il alluma la lumière et s'arrêta sur le seuil. Son appartement était un vrai capharnaüm. Des magazines et des bouteilles de bière vides jonchaient le sol. Il y flottait une odeur de renfermé. Alors qu'il ne s'y attendait pas, il se sentit seul. Cinq ans auparavant, il avait une femme, deux fils, un chien. Puis il y avait eu la tentation : « Allons, Dev. Qu'est-ce que tu as ? Ne me dis pas que tu ne saurais pas quoi faire d'un petit extra de cinq mille dollars. Tout ce que tu as à faire, c'est la fermer. Allons, nous le faisons tous. Presque tout le monde dans la police. »

Devlin jeta sa veste en denim sur le divan et envoya valser ses bottes de cow-boy. Il alla dans la cuisine pour y prendre une bouteille de bière. De retour dans la salle de séjour, il s'assit dans un des fauteuils élimés. Se rappeler le passé le mettait toujours de mauvaise humeur.

Cela avait été un piège, un coup monté. Devlin et une poignée d'autres policiers avaient été condamnés et virés de la police.

Devlin avait été pris en flagrant délit avec l'argent. Il versait un acompte sur une petite maison dans le Maine pour que les gosses puissent quitter la ville pendant l'été.

Devlin alluma une cigarette et avala la fumée. Puis il eut une violente quinte de toux. Se penchant, il écrasa la cigarette et l'envoya d'une chiquenaude dans un coin de la pièce. Il but une nouvelle lampée de bière. Le liquide froid apaisa un peu l'irritation de sa gorge.

Les choses avaient toujours été un peu houleuses entre Sheila et lui, mais dans le passé, ils s'étaient toujours arrangés pour résoudre leurs problèmes. Au moins jusqu'à cette affaire de corruption qui avait mal tourné. Elle avait pris les gosses et était retournée dans l'Indiana. Il y avait eu une bataille juridique pour la garde des enfants, mais Devlin n'avait aucune chance de l'obtenir. Pas avec une condamnation pour crime et un bref séjour à Walpole sur son casier.

Devlin s'interrogeait sur Rhodes. Comme celle de Devlin, sa vie s'était apparemment défaite. Devlin se demandait à quel genre de tentation Jeffrey avait cédé, quel genre d'erreur il avait commise. Faute professionnelle et drogue constituaient un bien curieux mélange, et, aux yeux de Devlin, Jeffrey n'apparaissait vraiment pas comment un drogué. Devlin sourit intérieurement. Peut-être que Mosconi avait raison. Peut-être perdait-il la boule.

Jeffrey fit le ménage avec infiniment moins d'enthousiasme que la nuit précédente, ce qui fit un plaisir fou à David. Ce dernier renouvela même les propositions amicales qu'il avait faites à Jeffrey au début. Il lui montra quelques astuces pour couper court au nettoyage qui valaient bien mieux que de balayer la poussière sous une carpette.

En repensant à la visite de Devlin, Jeffrey considérait comme un supplice le fait d'aller travailler. Il était sûr que Devlin l'attendait dehors, prêt à se jeter sur lui à l'instant où il quitterait le quartier tranquille de Kelly. Il avait été si inquiet qu'il avait envisagé de téléphoner en disant qu'il était malade.

Kelly avait trouvé la solution idéale. Elle avait gentiment offert de le conduire en voiture à son travail. Jeffrey jugea cette idée bien préférable à la perspective d'emprunter les transports en commun ou de prendre un taxi. Néanmoins, il avait hésité à mettre la vie de

Kelly en danger. Mais il s'était dit qu'elle ne risquait rien s'il se cachait dans la voiture avant qu'elle sortît du garage. De cette façon, si Devlin était à l'affût, il penserait que Jeffrey était resté dans la maison. Il s'était donc tassé sur le siège arrière de la voiture, et pour faire bonne mesure, Kelly avait jeté une couverture sur lui. Ce ne fut qu'après qu'ils eurent parcouru un bon kilomètre qu'il avait émergé et, escaladant le dossier, était venu s'installer sur le siège avant.

Vers les trois heures du matin, David avait annoncé qu'il était temps de « déjeuner ». Jeffrey s'excusa de nouveau de ne pas manger, ce qui lui valut un long regard désapprobateur. Dès que David et les autres furent partis vers la petite pièce où le personnel d'entretien prenait ses repas, Jeffrey avait descendu son chariot au rez-de-chaussée.

Poussant son chariot, Jeffrey franchit l'entrée principale, puis tourna à gauche dans le corridor central. Il y avait quelques personnes qui traînaient dans les couloirs, essentiellement des employés de l'hôpital qui se rendaient à la grande cafétéria pour prendre leur « déjeuner ». Comme d'habitude, personne ne prêta la moindre attention à Jeffrey, malgré le bruit que faisait son chariot en roulant.

Jeffrey s'arrêta devant les bureaux du service du personnel. Il n'était pas sûr que ses passes ouvriraient la porte. Quand il avait proposé de faire le ménage à l'intérieur, David lui avait dit que les locaux administratifs étaient nettoyés par l'équipe d'entretien de l'après-midi.

Jeffrey essaya les différentes clefs du trousseau que David lui avait donné en espérant que ne passerait pas quelqu'un qui était au courant des habitudes du personnel d'entretien. Il ne tarda pas à en trouver une qui convînt.

Toutes les lumières étaient allumées. Jeffrey poussa son chariot à l'intérieur et referma la porte derrière lui. Tirant son chariot de pièce en pièce, il s'assura que les lieux étaient déserts. Finalement, il se dirigea vers le bureau de Carl Bodanski.

C'était celui que Jeffrey voulait voir en premier. Il fouilla dans chaque tiroir. Il n'était pas sûr que la liste qu'il cherchait existât, moins sûr encore de l'endroit où elle pouvait se trouver. Ce qu'il voulait, c'était une liste du personnel médical et des employés qui porterait sur septembre 1988.

Puis il essaya le terminal d'ordinateur de Bodanski et le tripota pendant un quart d'heure. Mais il n'avait pas de veine. Jeffrey connaissait bien l'ordinateur de l'hôpital en ce qui concernait les dossiers des patients, mais il n'était pas au courant des systèmes utilisés par les employés et l'administration. Il pensait qu'il existait un code et des mots de passe, mais ne les connaissant pas, il avait peu de chance d'avoir accès aux bons dossiers. En définitive, il abandonna ses recherches.

Il tourna son attention vers une rangée de classeurs encastrés dans un des murs de la pièce. Il choisit un tiroir au hasard et le tira. Ce fut alors qu'il entendit s'ouvrir la grande porte.

Jeffrey eut tout juste le temps de traverser la pièce en vitesse et de se réfugier derrière la porte ouverte du bureau de Bodanski. Il entendit quelqu'un traverser l'antichambre et s'asseoir au bureau de la secrétaire.

Regardant par la fente entre la porte et le montant, Jeffrey ne pouvait distinguer que le profil de la personne penchée au-dessus du bureau.

Il entendit ensuite un bruit de téléphone qu'on décrochait, puis quelqu'un appuya sur les touches. Enfin, il entendit une voix : « Allô, maman ! Comment ça va ? Et quel temps fait-il à Hawaii ? » Il y eut un craquement de chaise et la personne recula en arrière, entrant dans le champ de vision de Jeffrey. C'était David Arnold.

Jeffrey dut attendre vingt minutes que David eût fini de prendre des nouvelles de chez lui. Finalement, il raccrocha et quitta le bureau. Un peu démoralisé par cette interruption, Jeffrey revint au tiroir qu'il avait tiré. Il contenait des fiches individuelles sur chaque employé, classées par service, puis par ordre alphabétique.

Ouvrant le tiroir suivant, Jeffrey lut attentivement les étiquettes qui servaient à classer les fiches. Il était sur le point de refermer le tiroir quand il s'arrêta sur un dossier marqué « Caisse centrale ».

Jeffrey sortit et l'ouvrit sur un bureau tout proche. A l'intérieur se trouvaient des chemises pour chacune des six dernières années. Jeffrey prit celle de 1988. Il savait que l'hôpital effectuait ses comptes en octobre. Ce n'était pas septembre, mais c'était assez proche. Le dossier contenait la liste des employés de l'hôpital et celle du personnel médical.

Il emporta les listes à la photocopieuse et s'en fit une copie.

Puis, après avoir replacé le dossier à l'endroit exact où il l'avait trouvé, il cacha les photocopies sur l'étagère à produits d'entretien du chariot. Un instant plus tard, il était dans le couloir central.

Jeffrey ne retourna pas directement à l'étage des salles d'opération. Au lieu de cela, il passa avec son chariot devant la salle des urgences, en direction de la pharmacie. Sous l'impulsion du moment, il décida de voir jusqu'où il pourrait aller avec son uniforme du personnel d'entretien.

A la pharmacie, il y avait un comptoir où étaient distribués les médicaments dont les divers services avaient besoin. On aurait presque dit une pharmacie de détail. A côté du comptoir, il y avait une porte fermée à clef. Jeffrey rangea son chariot et essaya ses clefs. L'une d'elles ouvrit la porte.

Jeffrey savait qu'il prenait un risque, mais malgré cela, il poussa son chariot à l'intérieur et suivit le couloir central. A droite et à gauche du couloir, il y avait toute une multitude de couloirs aux murs recouverts du sol au plafond d'étagères métalliques. Aux extrémités de ces étagères étaient attachées des cartons décrivant les médicaments qui s'y trouvaient.

Jeffrey poussa lentement son chariot et lut soigneusement ces cartons. Il cherchait les anesthésiques locaux.

Une des pharmaciennes de l'équipe de nuit apparut soudain, sortant de derrière une étagère, et se dirigea vers Jeffrey. Elle avait les bras chargés de flacons. Jeffrey s'arrêta, s'attendant à devoir justifier sa présence, mais la femme se contenta de le saluer d'un mouvement de tête et poursuivit son chemin jusqu'au comptoir qui communiquait avec le couloir de l'hôpital.

De nouveau stupéfait de voir que son appartenance au personnel d'entretien lui ouvrait tant de portes, il continua à chercher les anesthésiques locaux. Il les trouva finalement vers le fond de la pièce. Il y avait un grand nombre de boîtes de Marcaïne, en plusieurs doses de différentes tailles, y compris des doses de trente centimètres cubes. Jeffrey se rendit compte à quel point elles étaient accessibles. N'importe quel pharmacien aurait facilement pu mettre une ampoule trafiquée dans la réserve. Et un pharmacien aurait sûrement aussi les connaissances requises.

Jeffrey soupira. Apparemment, le cercle des suspects s'agrandissait au lieu de se restreindre. Comment pouvait-il espérer découvrir le criminel ? En tout cas, il ne devait pas oublier la pharmacie. La raison qu'il y avait d'écarter un pharmacien de la liste des coupables, c'était qu'un pharmacien n'avait pas la même mobilité qu'un médecin. S'il pouvait accéder sans encombre aux réserves d'un hôpital, il était peu probable qu'il bénéficiât de la même facilité d'accès à un autre service.

Faisant faire demi-tour à son chariot, Jeffrey se dirigea vers la sortie. Tout en marchant, il se dit que non seulement il ne devait pas perdre de vue la pharmacie, mais qu'il devait prendre en considération le personnel d'entretien. Etant donné la liberté de circulation dont il jouissait, alors qu'il n'était employé par l'hôpital que depuis deux jours, il se rendit compte à quel point il serait facile pour un membre de l'équipe d'entretien de se glisser dans la pharmacie comme il l'avait fait. Le seul problème avec le personnel d'entretien, c'était que ces gens n'avaient pas les connaissances requises en physiologie et en pharmacologie. Il leur était possible d'avoir accès aux médicaments, mais ils manquaient probablement des compétences nécessaires.

Jeffrey cessa soudain de pousser son chariot. Il pensa de nouveau à lui-même. Personne ne savait qu'il était un anesthésiste ayant des connaissances très étendues. Qu'est-ce qui empêcherait une personne jouissant de connaissances comparables aux siennes d'obtenir un emploi comme employé d'entretien ainsi qu'il l'avait fait ? L'éventail des suspects s'était de nouveau élargi.

Alors qu'il allait enfin être sept heures, Jeffrey se remit à songer à Devlin, inquiet à l'idée qu'il ait pu revenir et terroriser Kelly. Si quelque chose lui arrivait, il ne se le pardonnerait jamais. A six heures et demie, il lui téléphona pour savoir comment ça allait et pour savoir si Devlin avait donné signe de vie.

— Je ne l'ai pas vu et je n'ai rien entendu de toute la nuit, affirma Kelly. Quand je me suis levée il y a une demi-heure, je suis allée voir dehors pour m'assurer qu'il n'était pas dans les parages. Il n'y avait pas de voiture inconnue et personne en vue.

— Peut-être que je devrais aller à l'hôtel par précaution.

— Je préfère que vous restiez ici, dit Kelly. Je suis convaincue que c'est sans danger. A dire vrai, je me sens plus en sécurité avec vous. Si vous craignez d'entrer par la porte de devant, je ne verrouillerai pas la porte arrière. Faites-vous déposer en taxi dans la rue qui passe derrière la maison et venez à pied en passant sous les arbres.

Jeffrey était touché que Kelly souhaitât tellement qu'il fût là. Il dut admettre qu'il préférait infiniment loger chez elle plutôt qu'aller à l'hôtel. En fait, il était mieux chez elle que dans sa propre maison.

— Je laisserai les rideaux tirés. Mais n'ouvrez à personne et ne répondez pas au téléphone. On ne pourra pas savoir que vous êtes ici.

— D'accord, d'accord, fit Jeffrey. Je viendrai.

— Mais j'ai une chose à vous demander.

— Dites.

— Ne jaillissez pas du placard pour m'effrayer quand je rentrerai cet après-midi.

Jeffrey rit.

— Promis, dit-il en gloussant.

Il se demanda qui des deux avait, en l'occurrence, le plus effrayé l'autre.

A sept heures, Jeffrey ramena son chariot au service d'entretien. Tandis que l'ascenseur descendait, il ferma les yeux. Ils lui donnaient l'impression d'être pleins de sable. Il était si fatigué qu'il se sentait un peu patraque.

Il rangea son chariot et alla dans le vestiaire pour troquer son uniforme contre des vêtements de ville. Il mit les listes qu'il avait photocopiées dans le dossier de la Caisse centrale dans sa poche arrière.

Il ferma son casier et brouilla la combinaison, puis il se redressa. David franchit la porte et se dirigea vers lui.

— J'ai reçu un appel, dit-il en regardant Jeffrey du coin de l'œil d'un air soupçonneux. Tu es censé aller voir M. Bodanski dans son bureau immédiatement.

— Moi ?

Jeffrey eut un coup au cœur. Avait-on découvert qui il était ? David l'examinait, la tête penchée.

— Il y a quelque chose de louche chez toi, Frank, dit-il. Est-ce que tu ne serais pas une espèce d'espion envoyé par l'administration pour essayer de voir si nous faisons notre boulot ?

Jeffrey eut un petit rire nerveux.

— Certainement pas, dit-il.

Que David pût imaginer une chose pareille ne lui était jamais venu à l'esprit.

— Alors comment ça se fait que le chef du personnel veut te voir à sept heures du matin ? Ce type n'est pas ici d'habitude avant huit heures passées.

— Je n'en ai pas la moindre idée, dit Jeffrey.

Il contourna David et franchit la porte. David suivit. Ils montèrent l'escalier ensemble.

— Comment ça se fait que tu ne déjeunes pas à midi comme tout le monde ? demanda David.

— Je n'ai pas faim, c'est tout, répondit Jeffrey.

En vérité, les soupçons de David étaient le cadet de ses soucis. Il s'inquiétait bien plus des raisons pour lesquelles Bodanski voulait le voir. Tout d'abord, il avait pensé qu'on avait découvert sa véritable identité. Mais si ç'avait été le cas, la convocation de Bodanski n'aurait eu aucun sens. N'aurait-on pas plutôt envoyé la police ?

Jeffrey alla au rez-de-chaussée et ouvrit la porte du couloir central de l'hôpital. Il aurait pu tourner et se diriger vers la sortie principale, si David n'avait pas été sur ses talons, en continuant à dire que Jeffrey était une sorte d'espion au service de l'administration. Jeffrey se dirigea vers le service du personnel.

Puis il eut une autre idée. Peut-être que quelqu'un l'avait vu dans le bureau du personnel ce matin, quand il se servait de la machine à photocopier. Ou peut-être que quelqu'un avait dit l'avoir vu dans la pharmacie. Mais dans un cas comme dans l'autre, le problème n'aurait-il pas été soumis à David, le contremaître ? Ou à José Martinez, le directeur du service d'entretien ? N'aurait-il pas été réprimandé ou mis à la porte par l'un des deux ?

Jeffrey était perplexe. Il respira à fond et poussa la porte du bureau du personnel. La pièce paraissait aussi déserte qu'à trois heures et demie du matin. Personne n'était assis aux bureaux. Les machines à écrire étaient silencieuses, les écrans des ordinateurs éteints. Le seul bruit venait de la partie du bureau proche de la machine à photocopier où un percolateur était en marche.

Traversant la pièce pour aller au bureau de Bodanski, Jeffrey aperçut l'homme à son bureau. Bodanski avait une feuille d'imprimante devant lui et un crayon rouge à la main. Jeffrey frappa deux fois au battant de la porte ouverte. Bodanski leva les yeux.

— Ah, monsieur Amendola, dit-il en sautant sur ses pieds

comme si Jeffrey était un personnage important. Merci d'être venu. Asseyez-vous, je vous en prie.

Jeffrey s'assit, comprenant moins que jamais pourquoi on l'avait convoqué. Bodanski lui demanda s'il voulait du café. Jeffrey refusant, il se rassit.

— Tout d'abord, j'aimerais vous dire que d'après ce que je sais, vous êtes déjà devenu un précieux auxiliaire du Boston Memorial Hospital.

— Ravi de l'apprendre, dit Jeffrey.

— Nous aimerions que vous restiez aussi longtemps que vous le voudrez, poursuivit Bodanski. En fait, nous espérons que vous resterez.

Il s'éclaircit la voix et joua avec son crayon rouge.

Jeffrey avait la nette impression que Bodanski était plus nerveux que lui.

— Je suppose que vous vous demandez pourquoi je vous ai convoqué ce matin. C'est un peu tôt pour moi, mais je tenais à vous voir avant que vous ne rentriez chez vous. Je suis sûr que vous êtes fatigué et que vous aimeriez aller dormir.

Allons, accouche, pensa Jeffrey.

— Etes-vous certain que vous ne voulez pas de café ? demanda de nouveau Bodanski.

— Pour vous dire la vérité, j'aimerais rentrer chez moi et dormir. Peut-être que vous pourriez me dire pourquoi vous vouliez me voir.

— Oui, naturellement, dit Bodanski. (Puis il se leva et se mit à arpenter le petit espace derrière son bureau.) Je ne suis pas doué pour ce genre de choses, ajouta-t-il. Peut-être que j'aurais dû m'assurer du concours du service de psychiatrie, ou au moins du service social. Je déteste m'immiscer dans la vie privée des gens.

Un signal d'alarme retentit dans la tête de Jeffrey. Il allait arriver quelque chose de mauvais, il le sentait.

— Qu'est-ce que vous essayez de me dire au juste ? demanda Jeffrey.

— Bon, eh bien voilà, commença Bodanski. Je sais que vous vous cachez.

Jeffrey en eut la bouche sèche. Il sait, pensa-t-il, il sait.

— Je suis conscient que vous avez eu de gros problèmes. J'ai pensé qu'à ma modeste façon je pourrais vous aider, alors j'ai téléphoné à votre femme.

Jeffrey s'agrippa aux bras de son fauteuil et se pencha en avant.

— Vous avez téléphoné à ma femme ? fit-il avec incrédulité.

— Ne dramatisez pas, lui conseilla Bodanski, en étendant les mains à plat — il savait que l'autre serait bouleversé par cette nouvelle.

Ne dramatisez pas, pensa Jeffrey avec inquiétude. Pourquoi Bodanski avait-il téléphoné à Carol ? Cela le dépassait.

— En fait, votre femme est ici, dit Bodanski en désignant les doubles portes. Elle est impatiente de vous voir. Je sais qu'elle a des choses importantes à vous dire ; mais j'ai senti qu'il était préférable de vous avertir qu'elle était là plutôt que de lui laisser vous en faire la surprise.

Jeffrey se sentit pris d'une rage soudaine. Il était furieux contre ce directeur du personnel qui fourrait son nez partout, et contre Carol. Juste au moment où il progressait dans son enquête, il fallait que cela arrive.

— Avez-vous appelé la police ? demanda Jeffrey.

Il essayait de se préparer au pire.

— Non, bien sûr que non, dit Bodanski en se dirigeant vers les doubles portes.

Jeffrey suivit. La question qu'il se posait était de savoir s'il serait capable de juguler cette catastrophe. Bodanski ouvrit l'une des portes et s'effaça devant Jeffrey. Il arborait un de ces sourires protecteurs qui exaspérait le plus Jeffrey. Le seuil franchi, il se trouva dans une salle de conférence avec une longue table entourée de chaises de style administratif.

Du coin de l'œil, Jeffrey vit une personne se précipiter vers lui. Soudain, il se dit que c'était un piège. Carol n'était pas là, c'était Devlin ! Mais la personne qui se précipitait vers lui était une femme. Elle s'abattit sur lui, le serrant dans ses bras. Elle enfouit son visage dans sa poitrine. Elle sanglotait.

Jeffrey regarda Bodanski, l'appelant à l'aide. Ce n'était pas Carol. La femme était trois fois plus lourde. Ses cheveux emmêlés ressemblaient à de la paille décolorée.

Les sanglots de la femme commencèrent à se calmer. Elle lâcha Jeffrey d'une main et pressa un mouchoir en papier sur son nez. Elle se moucha bruyamment, puis leva les yeux.

Jeffrey plongea son regard dans ce large visage. Les yeux de la femme, qui exprimaient au début une sorte de joie, étincelèrent soudain de colère. Les larmes s'arrêtèrent aussi brusquement qu'elles s'étaient mises à couler.

— Vous n'êtes pas mon mari, dit la femme indignée.

Elle repoussa Jeffrey.

— Ah non ? demanda Jeffrey, essayant de saisir la signification de la scène.

— Non ! hurla la femme, de nouveau en proie à l'émotion.

Elle vint vers Jeffrey, les poings levés. Des larmes de déception jaillirent et ruisselèrent le long de ses joues.

Jeffrey battit en retraite autour de la table de conférence, tandis que le directeur, interloqué, essayait de lui venir en aide.

La femme déversa alors son venin sur Bodanski, criant qu'il s'était moqué d'elle. Mais au bout d'une minute, elle fut prise d'une nouvelle crise de larmes et s'effondra dans ses bras. C'était plus que cet homme pouvait en supporter, mais au prix d'un effort herculéen, il parvint à installer ce monceau de chair sur un des sièges, où elle s'écroula en une masse sanglotante.

Bodanski, qui n'en revenait pas, sortit sa pochette blanche de la poche de sa veste et s'essuya la bouche là où la femme l'avait frappé. Un peu de sang tacha l'étoffe de soie.

— Je n'aurais jamais dû reprendre espoir, gémit la femme. J'aurais dû savoir que jamais Frank n'accepterait un travail de nettoyage dans un hôpital.

Jeffrey comprit enfin ce qui se passait. C'était la femme d'Amendola, l'homme au costume en loques. Maintenant qu'il y pensait, Jeffrey n'arrivait pas à croire qu'il lui avait fallu tant de temps pour comprendre. Il réalisa aussi qu'il ne faudrait pas longtemps à Bodanski pour imaginer ce qui s'était passé. Quand il le découvrirait, il insisterait peut-être pour appeler la police. Jeffrey devrait donner un tas d'explications pour se tirer d'affaire.

Tandis que le directeur essayait de consoler Mme Amendola, Jeffrey sortit à reculons par la double porte. Bodanski lui cria d'attendre, mais Jeffrey feignit de l'ignorer. Surgissant du bureau du personnel, il courut jusqu'à l'entrée principale, comptant bien que Bodanski se croirait obligé de rester avec Mme Amendola.

Une fois sorti de l'hôpital, Jeffrey ralentit le pas. Il ne voulait pas donner aux responsables de la sécurité une raison de le poursuivre.

Marchant d'un pas vif, Jeffrey se dirigea vers la station de taxis et monta dans la première voiture libre. Il demanda au chauffeur de l'amener à Brookline. Ce ne fut que lorsque le taxi tourna à droite dans Beacon Street que Jeffrey risqua un regard en arrière. Les abords de l'hôpital semblaient tranquilles. La ruée matinale des malades vers les centres médicaux n'avait pas encore commencé, et Carl Bodanski n'était pas apparu.

Quand le chauffeur eut traversé Kenmore Square, il regarda Jeffrey dans son rétroviseur et dit :

— Il va falloir que vous soyez plus précis. Brookline est grand.

Jeffrey donna au chauffeur le nom de la rue située derrière la maison de Kelly. Il dit à l'homme qu'il ne connaissait pas le numéro de la maison, mais qu'il la reconnaîtrait.

Inquiet à l'idée que Devlin pût se trouver dans les parages de la maison de Kelly, Jeffrey ne pouvait se remettre de s'être ainsi laissé démonter par la confrontation avec Mme Amendola. Il avait l'estomac noué, douloureux, et il se demandait combien de temps il supporterait la tension qui avait pesé sur lui ces quatre ou cinq derniers jours. Le métier d'anesthésiste créait des moments de terreur, mais ils étaient de courte durée. Jeffrey n'était pas habitué à subir une anxiété aussi prolongée. Et, en plus de cela, il était épuisé.

Expliquant qu'il n'était pas de la ville et n'était venu dans ce quartier qu'une seule fois, Jeffrey demanda au chauffeur de taxi de sillonner les rues autour de la maison de Kelly. Il s'était subrepticement affalé sur son siège de façon à ne pas se faire voir. En même temps, il continuait à regarder dehors pour repérer Devlin. Mais il n'y avait pas trace de l'homme. Les seules personnes qu'il voyait étaient les banlieusards qui, comme chaque jour, quittaient leur maison pour aller travailler. Il n'y avait pas de voiture garée près de la maison de Kelly, où semblait régner un calme encourageant.

Jeffrey s'était finalement fait déposer devant la maison qui était derrière celle de Kelly. Après que le taxi s'était éloigné et avait tourné dans la rue la plus proche, Jeffrey avait contourné la maison et s'était glissé dans le bosquet qui la séparait de la propriété de Kelly. Caché par les arbres, il avait examiné la maison pendant quelques minutes avant de traverser l'arrière-cour et de franchir sans se faire voir la porte que Kelly avait laissée non verrouillée à son intention.

Il écouta un moment avant de fouiller soigneusement toute la maison. Ce ne fut qu'après cela qu'il ferma et verrouilla la porte de derrière.

Dans l'espoir d'apaiser son estomac contracté, il alla chercher le lait et les céréales. Il les apporta sur la table de la salle commune. Il apporta aussi le listing que Kelly avait obtenu de Saint-Joseph. Sortant de sa poche la liste qu'il avait prise cette nuit au Boston Memorial, il plaça les deux feuilles côte à côte.

Tout en mangeant, Jeffrey compara les deux listes du personnel. Il était impatient de voir quels médecins jouissaient de privilèges dans les deux hôpitaux. Il fut immédiatement consterné de voir à quel point ils étaient nombreux. Sur une feuille de papier séparé, il commença à établir sa propre liste des médecins dont les noms apparaissaient deux fois. Il fut contrarié en constatant que cette liste comportait plus de trente noms. Il était absolument impossible d'enquêter en profondeur sur trente-quatre personnes, surtout dans la situation où il se trouvait. D'une façon ou d'une autre, il lui fallait réduire ce nombre. Cela signifiait qu'il devait obtenir davantage de listes d'hôpitaux. Il alla au téléphone pour appeler Saint-Joseph et demanda à parler à Kelly.

— Je suis contente que vous téléphoniez, dit gaiement Kelly. Pas de problème pour entrer dans la maison ?

— Pas de problème. Si je vous téléphone, c'est pour vous rappeler le coup de fil que vous devez passer au Valley Hospital aujourd'hui.

— Je l'ai déjà fait, lui dit Kelly. Je ne savais pas très bien à qui m'adresser, alors j'ai appelé plusieurs personnes, y compris Hart. Il est si gentil.

Jeffrey lui parla des trente-quatre médecins qui jouissaient de privilèges à la fois dans son hôpital et au Memorial. Elle comprit immédiatement le problème.

— Heureusement, on va me rappeler du Valley cet après-midi, ajouta-t-elle. Cela devrait permettre de réduire le nombre. Il doit y avoir moins de gens jouissant de privilèges au Saint-Joseph, au Memorial *et* au Valley.

Jeffrey était sur le point de raccrocher quand il se souvint qu'il devait redemander à Kelly le nom de son amie qui était morte la veille.

— Gail Shaffer, dit-elle. Pourquoi me posez-vous cette question ?

— Dans la journée, je vais aller au bureau du médecin légiste pour avoir des renseignements sur Karen Hodges. Pendant que j'y serai, je verrai ce que je peux trouver sur Gail Shaffer.

— Vous m'effrayez.

— Je m'effraie moi-même.

Après avoir raccroché, Jeffrey alla finir ses céréales. Quand il eut terminé, il mit la vaisselle dans l'évier. Puis il retourna à la table pour regarder encore la liste de ses hôpitaux. Pour être consciencieux, il pensa qu'il devrait comparer aussi les listes des employés. C'était plus difficile que de comparer les listes du personnel médical qui étaient établies, elles, par ordre alphabétique. Les listes des employés étaient conçues différemment. Sur celle de Saint-Joseph, les noms étaient classés par service, sur celle du Memorial par salaire, probablement parce que cette liste avait été établie dans le but de percevoir des cotisations.

Pour les comparer avec précision, Jeffrey dut les mettre toutes les deux par ordre alphabétique. Quand il en arriva à la lettre E, il ne pouvait plus garder les yeux ouverts. Sa première découverte le réveilla. Il s'aperçut qu'une certaine Maureen Gallop avait travaillé dans les deux hôpitaux.

Jeffrey la chercha dans la liste de Saint-Joseph. Il découvrit qu'elle travaillait maintenant dans le service d'entretien de Saint-Joseph.

Jeffrey se frotta les yeux, se souvenant de nouveau combien il lui avait été facile de se promener tranquillement dans la pharmacie de l'hôpital. Il ajouta le nom de Maureen Gallop à la liste des médecins qui jouissaient de privilèges dans les deux hôpitaux.

Galvanisé par cette découverte inattendue, Jeffrey se remit à son classement alphabétique. A la lettre suivante, il fit une autre découverte : Trent Harding. Reprenant la liste de Saint-Joseph, Jeffrey chercha Trent Harding. Il trouva le nom dans le service du personnel soignant. Jeffrey ajouta ce nom sous celui de Maureen Gallop.

Jeffrey était surpris. Il ne s'attendait pas à trouver deux fois les mêmes noms chez les employés. Il pensa que c'était une simple coïncidence. Plus éveillé maintenant, il termina ce recoupement qui lui avait pris un temps fou, mais il ne fit pas d'autre découverte. Maureen Gallop et Trent Harding étaient les deux seuls noms à apparaître sur les deux listes.

Jeffrey était si fatigué au moment où il finit de comparer les listes que tout ce qu'il put faire fut de passer de la table au divan où il sombra dans un sommeil sans rêve. Il ne bougea même pas quand Dalila sortit du placard à balais et sauta sur le lit pour se pelotonner à côté de lui.

Il y avait quelque chose au Boston City Hospital qui plut à Trent dès qu'il en franchit la porte. Il supposa que c'était l'atmosphère macho d'un hôpital de quartier pauvre. Ici, il n'y aurait pas à tergiverser comme on le faisait dans les hôpitaux rupins de banlieue. Trent était sûr qu'il n'aurait pas à s'échiner sur des rectifications de nez présentées comme des opérations de la cloison nasale pour être couvertes par les assurances. Au lieu de cela, il verrait des blessures par armes à feu et par armes blanches qui seraient de vraies gageures. Il serait dans les tranchées, aux prises avec les retombées de la terreur urbaine comme une sorte de Don Johnson dans *Deux flics à Miami*.

On faisait la queue au bureau d'embauche, mais cela ne concernait que des postes dans l'intendance et l'entretien. Etant infirmier, on le dirigea directement vers le service du personnel soignant. Il savait aussi pourquoi. Comme tous les hôpitaux, ils avaient désespérément besoin de personnel soignant. En tant qu'homme, il était particulièrement demandé. Il y avait toujours un poste pour un infirmier dans les services de l'hôpital où l'on avait besoin de muscles, comme aux urgences. Mais Trent ne voulait pas des urgences. Il voulait les salles d'opération.

Après qu'il eut rempli un formulaire de demande d'emploi, quelqu'un eut un entretien avec Trent. Il se demandait pourquoi ils s'embarrassaient de cette mascarade. L'affaire était réglée d'avance. Au moins, il s'amusait. Il aimait sentir qu'on avait besoin de lui, qu'on le désirait. Quand il était enfant, son père lui disait toujours qu'il était une poule mouillée, un bon à rien, surtout après que Trent eut décidé de ne pas jouer dans l'équipe de football junior que son père avait contribué à créer à la base militaire de San Antonio.

Trent observa l'expression de la femme qui relisait sa demande. Sur le dessus de son bureau était inscrit : Mme Diane Mecklenburg, surveillante.

Surveillante, mon cul, pensa Trent. Il se dit qu'elle devait être con comme un balai. C'est ce qu'étaient les surveillantes d'après l'expérience de Trent. Elle devait avoir obtenu son diplôme d'infirmière au temps où l'on utilisait du whisky comme anesthésique. Depuis lors, elle avait probablement suivi quelques cours du genre « L'infirmière dans la société actuelle ». Trent aurait parié cent dollars qu'elle ne ferait pas la différence entre une paire de ciseaux Mayo et un clamp Metzenbaum. Dans une salle d'opération, elle serait aussi utile qu'un orang-outan.

Trent attendait déjà avec impatience le jour où il viendrait donner sa démission, gâchant ainsi la journée de Mme Mecklenburg.

— Monsieur Harding, dit Mme Mecklenburg, tournant son attention de la demande vers le demandeur. (Son visage ovale était en partie voilé par de grosses lunettes rondes.) Vous avez indiqué sur votre demande que vous aviez travaillé dans quatre autres hôpitaux de Boston. C'est un peu inhabituel.

Trent fut tenté de pousser un bruyant grognement. Cette Mme Mecklenburg semblait résolue à jouer jusqu'au bout la farce de l'entretien. Bien qu'il sentît qu'il aurait pu ne rien dire et être pourtant engagé, il décida de ne prendre aucun risque et de se montrer coopératif. Il était toujours prêt à répondre à de telles questions.

— Chaque hôpital m'a offert des chances différentes sur le plan de la formation et des responsabilités, dit Trent. Mon but était d'avoir le plus d'expérience possible. J'ai passé près d'un an dans chaque établissement. Maintenant, j'en suis finalement arrivé à la conclusion que ce dont j'ai besoin, c'est de la stimulation que donne un cadre universitaire comme celui qu'offre le Boston City.

— Je vois, dit Mme Mecklenburg.

Trent n'avait pas fini. Il ajouta :

— Je suis sûr de pouvoir apporter ma contribution ici. Ni le travail ni les défis ne me font peur. Mais je pose une condition expresse. Je veux travailler dans les salles d'opération.

— Je ne pense pas que ce soit un problème, dit Mme Mecklenburg. La question est : quand pouvez-vous commencer ?

Trent sourit. Bon Dieu, c'était d'une telle facilité.

La journée de Devlin n'allait pas mieux se passer que la précédente. Il était sur le North Shore et avait rendu visite à deux familles Everson à Peabody, une à Salem, et maintenant, il se dirigeait vers Marblehead Neck pour en avoir une autre. Le port était à sa gauche et l'océan à sa droite. Au moins le temps et le paysage étaient-ils beaux.

Heureusement, les gens étaient chez eux au moment de ses visites. Tous ces Everson s'étaient montrés plutôt coopératifs, tout en restant sur leurs gardes. Mais aucun d'entre eux n'avait entendu parler d'un Christopher Everson. Devlin recommença à douter de son intuition qui lui avait laissé penser que Christopher Everson était de la région de Boston.

Lorsqu'il arriva à Harbor Avenue, Devlin tourna à gauche. Il jeta un coup d'œil admiratif aux imposantes demeures. Il aurait bien aimé savoir ce qu'on pouvait ressentir quand on avait assez d'argent pour vivre ainsi. Il en avait gagné pas mal durant les deux dernières années, mais il l'avait dilapidé à Las Vegas ou à Atlantic City.

La première chose que Devlin avait faite ce matin-là avait été de se rendre au quartier général de la police à Berkeley Street pour voir Sawbones Bromlley. Le Dr Bromlley travaillait avec les services de police de Boston depuis le XIXe siècle, ou du moins telle était la légende. Il faisait passer des examens médicaux aux policiers et soignait les simples rhumes et les menues égratignures. Il n'inspirait guère confiance.

Devlin lui avait montré les notes qu'il avait trouvées dans la chambre d'hôtel de Rhodes et lui avait demandé de quoi elles traitaient. Cela avait déclenché un déluge d'explications. Sawbones s'était lancé dans une conférence de vingt minutes sur le système nerveux et sur le fait qu'il comportait deux parties. L'une pour faire les choses que l'on voulait faire, comme boire ou sentir quelque chose ; et l'autre pour faire les choses auxquelles on ne voulait pas penser, comme respirer ou digérer un steak.

Jusque-là, Devlin avait suivi. Mais Bromlley avait alors dit que la partie du système nerveux qui faisait les choses auxquelles on ne voulait pas penser comprenait deux parties. L'une s'appelait sympathique et l'autre parasympathique. Ces deux parties se combattaient : l'une dilatant par exemple les pupilles et l'autre les rétrécissant ; l'une vous donnant la diarrhée, l'autre vous constipant.

Là encore, Devlin ne s'en était pas mal sorti, mais Bromlley avait poursuivi en parlant de la façon dont les nerfs fonctionnaient et de celle dont les anesthésiques les bloquaient.

A partir de là, Devlin avait commencé à patauger, mais il s'était dit que ça n'avait pas beaucoup d'importance puisqu'il ne s'intéressait qu'aux notes. Bromlley aimait captiver son auditoire, alors Devlin avait laissé courir. Quand il lui avait semblé que Sawbones était arrivé à une conclusion, Devlin l'avait ramené à sa question initiale.

— Formidable, toubib, formidable ! Mais revenons-en un instant aux notes. Y a-t-il quelque chose là-dedans qui vous a frappé, que vous avez trouvé surprenant ou louche ?

Sawbones avait eu l'air hébété pendant un instant. Il avait étudié de nouveau les notes, les regardant à travers ses grosses lunettes à double foyer. Finalement, il avait simplement dit non. Tout paraissait absolument clair, et la personne qui avait rassemblé ces informations sur le système nerveux l'avait fait correctement. Devlin l'avait remercié et était parti. Cette visite n'avait suivi qu'à convaincre plus que jamais Devlin que ce Christopher Everson était, tout comme Rhodes, un médecin.

A Marblehead Neck, Devlin s'arrêta devant une maison basse style ranch. Il vérifia le numéro sur sa liste. C'était celui qu'il cherchait. Il descendit de voiture et s'étira. La maison ne donnait pas sur l'eau, mais il pouvait en discerner le scintillement à travers les arbres qui bordaient le sentier conduisant au port.

Devlin alla jusqu'à la porte et sonna. Une blonde attirante ayant à peu près l'âge de Devlin vint ouvrir. Dès qu'elle aperçut Devlin, elle essaya de refermer la porte, mais il avait doucement glissé le bout de sa botte de cow-boy dans l'ouverture. La porte fut immobilisée. La femme baissa les yeux.

— Je crois que votre botte bloque ma porte, dit-elle d'une voix égale. (Elle le regarda droit dans les yeux.) Laissez-moi deviner : vous vendez des biscuits pour les filles scouts.

Devlin rit et secoua la tête avec incrédulité. Il était toujours incapable de prévoir les réactions des gens. Mais ce qu'il appréciait le plus, c'était le sens de l'humour. Il aimait celui de cette femme.

— Excusez-moi de m'être montré si grossier, dit-il. Je voulais simplement vous poser une question. Une seule question. Je craignais que vous ne refermiez votre porte.

— Je suis ceinture noire de karaté, dit-elle.

— Pas besoin d'être désagréable, dit Devlin. Je cherche un certain Christopher Everson. Comme j'ai vu que cette maison appartenait à un Everson, j'ai pensé qu'il y avait une vague chance pour que quelqu'un ait entendu parler de cet homme.

— Pourquoi voulez-vous le savoir ?

Quand Devlin lui eut expliqué, la femme cessa de tenir la porte.

— Il me semble avoir lu quelque chose sur un Christopher Everson dans le journal, dit-elle en plissant le front. Je suis pratiquement sûre que c'était Christopher.

— Dans un journal de Boston ? demanda Devlin.

La femme approuva de la tête.

— Le *Globe*. C'était il y a un certain temps. Un an ou plus. Ça m'a frappée à cause du nom, évidemment. Il n'y a pas beaucoup d'Everson par ici. Mon mari et sa famille sont du Minnesota.

Devlin n'était pas tout à fait d'accord avec elle sur la rareté des Everson dans la région, mais il ne se lança pas dans une discussion sur la question.

— Vous souvenez-vous du sujet de l'article ? demanda-t-il.

— Oui. C'était dans la page nécrologique. Cet homme est mort.

Devlin remonta dans sa voiture, furieux contre lui-même. L'idée que Christopher fût mort ne lui était jamais venue à l'esprit. Il démarra, fit demi-tour et reprit la direction de Boston. Il savait exactement où il voulait aller maintenant. Il lui fallut une demi-heure pour y parvenir. Se garant devant une bouche d'incendie à West Street, il alla à pied jusqu'à Tremont et entra dans le Département d'Etat de la santé publique.

Le registre d'état civil était au rez-de-chaussée. Devlin remplit un formulaire pour obtenir un certificat de décès de Christopher Everson. Pour l'année, il mit 1988. Il savait qu'on pouvait le changer si nécessaire. Au guichet, il paya ses cinq dollars et s'assit pour attendre. Ce ne fut pas long. L'année n'était pas 1988, mais 1987. Malgré cela, vingt minutes plus tard, Devlin retournait à sa voiture avec le certificat de décès de Christopher Everson.

Au lieu de démarrer, Devlin lut attentivement le document. La première information qui le frappa fut qu'Everson était marié. Sa veuve était une certaine Kelly Everson.

Devlin se souvint de sa visite chez elle. C'était là où il avait entendu ce bruit étrange, comme celui de boîtes vides tombant sur un sol carrelé, mais personne n'était venu ouvrir. Il prit sa liste des Everson, sur laquelle il avait entouré d'un cercle K. C. Everson dans l'intention d'y revenir. Il vérifia l'adresse par rapport à celle figurant sur le certificat de décès. C'était la même.

Devlin revint au certificat de décès. Christopher Everson était médecin. Regardant la cause du décès, il vit qu'on avait déclaré que c'était un suicide. La cause technique du décès était classée parmi les arrêts respiratoires, mais en dessous, il y avait une note précisant que c'était à la suite d'une auto-administration de succinylcholine.

Pris d'une rage soudaine, Devlin froissa le certificat de décès et le jeta sur le siège arrière. La succinylcholine était la merde que lui avait injectée Jeffrey Rhodes. C'était un miracle de Rhodes ne l'eût pas tué.

Devlin mit le contact, démarra et alla se mêler à la circulation de Tremont Street. Une fois de plus, il attendait avec impatience et une délectation particulière de mettre la main sur Jeffrey Rhodes.

Les embouteillages de midi ralentissaient Devlin. Il lui fallut plus de temps pour aller du centre ville à Brookline qu'il ne lui en avait fallu pour faire tout le chemin de Marblehead à Boston. Il était presque une heure de l'après-midi quand il arriva dans la rue de Kelly Everson et passa devant sa maison. Il ne vit pas de signe d'activité, mais il nota un net changement. Tous les rideaux étaient tirés au rez-de-chaussée. La veille, ils étaient ouverts. Il se souvenait d'avoir mis ses mains en coupe sur la vitre de la salle à manger pour regarder à l'intérieur. Il sourit. Il ne pensait pas qu'il fût nécessaire d'être un génie pour deviner qu'il se tramait quelque chose.

Après avoir fait demi-tour à cent mètres de là, Devlin passa une seconde fois, en réfléchissant à la marche à suivre. Il fit un deuxième demi-tour, puis se rabattit vers le trottoir et se gara. Il était à deux portes de chez Everson, de l'autre côté de la rue. Pour le moment, il était incapable de décider comment agir au mieux. Son expérience lui avait appris que lorsque c'était le cas, il était préférable de ne rien faire.

12

VENDREDI

19 MAI 1989

11 H 25

— Gardez la monnaie, dit Jeffrey au chauffeur de taxi en descendant devant la morgue municipale.

Le chauffeur lui dit quelque chose qu'il n'entendit pas. Il se rapprocha et se pencha.

— Excusez-moi, qu'est-ce que vous avez dit ? demanda-t-il.

— J'ai dit, bon Dieu vous trouvez que cinquante cents c'est un pourboire ?

Pour donner plus de poids à ses paroles, le chauffeur jeta la monnaie par sa vitre, puis démarra dans un crissement de pneus.

Jeffrey regarda les deux pièces rouler sur le trottoir. Il hocha la tête. Les chauffeurs de taxi de Boston étaient une race à part. Il se baissa et ramassa les pièces. Puis il leva les yeux vers la façade de la morgue municipale de Boston.

C'était un vieux bâtiment couvert d'une patine de crasse qui remontait au temps où le charbon était la principale source d'énergie de la ville. L'édifice était orné de motifs égyptiens stylisés, mais l'effet manquait de majesté. Le bâtiment semblait davantage sorti d'un décor de film d'horreur que destiné à abriter une médecine scientifique.

Jeffrey franchit la grande entrée et monta un escalier, en suivant les flèches indiquant le bureau du médecin légiste.

— Puis-je vous aider ? demanda une matrone quand Jeffrey s'approcha du comptoir.

Derrière elle se trouvaient cinq bureaux métalliques à l'ancienne mode, disposés au petit bonheur. Sur chacun d'eux s'entassait un monceau de lettres, de formulaires, d'enveloppes et de manuels. Jeffrey avait l'impression de se retrouver vingt ans en arrière. Les téléphones, tous d'un noir sinistre, étaient à cadran.

— Je suis médecin au Saint-Joseph Hospital, dit Jeffrey. Je m'intéresse à un cas dont l'autopsie est, me semble-t-il, prévue pour aujourd'hui. Le nom est Karen Hodges.

Au lieu d'interroger Jeffrey, la femme prit un carnet à pince et fit courir son doigt le long de la liste. Elle alla jusqu'à la moitié de la page avant de dire :

— C'est le Dr Warren Seibert qui s'en occupe. Je ne sais pas où il est exactement. Probablement dans la salle d'autopsie.

— Et où est-ce ? demanda Jeffrey.

Bien qu'il pratiquât la médecine à Boston depuis près de vingt ans, il n'était jamais allé à la morgue municipale.

— Vous pouvez prendre l'ascenseur, mais je ne vous le conseille pas, dit la femme. Allez jusqu'à l'angle, tournez et prenez l'escalier. En haut, prenez d'abord à droite, puis à gauche. Vous ne pouvez pas la manquer.

Jeffrey fit ce qu'on lui avait dit. Il avait entendu de nombreuses fois la phrase « vous ne pouvez pas la manquer ». Cette fois, c'était vrai. Avant même d'arriver à la salle d'autopsie, il reconnut l'odeur.

La porte était entrebâillée. Restant sur le seuil, Jeffrey jeta un coup d'œil timide à l'intérieur, un peu effrayé à l'idée d'aller plus loin. C'était une pièce d'environ douze mètres sur six. Une série de fenêtres en verre dépoli occupaient l'essentiel d'un mur. Un air fétide était brassé par un antique ventilateur rotatif posé sur un classeur métallique.

Il y avait trois tables d'autopsie en acier inoxydable et toutes trois étaient occupées par des cadavres nus. Deux des corps étaient des hommes. Le troisième était une femme. La femme était jeune et blonde, et sa peau ressemblait à de l'ivoire, mais avec des reflets légèrement bleuâtres.

A chaque table, travaillait une équipe de deux personnes. Il y avait un brouhaha d'instruments coupant, tranchant, sciant et de conversations assourdies. Jeffrey pensa qu'il n'y avait que des hommes, mais il n'en était pas sûr. Ils étaient tous vêtus de tenues stériles et de tabliers de caoutchouc. Ils portaient de grosses lunettes protectrices en Plexiglas. Leurs visages étaient recouverts de masques chirurgicaux. Ils avaient aux mains des gants de caoutchouc épais. Dans un coin, de l'eau coulait continuellement dans un grand évier de stéatite. Une radio était en équilibre sur le bord de l'évier et jouait doucement une musique rock, parfaitement incongrue ici. Jeffrey se demanda ce que penserait Billy Ocean s'il voyait cette scène.

Jeffrey resta près de la porte pendant près d'un quart d'heure avant qu'un des hommes ne remarquât sa présence. Il passa devant Jeffrey alors qu'il allait vers l'évier pour y laver sous l'eau courante quelque chose qui ressemblait à un foie. Il s'arrêta en apercevant Jeffrey.

— Puis-je vous aider ? fit-il avec méfiance.

— Je cherche le Dr Seibert, dit Jeffrey, en combattant une sensation de nausée.

Il n'avait jamais aimé la pathologie. Les autopsies avaient toujours été pour lui un supplice, à l'école de médecine.

— Hé, Seibert, quelqu'un te demande, cria l'homme par-dessus son épaule.

Un des hommes qui étaient penchés sur le cadavre de la femme leva les yeux, puis regarda Jeffrey. Il tenait un scalpel dans une main. Son autre main était profondément enfoncée dans le torse du cadavre.

— Que puis-je faire pour vous ? questionna-t-il.

Son ton était nettement plus amical que celui de l'autre.

Jeffrey déglutit. Il se sentait vaguement pris de vertiges.

— Je suis un médecin de Saint-Joseph, dit-il. Du service d'anesthésie. J'aimerais savoir ce que vous avez trouvé chez une patiente du nom de Karen Hodges.

Le Dr Seibert quitta la table en faisant un signe de tête à son assistant et se dirigea vers Jeffrey. Il dépassait Jeffrey de trois bons centimètres, mesurant probablement plus d'un mètre quatre-vingt-cinq.

— C'était vous l'anesthésiste ? demanda-t-il.

Il avait encore son scalpel dans une main. L'autre était couverte de sang. Jeffrey ne pouvait pas supporter de regarder plus bas que les épaules de l'homme. Son tablier était incroyablement maculé.

Jeffrey concentra son attention sur les yeux de Seibert. Ils étaient d'un bleu vif, et plutôt saisissants.

— Non, ce n'était pas moi, reconnut Jeffrey. Mais j'ai entendu dire que le problème s'était posé durant une anesthésie épidurale. Mon intérêt vient du fait qu'il y a eu à ma connaissance au moins quatre cas comparables dans les quatre dernières années. Est-ce que le médicament impliqué pour Karen Hodges était la Marcaïne ?

— Je ne sais pas encore, dit Seibert, mais la fiche est dans mon bureau... au bout du couloir, sur la gauche, juste après la bibliothèque. Faites comme chez vous. J'aurai fini dans un quart d'heure, vingt minutes.

— Le cas sur lequel vous travaillez maintenant ne serait-il pas celui de Gail Shaffer ? demanda Jeffrey.

— Exact, dit Seibert. C'est la première fois dans ma carrière que j'ai deux jeunes et jolies filles à la suite. C'est mon jour de chance.

Jeffrey ne releva pas ce commentaire. L'humour des salles d'autopsie ne l'avait jamais mis à l'aise.

— Pas d'indices en pathologie générale indiquant la cause de sa mort ?

— Allons voir, dit Seibert avec un geste de sa main ensanglantée.

Il retourna à la table.

Jeffrey suivit en hésitant. Il ne voulait pas s'approcher trop près.

— Vous voyez ça ? demanda Seibert après avoir présenté Jeffrey à son assistant, Harold. (Il désignait avec le manche du scalpel l'entaille sur le haut du front de Gail.) Ç'a dû être un foutu coup. Fracturé le crâne jusqu'au sinus frontal.

Jeffrey approuva de la tête. Il commença à respirer par la bouche. Il ne pouvait pas supporter l'odeur. Harold était occupé à retirer les entrailles.

— Est-ce que le coup aurait pu la tuer ? demanda Jeffrey.

— Peut-être. Mais le scanner était négatif. Nous verrons quand nous enlèverons le cerveau. Apparemment, elle avait aussi des ennuis cardiaques, même si elle n'avait rien eu jusque-là. Alors nous allons examiner très soigneusement le cœur.

— Ferez-vous une recherche de drogues ?

— Evidemment, dit Seibert. Nous ferons un test pathologique complet sur le sang, bile, urine et même ce que nous avons aspiré dans son estomac.

— Allons, laissez-moi vous aider, dit Seibert à son assistant quand il vit qu'Harold avait réussi à libérer les intestins.

Seibert saisit un long bassin plat et le tint tandis qu'Harold soulevait la masse d'organes gluants et les transférait dans le récipient.

Jeffrey se détourna pendant un moment. Quand il regarda de nouveau, le corps avait été vidé. Harold se dirigeait vers l'évier avec les organes. Seibert fourrageait avec désinvolture dans la cavité abdominale.

— Il faut toujours être à l'affût de l'inattendu. On ne sait jamais ce qu'on va découvrir là-dedans.

— Et si je vous disais que ces deux femmes ont été empoisonnées ? lança soudain Jeffrey. Agiriez-vous différemment ? Feriez-vous d'autres tests ?

Seibert s'arrêta brusquement. A ce moment-là, sa main droite gantée entrait profondément dans le pelvis de Gail. Il leva lentement la tête pour regarder de nouveau Jeffrey comme s'il voulait réviser son opinion sur cet homme.

— Savez-vous quelque chose que je devrais savoir ? demanda-t-il sur un ton plus sérieux.

— Disons que ma question repose sur une hypothèse, dit Jeffrey, évasif. Deux femmes ont eu une attaque et des problèmes cardiaques, sans que rien ne le laissât pressentir dans leur passé médical... du moins d'après ce que j'ai compris.

Retirant sa main, Seibert se redressa et fit face à Jeffrey, de l'autre côté du corps, maintenant vidé, de Gail Shaffer. Il réfléchit un moment, puis reporta son regard sur la morte.

— Non, je n'agirais pas différemment, dit-il. Il n'y a pas véritablement de différence entre un auto-empoisonnement, qu'on appelle par euphémisme usage de médicaments de confort, et un empoisonnement, du moins d'un point de vue pathologique. Ou le poison est dans l'organisme du défunt, ou il n'y est pas. Je suppose que si on me disait qu'un poison particulier est en cause, cela aurait une influence sur ma façon de traiter certains tissus. Il existe des réactifs colorants pour certains poisons.

— Et si c'était une toxine ? demanda Jeffrey.

Seibert siffla.

— Alors là, vous parlez d'une chose sérieuse. Comme les phytotoxines ou la tétratoxine. Vous avez entendu parler de la tétratoxine, n'est-ce pas ? Elle vient du tétradon, ou fugu, ou poisson-globe. Quand je pense qu'on donne une licence aux restaurants japonais qui servent ce truc ! Bon Dieu, je ne voudrais pas y goûter.

Jeffrey se rendit compte qu'il avait touché une corde sensible. L'intérêt que Seibert portait aux toxines était évident.

— C'est phénoménal, les toxines, poursuivit Seibert. Mon vieux, si je voulais me débarrasser de quelqu'un, j'aurais sans aucun doute recours à une toxine. La plupart du temps, personne ne pense à en chercher les traces. La cause de la mort semble naturelle. Dites, vous vous souvenez de ce diplomate turc qui a été liquidé à Paris. Ça devait être une toxine. Elle était dissimulée dans le bout d'un parapluie et quelqu'un est simplement passé à côté du type et lui a donné un coup dans le derrière avec la pointe du parapluie. Gagné, le type a été pris de convulsions sur la tribune. Et croyez-vous qu'on a réussi à savoir ce que c'était ? Bon Dieu, non. C'est tuant d'identifier des toxines.

Sa plaisanterie fit largement sourire Seibert.

— Mais *pouvez*-vous les détecter ? demanda Jeffrey.

Seibert secoua la tête avec incertitude.

— C'est pour cela que je m'en servirais si je voulais liquider quelqu'un. C'est une saloperie à dépister. Quant à dire si on peut vraiment les détecter, je dirais oui et non. Le grand problème, c'est qu'une infime quantité de ces toxines couvre un vaste champ. Elles n'ont besoin que de quelques molécules pour faire leur sale boulot. Je parle d'un milliardième de molécules grammes. Cela veut dire que notre bon vieil appareil, fiable, pour la chromatographie gazeuse, combiné à un calcul de masse spécifique, ne peut pas distinguer la toxine des autres composés organiques flottant dans l'échantillon. Mais si vous savez ce que vous cherchez, comme de la tétratoxine, par exemple, parce que le défunt est mort brutalement à une soirée japonaise, alors il y a certains anticorps monoclonaux, repérables grâce à un marqueur fluorescent ou radioactif, qui peuvent dépister le truc. Mais, je vous le dis, ce n'est pas facile.

— Donc, parfois, vous ne pouvez trouver la toxine que si vous savez exactement laquelle c'est, dit Jeffrey, soudain découragé. Si je comprends bien, on perd à tous les coups.

— C'est pour cela que ça peut être le crime parfait.

Harold revint de l'évier avec le plateau d'organes. Jeffrey en profita pour regarder le plafond du laboratoire.

— Harold, vous voulez sortir le cerveau ? demanda Seibert à son assistant.

L'homme fit oui de la tête, posa le plateau au bout de la table, puis se dirigea vers la tête.

— Je suis désolé d'interrompre ainsi votre travail, dit Jeffrey.

— Oh, pas de problème, dit Seibert. Je peux supporter ce genre d'interruption. Ces saloperies d'autopsie deviennent un peu ennuyeuses au bout d'un certain temps. Ce qu'il y a de drôle dans ce boulot, ce sont les analyses. Je n'ai jamais aimé nettoyer le poisson quand j'allais à la pêche, et il n'y a pas une grande différence entre ça et faire une autopsie. De plus, vous avez éveillé ma curiosité. Pourquoi ces questions sur une toxine ? Un homme occupé comme vous ne vient pas ici pour jouer au jeu des questions.

— Je vous ai dit qu'il y avait eu au moins quatre morts durant les anesthésies épidurales. C'est très inhabituel. Et pour au moins deux d'entre elles, les symptômes initiaux sont devenus subitement différents de ceux qu'on attend d'une réaction à une anesthésie locale.

— Comment ça ? demanda Seibert.

Un des autres pathologistes leva la tête et cria :

— Hé, Seibert, tu vas pas faire de ce cas l'affaire de ta vie sous prétexte qu'elle a un joli corps ?

— Je t'emmerde, Nelson, lança Seibert par-dessus son épaule.

Puis il dit à Jeffrey :

— Il est jaloux parce que j'en ai eu deux à la suite. Mais au bout du compte, ça s'égalise. Mon prochain sera probablement un alcoolique de soixante ans qui a séjourné dans le port de Boston pendant trois semaines. Vous devriez voir ce que c'est. Pouah ! Avec les gaz qui en sortent, vous pourriez faire rouler votre voiture pendant une semaine.

Jeffrey essayait de sourire, mais c'était difficile. Les images mentales que faisaient naître leurs propos étaient presque aussi dures que la réalité.

En réponse au harcèlement de l'autre pathologiste, Seibert prit un gros fil de suture enfilé à une solide aiguille de couturière et se mit à coudre la blessure en Y faite par l'autopsie sur le corps de Gail Shaffer.

— Bon, où en étions-nous ? dit-il. Ah oui. En quoi les symptômes étaient-ils différents ?

— Juste après l'injection de Marcaïne, les patients ont eu une soudaine et saisissante réaction parasympathique avec douleur abdominale, salivation, transpiration, et même rétrécissement des pupilles. Cela n'a duré que quelques secondes avant qu'ils ne fassent une crise d'épilepsie.

Harold avait fait une incision avec un scalpel autour de la tête de Gail. Puis avec un bruit épouvantable de déchirure, il tira sur le cuir chevelu et le rabattit sur le visage de la femme. Le crâne était maintenant à nu. Jeffrey essaya de se détourner pour ne pas voir.

— Vous n'envisagez pas que ce genre de symptômes puisse être une réaction toxique aux anesthésiques locaux ? demanda Seibert.

Après chaque point, pour raidir le fil, il levait l'aiguille au-dessus de sa tête comme un cordonnier.

— Oui et non, dit Jeffrey. Les attaques, sûrement. Il y a aussi le rétrécissement des pupilles qui est décrit dans les manuels, bien qu'en ce qui me concerne, je n'arrive pas à l'expliquer physiologiquement et que je ne l'aie jamais vu. Mais la salivation passagère, la transpiration et les larmes, je n'ai même jamais rien lu là-dessus.

— Je crois que je vois le tableau, dit Seibert. (Il y eut un vrombissement soudain, et le corps de Gail commença à trépider. Harold se servait d'une scie électrique pour découper la boîte crânienne. Bientôt, il extrairait le cerveau. Seibert devait parler plus fort pour se faire entendre.) Si je me souviens bien, les anesthésiques locaux bloquent la transmission de la douleur aux synapses. Vous ne pouvez faire une stimulation initiale que parce que les fibres conductrices peuvent être bloquées d'abord. Je ne me trompe pas ?

— Vous m'impressionnez, dit Jeffrey. Continuez.

— Et le blocage vient du fait qu'on interdit aux ions de sodium de pénétrer les membranes des fibres nerveuses.

— Vous deviez être un crack en neurophysiologie à la fac.

— Oh, quelque chose qui m'intéresse, dit Seibert. Je l'ai revu pour un cas de myasthénie grave. La question a été soulevée aussi dans un article que j'ai lu sur la tétratoxine. Savez-vous que ce truc imite les anesthésiques locaux. En fait, certaines personnes ont émis l'hypothèse que ça pourrait être un anesthésique local naturel.

Maintenant que Seibert en parlait, Jeffrey se souvenait vaguement d'avoir lu quelque chose là-dessus.

Le vrombrissement de la scie s'arrêta brusquement. Jeffrey ne voulait pas voir la phase suivante de l'opération, aussi se retourna-t-il complètement.

— De toute façon, dit Seibert, ce que je me rappelle, c'est qu'avec une anesthésie épidurale, toute modification que vous recherchez devrait intéresser le système sympathique, et non le système parasympathique, à cause du risque d'injecter par inadvertance le produit à l'endroit où agit la rachianesthésie. C'est exact ?

— Tout à fait exact.

— Mais ce que vous craignez vraiment, n'est-ce pas d'injecter par erreur l'anesthésique directement dans le système sanguin ?

— Vous avez raison, dit Jeffrey. Et c'est là où le problème des attaques et de la toxicité cardiaque se pose. Mais il n'y a aucune explication possible à une soudaine stimulation parasympathique. Cela donne à penser qu'il y a un autre médicament en jeu. Quelque chose qui provoque non seulement des attaques et une toxicité cardiaque, mais aussi, pendant un bref laps de temps, une stimulation parasympathique.

— Formidable ! s'exclama Seibert. C'est le genre de cas qui est de mon ressort. C'est quelque chose auquel un pathologiste devrait penser.

— Je suppose, dit Jeffrey. A dire vrai, je pensais à un anesthésiste.

— Il ne devrait pas y avoir de contestation, dit Seibert en agitant une paire de pinces dentées. Le pathologiste est bien plus qualifié que les autres pour avoir des idées sur la meilleure façon de tuer les gens.

Jeffrey commença à en discuter, puis s'arrêta, conscient du ridicule qu'il y avait à se demander quelle spécialité était à même de fournir le tueur le plus sophistiqué.

— Il y a quelque chose d'autre concernant les deux cas dont je parle. L'autopsie a décelé les deux fois des dommages causés aux cellules et aux axones nerveux. Dans un des cas, des micrographies électroniques ont même montré des détériorations importantes des cellules nerveuses et musculaires.

— Sans blague ? dit Seibert. (Il interrompit son travail de suture. Jeffrey se rendait compte qu'il était fasciné.) Alors, tout ce que nous avons à faire, c'est trouver une toxine qui soit cause d'attaques et de toxicité cardiaque en bousillant des cellules nerveuses et musculaires et qui, de plus, cause une stimulation parasympathique évidente. Du moins initialement. Hé, vous savez quoi ?... Vous avez raison. Cela ressemble à une question test dans un examen de première année de neurophysiologie. Il va falloir que j'y réfléchisse pendant quelque temps.

— Savez-vous si Karen Hodges a eu le même type de symptômes initiaux ? demanda Jeffrey.

Seibert haussa les épaules.

— Pas encore. En général, j'étudie la feuille de soins en détail seulement après avoir fait l'autopsie. Je n'aime pas être influencé. Comme cela, je suis moins susceptible de rater quelque chose.

— Ça ne vous ennuie pas que j'aille jeter un coup d'œil au dossier ? demanda Jeffrey.

— Bon Dieu, non ! Je vous ai dit de faire comme chez vous. Je n'en ai plus pour longtemps.

Content d'échapper à l'odeur oppressante de la salle d'autopsie, Jeffrey se dirigea vers le minuscule bureau de Seibert. La pièce était la plus accueillante de celles que Jeffrey avait vues à la morgue, avec beaucoup d'objets personnels. Sur le bureau il y avait un sous-main en cuir, une corbeille où s'entassaient des papiers, un stylo et un crayon assortis, ainsi qu'une photo encadrée. Cette photo était celle de Seibert avec une jolie femme aux cheveux courts et ébouriffés et deux enfants souriants. Ils avaient posé en tenue de ski devant une montagne blanche de neige.

Au milieu du sous-main, se trouvaient les deux dossiers. Celui du dessus était celui de Gail Shaffer. Jeffrey le mit de côté. L'autre était celui de Karen Hodges. Il le prit et s'installa dans un fauteuil en skaï. Le rapport d'anesthésie était ce qui l'intéressait le plus.

L'anesthésiste s'appelait William Doherty. Jeffrey le connaissait vaguement, pour l'avoir rencontré à des réunions médicales. En jetant un coup d'œil sur le feuillet, il vit que l'anesthésique utilisé était bien de la Marcaïne 5. A en juger par la dose, Doherty avait pris une ampoule de trente centimètres cubes. Jeffrey lut ensuite attentivement un résumé laconique des événements. Ce résumé réveilla instantanément le souvenir de la catastrophique intervention sur Patty Owen. Jeffrey frissonna en lisant. Avant que se déclenche la crise, Karen Hodges avait présenté au début les mêmes symptômes parasympathiques déroutants.

Jeffrey se mettait entièrement à la place de Doherty. Il ne savait que trop bien ce qu'il devait endurer. Sur une impulsion, il décrocha le téléphone de Seibert pour appeler le Saint-Joseph Hospital. Il demanda le service d'anesthésie, puis le Dr Doherty.

Lorsque Doherty prit la communication, Jeffrey lui dit à quel point il était désolé de l'expérience qu'il avait vécue la veille, ajoutant qu'il était à même d'apprécier son angoisse, ayant lui-même connu une situation similaire.

— Qui est à l'appareil ? demanda Doherty avant que Jeffrey pût ajouter un mot.

— Jeffrey Rhodes, dit Jeffrey, utilisant son vrai nom pour la première fois depuis des jours et des jours.

— Le Dr Jeffrey Rhodes du Memorial ?

— Oui. Je voulais vous poser une question, une seule, à propos de l'affaire. Quand vous avez injecté la dose test...

— Je suis désolé, l'interrompit le Dr Doherty, mais j'ai reçu l'ordre de mon avocat de ne discuter de l'affaire avec personne.

— Je vois, dit Jeffrey. Vous a-t-on déjà intenté un procès pour faute professionnelle ?

— Non, pas encore, dit le Dr Doherty. Mais malheureusement, nous nous y attendons tous. Je ne peux vraiment pas en dire plus. Mais je suis sensible à votre coup de téléphone. Merci.

Jeffrey raccrocha, frustré de ne pas avoir pu profiter de l'expérience toute fraîche du Dr Doherty. Mais il pouvait comprendre les motifs qui poussaient cet homme à se montrer si réservé. Son avocat lui avait imposé les mêmes interdictions en ce qui concernait le cas de Patty Owen.

— J'ai déjà quelques idées, dit Seibert en entrant en coup de vent, vêtu d'un ensemble stérile propre.

Sans sa casaque, et son masque de chirurgien, Jeffrey put l'examiner à son aise. Seibert avait une carrure d'athlète. Ses cheveux étaient d'un blond-roux qui s'harmonisait avec ses yeux bleus. Il avait un beau visage anguleux. Jeffrey jugea qu'il n'avait guère plus de trente ans.

Seibert alla s'asseoir derrière son bureau. Il se pencha en arrière, leva les pieds et les posa sur le coin de son bureau.

— La substance à laquelle nous avons affaire serait une sorte de toxine qui bloque la dépolarisation des cellules. Elle provoquerait un choc initial comme si on injectait une forte dose d'acetylcholine dans toutes les synapses ganglionnaires et les boutons terminaux. En premier lieu : des symptômes parasympathiques avant que tout parte à la dérive suite à la destruction des cellules nerveuses et musculaires. Le seul ennui, c'est que cela devrait aussi provoquer des convulsions.

— Mais il y a eu des fasciculations musculaires, dit Jeffrey, de plus en plus intéressé.

On aurait dit que Seibert était vraiment sur une piste.

— Ça ne me surprend pas, dit-il. (Puis il enleva ses jambes du bureau et se pencha en avant en regardant Jeffrey.) Et en ce qui concerne cette dernière patiente ? Karen Hodges a-t-elle eu le genre de symptômes dont nous parlons ?

— Exactement les mêmes, dit Jeffrey.

— Et vous êtes sûr qu'ils n'ont pas pu être causés par des anesthésiques locaux ?

Jeffrey fit oui de la tête.

— Eh bien, ça va être intéressant de voir les résultats de toxicologie.

— J'ai jeté un coup d'œil sur les autopsies de deux des quatre autres accidents mortels au cours d'épidurales. La toxicologie était négative dans les deux cas.

— Quels étaient les noms des quatre autres ? demanda Seibert en sortant un stylo à bille et un bloc-notes.

— Patty Owen, Henry Noble, Clark DeVries et Lucy Havalin, dit Jeffrey. J'ai revu les autopsies pour Owen et Noble.

— Je ne connais aucun de ces cas. Il faudra que je vérifie pour voir ce que nous avons dans les dossiers.

— Y a-t-il une chance pour qu'on dispose des fluides d'une de ces personnes ?

— Nous conservons des échantillons réfrigérés sur des cas sélectionnés pendant environ un an. Quel est le cas le plus récent ?

— Patty Owen, dit Jeffrey. Si vous aviez du sérum, pourriez-vous faire des examens pour détecter les toxines ?

— Vous croyez que c'est facile ? Comme je vous l'ai déjà dit, il est extrêmement difficile de détecter une toxine si vous n'avez pas la chance d'avoir l'antitoxine spécifique sous une forme répertoriée. On ne peut pas essayer un tas d'antitoxines au hasard, en espérant tomber sur la bonne.

— N'y a-t-il aucun moyen susceptible de réduire le champ des possibilités ?

— Si, dit Seibert. Peut-être cela vaudrait-il la peine d'aborder le problème sous un autre angle : si toxine il y a, comment a-t-elle pénétré dans l'organisme des patients ?

— C'est un tout autre problème, reconnut Jeffrey. (Il était peu disposé à exposer dès maintenant sa théorie du docteur X.) Laissons cela de côté pour le moment. Quand vous êtes entré ici tout à l'heure, j'ai pensé que vous aviez quelque chose de particulier en tête.

— C'est vrai. Je pensais à toute une catégorie de toxines qui ont laissé certains toxicologues totalement stupéfaits. Elles viennent des glandes cutanées d'endrobates, des grenouilles arboricoles de Colombie.

— Répondraient-elles aux caractéristiques de la mystérieuse toxine dont nous parlions ?

— Il faudrait que je vérifie dans ma documentation pour m'en assurer, reconnut Seibert. Mais pour autant que je m'en souvienne, oui, elles y répondraient. Elles ont été découvertes à peu près de la même façon que le curare. Les Indiens réduisaient ces grenouilles en poudre et en mettaient un extrait sur leurs flèches empoisonnées. Dites donc, c'est peut-être ce que nous avons ici : un de ces Indiens de Colombie sur le sentier de la guerre.

Seibert rit.

— Pouvez-vous me donner des références ? demanda Jeffrey. J'aimerais bien moi aussi lire quelque chose là-dessus.

— Mais bien sûr, dit Seibert. (Il se dirigea vers son classeur, puis s'arrêta brusquement et se retourna.) Cette discussion me fait penser à un cocktail de crime parfait. Si je devais choisir quoi mettre dans un anesthésique local, je prendrais ce poison du tétradon, la tétratoxine. Puisqu'il a apparemment le même effet qu'un anesthésique local, personne n'irait soupçonner sa présence.

Ce sont les symptômes parasympathiques passagers qui vous ont inquiété. Avec la tétratoxine, vous n'en auriez pas.

— Vous oubliez quelque chose, dit Jeffrey. Je crois que la tétratoxine est réversible. Elle paralyse la faculté de respirer, mais durant l'anesthésie, ça n'a pas d'importance. On peut respirer pour le patient.

Seibert fit claquer ses doigts en signe de déception.

— Vous avez raison, j'avais oublié ça. Ça doit détruire les cellules tout en bloquant leur fonction.

Seibert repartit en direction de son classeur et tira le tiroir du haut.

— Ah, bon Dieu, où ai-je rangé ce truc ? marmonna-t-il. (Il fouilla dans les dossiers pendant quelques minutes, visiblement mécontent.) Ah, le voilà, dit-il triomphalement en sortant une chemise du tiroir. Je l'avais classé à « grenouilles ». Quel idiot !

La chemise contenait une série d'articles photocopiés extraits d'un certain nombre de revues dont certaines étaient des publications non spécialisées, comme *Science*. D'autres étaient plus ésotériques, comme *Progrès en cytopharmacologie*. Alors qu'ils feuilletaient les nombreux articles, les deux hommes gardèrent le silence pendant quelques minutes.

— Comment se fait-il que vous ayez tout ça ? demanda Jeffrey.

— Dans mon métier, tout ce qui entraîne la mort est intéressant, surtout quand il s'agit de quelque chose qui la provoque avec autant d'efficacité que ces toxines. Et comment résister à ces noms ? En voilà un : histrionicotoxine.

Seibert posa un article devant Jeffrey qui commença à le parcourir.

— Et en voilà une super, dit Seibert, en prenant l'article et en donnant une tape dessus de sa main libre. Celle-là est la substance la plus toxique connue de l'homme : la batrachotoxine.

— Montrez-moi cet article, dit Jeffrey.

Il se rappelait avoir rencontré ce nom parmi tous ceux sur lesquels il était tombé dans le chapitre sur les toxines du manuel de toxicologie de Chris. Jeffrey saisit l'article et en lut le résumé. Il semblait prometteur. Comme le suggérait Seibert, la substance en question agissait comme un agent de dépolarisation des connections nerveuses. On disait aussi qu'elle causait des dommages importants aux cellules nerveuses et musculaires.

Levant les yeux de ce qu'il lisait, Jeffrey tendit l'article à Seibert.

— Et si on cherchait celle-là dans le sérum de certains de ces cas ?

— Ça serait un drôle de boulot, c'est certain. Elle est sacrément puissante. C'est un alcaloïde stéroïdal, ce qui signifie qu'elle peut facilement se dissimuler dans les lipides et les stéroïdes de la cellule. Peut-être qu'un extrait de tissu musculaire serait préférable à un échantillon de sérum, puisque la toxine est active sur les boutons terminaux. La seule façon de trouver une substance comme la batrachotoxine serait probablement d'arriver à découvrir le moyen d'obtenir un échantillon concentré.

— Comment feriez-vous ça ?

— En tant que stéroïde, elle peut être transformée par métabolisme en gluconate dans le foie et excrétée par la bile, expliqua Seibert. Un échantillon de bile pourrait donc être intéressant s'il n'y avait pas un petit problème.

— Lequel ? demanda Jeffrey.

— Ce truc tue si rapidement que le foie n'aurait pas le temps de le transformer.

— Un des patients n'est pas mort aussi vite que les autres, dit Jeffrey en songeant à Henry Noble. Apparemment, il a eu une dose plus faible et il a survécu une semaine. Vous pensez que ça serait utile ?

— Je serais tenté de dire que oui, répondit Seibert. C'est vraisemblablement dans sa bile qu'on aurait trouvé la plus forte concentration.

— Il est mort il y a près de deux ans. Je suppose qu'il n'y a aucune chance pour qu'on ait conservé des fluides de son corps.

Warren secoua la tête.

— Aucune chance. Nous n'avons pas assez de place dans notre congélateur.

— Est-ce que ça servirait à quelque chose de l'examiner en exhumant le corps ? demanda Jeffrey.

— Peut-être. Ça dépend de l'état de décomposition. Si le corps n'est pas trop abîmé, disons s'il a été enterré dans un endroit ombragé et s'il a été normalement embaumé, ça pourrait aller. Mais exhumer un corps n'est pas une chose des plus simples. Il faut avoir un permis et ce n'est pas toujours très facile. Il faut avoir un ordre du tribunal ou l'autorisation des proches du défunt.

Comme vous pouvez l'imaginer, ni les tribunaux ni les parents ne donnent leur accord.

Jeffrey regarda sa montre. Il était déjà plus de deux heures. Il montra l'article qu'il tenait à la main.

— Aucune chance pour que je puisse vous emprunter cela ? demanda-t-il.

— Si, du moment que je le récupère, dit Seibert. Je peux aussi vous téléphoner pour vous communiquer les résultats de l'autopsie pratiquée sur Karen Hodges et sur l'échantillon de sérum de Patty Owen. Il n'y a qu'un hic, je ne connais pas votre nom.

— Excusez-moi, dit Jeffrey. Je m'appelle Peter Webber. Mais il est difficile de me joindre à l'hôpital. Ce serait plus commode que je vous rappelle. Quand croyez-vous que je le pourrai ?

— Que diriez-vous de demain ? Quand nous sommes à ce point en retard, nous travaillons pendant le week-end. Je verrai si je peux accélérer les choses puisque cela vous intéresse tellement.

En quittant la morgue, Jeffrey dut aller à pied jusqu'au Boston City Hospital pour prendre un taxi. En y montant, il dit au chauffeur de l'emmener à Saint-Joseph. Son idée était d'essayer de programmer sa journée de façon à pouvoir rentrer en voiture avec Kelly. En tant que surveillante, elle avait une place de parking à l'hôpital.

Durant le trajet, Jeffrey s'arrangea pour parcourir rapidement l'article sur la batrachotoxine. Il était difficile à suivre parce qu'il y avait des termes hautement techniques. Mais il lut effectivement que la toxine causait des dommages irréversibles aux cellules nerveuses et musculaires, et bien qu'il ne dît pas expressément qu'elle provoquait de la salivation, des larmes et un rétrécissement des pupilles, l'article le suggérait. Il soulignait que la toxine stimulait le système parasympathique et produisait des mouvements musculaires convulsifs.

A Saint-Joseph, Jeffrey trouva Kelly à sa place habituelle, au poste des infirmières de l'unité de soins intensifs. Elle était très occupée. Le service venait de recevoir une admission, et c'était le moment du changement d'équipe.

— Je n'ai qu'une seconde, dit-elle. Mais j'oubliais de vous donner cela.

Elle tendit à Jeffrey une enveloppe du Saint-Joseph Hospital.

— Qu'est-ce que c'est ? demanda-t-il alors que Kelly retournait à son travail.

— Les listes du Valley Hospital. Hart s'est encore bien débrouillé. Il me les a envoyées par fax cet après-midi. Mais cette fois, cela a un peu éveillé sa curiosité.

— Que lui avez-vous dit ?

— La vérité, dit Kelly. Qu'il y avait quelque chose dans l'affaire de Chris qui me tracassait encore. Mais, Jeffrey, je ne peux pas en parler maintenant. Allez dans l'arrière-salle. J'aurai terminé mon service dans quelques minutes.

Jeffrey entra dans la petite pièce et s'assit. Contrastant singulièrement avec l'unité de soins grouillante d'activités, le seul bruit venait du compresseur d'un petit réfrigérateur et de l'omniprésente cafetière. Jeffrey ouvrit l'enveloppe et prit le fax.

Il y avait deux feuilles séparées. L'une était une liste de médecins à qui on avait délivré des permis de stationnement pour l'année 1987 et elle était établie par service. L'autre était un état des fiches de paie de tous les employés de l'hôpital pour la même année.

Jeffrey sortit avec impatience sa propre liste de trente-quatre médecins qui jouissaient de privilèges à la fois au Memorial et à Saint-Joseph. En vérifiant la liste des noms, il parvint à la réduire de trente-quatre à six. L'un des six était une femme, le Dr Nancy Bennett. Elle était attachée au service d'anesthésie du Valley Hospital. Sur le moment, elle devint la principale suspecte de Jeffrey. Maintenant, il faudrait qu'il ait les listes équivalentes du Commonwealth Hospital et du Suffolk General. Quand il les aurait, il était sûr que sa liste se réduirait encore. En vérité, il espérait en arriver à un seul nom.

La porte de l'unité de soins intensifs s'ouvrit et Kelly entra. Elle avait l'air aussi fatigué que Jeffrey. Elle vint prendre une chaise près de lui.

— Quelle journée ! dit-elle en soupirant. Cinq admissions pour notre seule équipe.

— J'ai des nouvelles encourageantes, dit Jeffrey avec impatience. Avec la liste des équipes de médecins du Valley, nous tombons à six médecins seulement. Maintenant, si nous pouvions trouver un moyen pour trouver une liste des deux autres hôpitaux...

— Je ne crois pas pouvoir vous aider, dit Kelly. Je ne connais personne ni au Commonwealth ni au Suffolk.

— Qu'est-ce que vous diriez d'y aller et de passer au service du personnel soignant.

— Attendez un instant, dit brusquement Kelly. Amy a travaillé au Suffolk à l'unité de soins intensifs.

— Qui est Amy ?

— C'est une de mes infirmières. Laissez-moi voir si elle est encore là.

Kelly bondit de sa chaise et disparut de nouveau dans l'unité de soins intensifs.

Le regard de Jeffrey se reporta sur sa liste de six médecins, puis sur celle de trente-quatre. C'était un progrès encourageant. Six était un nombre plus raisonnable. Puis il remarqua les deux noms en marge de la liste des médecins. Il avait oublié le personnel médical. Se reportant à la liste du Valley Hospital, il chercha le nom de Maureen Gallop. Comme il s'y attendait, elle n'y figurait pas. Puis il vérifia Trent Harding. A sa grande stupeur, le nom de l'homme se trouvait sur la liste du Valley Hospital. Il avait effectivement travaillé dans leurs services en 1987 !

Le cœur de Jeffrey battit plus vite. Le nom lui sauta aux yeux. Trent Harding avait travaillé au Valley Hospital, au Memorial *et* à Saint-Joseph.

Reste calme, se dit Jeffrey alors que son excitation grandissait exagérément. Ce n'était probablement qu'une coïncidence. Mais c'était une foutue coïncidence, et bien moins facile à expliquer qu'un médecin jouissant de multiples privilèges.

La porte s'ouvrit et Kelly réapparut. Elle se laissa tomber dans un fauteuil et écarta ses cheveux de son front.

— Je l'ai ratée, dit-elle, déçue. Mais je la verrai demain. Je lui poserai la question.

— Je ne suis pas sûr que ce soit nécessaire, dit Jeffrey. Regardez ce que j'ai trouvé. (Il posa la liste du personnel du Valley devant elle et désigna du doigt le nom de Trent Harding.) Ce type a travaillé dans les trois hôpitaux aux moments critiques, dit-il. Je sais que ça n'est qu'une présomption, mais il est difficile de croire que le fait qu'il se soit trouvé dans chacun des trois au bon moment soit une simple coïncidence.

— Et il travaille à Saint-Joseph maintenant ?

— Oui, si l'on en croit la liste que vous m'avez donnée.

— Savez-vous où dans l'hôpital ?

— Je ne sais pas où mais je sais dans quel service, dit Jeffrey. Il est dans le même service que vous : il est infirmier.

Kelly dit dans un souffle :

— Non.

— C'est ce qui est indiqué sur la liste. Est-ce que vous le connaissez ?

Kelly secoua la tête.

— C'est la première fois que j'entends ce nom, mais je ne connais pas tout le monde.

— Il faut que nous sachions où il travaille.

— Allons voir Polly Arnsdorf, dit Kelly en se levant d'un bond.

Jeffrey lui saisit la main.

— Attendez. Il faut que nous soyons prudents. Je ne veux pas que Polly Arnsdorf effraie ce type. N'oublions pas que nous n'avons pas de preuve. Uniquement des présomptions. Si ce Harding soupçonnait que nous sommes sur sa piste, il pourrait filer, et c'est bien la dernière chose que nous voulons. Et de plus, nous ne pouvons pas utiliser mon vrai nom. Elle pourrait le reconnaître.

— Mais si Harding est le tueur, nous ne pouvons pas le laisser aller et venir dans les couloirs de l'hôpital.

— L'intervalle entre les complications anesthésiques a été de huit mois ou plus, dit Jeffrey. Qu'importent deux jours de plus ou de moins.

— Et Gail ? demanda Kelly.

— Nous ne savons pas encore de quoi elle est morte.

— Mais vous laissiez entendre..., commença Kelly.

— J'ai dit que j'avais des soupçons, l'interrompit Jeffrey. Calmez-vous. Vous vous emballez plus que moi. Souvenez-vous que tout ce que nous savons avec certitude, c'est qu'Harding a travaillé dans les trois hôpitaux au moment où ont eu lieu des problèmes d'anesthésie. Nous avons besoin de bien plus que cela pour le confondre. Et il se peut que nous ayons tort. Je ne dis pas que nous ne devrions pas voir Polly. Nous devons nous entendre sur l'histoire que nous allons raconter. C'est tout.

— D'accord, dit Kelly. Comment dois-je vous présenter ?

— J'ai utilisé le nom de Webber, mais je crains de ne pas avoir eu beaucoup d'esprit de suite sur le prénom. Disons que je m'appelle le Dr Justin Webber. Et en ce qui concerne ce Harding, disons que ce sont ses compétences qui nous intéressent.

Ils montèrent ensemble l'escalier et entrèrent dans le bureau de l'administration. Quand ils arrivèrent devant le bureau de Polly Arnsdorf, on leur dit qu'elle était au téléphone, une communication à longue distance. Ils s'assirent dans la salle d'attente jusqu'à ce qu'elle pût les recevoir. A en juger par l'activité fiévreuse qui régnait autour de son bureau, il était évident qu'elle était très occupée.

Quand on les introduisit enfin, Kelly présenta Jeffrey comme le Dr Justin Webber, ainsi qu'il était convenu.

— Et que puis-je faire pour vous ? demanda Polly, sur un ton amical mais sérieux.

Kelly adressa un bref regard à Jeffrey, puis se lança.

— Nous voudrions nous renseigner sur un infirmier qui travaille ici. Il s'appelle Trent Harding.

Polly fit un signe de tête et attendit. Kelly ne parlant pas, elle dit :

— Et qu'est-ce que vous aimeriez savoir ?

— D'abord, nous serions curieux de savoir où il travaille dans l'hôpital, demanda Jeffrey.

— Travaillait, le corrigea Polly. M. Harding est parti hier.

Jeffrey en eut le cœur serré de déception. Oh non, pensa-t-il, il n'allait pas perdre cet homme après s'en être approché de si près ? D'un autre côté, le départ d'Harding immédiatement après la dernière complication anesthésique était un élément qui l'accusait indirectement.

— Où travaillait-il à l'hôpital ? demanda Jeffrey.

— En salle d'opération, répondit Polly.

Elle regardait alternativement Jeffrey et Kelly. Son instinct lui disait qu'il se passait quelque chose, quelque chose de grave.

— Dans quelle équipe travaillait-il ? demanda Kelly.

— Le premier mois, il travaillait l'après-midi, dit Polly. Mais par la suite, il était dans l'équipe du matin. Il y est resté jusqu'à hier.

— Avez-vous été surprise par son départ ? demanda Jeffrey.

— Pas vraiment, dit Polly. S'il n'y avait pas une telle pénurie de bons infirmiers, je lui aurais demandé de partir il y a quelque temps. Il a eu dans son passé des problèmes avec ses supérieurs, non seulement ici mais dans les autres établissements où il a travaillé. Mme Raleigh avait fort à faire avec lui. Il ne cessait de lui dire comment organiser le service des salles d'opération. Mais comme infirmier, il était formidable. Extrêmement intelligent.

— Dans quels autres établissements a-t-il travaillé ? demanda Jeffrey.

— Dans la plupart des hôpitaux de Boston. Je crois que le seul grand hôpital où il n'a pas encore travaillé est le Boston City.

— Il a travaillé au Commonwealth et au Suffolk Central ? demanda Jeffrey.

Polly fit oui de la tête.

— Pour autant que je m'en souvienne.

Jeffrey avait du mal à se contenir.

— Serait-il possible de regarder son dossier ?

— Je ne peux pas vous y autoriser, lui dit Polly. Nos dossiers sont confidentiels.

Jeffrey hocha la tête. Il s'y attendait.

— Et une photo ? Vous seriez sûrement d'accord.

Polly appela son secrétaire par l'interphone et lui demanda de trouver une photo de Trent Harding. Puis elle dit :

— Puis-je connaître les raisons de cet intérêt pour M. Harding ?

Jeffrey et Kelly se mirent à parler en même temps. Puis Jeffrey lui fit signe de poursuivre.

— Cela concerne ses références et ses compétences, dit-elle.

— Ce n'est pas l'objet de ma question, dit Polly alors que son secrétaire entrait avec une photo.

Elle la prit et la tendit à Jeffrey. Kelly se pencha pour la regarder.

Jeffrey avait vu cet homme dans les salles d'opération du Memorial en de nombreuses occasions. Il reconnaissait ses cheveux blonds coupés en brosse et son corps trapu. Pour autant qu'il s'en souvînt, il ne s'était jamais adressé à lui personnellement, mais il se souvenait qu'il avait toujours été respectueux et consciencieux. Il n'avait vraiment pas l'air d'un tueur. Il ressemblait plutôt à un Américain moyen, le genre joueur de football d'une université du Texas.

Jeffrey levant les yeux de la photo :

— Avez-vous une idée des projets de cet homme ?

— Oh oui, dit Polly. M. Harding s'est montré très explicite. Il a dit qu'il allait s'adresser au Boston City parce qu'il souhaitait un environnement plus universitaire.

— Autre chose, demanda Jeffrey. Pourriez-vous nous donner l'adresse et le numéro de téléphone de Trent Harding ?

— Je suppose que ça ne pose pas de problème, dit Polly. Je suis sûre qu'il est dans l'annuaire. Elle prit un morceau de papier et un crayon. Elle se pencha sur le bureau et reprit la photo de Trent Harding à Kelly, la retourna et copia les renseignements qui figuraient au dos, puis elle tendit le papier à Jeffrey.

Jeffrey remercia Polly de lui avoir consacré tout ce temps. Kelly fit de même. Puis ils sortirent de l'administration. Ils franchirent la porte principale de l'hôpital et se dirigèrent vers la voiture de Kelly.

— Ça pourrait bien être ça ! dit Jeffrey tout excité dès qu'ils ne furent plus à portée de voix. Trent Harding pourrait être le meurtrier !

— Je suis d'accord, dit Kelly. (Arrivés à la voiture, ils se firent face de chaque côté du toit. Kelly n'avait pas encore ouvert la porte.) Je crois aussi que nous avons l'obligation d'aller immédiatement à la police. Nous devons l'empêcher d'agir avant qu'il ne frappe de nouveau. Si c'est notre homme, il doit être fou.

— Nous ne pouvons pas aller à la police, dit Jeffrey avec une certaine exaspération. Et cela pour les raisons que je vous ai déjà données la dernière fois. Aussi accablante que nous semble cette information, ce n'est encore qu'une preuve indirecte. Souvenez-vous, nous n'avons pas de preuve. Aucune ! Il n'existe même pas de preuve que les patients aient été empoisonnés. J'ai demandé au médecin légiste de chercher une toxine, mais les chances de l'isoler sont minces. Il y a des limites à la toxicologie.

— Mais l'idée que quelqu'un comme ça puisse aller et venir librement me terrifie.

— Oui, je suis d'accord avec vous, mais le fait est qu'à ce stade, les autorités ne pourraient rien faire, même si elles nous croyaient. Et pour le moment, il n'est pas à l'hôpital.

Kelly ouvrit à contrecœur la portière de sa voiture. Tous deux y montèrent.

— Ce dont nous avons besoin, c'est d'une preuve, dit Jeffrey. Et la première chose que nous ayons à faire, c'est de nous assurer que cet individu est encore en ville.

— Comment ? demanda Kelly.

Jeffrey déplia le morceau de papier que Polly lui avait remis.

— Nous allons nous rendre à son appartement et nous assurer qu'il est encore occupé.

— Vous n'allez pas essayer de lui parler, hein ?

— Pas encore, dit Jeffrey. Mais il faudra probablement que je le fasse à un certain moment. Allons-y. Il habite Garden Street à Beacon Hill.

Kelly fit ce qu'il lui disait, même si l'idée d'aller près de la maison de ce monstre ne lui souriait pas. Preuve ou pas, elle était déjà convaincue de la culpabilité d'Harding. Comment expliquer autrement sa présence dans chacun de ces hôpitaux au moment clef ?

Kelly suivit Storrow Street, puis prit à droite dans Revere Street qui les amènerait tout droit à Beacon Hill. Arrivés dans Garden Street, ils tournèrent en direction de Cambridge Street. Ils n'échangèrent plus un mot avant d'arriver à l'adresse indiquée. Kelly se gara en double file. Elle mit le frein à main. C'était une colline escarpée.

Jeffrey se pencha par-dessus les genoux de Kelly pour examiner le bâtiment. Contrairement à ceux du voisinage, l'immeuble d'Harding était en brique jaune et non pas rouge. Mais comme les autres, il avait quatre étages. En raison de l'escarpement de la rue, la ligne des toits descendait d'un bâtiment à l'autre comme un escalier géant. L'immeuble de Trent était couronné d'un parapet décoratif recouvert de cuivre avec son habituelle patine verdâtre. Cela aurait été assez coquet si le coin droit ne s'était effondré sur plusieurs mètres. La porte d'entrée, l'escalier de secours et toutes les moulures avaient sérieusement besoin de réparations et l'immeuble avait l'air aussi délabré que les autres.

— C'est plutôt moche, comme quartier, dit Kelly.

Des ordures jonchaient la rue. Les voitures garées de chaque côté étaient cabossées et bonnes pour la casse, à l'exception d'une : une Corvette rouge.

— Je reviens tout de suite, dit Jeffrey en faisant le geste d'ouvrir la portière.

Kelly le saisit par le bras.

— Etes-vous sûr que vous devriez faire ça ?

— Avez-vous une meilleure idée ? dit Jeffrey. Je vais simplement aller dans l'entrée pour voir si son nom est sur la liste des locataires. Je reviens tout de suite.

L'inquiétude de Kelly fit hésiter Jeffrey. Il resta un moment dans la rue, se demandant s'il avait raison d'agir ainsi. Mais il devait s'assurer qu'Harding était encore à Boston. Les mâchoires serrées, il traversa entre les voitures en stationnement et ouvrit la porte du bâtiment jaune. Elle donnait sur un petit vestibule.

Jeffrey entra. L'immeuble était encore plus délabré à l'intérieur. Une simple ampoule se balançant au bout d'un fil non protégé pendait au plafond. A un moment ou à un autre, la porte intérieure avait dû être forcée avec un pied-de-biche et n'avait jamais été réparée depuis. Un sac poubelle éventré avait été jeté dans un coin. Les détritus s'étaient répandus par la déchirure, emplissant l'air de leur puanteur.

D'après la liste de l'interphone, il y avait six appartements. Jeffrey en déduisit qu'il y avait un appartement par étage, y compris au sous-sol. Le nom de Trent Harding était en haut de la liste. Son nom figurait aussi sur une des boîtes aux lettres. Jeffrey vit que toutes les serrures des boîtes aux lettres étaient cassées. Il tendit la main et ouvrit la boîte d'Harding pour voir s'il y avait du courrier. A l'instant où sa main touchait la boîte, la porte intérieure de l'immeuble s'ouvrit.

Jeffrey se trouva face à Trent Harding. Il ne se souvenait pas à quel point l'homme semblait puissant. Il y avait aussi en lui une méchanceté que Jeffrey n'avait jamais remarquée quand il l'avait vu dans les salles d'opération du Memorial. Ses yeux étaient bleus et froids et profondément enfoncés sous d'épais sourcils. Harding avait aussi une cicatrice que Jeffrey avait oubliée et qui n'était pas visible sur la photographie.

Jeffrey réussit à sortir sa main de la boîte aux lettres une fraction de seconde avant qu'Harding pût la voir. Tout d'abord, Jeffrey craignit qu'Harding ne le reconnût. Mais avec une expression qui ressemblait à un sourire méprisant, l'homme passa devant Jeffrey en le bousculant, sans l'ombre d'une hésitation.

Jeffrey prit une profonde inspiration. Il s'appuya contre le mur pendant un moment pour reprendre son souffle. Cette rencontre inattendue l'avait secoué. Mais enfin, il avait accompli sa tâche. Il savait que Trent Harding n'avait pas quitté la ville. Il avait beau être parti de Saint-Joseph, il était encore à Boston.

Sortant de l'immeuble, il se faufila entre les voitures en stationnement et monta dans la voiture de Kelly. Celle-ci était livide.

— Le type vient juste de sortir de l'immeuble ! dit-elle d'un ton brusque. Je savais qu'il ne fallait pas que vous entriez. Je le savais !

— Il ne s'est rien passé, lui assura Jeffrey. Au moins, nous savons qu'il n'a pas quitté la ville. Mais j'avoue qu'il m'a fait peur. Je ne pourrais pas affirmer avec certitude qu'il est le meurtrier, mais vu de près, il fiche drôlement la frousse. Il a une cicatrice sous un œil qu'on ne voit pas sur la photo et il y a quelque chose de fou dans ses yeux.

— Il doit être cinglé s'il met quelque chose dans les anesthésiques, dit Kelly.

Elle avança la main et mit la voiture en marche.

Jeffrey se pencha et posa la main sur son bras.

— Attendez, dit-il.

— Qu'est-ce qu'il y a encore ? demanda Kelly.

— Juste une seconde.

Jeffrey sauta de voiture et courut jusqu'à l'angle de Revere Street. Lorsqu'il regarda dans la rue, il put à peine discerner la silhouette d'Harding disparaissant dans le lointain.

Jeffrey rejoignit Kelly au pas de course, mais au lieu de monter dans la voiture, il apparut à la vitre côté conducteur.

— C'est une trop belle occasion pour la laisser passer, dit-il.

— Qu'est-ce que vous voulez dire ?

Quoi que ce fût, Kelly était sûre qu'elle n'aimerait pas ça.

— La porte de l'entrée qui donne sur l'immeuble de Trent est ouverte. Je crois que je vais jeter un petit coup d'œil dans son appartement. Je trouverai peut-être une preuve quelconque pour étayer nos soupçons.

— Je ne crois pas que ce soit une bonne idée, dit Kelly. De plus, comment entrerez-vous dans son appartement ?

Jeffrey désigna le toit. Kelly tendit le cou.

— Vous voyez cette fenêtre près de l'échelle d'incendie au dernier étage ? dit Jeffrey. Elle est ouverte. Trent Harding habite au dernier étage. Je peux aller jusqu'au toit, descendre par l'échelle d'incendie et entrer.

— Je pense que nous devrions filer d'ici, dit Kelly.

— Il y a quelques minutes, c'était vous qui vous inquiétiez parce que ce type était en liberté. Si nous pouvons obtenir la preuve dont nous avons besoin pour l'arrêter, est-ce que ça ne vaut pas la peine de prendre un risque ?

— Et si M. Muscle revient pendant que vous êtes à l'intérieur ? Il pourrait vous mettre en pièces avec ses mains.

— Je ferai vite, dit Jeffrey. De plus, dans le cas improbable où il reviendrait alors que je suis encore là, laissez-le entrer, attendez cinq secondes, puis entrez et appuyez sur l'interphone. Son nom est juste à côté du bouton. Si j'entends la sonnerie, je sortirai par la fenêtre et monterai sur le toit.

— Quelque chose pourrait mal tourner, dit Kelly, en secouant la tête.

— Rien ne tournera mal, dit Jeffrey. Faites-moi confiance.

Avant que Kelly pût exprimer son accord ou son désaccord, Jeffrey lui tapota le bras et repartit vers l'immeuble. Il entra dans le vestibule et ouvrit la porte de communication. Il y avait un escalier étroit sur la droite. Une unique ampoule nue éclairait chaque palier. En regardant en haut de la cage d'escalier, Jeffrey pouvait voir une lucarne en verre dépoli.

Il monta l'escalier quatre à quatre. Au moment où il atteignit la porte donnant sur le toit, il était à bout de souffle. Il fallait un peu de dextérité pour ouvrir la porte, mais Jeffrey y parvint finalement.

Le toit était goudronné et couvert de gravier. Un mur d'environ un mètre vingt le séparait du toit de l'immeuble voisin qui se situait plus haut sur la colline. Il en allait de même avec le bâtiment suivant. Chaque immeuble avait son propre petit bâtiment sur la terrasse. Certains étaient peints et paraissaient bien entretenus. Beaucoup étaient délabrés, certains avec des portes sorties de leurs gonds. Quelques toits avaient des terrasses aménagées avec des moyens de fortune et des meubles de jardin rouillés.

En s'approchant du bord du toit et en regardant dans la rue,

Jeffrey pouvait voir la voiture de Kelly. Il avait toujours eu le vertige, et il lui fallut prendre son courage à deux mains pour atteindre la grille métallique d'où partait l'échelle d'incendie. Entre ses pieds, il apercevait, quatre étages plus bas, le trottoir de brique.

Avec d'infinies précautions, Jeffrey descendit la volée de marches menant au palier sur lequel donnait la fenêtre de Trent. Il se sentait exposé et se demanda soudain avec inquiétude si un des voisins regardait. Ce qu'il craignait le plus, c'était que quelqu'un appelât la police.

Jeffrey dut se débattre avec le vieux store avant de dégager la voie pour sauter à l'intérieur. Quand il y fut parvenu, il se pencha en arrière par la fenêtre. Il fit signe à Kelly que tout allait bien. Puis il entra dans la pièce.

Trent reluqua le magazine *Playgirl* dans le présentoir. Il eut envie de lever le bras et de le feuilleter juste pour voir ce que les filles aimaient dans un corps d'homme. Mais il n'en fit rien. Il était debout au drugstore Gary à Charles Street, et il savait que le propriétaire était au comptoir à sa gauche. Trent ne voulait pas donner à cet homme des idées fausses sur les raisons de son intérêt pour *Playgirl.* Il prit à la place un magazine de voyage qui avait fait sa couverture sur San Francisco.

Se dirigeant vers le comptoir, il posa le magazine et mit dessus un numéro du *Globe.* Puis il commanda deux paquets de Camel sans filtre, sa marque habituelle. Tant qu'à faire de fumer, autant fumer quelque chose qui fasse de l'effet.

Après avoir réglé ses achats, il sortit dans la rue. Il se demanda s'il irait à l'agence de voyages de Beacon Hill pour se renseigner sur de brèves vacances à San Francisco. Etant entre deux boulots, il disposait d'un peu de temps et avait de l'argent à ne savoir qu'en faire. Mais il n'avait envie de rien. Peut-être passerait-il à l'agence demain. Au lieu de cela, il fit demi-tour et traversa la rue pour aller chez le marchand de vins et spiritueux. Il voulait acheter de la bière.

Il décida finalement de rentrer chez lui et de faire un petit somme. Comme ça, il pourrait traîner tard dehors cette nuit. Il se laisserait peut-être tenter par un film, puis il verrait s'il pouvait trouver quelques pédés à malmener.

Jeffrey resta là à parcourir la salle de séjour du regard pour se repérer. Il passa en revue le mobilier disparate, les bouteilles de bière vides et l'affiche Hardley-Davidson. Il n'était absolument pas sûr de ce qu'il cherchait ou s'attendait à voir. Il allait simplement à la pêche. Et même si devant Kelly, il avait prétendu qu'entrer dans l'appartement serait un jeu d'enfant, il était bien plus nerveux qu'il ne l'avait laissé paraître. Il ne pouvait pas s'empêcher de se demander si un des voisins n'avait pas appelé les flics. Il craignait à tout moment d'entendre les sirènes de la police dans le lointain.

Avant toute chose, il fit rapidement un tour complet de l'appartement. Il lui était venu à l'esprit qu'il ferait bien de s'assurer qu'il n'y avait personne. Quand il fut convaincu qu'il était seul, il retourna dans la salle de séjour et se mit à tout examiner avec le plus grand soin.

Sur la table basse, il vit un grand nombre de journaux de mercenaires ainsi que des magazines sado-maso. Il y avait aussi une paire de menottes avec la clef dans la serrure. Le mur mitoyen avec la chambre à coucher était occupé par une bibliothèque en bois. C'étaient des livres qui traitaient essentiellement de chimie et de physiologie ou bien des manuels pour infirmiers, mais il y avait aussi quelques ouvrages sur l'Holocauste. Près du lit se trouvait un aquarium avec un grand boa constrictor à l'intérieur. Jeffrey trouva que c'était mignon comme tout.

Il y avait un bureau contre un des murs. Contrairement au reste de l'appartement, le dessus était dans un ordre parfait. D'autres ouvrages de référence étaient impeccablement alignés entre des serre-livres de cuivre en forme de chouette. Il y avait aussi un répondeur automatique.

Jeffrey se dirigea vers le bureau et tira le tiroir central. Des crayons et du papier étaient rangés avec soin. Il y avait un paquet de cartes de visite, un carnet d'adresses et un chéquier. Jeffrey feuilleta le carnet d'adresses. Sous l'impulsion du moment, il décida de le prendre. Il le glissa dans sa poche. Il jeta un coup d'œil sur le chéquier. Il fut surpris par le solde. Harding avait plus de dix mille dollars sur son compte. Jeffrey remit le chéquier à sa place.

Il se pencha pour ouvrir les tiroirs du bas. Juste à ce moment-là, le téléphone sonna. Jeffrey resta figé sur place. Après quelques sonneries, le répondeur se déclencha. Jeffrey reprit son calme et continua ses recherches. Le tiroir contenait des dossiers en papier bulle. Chacun portait une étiquette précisant le sujet, tel que « L'infirmier et la chirurgie », « L'anesthésie et l'infirmier », etc. Jeffrey commença à se demander s'il n'avait pas tiré un peu vite des conclusions erronées sur cet homme.

A la fin du message, le répondeur automatique émit un petit clic et Jeffrey entendit le correspondant de Trent lui laisser un message.

« Allô, Trent ! C'est Matt. Je t'appelle uniquement pour te dire à quel point je suis content. Tu es formidable. Je rappellerai. Fais attention. »

Jeffrey se demanda vaguement qui était Matt et pourquoi il était si content. Il entra dans la chambre à coucher. Le lit n'était pas fait. La pièce était chichement meublée d'une table de nuit, d'une commode et d'une chaise. La porte du placard était ouverte. Jeffrey pouvait voir des cintres portant des uniformes de la marine, tous bien repassés et prêts à servir. Jeffrey toucha les vêtements. Il se demanda pourquoi Harding les possédait.

Il y avait un téléviseur sur la commode. Eparpillées à côté, se trouvaient une douzaine de cassettes vidéos classés X, essentiellement du genre sado-maso. Des photos d'hommes et de femmes enchaînés illustraient les coffrets. Sur la table près du lit, il y avait un livre intitulé *Gestapo* en édition de poche. Sur la couverture, on voyait une photo d'un grand barbu en uniforme nazi chevauchant une blonde nue enchaînée.

Jeffrey ouvrit le tiroir du haut de la commode et trouva une chaussette pleine de marijuana. Il découvrit aussi une collection de lingerie féminine. Un type sacrément équilibré, pensa sarcastiquement Jeffrey. Près de la lingerie, il vit des Polaroïd. C'étaient des photos de Trent Harding. Il les avait apparemment prises lui-même. Il avait posé sur son lit plus ou moins déshabillé. Sur quelques-unes, il portait certaines pièces de lingerie du tiroir. Jeffrey allait les remettre à leur place quand il eut une idée. Il en choisit trois dans le tas et les glissa dans sa poche. Puis il rangea le reste des photos et ferma le tiroir.

Il alla sans se presser dans la salle de bains et alluma la lumière. Il se dirigea vers l'armoire à pharmacie et l'ouvrit. Il y trouva l'ensemble habituel d'aspirine, de magnésie bismurée, de pansements adhésifs et autres. Rien d'extraordinaire — pas d'ampoules de Marcaïne par exemple.

Refermant l'armoire à pharmacie, Jeffrey sortit lentement de la chambre à coucher pour entrer dans la cuisine. Il se mit à fouiller les placards un à un.

Kelly tambourinait sur le volant. Elle n'aimait pas du tout cette attente. Elle ne voulait pas que Jeffrey entrât dans cet appartement. Elle observait avec nervosité la fenêtre ouverte du quatrième étage. Des rideaux bleus en sortaient et claquaient au vent. Le vieux store était appuyé contre la brique là où Jeffrey l'avait laissé.

Kelly regarda Garden Street. Elle pouvait voir la circulation en contrebas, dans Cambridge Street. Elle changea de position et consulta la pendule du tableau de bord. Jeffrey était dans l'appartement depuis près de vingt minutes. Bon sang, que faisait-il ?

Incapable de rester assise une minute de plus, Kelly était sur le point de sortir de la voiture. Elle avait ouvert la portière à moitié et posé un pied sur la chaussée, quand elle aperçut Trent Harding. Il était de retour. Il était à deux portes de son immeuble et se dirigeait tout droit vers la sienne. Il n'y avait aucun doute : il rentrait chez lui.

Kelly en resta pétrifiée. L'homme venait droit vers elle. Elle pouvait voir dans ses yeux le regard qu'avait décrit Jeffrey. Ils ressemblaient à des yeux de chat, intenses et qui ne cillaient pas. Il avait l'air de la regarder en face, mais il continuait à avancer à grands pas. Il arriva à sa porte et l'ouvrit d'un coup sec sans forcer. Puis il disparut dans l'immeuble.

Il fallut un certain temps à Kelly pour qu'elle pût rompre le charme paralysant que l'apparition de l'homme avait fait naître. Complètement paniquée, elle ouvrit en grand la portière de la voiture et bondit dans la rue. Elle se précipita vers l'immeuble, empoigna la porte avec la ferme intention de l'ouvrir. Mais elle n'en fit rien. Elle se demanda si Trent avait eu le temps de traverser l'entrée. Après avoir hésité encore un instant, elle ouvrit la porte de quelques centimètres et scruta l'intérieur. Voyant l'entrée vide, elle s'y précipita et chercha fiévreusement le nom de Trent sur le tableau de l'interphone. Elle le trouva tout en haut et tendit un index tremblant pour appuyer sur le bouton.

— Non ! s'écria Kelly.

Des larmes de peur et de déception emplirent ses yeux. Le bouton était enfoncé. En y regardant de plus près, elle vit que l'interphone était depuis longtemps débranché. Le fil coupé était très visible. Le bouton était enfoncé en permanence. Si l'on n'avait pas coupé le fil, la sonnerie aurait retenti sans cesse dans l'appartement d'Harding. Kelly bourra de coups de poing le panneau de l'interphone. Il fallait qu'elle trouve quelque chose. Elle considéra les solutions qui s'offraient à elle. Elles n'étaient pas nombreuses.

Elle sortit précipitamment et courut jusqu'au milieu de la rue. Mettant ses mains en porte-voix, elle cria en direction de la fenêtre ouverte : « Jeffrey ! » Il n'y eut pas de réponse. Puis elle cria encore plus fort, en répétant deux fois son nom.

Si Jeffrey entendait, il n'en donnait aucun signe. Kelly était perplexe. Que pouvait-elle faire ? Elle imaginait Harding montant l'escalier. Il était probablement arrivé à sa porte en ce moment. Courant vers sa voiture, Kelly y monta et appuya sur l'avertisseur.

Jeffrey se redressa et s'étira. Il avait fouillé la plupart des placards sous le plan de travail et n'avait rien trouvé d'inattendu en dehors d'une colonie assez importante de cafards. Il entendait au loin un avertisseur qui klaxonnait sans arrêt. Il se demanda ce qui se passait. Quoi que ce fût, le chauffeur y mettait de l'insistance.

Jeffrey avait espéré jusque-là trouver dans l'appartement quelque chose accusant Trent, mais il n'avait rien découvert. Tout ce qu'il avait réussi à établir, c'était qu'il avait une personnalité bizarre et probablement violente, ainsi que de sérieux problèmes d'identité sexuelle. Mais cela ne faisait certainement pas de lui un dangereux tueur qui avait trafiqué des ampoules d'anesthésiques locaux.

Jeffrey commença à ouvrir les tiroirs de la cuisine. Il n'y avait rien de particulier ; uniquement des couverts, des couteaux, des ouvre-boîtes et autres instruments de cuisine. Puis il alla vers l'évier et ouvrit le placard en dessous. Il y trouva une boîte à ordures, un paquet de compresses de secours, un tas de vieux journaux, et un chalumeau à propane.

Jeffrey sortit le chalumeau du placard et le regarda de plus près. C'était un chalumeau dans le genre de ceux dont se servent les plombiers amateurs. Un trépied portable était replié sur le côté. La première pensée de Jeffrey fut de se demander si ce chalumeau pouvait avoir été utilisé pour trafiquer les ampoules de Marcaïne. Il se souvint de sa propre expérience, faite en se servant de la cuisinière de Kelly. Un chalumeau comme celui-ci serait plus pratique pour diriger la chaleur. Mais, bien que le chalumeau pût avoir été utilisé dans un tel but, cela ne prouvait pas que c'était pour cette raison que Trent l'avait sous son évier. Un chalumeau pouvait servir à bien autre chose qu'à trafiquer des ampoules de médicaments.

Le cœur de Jeffrey bondit dans sa poitrine. Des pas lourds résonnaient dans l'escalier. Il remit rapidement le chalumeau en place et ferma les portes du placard. Puis il se dirigea vers la salle de séjour pour le cas où il devrait battre en retraite en vitesse. Il n'avait pas entendu l'interphone, mais il jugea préférable de se préparer dans le cas peu vraisemblable où Harding serait entré sans que Kelly le vît.

Le bruit d'une clef s'introduisant dans une serrure le glaça sur place. La fenêtre ouverte était à six ou sept mètres de là, juste après la porte donnant sur l'entrée. Jeffrey savait qu'il ne l'atteindrait jamais à temps. Tout ce qu'il pouvait faire, c'était se coller contre le mur de la cuisine, dans l'espoir d'être hors de vue.

Son cœur battant à tout rompre, Jeffrey entendit quelqu'un claquer la porte et jeter des magazines sur la table basse, puis les mêmes pas lourds traversèrent la pièce. Bientôt, le rythme percutant du rock emplit l'appartement.

Jeffrey se demanda ce qu'il pourrait faire. La fenêtre de la cuisine donnait sur une cour, mais il n'y avait pas d'échelle d'incendie. Il y avait une hauteur de quatre étages jusqu'au sol. Il ne pouvait s'enfuir que par la fenêtre sur rue, à moins qu'il ne pût parvenir à temps jusqu'à la porte d'entrée. Jeffrey doutait que ce fût possible et, même s'il y arrivait, il avait remarqué toute une série de verrous de sécurité. Il ne pourrait jamais les ouvrir assez vite. Pourtant, il fallait qu'il fît quelque chose. Ce n'était qu'une question de seconde avant que Trent remarquât que le store manquait.

Avant que Jeffrey pût se décider à agir, Trent le prit de court, passa juste devant lui alors qu'il se dirigeait vers le réfrigérateur. Il avait un pack de six bières à la main.

Sachant qu'il serait découvert dans les secondes à venir, Jeffrey profita de l'occasion pour franchir la porte en courant, en direction de la fenêtre ouverte.

Ce mouvement soudain surprit Trent, mais ce ne fut que momentané. Avec une bordée de jurons, il laissa tomber la bière dont les bouteilles se fracassèrent sur le linoléum et bondit derrière Jeffrey.

Jeffrey avait un seul but en tête : sortir par la fenêtre. Quand il y arriva, il plongea littéralement, sa hanche heurtant le rebord. Saisissant la balustrade en fer forgé de l'échelle d'incendie, il essaya de sortir ses jambes de la pièce, mais il ne fut pas assez rapide. Trent saisit sa jambe droite à la hauteur du genou et commença à tirer.

Une lutte féroce en résulta, les deux hommes grognant et haletant. Jeffrey n'était pas de taille à se mesurer avec le plus jeune. Se rendant compte qu'il était sur le point d'être ramené brusquement dans l'appartement, il releva sa jambe libre et donna un coup de pied dans la poitrine de Trent aussi fort qu'il le put.

Le choc contraignit Trent à desserrer son étreinte sur la jambe de Jeffrey. D'un second coup, Jeffrey se libéra. Il passa par-dessus le rebord de la fenêtre et escalada l'échelle d'incendie à quatre pattes.

Trent se pencha à la fenêtre et vit Jeffrey monter. Décidant de lui barrer la route, il retraversa l'appartement pour prendre l'escalier. Il saisit au passage un marteau pied-de-biche qu'il gardait sur sa bibliothèque.

Jeffrey ne s'était jamais déplacé aussi vite de sa vie. Lorsqu'il eut atteint le toit, il ne perdit pas de temps. Il courut directement jusqu'au mur de la maison voisine et sauta d'un bond sur le toit. Il se précipita vers le petit bâtiment sur la terrasse et tira comme un fou sur la porte. Elle était fermée à clef. En courant vers le mur suivant, il entendit la porte du petit bâtiment sur la terrasse de Trent s'ouvrir brutalement et se fracasser contre le mur.

Jeffrey eut le temps de jeter un coup d'œil pour voir Trent charger dans sa direction avec une grimace de colère qui déformait son visage. Jeffrey vit aussi qu'il serrait un marteau dans sa main.

Jeffrey atteignit le deuxième petit bâtiment, deux immeubles plus haut que celui de Trent. Il tira sur la porte. A sa grande surprise, elle s'ouvrit. En une seconde, il fut à l'intérieur, réussit à refermer la porte sur lui et essaya avec maladresse de débloquer la serrure. Heureusement, il y avait un crochet et un piton. Les mains de Jeffrey tremblaient tellement qu'il eut du mal à faire entrer le crochet. Il n'y parvint qu'au moment où Trent commençait à taper de l'autre côté.

Trent secoua violemment la porte pour essayer de l'ouvrir. Jeffrey s'éloigna, espérant que le mince crochet tiendrait. Quand Trent laissa libre cours à sa colère et se mit à frapper la porte avec son marteau, plusieurs de ses coups transpercèrent le mince panneau, avec un bruit de bois qui vole en éclats. Jeffrey prit la fuite par l'escalier. Il avait deux étages d'avance quand il entendit la porte s'ouvrir avec fracas.

Dans sa précipitation, Jeffrey trébucha sur le palier du second. S'il ne s'était pas agrippé à la rampe, il serait tombé. Heureusement, il put reprendre son équilibre et continuer à descendre.

Arrivé au rez-de-chaussée, il franchit les portes donnant sur la rue. Kelly se tenait près de la voiture.

— Allons-y ! cria Jeffrey en se précipitant vers la voiture.

Au moment où il y monta, Kelly avait mis le moteur en marche. A cet instant, Trent apparut, son marteau serré dans sa main. Kelly démarra. Il y eut un bruit sourd sur le toit de la voiture. Trent avait lancé son marteau.

Jeffrey s'arc-bouta contre le tableau de bord, tandis que Kelly accélérait pour descendre Garden Street. Les pneus crissèrent comme s'ils gémissaient lorsqu'elle freina en bas de la colline. Sans s'arrêter, elle tourna à droite pour se perdre dans l'animation de Cambridge Street et se dirigea vers le centre de Boston.

Aucun d'eux ne parla avant de s'arrêter à un feu au coin de New Chardon Street. Kelly se tourna alors vers Jeffrey. Elle était folle de rage.

— Tout ira bien. Faites-moi confiance, dit-elle en parodiant l'assurance première de Jeffrey. Je vous avais dit de ne pas y aller ! cria-t-elle.

— Vous étiez censée m'appeler par l'interphone ! cria à son tour Jeffrey, encore en train de reprendre son souffle.

— J'ai essayé, dit Kelly d'un ton sec. Avez-vous pris la peine de vous assurer que l'interphone marchait ? Bien sûr que non. Ç'aurait été trop vous demander. Eh bien, l'interphone était fichu, et vous auriez pu vous faire tuer. Cet abruti avait un marteau. Pourquoi est-ce que je vous ai laissé y aller ? se lamenta-t-elle, en se frappant le front de sa paume ouverte.

Le feu changea. Ils avancèrent. Jeffrey demeurait silencieux. Qu'aurait-il pu dire ? Kelly avait raison. Il n'aurait probablement pas dû entrer dans l'appartement de Trent. Mais cela lui était apparu comme une occasion idéale.

Ils roulèrent en silence pendant quelques kilomètres encore. Puis Kelly demanda :

— Avez-vous au moins trouvé quelque chose qui justifie ce risque ?

Jeffrey secoua la tête.

— Pas vraiment, dit-il. J'ai trouvé un chalumeau au propane, mais ce n'est pas vraiment une preuve.

— Pas d'ampoules de poison sur la table de la cuisine ? demanda-t-elle sur un ton sarcastique.

— Je crains que non, dit Jeffrey qui commençait à se sentir lui-même un peu en colère.

Il savait que Kelly était bouleversée, et qu'elle avait raison d'être irritée par son côté détective amateur, mais il pensait qu'elle poussait un peu trop loin les choses. De plus, c'était lui qui avait risqué sa vie, pas elle.

— Je pense que, preuve ou pas, il est temps d'appeler la police. Un fou qui trimbale un marteau est une preuve suffisante pour moi. C'est la police qui devrait être dans l'appartement de ce saligaud, pas vous.

— *Non !* cria Jeffrey, cette fois vraiment en colère.

Il ne voulait pas relancer cette discussion. Mais dès qu'il eut élevé la voix, il se sentit confus. Après tout ce qu'elle avait subi pour lui, Kelly méritait mieux que cela. Jeffrey soupira. Il s'en était tiré une fois encore.

— La police ne pourrait même pas obtenir un mandat de perquisition sur de simples présomptions.

Ils roulèrent en silence jusqu'à la maison de Kelly à Brookline. Quand ils en approchèrent, Jeffrey dit :

— Je m'excuse de vous avoir traitée ainsi. Ce type m'a vraiment fichu la frousse. Je préfère ne pas penser à ce qu'il m'aurait fait s'il m'avait attrapé.

— J'ai les nerfs un peu à vif, moi aussi, reconnut Kelly. J'étais terrifiée quand je l'ai vu entrer dans l'immeuble, surtout quand j'ai compris que je ne pouvais pas vous avertir. J'étais totalement impuissante. Puis quand je vous ai vu vous bagarrer sur l'échelle d'incendie, je ne me possédais plus. Comment vous êtes-vous débrouillé pour vous échapper ?

— La chance, dit Jeffrey, se rendant compte à quel point il avait été en danger.

Il frissonna en essayant de bannir de son esprit l'image de Trent s'approchant de lui avec le marteau à pied-de-biche dans la main.

Quand ils tournèrent pour emprunter la rue de Kelly, Jeffrey se souvint de son autre problème : Devlin. Il pensa à escalader le dossier pour se cacher sur le siège arrière, mais il n'en avait pas le temps. Il se laissa donc glisser jusqu'à ce que ses genoux fussent contre le tableau de bord.

Kelly le vit du coin de l'œil.

— Qu'est-ce qu'il y a encore ?

— J'avais presque oublié Devlin, expliqua Jeffrey tandis que Kelly entrait dans son allée.

Elle appuya sur le bouton d'ouverture automatique de la porte de son garage, et dès qu'elle fut entrée, elle appuya de nouveau. La porte se referma derrière eux.

— Il ne me manquerait plus que Devlin jaillissant de nulle part pour m'allonger un coup de poing, dit Jeffrey en descendant de la voiture.

Il ne savait pas de qui il avait le plus peur : de Trent ou de Devlin. Ils entrèrent ensemble dans la maison.

— Que diriez-vous d'une tisane ? suggéra Kelly. Peut-être que cela nous calmerait tous les deux.

— Je pense que j'ai besoin d'une injection de dix milligrammes de Valium, dit Jeffrey. Mais je me contenterai d'une tisane. Vraiment, ça serait bien. Peut-être que nous pourrions mettre une goutte de cognac dedans. Ce serait encore mieux.

Envoyant promener ses chaussures, Jeffrey s'effondra sur le divan de la salle commune. Kelly mit de l'eau à bouillir.

— Il faut que nous trouvions une autre façon de découvrir si Trent Harding est oui ou non le coupable, dit Jeffrey. Le problème, c'est que je ne dispose pas de beaucoup de temps. Devlin me trouvera un de ces jours. Probablement plus tôt que plus tard.

— Il reste la police, dit Kelly.

Dès que Jeffrey commença à protester, elle ajouta :

— Je sais, je sais. Nous ne pouvons pas nous adresser à la police, et caetera, et caetera. Mais souvenez-vous, vous êtes un fugitif, pas moi. Peut-être qu'ils m'écouteraient, moi.

Jeffrey feignit de l'ignorer. Si elle n'avait pas compris cette fois, il n'allait pas essayer de lui réexpliquer. Tant qu'il n'y aurait pas de preuve concrète, il était ridicule de s'adresser aux autorités. En cela, il était simplement réaliste.

Enlevant ses pieds du dessus de la table, Jeffrey s'installa confortablement sur le canapé. Il n'était pas encore remis de ce qu'il avait vécu avec Trent Harding. La vision de l'homme le pourchassant avec son marteau le hanterait jusqu'à la fin de sa vie.

Jeffrey essaya de récapituler où il en était de son enquête. Bien qu'il n'eût pas de preuve qu'il y avait un agent de contamination dans la Marcaïne, son instinct lui disait qu'il était bien là. Il n'y avait pas d'autre explication à l'ensemble de symptômes que manifestaient tous les patients. Il n'avait pas grand espoir que le Dr Seibert trouverait quelque chose, mais après la conversation qu'il avait eue avec lui, Jeffrey était pratiquement certain qu'une toxine, peut-être la batrachotoxine, était en cause. Et le Dr Seibert semblait assez intéressé pour se livrer à des recherches.

Jeffrey était aussi pratiquement certain qu'Harding était le meurtrier. Qu'il eût travaillé dans les cinq hôpitaux impliqués était trop pour n'être qu'une simple coïncidence. Mais Jeffrey devait en être sûr. Si ce n'était qu'une coïncidence, alors il faudrait qu'il s'arrange pour avoir les listes du personnel des deux hôpitaux restants.

— Peut-être que vous devriez lui téléphoner, dit Kelly de la cuisine.

— Téléphoner à qui ? demanda Jeffrey.

— Harding.

— Oh, bien sûr ! dit Jeffrey en roulant les yeux. Et dire quoi ? Salut, Trent ! C'est vous le type qui a mis du poison dans la Marcaïne ?

— Ce n'est pas plus stupide que votre visite à son appartement, dit Kelly en enlevant la bouilloire de la cuisinière.

Jeffrey se tourna vers elle pour s'assurer qu'elle était sérieuse. Elle leva les sourcils comme pour le mettre au défi d'exprimer son désaccord avec sa dernière affirmation. Jeffrey détourna de nouveau la tête et regarda dans le jardin. Il imagina une conversation téléphonique hypothétique avec Trent Harding. Somme toute, l'idée de Kelly n'était peut-être pas aussi stupide que ça.

— Evidemment, vous ne pourriez pas lui poser directement la question, dit Kelly en contournant le canapé avec la tisane. Mais peut-être que vous pourriez faire des allusions pour voir s'il se trahit.

Jeffrey approuva de la tête. Bien qu'il détestât le reconnaître, Kelly avait peut-être trouvé quelque chose.

— J'ai découvert un truc dans le tiroir de sa table de nuit qui pourrait être important à cet égard, dit Jeffrey.

— Et c'était quoi ?

— Des Polaroïd cochons. Des photos de nus.

— De qui ?

— De lui-même, dit Jeffrey. Il y avait d'autres choses dans son appartement... des menottes, de la lingerie, des vidéos porno, violentes... qui m'ont fait penser qu'en plus d'être un dangereux tueur, l'infirmier Harding avait des problèmes d'identité sexuelle et de sérieux complexes sexuels. J'ai emporté certains de ces Polaroïd... une idée comme ça. Peut-être pouvons-nous les utiliser pour avoir prise sur lui.

— Comment ça ?

— Je ne vois pas trop, mais ça m'étonnerait qu'il veuille que trop de gens les voient. Il est probablement très vaniteux.

— Vous croyez qu'il est homosexuel ? demanda Kelly.

— C'est possible, dit Jeffrey. Mais j'ai le sentiment qu'il n'en est pas tout à fait sûr lui-même, qu'il ne sait pas où il en est et qu'il lutte contre ça. Ça pourrait être justement cela qui le conduit à faire des choses dingues. Enfin, s'il les fait.

— Il a l'air charmant, dit Kelly.

— Le genre de fils que seule sa mère peut aimer, dit Jeffrey.

Il fouilla dans ses poches, à la recherche des trois Polaroïd. Quand il les trouva, il les tendit à Kelly.

— Visez un peu ça, dit-il.

Kelly prit les photos. Elle y jeta un coup d'œil et les rendit à Jeffrey.

— Pouah ! dit-elle.

— Maintenant, la seule question est de savoir si un enregistrement est recevable au tribunal, au cas où nous aurions de la chance. Il est peut-être temps que je passe un coup de téléphone au vieux Randolph.

— Qui est Randolph ? demanda Kelly.

Elle vérifia que la tisane était bien infusée, puis elle en versa deux tasses.

— Mon avocat.

Jeffrey alla dans la cuisine et téléphona au bureau de Randolph. Après avoir donné son nom, il fut mis en attente. Kelly lui apporta une tasse de tisane et la mit sur le plan de travail. Il en but une gorgée. Elle était très chaude.

Quand Randolph lui répondit, il n'était pas particulièrement amical.

— Où êtes-vous, Jeffrey ? demanda-t-il sèchement.

— Encore à Boston.

— Le tribunal est au courant de votre tentative de fuite en Amérique du Sud, dit Randolph. Vous êtes sur le point de vous voir retirer votre mise en liberté sous caution. Je ne peux que vous conseiller vigoureusement de vous rendre.

— Randolph, j'ai d'autres choses en tête pour le moment.

— Je ne suis pas sûr que vous compreniez la gravité de votre situation, dit Randolph. On a émis un mandat d'arrêt officiel contre vous.

— *Vous allez la fermer une minute, hein, Randolph !* cria Jeffrey. Et laissez-moi vous dire une chose. J'ai conscience de la gravité de la situation depuis le premier jour. Si quelqu'un a commis une erreur à cet égard, c'est vous, pas moi. Vous, les avocats, vous considérez tout cela comme un jeu, comme le train-train quotidien. Eh bien, laissez-moi vous dire quelque chose : c'est ma vie qui est en jeu. Et laissez-moi vous dire autre chose encore : je ne me baladais pas à Ipanema Beach en prenant du bon temps, ces jours-ci. Et il se pourrait bien que je tienne quelque chose qui annulerait ma condamnation. Pour l'instant, tout ce que je veux, c'est vous poser une question de droit et obtenir peut-être quelque chose pour tout l'argent que je vous ai versé.

Il y eut un moment de silence. Jeffrey craignit que l'autre n'eût raccroché.

— Vous êtes toujours là, Randolph ?

— Quelle est votre question ?
— Est-ce qu'un enregistrement au magnéto est une preuve recevable au tribunal ?
— La personne sait-elle qu'elle est enregistrée ? demanda Randolph.
— Non, dit Jeffrey. Elle ne le sait pas.
— Alors cela ne serait pas recevable.
— Pourquoi donc, bon Dieu ?
— C'est lié au respect de la vie privée, dit Randolph qui se mit à expliquer la loi à Jeffrey.
Ecœuré, Jeffrey raccrocha.
— Un coup pour rien, dit-il à Kelly. (Jeffrey apporta sa tisane près du canapé et s'assit à côté d'elle.) Je ne peux pas croire à ce que dit cet homme. On aurait pu penser qu'il serait capable d'arriver au moins à un résultat.
— Ce n'est pas lui qui a fait la loi.
— Je n'en suis pas si sûr. Il me semble que la plupart des législateurs sont des avocats. Ça ressemble à un club privé. Ils créent leurs propres règles et ils nous font la nique à nous tous.
— Alors que se passera-t-il si vous ne pouvez pas faire un enregistrement ? dit Kelly. Je peux écouter sur l'autre poste. Je ne suis pas un magnétophone, mais je pourrais sûrement être citée à comparaître. Je pourrais être un témoin.
Jeffrey étudia son visage avec admiration.
— C'est vrai… je n'y aurais jamais pensé. Maintenant, ce à quoi il nous faut réfléchir, c'est à ce que je vais dire à Trent Harding.

13

VENDREDI

19 MAI 1989

19 H 46

Devlin fut brutalement tiré de son indécision par le téléphone de sa voiture. Il était toujours là, à deux portes de la maison de Kelly Everson. Vingt-cinq minutes plus tôt, il avait vu la voiture entrer dans l'allée et disparaître dans le garage. Il avait entrevu la conductrice : une mignonne petite brune aux cheveux longs. Il avait pensé que c'était Kelly.

Auparavant, il était monté jusqu'à la maison et avait sonné, mais personne n'était venu ouvrir. L'endroit semblait vide. Il n'avait pas entendu voler une mouche, pas comme lors de sa précédente visite. Devlin était retourné attendre dans sa voiture. Mais maintenant que Kelly était rentrée chez elle, il ne savait pas s'il devait y aller tout de suite et lui parler ou rester encore un moment pour voir si elle avait des visiteurs ou si elle allait quelque part. Incapable de décider quoi que ce soit, il resta encore un peu, ce qui, il le savait, était une décision en soi. Une chose était sûre : elle n'avait ouvert aucun des rideaux. Cela ne semblait pas du tout normal.

C'était Mosconi qui l'appelait. Devlin devait tenir le téléphone à bout de bras tandis que Michael lui faisait une scène. La caution était sur le point d'être perdue.

— Pourquoi n'as-tu pas encore trouvé le toubib ? demanda Mosconi après que les flots de son monologue hystérique se furent épuisés.

Devlin lui dit que sa semaine n'était pas encore finie, mais Mosconi fit la sourde oreille.

— J'ai passé des coups de fil à d'autres chasseurs de prime.

— Allons, pourquoi as-tu fait ça ? Je t'ai dit que je l'aurais et je l'aurai. J'ai fait quelques progrès, alors quand ces types te rappelleront, dis-leur que tu n'as pas besoin d'eux.

— Peux-tu me promettre des résultats dans les vingt-quatre heures ?

— J'ai une bonne piste. J'ai l'impression que je verrai le toubib ce soir.

— Tu n'as pas répondu à ma question, dit Michael. Je veux des résultats dans les vingt-quatre heures. Autrement, je serai obligé de cesser mes activités.

— D'accord, dit Devlin. Vingt-quatre heures.

— Tu ne me sors pas un tas de conneries pour me faire plaisir, hein, Devlin ?

— J'aurais déjà fait ça ?

— Tout le temps, dit Michael. Mais cette fois, je te jure que tu vas devoir tenir parole. Compris ?

— As-tu trouvé quelque chose d'autre sur le procès du docteur ? demanda Devlin.

Mosconi lui avait déjà raconté l'essentiel du procès au début de l'après-midi. Quand Devlin en avait appris davantage sur cette histoire, il avait éprouvé pour Rhodes quelque chose qui ressemblait à de la sympathie. Avoir commis jadis une erreur avec un truc comme la morphine et puis s'en être sorti pour qu'on vous le fiche à la figure au premier pépin, c'était injuste. Sachant quel genre d' « assassin » était Rhodes, Devlin se sentait même coupable de lui avoir tiré dessus à l'Essex. Si Devlin s'était montré aussi brutal, c'était en partie parce qu'il pensait qu'il s'agissait d'un vrai criminel — vraiment un sale type du genre col blanc auquel Devlin avait toujours affaire. Mais, depuis qu'il en savait plus sur la nature du crime, Devlin avait l'impression de n'être qu'une arme de plus au service de ce destin qui s'acharnait déjà tant sur ce type.

Mais Devlin n'en était pas encore arrivé au point de se laisser envahir par ses sentiments. Il se conduirait en professionnel. Il devrait en être ainsi. Il ramènerait le Dr Rhodes, d'accord, mais il ferait en sorte de le ramener vivant, et pas mort.

— Cesse de t'en faire pour la condamnation du type, dit

Mosconi d'un ton sec. Contente-toi de retrouver ce salaud ou je prends quelqu'un d'autre. Tu m'entends ?

Devlin raccrocha son téléphone. Parfois, Mosconi lui tapait sur les nerfs, et c'était le cas maintenant. Devlin ne voulait évidemment pas perdre sa récompense sur cette affaire, et il détestait qu'on menaçât de l'en priver. Il détestait aussi avoir été contraint de faire une promesse qu'il ne pouvait pas tenir. Il ferait de son mieux. Mais maintenant, il ne pouvait pas se payer le luxe d'attendre que les choses arrivent toutes seules. Il fallait qu'il les provoque. Il démarra et entra dans l'allée de Kelly. Il descendit, alla à la porte principale et sonna.

Jeffrey était plongé dans ses pensées quand on sonna à la porte. Cela le fit sursauter. Il s'appuya sur le dossier du canapé et dit :

— Regardez d'abord qui c'est.

Kelly s'arrêta à la porte de la salle à manger.

— Je regarde toujours qui c'est, dit-elle d'un ton coupant.

Jeffrey fit un signe de tête. Il était désolé qu'ils fussent tous les deux à bout de nerfs. Après tout, peut-être devrait-il rendre service à Kelly en s'installant à l'hôtel. La situation était trop tendue pour qu'il pût croire qu'elle la supporterait. Pour l'instant, il reporta ses pensées sur Trent Harding et sur ce qu'il pourrait lui dire au téléphone. Il devait y avoir un moyen d'appâter le gars. S'il pouvait seulement le faire parler...

Kelly revint alors sur la pointe des pieds dans la pièce.

— A la porte, murmura-t-elle. Ce n'est pas quelqu'un que je connais. Je pense que ça pourrait être ce Devlin. Queue-de-cheval, vêtements en denim, croix de Malte à une oreille. Vous devriez venir voir.

— Oh non ! dit Jeffrey en se levant du canapé et en suivant Kelly qui traversa la salle à manger et entra dans le vestibule.

Il ne se sentait pas capable de l'affronter une nouvelle fois. Au moment où ils arrivaient à la porte, il carillonna plusieurs fois de suite. Jeffrey avança prudemment et colla avec précaution son œil au judas.

Son sang se figea. C'était Devlin ! Jeffrey s'éloigna de la porte et fit signe à Kelly de le suivre dans la salle à manger.

— C'est Devlin, effectivement, murmura-t-il. Peut-être que si nous restions silencieux, il croirait qu'il n'y a personne à la maison et qu'il s'en irait comme la dernière fois.

— Mais nous venons de rentrer, dit Kelly. S'il a vu la voiture, il sait qu'il y a quelqu'un à la maison. Si nous faisons comme si de rien n'était, il pensera que vous êtes ici.

Jeffrey la regarda avec un regain d'admiration.

— Pourquoi ai-je le sentiment que vous vous débrouillez mieux que moi dans cette affaire ? demanda-t-il.

— Nous ne pouvons le laisser avoir des soupçons, dit Kelly en se dirigeant de nouveau vers la porte. Cachez-vous. Je lui parlerai, mais je ne le laisserai pas entrer.

Jeffrey approuva de la tête. Que pouvait-il faire d'autre ? Kelly avait raison. Devlin avait probablement surveillé la maison. Son seul espoir était de s'être suffisamment accroupi dans la voiture pour que Devlin ne l'ait pas vu.

Il chercha fiévreusement un endroit où se cacher. Il ne voulait pas retourner dans le placard à balais. Au lieu de cela, il se glissa dans la penderie de l'entrée nichée sous l'escalier et se fourra derrière les manteaux.

Kelly alla à la porte et cria :

— Qui est-ce ?

— Désolé de vous ennuyer, madame, dit Devlin à travers la porte. Je suis chargé de faire respecter la loi et je cherche un homme dangereux, un repris de justice. J'aimerais vous parler un instant.

— Je crains que ça ne soit pas le bon moment, dit Kelly. Je sors de ma douche et je suis seule. Je n'aime pas ouvrir ma porte à des inconnus. J'espère que vous comprenez.

— Je comprends, dit Devlin. Surtout avec l'air que j'ai. L'homme que je cherche s'appelle Jeffrey Rhodes, bien qu'il ait pris des faux noms. Si je veux vous parler, c'est que quelqu'un m'a dit qu'on vous avait vue récemment avec cet homme.

— Oh ! dit Kelly, déconcertée à l'idée que quelqu'un eût rapporté cela à Devlin. Qui vous a dit une chose pareille ? balbutia-t-elle, essayant rapidement de deviner avec qui Devlin pouvait avoir parlé. Un voisin ? Polly Arnsdorf ?

— Je n'ai pas le droit de le dire. Mais le fait est que vous le connaissez, n'est-ce pas ?

Kelly reprit rapidement son sang-froid, devinant que Devlin

cherchait à savoir, essayait de l'amener à se trahir, exactement comme Jeffrey et elle avaient l'intention de le faire avec Trent Harding.

— J'ai déjà entendu ce nom, dit-elle. Il y a quelques années, avant la mort de mon mari, je crois qu'il faisait des recherches avec un certain Jeffrey Rhodes. Mais je ne l'ai pas vu depuis les obsèques de mon mari.

— Dans ce cas, je regrette de vous avoir ennuyée, dit Devlin. Peut-être que la personne avec qui je suis en relation n'est pas fiable. Je vais vous dire quelque chose. Je vais glisser mon numéro de téléphone sous la porte. Si vous voyez Jeffrey Rhodes ou si vous entendez parler de lui, passez-moi un coup de fil.

Kelly baissa les yeux et vit une carte passer sous la porte.

— Vous l'avez prise ? demanda Devlin.

— Oui, et je vous téléphonerai si je le vois.

Kelly écarta le rideau de dentelle de la fenêtre et regarda Devlin descendre les quelques marches du perron. Il disparut à sa vue. Puis elle entendit une voiture démarrer. Une Buick Regal noire entra en marche arrière dans la rue et s'éloigna rapidement. Kelly attendit un peu, puis elle sortit et alla jusqu'au coin de la maison pour jeter un coup d'œil. Elle vit la voiture filer en direction de Boston. Revenant vers la maison en courant, elle ferma et verrouilla la porte. Puis elle ouvrit la penderie pour délivrer Jeffrey. Il cligna des yeux quand il se retrouva dans la lumière.

Devlin sourit. Parfois, même les gens intelligents étaient capables de se montrer d'une bêtise stupéfiante. Il avait senti que Kelly était décontenancée quand il lui avait dit qu'on l'avait vue avec Jeffrey Rhodes. Elle s'était reprise, mais trop tard. Devlin savait qu'elle mentait, ce qui signifiait qu'elle cachait quelque chose. De plus, il l'avait vue jeter un coup d'œil furtif du coin de sa maison alors qu'il s'éloignait.

Dès qu'il fut hors de vue de la maison de Kelly, il fit rapidement demi-tour. Puis il emprunta le dédale de petites rues latérales pour se rapprocher de la maison en venant de la direction opposée. Il entra dans l'allée couverte de gravillons d'une maison du voisinage qui semblait déserte, et il coupa le contact. Il avait un excellent point de vue sur la maison de Kelly à travers un bosquet de bouleaux.

A en juger par la façon dont Kelly s'était conduite, il était certain qu'elle savait quelque chose. La question était : quoi exactement ? Devlin pensait qu'il y avait de fortes chances pour qu'elle ait pris contact avec Jeffrey pour l'avertir que Devlin était venu chez elle. Devlin regrettait de ne pas avoir eu l'occasion de mettre un micro sur son téléphone. Il pensa à aller jusqu'à l'arrière de sa maison pour trouver la boîte de connection de son téléphone, mais il ne pouvait le faire de jour. Il lui fallait attendre la nuit pour ce genre de combine.

S'il avait de la veine, et Devlin trouvait qu'il méritait bien d'en avoir un peu, Kelly irait rendre visite à Jeffrey, quel que fût l'endroit où ce type se cachait. Il y avait une petite chance pour que le toubib se pointe ici à la porte de Kelly. Devlin attendrait et verrait. Quoi qu'il pût arriver, une chose était sûre : la prochaine fois où il tomberait sur lui, le brave docteur ne lui échapperait pas.

— Avez-vous entendu ce qu'il a dit ? demanda Kelly.

— Non, dit Jeffrey. Je vous entendais, vous, mais pas lui.

— Il a déclaré que quelqu'un lui avait dit nous avoir vus ensemble. J'ai dit que je n'avais pas été en relation avec vous depuis les obsèques de Chris. Il m'a laissé son nom et son numéro de téléphone au cas où j'aurais de vos nouvelles. Je suis convaincue qu'il ne sait pas que vous êtes ici, sinon il n'aurait pas abandonné si facilement et il n'aurait certainement pas pris la peine de me laisser son numéro de téléphone.

— Mais c'est la seconde fois qu'il vient ici, dit Jeffrey. Il doit savoir quelque chose, autrement il ne serait pas revenu. Nous avons eu de la chance jusqu'à présent. Il porte un pistolet, et il n'hésite pas à tirer quand bon lui semble.

— Il cherche, dit Kelly avec assurance. Je vous dis qu'il ne sait pas que vous êtes ici. Faites-moi confiance.

— C'est à Devlin que je ne fais pas confiance. Il m'inquiète vraiment. Je me sens coupable de mettre en danger votre sécurité.

— Vous ne mettez pas en danger ma sécurité. C'est *moi* qui mets en danger ma sécurité. J'y participe activement. Vous essayez de me faire peur pour que j'abandonne et vous n'y parviendrez pas plus que Devlin ou Harding. De plus, ajouta-t-elle en se radoucissant un peu, vous avez besoin de moi.

Jeffrey étudiait le visage de Kelly. Il plongea profondément son regard dans ses yeux marron, y remarquant des mouchetures dorées. Pour la première fois, il se dit que tout ce qu'il avait subi ces derniers jours valait la peine d'être vécu si c'était pour partager ce moment avec elle. Il l'avait toujours trouvée attirante ; soudain, elle était belle. Belle, chaleureuse, aimante, et ô combien féminine.

Ils étaient assis sur le canapé en vichy, où ils étaient venus s'installer après que Kelly eut sorti Jeffrey des profondeurs de la penderie. Avec les rideaux de la salle commune encore tirés, la seule source de lumière de cette fin d'après-midi était les fenêtres à meneaux au-dessus de l'évier. Elles donnaient à la pièce un éclairage doux et égal. De la cour arrière venait le bruit des oiseaux chanteurs.

— Malgré le danger, vous voulez vraiment que je reste ? demanda Jeffrey, dubitatif.

Il avait un bras posé sur le dossier du canapé.

— Ce que vous pouvez être bête, dit Kelly avec un sourire. Bête comme un homme. (Elle rit de son rire cristallin. Ses yeux et ses dents brillaient dans la lumière tamisée.) Alors, c'est réglé, dit-elle. (Pour jouer, elle appuya sa tête contre le bras de Jeffrey et elle tendit la main vers lui. Elle effleura le bout de son nez et le bord de sa lèvre supérieure.) Je sais à quel point vous avez dû vous sentir seul durant tous ces jours, tous ces mois. Je le sais parce que j'ai éprouvé la même chose. Je l'ai lu dans vos yeux le soir où vous êtes arrivé ici en venant de l'aéroport.

— Cela se voyait tant que ça ? demanda Jeffrey.

Mais il n'attendait pas de réponse. C'était une question purement rhétorique, comme s'il sentait qu'un changement se produisait en lui. L'univers rapetissait. Soudain, il n'y eut plus que cette pièce. Le temps ralentit, puis s'arrêta. Se penchant doucement en avant, il embrassa la bouche renversée de Kelly. Ils s'unirent avec tendresse, émotion, en êtres assoiffés d'amour. Au début, leur accouplement fut lent, puis il devint passionné, vorace. C'était une union joyeuse, un assouvissement mutuel répondant à un mutuel besoin.

Finalement, ils reprirent conscience du bruit des oiseaux chanteurs. Si irrésistible et inattendu qu'eût été leur élan physique, la réalité revint par étapes. Pendant un bref moment, ils avaient été seuls sur terre, l'espace et le temps avaient cessé d'exister. Gênés comme s'ils avaient perdu leur innocence, ils s'écartèrent suffisamment pour se regarder dans les yeux. Ils pouffèrent de rire. Ils avaient l'impression d'être des adolescents.

— Alors, dit Kelly, brisant enfin le silence, vous allez rester ?

Ils rirent tous les deux.

— Je vais rester, répondit Jeffrey.

— Et si on dînait ?

— Oh là là, quelle transition, dit Jeffrey. Je ne pensais pas tellement à manger. Vous avez faim ?

— J'ai toujours faim, reconnut Kelly en se détachant de lui.

Ils préparèrent le dîner ensemble, Kelly faisant le plus gros, mais confiant à Jeffrey de petites tâches, comme de trier et d'essorer la laitue.

Jeffrey était stupéfait de se sentir aussi calme. La peur de Devlin était encore présente, mais maintenant, il la maîtrisait. Avec Kelly à ses côtés, il n'avait plus le sentiment d'être seul. De plus, il estima qu'elle avait raison. Devlin ne pouvait pas savoir qu'il était là. Si cela avait été le cas, il aurait franchi la porte, que Kelly l'eût ou non ouverte.

Voyant l'heure qu'il était, Jeffrey abandonna un moment ses tâches ménagères pour téléphoner au bureau du médecin légiste. Il espérait que le Dr Warren Seibert serait encore là. Jeffrey voulait lui demander s'il avait réussi à identifier des toxines.

— Pas de résultat jusqu'à présent, lui dit Seibert dès qu'il l'eût en ligne. J'ai fait des prélèvements de tissus sur Karen Hodges, Gail Shaffer et même Patty Owen et j'ai pratiqué une chromatographie gazeuse.

— Je vous suis reconnaissant d'avoir essayé, dit Jeffrey. Mais d'après ce que vous m'avez dit ce matin, je suppose que ce n'est pas surprenant. Et le fait que vous n'ayez pas trouvé de toxine ne signifie pas qu'il n'y en ait pas. C'est exact ?

— Exact. Même si je n'en ai pas trouvé, il est possible qu'elle se cache dans un des pics. Mais j'ai passé un coup de fil à un pathologiste de Californie qui fait des recherches sur la batrachotoxine et cette famille de toxines. J'espère qu'il me rappellera pour me dire où la chose est publiée. Qui sait, il se peut qu'il sache où nous pourrions obtenir une indication concernant une antitoxine. J'ai encore lu deux trois autres articles, et avec toutes les précisions que vous m'avez données, je penche pour la batrachotoxine.

— Merci de l'aide que vous m'apportez, dit Jeffrey.

— Holà, pas de problème, dit Seibert. C'est le genre de cas qui m'oblige à aller sur le terrain. Ça m'excite. Si vos soupçons sont fondés, c'est un truc de premier ordre. Nous en tirerons deux grands articles.

Après que Jeffrey eut raccroché le téléphone, Kelly demanda :

— Pas de résultat ?

Jeffrey secoua la tête.

— Il est excité, mais il n'a rien trouvé. C'est tellement frustrant d'être si près du but, mais de n'avoir encore aucune preuve ni du crime ni de la culpabilité du principal suspect.

Kelly s'approcha et prit Jeffrey dans ses bras.

— Ne vous inquiétez pas, nous découvrirons le fin fond de cette affaire d'une façon ou d'une autre.

— Je l'espère sincèrement, dit Jeffrey. Et j'espère que nous y parviendrons avant que Devlin ou la police ne me rattrape. Je crois que nous ferions mieux de nous y mettre et de passer ce coup de fil à Trent Harding.

— Après dîner, dit Kelly. Chaque chose en son temps. En attendant, qu'est-ce que vous diriez d'ouvrir une bouteille de vin ? Je pense que ça ne nous ferait pas de mal.

Jeffrey sortit une bouteille de chardonnay du réfrigérateur et enleva la capsule en alu.

— Si Trent est bien le responsable, j'aimerais connaître son enfance. Il doit y avoir une explication, même si elle est irrationnelle.

— Le problème est qu'il a l'air si normal, dit Kelly. Je veux dire qu'il y a de la violence dans son regard, mais peut-être que c'est nous qui y lisons ça. Sinon, il ressemble à un copain qui était capitaine de l'équipe de football dans ma classe au lycée.

— Ce qui m'ennuie le plus, c'est que ces crimes semblent commis au hasard, dit Jeffrey en sortant le tire-bouchon. Tuer quelqu'un est assez moche, mais trafiquer des médicaments et tuer à l'aveuglette est si macabre qu'il m'est difficile de le concevoir.

— Si c'est lui le coupable, je me demande comment il peut se conduire si normalement le reste du temps, dit Kelly.

Jeffrey fit sauter le bouchon de la bouteille de vin avec un grognement.

— Surtout en devenant infirmier, dit-il. Il a dû avoir des

motivations altruistes. Les infirmiers, plus que les médecins, doivent être motivés par le désir d'aider les gens sur le tas. Et il doit être intelligent. S'il se trouve que l'agent de contamination est voisin de cette batrachotoxine, son choix est d'une ingéniosité diabolique. Je n'aurais jamais pensé à un agent de contamination si Chris ne s'en était pas douté.

— C'est généreux de votre part de le reconnaître.

— Eh bien, il se trouve que c'est vrai, dit Jeffrey. Mais si Trent est le coupable, je suis bien obligé d'admettre que je ne comprendrai jamais ses motivations. La psychiatrie n'a jamais été mon fort.

— Puisque vous avez enfin ouvert la bouteille de vin, que diriez-vous de vous mettre à table ?

Elle se pencha pour allumer le four.

Le repas était délicieux, et, bien que Jeffrey ne se fût pas rendu compte qu'il avait faim, il fit honneur aux filets de sole panée et aux brocolis à la vapeur.

En se resservant de salade, il dit :

— Si Seibert n'arrive pas à isoler une toxine des corps dont il dispose, nous avons envisagé d'exhumer Henry Noble.

— Il est mort et enterré depuis près de deux ans, dit Kelly.

Jeffrey haussa les épaules.

— Je sais que cela a l'air un peu macabre, mais le fait qu'il ait vécu une semaine après avoir eu une réaction contraire pourrait nous aider. Une toxine comme la batrachotoxine se concentre dans le foie et est excrétée par la bile. Si c'est ce qu'Harding a utilisé, le meilleur endroit pour trouver le truc serait la bile de Noble.

— Mais deux ans après ?

— Seibert dit que si le corps a été correctement embaumé et enterré dans un endroit ombragé, c'est possible.

— Beurk, dit Kelly. Ne pouvons-nous pas parler d'autre chose, du moins jusqu'à ce que nous ayons fini de dîner ? Revenons-en à ce que nous allons dire à Trent Harding.

— Je crois que nous devons aller droit au but. Disons-lui ce que nous avons en tête. Et je ne peux m'empêcher de penser que nous pouvons tirer parti de ces Polaroïd. Il ne doit pas vouloir que des photos comme ça soient mises en circulation.

— Et si ça le rend dingue ? dit Kelly qui se souvenait de la façon dont Harding, furieux, avait lancé son marteau — le toit de sa voiture avait une marque de la taille d'une balle de baseball.

— J'espère qu'il le sera. S'il est en colère, peut-être qu'il dira quelque chose qui le trahira.

— Comme de vous menacer ? dit Kelly, peu convaincue. J'ai déjà tué, je tuerai encore. Ce genre de choses ?

— Je sais que ça a peu de chances de réussir, mais avez-vous une meilleure idée ?

Kelly secoua la tête. Cela valait le coup d'essayer. De toute façon, à ce stade-là, il n'y avait plus rien à perdre.

— Je mettrai un autre poste ici, dit-elle. Il y a une prise téléphonique près du téléviseur.

Elle alla s'en occuper.

Jeffrey essaya de se préparer pour ce coup de fil. Il essaya de se mettre dans la peau de Trent. S'il était innocent, il raccrocherait probablement immédiatement. S'il était coupable, il serait nerveux et voudrait tenter de découvrir ce que son correspondant savait. Mais ce n'étaient que des conjectures. Si Trent restait au téléphone, ce ne serait certainement pas une preuve de culpabilité.

Kelly repartit vers la cuisine en portant un téléphone rouge poussiéreux.

— Je ne sais pas pourquoi, mais j'ai pensé que ça serait bien si nous utilisions le téléphone du bureau de Chris, dit-elle.

Elle tira le meuble du téléviseur, se pencha et brancha l'appareil sur la prise. Elle prit le combiné et vérifia qu'il y avait la tonalité.

— Vous voulez vous servir de celui-ci ou de celui qui est dans la cuisine ? demanda-t-elle à Jeffrey.

— De celui qui est dans la cuisine, dit Jeffrey, non que cela fît une grande différence — ça serait un coup de téléphone difficile, quel que fût l'endroit d'où il le passerait.

Jeffrey sortit la feuille de papier que Polly Arnsdorf lui avait donné, avec le numéro de téléphone et l'adresse de Trent. Il composa le numéro d'Harding, puis fit signe à Kelly de décrocher dès que ça commencerait à sonner.

Le téléphone sonna trois fois avant que Trent ne répondît. Sa voix était bien plus douce que Jeffrey ne l'avait imaginée. Il dit : « Allô... Matt ? » avant que Jeffrey eût eu le temps d'ouvrir la bouche.

— Ce n'est pas Matt, dit-il.

— Qui est à l'appareil ? demanda Harding.
Sa voix devint froide, presque furieuse.
— Un admirateur de votre travail.
— Qui ?
— Jeffrey Rhodes.
— Est-ce que je vous connais ?
— J'en suis sûr, dit Jeffrey. J'étais anesthésiste au Boston Memorial, mais j'ai été mis en congé à la suite d'un problème. Un problème en salle d'opération. Ça ne vous rappelle rien ?
Il y eut un silence. Puis Harding se mit en colère.
— Mais, bon Dieu, vous me téléphonez pour quoi faire ? Je ne travaille plus au Boston Memorial. J'en suis parti il y a près d'un an.
— Je sais, dit Jeffrey. Puis vous êtes allé à Saint-Joseph et vous venez d'en partir. J'en sais long sur vous, Trent. Et qu'est-ce que vous préparez ?
— Mais, bon Dieu, de quoi est-ce que vous parlez ?
— Patty Owen, Henry Noble, Karen Hodges, dit Jeffrey. Ces noms ne vous rappellent rien ?
— Je ne sais pas de quoi vous parlez, mon vieux.
— Oh, mais si vous le savez, Trent. Vous êtes modeste, c'est tout. Et puis j'imagine que vous ne tenez pas à ce que beaucoup de gens le sachent. Après tout, vous vous êtes donné tout ce mal pour trouver exactement la bonne toxine. Vous voyez ce que je veux dire ?
— Holà, mon vieux, je ne sais pas ce que vous voulez dire. Et je n'ai pas la moindre idée de la raison pour laquelle vous m'appelez.
— Vous savez qui je suis, hein, Trent ?
— Ouais, je vous connais, dit Trent. Je me souviens de vous au Boston Memorial, et j'ai lu des choses sur vous dans les journaux.
— C'est ce que je pensais, dit Jeffrey. Vous avez tout lu sur moi. Seulement, il se peut qu'avant longtemps les gens lisent des choses sur vous, d'une façon ou d'une autre.
— Qu'est-ce que vous voulez dire ?
Jeffrey savait qu'il l'indisposait, et le fait que Trent fût encore au téléphone était encourageant.
— Il y a moyen de découvrir ces choses, poursuivit Jeffrey. Mais je suis sûr que je ne vous apprends rien.
— Je ne sais pas à quoi vous faites allusion, dit Trent. Vous vous trompez de personne.

— Oh non, dit Jeffrey. Je ne me trompe pas. Comme je le disais, d'une façon ou d'une autre, vous ferez parler de vous. J'ai des photos qui auraient un succès fou une fois publiées. Elles feraient le tour de Boston. Vos collègues découvriraient un aspect nouveau de votre personnalité.

— De quelles photos parlez-vous ? demanda Trent.

— Ça a été une aubaine pour moi, poursuivit Jeffrey, sans répondre et vraiment une surprise.

— Je ne sais toujours pas de quoi vous parlez.

— Des Polaroïd, dit Jeffrey. Des photos de vous en couleurs, c'est tout. Vérifiez dans le tiroir de votre bureau, près de votre sac de marijuana. Je pense que vous verrez qu'il vous manque des photos.

Trent marmonna quelques jurons. Jeffrey crut l'entendre poser le téléphone. Un instant plus tard, Trent était de retour, criant dans le récepteur :

— Alors c'est vous qui êtes entré ici, Rhodes. Bon, je vous avertis... je veux récupérer ces photos.

— Je m'en doute, dit Jeffrey. Elles sont joliment... révélatrices. Belle lingerie. Celle que je préfère, c'est le nounours rose.

Kelly lança à Jeffrey un coup d'œil dégoûté.

— Qu'est-ce que vous voulez ? demanda Trent.

— J'aimerais qu'on se voie, dit Jeffrey. Vous rencontrer personnellement.

Il était évident qu'il ne pourrait rien tirer de plus de Trent par téléphone.

— Et que se passera-t-il si je ne veux pas vous rencontrer ?

— C'est votre droit le plus strict, dit Jeffrey. Mais si nous ne pouvons pas nous voir, je crains de ne pas pouvoir répondre de l'endroit où aboutiront toutes ces photos.

— C'est du chantage.

— Exact, dit Jeffrey. Je suis heureux que nous nous comprenions. Alors prenons-nous rendez-vous ou non ?

— Bien sûr, dit Trent en changeant brusquement de ton. Pourquoi ne passeriez-vous pas chez moi. J'imagine que je n'ai pas besoin de vous dire où j'habite.

Kelly agita les bras et dit non sans le prononcer.

— Bien que l'idée de quelque chose d'intime me plaise, dit Jeffrey, je ne suis pas certain que je trouverais cet accueil chaleureux dans votre appartement. Je me sentirais plus à l'aise entouré de gens.

— Choisissez l'endroit, dit Trent.

Jeffrey sentait que maintenant, il tenait vraiment Harding. Il réfléchit un moment. Où trouver un endroit public sûr pour cette rencontre ? Il se souvint de ses promenades sur les berges du Charles. Il y avait toujours du monde et beaucoup d'espace libre.

— Que diriez-vous de l'Esplanade, au bord du Charles ? suggéra Jeffrey.

— Comment vous reconnaîtrai-je ? demanda Trent.

— Ne vous inquiétez pas, dit Jeffrey. Je vous reconnaîtrai, moi. Même avec vos vêtements. Mais je vais vous dire. Cherchez-moi sur la scène du Hatch Shell. Qu'est-ce que vous en dites ?

— Choisissez l'heure, dit Trent.

Il avait du mal à contenir sa rage.

— Neuf heures et demie ?

— Je présume que vous serez seul.

— Je n'ai pas tellement d'amis en ce moment, dit Jeffrey. Et ma mère n'est pas disponible.

Harding ne rit pas.

— J'espère simplement que vous n'êtes pas allé raconter vos salades à quelqu'un d'autre. Je ne tolérerai aucune calomnie.

Pour sûr que tu ne le tolérerais pas, pensa Jeffrey.

— A tout à l'heure sur l'Esplanade.

Il raccrocha avant que Trent pût ajouter un mot.

— Etes-vous devenu fou ? demanda Kelly, furibarde, dès qu'ils eurent raccroché. Vous n'allez pas rencontrer ce cinglé. Ça ne faisait pas partie du plan.

— Il a fallu que j'improvise, dit Jeffrey. Ce type est malin. Je ne faisais aucun progrès. Si je lui parle en tête à tête, je pourrai voir son visage, juger de ses réactions. Il y aura bien plus de chances pour qu'il se trahisse.

— Ce type est un cinglé. Il vous a poursuivi avec un marteau.

— Les circonstances sont différentes, dit Jeffrey. Il m'a surpris dans son appartement. Il avait le droit d'être en colère.

Kelly regarda le plafond, stupéfaite.

— Et le voilà maintenant qui défend ce tueur.

— Il veut ses photos, dit Jeffrey. Il ne fera rien avant de les avoir. Et je ne les lui donnerai même pas. Je les laisserai ici.

— Je crois que nous ferions mieux d'en revenir à l'idée d'exhumer Henry Noble. Ça a un petit air de partie de campagne comparé au face à face avec ce cinglé.

— Trouver une toxine dans le corps d'Henry Noble résoudrait l'affaire de Chris et le blanchirait, mais cela ne prouverait pas pour autant la culpabilité de Trent. Trent est la clef de toute cette effroyable affaire.

— Mais ça sera dangereux... et ne dites pas cette fois encore que tout se passera bien. Je ne suis pas stupide.

— Je dois reconnaître qu'il y a un risque. Ce serait idiot de prétendre le contraire. Mais nous nous rencontrerons en public. Je ne crois pas que Trent tentera quelque chose au milieu des gens.

— Vous oubliez qu'il existe entre vous une grosse différence. Vous pensez en personne raisonnable. Harding non.

— Il a été un tueur très astucieux jusque-là, lui rappela Jeffrey.

— Et maintenant il est prêt à tout. Qui sait ce qu'il tentera ?

Jeffrey l'attira à lui.

— Ecoutez, dit-il. Seibert n'a abouti à rien. Il faut que j'essaie. C'est notre seul espoir. Et je ne dispose pas de beaucoup de temps.

— Et comment entendrai-je ce que vous vous direz ? Même si vous avez de la chance et qu'Harding avoue, vous n'aurez toujours pas votre précieuse preuve.

Jeffrey soupira.

— Je n'avais pas pensé à ça.

— Vous ne pensez pas à grand-chose, dit Kelly, pleurant de déception. Comme au fait que je ne veux pas vous perdre.

— Vous me perdrez si je ne peux pas prouver qu'Harding est notre homme. Il faut que nous trouvions un moyen pour que vous entendiez ce que nous disons. Peut-être que si j'emmenais Harding faire une promenade...

Sa voix mourut. Il n'avait vraiment aucune idée.

Tous deux sombrèrent dans un morne silence.

— Je sais, dit finalement Kelly. Du moins, j'ai une idée.

— Quoi ?

— Eh bien, ne riez pas, mais il y a un machin que j'ai vu en feuilletant le catalogue de Sharper Image. Ça s'appelle un Listenaider. Ça ressemble à un baladeur, mais ça capte le son et ça l'amplifie. Les chasseurs et les ornithologues amateurs s'en servent. Les amateurs de théâtre aussi. Ça pourrait marcher à la perfection si vous restiez sur la scène du Hatch Shell.

— Ça a l'air fantastique, dit Jeffrey, débordant soudain d'enthousiasme. Où est le magasin le plus proche ?

— Il y en a un à Copley Place.

— Formidable, dit Jeffrey. Nous pourrons en prendre un en passant.

— Il y a encore un problème.

— Lequel ?

— Veillez à votre sécurité !

— Pas de gloire à qui manque de cran, dit Jeffrey avec un sourire désabusé.

— Je suis sérieuse, dit Kelly.

— D'accord, je cacherai quelque chose sous mon manteau au cas où il ne serait pas régulier.

— Quel genre de chose ? Un fusil pour tirer sur les éléphants ?

— Tout de même pas, dit Jeffrey. Avez-vous un démonte-pneu dans votre voiture ?

— Je n'en ai pas la moindre idée.

— Je suis sûr que vous en avez un, dit Jeffrey. Je le prendrai. Comme ça, j'aurai quelque chose sous la main afin de m'en tirer si jamais il se montrait brutal. Mais honnêtement, je ne crois pas qu'Harding tentera quoi que ce soit en public.

— Et s'il le fait ?

— Ne nous inquiétons pas pour ça. Nous ne pouvons éliminer tous les risques. S'il tente effectivement quelque chose, cela pourrait nous aider à établir la preuve de sa culpabilité. Mais allons-y. Nous n'avons pas beaucoup de temps. Il faut que nous soyons à Hatch Shell à neuf heures et demie et nous devons nous arrêter en route à Copley Place.

— Bon Dieu de bon Dieu ! hurla Trent.

Il leva le bras et serra le poing, puis frappa le mur au-dessus du téléphone. Avec un craquement qui le surprit, son poing traversa carrément le mur de plâtre. Libérant sa main, il inspecta ses articulations à la recherche d'une blessure. Il n'y avait même pas une égratignure.

Se retournant, Trent donna un coup de pied dans la table basse, brisant net un des pieds et envoyant le reste valdinguer dans la pièce avant d'aller s'écraser contre le mur. Les magazines, les menottes et plusieurs livres volèrent dans tous les coins.

Cherchant autour de lui quelque chose d'autre pour donner libre cours à sa rage, il aperçut une bouteille de bière vide. Il la saisit et la jeta contre le mur de la cuisine de toutes ses forces. Elle se brisa, parsemant le sol d'éclats de verre. Ce ne fut qu'à ce moment-là que Trent commença à reprendre le contrôle de lui-même.

Comment cela était-il arrivé ? Il avait été si prudent. Il avait envisagé la situation sous tous les angles. D'abord, ç'avait été cette foutue infirmière, et maintenant c'était ce connard de toubib. Comment diable en savait-il autant ? Et voilà qu'il avait ces Polaroïd. Il n'aurait jamais dû se photographier. Il avait fait l'idiot. Il voulait seulement voir à quoi il ressemblerait... Il n'y aurait pas grand-monde qui comprendrait. Il devait à tout prix reprendre ces photos à ce salaud. Il n'arrivait pas à croire que ce type ait eu le culot de fouiller son appartement.

Trent resta figé sur place. Une autre horrible pensée lui était soudain venue à l'esprit. En proie à une nouvelle vague de panique, il se précipita vers la cuisine. Il ouvrit brutalement la porte du placard près du réfrigérateur et sortit les verres à toute vitesse. Plusieurs se brisèrent en tombant sur le plan de travail.

Les doigts tremblants, il enleva le double fond et regarda dans la cachette. Il poussa un soupir de soulagement. Apparemment, on n'avait touché à rien. Tout était en ordre.

Il tendit la main pour prendre son 45 bien-aimé. Il en essuya le canon sur le devant de sa chemise. L'arme était propre, huilée, prête à servir. Replongeant la main dans sa cachette, il en retira le chargeur. Après avoir vérifié qu'il était bien chargé, il l'enfonça dans la crosse jusqu'à ce qu'il entendît un déclic.

Ce qui intéressait le plus Trent était de savoir si Jeffrey avait mis quelqu'un au courant de ce qu'il avait appris. Comme le gars était un fugitif, Trent imagina qu'il n'en avait probablement rien fait. Il allait essayer d'en avoir la certitude. Rhodes devait disparaître. Trent se mit à rire. De toute évidence, l'autre ignorait à qui il avait affaire.

Retournant à son coffre de fortune, Trent en sortit une petite seringue de cinq centimètres cubes et, exactement comme il l'avait fait pour Gail Shaffer, il aspira une minuscule goutte de liquide jaune qu'il dilua dans de l'eau distillée. Puis il remit l'ampoule à sa place. Par la pensée, il pouvait voir Jeffrey Rhodes pris d'une crise d'épilepsie sur la scène du Hatch Shell. L'image amena un sourire sur ses lèvres. Ce serait vraiment un spectacle.

Prenant le panneau de contre-plaqué, Trent l'ajusta soigneusement au fond du placard et remit en place les verres qui n'avaient pas été cassés. Il laissa le reste en l'état ; il nettoierait tout cela en revenant de l'Esplanade.

Ses préparatifs terminés, Trent regarda l'heure. Il avait encore une heure et demie avant son rendez-vous. Entrant dans la salle de séjour, il regarda le téléphone et réfléchit à ce qu'il devait faire. L'immixtion de Rhodes était le genre d'intrusion dont Trent avait envisagé la possibilité. Il s'interrogea pour savoir s'il téléphonerait ou non. En définitive, il décrocha le récepteur. Il téléphonait conformément aux instructions, se dit-il en composant le numéro, pour signaler ce qui se passait, non pour demander de l'aide.

14

VENDREDI

19 MAI 1989

20 H 42

— Ah, on y va, se murmura Devlin à lui-même en voyant la porte du garage de Kelly commencer à se lever.

La Honda de Kelly frémit quand le moteur démarra. Puis la voiture fit marche arrière et sortit dans la rue à une vitesse deux fois supérieure à la normale, avant de foncer en direction de Boston dans un crissement de pneus.

Devlin cafouilla en mettant le contact. Il ne s'attendait pas à la voir filer si vite. Quand il partit enfin, la voiture de Kelly était déjà presque hors de vue. Devlin dut appuyer sur le champignon de sa Buick pour la rattraper.

— Eh bien, eh bien ! dit Devlin lorsqu'ils furent à plusieurs kilomètres de la maison de Kelly.

Une deuxième tête avait brusquement surgi à l'arrière. Puis le personnage était passé par-dessus le dossier pour rejoindre Kelly à l'avant.

Devlin se conseilla de ne pas trop se monter la tête devant ce développement inattendu quoique fort intéressant, mais ce n'était pas la peine de s'inquiéter non plus. Quand Kelly s'arrêta à l'entrée principale du centre commercial de Copley Place, Jeffrey Rhodes descendit et se précipita à l'intérieur.

— Chouette alors, dit Devlin avec ravissement en passant devant Kelly pour se rabattre vers le trottoir.

Il se dit que la chance avait enfin tourné en sa faveur. Jeffrey était déjà loin à l'intérieur, à mi-chemin de l'escalator, quand Devlin coupa le contact et se glissa de l'autre côté du siège avant. Il était sur le point de descendre de voiture lorsqu'il remarqua que la vitre était soudain obscurcie par une masse bleu marine. Il y avait aussi une ceinture de cuir noir et un 38 Smith et Wesson dans son étui.

— Désolé, mais on ne se gare pas ici, dit le policier.

Devlin examina l'homme. Il paraissait avoir dans les dix-huit ans. Un bleu, pensa Devlin, mais qui d'autre aurait eu l'idée de faire une ronde de ce genre un vendredi soir ? Devlin chercha la carte qui l'autorisait à se garer n'importe où dans la ville, mais le jeunot refusa de la regarder.

— Circulez, dit-il avec moins de cordialité.

— Mais, je suis...

Devlin se mit à expliquer qui il était. Cependant, ça n'avait plus d'importance. Jeffrey avait disparu à sa vue.

— Même si vous étiez le gouverneur Dukakis, je m'en ficherais, dit le jeune policier. Il est interdit de stationner. Alors, circulez !

De sa matraque, il lui fit signe d'avancer.

Résigné, Devlin se laissa de nouveau glisser sur le siège avant et redémarra. Il fit rapidement le tour du bâtiment. En voyant la voiture de Kelly, il respira. La petite prise de bec avec le flic avait peut-être été bénéfique. Après tout, il aurait pu perdre Rhodes dans la foule du centre commercial. Au lieu de cela, il s'arrêta au bord du trottoir à cent mètres derrière la voiture de Kelly et coupa de nouveau le contact. Et tous deux — Devlin dans sa voiture et Kelly, ignorante de tout, dans la sienne — attendirent que Jeffrey réapparaisse.

Après lui avoir ajusté les écouteurs sur les oreilles, le vendeur invita Jeffrey à mettre l'appareil en marche. Jeffrey tourna le petit bouton. Puis le vendeur dit à Jeffrey de diriger l'appareil vers un couple à l'autre bout du magasin. Jeffrey fit ce qu'il lui disait.

— Est-ce que ça ne serait pas formidable sur notre table basse ? demandait l'homme à la femme.

Ils se tenaient devant une sphère de verre qui semblait tout droit sortie du décor d'un vieux film d'horreur. Elle contenait un liquide émettant une lumière semblable à des gerbes minuscules d'éclairs bleus.

— Ouais, dit la femme, mais regarde le prix. Je pourrais m'offrir une paire de chaussures italiennes pour ce prix-là.

Jeffrey était impressionné. Il avait aussi entendu le murmure sourd des voix alentour, mais il avait pu saisir chaque mot de la conversation du couple.

— Est-ce que vous connaissez le Hatch Shell sur l'Esplanade ? demanda Jeffrey au vendeur.

— Bien sûr.

— Que croyez-vous qu'on pourrait entendre avec ce machin en se tenant près du kiosque où les gens vont se sustenter.

— Tomber une épingle.

Jeffrey acheta l'appareil, puis courut rejoindre Kelly. La voiture était à la même place que tout à l'heure.

— Vous l'avez trouvé ? demanda Kelly quand il referma sa portière.

Jeffrey exhiba son paquet.

— Nous sommes fin prêts, dit-il. Ça fonctionne vraiment bien. On m'a fait une démonstration.

Kelly démarra et se dirigea vers l'Esplanade.

Ni l'un ni l'autre ne regarda en arrière. Ils continuèrent à ignorer la Buick Regal noire qui les suivait à trois voitures d'intervalle.

Kelly prit Storrow Drive pour aller à Beacon Hill. Dès qu'ils sortirent d'un passage souterrain, Jeffrey entrevit la zone herbeuse qui s'étendait devant le Hatch Shell sur l'Esplanade. Le soleil était couché, mais il faisait encore clair, et Jeffrey vit que beaucoup de gens profitaient du temps printanier. Il se sentit un peu plus tranquille.

Ils tournèrent à droite dans Revere Street, puis de nouveau dans Charles Street. Ils passèrent devant la plupart des magasins de Charles Street, puis tournèrent de nouveau à droite dans Chestnut Street. Ils se garèrent presque en bas de Chestnut Street et descendirent de voiture.

Pendant les dernières minutes du trajet, ni l'un ni l'autre n'avait parlé. L'excitation des préparatifs et celle née du désir d'arriver à temps étaient tombées et avaient été remplacées par l'anxiété : les choses se passeraient-elles comme prévu ? Jeffrey rompit le silence en lui demandant les clefs de la voiture. Kelly les lui envoya par-dessus le toit. Elle venait de fermer les portières.

— Oublié quelque chose ? demanda-t-elle.
— Le démonte-pneu.
Il alla jusqu'au coffre et l'ouvrit. Ce n'était pas un démonte-pneu, mais une clef en croix pour dévisser les boulons des roues avec un bras pour actionner le cric, une barre d'acier d'environ quarante-cinq centimètres de long. Jeffrey la fit claquer dans la paume de sa main. Ça serait utile en cas de nécessité. Un bon coup sur les tibias ralentirait n'importe qui. Il espérait ne pas en arriver là.
Ils se dirigèrent vers l'Esplanade en empruntant le pont piétonnier Arthur Fiedler. C'était une agréable soirée de la mi-printemps. Jeffrey remarqua les voiles colorées de quelques bateaux qui mettaient le cap sur leurs yacht-clubs respectifs. Dans le lointain, un trolley du MBTA traversait en grondant le Longfellow Bridge.

Devlin jura. Il était difficile de trouver à se garer près d'une bouche d'incendie à Beacon Hill. Quand il dénicha enfin une place dans la zone interdite au stationnement donnant sur l'entrée de Storrow Drive, Jeffrey et Kelly traversaient le pont piétonnier menant à l'Esplanade. Devlin sortit rapidement ses menottes de la voiture et descendit en courant jusqu'au bas du pont.
Ce qui se déroulait sous ses yeux laissait Devlin perplexe. Il se dit que passer une soirée le long de l'Esplanade était une drôle d'idée pour un fugitif qui se savait poursuivi par un chasseur de prime professionnel. Avec la fille à ses côtés, Jeffrey se comportait comme s'il avait un rendez-vous. Devlin soupçonnait fort qu'il se tramait quelque chose et sa curiosité en était piquée. Il se souvenait d'avoir dit à Mosconi qu'il pensait que Jeffrey manigançait quelque chose. Peut-être que c'était ça.
Devlin traversa le pont, descendit la rampe d'accès et se retrouva en bordure de l'herbe printanière. Il n'avait pas besoin de se précipiter sur Jeffrey pour l'appréhender ; en effet, l'emplacement était idéal. Jeffrey était coincé entre le Charles d'un côté et le Storrow Drive de l'autre. De plus, la prison de Charles Street était opportunément située à peu de distance, juste au-delà de Charles Circle. Aussi Devlin ne voyait-il pas d'inconvénient à satisfaire sa curiosité pendant quelques minutes pour essayer de comprendre ce que Jeffrey manigançait.

Du coin de l'œil, Devlin aperçut quelque chose qui venait derrière lui, sur sa droite. Par réflexe, il fit un mouvement vers sa gauche et pivota pour prendre une position accroupie. Il plongea la main dans sa veste en denim et empoigna la crosse de son pistolet dans son étui en bandoulière.

Devlin se sentit rougir lorsqu'il vit passer un frisbee suivi de près par la balle noire d'un autre jeune joueur qui le frappa avant qu'il ne touchât terre.

Devlin se redressa et respira profondément. Il ne s'était pas rendu compte à quel point il était tendu.

L'Esplanade était occupée par une trentaine de badauds qui profitaient de la tombée du jour. En dehors des joueurs de frisbee, des gens jouaient à une espèce de football et d'autres s'amusaient avec un ballon. De l'autre côté de la pelouse, sur la chaussée devant le Hatch Shell, un groupe de patineurs à roulettes se déplaçait au rythme d'un puissant radiocassette. Dans l'allée goudronnée, il y avait des joggers et des cyclistes.

Devlin embrassait toute la scène, se demandant ce qui avait bien pu amener Jeffrey et Kelly ici. Ils ne participaient à aucune des activités. Au lieu de cela, ils restaient à se parler à l'ombre des arbres qui entouraient le kiosque, fermé à cette heure. Devlin pouvait tout juste apercevoir Jeffrey en train d'aider Kelly à ajuster sur ses oreilles une sorte de baladeur.

Devlin mit les mains sur ses hanches. Bon Dieu, que se passait-il ? Tandis qu'il regardait, il vit Jeffrey faire quelque chose d'assez inattendu. Il le vit se pencher et embrasser Kelly. « Vilain, vilain », murmura Devlin. Pendant un moment, Jeffrey et Kelly se tinrent les mains, les bras tendus. Finalement, Jeffrey la lâcha et se pencha pour ramasser une barre par terre.

Cette barre à la main, Jeffrey traversa la pelouse au pas de course en se dirigeant vers la scène. Devlin se préparait à le suivre, de crainte de le voir disparaître derrière le Hatch Shell, mais il s'arrêta quand il vit Rhodes courir vers le côté droit de la scène et y grimper.

La curiosité de Devlin ne fit que croître quand Jeffrey gagna directement le milieu de la scène. Faisant face au kiosque, il se mit à parler. Devlin ne l'entendait pas, mais il voyait ses lèvres bouger.

Du kiosque, Kelly leva un pouce victorieux à l'adresse de Rhodes. Qu'est-ce qui se passe ? se demandait Devlin. Est-ce que le type récitait du Shakespeare ? Et si oui, que faisait Kelly ? La fille avait encore le baladeur sur ses oreilles. Devlin se gratta le crâne. Cette affaire devenait de plus en plus mystérieuse.

Trent Harding rentra le 45 automatique dans sa ceinture, exactement comme il l'avait fait quand il était allé chez Gail Shaffer. Il mit la seringue, son capuchon bien en place, dans la poche droite de sa veste. Il regarda l'heure. Il était un peu plus de neuf heures. Il avait juste le temps.

Trent descendit jusqu'à Charles Circle en empruntant Revere Street. Pour arriver sur la berge du Charles, il prit le pont piétonnier à l'ouest du Longfellow Bridge.

La soirée était assez avancée lorsqu'il descendit la voie pour piétons, déjà assombrie, bordée de balustrades de granit. Il avançait sous la voûte épaisse des arbres qui étaient depuis peu couverts de feuilles. Le Charles miroitait, embrasé par le reflet vieux rose du ciel crépusculaire. Le soleil s'était couché depuis près d'une demi-heure.

Tout à l'heure, Trent avait été nerveux et contrarié à cause de ce Jeffrey Rhodes, car il ignorait ce que cet homme avait en tête. Sa menace de chantage était aussi inattendue que choquante. Mais maintenant qu'il s'était préparé, l'anxiété de Trent avait considérablement diminué. Il voulait ses photos, et il voulait s'assurer que Rhodes agissait seul. En dehors de cela, Trent ne s'intéressait pas à ce type et il lui ferait une injection. Ayant vu l'effet produit sur Gail Shaffer, il savait que l'effet serait rapide et efficace. Quelqu'un appellerait une ambulance et ça serait fini.

Deux joggers passèrent près de Trent dans la demi-obscurité et le firent sursauter. Il eut envie de sortir son pistolet et de descendre ces salauds sur place. Il l'aurait fait exactement comme dans *Deux flics à Miami :* les jambes écartées, les bras tendus, tenant le pistolet des deux mains.

Devant lui se dessinait vaguement l'énorme hémisphère du Hatch Shell. Trent s'approcha de la scène par l'arrière. Il éprouva un frisson soudain sous l'effet d'une poussée d'adrénaline. Il avait hâte de rencontrer le Dr Jeffrey Rhodes. Plongeant la main sous le dos de sa veste, ses doigts se refermèrent sur la crosse de son 45. Son index caressa la détente. C'était une sensation formidable. Rhodes allait avoir une sacrée surprise.

Trent s'arrêta. Il lui fallait prendre une décision. Ferait-il le tour du Hatch Shell par le côté droit ou par le côté gauche ? Il essaya de se rappeler la configuration des lieux, se demandant si cela changerait quelque chose. Il décida qu'il préférerait se trouver de dos par rapport à Storrow Drive. Après s'être occupé de Jeffrey, s'il devait courir, il filerait en vitesse jusqu'à la route.

Jeffrey arpentait nerveusement la scène, restant du côté droit. Les patineurs qui se rassemblaient dans le petit espace goudronné entre la scène et la pelouse se tenaient aussi sur la droite, et Jeffrey voulait être aussi près d'eux que possible, sans donner à Trent l'impression qu'ils pouvaient entendre. Au début, les patineurs avaient regardé Jeffrey avec méfiance. Mais au bout de quelques minutes, ils l'avaient ignoré.

Ce qui avait surpris Jeffrey dans cet appareil, c'était qu'il n'était pas sensible à la musique des patineurs. Jeffrey pensa que cela devait avoir un rapport avec le fait que le lecteur de cassettes était à l'extérieur et non dans l'espace acoustique de la grande surface convexe du Hatch Shell. Il supposa qu'il en était de même pour le bruit de la circulation, toute proche, de Storrow Drive.

La lumière baissait maintenant rapidement. Le ciel était encore d'un bleu argenté clair, mais les étoiles avaient commencé à apparaître et les ombres sous les arbres étaient devenues d'un pourpre foncé. Jeffrey ne voyait plus Kelly. La plupart des joueurs de frisbee et de ballon avaient fini leurs matches et étaient partis. Mais on voyait encore quelques personnes sur la pelouse. Il y avait aussi un petit nombre de joggers qui utilisaient l'allée piétonnière jusqu'au bout à droite, et, de temps en temps, un cycliste.

Jeffrey consulta sa montre. Il était neuf heures et demie et Harding aurait dû arriver. Quand l'heure fut un peu dépassée, Jeffrey commença à se demander ce qu'il ferait si Trent ne venait pas. Pour il ne savait quelle raison, jusque-là, il n'en avait même pas envisagé la possibilité.

Jeffrey se dit qu'il fallait qu'il se calme. Trent allait venir. Angoissé comme ce type devait l'être, il mourait certainement d'envie de récupérer les photos. Jeffrey cessa de faire les cent pas. Si Trent optait pour la violence, Jeffrey avait largement assez d'espace pour s'enfuir. Il avait aussi la barre d'acier que Kelly avait glissée dans sa manche droite. Il se pourrait qu'elle se révélât utile, même si Jeffrey ne s'en servait que comme d'une menace.

Jeffrey scruta les lointains du regard. Malgré tous ses efforts, il ne pouvait voir Kelly dans l'obscurité, sous les arbres près du kiosque. Cela voulait dire que Trent ne la verrait pas non plus. Rien ne lui laisserait donc supposer qu'il avait un témoin qui écoutait leur conversation.

Une sirène au loin fit sursauter Jeffrey. Il retint son souffle et écouta. Le bruit se rapprochait. Se pouvait-il que ce fût la police ? Harding les avait-il prévenus ? Les sirènes se faisaient de plus en plus bruyantes, mais Jeffrey comprit d'où elles venaient quand il aperçut une ambulance qui passait à toute allure sur Storrow Drive.

Jeffrey soupira. La tension l'épuisait. Il se remit à faire les cent pas, puis s'arrêta net. Trent Harding l'observait, planté sur les marches de la scène, sur la gauche. Il avait une main le long du corps, l'autre derrière le dos sous une veste de cuir.

Le courage de Jeffrey l'abandonna quand il regarda Trent qui pour le moment était immobile. Il portait une veste de cuir souple sans col et un jean délavé. Dans la faible lumière du jour déclinant, ses cheveux semblaient plus blonds qu'avant, presque blancs. Ses yeux, qui ne cillaient pas, brillaient.

Jeffrey était face à l'homme qu'il soupçonnait d'au moins six assassinats. Il s'interrogea de nouveau sur les motivations de ce type. Elles semblaient insondables. Même avec la barre d'acier dans sa manche et tous les témoins potentiels, Jeffrey eut soudain peur. Trent Harding était un cinglé. On ne pouvait pas prévoir comment il réagirait à cette fausse menace de chantage.

Trent monta lentement les marches de la scène. Avant de gravir la dernière marche jusqu'à Jeffrey, il jeta un coup d'œil alentour. Apparemment satisfait, il fixa Jeffrey du regard. Il s'approcha d'un pas confiant, très sûr de lui.

— Vous êtes Jeffrey Rhodes ? demanda-t-il, brisant enfin le silence.

— Vous ne vous souvenez pas de moi, au Memorial ? dit Jeffrey d'une voix qui se cassait.

Il se racla la gorge.

— Si, je me souviens de vous, dit Trent. Maintenant, je veux savoir pourquoi vous m'embêtez.

Le cœur de Jeffrey battait la chamade.

— Disons que je suis curieux. C'est moi qui ai été condamné pour ce que vous avez fait. C'est une affaire classée. J'ai été condamné deux fois. J'aimerais simplement connaître vos motivations.

Jeffrey se sentait comme une corde de piano sur le point de se rompre. Ses muscles étaient tétanisés et il était prêt à fuir à tout moment.

— Je ne sais pas de quoi vous parlez.

— Et je suppose que vous ne savez rien non plus des Polaroïd ?

— Je veux les récupérer. Je veux que vous me les rendiez. Maintenant.

— En temps voulu. Chaque chose en son temps. Pourquoi ne me parlez-vous pas d'abord de Patty Owen et Henry Noble ?

Allons, pensait Jeffrey, je t'en prie parle-moi. Parle.

— Je voudrais savoir à qui vous avez communiqué vos théories de cinglé.

— A personne, dit Jeffrey. Je suis un proscrit. Un homme qui a fui la justice. Un homme sans amis. A qui aurais-je pu parler ?

— Et vous avez apporté les photos ?

— N'est-ce pas pour ça que nous sommes ici ? dit évasivement Jeffrey.

— C'est tout ce que je voulais savoir.

En douceur mais soudainement, Harding ramena son bras de derrière son dos et brandit son pistolet. Le tenant des deux mains, comme Crockett dans *Deux flics à Miami*, il visa le front de Jeffrey.

Jeffrey se figea sur place. Son cœur sembla s'arrêter. Il n'avait pas pensé qu'il serait armé. Il regarda, totalement terrorisé, le trou noir au bout du canon. La barre d'acier était une plaisanterie comparée à une telle arme.

— Faites demi-tour, ordonna Harding.

Jeffrey était incapable de bouger.

Trent chercha la seringue, sans cesser de pointer l'arme sur Rhodes.

Il cessa de tenir le pistolet dans sa main droite et sortit une seringue de sa poche. Jeffrey la regarda, horrifié. Puis, jaillissant de l'obscurité, il entendit un cri. C'était Kelly ! Oh mon Dieu, pensa Jeffrey, en l'imaginant en train de traverser la pelouse, courant vers la scène.

— Je croyais que vous étiez venu seul, dit Trent d'une voix rageuse.

Il fit un pas en avant et raidit le bras qui brandissait l'arme. Jeffrey vit son index commencer à se crisper.

Avant que Jeffrey pût réagir, il y eut un coup de revolver, suivi par les cris des patineurs qui s'éloignaient en trébuchant dans toutes les directions.

Jeffrey en eut les jambes coupées. La barre d'acier tomba de sa manche avec fracas. Mais il ne sentait aucune douleur. Il crut qu'il avait été touché, mais au lieu de cela un trou apparut dans le front de Trent. L'homme chancela. Puis il y eut une rafale de coups de feu. Jeffrey eut l'impression que le bruit venait de derrière lui, d'en bas de la scène.

Trent fut projeté en arrière par les impacts qui l'avaient atteint en pleine poitrine. Jeffrey regarda en bas, rendu muet par le choc, tandis que le pistolet de Trent roulait sur la scène pour venir s'arrêter à ses pieds. La seringue rebondit sur le sol de bois et s'immobilisa. C'était presque trop beau pour y croire. Jeffrey regarda Trent. Il savait qu'il était mort. Une partie de son crâne avait éclaté.

Au moment où résonna le coup de feu et où le blond chancela comme s'il avait été touché, Devlin s'aplatit dans l'herbe. A ce moment-là, il avait déjà à moitié traversé la pelouse. Dès qu'il avait vu le blond sortir son pistolet, il s'était précipité vers la scène. Il avait pris soin de se baisser, pratiquement plié en deux dans l'espoir de prendre les deux hommes par surprise. Il avait entendu Kelly crier, mais il ne s'en était pas préoccupé. Puis il y avait eu les autres coups de feu. D'après son expérience dans la police, mais surtout au Vietnam, il savait reconnaître un coup de fusil quand il en entendait un, surtout lorsqu'il provenait d'une arme automatique de gros calibre.

Devlin n'avait jamais vu le blond. Il supposait que c'était l'as que Mosconi l'avait menacé d'engager. Devlin était bien décidé à ne pas laisser l'argent de la récompense lui filer sous le nez. Il dirait deux mots à Mosconi la prochaine fois qu'il le verrait. Mais il devait d'abord s'occuper de ce qui se passait sous ses yeux et qui tournait au carnage. Les coups de feu signifiaient qu'il y avait un troisième chasseur de prime dans l'histoire. Devlin s'était déjà trouvé dans des situations de concurrence très dures, mais jamais il n'avait vu un de ces salauds de chasseurs de prime éliminer froidement un concurrent.

De l'endroit où il était aplati sur la pelouse, Devlin leva la tête et regarda la scène d'un air inquiet. Sous cet angle, il ne pouvait pas voir le blond. Le toubib se tenait là comme un idiot, la mâchoire décrochée de surprise. Devlin dut réprimer une forte envie de lui crier de se laisser tomber à plat ventre. Mais il ne voulait pas attirer l'attention sur lui sans en savoir plus sur l'origine des coups de feu.

Poussant un second cri et visiblement sans penser à sa propre sécurité, Kelly se ressaisit après la rafale de coups de feu et passa en courant devant Devlin alors qu'elle se dirigeait vers la scène. Devlin roula les yeux. Quel couple, ces deux-là, pensa-t-il. Il se demanda lequel des deux s'arrangerait pour se faire tuer le premier.

Mais les cris de Kelly semblèrent au moins faire sortir Rhodes de son état de transe. Il se tourna vers elle et, levant la main, il lui cria de s'arrêter. Elle obéit. Devlin se souleva en s'accroupissant sur la pelouse. De cette position, il put voir le type blond qui gisait comme un tas de chiffons au milieu de la scène.

Devlin découvrit ensuite deux hommes qui sortaient avec désinvolture de l'ombre et montaient l'escalier menant à la scène. L'un d'eux tenait un fusil d'assaut. Tous deux étaient en costume sombre, chemise blanche et cravate stricte. Comme s'ils avaient tout leur temps, ils s'approchèrent calmement du docteur qui se retourna pour leur faire face. Devlin pensa que pour des chasseurs de prime, leur style était inhabituel, mais il était aussi efficace qu'impitoyable. Il était évident qu'ils cherchaient Jeffrey Rhodes.

Sortant son pistolet de son étui et le tenant des deux mains, Devlin courut vers la scène.

— Pas un geste ! cria-t-il avec autorité, son arme pointée vers la poitrine de l'homme au fusil d'assaut. Rhodes m'appartient ! C'est moi qui ai mis la main sur lui, compris ?

Les deux hommes restèrent figés sur place, pris au dépourvu par l'apparition de Devlin.

— Je suis tout aussi étonné de vous voir, les gars, murmura Devlin, en partie pour lui-même, en partie pour les deux types en complet-veston.

Ceux-là n'étaient qu'à six ou sept mètres de lui. C'est-à-dire à distance rapprochée. Jeffrey était à droite de Devlin, à la limite de son champ de vision. Soudain, Devlin reconnut un des hommes. Ce n'était pas un chasseur de prime.

Jeffrey avait le cœur au bord des lèvres, et sa bouche était si sèche qu'il n'arrivait pas à déglutir. Son sang battait à ses tempes. L'apparition soudaine de Devlin l'avait autant surpris que celle des deux hommes en complet-veston.

Si seulement Kelly avait eu le bon sens de se tenir à l'écart de ce qui se passait. Avant tout, il n'aurait jamais dû la fourrer dans ce pétrin. Mais ce n'était pas le moment de s'admonester. Les deux hommes en complet-veston s'étaient arrêtés. Maintenant toute leur attention se fixait sur Devlin qui était au bord de la scène, tenant son pistolet des deux mains. Devlin regardait les hommes avec une extraordinaire intensité. Personne ne parlait ni ne bougeait.

— Frank ? dit finalement Devlin. Frank Ferrano... bon Dieu, qu'est-ce qui se passe ?

— Je pense que tu n'aurais jamais dû te mêler de ça, Devlin, dit l'homme au fusil. Ça ne te concerne pas. Nous voulons seulement le toubib.

— Le docteur m'appartient.

— Désolé, dit Frank.

Les deux hommes commencèrent à s'écarter doucement l'un de l'autre.

— Que personne ne bouge ! cria Devlin.

Mais les deux hommes feignirent de l'ignorer. Ils continuaient à s'écarter lentement mais sûrement.

Jeffrey se mit à reculer. Tout d'abord, il s'éloigna pas à pas. Mais quand il vit que les trois autres étaient engagés dans quelque chose qui ressemblait à un règlement de comptes à la mexicaine, il décida d'en profiter. Pour l'instant, ce n'était pas lui la cible. Dès qu'il atteignit l'escalier, il tourna les talons et courut.

Il entendit derrière lui Devlin ordonner aux hommes de rester immobiles s'ils ne voulaient pas qu'il tire. Jeffrey fila à toute allure en saisissant Kelly au passage. Il la prit par la main et ils détalèrent ensemble en direction du pont Arthur Fiedler.

Une fois à la rampe, ils la gravirent du même élan, en prenant plusieurs virages. Soudain, un coup de feu en provenance de la scène les fit tressaillir, mais ils ne regardèrent pas derrière eux. Au début, il n'y eut qu'une seule détonation, mais elle fut rapidement suivie par le staccato d'une arme automatique. Jeffrey et Kelly traversèrent à toute vitesse Storrow Drive, puis ils descendirent de l'autre côté. Ils arrivèrent haletants à la voiture de Kelly. Elle chercha fébrilement ses clefs tandis que Jeffrey martelait le toit de la voiture.

— C'est vous qui les avez ! cria Kelly, se souvenant soudain.

Jeffrey sortit les clefs de sa poche. Il les lança au-dessus de la voiture. Kelly ouvrit les portières et tous deux montèrent. Elle démarra et ils allèrent tourner sur Storrow Drive. Elle appuya sur le champignon jusqu'à ce qu'ils atteignissent le cent. Quand ils furent à l'autre bout de Storrow Drive, Kelly s'engagea dans un dédale de rues étroites.

— Mon Dieu, que se passe-t-il ? demanda-t-elle lorsqu'ils eurent tous deux repris leur souffle.

— Je voudrais bien le savoir ! Je n'en ai pas la moindre idée. Je crois qu'ils se disputaient ma personne !

— Et je vous ai laissé me persuader d'appliquer ce plan, dit Kelly, irritée. Une fois de plus j'aurais dû me fier à mon intuition.

— Comment aurions-nous pu prévoir ce qui s'est passé ? dit Jeffrey. Ce n'était pas un mauvais plan. Il s'est passé quelque chose de complètement dingue. Rien n'a de sens si ce n'est que la seule personne qui était capable de me sauver la vie est maintenant morte.

Jeffrey frissonna au souvenir de l'image épouvantable de Trent Harding frappé en plein front.

— Maintenant, il *faut* que nous allions avertir la police.

— Nous ne pouvons pas.

— Mais nous avons vu un homme se faire tuer !

— Moi, je ne peux pas, mais si vous voulez y aller seule, faites-le, dit Jeffrey. D'après ce que je sais, ils m'accuseront probablement du meurtre de Trent Harding. Ça serait vraiment le bouquet.

— Qu'allez-vous faire ?

— Probablement ce que je me proposais de faire il y a quelques jours. Quitter le pays. Aller en Amérique du Sud. Avec la mort de Trent, je ne crois pas avoir grand choix.

— Retournons chez moi et réfléchissons, dit Kelly. A ce stade, nous ne sommes capables ni l'un ni l'autre de prendre une décision.

— Je ne suis pas sûr que nous puissions y retourner. Devlin a dû nous suivre en partant de chez vous. Il doit savoir que j'y habitais. Je crois que vous feriez mieux de me déposer à un hôtel.

— Si vous allez à l'hôtel, alors j'y vais aussi.

— Vous voulez vraiment rester avec moi après ce qui vient d'arriver ?

— Je me suis engagée à aller jusqu'au bout.

Jeffrey était touché, mais il savait qu'il ne pouvait la laisser courir plus de risques qu'elle n'en avait déjà pris. En même temps, il voulait qu'elle fût près de lui. Ils n'étaient ensemble que depuis deux jours, mais déjà il ne savait pas ce qu'il ferait sans elle.

Elle avait raison sur un point : il n'était pas en état de prendre une décision. Il ferma les yeux. Il avait l'impression d'être commotionné. Il était arrivé trop de choses. Il se sentait épuisé psychiquement.

— Et si on sortait de la ville pour s'installer dans une petite auberge ? suggéra Kelly, voyant que Jeffrey ne faisait aucune proposition.

— Parfait.

Il avait déjà l'esprit ailleurs, sa pensée revenant involontairement aux horribles moments de tension sur la scène du Hatch Shell. Il se souvint que Devlin avait reconnu un des deux types. Il l'avait appelé Frank Ferrano. Jeffrey imagina que c'étaient tous des chasseurs de prime, se disputant voracement le montant de la récompense mise sur sa tête. Mais pourquoi tuer Harding ? C'était stupide, à moins, bien sûr, qu'ils n'eussent pensé que c'était un chasseur de prime. Mais même ainsi, est-ce que les chasseurs de prime avaient l'habitude de s'entre-tuer ?

Jeffrey ouvrit les yeux. Kelly se frayait un chemin dans la circulation du vendredi soir.

— Ça va pour conduire ? lui demanda Jeffrey.

— Ça va.

— S'il y a un problème, je peux prendre le volant.

— Après ce que vous venez de vivre, je crois que vous devriez essayer de vous détendre.

Jeffrey approuva de la tête. Il ne pouvait pas la contredire. Il lui dit alors qu'il pensait que les hommes en costume étaient des chasseurs de prime comme Devlin, et qu'ils se disputaient l'argent de la récompense.

— Je ne crois pas, dit Kelly. Au début, quand j'ai vu ces hommes, j'ai pensé qu'ils étaient avec Trent. Ils sont arrivés juste après lui. Mais en les observant, je me suis rendu compte qu'ils étaient aux trousses de Trent Harding, pas avec lui. Ils l'ont abattu délibérément. Rien ne les y obligeait. Ils étaient là pour ça. Ce n'était pas vous la cible.

— Mais pourquoi tuer Trent ? demanda Jeffrey. Ça n'a aucun sens ! (Il soupira.) Ma foi, d'une certaine façon, ça tient debout. Ça a un intérêt... je suis convaincu que Trent Harding était le tueur, même si je n'en ai pas la preuve. Le monde se portera bien mieux sans lui.

Jeffrey se mit soudain à rire.

— Qu'est-ce qu'il y a de si drôle ? demanda Kelly.

— Je pensais à ma naïveté. Au fait que j'aie vraiment cru que je pourrais amener Harding à se trahir en le rencontrant. En y repensant, je parierais que, depuis le début, il a vu là une bonne occasion de me tuer. Je ne vous l'ai pas dit, mais il avait apporté une seringue. Je suppose qu'il ne projetait pas de me tuer avec une balle. Il avait l'intention de me tuer avec sa toxine.

Kelly freina brusquement et se rangea sur le côté de la route.

— Qu'est-ce qui se passe ? demanda Jeffrey, alarmé.

Il s'attendait à voir Devlin surgir de la nuit. Les apparitions de cet homme étaient toujours si surprenantes.

— Je viens juste de penser à quelque chose, dit Kelly, tout excitée.

Jeffrey la regarda dans la faible lumière. Les voitures passaient, éclairant brièvement la leur avec leurs phares. Kelly se tourna vers lui.

— Peut-être que le meurtre de Trent a un intérêt que nous ignorons.

— De quoi parlez-vous ?

— Peut-être que sa mort nous fournit une piste que nous n'aurions pas eue s'il n'avait pas été tué.

— Je ne vous suis pas, dit Jeffrey.

— Ces hommes en complet-veston étaient là pour tuer Harding, pas vous. J'en suis sûre. Et ce n'était pas un geste humanitaire. Ça veux dire quelque chose. (Kelly s'animait de plus en plus.) Cela signifie que quelqu'un considérait Harding comme une menace. Peut-être qu'on ne voulait pas qu'il vous parle. Je me demande si ces hommes avec leurs drôles de costume et leur fusil n'étaient pas des tueurs professionnels. (Elle reprit son souffle.) Je pense que toute cette affaire pourrait être plus compliquée que nous ne l'avons imaginé.

— Vous voulez dire qu'Harding n'était pas simplement un cinglé agissant seul ?

— C'est exactement ce que je veux dire. Ce qui s'est passé ce soir me fait penser à une sorte de conspiration. Peut-être que cela a à voir avec les hôpitaux. Plus j'y réfléchis, plus je crois qu'il y a une dimension qui nous a complètement échappé, concentrés comme nous l'étions sur l'image d'un psychopathe solitaire. Je ne crois pas qu'il agissait seul.

Les pensées de Jeffrey revinrent à l'échange de propos entre Frank Ferrano et Devlin. Frank avait dit : « Ça ne te concerne pas. Nous voulons seulement le toubib. » Ils voulaient Jeffrey, mais ils le voulaient vivant. Sinon, ils l'auraient tué, en même temps que Harding.

— Et les compagnies d'assurances ? demanda Kelly.

Elle avait toujours détesté les compagnies d'assurances, surtout depuis le suicide de Chris.

— Mais de quoi est-ce que vous parlez ? demanda Jeffrey.

Avec tout ce qu'il avait vécu, son esprit était engourdi. Il ne pouvait suivre le fil de ses pensées.

— Quelqu'un profite de ces meurtres, dit Kelly. Souvenez-vous, les hôpitaux ont tous été poursuivis en justice en même temps que les médecins. Dans le règlement de l'affaire de Chris, l'assurance de l'hôpital a payé autant sinon plus que l'assurance de Chris. Mais c'était la même compagnie d'assurances.

Jeffrey réfléchit un moment.

— Ça semble être une idée géniale. Les compagnies d'assurances y gagnent, mais c'est seulement à long terme. Dans l'immédiat, elles perdent et elles perdent gros. Ce n'est qu'avec le temps qu'elles peuvent couvrir des frais aussi extravagants en augmentant les primes des médecins.

— Mais en définitive, elles y gagnent, dit Kelly. Et si les compagnies d'assurances y gagnent, je pense que nous ne devrions pas oublier qu'elles peuvent être impliquées dans tout cela.

— C'est une idée, dit Jeffrey, peu convaincu. Je regrette de jeter un froid sur vos supputations géniales, mais avec la disparition de Trent, tout cela reste théorique. Je veux dire que nous n'avons aucune preuve d'aucune sorte sur quoi que ce soit. Non seulement nous n'avons pas la preuve que Trent était coupable, mais nous n'avons même pas la preuve qu'il existe une toxine. Et malgré l'intérêt manifesté par Seibert, il se pourrait que nous n'en trouvions aucune.

Jeffrey se souvint de la seringue dont Trent l'avait menacé sur la scène. Si seulement il avait eu la présence d'esprit de la ramasser tout de suite. Seibert aurait alors eu un échantillon adéquat pour ses tests. Mais Jeffrey savait qu'il ne pouvait pas se montrer trop sévère vis-à-vis de lui-même. A ce moment-là, il était terrifié à la pensée d'être tué.

Jeffrey pensa alors à l'appartement de Trent.

— Pourquoi n'y ai-je pas pensé plus tôt ? dit-il, tout excité. (Il se donna un coup de poing sur le front.) Il nous reste encore une chance de prouver la responsabilité de Trent dans tous ces décès ainsi que l'existence de la toxine. L'appartement de Trent ! Quelque part dans cet appartement, il doit y avoir une pièce à conviction.

— Oh non, dit Kelly, en secouant lentement la tête. Je vous en prie, ne me dites pas que vous voulez que nous retournions à son appartement.

— C'est notre seule chance. Allons... retournons-y. Nous n'avons plus à craindre de tomber sur Trent. Demain, il se pourrait que les autorités soient là.

Kelly hocha la tête avec incrédulité, mais elle mit la voiture en marche et s'écarta du bord du trottoir.

Frank Ferrano avait une sensation épouvantable. En ce qui le concernait, cela avait été la pire nuit de sa vie. Et au début, elle semblait pleine de promesses. Tony et lui allaient ramasser dix milles dollars pour régler son compte à un jeune blond du nom de

Trent Harding et droguer un médecin du nom de Jeffrey Rhodes. Puis tout ce qu'ils avaient à faire était d'emmener le médecin jusqu'à Logan Airport et de le mettre dans un Learjet qui attendait. Cela serait d'autant plus facile que le garçon et le médecin avaient rendez-vous sur le Hatch Shell de l'Esplanade à neuf heures et demie. Faire d'une pierre deux coups. C'était simple comme bonjour.

Mais ça ne s'était pas passé comme prévu. Ils n'avaient absolument pas prévu que Devlin se pointerait.

Frank sortit de la pharmacie Phillips sur Charles Circle, se dirigea vers sa Lincoln Town Car noire et y monta. Il utilisa le miroir de courtoisie à l'envers du pare-soleil pour voir ce qu'il faisait pendant qu'il nettoyait l'éraflure sur sa tempe gauche avec l'alcool qu'il venait d'acheter. Il ressentit une violente sensation de brûlure et se mordit la langue. Devlin avait été à deux doigts de l'abattre. En pensant à quel point il en avait été près, il en eut mal au cœur.

Il ouvrit un deuxième paquet qui contenait un flacon de Maalox et avala deux comprimés. Puis il décrocha le téléphone de sa voiture et appela son contact à Saint-Louis.

Il y eut quelques parasites au moment où un homme répondit.

— Matt, dit Frank. C'est moi, Ferrano.

Frank entendit Matt dire à sa femme qu'il allait prendre la communication dans l'autre pièce et lui demander de raccrocher quand il l'aurait prise. Une minute plus tard, Frank entendit qu'on décrochait sur l'autre poste. Puis il entendit Matt crier à sa femme qu'il avait pris la ligne. Quand elle raccrocha, il y eut un déclic.

— Mais, bon Dieu, qu'est-ce qui se passe ? dit Matt. Tu n'étais censé utiliser ce numéro qu'en cas de problème. Ne me dis que vous avez tout bousillé.

— Il y a un problème. Un gros. Tony a été touché. Il est mort. Tu avais oublié de nous dire quelque chose, Matt. La tête du toubib a dû être mise à prix. Un des chasseurs de prime les plus minables du métier s'est amené, et il n'aurait pas été là s'il n'y avait pas eu d'argent dans le coup.

— Et l'infirmier ? demanda Matt.

— Lui, c'est du passé. Ça a été facile. C'est le toubib qui nous a donné du fil à retordre. Il y a combien d'argent en jeu avec lui ?

— La caution a été fixée à un demi-million.

Frank siffla.

— Tu sais, Matt, ce n'est pas un détail insignifiant. Tu aurais dû nous avertir. Nous aurions conduit l'affaire un peu différemment si nous l'avions su. J'ignore quelle importance le toubib a pour vous, mais je dois te dire que mon prix a augmenté. Je pense que tu devras revoir la récompense à la hausse. De plus, j'ai perdu un de mes meilleurs tueurs. Je t'avoue que je suis très déçu. Je croyais que nous nous comprenions. Tu aurais dû me parler de la caution dès le début.

— Nous te donnerons une compensation, Frank, dit Matt. Ce toubib est important pour nous. Pas aussi important que Trent Harding, mais important quand même. Tu sais quoi... si tu peux nous envoyer le toubib, nous irons jusqu'à soixante-quinze mille. Qu'est-ce que tu en dis, hein ?

— Soixante-quinze mille, c'est pas mal. Votre toubib m'a l'air joliment important. Pas d'idée de l'endroit où je peux le trouver ?

— Non, mais c'est en partie pour cette raison que nous payons si cher. Tu m'as assez dit à quel point tu étais formidable : voilà une occasion de le prouver. Et le corps d'Harding ?

— J'ai fait ce que tu m'as demandé, dit Frank. Heureusement, j'ai touché Devlin après qu'il a descendu Tony, mais je ne sais pas à quel point il est blessé. Je n'avais pas beaucoup de temps. Mais il n'y a rien sur le cadavre de Trent. Rien pour l'identifier. Et tu avais raison : il avait une seringue. Je l'ai ramassée. Je la mettrai dans l'avion.

— Parfait, Frank, dit Matt. Et l'appartement d'Harding, c'en est où ?

— Ça vient ensuite sur la liste.

— N'oublie pas... je veux qu'il soit passé au peigne fin, dit Matt. Et n'oublie pas la cachette dans le placard près du réfrigérateur. Sors-en tout ce qu'il y a dedans et mets-le aussi dans l'avion. Et cherche le carnet d'adresses du gosse. C'était un petit con si têtu qu'il pourrait bien avoir inscrit quelque chose dedans. Si tu peux le trouver, mets-le aussi dans l'avion avec le reste des affaires. Puis saccage l'appartement. Que ça ait l'air d'un cambriolage. Est-ce que tu as ses clefs ?

— Ouais, j'ai ses clefs, dit Frank. Pas de problème pour entrer dans l'appartement.

— Parfait, dit Matt. Désolé pour Tony.

— Que veux-tu, la vie est pleine de risques, dit Frank.

Il se sentait mieux en pensant aux soixante-quinze mille dollars. Il raccrocha, puis composa un autre numéro.

— Nicky, c'est Frank. J'ai besoin d'aide. Pas grand-chose, juste saccager un appartement. Qu'est-ce que tu dirais de quelques billets de cent. Je passe te prendre à Hanover Street devant le Via Veneto Café. Prends ton artillerie au cas où.

Tournant à gauche dans Garden Street, Kelly eut un désagréable sentiment de déjà-vu. Elle revoyait Trent Harding venant sur eux, le marteau à la main. Elle se rabattit sur le côté droit de la rue et se gara en double file. Se penchant par la vitre, elle leva les yeux vers l'appartement de Trent.

— Oh là là, dit-elle. Les lumières sont allumées.

— Trent les a probablement laissées allumées en pensant qu'il n'en aurait que pour une demi-heure.

— Vous croyez ? demanda Kelly.

— Naturellement, je n'en suis pas sûr, dit Jeffrey, mais c'est plausible. Ne me rendez pas plus nerveux que je le suis déjà à l'idée de monter là-haut.

— Peut-être que la police est déjà là.

— Je ne peux pas croire qu'elle se soit déjà rendue à Hatch Shell, et encore moins ici. Je serai prudent. J'écouterai avant d'entrer. Si la police vient pendant que je suis en haut, appuyez sur votre klaxon, puis faites le tour du pâté de maisons jusqu'à Revere Street. Si les choses en arrivaient là, je m'enfuirais par le toit et je sortirais d'un des bâtiments qui donne sur cette rue.

— J'ai essayé de klaxonner la dernière fois, dit Kelly.

— Cette fois, j'écouterai.

— Qu'est-ce que vous ferez si vous ne trouvez rien de compromettant.

— Je m'en tiendrai là et je téléphonerai à Randolph, dit Jeffrey. Alors peut-être qu'il pourra amener la police à débarquer avec un mandat de perquisition. A ce moment-là, j'abandonnerai l'enquête aux spécialistes. Pour que la machine judiciaire se mette en branle. En attendant, je pense que je ferais mieux de quitter le pays. Du moins jusqu'à ce que je sois disculpé.

— A vous entendre, ça a l'air facile.

— Ça le sera si je trouve la toxine ou quelque chose d'équivalent. Et, Kelly, si je dois quitter le pays, j'aimerais que vous me rejoigniez.

Kelly commença à parler, mais Jeffrey l'arrêta.

— Réfléchissez-y, dit-il.

— Ça me plairait beaucoup, dit Kelly. Franchement.

Jeffrey sourit.

— Nous en reparlerons plus longuement. Pour l'instant, souhaitez-moi bonne chance.

— Bonne chance, dit Kelly. Et dépêchez-vous !

Jeffrey descendit de voiture et regarda la fenêtre ouverte de Trent d'un air dubitatif. Il vit que le store n'avait pas été remis en place. Tant mieux. Cela lui ferait gagner du temps.

Il traversa la rue et se dirigea vers l'entrée de l'immeuble. Il put franchir la porte intérieure sans difficulté. Il y avait une odeur d'oignons rissolés et le bruit de plusieurs chaînes stéréo marchant en même temps. En montant l'escalier jonché de détritus, il sentit s'accroître ses appréhensions. Mais il savait qu'il n'avait pas le temps de céder à ses craintes. Avec une résolution toute neuve, il grimpa jusqu'au toit et descendit par l'escalier de secours.

Jeffrey avança la tête dans la salle de séjour et écouta. Tout ce qui lui parvenait, c'était la musique assourdie qu'il avait entendue dans l'entrée. Content que l'endroit soit vide, il entra.

Jeffrey remarqua immédiatement que l'appartement était plus en désordre que l'autre soir. La table basse, à laquelle manquait un pied, était renversée. Tout ce qui avait été entassé dessus était répandu par terre. Près du téléphone, il distingua un trou arrondi dans le mur de plâtre. Des débris de verre étaient éparpillés sur le sol près de la porte de la cuisine. Jeffrey remarqua une bouteille de bière brisée au milieu des débris.

Se déplaçant rapidement, Jeffrey s'assura qu'il n'y avait personne. Puis il se dirigea vers la porte palière et mit la chaîne de sécurité. Il ne voulait pas prendre le risque d'être surpris. Ces tâches accomplies, il commença ses recherches. Ce qui l'intéressait en premier, c'était la correspondance. Il ne la lirait pas sur place, mais l'emporterait pour l'examiner à loisir.

L'endroit le plus approprié pour la correspondance était le bureau. Mais avant d'y aller, il alla dans la cuisine pour voir s'il n'y avait pas un sac pour y mettre les lettres. Là aussi, il trouva du verre brisé.

Jeffrey regarda fixement ces débris de verre. Ils étaient sur le plan de travail près du réfrigérateur. Apparemment, il s'agissait de plusieurs verres neufs qui avaient été cassés délibérément. S'approchant du plan de travail, il ouvrit le placard qui était juste au-dessus. A l'intérieur, sur la première étagère, il vit d'autres verres identiques. Sur l'étagère supérieure, il y avait de la vaisselle.

Jeffrey se demanda ce qui s'était passé dans l'appartement avant le départ de Trent. Puis son œil perçut une différence de profondeur dans le placard. La partie réservée aux verres était deux fois moins profonde que celle destinée à la vaisselle.

Jeffrey introduisit la main dans le placard, écarta les verres et tapa sur le fond avec l'articulation de son index. Il sentit alors le bois bouger. Il essaya de faire levier sur le mur du fond du placard pour que le panneau bascule, mais il ne bougea pas. Changeant de tactique, il tenta de pousser le bois. Quand il appuya sur le coin droit, le panneau de bois pivota. Jeffrey prit le bout qui s'était libéré et le sortit.

— Alléluia ! s'écria Jeffrey en découvrant une boîte même pas ouverte d'ampoules de trente centimètres cubes de Marcaïne, un coffret à cigares, une réserve de seringues et une fiole avec un bouchon de caoutchouc remplie d'un liquide jaune visqueux.

Jeffrey chercha des yeux une serviette. Il en trouva une pendue à la porte du réfrigérateur et s'en servit pour prendre la fiole. Elle semblait être de fabrication étrangère, mais Jeffrey la reconnut : elle était du même type que celui utilisé pour certaines médications par injection.

Avec la serviette, Jeffrey sortit la boîte à cigares de la cachette et, la posant sur le plan de travail, il souleva le couvercle. A l'intérieur, il y avait un tas impressionnant de billets de cent dollars. Se rappelant sa liasse de billets de cent dollars, il estima que la boîte contenait entre vingt et trente mille dollars.

Jeffrey remit le tout où il l'avait trouvé. Il essuya même le fond en bois et les verres qu'il avait touchés pour ne pas laisser d'empreintes. Il se sentait excité et encouragé. Il était certain que le liquide jaune de la fiole était la toxine mystérieuse, et qu'une analyse de ce produit révélerait ce que Seibert cherchait dans le sérum de Patty Owen. Même l'argent le ragaillardit. Il le considérait comme une preuve solide étayant l'intuition de Kelly. Trent participait à un complot.

Tout émoustillé par ces résultats, Jeffrey était impatient d'en découvrir davantage. Quelque part dans l'appartement, il devait y avoir une preuve susceptible de l'éclairer sur la nature du complot. En jetant un coup d'œil rapide dans les autres placards de la cuisine, Jeffrey tomba sur ce qu'il cherchait au début : un sac à provisions en papier brun.

Revenu dans la salle de séjour, il fouilla hâtivement le bureau et mit la main sur un certain nombre de lettres et de factures. Il fourra le tout dans le sac en papier. Puis, entrant dans la chambre à coucher, il s'attaqua à la commode. Dans le second tiroir, il découvrit une cachette avec une collection de *Playgirl.* Il n'y toucha pas. Dans le troisième tiroir, il y avait un certain nombre de lettres, plus qu'il ne s'attendait à en trouver. Il prit une chaise et commença à les trier sommairement.

Kelly tambourinait nerveusement sur le volant et s'agitait sur son siège. Une voiture avait libéré une place de stationnement à deux pas de l'immeuble de Trent et elle s'y était garée en marche arrière. Regardant la fenêtre ouverte de Trent, elle se demandait ce qui pouvait retenir Jeffrey. Plus il tardait, plus elle devenait nerveuse. Que pouvait-il faire là-haut ? Combien de temps fallait-il pour fouiller un deux-pièces-cuisine ?

Garden Street n'était pas une rue passante, mais pendant que Kelly attendait, une demi-douzaine de voitures avaient tourné à Revere Street et étaient passées. Les conducteurs semblaient chercher des places. Aussi Kelly ne fut-elle pas surprise quand deux phares apparurent soudain derrière, en provenance de Revere Street, et avancèrent lentement dans sa direction. Ce qui attira son attention fut que la voiture s'arrêta juste devant l'immeuble de Trent et se rangea en double file. Le conducteur coupa les phares et laissa les feux de position.

Kelly se retourna pour voir un homme en sweater foncé descendre côté passager et contourner la voiture jusqu'au trottoir. Il s'étira quand le conducteur descendit. Il était vêtu d'une chemise blanche aux manches roulées. Il portait un cartable. Les deux hommes rirent de quelque chose. Ils ne semblaient pas pressés. Le plus jeune finit une cigarette et jeta le mégot dans le caniveau. Puis tous deux entrèrent dans l'immeuble de Trent.

Kelly regarda la voiture. C'était une grosse Lincoln Town Car noire, brillante, dont l'arrière était hérissé de toutes sortes d'antennes. La voiture avait l'air déplacée et lui fit une impression désagréable. Elle se demanda si elle devait appuyer sur son klaxon, mais elle ne tenait pas à alarmer Jeffrey inutilement. Elle fit un mouvement pour descendre de sa voiture, puis elle décida de ne pas bouger. Elle leva de nouveau les yeux vers la fenêtre de Trent, comme si le seul fait de la regarder avait le pouvoir de faire sortir Jeffrey sain et sauf.

— Si tu peux me prouver que je peux te faire confiance, j'ai de grands projets pour toi, Nicky, dit Frank alors qu'ils montaient l'escalier. Avec la disparition de Tony, il y a un vide dans mon organisation. Tu vois ce que je veux dire ?

— Tu n'as qu'à me dire ce qu'il faut faire, et ce sera fait, dit Nicky.

Frank se demandait comment diable il allait pouvoir trouver ce toubib. Il allait avoir besoin de quelqu'un pour cavaler un peu partout. Nicky était parfait même s'il n'était pas très futé.

Ils arrivèrent au quatrième étage. Frank était à bout de souffle.

— Il va falloir que je mange moins de pâtes, dit-il en sortant le trousseau d'Harding de sa poche.

Il regarda la serrure et essaya de deviner qu'elle était la bonne clef. Incapable d'en décider, il enfonça la première dans la serrure et essaya de tourner. Pas de chance. Il essaya la seconde, et elle tourna. Il poussa la porte mais elle fut arrêtée brutalement par la chaîne de sécurité.

— Qu'est-ce que c'est que cette connerie ? fit Frank.

Jeffrey avait entendu le bruit de la première clef dans la serrure. Il se leva brusquement, terrorisé. Sa première pensée fut totalement irrationnelle : Trent n'était pas mort. Au moment où Frank essaya la seconde clef, Jeffrey, paniqué, passa comme une flèche devant la porte. Au moment où Nicky, ayant enfoncé la porte, entra en trébuchant dans la pièce, Jeffrey était déjà à la fenêtre.

Il entendit quelqu'un crier : « C'est le toubib ! » Il sauta par-dessus l'appui de la fenêtre comme s'il était en train de disputer une course de haies. Cette fois, il le franchit en un seul bond. En quelques secondes, il escalada à toute vitesse l'escalier de secours.

Arrivé sur le toit, il emprunta le même chemin que précédemment, sautant de toit en toit. Mais cette fois, il passa devant le petit bâtiment qu'il avait utilisé la veille, craignant que le cadenas ne fût encore dans l'état où il l'avait laissé. Il entendait derrière lui le claquement des pas de ses poursuivants. Jeffrey supposait que ces étrangers étaient ceux qui étaient au Hatch Shell, des hommes qui, selon Kelly, étaient des tueurs professionnels. En venant à l'appartement de Trent, il n'avait pas pensé à eux.

Jeffrey faisait des efforts désespérés pour ouvrir les petits bâtiments, mais toutes les portes étaient fermées. Ce ne fut qu'en arrivant à l'immeuble d'angle qu'il en trouva une d'entrebâillée. Il s'y précipita, claqua la porte et chercha un verrou pour la fermer. Mais il n'y en avait pas. Il se retourna et commença à descendre l'escalier. Les hommes avaient gagné du terrain. Quand il arriva presque en bas, ils étaient sur ses talons.

Une fois dans la rue, il prit une décision rapide. Il savait qu'il n'avait pas le temps de rejoindre Kelly et de monter dans la voiture avant que les hommes ne l'eussent rattrapé ; aussi fit-il demi-tour et descendit-il vers Revere Street en courant. Il n'allait pas mettre en danger la vie de Kelly plus qu'il ne l'avait déjà fait. Il essaierait de semer ses poursuivants puis irait la retrouver ensuite.

Derrière lui, il entendit les hommes atteindre la rue et se lancer à sa poursuite. Il n'avait pas beaucoup d'avance. Il tourna à gauche dans Cedar Street et passa en courant devant une blanchisserie et une petite épicerie. Il y avait peu de monde sur le trottoir. Jeffrey commença à distinguer les pas du plus rapide de ses poursuivants. Il semblait que l'un fût en meilleure forme que l'autre et se rapprochât.

Tournant de nouveau dans Pinckney Street, Jeffrey descendit la colline à toutes jambes. Il ne connaissait pas très bien Beacon Hill. Il pria simplement le ciel de ne pas aboutir dans une impasse. Mais Pinckney Street donnait sur Louisburg Square.

Jeffrey comprit qu'il lui fallait trouver un endroit où se cacher s'il voulait échapper à ses poursuivants. Il ne parviendrait jamais à les distancer. Voyant la grille en fer forgé qui entourait la pelouse du Louisburg Square, il courut droit sur elle et l'escalada, bravant ses pointes aiguisées qui lui arrivaient à la hauteur de la poitrine. En sautant dans l'herbe de l'autre côté, il sentit ses chaussures s'enfoncer dans le gazon. Il s'élança alors tête baissée dans les épais massifs d'arbustes jusqu'à ce qu'il atteignît la terre humide. Il reprit alors son souffle et attendit.

Jeffrey entendit les hommes descendre Pinckney Street. Le bruit de leurs pieds frappant la chaussée était répercuté par les façades des élégants immeubles de brique. L'un d'eux apparut bientôt, entrant en courant dans le square. Ayant perdu sa proie de vue, l'homme ralentit immédiatement, puis s'arrêta. L'autre le rejoignit un instant plus tard. Il se parlèrent brièvement en haletant.

Dans la lumière des lampadaires qui entouraient le square, Jeffrey aperçut les deux hommes au moment où ils se séparaient. L'un se dirigea vers la gauche, l'autre vers la droite. Jeffrey reconnut l'un des deux ; il l'avait vu sur la scène du Hatch Shell. L'autre homme lui était inconnu, et il tenait un pistolet à la main.

Ils fouillèrent méthodiquement les entrées et les cages d'escalier et regardèrent aussi sous les voitures en descendant le square. Jeffrey ne bougea pas, même après que les deux hommes eurent disparu à sa vue. Il craignait que le moindre mouvement n'attirât leur attention.

Quand Jeffrey pensa que les hommes étaient presque arrivés de l'autre côté du square, il lui vint à l'idée d'escalader la clôture et de rejoindre Kelly en courant. Mais il y renonça. Il avait peur d'être trop visible quand il franchirait la clôture.

Un miaulement tout proche le fit sursauter. A une cinquantaine de centimètres de son visage se trouvait un chat tigré. Sa queue était dressée, droite comme une baguette. Après avoir miaulé de nouveau, il s'approcha davantage pour venir se frotter contre la tête de Jeffrey. Il se mit à ronronner bruyamment. Jeffrey se souvint de la peur que lui avait faite Dalila dans le placard à balais de Kelly. Les chats ne lui avaient pas prêté grande attention jusque-là. Maintenant, ils semblaient apparaître chaque fois qu'il essayait de se cacher !

Tournant la tête pour regarder à travers les arbustes, Jeffrey vit les deux hommes en grande discussion à l'autre bout du square, côté Mount Vernon. Un piéton solitaire marchait sur le trottoir. Jeffrey eut l'idée de crier pour appeler à l'aide, mais le piéton entra dans une des maisons et disparut rapidement. Jeffrey pensa alors à crier au secours, mais il y renonça, estimant que cela n'aurait d'autre effet que de faire s'allumer quelques lumières. Même si quelqu'un avait la présence d'esprit d'appeler la police, il faudrait dix minutes, un quart d'heure aux flics pour arriver dans le meilleur des cas. De plus, Jeffrey n'était pas sûr de tenir à voir la police.

Les deux hommes se séparèrent de nouveau, alors qu'ils revenaient vers Pinckney Street. Tout en marchant, ils regardaient maintenant en direction de la pelouse. Jeffrey se sentit de nouveau pris de panique. Surtout avec le chat qui continuait à réclamer son attention. Jeffrey comprit qu'il ne pouvait pas rester sans bouger. Il se décida.

Se ramassant sur lui-même, il sprinta jusqu'à la clôture. Il l'escalada aussi rapidement qu'à l'aller, mais quand il atterrit sur les pavés ronds de l'autre côté, il se tordit la cheville droite. Il en eut un élancement jusqu'à la colonne vertébrale.

Sans se soucier de sa cheville, Jeffrey fonça dans Pinckney Street. Derrière lui, il entendit un des hommes crier quelque chose à l'autre. Bientôt, le bruit de leurs pas envahit Pinckney Street. Jeffrey dépassa West Cedar et descendit en courant vers Charles. Ayant désespérément besoin d'aide, il se posta carrément au milieu de la rue et essaya de héler un automobiliste qui passait, mais les conducteurs ne voulaient pas s'arrêter.

Avec ses poursuivants à ses trousses dans Pinckney Street, Jeffrey traversa Charles et continua jusqu'à Brimmer où il tourna à gauche. Il courut jusqu'au bout du pâté de maisons. Malheureusement, le plus rapide des deux hommes gagnait du terrain.

Désespéré, Jeffrey se dirigea vers l'église de l'Avent, pensant qu'il pourrait peut-être se cacher quelque part à l'intérieur. Arrivé à l'épaisse porte de son entrée voûtée, il saisit la lourde poignée et tira brusquement. La porte ne bougerait pas. Elle était fermée à clef. Jeffrey fit demi-tour, juste au moment où l'un des hommes apparaissait dans la rue — celui qui avait le fusil. Un peu plus tard, l'autre arriva, plus essoufflé que le premier. C'était celui que Jeffrey avait déjà vu. De conserve, ils avancèrent lentement vers lui.

Jeffrey se retourna vers la porte de l'église et y donna de grands coups, donnant libre cours à sa frustration. Puis il sentit le canon d'une arme pressé contre sa nuque. Il entendit l'homme le plus essoufflé dire :

— Au revoir, docteur !

Kelly donna un coup sur le tableau de bord.

— Ça n'est pas croyable ! dit-elle à voix haute.

Qu'est-ce qui pouvait lui prendre autant de temps ? Elle leva les yeux vers la fenêtre de Trent pour la centième fois. Il n'y avait pas trace de Jeffrey.

Elle descendit et s'appuya sur le toit de la voiture, en réfléchissant à ce qu'elle pourrait faire. Elle pouvait klaxonner, ce qui était le signal convenu, mais elle hésitait à l'interrompre uniquement parce qu'elle était anxieuse et inquiète. Pour que ça lui prenne autant de temps, il fallait qu'il eût trouvé quelque chose. Elle eut vaguement l'idée de monter jusqu'à l'appartement, mais elle craignait, en frappant à la porte, d'effrayer Jeffrey et de le faire fuir.

Kelly ne savait pas quoi faire quand réapparut la Lincoln noire brillante. Moins de dix minutes plus tôt, Kelly avait vu un des hommes revenir prendre la voiture. Mais il était venu en remontant la rue, et non pas en sortant de l'immeuble de Trent. Kelly regarda la voiture se garer en double file au même endroit que précédemment. Puis les deux mêmes individus en sortirent et rentrèrent dans l'immeuble de Trent.

Sa curiosité piquée au vif, elle se redressa et se dirigea nonchalamment vers la Lincoln pour l'examiner de plus près. Elle mit les mains dans ses poches en s'approchant de la voiture, afin d'avoir l'air de passer par hasard par là au cas où l'un des deux hommes réapparaîtrait. Quand elle arriva près de la Lincoln, elle parcourut la rue des yeux comme si, en cédant à la curiosité, elle faisait quelque chose de mal. Elle se pencha et regarda le tableau de bord. La voiture était équipée d'un téléphone, mais sinon elle paraissait normale. Faisant deux pas de plus, elle regarda l'arrière, se demandant pourquoi la voiture avait tant d'antennes.

Kelly se redressa vivement. Quelqu'un dormait, couché en chien de fusil, sur le siège arrière. Elle se pencha lentement et regarda de nouveau. Une des mains de l'homme était tordue de façon pas naturelle derrière son dos. Mon Dieu, pensa Kelly, c'est Jeffrey !

Elle essaya désespérément d'ouvrir la porte. Elle était verrouillée. Elle fit le tour des autres portes en courant. Elles étaient toutes fermées. Elle chercha fiévreusement quelque chose de lourd, comme une pierre. Elle parvint à arracher une des briques du trottoir. Retournant en courant à la Lincoln, elle lança la brique contre la vitre de la porte arrière. Elle dut s'y reprendre à plusieurs fois avant qu'elle ne se brise en mille morceaux. Elle tendit la main pour déverrouiller la porte.

Alors qu'elle se penchait à l'intérieur et essayait de réveiller Jeffrey, elle entendit quelqu'un crier au-dessus de sa tête. Elle présuma que c'était un des hommes qui étaient sortis de la voiture. Ils devaient avoir entendu la vitre se briser.

— Jeffrey, Jeffrey ! cria-t-elle.

Elle devait le faire sortir de la voiture. En entendant son nom, il commença à bouger. Il essaya de parler, mais il était incapable d'articuler. Ses paupières se soulevèrent légèrement, tandis qu'il fronçait le front en faisant un effort.

Kelly savait qu'elle disposait de peu de temps. Le saisissant par les poignets, elle le tira vers elle. Ses jambes molles s'affaissèrent sur le sol. Son corps était un poids mort. Il semblait avoir perdu connaissance. Elle lui lâcha les poignets, le prit par la poitrine en le serrant très fort contre elle et l'extirpa de la voiture.

— Essayez de tenir debout, Jeffrey ! supplia-t-elle.

Il était comme une poupée de chiffon. Elle savait que si elle le lâchait, il s'écroulerait sur la chaussée. On aurait dit qu'ils l'avaient drogué.

— Jeffrey ! cria-t-elle. Marchez ! Essayez de marcher !

Faisant appel à toutes ses forces, Kelly le traîna sur la chaussée. Il essayait de l'aider, mais c'était comme s'il était tétraplégique. Il n'avait pas la moindre force dans les jambes et il était incapable de se tenir debout.

Quand elle arriva à la hauteur de sa voiture, Jeffrey était capable jusqu'à un certain point de se tenir sur ses jambes mais il était encore trop groggy pour se rendre compte de leur situation. Kelly l'appuya contre la voiture, le bloquant avec son corps. Elle ouvrit la porte arrière, puis elle se débrouilla pour le pousser à l'intérieur. Kelly s'assura que tout son corps était bien entré avant de claquer la porte.

Elle ouvrit la portière du conducteur et sauta à l'intérieur. Elle entendit la porte de l'immeuble de Trent s'ouvrir brutalement et heurter le butoir. Kelly mit le moteur en marche, tourna vivement ses roues sur la gauche et accéléra. Elle toucha la voiture garée devant elle avec tant de force que Jeffrey en fut projeté sur le tapis de sol à l'arrière.

Passant en marche arrière, Kelly recula, esquintant la voiture garée derrière elle. Un des hommes était arrivé à sa hauteur. Il avait ouvert la portière de sa voiture avant qu'elle eût pensé à la verrouiller. Il la saisit brutalement par le bras gauche.

— Pas si vite, ma petite dame, lui lança-t-il à l'oreille d'un ton hargneux.

De sa main libre, Kelly passa ses vitesses et elle mit l'accélérateur au plancher. Elle s'accrochait au volant pour résister à la brute agrippée à sa portière. Sa voiture lancée à toute vitesse rata de peu celle qui était juste devant. Kelly braqua sur la gauche, frôla avec sa portière ouverte les voitures garées de l'autre côté de la rue. L'homme qui la tenait par le bras quelques instants plus tôt hurla de douleur quand il fut écrasé entre une voiture en stationnement et la portière battante de Kelly.

Kelly maintint l'accélérateur au plancher. Elle fonça dans Garden Street avec sa porte toujours ouverte. Elle appuya lourdement sur le frein juste à temps pour éviter une demi-douzaine de piétons qui traversaient à un carrefour, entre Garden Street et Cambridge Street. Les gens se dispersèrent alors que la voiture de Kelly dérapait dans un crissement de pneus, évitant encore quelques piétons de justesse.

Kelly ferma les yeux, s'attendant au pire. Quand elle les ouvrit, elle s'était arrêtée, mais la voiture avait fait un tête-à-queue. Elle se trouvait à contresens dans Cambridge Street, face à une file d'automobilistes furieux. Certains étaient déjà sortis de leur voiture et s'approchaient. Kelly passa la marche arrière et, en braquant à fond, elle parvint à se remettre dans la bonne direction. Ce fut alors qu'elle vit la Lincoln noire descendre à toute vitesse Garden Street et arriver juste derrière elle. La voiture la suivait, à quelques centimètres de son pare-chocs arrière.

Kelly estima que son seul espoir était de semer la grosse Lincoln dans le dédale des petites rues de Beacon Hill où sa Honda serait plus facile à manœuvrer. Elle prit la première à gauche dans Cambridge Street. En négociant son virage, elle empiéta sans le vouloir sur le trottoir et heurta un conteneur à ordures. Sa portière s'ouvrit largement et se referma en claquant. Kelly accéléra pour escalader la colline. Arrivée au sommet, elle freina suffisamment pour tourner à gauche dans l'étroite Myrtle Street. En regardant dans son rétroviseur, elle constata que son stratagème commençait à porter ses fruits. La Lincoln était restée en arrière. Elle était trop longue pour négocier un virage si serré à cette vitesse.

Ayant vécu à Beacon Hill pendant plusieurs années avant son mariage, Kelly connaissait bien le labyrinthe des rues étroites à sens unique. En tournant à droite en sens interdit dans Joy Street, elle tenta d'arriver jusqu'à Mount Vernon. A Mount Vernon, elle tourna à droite et descendit la colline jusqu'à Charles Street. Kelly projetait de traverser rapidement Louisburg Square, puis de disparaître dans la circulation à Pinckney. Mais après avoir freiné devant le square, elle vit que la chaussée était pour le moment bloquée, d'un côté par un taxi, de l'autre par une voiture qui déposait un passager.

Changeant d'avis, Kelly continua à descendre Mount Vernon. Mais cet arrêt lui avait coûté cher. Dans son rétroviseur, elle vit que la Lincoln la suivait de nouveau de près. En regardant devant elle, elle constata qu'elle n'aurait pas le feu vert à Charles Street. Elle tourna à gauche dans West Cedar.

Lorsqu'elle tourna à droite dans Chestnut Street, Kelly accéléra. Le feu à Charles passa à l'orange, mais elle ne ralentit pas. En débouchant à toute vitesse dans le carrefour, elle vit un taxi arriver sur sa droite. Le chauffeur brûla les feux. Kelly freina et braqua à droite, ce qui fit de nouveau déraper sa voiture. Kelly ne fut touchée que sur le côté. Son moteur ne cala même pas.

Kelly ne s'arrêta pas quand le chauffeur de taxi sauta de son véhicule, agitant un poing vengeur et l'injuriant. Continuant à descendre Chestnut, elle poursuivit jusqu'à Brimmer et tourna à gauche. En prenant son virage, elle aperçut la Lincoln qui faisait un crochet pour éviter le taxi qui avait calé.

Kelly fut prise de panique. Son stratagème ne marchait pas comme elle l'avait espéré. La Lincoln ne la quittait pas. Le conducteur semblait connaître Beacon Hill.

Kelly comprit qu'elle devait trouver quelque chose qui sortît de l'ordinaire. Elle tourna à gauche dans Byron Street, puis encore à gauche pour entrer dans le garage de Brimmer Street. Elle passa devant la cabine vitrée du gardien, prit un virage serré sur la droite et se dirigea directement vers l'ascenseur pour voitures.

Les deux gardiens qui l'avaient regardée, stupéfaits, passer devant eux coururent vers le monte-charge. Avant qu'ils pussent dire un mot, elle cria :

— Je suis pourchassée par un homme en Lincoln noire. Il faut que vous m'aidiez ! Il veut me tuer !

Les deux hommes se regardèrent d'un air interdit. L'un leva les sourcils, l'autre hocha la tête et s'éloigna de l'ascenseur. Le premier se décida à tirer le cordon. Les portes du monte-charge se rapprochèrent péniblement comme les mâchoires d'une énorme bouche. L'ascenseur s'ébranla avec un gémissement.

Le gardien recula et se pencha à la vitre de Kelly.

— Comment ça se fait que quelqu'un veuille vous tuer ? demanda-t-il calmement.

— Vous ne me croiriez pas si je vous le disais, dit Kelly. Et votre ami ? Est-ce qu'il interdira à cet homme d'entrer dans le garage ?

— J'imagine que oui, dit le gardien. Ce n'est pas tous les soirs qu'on a l'occasion de sauver une petite dame en détresse.

Kelly ferma les yeux, soulagée, en appuyant son front sur le volant.

— Qu'est-ce qu'il a le gars qui est allongé par terre à l'arrière ? demanda le gardien.

Kelly n'ouvrit pas les yeux.

— Soûl, dit-elle simplement. Trop de margaritas.

Quand Frank téléphona pour la seconde fois, il dut attendre que Matt eût fini sa comédie du changement de poste téléphonique. Frank était cette fois chez lui et la communication était bien meilleure que lorsqu'il avait appelé de sa voiture.

— Encore des ennuis ? demanda Matt. Tu ne m'impressionnes pas, Frank.

— Nous n'avions aucun moyen de prévoir ce qui s'est passé, dit Frank. Quand nous sommes allés à l'appartement de Trent, le toubib était là.

— Et le truc qui était dans le placard ? demanda Matt.

— Pas de problème, dit Frank. Il y était, on n'y avait pas touché.

— Est-ce que vous avez eu le toubib ?

— C'était ça le problème. Nous l'avons pourchassé dans tout Beacon Hill. Mais nous l'avons eu.

— Formidable ! dit Matt.

— Pas exactement. Nous l'avons perdu de nouveau. Nous l'avons drogué avec le machin que tu as envoyé par avion et ça a marché à merveille. Puis nous l'avons chargé dans ma voiture pendant que nous remontions nous occuper de l'appartement et prendre le truc que tu voulais. Nous avons pensé, pourquoi faire deux voyages jusqu'à Logan ? En tout cas, la petite amie du type est venue et est entrée dans ma voiture. Elle a brisé cette foutue vitre avec une brique. Naturellement, nous avons descendu à toute vitesse l'escalier pour l'arrêter, mais l'appartement du gosse est au quatrième étage. Nicky, un de mes associés, est sorti en courant dans la rue pour l'arrêter, mais elle a démarré avant. Elle a cassé le bras de Nicky. Je l'ai prise en chasse en voiture, mais je l'ai perdue.

— Et l'appartement ?

— De ce côté-là, pas de problème, dit Frank. J'y suis retourné et je l'ai saccagé, et j'ai déposé le truc que tu voulais dans l'avion. Tout est réglé, sauf que je n'ai pas le toubib. Mais je pense que je pourrai l'avoir si tu uses de ton influence. J'ai le numéro minéralogique de la voiture de la fille. Je pense que tu pourrais m'avoir son nom et son adresse.

— Ça devrait pouvoir se faire, dit Matt. Je te rappellerai demain à la première heure pour te les donner.

15

SAMEDI

20 MAI 1989

8 H 11

Jeffrey reprit peu à peu conscience, se rappelant des rêves étranges et fous. Sa gorge était si desséchée qu'elle lui faisait mal quand il respirait, et il avait de la difficulté à avaler. Son corps lui donnait l'impression d'être lourd et raide. Il ouvrit les yeux et parcourut les lieux du regard pour se repérer. Il était dans une pièce étrange aux murs bleus. Puis il remarqua l'intraveineuse. En faisant un geste brusque, il examina sa main gauche. Quoi qu'il fût arrivé la nuit précédente, il s'était retrouvé sous perfusion !

Quand il eut le cerveau un peu moins embrumé, Jeffrey se retourna. Le soleil matinal filtrait à travers les stores de sa fenêtre. A côté de lui, il y avait une cruche et un verre sur une table de nuit. Jeffrey but avec avidité.

Il s'assit et embrassa la pièce du regard. C'était une chambre d'hôpital, avec l'habituel bureau métallique, le rail pour les rideaux sur le plafond au-dessus du lit et, dans le coin, un fauteuil recouvert de skaï qui avait l'air inconfortable. Dans le fauteuil, il y avait Kelly. Elle s'était roulée en boule et endormie rapidement. Un bras pendait du fauteuil à angle droit. Sous sa main, par terre, il y avait un journal qui semblait lui avoir échappé des mains.

Jeffrey fit pivoter ses jambes vers le bord du lit, avec l'intention de se lever et d'aller vers Kelly, mais la perfusion le retenait. En se retournant, il vit que c'était de l'eau distillée et à faible débit.

Tout d'un coup, Jeffrey se souvint de sa tentative pour échapper aux hommes à Beacon Hill. Sa terreur revint avec une étonnante clarté. Il se souvint d'avoir été plaqué contre la porte de l'église de l'Avent, un pistolet pointé sur sa nuque. Puis on lui avait injecté quelque chose à l'arrière de la cuisse. C'était tout ce qu'il pouvait se rappeler. A partir de cet instant, il avait la tête absolument vide.

— Kelly, appela doucement Jeffrey. (Kelly murmura mais ne s'éveilla pas.) Kelly, l'appela plus fort Jeffrey.

Les yeux de Kelly s'ouvrirent en papillonnant. Elle cligna plusieurs fois des paupières, puis elle bondit de son fauteuil et se précipita vers Jeffrey. Elle le prit par les deux épaules et le regarda en face.

— Oh, Jeffrey, Dieu merci, vous allez bien. Comment vous sentez-vous ?

— Bien, dit-il. Je vais bien.

— La nuit dernière, j'étais terrifiée. Je n'avais pas la moindre idée de ce qu'ils vous avaient injecté.

— Où suis-je ?

— A Saint-Joe. Je ne savais pas quoi faire. Je vous ai amené ici aux urgences. Je craignais qu'il ne vous arrive quelque chose — vous aviez du mal à respirer.

— Et on m'a admis sans poser de questions ?

— J'ai improvisé. J'ai dit que vous étiez mon frère, que vous n'habitiez pas ici. Personne n'a mis ma parole en doute. Je connais tout le monde aux urgences, les médecins comme les infirmières. J'ai vidé vos poches, y compris votre portefeuille. Il n'y a eu aucun problème, jusqu'au moment où le laboratoire a dit que vous aviez pris de la kétamine. J'ai dû encore improviser. J'ai dit que vous étiez anesthésiste.

— Bon Dieu, qu'est-ce qui s'est passé hier soir ? Comment me suis-je retrouvé avec vous ?

— Ça a été un petit coup de chance, dit Kelly.

S'asseyant sur le bord du lit de Jeffrey, elle lui raconta tout ce qui s'était passé depuis qu'il avait disparu dans l'immeuble de Trent jusqu'à son arrivée aux urgences de Saint-Joe.

Jeffrey frissonna.

— Oh, Kelly, je n'aurais jamais dû vous y mêler. Je ne sais pas ce qui m'a pris...

Sa voix s'affaiblit.

— C'est moi qui m'en suis mêlée, dit Kelly. Mais ça n'a pas

d'importance. L'important est que nous allions bien tous les deux. Comment vous êtes-vous débrouillé dans l'appartement d'Harding ?

— Bien, avant qu'ils ne me surprennent. J'ai trouvé ce que je cherchais. Je suis tombé sur une planque bien cachée contenant de la Marcaïne, des seringues, de l'argent et la toxine. Ils étaient rangés dans le double fond d'un placard de cuisine. Il n'y a plus de doute maintenant sur la culpabilité de Trent Harding. C'est la preuve que nous cherchions.

— De l'argent ? dit Kelly.

— Je sais exactement ce que vous pensez. Dès que j'ai vu l'argent, j'ai songé à votre théorie sur un complot. Harding devait travailler pour quelqu'un. Mon Dieu ! Comme j'aimerais qu'il ne soit pas mort. Au stade où nous en sommes, il pourrait probablement tout résoudre. Me faire retrouver ma vie d'autrefois. (Jeffrey hocha la tête.) Nous devrons nous contenter de ce que nous avons. Ça pourrait être mieux, mais ça a déjà été pire.

— Qu'est-ce que vous allez faire maintenant ?

— Nous allons passer chez Randolph Bingham et lui raconter toute l'histoire. Il faudra qu'il envoie la police chez Trent. Nous les laisserons se débrouiller avec le complot.

Roulant vers l'autre côté du lit, où était accroché le goutte-à-goutte, Jeffrey mit les pieds par terre et se leva. Il eut le vertige pendant un moment pendant qu'il tenait maladroitement sa chemise d'hôpital contre lui. Elle n'était pas attachée dans le dos. Le voyant chanceler, Kelly fit le tour du lit et l'aida à reprendre son équilibre.

Lorsqu'il y fut parvenu, il regarda Kelly et dit :

— Je commence à croire que j'ai besoin que vous soyez près de moi tout le temps.

— Je crois que nous avons besoin l'un de l'autre.

Jeffrey se contenta de sourire et de hocher la tête. Il se dit que Kelly avait autant besoin de lui que de se casser une jambe. Que lui avait-il apporté d'autre que des ennuis ? Son seul espoir était d'être capable de lui apporter une compensation.

— Où sont mes vêtements ? demanda-t-il.

Kelly se dirigea vers le placard. Elle ouvrit la porte. Jeffrey arrêta la perfusion et l'enleva avec une grimace. Puis il rejoignit Kelly. Elle lui tendit ses vêtements.

— Mon sac ! dit-il avec surprise.

Il était pendu dans le placard.

— Je suis rentrée à la maison de bonne heure ce matin, dit Kelly. J'ai pris des vêtements pour moi, nourri les chats et rapporté votre sac.

— Rentrer chez vous, c'était prendre un risque. Qu'est devenu Devlin ? Y avait-il quelqu'un qui surveillait la maison ?

— J'y ai pensé. Mais quand j'ai lu le journal ce matin de bonne heure, j'ai eu l'impression que ça serait bien.

Elle alla ramasser le *Globe* par terre près du fauteuil. Quand elle le rapporta, elle montra un petit article en tête des pages régionales.

Lui prenant le journal des mains, Jeffrey lut un compte rendu de l'épisode du Hatch Shell. On y disait qu'un infirmier récemment employé au Saint-Joseph Hospital avait été descendu par une figure très connue du milieu, Tony Marcello. Un ancien policier de Boston, Devlin O'Shea, avait tiré sur l'agresseur et l'avait tué, mais il avait été gravement blessé dans l'échange de coups de feu qui avait suivi. Devlin avait été admis au Boston Memorial Hospital où l'on considérait que son état était stationnaire. On disait par la suite que la police de Boston faisait une enquête sur l'incident, lequel, selon elle, était lié à la drogue.

Jeffrey posa le journal sur le lit, puis il prit Kelly dans ses bras et l'étreignit.

— Je suis vraiment désolé de vous avoir mêlée à tout cela, dit-il. Mais je crois que nous allons bientôt en voir la fin.

Relâchant son étreinte, Jeffrey se pencha en arrière et dit :

— Allons chez Randolph. Puis nous verrons si nous pouvons partir. Aller en voiture jusqu'au Canada, puis prendre un avion pour un endroit tranquille pendant que la police se livrera à une véritable enquête.

— Je ne sais pas si je peux partir, dit Kelly. Quand j'étais à la maison, je me suis aperçue que Dalila était presque à terme.

Jeffrey la regarda avec incrédulité.

— Vous ne partiriez pas à cause d'un chat ?

— Eh bien, je ne peux pas la laisser dans mon placard à balais, dit Kelly. Elle va mettre bas d'un jour à l'autre.

Jeffrey se rendit compte à quel point elle était attachée à ses chats.

— Bon, bon, dit-il, s'avouant rapidement vaincu. Nous trouverons quelque chose. Maintenant, il faut que nous allions voir Randolph. Qu'est-ce qu'il faut faire pour que je sorte d'ici ? Et peut-être vaudrait-il mieux que vous me disiez comment je m'appelle.

— Vous êtes Richard Widdicomb, lui dit Kelly. Attendez ici. Je vais aller au bureau de la surveillante et régler le problème.

Une fois Kelly partie, Jeffrey finit de s'habiller. A l'exception d'un sérieux mal de tête, il se sentait bien. Il se demanda combien de kétamine ils lui avaient injecté. Pour avoir dormi d'un sommeil si profond, il se demanda s'ils n'avaient pas ajouté quelque chose comme de l'Innovar.

Dans son sac, Jeffrey trouva ses affaires de toilette, quelques sous-vêtements propres, un certain nombre de pages de notes qu'il avait prises à la bibliothèque, les pages de renseignements qu'il avait recopiées dans le dossier défendeur/plaignant au tribunal, son portefeuille et un petit carnet noir.

Il mit le portefeuille dans sa poche et prit le carnet noir. Il l'ouvrit et, pendant quelques instants, il fut incapable de comprendre pourquoi il était dans son sac. C'était visiblement un carnet d'adresses, mais il ne lui appartenait pas.

Kelly revint avec un interne de garde.

— Voici le Dr Sean Appel, dit-elle. Il faut qu'il t'examine pour te donner ton bulletin de sortie.

Jeffrey laissa le jeune médecin l'ausculter, prendre sa tension, et faire un rapide examen neurologique en demandant à Jeffrey de traverser la pièce en ligne droite, en mettant un pied exactement devant l'autre.

Pendant que le médecin l'examinait, Jeffrey interrogea Kelly sur le carnet noir.

— Il était dans votre poche, dit Kelly.

Jeffrey resta silencieux jusqu'au moment où le Dr Appel l'eut déclaré apte à sortir et eut quitté la chambre.

— Ce carnet n'est pas à moi, dit Jeffrey en levant le carnet d'adresses.

Puis il se souvint. C'était le carnet d'adresses de Trent Harding. Avec tout ce qui s'était passé, cela lui était sorti de la tête. Il le dit à Kelly et, ensemble, ils en feuilletèrent quelques pages.

— Ça pourrait être important, dit Jeffrey. Nous pouvons

l'apporter à Randolph. (Jeffrey le glissa dans sa poche.) Etes-vous prête ?

— Il faut que vous signiez au bureau de la surveillante, dit Kelly. N'oubliez pas que vous êtes Richard Widdicomb.

Quitter l'hôpital fut aussi facile que Jeffrey l'espérait. Il portait son sac marin sur l'épaule. Kelly portait elle aussi un petit sac contenant ses affaires. Ils montèrent dans sa voiture. Jeffrey lui indiqua le chemin à prendre quand elle fut sortie du quartier. Il lui avait fait parcourir la moitié du chemin jusqu'au bureau de Randolph quand il se tourna brusquement vers elle. Sa façon de la regarder l'effraya.

— Qu'est-ce qui se passe ? demanda-t-elle.

— Vous avez dit que ces hommes étaient revenus à l'appartement de Trent après m'avoir jeté dans leur voiture ? demanda Jeffrey.

— Je ne sais pas s'ils sont entrés dans son appartement, mais ils sont rentrés dans son immeuble.

— Oh, mon Dieu ! dit Jeffrey. (Il se retourna pour regarder devant lui.) S'ils sont entrés si facilement quand j'y étais, c'est qu'ils avaient les clefs. De toute évidence, ils venaient chercher quelque chose de particulier.

Il se tourna de nouveau vers Kelly.

— Il faut que nous passions d'abord à Garden Street, dit-il.

— Nous ne retournons pas à l'appartement de Trent ?

Kelly ne pouvait en croire ses oreilles.

— Il le faut. Il faut que nous nous assurions que la toxine et la Marcaïne y sont encore. S'ils n'y sont pas, nous voilà revenus à la case départ.

— Jeffrey, non ! cria Kelly.

Elle ne pouvait croire qu'il voulait y retourner une troisième fois. Chaque fois qu'ils y étaient allés, ils avaient dû affronter un nouveau danger. Mais Kelly en était venue à connaître trop bien Jeffrey. Elle savait que rien ne le dissuaderait d'entreprendre une nouvelle visite illégale. Sans un mot de protestation, elle se dirigea vers Garden Street.

— C'est le seul moyen, dit Jeffrey, autant pour se convaincre lui-même que pour convaincre Kelly.

Kelly se gara à une centaine de mètres de l'immeuble de

brique jaune. Tous deux restèrent là quelques instants, pour se concentrer.

— Est-ce que la fenêtre est encore ouverte ? demanda Jeffrey.

Il scrutait les lieux du regard pour voir si personne ne surveillait l'immeuble ou s'il n'y avait aucune présence suspecte. Maintenant, c'était la police qui l'inquiétait.

— La fenêtre est encore ouverte, dit Kelly.

Jeffrey commença à dire qu'il serait de retour dans deux minutes, mais Kelly lui coupa la parole.

— Je n'attends pas ici, dit-elle d'un ton sans réplique.

Sans un mot, Jeffrey approuva de la tête.

Ils franchirent le portail. L'immeuble était étrangement calme jusqu'à ce qu'ils atteignissent le deuxième étage. Derrière une porte fermée, ils n'entendirent que le vacarme des dessins animés du samedi matin.

En arrivant au quatrième, Jeffrey fit signe à Kelly d'être la plus silencieuse possible. La porte d'Harding était entrebâillée. Jeffrey resta dehors à écouter. Ils n'entendaient que la rumeur de la ville pénétrant par la fenêtre ouverte.

Jeffrey ouvrit plus largement la porte. La scène qui frappa son regard n'était pas encourageante. L'appartement était dans un état pire qu'avant, bien pire. Il avait été mis à sac. Tout avait été jeté en vrac au milieu de la pièce. On avait enlevé tous les tiroirs du bureau.

— Bon Dieu ! murmura Jeffrey.

Il entra et se précipita dans la cuisine. Kelly resta dans l'encadrement de la porte, examinant les débris.

Jeffrey était de retour une seconde plus tard. Kelly n'eut pas à poser de questions. On lisait sur son visage ce qu'il avait trouvé.

— Tout a disparu, dit-il au bord des larmes. Même le double fond du placard a disparu.

— Qu'est-ce que nous allons faire ? demanda Kelly en posant la main sur son bras pour le consoler.

Jeffrey se passa les doigts dans les cheveux. Il refoulait ses larmes.

— Je ne sais pas, dit-il. Avec Harding mort et son appartement nettoyé...

Il fut incapable de poursuivre.

— Nous ne pouvons pas laisser tomber maintenant, dit Kelly.

Et ce Henry Noble, le patient de Chris ? Vous avez dit qu'on pouvait trouver la toxine dans sa vésicule biliaire.

— Mais c'était il y a deux ans.

— Attendez un instant. La dernière fois que nous avons parlé de cela, vous m'avez convaincue. Vous aviez l'air plein d'espoir. Qu'est-il advenu de votre affirmation selon laquelle nous devons travailler avec ce que nous avons ?

— Vous avez raison, dit Jeffrey en essayant de se ressaisir. Il y a une chance. Il faut que nous allions au bureau du médecin légiste. Il est temps que nous racontions toute l'histoire à Warren Seibert.

Kelly les conduisit à la morgue municipale.

— Vous pensez que le Dr Seibert sera ici un samedi matin ? demanda Kelly quand ils descendirent de voiture.

— Il a dit que quand ils avaient beaucoup de travail, ils étaient là presque tous les jours, répondit Jeffrey en lui tenant la porte de la morgue pour la laisser passer.

Kelly regarda les motifs égyptiens dans le hall d'entrée.

— Ça me rappelle *Tales from the Crypt,* dit-elle.

La porte du bureau principal était fermée et verrouillée. Tout semblait désert. Jeffrey emmena Kelly vers l'escalier conduisant au premier.

— Il y a une drôle d'odeur ici, se plaignit Kelly.

— Ce n'est rien. Attendez que nous soyons en haut.

Quand ils arrivèrent au premier, ils n'avaient encore vu personne. La porte de la salle d'autopsie était ouverte, mais il n'y avait pas âme qui vive ou ne vive pas. L'odeur était loin d'être aussi insupportable que lors de la première visite de Jeffrey. Retournant dans le hall, ils passèrent devant la bibliothèque poussiéreuse. En jetant un coup d'œil dans le bureau de Seibert, ils le découvrirent penché sur son bureau, un grand bol de café à côté de lui, devant un tas de rapports d'autopsie.

Jeffrey frappa à la porte ouverte. Seibert sursauta, mais quand il vit qui c'était, un large sourire éclaira son visage.

— Docteur Webber... vous m'avez fait peur.

Jeffrey s'excusa.

— Nous aurions dû téléphoner, dit-il.

— Ça ne fait rien, dit Seibert. Mais je n'ai pas encore eu de nouvelles de Californie. Je doute d'en avoir avant lundi.

— Ce n'était pas exactement la raison de notre visite, dit Jeffrey.

Il prit le temps de présenter Kelly. Seibert se leva pour lui serrer la main.

— Pourquoi n'irions-nous pas à la bibliothèque ? Il n'y a pas assez de place dans ce bureau pour trois fauteuils.

Quand ils furent installés, Seibert les incita à parler en disant :

— Alors, que puis-je faire pour vous, mes amis ?

Jeffrey prit une profonde inspiration.

— D'abord, dit-il, je m'appelle Jeffrey Rhodes.

Jeffrey raconta alors son incroyable histoire. Kelly l'aida sur certains points. Cela prit à Jeffrey près d'une demi-heure.

— Alors maintenant, vous voyez dans quelle situation fâcheuse nous sommes. Nous n'avons pas de preuve et je suis un fugitif. Nous ne disposons pas de beaucoup de temps. Notre seule solution semble être Henry Noble. Il faut que nous trouvions la toxine avant de pouvoir prouver qu'elle est à l'origine de tous ces décès.

— Mince alors ! s'exclama Seibert. (C'étaient les premiers mots qu'il prononçait depuis que Jeffrey avait commencé.) Dès le début, j'ai pensé que ce cas était intéressant. Maintenant, c'est le cas le plus intéressant dont j'aie jamais entendu parler. Eh bien, nous exhumerons le vieil Henry et nous verrons ce que nous pouvons faire.

— A votre avis, cela prendra combien de temps ? demanda Jeffrey.

— Il faut que nous ayons un permis d'exhumer ainsi qu'un permis de réinhumer du Département de la Santé, dit Seibert. En tant que médecin légiste, je n'aurai pas de problème pour obtenir l'un et l'autre. Par courtoisie, nous le notifierons aux proches parents. J'imagine que nous pourrons le faire dans une semaine ou deux.

— C'est trop long, dit Jeffrey. Il faut que nous le fassions tout de suite.

— Je suppose que nous pourrions avoir un ordre du tribunal, dit Seibert, mais ça prendrait quand même trois ou quatre jours.

— C'est encore trop long, soupira Jeffrey.

— Mais je ne vois rien de plus court.

— Cherchons à savoir où il est enterré, dit Jeffrey, essayant d'envisager d'autres solutions. Vous avez dit que vous aviez ce renseignement ici.

— Nous avons son rapport d'autopsie et nous devrions avoir une copie de son acte de décès. Le renseignement devrait être là, dit Seibert. (Il repoussa son fauteuil.) Je vais vous chercher ça.

Seibert quitta la pièce. Kelly regarda Jeffrey.

— Je suis sûre que vous avez quelque chose en tête, dit-elle.

— C'est très simple. Je crois que nous devrions simplement aller déterrer le cadavre. Dans les circonstances actuelles, je ne me sens pas d'humeur à supporter toutes ces tracasseries administratives.

Seibert revint avec une copie de l'acte de décès d'Henry Noble. Il le posa sur la table devant Jeffrey et regarda par-dessus son épaule.

— Voici l'endroit où il a été enterré, dit-il en désignant le milieu du formulaire. Heureusement, il n'a pas été incinéré.

— Je n'avais pas pensé à ça, reconnut Jeffrey.

— Edgartown, dans le Massachusetts. Je ne vis pas depuis assez longtemps ici pour bien connaître l'Etat, dit Seibert. Où se trouve Edgartown ?

— A Martha's Vineyard, dit Jeffrey. Tout au bout de l'île.

— Voilà l'entreprise de pompes funèbres, montra Seibert. Boscowaney Funeral Home, Vineyard Haven. La licence est au nom de Chester Boscowaney. C'est important de le savoir, parce qu'il faudra qu'il intervienne.

— Comment ça ? demanda Jeffrey.

Il voulait tout simplifier au maximum. En ce qui le concernait, Jeffrey pensait qu'il sortirait au milieu de la nuit avec une pelle et un levier.

— Il faut que ce soit lui qui établisse que c'est le bon cercueil et le bon cadavre, dit Seibert. Comme vous pouvez l'imaginer, et c'est partout pareil, il y a parfois des erreurs, surtout lorsque le cercueil est fermé au moment de la mise en bière.

— Ce sont des choses qu'on ignore, dit Kelly.

— A quoi ressemblent ces permis d'exhumer ? demanda Jeffrey.

— Ils ne sont pas compliqués, dit Seibert. Il se trouve que j'en ai un sur mon bureau pour une affaire où une famille craint qu'on n'ait prélevé certains organes sur son fils. Vous voulez le voir ?

Jeffrey fit oui de la tête. Pendant que Seibert était parti le chercher, il se pencha vers Kelly et murmura :

— Un peu d'air marin ne me déplairait pas. Et à vous ?

Seibert revint et posa le papier devant Jeffrey. Il était tapé à la machine comme un document officiel.

— Ça n'a rien de spécial, dit Jeffrey.

— De quoi parlez-vous ? demanda Seibert.

— Que se passerait-il si je venais ici avec un de ces formulaires et que je vous demande d'exhumer un corps et de vérifier quelque chose qui m'intéresse ? demanda Jeffrey. Que diriez-vous ?

— Nous faisons tous des travaux de caractère privé à l'occasion. Je suppose que je dirais que ça vous coûtera de l'argent.

— Combien ? demanda Jeffrey.

Seibert haussa les épaules.

— Il n'y a pas d'honoraires fixes. Si c'était simple, dans les deux mille dollars.

Jeffrey prit son sac marin et en sortit une des liasses de billets. Il compta vingt billets de cent dollars. Il les mit sur la table devant Seibert. Puis il dit :

— Si je peux emprunter une machine à écrire, j'aurai un de ces permis d'exhumer dans une heure à peu près.

— Vous ne pouvez pas faire ça, dit Seibert. C'est illégal.

— Ouais, mais c'est moi qui prends le risque, pas vous. Je parie que vous ne vérifiez jamais l'authenticité de ces permis. En ce qui vous concerne, il sera normal. Ce sera moi qui enfreindrai la loi, pas vous.

Seibert se mordilla la lèvre un moment.

— C'est une situation exceptionnelle, dit-il. (Puis il ramassa l'argent.) Je le ferai, mais pas pour de l'argent. Je le ferai parce que je crois à l'histoire que vous m'avez racontée. Si ce que vous dites est vrai, alors il est de l'intérêt public d'aller au fond des choses. (Il lança l'argent sur les genoux de Jeffrey.) Allons-y. Je vais ouvrir le bureau en bas et vous pourrez nous faire un permis d'exhumer. Pendant que vous y serez, vous pourrez tout aussi bien nous faire un permis de réinhumer. Je ferais bien de téléphoner à M. Boscowaney en lui demandant de dénicher des gens et de s'assurer que le gardien du cimetière n'est pas parti à la pêche.

— Combien de temps est-ce que tout cela prendra ? demanda Kelly.

— Un certain temps, dit Seibert. (Il regarda sa montre.) Avec un peu de chance, nous arriverons là-bas vers le milieu de l'après-midi. Si nous pouvons trouver un homme avec une pelleteuse, ça pourrait être fait ce soir. Mais ça sera peut-être tard.

— Alors nous devrions prévoir d'y passer la nuit, dit Kelly. Il y a une auberge à Edgartown, la Charlotte Inn. Si je réservais des chambres ?

Jeffrey dit qu'à son avis c'était une bonne idée.

Seibert fit entrer Kelly dans le bureau d'un confrère afin qu'elle pût téléphoner. Puis il conduisit Jeffrey à un autre bureau où il le laissa devant une machine à écrire.

Kelly téléphona à la Charlotte Inn pour y réserver deux chambres. Elle pensa que c'était de bon augure pour la suite. Elle avait du mal à l'admettre, mais la seule chose qui l'inquiétait dans cette aventure, c'était Dalila. Que se passerait-il si elle mettait bas ? La dernière fois que Dalila avait eu des petits, elle avait manqué de calcium. Et Kelly avait dû se précipiter chez le vétérinaire.

Reprenant le téléphone, elle appela sa voisine, Kay Buchanan. Kay avait trois chats. Chacune d'elles avait gardé les chats de l'autre en de nombreuses occasions.

— Kay, avez-vous prévu de rester là pour le week-end ? demanda Kelly.

— Oh oui, dit Kay. Harold a du travail. Nous resterons ici. Vous voulez que je nourrisse vos monstres ?

— Je crains que ça ne soit plus que ça. Il faut que je m'absente et Dalila est sur le point de mettre bas. J'ai bien peur que ce ne soit imminent.

— Elle a failli mourir la dernière fois, dit Kay avec inquiétude.

— Je sais, dit Kelly. J'allais la faire opérer, mais elle m'a prise de vitesse. Je ne voulais pas partir maintenant, mais je n'ai pas le choix.

— Est-ce que je pourrai prendre contact avec vous s'il arrive quelque chose ?

— Bien sûr, dit Kelly. Je serai à la Charlotte Inn, à Martha's Vineyard.

Kelly lui donna le numéro.

— J'espère que vous me le revaudrez, dit Kay. Il y a beaucoup de boîtes pour les chats chez vous ?

— Oui, oui, dit Kelly. Il faudra que vous laissiez entrer Samson. Il est sorti.

— Ça, je le sais. Il vient de se bagarrer avec mon birman. Amusez-vous bien. J'assurerai la permanence.

— Je ne sais comment vous remercier, dit Kelly.

Elle raccrocha le téléphone, heureuse d'avoir une amie si dévouée.

— Allô ? dit Frank dans le combiné, mais il ne pouvait saisir un seul mot — ses gosses regardaient les dessins animés du samedi matin, le son monté au maximum, et ça le rendait cinglé. Ne quittez pas, dit-il en posant le récepteur. (Il se dirigea vers le seuil de la salle commune.) Dis donc, Donna, calme ces gosses ou je fiche ce téléviseur par la fenêtre.

Frank tira la porte coulissante. Le volume diminua de moitié. Frank avança d'un pas traînant vers le téléphone. Il portait sa robe de chambre de velours bleu et ses pantoufles de feutre.

— Qui est à l'appareil ? dit-il quand il reprit le téléphone.

— C'est Matt. J'ai le renseignement dont tu as besoin. Ça m'a pris un peu plus de temps que je ne le prévoyais. J'avais oublié qu'on était samedi aujourd'hui.

Frank prit un crayon dans le tiroir.

— Bon, dit-il donne-le-moi.

— Le numéro minéralogique que tu m'as donné est enregistré au nom d'une certaine Kelly C. Everson, dit Matt. Son adresse est 418 Willard Street à Brookline. C'est loin de chez toi ?

— C'est tout près, dit Frank. Ça m'aide drôlement.

— L'avion est encore là, dit Matt. Je veux ce médecin.

— Tu l'auras, dit Frank.

— Il m'a fallu un certain temps pour me mettre en rogne, dit Devlin à Mosconi. Mais je t'avertis, maintenant je suis en rogne. Il y a quelque chose, à propos du Dr Jeffrey Rhodes, dont tu ne m'as pas parlé. Quelque chose que j'aurais dû savoir.

— Je t'ai tout dit. Je t'en ai plus dit sur cette affaire que je ne t'en ai jamais dit sur toutes celles dont tu t'es occupé. Pourquoi est-ce que je te cacherais quelque chose ? Dis-le-moi. C'est moi qui vais y perdre dans cette histoire.

— Alors comment se fait-il que Frank Ferrano et un de ses gorilles se soient pointés au Hatch Shell ? demanda Devlin. (Il fronça les sourcils en changeant de position dans son lit d'hôpital. Il y avait un trapèze accroché à un cadre au-dessus de son lit, dont il se servait pour se soulever.) Il n'a jamais trempé dans des affaires de chasseur de prime, que je sache.

— Comment diable le saurais-je ? dit Mosconi. Ecoute, je ne suis pas venu ici pour me faire injurier. Je suis venu ici pour voir si tu étais aussi mal en point qu'on le disait dans les journaux.

— Des conneries, dit Devlin. Tu es venu ici pour voir si je n'étais pas en trop mauvais état pour alpaguer le toubib comme je te l'avais promis.

— Quel mal y a-t-il à ça ? demanda Mosconi, en regardant la blessure superficielle au-dessus de l'oreille droite de Devlin.

On lui avait rasé presque tous les cheveux sur ce côté de la tête pour lui faire des points de suture. C'était une vilaine blessure.

— Moins de mal que si tu me mens, dit Devlin.

— Tu t'es vraiment ramassé trois balles ? demanda Mosconi, en regardant le bandage compliqué qui couvrait l'épaule gauche de Devlin.

— Celle qui n'a effleuré la tête m'a raté. Dieu merci. Sinon, j'étais cuit. Mais ç'a dû me sonner. J'en ai pris une dans la poitrine, mais ma veste en kevlar l'a arrêtée. Tout ce que celle-là m'a laissé, c'est un point douloureux à la cage thoracique. Celle qui a frappé mon épaule l'a carrément traversée. Frank avait un foutu fusil d'assaut. Au moins, il n'a pas utilisé des balles déformables.

— Ce qu'il y a de drôle, c'est que quand je t'envoie après des tueurs, tu reviens sans une égratignure, mais quand je te mets sur un petit toubib condamné pour une histoire d'anesthésique, tu manques de te faire tuer.

— C'est pour ça que je pense qu'il y a autre chose dans cette affaire. Quelque chose qui met en cause le jeune gars qui a été descendu par Tony Marcello. Au début, quand j'ai vu Frank, j'ai pensé que tu lui avais peut-être parlé.

— Jamais, dit Mosconi. Ce type est un criminel.

Devlin jeta à Mosconi un regard du genre « qui se moque de qui ».

— Passons, dit-il. Mais si Frank est dans le coup, il se prépare quelque chose de grande envergure. Frank Ferrano ne se pointe que quand il y a beaucoup d'argent ou de gros joueurs. D'ordinaire, les deux.

Avec un craquement qui surprit Mosconi, la barre qui était sur le côté du lit s'effondra. Devlin l'avait libérée. Grimaçant, il se servit de son bon bras pour se soulever et se mettre en position assise. Puis il fit pivoter ses jambes par-dessus le bord du lit. Il avait une perfusion fixée sur la main gauche, mais il saisit le tube et l'arracha. L'aiguille se détacha avec le ruban adhésif et commença à s'égoutter par terre.

Mosconi était horrifié.

— Mais bon Dieu, qu'est-ce que tu fais ? demanda-t-il en reculant.

— Mais bon Dieu, qu'est-ce que j'ai l'air de faire ? dit Devlin en se mettant debout. Sors mes fringues du placard.

— Tu ne peux pas partir.

— Contente-toi de me regarder faire, dit Devlin. Pourquoi rester ici ? J'ai eu ma piqûre antitétanique. Et comme je le disais, je suis en rogne. De plus, je t'ai promis le toubib dans les vingt-quatre heures. J'ai encore un peu de temps devant moi.

Une demi-heure plus tard, Devlin avait signé une décharge pour sortir de l'hôpital.

— Vous en prenez l'entière responsabilité, lui avait précisé une infirmière à l'air guindé.

— Donnez-moi simplement les antibiotiques et les pilules contre la douleur, et faites-moi grâce du sermon.

Michael l'emmena en voiture jusqu'à Beacon Hill pour que Devlin pût reprendre la sienne. Elle était encore garée dans la zone interdite au pied de la colline.

— Garde au chaud la main qui va me signer le chèque, dit Devlin à Mosconi en descendant de sa voiture. Tu auras bientôt de mes nouvelles.

— Tu ne penses toujours pas que je devrais faire appel à quelqu'un d'autre ?

— Ça serait une perte de temps, dit Devlin. De plus, ça

pourrait me rendre furieux contre toi autant que contre Frank Ferrano.

Devlin monta dans sa voiture. Sa première destination fut le quartier général de la police à Berkeley Street. Il voulait son arme et il savait qu'elle y serait. Cela fait, il téléphona au détective qu'il avait chargé de surveiller Carol Rhodes quand il croyait encore qu'il la conduirait jusqu'à Jeffrey. Cette fois, il lui demanda d'aller à Brookline pour surveiller la maison de Kelly Everson.

— Je veux savoir tout ce qui s'y passe, compris ? lui dit Devlin.

— Je ne pourrai pas y être avant la fin de l'après-midi.

— Vas-y le plus tôt possible.

Cet autre problème réglé, Devlin se dirigea vers le North End. Après s'être garé en double file à Hanover Street, il entra dans le Via Veneto Café.

Dès l'arrivée de Devlin, il y eut un bruit de pas traînants en direction du fond du café, au-delà de la fresque représentant un fragment du Forum romain. Une chaise au dossier en fer tomba par terre. Devlin entendit les rangs de perles du rideau tintinnabuler.

Sans perdre de temps, Devlin sortit du café par l'autre rue. Il se faufila au milieu des piétons jusqu'à Bennett Street et tourna à gauche. Entrant dans une allée étroite, il fondit sur un petit homme chauve au visage rond.

L'homme essaya d'échapper à Devlin, mais celui-ci le saisit par sa veste avant qu'il eût fait deux pas. L'homme tenta de se débarrasser de sa veste en se contorsionnant, mais Devlin le colla contre le mur.

— Pas tellement heureux de me voir, hein, Dominic ? dit Devlin.

Dominic faisait partie de son vaste réseau d'indics. Devlin tenait particulièrement à lui parler en raison de sa longue association avec Frank Ferrano.

— Je n'ai rien à voir avec le fait que Frank t'ait tiré dessus, dit Dominic, tremblant visiblement.

Devlin et lui se connaissaient aussi depuis longtemps.

— Si je le pensais, je ne parlerais pas avec toi, dit Devlin avec un sourire que Dominic comprit immédiatement. Mais je voudrais bien savoir ce que Frank fabrique ces jours-ci. J'ai pensé que tu pourrais me le dire.

— Je ne peux rien te dire sur Frank. Laisse-moi. Tu sais ce qui m'arriverait, sinon.

— Seulement si je disais quelque chose à quelqu'un. Est-ce que j'ai jamais dit quoi que ce soit sur toi à qui que ce soit, même à la police ?

Dominic ne répondit pas.

— De plus, pour le moment, Frank est un ennui hypothétique. En cet instant précis, ton souci, c'est moi. Et je t'assure, Dominic, que tu n'es pas sorti de l'auberge avec moi.

Devlin mit la main dans sa poche et en tira son pistolet. Il savait que cela produirait l'effet désiré.

— Je ne sais pas grand-chose, dit Dominic, nerveux.

Devlin glissa de nouveau l'arme dans son étui.

— Ce qui pourrait n'être pas grand-chose pour toi pourrait être beaucoup pour moi. Pour qui Frank travaille-t-il ? Qui l'a envoyé descendre ce jeune gars hier soir sur l'Esplanade ?

— Je ne sais pas.

Devlin fit le geste de prendre son pistolet pour la seconde fois.

— Matt, dit Dominic. C'est tout ce que je sais. Tony me l'a dit avant qu'ils aillent à l'Esplanade. Il travaille pour un type qui s'appelle Matt. Un gars de Saint-Louis.

— C'était une affaire de quoi ? De drogue, quelque chose comme ça ?

— Je ne sais pas. Je ne crois pas que c'était de la drogue. Ils étaient censés tuer le jeune gars et envoyer le toubib à Saint-Louis.

— Tu ne me racontes pas de salades, hein, Dominic ? demanda Devlin d'un ton menaçant.

C'était loin du scénario qu'il avait imaginé.

— Mais c'est la stricte vérité, dit Dominic. Pourquoi te mentirais-je ?

— Est-ce que Frank a envoyé le toubib à Saint-Louis ? demanda Devlin.

— Non, ils l'ont raté. Frank a engagé Nicky après que Tony a été descendu. Cette fois, la petite amie du toubib l'a accroché avec sa voiture. Elle lui a cassé le bras.

Devlin était impressionné. Au moins, il n'était pas le seul pro à avoir des ennuis avec le docteur.

— Alors Frank est encore sur l'affaire ? demanda-t-il.

— Oui, pour autant que je sache. J'ai cru comprendre qu'il

avait parlé à Vinnie d'Agostino. On dirait qu'il y a beaucoup de fric dans le coup.

— Je veux avoir des renseignements sur ce type de Saint-Louis, dit Devlin. Et je veux savoir ce que Frank et Vinnie fabriquent. Utilise les numéros de téléphone habituels. Et, Dominic, si tu n'appellais pas, tu froisserais mes sentiments. Je crois que tu sais comment je deviens quand on froisse mes sentiments. J'imagine que je n'ai pas besoin de te faire un dessin.

Devlin abandonna Dominic. Il fit demi-tour et quitta l'allée sans se retourner. Le gars avait intérêt à tenir parole. Devlin n'était pas d'humeur à jouer au détective, et il était décidé à découvrir ce que Frank Ferrano pouvait bien fabriquer.

L'euphorie de Frank se dissipa quand il vit la maison de Kelly. L'endroit semblait désert, avec tous les rideaux tirés. Frank soupira. Ces soixante-quinze mille dollars étaient bien plus loin qu'il ne le pensait.

Pendant une demi-heure, il resta là à observer les lieux. Personne n'entra ni ne sortit. Il n'y avait aucun signe de vie à l'exception d'un chat siamois qui se prélassait au milieu de la pelouse comme s'il était chez lui.

Finalement, Frank descendit de voiture. Il alla d'abord sur le côté de la maison pour voir s'il y avait des fenêtres au garage. Il y en avait. Mettant ses mains en coupe, il regarda à l'intérieur. Pas de Honda Accord rouge comme celle qu'il avait prise en chasse la veille au soir à Beacon Hill. Il retourna vers le devant de la maison et décida de sonner pour voir ce qui se passerait. Pour se donner de l'assurance, il toucha son pistolet. Puis il sonna.

Rien ne se produisant, il colla son oreille contre la porte et appuya de nouveau sur le bouton. Il pouvait l'entendre carillonner à l'intérieur, signe qu'au moins la sonnette marchait. Remettant ses mains en coupe, il regarda par la fenêtre latérale de la porte. Il ne pouvait pas voir grand-chose à cause d'un rideau de dentelle accroché à l'intérieur.

Merde, pensa-t-il en se retournant vers la rue. Le siamois était encore roulé en boule au milieu de la pelouse.

Frank marcha dans l'herbe, se pencha et caressa le gros chat. Samson le regarda d'un air soupçonneux, mais ne fila pas comme une flèche.

— Tu aimes ça, hein, minet ? dit Frank.

Juste à ce moment-là, une femme sortit de la maison voisine et se dirigea vers lui.

— Tu t'es fait un ami, Samson ? demanda-t-elle.

— Votre minou, madame ? demanda Frank de sa voix la plus aimable.

— Pas exactement, dit la femme avec un petit rire. C'est l'ennemi mortel de mon birman. Mais entre voisins, nous devons apprendre à nous entendre.

— Un beau gros chat, dit Frank en se relevant.

Il était sur le point de poser à la femme des questions sur Kelly quand elle se dirigea vers la porte de Kelly.

— Allons, Samson, dit-elle au siamois. Allons voir ce que devient Dalila.

— Vous allez chez Kelly ? demanda Frank.

— Oui.

— Formidable, dit Frank en s'approchant d'elle. Je suis Frank Carter, un cousin de Kelly. J'ai tenté ma chance en venant voir si elle n'était pas chez elle.

— Je suis Kay Buchanan, dit-elle en lui tendant la main. Je suis la voisine et parfois la gardienne des chats de Kelly. Je crains que vous ne soyez obligé d'attendre un peu. Kelly est partie pour le week-end.

— Zut, dit Frank en faisant claquer ses doigts. Ma mère m'a donné son adresse pour que je passe lui dire bonjour. Je ne suis pas d'ici. Je suis en voyage d'affaires pour deux jours. Quand Kelly reviendra-t-elle ?

— Elle ne me l'a pas dit. C'est dommage.

— Surtout que je n'ai pas grand-chose à faire aujourd'hui, dit Frank. Vous n'avez pas idée de l'endroit où elle est allée ?

— A Martha's Vineyard. Edgartown, je crois. Elle a dit qu'il fallait qu'elle aille là-bas. J'ai comme l'impression qu'il s'agit d'une affaire sentimentale. Mais je ne me plains pas. A vrai dire, je suis contente pour elle. Elle a besoin de sortir un peu plus. Elle a porté le deuil assez longtemps, vous ne trouvez pas ?

— Oh ! oui absolument, dit Frank, espérant qu'on parlerait d'autre chose.

— Eh bien, contente de vous avoir rencontré, dit Kay. Il faut que je veille sur ses chats. C'est l'autre qui pose des problèmes.

Vous trouvez que Samson est gros, mais vous devriez voir Dalila. C'est pour un de ces jours. Dites, peut-être que vous devriez repasser lundi si vous êtes encore là. Kelly sera sans doute rentrée. Elle aurait intérêt. Je ne vais pas jouer à la bonne d'enfants pour toute une portée !

— Peut-être que je pourrais lui passer un coup de téléphone, dit Frank. (Il aimait bien l'idée que ce fût un voyage sentimental. Cela signifiait que le docteur était probablement parti lui aussi.) Vous n'avez pas idée de l'endroit où elle loge ?

— Elle m'a dit la Charlotte Inn. Allons, allons Samson, on y va.

Frank gratifia Kay d'un de ses plus grands sourires quand elle se dirigea vers le porche et prit la clef dans la lampe de l'allée. Il retourna alors à sa voiture.

Quand il eut démarré, il fit demi-tour. Il avait pris une décision concernant les soixante-quinze mille dollars : il n'en parlerait pas à Donna. Il les planquerait quelque part. Il irait peut-être se balader aux îles Caïmans.

L'idée d'aller faire un petit tour à Martha's Vineyard lui plaisait aussi. Et il avait une idée géniale. Puisqu'il devait mettre le toubib dans l'avion de Matt, pourquoi ne pas prendre l'avion jusqu'à l'île ? C'était ce qui s'appelait se servir de sa matière grise, se dit-il.

Alors qu'il rentrait en ville, Frank commença à se demander qui il allait pouvoir emmener avec lui s'il ne trouvait pas Vinnie d'Agostino. Indubitablement, Tony lui manquerait. Ce qui était arrivé était une honte. Frank se demanda s'il ne devrait pas rendre visite à Devlin à l'hôpital pour lui dire qu'il ne lui en voulait pas. Mais il décida de n'en rien faire. Ce n'était pas le moment.

Frank s'arrêta dans Hanover Street et se gara en triple file devant le Via Veneto Café. Il klaxonna. Quelqu'un ne tarderait pas à sortir en courant du café pour déplacer sa voiture afin qu'il pût descendre. Les voitures qui avaient fait marche arrière devaient passer dans un goulot. Plusieurs automobilistes le klaxonnaient parce qu'il les retardait.

— Va te faire foutre ! lança Frank par sa vitre.

Il était stupéfiant de voir à quel point certaines personnes manquaient de considération, pensa-t-il.

Frank entra dans le café et serra la main du propriétaire, qui était sorti précipitamment de derrière son comptoir pour venir l'accueillir. Frank prit une table près de la rue sur laquelle il y avait un carton « réservé ». Il commanda un double espresso et alluma une cigarette.

Quand ses yeux se furent accoutumés à la faible lumière du café, Frank se tortilla sur sa chaise et scruta la salle du regard. Il ne voyait pas Vinnie, mais il aperçut Dominic. Il fit signe au propriétaire. Il lui dit de demander à Dominic de venir lui parler.

Dominic, nerveux, approcha de la table de Frank.

— Qu'est-ce qui t'arrive ? lui demanda Frank en le regardant.

— Rien, dit Dominic. Peut-être que j'ai bu trop de café.

— Tu sais où est Vinnie ?

— Il est chez lui, dit Dominic. Il était ici il y a une demi-heure.

— Demande-lui de venir. Dis-lui que c'est important.

Dominic approuva de la tête et sortit.

— Et si tu me donnais un sandwich ? dit Frank au propriétaire.

Pendant qu'il mangeait, il essaya de se rappeler où était la Charlotte Inn à Edgartown. Il n'y était allé que deux fois. D'après ses souvenirs, ce n'était pas une bien grande ville. En fait, ce qu'il y avait de plus grand, c'était le cimetière.

Vinnie entra avec Dominic. Vinnie était un jeune type aux muscles hypertrophiés qui croyait que toutes les femmes lui couraient après. Frank avait toujours eu un peu peur d'utiliser ce gars parce qu'il avait l'air trop casse-cou, comme s'il essayait toujours de faire ses preuves. Mais avec Tony mort et Nicky hors de service, Frank n'avait guère le choix. Il savait qu'il ne pouvait engager Dominic. Dominic était un imbécile. Il avait toujours été trop nerveux. Il était un poids mort, surtout si quelque chose tournait mal. Frank en avait fait l'amère expérience.

— Assieds-toi, Vinnie, dit Frank. Qu'est-ce que tu dirais de faire un petit tour gratuit à la Charlotte Inn, à Edgartown ?

Vinnie prit une chaise et s'y assit à cheval, penché en avant sur le dossier pour faire saillir ses muscles. Frank pensa qu'il avait beaucoup à apprendre.

— Dominic, dit Frank, si tu décampais ?

Dominic sortit discrètement par l'arrière du café et courut

jusqu'à la papeterie de Salem Street. Il y avait une cabine téléphonique derrière les magazines. Il sortit les numéros de Devlin et composa le premier des deux. Quand Devlin décrocha, il mit sa main devant le récepteur avant de commencer à parler. Il ne tenait pas à ce qu'on l'entendît.

16

SAMEDI

20 MAI 1989

19 H 52

— C'est une bonne chose que nous n'ayons pas essayé de venir en avion, dit Kelly à Jeffrey alors qu'un jet grondait dans le lointain. Nous ne serions pas encore arrivés. On dirait que le brouillard se lève maintenant.

— Au moins il ne pleut plus, dit Jeffrey.

Il regardait la pelleteuse pénétrer dans la terre molle.

Ils avaient fait la traversée jusqu'à l'île en empruntant le ferry Steamship Authority qui partait de Woods Hole. Ils avaient eu bien raison de prendre la fourgonnette de médecin légiste de Seibert avec le sceau officiel sur la porte. Ils ne seraient jamais parvenus à embarquer avec un véhicule si Seibert n'avait pas insisté sur le fait qu'ils se déplaçaient pour des raisons officielles. Avoir sa camionnette plutôt que la Honda de Kelly l'avait aidé à établir le bien-fondé de ses dires. Même ainsi, il y avait eu des récriminations. Leur véhicule fut le dernier à monter à bord.

Le voyage s'était déroulé sans histoires. A cause du brouillard et d'un léger crachin, ils n'étaient pas restés sur le pont et avaient trouvé un coin non-fumeurs pour s'installer. Jeffrey et Kelly avaient passé l'essentiel de leur temps à examiner le carnet d'adresses de Trent, mais ils n'avaient déniché aucune indication.

La seule inscription qui avait attiré l'attention de Jeffrey était un certain Matt qui figurait à la lettre D. Jeffrey se demanda si c'était le Matt qui avait laissé un message sur le répondeur de Trent lors de sa première visite. Le code régional était 314.

— Où est le 314 ? demanda Jeffrey à Kelly.

Elle ne savait pas. Il s'adressa alors à Seibert qui feuilletait un des nombreux journaux professionnels qu'il avait emportés pour le voyage.

— Dans le Missouri, dit Seibert. J'ai une tante à Saint-Louis.

Quand ils arrivèrent à Vineyard Haven, la plus grande ville de Martha's Vineyard, ils se rendirent directement au Boscowaney Funeral Home. Grâce au coup de téléphone passé le matin par Seibert, Chester Boscowaney les attendait.

Chester n'était pas loin de la soixantaine ; il avait pas mal de kilos en trop et avait les joues si rouges qu'il avait l'air maquillé. Il était vêtu d'un complet noir avec gilet et portait une montre de gousset. Ses manières étaient onctueuses, serviles même. Il s'était saisi des billets de cent dollars que Jeffrey lui avait offerts sur les conseils de Seibert avec l'avidité d'un chien affamé.

— J'ai tout organisé, dit-il en murmurant comme si des obsèques étaient en cours. Je vous retrouverai là-bas.

Kelly, Jeffrey et Warren étaient allés en voiture jusqu'à Edgartown et avaient rempli leurs fiches à la Charlotte Inn. Kelly et Jeffrey s'étaient inscrits sous le nom de M. et Mme Everson.

La seule pierre d'achoppement qui demeurait concernait le conducteur de la pelleteuse, Harvey Tabor. Il était parti pour Chappaquiddick où il creusait une fosse septique pour une petite maison au bord de la plage et ne pouvait être de retour à Edgartown avant quatre heures passées. Et même alors, il ne pourrait pas aller au cimetière. Il avait expliqué que sa femme avait préparé un bon dîner pour l'anniversaire de sa fille et qu'il ne pourrait les rejoindre au cimetière que plus tard.

Toute l'affaire avait démarré peu après sept heures. La première chose que Jeffrey avait fait remarquer à Seibert était que personne n'avait demandé à voir les permis. Boscowaney n'avait même pas demandé s'ils les avaient. Seibert avait dit qu'il valait tout de même mieux qu'ils les eussent.

— Ça sera fini quand ça sera fini, avait-il ajouté.

Le gardien du cimetière était un homme du nom de Martin Cabot. Il avait un visage taillé à la serpe et un corps mince. Il ressemblait plus à un marin habitué aux intempéries qu'à un gardien de cimetière. Il avait regardé Seibert pendant une bonne minute avant de dire :

— Vous êtes drôlement jeune pour être coroner.

Warren lui dit qu'il s'était arrangé pour sauter une année, ce qui avait écourté la durée de sa scolarité. Il dit aussi qu'il était médecin et médecin légiste et non coroner. Jeffrey devina qu'il ne plaisantait pas avec ces choses-là.

Le gardien et le conducteur de la pelleteuse ne s'entendaient de toute évidence pas tellement bien. Martin ne cessait de dire à Harvey où il devait se mettre et ce qu'il devait faire. Harvey disait à Martin qu'il conduisait sa pelleteuse depuis assez longtemps pour ne pas avoir besoin de conseils.

Les premiers coups de pelle n'avaient été donnés qu'après sept heures et demie, derrière la pierre tombale en granit d'Henry Noble. C'était un endroit agréable sous un grand érable.

— C'est encourageant, avait dit Seibert. Avec cette ombre, il devrait y avoir moins de détériorations et de putréfaction.

Kelly avait senti son estomac se retourner.

Un crissement aigu venait de la terre.

— Vas-y mollo ! cria Martin. Tu vas crever le dessus du caveau.

Une ligne de ciment taché apparut dans la terre fraîche.

— La ferme, Martin, dit Harvey en faisant descendre la pelleteuse dans le trou.

Elle donna un coup léger sur le béton. Harvey fit venir la pelle vers lui et la remonta. Une grande partie du toit du caveau apparut.

— Ne casse pas les poignées, cria Martin.

Kelly, Jeffrey et Seibert se tenaient d'un côté de la tombe, Chester et Martin de l'autre. Le soleil n'était pas encore couché, mais il était bas dans le ciel, et il était voilé par de sombres nuages de pluie. De minces volutes de brouillard tourbillonnaient autour du cimetière, poussées par la brise marine. Martin avait passé une corde autour des branches de l'érable. Une telle vision rappelait à Jeffrey le nœud de la corde d'un bourreau, même si la seule chose qui y pendait était une ampoule nue et solitaire. Sa lumière éclairait directement la tranchée que la pelleteuse creusait.

Kelly frissonnait, plus à cause de ce qui se passait que du froid, bien qu'il fît de plus en plus frais. La chambre confortable de la Charlotte Inn avec son papier peint victorien semblait bien loin. Elle tendit la main et se cramponna à celle de Jeffrey.

Il fallut encore un quart d'heure pour enlever le reste de la saleté qui recouvrait la dalle de ciment. Quand elle fut assez dégagée, Harvey et Martin descendirent pour nettoyer à la pelle ce qui restait sur le tombeau.

Puis Harvey remonta sur sa pelleteuse dont il plaça la pelle juste au-dessus de la dalle. Martin et lui redescendirent rapidement dans le trou pour passer des câbles d'acier allant des poignées de la dalle aux dents de la pelle.

— Bon, Martin, sors du trou, dit Harvey, tout heureux de donner à son tour un ordre à Martin.

Il regrimpa sur sa machine. Puis, regardant Kelly, Jeffrey et Seibert, il dit :

— Vous trois, vous ne pouvez pas rester là. Je vais faire pivoter la dalle et la poser de votre côté.

Tous trois s'exécutèrent. Une fois qu'ils eurent débarrassé le terrain, Harvey se remit au travail.

Le moteur de la pelleteuse grogna et peina. Puis, avec un bruit sec, le dessus du caveau se détacha. Jeffrey vit qu'il avait été scellé avec une substance qui ressemblait à du goudron. La pelleteuse fit pivoter la dalle sur le côté et la déposa par terre.

Tout le monde s'agglutina au bord du trou. Dans le caveau reposait un cercueil argenté.

— N'est-ce pas une merveille ? dit Chester Boscowaney. C'est un de nos plus beaux articles.

— Pas d'eau dans le caveau, dit Seibert. Voilà encore un bon signe.

Jeffrey parcourut le cimetière du regard. C'était étrange à voir. La nuit tombait rapidement. Les pierres tombales projetaient d'étroites ombres pourpres qui striaient le sol.

— Bon, qu'est-ce que vous voulez qu'on fasse, doc ? demanda Martin à Seibert. Vous voulez qu'on sorte le cercueil ou vous voulez descendre là-dedans et qu'on l'ouvre sur place.

Jeffrey voyait que Seibert pesait le pour et le contre.

— Je n'ai jamais aimé descendre dans ces caveaux, dit-il, mais remonter le cercueil prendra plus de temps. Plus vite nous en aurons fini, mieux ça sera. J'ai hâte de faire un bon dîner.

Kelly en eut de nouveau l'estomac tout retourné.

— Puis-je vous aider ? demanda Jeffrey.

Seibert le regarda.

— Avez-vous déjà fait quelque chose de ce genre ? Il se pourrait que ça soit assez horrible, et je ne vous dirai ce que ça sentira, surtout s'il y a de l'eau à l'intérieur.

— Ça ira, dit Jeffrey, malgré ses appréhensions.

— C'est un cercueil Millbronne, dit Chester Boscowaney avec fierté. Il y a un joint d'étanchéité en caoutchouc tout autour. Il n'y aura pas d'eau.

— J'en ai déjà entendu parler, murmura Seibert. Alors, mettons-nous à l'ouvrage.

Jeffrey et Seibert sautèrent sur le bord de béton du caveau et se baissèrent chacun à un bout du cercueil. Seibert était au pied, Jeffrey à la tête.

— Donnez-moi la manivelle, dit Seibert.

Chester la lui tendit.

Seibert tâta l'arrière du cercueil jusqu'à ce qu'il sentît l'endroit voulu. Insérant alors la manivelle dans le trou, il essaya de la tourner. Il dut y mettre tout son poids avant qu'elle bougeât. Finalement, elle tourna avec un grincement déchirant. Kelly grimaça de dégoût.

Le sceau du cercueil se brisa avec un sifflement.

— Vous entendez l'air ? dit Chester Boscowaney. Il n'y aura pas d'eau là-dedans, notez bien ce que je vous dis.

— Mettez vos doigts sous le bord, dit Seibert à Jeffrey, et soulevez.

Le couvercle du cercueil se détacha avec un craquement. Tout le monde regarda à l'intérieur. Le visage et les mains d'Henry Noble étaient recouverts d'une fine toile de duvet blanc. En dessous, sa peau était gris foncé. Il portait un costume bleu, une chemise blanche et une cravate à dessin cachemire. Ses chaussures brillantes semblaient neuves. Sur le satin blanc de l'intérieur, il y avait des taches de moisissure verte.

Jeffrey essayait de respirer par la bouche pour échapper à l'odeur, mais à sa grande surprise, ça ne sentait pas tellement mauvais. C'était plus une odeur de moisi qu'une odeur fétide, comme celle d'une cave qu'on n'aurait pas ouverte depuis longtemps.

— Ça a l'air très bien, dit Seibert. Mes compliments au directeur des pompes funèbres. Il n'y a pas une goutte d'eau.

Seibert avança lentement le long du cercueil. Il n'y avait guère

guère de place pour ses pieds, mais il se débrouilla. Il posa son sac noir sur les cuisses d'Henry Noble, l'ouvrit et en sortit une paire de gros gants en caoutchouc. Après les avoir enfilés, il commença à déboutonner la chemise de l'homme.

— Que puis-je faire ? demanda Jeffrey.

— Rien pour le moment, dit Seibert.

Il mit à jour l'incision recousue faite lors de l'autopsie. Prenant une paire de ciseaux dans son sac, il enleva les points de suture et écarta les côtés de la plaie. Le tissu était sec.

Jeffrey se redressa. L'odeur était plus nauséabonde maintenant, mais Seibert semblait y être indifférent.

Seibert ouvrit la plaie, puis plongea la main dans la cavité et en sortit un lourd sac de plastique. Les couleurs de son contenu avaient foncé. Le sac renfermait beaucoup de fluide. Tendant le sac vers la lumière, Seibert le fit tourner lentement pour en examiner le contenu.

— Eurêka ! dit Seibert. Voilà le foie. (Il le montra à Jeffrey. Celui-ci n'était pas sûr de vouloir regarder, mais cela faisait plaisir à Seibert.) Je crois que la vésicule biliaire y sera encore attachée.

Seibert posa le sac sur la poitrine d'Henry Noble et défit la sangle. Une odeur très désagréable emplit l'air humide de la nuit. Seibert y plongea la main et en retira le foie. Il le fit tourner et montra la vésicule biliaire à Jeffrey.

— Parfait, dit-il. Il est même encore humide. Je pensais qu'il serait desséché. (Il palpa le petit organe.) Il y a du fluide dedans, aussi.

Mettant le foie et la vésicule sur le dessus du sac en plastique, Seibert fouilla de nouveau dans son sac noir et sortit une seringue et plusieurs flacons à prélèvements. Il fit une ponction au foie et aspira autant de bile que possible. Il en fit tomber quelques gouttes dans chacun des flacons à prélèvements.

Tout le monde avait prêté tant d'attention au travail de Seibert que personne n'avait manifesté d'intérêt pour ce qui se passait ailleurs. Ils n'avaient pas remarqué qu'une Chevrolet Celebrity bleue de location était entrée dans le cimetière tous feux éteints. Ils n'avaient pas entendu les portières s'ouvrir et deux hommes s'approcher.

Pour Frank, ça n'avait pas été un après-midi de tout repos. Une fois de plus, ce qui, à son sens, aurait dû être une opération facile s'était transformé en véritable casse-tête. Il était content à la perspective de voyager dans un jet privé, ce qu'il n'avait jamais fait. Mais après être monté dans l'appareil et avoir bouclé sa ceinture de sécurité, il avait eu un accès de claustrophobie. Il ne s'était jamais rendu compte à quel point ces avions privés étaient petits. Et puis, pour tout arranger, ils n'avaient pas pu décoller tout de suite en raison du volume du trafic à Logan. Puis le temps avait changé.

D'abord, un banc de brouillard avait envahi le Cap et les îles, puis un gros orage se déclencha brusquement, venu de l'ouest, bombardant la ville de grêlons gros comme des billes. Frank était descendu de l'avion pour attendre la fin de l'orage dans l'aérogare. Le temps d'avoir l'autorisation de décoller et une visibilité suffisante pour atterrir sur le Vineyard, il était déjà près de six heures.

Puis, pour comble de malheur, le vol avait été un cauchemar. Avec toutes les turbulences, l'appareil avait été secoué comme un bouchon dans un ruisseau bouillonnant. Frank avait eu le mal de l'air et avait dû vomir dans un sac en papier. Pendant tout ce temps, Vinnie n'avait pas cessé de dire à quel point l'avion était formidable. Il n'avait pas cessé non plus de croquer des cacahuètes et des chips.

Quand ils arrivèrent à Martha's Vineyard, Frank avait les jambes molles. Il avait envoyé Vinnie louer une voiture pendant qu'il restait aux toilettes. Ce ne fut qu'après avoir mangé des biscuits secs et bu un Coca qu'il commença à se sentir de nouveau dans son état normal.

Ils étaient allés directement à la Charlotte Inn. A la réception, ils avaient demandé Kelly Everson. Frank avait usé du même stratagème en se faisant passer pour un parent, mais il avait alors enjolivé son histoire en disant qu'il voulait faire une surprise à sa cousine. Vinnie et lui avaient échangé des clins d'œil. Ils avaient certainement une surprise en tête. Tous deux étaient armés de pistolets discrètement cachés dans des baudriers, et Frank avait encore une dose de tranquillisant dans sa poche.

Mais il se trouva que la surprise fut pour Frank. La dame de la réception de la Charlotte Inn leur dit qu'elle croyait que les Everson étaient au cimetière d'Edgartown. Elle affirma que

M. Everson avait passé un certain temps au téléphone près du bureau où l'on remplissait les fiches, pour essayer de prendre rendez-vous avec Harvey Tabor, l'homme qui possédait la pelleteuse.

De retour à la voiture, Frank avait dit à Vinnie :

— Le cimetière ? Ça ne me dit rien qui vaille.

Ils avaient d'abord fait le tour du cimetière. Il était grand, mais il fut facile de repérer le groupe au milieu. Une lumière dans un arbre illuminait les quatre personnes qui se tenaient devant une pelleteuse.

— Qu'est-ce que je fais ? avait demandé Vinnie qui était au volant.

— Bon Dieu, qu'est-ce que tu penses qu'ils font ? avait à son tour demandé Frank.

— On dirait qu'ils déterrent quelqu'un, avait répondu Vinnie avec un rire macabre. Comme dans un film d'horreur.

— Je n'aime pas ça, avait dit Frank. D'abord Devlin se pointe à l'Esplanade, maintenant ce toubib est dans un cimetière la nuit, en train de déterrer un mort. Ça n'est pas normal. En plus, ça me donne froid dans le dos.

Frank avait demandé à Vinnie de faire une deuxième fois le tour du cimetière pendant qu'il réfléchissait. Cela avait été une bonne idée. De l'autre côté, ils avaient pu voir qu'il y avait deux autres personnes, en bas dans la tombe ouverte. Finalement, Frank avait dit :

— Finissons-en. Eteins les lumières et allons-y en voiture jusqu'à la moitié du chemin. Puis nous ferons le reste à pied.

Devlin n'avait pas eu beaucoup plus de chance que Frank. Il avait pris un vol commercial et avait passé la plupart du temps sur la piste d'envol de Boston. Même après le départ, l'avion avait dû s'arrêter à Hyannis pendant quarante minutes. Devlin n'était arrivé à Vineyard qu'à sept heures passées. Et encore avait-il dû attendre son pistolet, que la sécurité de l'aéroport l'avait empêché d'emporter à bord. Quand il arriva à la Charlotte Inn, il était près de neuf heures.

— Excusez-moi, dit-il à la femme qui était à la réception.

Elle lisait à la lumière d'une vieille lampe de cuivre.

Devlin savait qu'il avait l'air encore pire que d'habitude avec sa grande entaille suturée. Avec tous les cheveux qu'on lui avait coupés, il n'avait pu faire son habituelle queue de cheval. A la place, il avait essayé de ramener les cheveux de l'autre côté de sa tête pour couvrir la cicatrice. Il devait admettre que le résultat était, au mieux, surprenant.

La femme leva les yeux et marqua un temps d'arrêt quand elle vit Devlin. Pour couronner le tout, Devlin pensa qu'il ne devait pas y avoir beaucoup de clients à la Charlotte Inn portant une boucle d'oreille en forme de croix de Malte.

— J'aimerais avoir des renseignements sur plusieurs de vos clients, commença-t-il. Malheureusement, il est possible qu'ils aient pris des faux noms. Mais l'un d'eux est une jeune femme qui s'appelle Kelly Everson. (Devlin la décrivit.) L'autre est un homme d'une quarantaine d'années. Son nom est Jeffrey Rhodes. Il est médecin.

— Je suis désolée, mais nous ne donnons pas de renseignements sur nos clients, dit sèchement la femme.

Elle s'était levée de sa chaise et avait fait un pas en arrière, comme si elle s'attendait à ce que Devlin l'empoignât et la secouât pour lui soutirer le renseignement.

— C'est regrettable, dit Devlin. Mais vous pourriez peut-être me dire si un type grand, plutôt obèse, avec des cheveux noirs et des yeux bouffis profondément enfoncés est venu se renseigner sur ce même couple. Il s'appelle Frank Ferrano, mais quand il travaille, il se présente sous n'importe quel nom.

— Vous devriez peut-être voir le directeur, dit la femme.

— Mais non, mais non, dit Devlin. Vous ferez très bien l'affaire. Est-ce que ce monsieur est venu ici ? Il est à peu près grand comme ça. Devlin leva la main à environ un mètre soixante-quinze du plancher.

La femme était visiblement troublée, et elle se laissa fléchir, espérant que si elle répondait, Devlin s'en irait.

— Un certain Frank Everson, un cousin de Mme Everson est venu ici, dit-elle. Mais pas de Frank Ferrano. Du moins pas pendant que j'étais à la réception.

— Et qu'est-ce que vous avez dit à ce prétendu cousin ? demanda Devlin. Ça ne serait pas me donner des renseignements sur un client, hein ?

— Je lui ai dit que les Everson étaient très probablement au cimetière.

Devlin cligna des yeux. Il étudia le visage de la femme pendant un moment pour voir si elle s'en tiendrait ou non à son histoire, mais elle soutint son regard. Le cimetière ? Devlin ne croyait pas que la femme mentait. Décidément, cette affaire n'en finissait pas d'être bizarre.

— Quel est le chemin le plus court pour aller au cimetière ? demanda Devlin.

Quoi qu'il se passât, il avait le sentiment qu'il ne disposait pas de beaucoup de temps.

— Descendez la rue et prenez la première à droite. Vous ne pouvez pas le rater.

Devlin remercia la femme et courut vers sa voiture aussi vite que son bras bandé le lui permettait.

Jeffrey regardait Seibert qui faisait passer le foie d'Henry Noble dans sa main gauche. Le tenant à bout de bras pour que le liquide de l'embaumement ne dégoulinât pas sur ses vêtements, il ouvrit le sac en plastique contenant le reste des organes internes en décomposition. Jeffrey fit la grimace quand Seibert laissa retomber sans cérémonie le foie dans le sac et attacha solidement le haut afin que le fluide ne s'en échappât pas.

Seibert allait remettre le sac à sa place dans le corps d'Henry Noble quand une voix dit :

— Bon Dieu, qu'est-ce qui se passe ici ?

Comme tout le monde, Jeffrey leva les yeux dans la direction d'où était venue la voix. Un homme entra dans le cercle de lumière. Il portait un pantalon noir, une chemise blanche, un sweater et un blouson noir. Il tenait un pistolet à la main.

— Mon Dieu ! dit Frank avec répulsion.

Il était cloué au sol par l'horrible vision qu'offrait la tombe ouverte. La nausée qu'il avait éprouvée plus tôt revint pour de bon.

Jeffrey reconnut instantanément l'homme de l'Esplanade et des portes de l'église de l'Avent. Comment avait-il suivi leurs traces ? Et que voulait-il ?

Jeffrey aurait bien aimé avoir une arme, un moyen quelconque de se défendre. La dernière fois, ils s'étaient donné un mal fou pour le droguer.

L'horrible spectacle et l'odeur épouvantable donnaient des haut-le-cœur à Frank. Il appliqua sa main libre sur sa bouche et se retourna pour faire face à Kelly, Chester et Martin. D'un mouvement de son pistolet, il ordonna à Jeffrey et à Seibert de sortir de la tombe.

Seibert sortit précipitamment, se demandant si cet inconnu était un parent d'Henry Noble.

— Je suis le médecin légiste, dit-il, dans l'espoir d'avoir l'air d'un officiel et de prendre la situation en main.

Seibert avait déjà eu à faire à des parents furieux. Personne n'était enthousiasmé par les autopsies, spécialement celle des proches. Il fit un pas pour se mettre entre Frank et les autres.

Jeffrey avait remarqué la réaction de Frank à la vue d'Henry Noble et il le vit détourner la tête. Il tendit la main pour saisir le sac de plastique contenant les organes de Noble. Ce sac devait peser pas loin de vingt kilos. Jeffrey sortit du tombeau et grimpa sur la pelouse, en tenant le sac à côté de lui et légèrement en arrière.

— Vous ne m'intéressez pas, dit Frank à Warren, en le repoussant brutalement. Venez ici, docteur Rhodes.

Frank passa son pistolet dans l'autre main, puis fouilla dans sa poche et en ressortit la seringue.

— Retournez-vous ! ordonna-t-il à Jeffrey. Vinnie, tu me couvres...

Jeffrey prit le sac plastique des deux mains et le fit pivoter pour le ramener au-dessus de sa tête et le laisser tomber sur celle de Frank avec toute la force qu'il put rassembler. Le sac éclata sous le choc, frappant Frank aux mains et aux genoux. La seringue sauta dans le tas de saletés, le pistolet glissa dans la tombe, tombant avec un bruit métallique et atterrissant dans le cercueil.

Tout d'abord, Frank fut éberlué, se demandant ce qui l'avait frappé. Puis il regarda ce qui s'étalait sur lui et tout autour de lui sur le sol. Reconnaissant le cerveau et les boucles noircies de l'intestin, il vomit violemment. Entre deux haut-le-cœur, il essayait d'enlever le sang de ses épaules et de sa tête.

Jeffrey tenait encore le sac de plastique vide quand Vinnie bondit en avant et entra dans le cercle de lumière, jaillissant de l'obscurité. Tendu et nerveux, il tenait son pistolet des deux mains.

— Que personne ne bouge ! cria-t-il. Le premier qui bouge, je le descends !

Il faisait tourner son pistolet d'un mouvement saccadé, allant d'une personne à une autre.

Jeffrey n'avait pas vu le complice de Frank. S'il l'avait vu, il n'aurait certainement pas pris le risque de frapper Frank.

Tenant son pistolet braqué sur le groupe, Vinnie se rapprocha de Frank qui s'était levé tout tremblant. Il se tenait les bras tendus, secouant ses mains pour en faire tomber le sang.

— Ça va, Frank ? demanda Vinnie.

— Merde alors, où est mon pistolet ? fut tout ce que put articuler Frank en guise de réponse.

— Il est dans la tombe.

— Va le chercher ! ordonna Frank.

Il ouvrit la fermeture Eclair de son blouson et l'enleva précautionneusement, avant de le jeter par terre.

Vinnie se dirigea vers la tombe et regarda nerveusement à l'intérieur, essayant de repérer le pistolet. Il était bien en évidence entre les genoux du cadavre. Henry Noble semblait lever les yeux pour le regarder.

— Je ne suis jamais allé dans une tombe, dit Vinnie.

— Va prendre le pistolet ! hurla Frank.

Il lança un regard furieux à Jeffrey et dit :

— Espèce de salaud. Tu pensais que j'allais te laisser partir grâce à ce petit tour ?

— Que personne ne bouge, dit Vinnie. Il s'approcha du bord de la tombe.

Détournant son regard pendant un instant, il sauta dedans. Immédiatement après, il se retourna pour regarder. Sa tête était était encore au-dessus du niveau du sol. Son pistolet était pointé directement sur Chester qui se tenait, les jambes coupées par la peur, entre Kelly et Martin. Harvey était à la gauche de Martin. Jeffrey était le plus près de Frank, et Seibert était entre Frank et les autres.

Quand Vinnie se pencha pour saisir le pistolet, Jeffrey misa sur deux choses : un, qu'il s'enfoncerait assez vite dans l'obscurité pour échapper à Vinnie, et, deux, puisqu'il était le seul après qui ils en avaient, que tous deux le poursuivraient et laisseraient les autres tranquilles. Il n'avait raison que sur le premier point.

Alors que Jeffrey courait sur la route du cimetière dans l'obscurité, il entendit Frank crier :

— Lance-moi le pistolet, espèce de crétin.

En quittant le cercle lumineux, Jeffrey fut immédiatement enveloppé par les ténèbres. Il lui fallut quelques instants pour que ses yeux s'y accoutument. C'est alors qu'il s'aperçut qu'il ne faisait pas tout à fait aussi noir qu'il l'avait cru. Les reflets des lumières de la ville environnante miroitaient sur l'herbe humide. Les silhouettes des pierres tombales étaient là pour vous rappeler de sinistre façon que vous étiez dans la cité des morts.

Soudain, une voiture sombre à l'arrêt se dessina vaguement devant Jeffrey. Il s'arrêta pour voir si les clefs étaient au contact, mais elles n'y étaient pas. En regardant en arrière vers le point lumineux au-dessus de la tombe d'Henry Noble, il put distinguer l'épaisse silhouette de Frank venant dans sa direction. Vinnie était resté sur place pour surveiller les autres.

Jeffrey dépassa la voiture en courant, plongeant dans l'obscurité. Il se souvint que la corpulence de Frank était trompeuse et qu'il était étonnamment agile et rapide. Jeffrey n'espérait pas pouvoir le battre à la course. Il devait trouver quelque chose. Avoir un plan. Pourrait-il parvenir jusqu'au centre de la ville ? Un samedi soir, il devait y avoir une certaine activité à Edgartown, même si ce n'était pas encore la saison touristique.

Derrière lui, Jeffrey entendit le bruit terrible d'une détonation. Frank lui avait tiré dessus. Jeffrey entendit une balle siffler près de sa tête. Il changea de direction. Il prit à gauche et quitta la route du cimetière.

Courbé presque jusqu'à terre, Jeffrey commença à se faufiler au milieu des pierres tombales. Il ne voulait pas être une cible. Il avait le sentiment exaspérant que Frank ne tenait plus à le prendre vivant. Maintenant qu'il avait quitté la route, marcher était devenu moins facile. Des pierres et des repères de tombes plates ralentissaient sa progression. Il trébucha à un moment et faillit tomber. Il ne put conserver son équilibre qu'en s'agrippant à un obélisque de granit qu'il étreignit de toutes ses forces. L'obélisque vacilla sur son socle, menaçant de s'effondrer. Ce fut à ce moment-là que Frank fit feu pour la seconde fois.

La balle toucha le côté de l'obélisque juste en dessous du bras de Jeffrey qui recula d'un pas. En regardant dans la direction de l'éclair du coup de feu, il put voir que Frank n'avait pas perdu sa trace. Il gagnait du terrain !

Jeffrey continua à courir, de plus en plus paniqué. Il respirait péniblement et il avait un point de côté. Il était perdu au milieu des tombes. Il ne savait pas dans quelle direction aller. Il n'était pas sûr de se diriger encore vers la ville.

Du coin de l'œil, il vit les silhouettes de plusieurs édifices de plain-pied qui, pensa-t-il, étaient des mausolées. Il se dirigea vers eux. En changeant de direction, il trébucha dans une des nombreuses allées gravillonnées du cimetière. Quand il atteignit la rangée de mausolées, il se baissa vivement entre les deux premières. Se faufilant par-derrière, il suivit leur alignement, puis revint vers la route. Caché à l'angle d'un édifice, il chercha Frank avec inquiétude.

L'homme n'était qu'à une quinzaine de mètres de lui. Il s'était arrêté pile devant le premier mausolée. Il hésita un moment, puis se mit à marcher en direction de Jeffrey. Celui-ci était sur le point de faire demi-tour quand Frank s'arrêta soudain entre deux tombes et disparut à la vue de Jeffrey.

Jeffrey essaya de réfléchir à ce qu'il devait faire. Un faux mouvement, et il serait à la merci de Frank. Se rappelant l'expression de l'homme quand il l'avait frappé avec le sac d'organes en décomposition, Jeffrey ne pensait pas que Frank aurait beaucoup de pitié.

Juste en face de l'endroit où se tenait Jeffrey, il y avait un mausolée de marbre qui semblait plus vieux que les autres. Même dans l'obscurité, Jeffrey pouvait voir que la porte de fer était légèrement entrebâillée.

Après avoir vérifié qu'il n'y avait pas trace de Frank sur la route, Jeffrey se précipita vers la porte entrouverte. Il la poussa suffisamment pour pouvoir se glisser dans la fraîcheur du mausolée. Il essaya de la fermer derrière lui, mais quand il poussa, elle grinça sur le sol. Jeffrey s'arrêta immédiatement. Il ne voulait pas courir le risque de faire davantage de bruit. La porte était encore ouverte de sept à huit centimètres, légèrement moins que lorsque Jeffrey l'avait repérée.

En examinant l'intérieur de son étroite cellule, il vit que l'unique source de lumière venait d'une petite fenêtre ovale placée haut dans le mur du fond du mausolée.

Jeffrey se dirigea à tâtons vers la pâle lumière de la fenêtre, avançant lentement, le pied droit le premier et le gauche le rejoignant à chaque pas. Il sentait des espaces vides carrés dans le mur et se rendit compte qu'ils étaient destinés à des cercueils.

Quand il atteignit le mur du fond, il s'accroupit dans le coin. Lorsque ses yeux s'accoutumèrent à l'obscurité plus profonde, il fut capable de distinguer le mince rai de lumière verticale qui entrait par la porte entrouverte.

Il attendit. Il n'y avait pas un bruit. Au bout de ce qu'il imagina être cinq minutes, il commença à se demander combien de temps il attendrait avant de s'aventurer dehors.

Puis, avec un grincement déchirant de métal raclant le sol, la vieille porte s'ouvrit d'une poussée. Elle se rabattit avec un bruit métallique contre le mur de pierre. Jeffrey se leva précipitamment.

La lumière d'un briquet éclairait le visage charnu de Frank. Il tenait le briquet à bout de bras. Jeffrey put voir l'homme grimacer, puis sourire.

— Bon ! bon, dit Frank. Est-ce que ce n'est pas pratique ? Tu es déjà dans une crypte.

Sa chemise était tachée et ses cheveux étaient poissés par le liquide d'embaumement. Son sourire sardonique se transforma en ricanement. Il entra nonchalamment dans le mausolée, pistolet dans une main, briquet dans l'autre.

Quand il fut à deux mètres, Frank s'arrêta. Il pointa son pistolet vers le visage de Jeffrey. A la lumière de cette petite flamme, les traits de Frank étaient grotesques. Ses orbites profondes avaient l'air vides. Ses dents semblaient jaunes.

— J'étais censé te ramener à Saint-Louis vivant, dit Frank d'une voix hargneuse, mais depuis que tu m'as frappé avec ces saloperies, ça a changé. Tu iras à Saint-Louis, d'accord, mais dans une caisse en sapin, mon vieux.

Pour la seconde fois de sa vie et à si peu de jours d'intervalle, Jeffrey était contraint de regarder, impuissant, le bout d'un pistolet qui avançait et s'agitait légèrement quand on exerçait une pression sur la détente.

— Frank ! cria une voix cassante.

Le nom résonna dans la petite salle.

Frank se détourna de Jeffrey, tout en faisant pivoter son

pistolet. Une explosion ébranla l'espace clos. Puis une seconde explosion résonna dans le mausolée. Jeffrey se laissa tomber par terre. Le briquet de Frank s'éteignit. Un silence vibrant et une complète obscurité s'abattirent sur les lieux.

Jeffrey resta parfaitement immobile, avec les mains sur la tête et le visage collé contre le sol de pierre glacial. Puis il entendit le bruit d'un briquet qu'on allume.

Il leva lentement la tête, terrifié à la pensée de ce qu'il allait voir. Frank était juste devant lui, étalé sur le sol, à plat ventre. Son pistolet était par terre, loin devant lui. Au-delà de Frank, il y avait deux jambes. Levant un peu plus la tête, Jeffrey laissa remonter son regard jusqu'au visage de Devlin O'Shea.

— Quelle surprise ! dit Devlin. Ce ne serait pas ce cher docteur !

Il portait un briquet allumé dans une main et un pistolet dans l'autre, exactement comme l'avait fait Frank.

Jeffrey se leva péniblement. Devlin se dirigea vers Frank et le retourna. Il s'accroupit pour lui tâter le pouls.

— Bon Dieu, dit-il. Je vise trop bien. Je ne voulais pas le tuer vraiment. Du moins, je le pense. (Devlin se redressa et fit un pas vers Jeffrey.) Pas de flèches empoisonnées pour le moment, lui conseilla-t-il.

Jeffrey s'appuya contre le mur. Devlin avait l'air pire que Frank.

— Tu aimes ma nouvelle coiffure ? demanda Devlin, conscient de la réaction de Jeffrey. Je la dois à ce sale con qui est par terre. (Devlin fit un geste vers Frank.) Ecoute, toubib, j'ai de bonnes nouvelles et de mauvaises nouvelles pour toi. Qu'est-ce que tu veux entendre en premier ?

Jeffrey haussa les épaules. Il savait que tout était fini maintenant. Il regrettait seulement que Devlin fût intervenu alors qu'ils étaient si près d'avoir la preuve qu'ils attendaient tant.

— Allons, l'avertit Devlin. Nous n'avons pas toute la nuit devant nous. Il y a un jeune truand là-bas qui tient tes amis en joue. Alors, tu veux entendre la bonne nouvelle ou la mauvaise ?

— La mauvaise, dit Jeffrey en se demandant si Devlin allait répondre en lui tirant dessus à bout portant.

La bonne nouvelle, qu'il ne vivrait pas pour entendre, serait qu'au moins il avait été tué rapidement.

— Et j'aurais parié que tu aurais voulu la bonne d'abord. Etant donné ce que tu as enduré, je crois que tu en as besoin. Pourtant, la mauvaise nouvelle est que je vais t'emmener en prison. Je veux ramasser l'argent de la récompense que me doit Mosconi. Mais laisse-moi te dire la bonne nouvelle. J'ai découvert une information qui réduira probablement à néant ta condamnation.

— De quoi est-ce que vous parlez ? demanda Jeffrey, abasourdi par cette révélation.

— Je pense pas que ce n'est ni le moment ni l'endroit pour entamer une conversation, dit Devlin. Il y a encore ce petit malin de Vinnie d'Agostino là-bas avec son arme à feu. Maintenant, je te propose un marché. Je veux que tu coopères avec moi. Ça veut dire ne pas te tirer en courant, ne pas me piquer avec des aiguilles ou me frapper avec des porte-documents. Je m'occuperai de Vinnie afin que personne ne soit blessé si tu as la bonté de créer une petite diversion. Après que j'aurai pris le pistolet de Vinnie, je l'accrocherai avec des menottes au couvercle du tombeau qui est sur le sol. Nous appellerons alors la police d'Edgartown. Cela leur procurera plus d'émotions fortes qu'ils n'en ont eu depuis le temps où tous ces préservatifs ont été rejetés sur la place à Chappaquiddick Island. Après, nous irons tous dîner. Qu'est-ce que tu en dis ?

Jeffrey était presque incapable de répondre, tant il était sidéré et déconcerté.

— Allons, toubib ! dit Devlin. Nous n'avons pas toute la nuit devant nous. On fait un marché ou pas ?

— Oui, dit Jeffrey. Marché conclu.

La Charlotte Inn avait un charmant restaurant donnant sur une petite cour intérieure avec une fontaine. Les tables étaient recouvertes de nappes blanches et les sièges confortables. Une escouade de serveuses et de serveurs attentifs s'affairait autour des dîneurs.

Si quelqu'un avait décrit à Jeffrey quelques heures plus tôt la scène qu'il trouvait maintenant agréable, il en aurait ri, imaginant que c'était impossible. Ils étaient quatre à la table. Kelly était à la droite de Jeffrey. Elle était évidemment encore anxieuse, mais elle était radieuse. Seibert était à la droite de Jeffrey. Il n'était pas particulièrement tranquille non plus, à cause des faux permis d'exhumer et du fait qu'on ferait une enquête sur ce qui s'était passé au cimetière. En face de Jeffrey, Devlin était le seul de la tablée qui paraissait complètement détendu. Au lieu de vin, il buvait de la bière et il en était déjà à sa quatrième.

— Toubib ! dit-il à Jeffrey. Vous êtes un homme patient. Vous ne m'avez pas encore posé de questions sur l'information pouvant vous disculper dont je vous ai parlé dans le mausolée.

— Cela me fait peur, répondit honnêtement Jeffrey. J'ai eu peur de briser le charme sous lequel j'étais depuis que nous sommes sortis de là.

Tout s'était passé comme l'avait dit Devlin. Jeffrey avait fait du tapage comme si Frank et lui se bagarraient à mort près de la voiture de location. Quand Vinnie s'était approché pour voir s'il pourrait aider son patron, Devlin était arrivé par-derrière et l'avait désarmé en un clin d'œil. Puis il lui avait passé les menottes.

La seule entorse au plan originel avait été que Devlin n'avait pas accroché les menottes de Vinnie au couvercle du caveau, mais directement à une des poignées du cercueil.

— Henry et toi pourrez vous tenir compagnie, avait-il dit au jeune gars terrifié.

Puis les autres étaient retournés à la Charlotte Inn, où, fidèle à sa parole, Devlin avait appelé la police d'Edgartown. Bien qu'ils eussent été invités à rester dîner, Chester, Martin et Harvey avaient décliné poliment l'offre, chacun préférant se détendre chez soi après la rude épreuve du cimetière.

— Alors je vais vous le dire, que vous posiez ou non la question, dit Devlin. Mais laissez-moi faire précéder ce que je vais vous raconter de quelques commentaires. D'abord, je voudrais m'excuser de vous avoir tiré dessus dans cet hôtel minable. A ce moment-là, j'étais en rogne et je croyais que vous étiez un vrai criminel. Une engeance que j'ai appris à détester. Mais à mesure que le temps passait, j'en ai appris davantage sur votre affaire, bribe par bribe. Mosconi n'était pas très coopératif, alors ça n'était pas facile. En tout cas, j'ai deviné qu'il se passait quelque chose quand vous avez cessé de vous comporter comme quelqu'un qui veut se dérober à la justice. Puis, quand Frank est entré en jeu, j'ai vraiment compris qu'il se passait quelque chose de bizarre. Surtout quand j'ai su qu'il était censé toucher soixante-quinze mille dollars pour vous expédier à Saint-Louis. Ça ne tenait pas debout jusqu'au moment où j'ai découvert que les gens qui avaient engagé Frank tenaient à vous interroger sur quelque chose que vous aviez appris.

« A ce moment-là, j'ai décidé de découvrir qui étaient ces gens étrangers à la ville qui dépensaient tant de fric. J'ai imaginé, d'après les sommes engagées, que ça avait quelque chose à voir avec la drogue. Mais j'ai découvert alors que ça n'était pas le cas. Qu'est-ce que vous diriez si je vous révélais que le type qui a engagé Frank Ferrano est un type qui s'appelle Matt Davidson ? Un certain Matt Davidson de Saint-Louis ?

Jeffrey en laissa tomber sa cuillère sur la table. Il regarda Kelly.

— Le Matt du carnet d'adresses d'Harding, dit-elle.

— Plus que ça, dit Jeffrey.

Il tendit la main sous la table pour prendre son sac marin. Il fouilla dedans et en sortit deux photocopies du dossier accusé/plaignant qu'il avait faites au palais de justice. Il les posa sur la table afin que tout le monde pût les voir.

Jeffrey montra le nom de Matthew Davidson là où il apparaissait comme l'avocat de la partie civile dans l'affaire de faute professionnelle au Suffolk General Hospital.

Kelly attrapa l'autre papier, contenant les informations sur le procès du Commonwealth.

— L'avocat de la partie civile dans cette affaire, Sheldon Faber, est le même que pour celle de mon mari, dit-elle. Maintenant que j'y pense, il était de Saint-Louis.

— Laissez-moi vérifier quelque chose, dit Jeffrey en repoussant sa chaise.

Il ajouta à l'adresse de Devlin :

— Ne bougez pas, je vais revenir.

Devlin se préparait à la suivre. Jeffrey quitta le groupe pour aller à la cabine téléphonique. Appelant les renseignements à Saint-Louis, il demanda les numéros de téléphone professionnels de chacun des deux avocats. Les numéros étaient les mêmes !

Jeffrey revint à la table.

— Davidson et Faber sont associés. Trent Harding travaillait pour eux. Kelly avait raison. C'est un complot. Tout ce gâchis était organisé par les avocats de la défense, qui créaient leur propre demande et leurs propres affaires !

— C'est à peu près ce que je m'étais imaginé, dit Devlin. (Il rit.) J'ai entendu parler des chasseurs d'ambulances, mais ces types-là provoquent leurs propres accidents. Inutile de dire que je pense que tout cela aura un effet positif sur votre appel.

— C'est à moi qu'il incombe de le prouver, dit Seibert. Ces avocats pour faute professionnelle doivent avoir recruté Trent Harding pour contaminer les ampoules de Marcaïne et les mettre dans les réserves des salles d'opération. Tout ce que je peux dire, c'est que j'espère qu'Henry Noble donnera des résultats. Il faut que j'isole la toxine.

— Je me demande si ces avocats agissent dans d'autres villes ? demanda Kelly. Jusqu'où s'étend leur activité ?

— Ce n'est qu'une hypothèse, dit Jeffrey, mais j'aurais tendance à penser que tout dépend du nombre de psychopathes comme Trent Harding qu'ils peuvent trouver.

Il hocha la tête.

— Je n'ai jamais aimé les avocats, dit Devlin.

— Kelly, dit Jeffrey, succombant soudain à l'émotion. Vous savez ce que ça signifie !

Kelly sourit.

— Pas d'Amérique du Sud.

Jeffrey la prit dans ses bras. Il ne pouvait y croire. Sa vie reprenait son cours, après tout. Et juste à temps pour la partager avec la femme qu'il aimait.

— Hé là ! cria Devlin à un des serveurs. Apportez-moi une autre Bud et qu'est-ce que vous diriez d'une bouteille de champagne pour les amoureux ?

ÉPILOGUE

LUNDI

29 MAI 1989

11 H 30

Randolph remit ses lunettes pour lire. Il s'éclaircit la voix. Jeffrey était assis en face de lui devant une simple table de chêne couverte de marques sur laquelle il tambourinait. Le porte-documents en cuir de Randolph était posé dessus, à la droite de Jeffrey. Il était ouvert. Jeffrey pouvait voir qu'il contenait des chaussures de squash ainsi qu'une profusion de papiers et de formulaires administratifs.

Jeffrey était vêtu d'une chemise en denim bleu clair et d'un pantalon en coton bleu marine. Devlin l'avait, comme promis, ramené à Boston où il l'avait remis aux autorités.

Jeffrey n'avait pas apprécié son séjour en prison, mais il avait essayé d'en tirer le maximum. Il s'était remonté le moral en ne cessant de se répéter que ce serait temporaire. Il avait même eu le loisir de se remettre à jouer au basket-ball, ce qu'il n'avait pas fait depuis le temps où il était à l'école de médecine.

Jeffrey avait pris contact avec Randolph depuis la Charlotte Inn, juste après le dîner de fête avec Devlin. Randolph s'y était mis immédiatement, c'est du moins ce qu'il avait dit. Cela faisait déjà plus d'une semaine. Jeffrey commençait à perdre patience.

— Je sais que vous pensez que les choses devraient se faire du jour au lendemain, dit Randolph, mais en vérité il faut du temps aux rouages de la justice pour se mettre en route.

— Dites-moi l'essentiel, demanda Jeffrey.

— L'essentiel est que j'ai maintenant déposé officiellement trois motions, dit Randolph. La première et la plus importante est celle que j'ai déposée pour obtenir un nouveau procès au pénal. Je l'ai déposée auprès du juge Janice Maloney, en lui demandant de casser le jugement pour vices de forme...

— Qui se soucie des vices de forme dans le procès ? s'écria Jeffrey, exaspéré. N'est-il pas plus important que toute l'affaire ait eu pour origine deux avocats de la partie civile remplissant leurs coffres ?

Randolph enleva ses lunettes.

— Jeffrey, me permettrez-vous de finir ? Je sais que vous êtes impatient et à juste titre.

— Finissez, dit Jeffrey, rassemblant toute la patience dont il était capable.

Randolph remit ses lunettes, puis baissa les yeux sur ses notes. Il s'éclaircit de nouveau la voix.

— Comme je vous le disais, poursuivit-il, j'ai déposé une motion demandant un nouveau procès sur la base des erreurs commises lors du premier et sur la base de preuves découvertes récemment qui justifient une révision.

— Mon Dieu ! dit Jeffrey. Pourquoi ne pouvez-vous pas dire ça en anglais ordinaire ? Pourquoi tourner autour du pot ?

— Jeffrey, je vous en prie, dit Randolph. Il y a des procédures à suivre dans ce genre de situation. Vous ne pouvez demander un nouveau procès sans preuve qui justifie une révision. Je dois faire comprendre que la nouvelle preuve que nous apportons n'est pas une chose que j'aurais dû apprendre si j'avais bien fait mon travail. Ils n'accordent pas de nouveaux procès pour faute professionnelle des avocats. Puis-je poursuivre ? demanda-t-il.

Jeffrey approuva de la tête.

— La seconde motion que j'ai déposée a pour but de demander qu'on rectifie le procès-verbal de l'appel du jugement pour faute professionnelle, dit Randolph. C'est une « demande de révision extraordinaire en raison de preuves nouvellement découvertes ».

Jeffrey roula les yeux.

— La troisième motion que j'ai déposée concerne une audition pour fixer une autre caution. J'ai parlé au juge Maloney et je lui ai expliqué qu'il n'y avait pas eu de mauvaises intentions de votre part, et que vous ne vous étiez pas dérobé à la justice, mais que vous aviez simplement mené une enquête louable et finalement couronnée de succès conduisant à la découverte de la nouvelle preuve.

— Je crois que j'aurais formulé ça un peu plus simplement, dit Jeffrey. Alors, qu'est-ce qu'elle a dit ?

— Elle a dit qu'elle prendrait la motion en considération, répondit Randolph.

— Merveilleux, dit sarcastiquement Jeffrey. Pendant que je pourris ici en prison, elle va prendre en considération la motion. C'est merveilleux. Si tous les juristes devenaient médecins, tous les malades mourraient avant qu'ils soient venus à bout de leur paperasserie !

— Vous devez être patient, lui conseilla Randolph, habitué à ses sarcasmes. J'imagine que je serai fixé demain en ce qui concerne l'audition pour la caution. Nous devrions vous sortir de là après-demain. Les autres problèmes prendront un peu plus de temps. Les avocats, comme les médecins, ne sont pas censés donner des garanties, mais je crois que vous serez totalement exonéré.

— Merci, dit Jeffrey. Et Davidson et Cie ?

— Je crains que ce ne soit une tout autre histoire, dit Randoph en soupirant. Nous coopérerons naturellement avec le district attorney de Saint-Louis qui m'a affirmé qu'il y aurait une enquête. Mais j'ai bien peur qu'il ne sente que les chances qu'il y ait une véritable accusation sont minces. En dehors des ouï-dire, il n'y a aucune preuve qu'il existe des relations d'affaires entre Davidson et Trent Harding. La seule preuve d'une relation est le fait qu'il figure dans le carnet d'adresses de M. Harding, ce qui ne démontre ni ne prouve la nature de cette association. De même, il n'existe aucune preuve d'un lien direct entre Trent Harding et la batrachotoxine que le Dr Warren Seibert a trouvée dans tous les cas après l'avoir isolée à partir de la vésicule biliaire de M. Henry Noble. Frank Ferrano était mort et une prétendue association entre lui et Davidson reposant elle aussi sur des ouï-dire, jusqu'ici il n'y guère de motif d'engager des poursuites contre Davidson et Faber.

— Ce n'est pas mon avis, dit Jeffrey. De cette façon, pour Davidson et ses associés, les affaires reprendront bientôt comme avant, quoique sans doute pas à Boston, cette fois.

— Ma foi, je n'en sais rien, dit Randolph. Comme je vous l'ai dit, il y aura une enquête. Mais si on ne déniche aucune preuve nouvelle et convaincante, j'imagine que Davidson pourra tenter de nouveau sa chance. Son cabinet jouit probablement d'une haute considération dans le domaine des fautes professionnelles. Et ce domaine est très lucratif. Mais peut-être que la prochaine fois, ils commettront une erreur. Qui sait ?

— Et mon divorce ? demanda Jeffrey. Vous devez avoir de bonnes nouvelles.

— Je crains qu'il n'y ait là aussi des difficultés, dit Randolph en remettant ses papiers dans son porte-documents.

— Pourquoi ? demanda Jeffrey. Carol et moi n'avons pas de différend. C'est un divorce à l'amiable par consentement mutuel.

— Ça l'était peut-être, dit Randolph. Mais c'était avant que Carol ne prenne Hyriam Clark comme avocat pour son divorce.

— Quelle différence ça fait qu'elle prenne Untel ou Untel ?

— Hyriam Clark a l'habitude de prendre les gens à la gorge, dit Randolph. C'est le genre de type qui considère que l'argent de vos plombages fait partie de vos biens. Nous devrons nous y préparer et engager quelqu'un d'aussi agressif.

Jeffrey poussa un bruyant gémissement.

— Peut-être que vous et moi devrions nous marier, Randolph. Il semblerait que nous soyons amenés à passer beaucoup de temps ensemble.

Randolph rit de ce rire contenu des vieilles familles bostoniennes.

— Parlons de choses moins graves. Quels sont vos projets ?

Randolph se leva.

Jeffrey s'anima.

— Dès que je sortirai d'ici, Kelly et moi prendrons des vacances. Quelque part au soleil. Probablement aux Caraïbes.

Jeffrey se leva à son tour.

— Et la médecine ? demanda Randolph.

— J'ai déjà parlé au chef du service d'anesthésie du Memorial, dit Jeffrey. Ils vont plus vite que la justice. Je serai réintégré incessamment.

— Vous retournerez là-bas ?

— J'en doute. Kelly et moi sommes bien décidés à aller nous installer dans un autre Etat.

— Oh ? dit Randolph sur un ton interrogatif. Ça a l'air d'être une liaison sérieuse.

— Très sérieuse, dit Jeffrey. On ne peut plus sérieuse.

— Bon, dit Randolph. Peut-être que je devrais rédiger une convention préalable avant le mariage.

Jeffrey regarda Randolph avec incrédulité, mais il vit alors les coins de la bouche de Randolph se retrousser en un sourire.

— C'est une plaisanterie, dit Randolph. Qu'avez-vous fait de votre sens de l'humour ?

REMERCIEMENTS

Comme pour tous mes ouvrages, j'ai abondamment fait appel aux connaissances et aux compétences d'amis, de confrères et d'amis d'amis pour écrire *Avec intention de nuire.* L'histoire concernant deux professions, il est compréhensible que ma source principale de renseignements ait été des professionnels. Je voudrais particulièrement remercier :

Tom Cook Chuck Karpas Stan Kessler	*médecins*
Joe Cox Victoria Ho Leslie McClellan	*avocats*
Tom Trettis	*juge*
Jean Reeds	*thérapeute en poste à la faculté*

tous m'ayant généreusement consacré nombre d'heures de leur temps précieux.

Cet ouvrage composé
par Bussière
a été imprimé sur presses CAMERON
à Saint-Amand-Montrond
en décembre 1991
pour les Editions Albin Michel

N° d'édition : 12025. N° d'impression 2960-2309.
Dépôt légal : décembre 1991.